Märchen aus 1001 Nacht

MÄRCHEN AUS 1001 NACHT

Die berühmten
Geschichten aus dem
Morgenland

GONDROM

Vorbemerkung des Herausgebers:
Die Bearbeitung unserer Auswahl folgt verschiedenen älteren deutschen Übersetzungen. Der Herausgeber bemühte sich, die einfache und klare Schönheit der Sprache und des Ausdrucks möglichst unverändert wirken zu lassen. Gelegentliche stilistische Verbesserungen, Ergänzungen, Vereinfachungen und eine Reduzierung der umfangreichen Versprosa waren nicht zu vermeiden, um dem Verständnis auch jugendlicher Leser gerecht zu werden.
Orthographie und Interpunktion wurden dem heutigen Stand angepasst. Für Inkonsequenzen in der Schreibweise arabischer Eigennamen bitten wir Kenner orientalischer Literatur um wohlwollendes Verständnis.

Coverillustration: Norbert Zlöbl
Covergestaltung: Christine Retz

013

ISBN 978-3-8112-2869-6

5 4 3 2 1

www.gondrom-verlag.de

Inhalt

Die Geschichte von Djaudar dem Fischer

Es lebte einmal ein Kaufmann, der Omar hieß und drei Söhne hatte. Der eine hieß Salem, der andere Djaudar und der dritte Selim. Omar liebte Djaudar mehr als die beiden anderen Söhne; diese waren deshalb eifersüchtig auf ihren Bruder und hassten ihn. Als Omar das merkte, befürchtete er, es möchte Djaudar nach seinem Tode Unrecht geschehen, daher ließ er rechtskundige Männer zu sich rufen, holte all sein Geld und seine Waren herbei, teilte alles in vier Teile, gab jedem seiner Söhne ein Teil und behielt für sich ein Teil, das nach seinem Tode seiner Frau zufallen sollte. Omar starb bald nach dieser Teilung. Salem und Selim forderten Djaudar vor Gericht und behaupteten, er habe ein Teil des Vermögens ihres Vaters für sich behalten. Djaudar berief die Zeugen, die bei der Teilung zugegen waren und wurde freigesprochen; doch kostete ihn der Prozess viel Geld – und seine Brüder büßten noch mehr ein durch allerlei Bestechungen, die sie geleistet hatten. Bald darauf gingen sie zu einem anderen Gericht, vergaben viele Bestechungsgelder und prozessierten so lange mit Djaudar, bis sie endlich insgesamt ihr Vermögen eingebüßt hatten und alle drei arm wurden. Salem und Selim gingen dann zu ihrer Mutter, verspotteten und schlugen sie und nahmen ihr ihr Geld weg. Sie kam zu Djaudar und klagte ihm, was seine Brüder ihr angetan hatten, und verwünschte sie. Djaudar sagte: »Lass sie sein, Allah wird ihnen ihre Handlungen vergelten, wir haben lange prozessiert, bis wir alle verarmten. Soll ich jetzt deinetwillen einen neuen Prozess anfangen? Das wird zu nichts führen; bleibe du bei mir, und ich lasse dir den Laib Brot, den ich essen wollte. Allah wird mir deinetwegen helfen und mir Nahrung verschaffen.«

Djaudar kaufte sich daraufhin ein Netz und fischte in Bulak, Al Kahira [Kairo] und anderen Orten, jeden Tag bald für zwanzig, bald für dreißig Drachmen Fische, dafür kaufte er zu essen für sich und seine Mutter und lebte recht vergnügt. Seine Brüder trieben aber kein Handwerk und keinen Handel, verschwendeten bald, was sie von ihrer Mutter genommen hatten, und liefen in Lumpen und hungrig als gemeine

Bettler umher. Während Djaudar fischte, kamen sie zu ihrer Mutter, demütigten sich vor ihr und klagten ihre Not. Da das Herz einer Mutter stets gütig ist, gab sie ihnen trockenes Brot, das sie hatte, oder übrig gebliebene Speisen und sagte: »Esst geschwind, und geht wieder, ehe euer Bruder Djaudar zurückkommt, dass er mir nicht böse ist.«

Sie aßen immer schnell und machten sich wieder fort, bis eines Tages, als sie gerade aßen, Djaudar zurückkehrte. Die alte Mutter wurde verlegen, als Djaudar eintrat; sie fürchtete seine Heftigkeit und neigte beschämt ihr Haupt zur Erde; er aber war freundlich zu seinen Brüdern, hieß sie willkommen, nannte diesen Tag einen gesegneten, umarmte sie und machte ihnen Vorwürfe, dass sie ihn so lange nicht besucht hatten. Sie sagten: »Bei Allah! Wir hatten schon viel Sehnsucht nach dir, aber wir schämten uns zu kommen, dessentwegen, was zwischen uns vorgefallen ist. Wir bereuen schon längst unsere Handlungsweise und erkennen sie als ein Werk des Satans, den Allah verdamme. Was haben wir denn auf der Welt außer dir und unserer Mutter?«

Die Alte sagte zu Djaudar: »Mein Sohn, Allah lasse dein Gesicht hell strahlen und vermehre dein Wohl!« Djaudar lud seine Brüder ein, bei ihm zu bleiben und Allahs Segen mit ihm zu genießen. Sie übernachteten bei ihm und frühstückten am anderen Morgen.

Djaudar ging dann – auf den Erhabenen vertrauend – mit seinem Netz vor das Tor. Mittags gab ihnen die Mutter zu essen, und abends kam er mit Fleisch und Gemüse zurück, das sie miteinander verzehrten. So lebten sie einen Monat lang, Djaudar fischte, und seine Brüder gingen ihrem Vergnügen nach. Eines Tages ging Djaudar, wie gewöhnlich, an den Fluss, warf aber das Netz dreimal aus und zog keinen Fisch herauf. Er dachte, an dieser Stelle gäbe es keine Fische, ging weiter, warf von neuem das Netz aus und zog es wieder leer herauf. So ging er von morgens bis abends von einem Ort zum anderen, ohne den kleinsten Fisch zu fangen.

Da sagte er: »Sonderbar; es gibt gar keine Fische mehr im Fluss!«, nahm das Netz auf den Rücken und ging traurig heimwärts wegen seiner Mutter und seiner Brüder, denen er nichts zu essen bringen konnte. Als er an einem Bäckerladen vorüberkam, an dem sich die Leute mit dem Geld in der Hand drängten, ohne dass der Bäcker sie beachtete, blieb er seufzend stehen. Da fragte ihn der Bäcker: »Djaudar, brauchst du Brot?« Djaudar schwieg. Der Bäcker, der seine Verlegenheit bemerkte, sagte: »Wenn du kein Geld hast, so tut das nichts, nimm nur, so viel du brauchst, ich borge dir.« Djaudar versetzte: »Gib mir für zehn Fadda Brot, und nimm dieses Netz zum Unterpfand.« Aber der Bäcker erwiderte: »Wovon sollst du dich ernähren, wenn ich das Netz habe? Nimm nur das Brot, hier hast du noch zehn Fadda dazu, und bring mir morgen für zwanzig Fadda Fische.«

Djaudar nahm das Brot und das Geld, kaufte Fleisch und Gemüse dafür und brachte es nach Hause; seine Mutter kochte es, und sie aßen zusammen und legten sich schlafen. Am anderen Morgen stand er früh auf und ging mit dem Netz fort. Seine Mutter sagte ihm: »Frühstücke zuerst!« Er erwiderte aber: »Frühstücke du mit meinen Brüdern«, und ging nach Bulak an den Nil, warf das Netz wieder dreimal aus, ohne etwas zu fangen; er ging an einen anderen Ort und lief den ganzen Tag herum, ohne einen Fisch zu sehen. Er nahm nun sein Netz auf den Rücken, ging bestürzt zum Bäcker und wollte sich bei ihm entschuldigen. Aber der Bäcker sagte: »Du brauchst dich nicht zu entschuldigen, nimm nur dein Brot; hast du heute nichts gefangen, so wirst du morgen umso mehr fangen; und wenn du auch morgen leer heimkehrst, so komm nur und hol dein Brot, ich borge dir.« Aber auch am dritten Tag, als Djaudar an den Seen fischte, kehrte er ohne Fische heim, und ebenso die folgenden vier Tage. Da dachte er: »Ich will nun einmal an den Karunsee gehen und dort mein Glück versuchen.« Als er dort war und eben das Netz auswerfen wollte, kam ein Maghrebiner [Bewohner von Maghreb] auf einem Maulesel vorbeigeritten; er selbst war prächtig gekleidet, und alles Geschirr des Tie-res wie auch der Packsack waren goldbestickt. Er grüßte Djaudar und sprach zu ihm: »Wenn du mir einen Dienst tun willst, sollst du reichen Lohn dafür erhalten und mein Glücksgefährte werden.« Djaudar sagte: »Herr, ich bin zu allem bereit. Was soll ich tun?« Der Maghrebiner erwiderte: »Zuerst lass uns die ersten Verse des Korans beten«, und als dies geschehen war, zog er eine seidene Schnur heraus und sagte zu Djaudar: »Damit binde mich, wirf mich in den

Teich und warte eine Weile; siehst du, dass ich eine Hand aus dem Wasser strecke, so fange mich mit deinem Netz; strecke ich aber zuerst einen Fuß aus dem Wasser, so wisse, dass ich tot bin; du kannst mich im Teich lassen; nimm nur dieses Maultier und den Sack, bring ihn einem Juden namens Schamia, der im Basar sitzt. Er wird dir hundert Denare geben; behalte sie für deine Mühe, und sage niemandem etwas.«

Djaudar tat, wie der andere ihm befohlen hatte, er band ihn, warf ihn ins Wasser und wartete eine Weile, bis seine Füße hervorkamen; dann setzte er sich auf das Maultier und ritt damit zum Basar zu dem ihm bezeichneten Juden, der vor seinem Laden saß. Dieser fragte: »Ist der Mann gestorben?« Djaudar antwortete: »Er ist tot.« Da sagte der Jude: »Den hat seine Habgier getötet.« Er nahm Djaudar das Maultier ab, gab ihm hundert Denare und empfahl ihm, das Geheimnis treu zu bewahren. Djaudar ging mit dem Geld zum Bäcker, kaufte das nötige Brot, gab ihm ein Goldstück und sagte: »Nimm davon, was ich dir schuldig bin, und halte mir das Übrige zugute.« Der Bäcker sagte: »Ich habe ja nichts von dir gefordert, du hättest nicht so zu eilen brauchen.« Er rechnete dann, was Djaudar ihm schuldig war, und sagte: »Du hast noch auf zwei Tage Brot bei mir gut.«

Djaudar kaufte hierauf Fleisch beim Metzger, dem er auch ein Goldstück gab und den er auch bat, ihm das Übrige gutzuschreiben; dann ging er zum Gemüsehändler. Er kam gerade nach Hause, als seine Brüder von ihrer Mutter zu essen forderten und sie ihnen sagte: »Ich habe nichts, wartet, bis Djaudar nach Hause kommt.« Freudig rief er ihnen zu: »Hier ist Brot, esst!« Und sie fielen darüber her wie Wölfe. Djaudar gab dann das übrige Geld seiner Mutter und beauftragte sie, seinen Brüdern davon zu geben, wenn sie hungerten. Am folgenden Morgen ging er wieder an den Karunsee mit dem Netz auf dem Rücken; als er es auswerfen wollte, kam wiederum ein Maghrebiner auf einem Maultier, noch reicher ausgestattet als der Erste; er hatte auch einen Packsack auf dem Maulesel, in dem zwei Büchsen waren; er grüßte Djaudar und sagte ihm: »Ist nicht gestern Abend ein Maghrebiner zu dir hergekommen auf einem Maulesel wie dieser?« Djaudar, aus Furcht, er könnte fragen, wo er hingekommen sei, und dann glauben, er habe ihn ertränkt, leugnete es und sagte:

»Ich habe niemanden gesehen.« Der Maghrebiner fuhr dann fort: »Gestern war mein Bruder da, der mir vorangeeilt ist; hast du ihn nicht gebunden in den See geworfen? Und hat er dir nicht gesagt: ›Wenn ich die Hand aus dem Wasser strecke, so zieh mich schnell mit dem Netz heraus, wenn aber zuerst mein Fuß aus dem Wasser hervorkommt, bin ich tot. Nimm dann den Maulesel und führe ihn zum Juden Schamia, der wird dir hundert Denare geben?‹ Nun ist sein Fuß aus dem Wasser gekommen, und du hast wirklich den Maulesel dem Juden gebracht und hundert Denare von ihm empfangen.« Djaudar erwiderte: »Da du doch das alles so genau weißt, warum fragst du mich?« Der Maghrebiner antwortete: »Ich wünsche, dass du mir denselben Dienst tust wie meinem Bruder.« Hierauf zog er eine seidene Schnur heraus und sagte ihm: »Binde mich wie meinen Bruder, und stürze mich in den See; geht es mir wie meinem Bruder, so bringe den Maulesel dem Juden Schamia, er wird dir wieder hundert Denare geben.« Djaudar band ihn, warf ihn in den See und wartete eine Weile, bis er die Füße aus dem Wasser steigen sah. Da sagte er: »Auch der ist tot; so Allah will, werden alle Maghrebiner zu mir kommen, ich will sie alle binden und in den See werfen und für jede Leiche hundert Denare nehmen.«

Djaudar nahm den Maulesel und ging in den Basar; als der Jude ihn sah, sagte er: »Auch der ist tot?« Djaudar antwortete: »Mögest du für ihn leben!« Der Jude rief: »Das ist der Lohn der Habgierigen!«, nahm den Maulesel und gab Djaudar hundert Denare. Dieser ging damit zu seiner Mutter, die ihn fragte, woher er so viel Geld habe, da erzählte er ihr alles.

Seine Mutter sagte ihm: »Mein Sohn, geh nicht mehr an den Karunsee, ich fürchte, die Maghrebiner könnten dich noch ins Unglück stürzen.« Er aber erwiderte: »Da ich sie nur auf ihr Verlangen in den See werfe, was kann mir geschehen? Das ist eine Arbeit, die mir täglich hundert Denare einbringt. Bei Allah, ich höre nicht auf, an den See zu gehen, bis von diesen Maghrebinern keine Spur mehr übrig bleibt.« Am folgenden Tag ging er nochmals an den See. Da kam wieder ein Maghrebiner auf einem Maulesel, noch reicher ausgestattet als die beiden Ersten, und dieser hatte auch einen Packsack mit zwei Büchsen bei sich. Er ging auf Djaudar zu und sagte ihm: »Friede sei mit dir, o Djaudar, Sohn

Omars!« Djaudar dachte bei sich: »Es scheint, sie kennen mich alle«, und erwiderte den Gruß. »Sind Maghrebiner hier vorübergekommen?« – »Zwei sind hergekommen, haben sich von mir fesseln und in den See werfen lassen und sind darin umgekommen, und so wird es dir auch ergehen.« Der Maghrebiner lächelte und sagte: »O Armer! Alles Lebende muss seiner Bestimmung folgen; verfahre mit mir, wie mit den beiden anderen!« – »Gib die Schnur, und lege deine Hände auf den Rücken, dass ich dich schnell binde, denn es ist schon spät, ich bin in großer Eile.« Der Maghrebiner legte seine Hände auf den Rücken, Djaudar band sie und stieß ihn in den See; er wartete eine Weile, und siehe da, der Maghrebiner hob die Hände aus dem Wasser und rief: »Rette mich mit deinem Netz!« Djaudar warf sein Netz aus und zog den Maghrebiner, der in jeder Hand einen roten Fisch mit Korallen trug, ans Land. Als er das Ufer erreicht hatte, bat er Djaudar, die zwei Büchsen zu öffnen, und als Djaudar dies getan hatte, legte er die zwei Fische hinein und machte die Büchsen wieder zu. Dann umarmte er Djaudar, küsste ihn auf die rechte und die linke Wange und sagte zu ihm: »Allah behüte dich vor allem Übel! Bei Allah, dem Erhabenen! Hättest du mir dein Netz nicht zugeworfen, ich wäre ertrunken mit diesen beiden Fischen in der Hand.« Djaudar sagte: »Herr, ich beschwöre dich bei Allah, sage mir die Wahrheit, wer bist du und wer waren die beiden Maghrebiner, die vor dir gekommen und ertrunken sind? Wer ist der Jude im Basar, und was bedeuten diese beiden Fische?«

Der Maghrebiner antwortete: »Wisse, o Djaudar, die beiden Männer, die ertrunken sind, waren meine Brüder; der eine hieß Abd as-Sallam, der andere Abd al-Ahad, und mein Name ist Abd as-Sahamd; auch der, den du für einen Juden hältst, ist unser Bruder und heißt Abd Arrahim, er ist aber kein Jude, sondern ein Muselman und echter Malikit wie wir; wir waren vier Söhne eines Zauberers, welcher Abd al-Wadud hieß. Unser Vater hatte uns die Kunst, Geheimnisse zu ergründen, verborgene Schätze zu entdecken und andere Künste gelehrt, unter anderem auch, die Geister zu beschwören und sie uns dienstbar zu machen.

Als unser Vater starb, hinterließ er uns viele Schätze und Talismane, die wir miteinander teilten. Als wir aber an die Teilung der Bücher kamen, da entstand ein Streit wegen eines Buches aus alter Zeit, das ›Schriften der Alten‹ hieß und mit keinen Schätzen zu bezahlen ist, weil es die verborgensten Zauberkünste enthielt; es war das Buch, das unser Vater gebrauchte und aus dem wir einiges auswendig gelernt hatten. Nun wollte jeder von uns dieses Buch haben, um darin zu studieren. Während wir so stritten, trat der Lehrer und Erzieher unseres Vaters in unsere Mitte und sprach: ›Gebt mir das Buch, ich werde gewiss keinem von euch Unrecht tun, ihr seid ja die Kinder meines Sohnes: Derjenige von euch, der die Schätze Scham ar-Dals herbeischafft, der soll es haben. Diese Schätze bestehen aus einem Schwert, einem Zirkel, einer Zeichnung der Himmelskugel und einem Schächtelchen mit Augenschminke. Durch das Siegel wird man Herr eines Geistes, der Lärmender Donner heißt, und durch den man sich die ganze Erde unterwerfen kann. Mit dem Schwert, aus dem ein tötender Blitz hervorstrahlt, kann man auf einmal eine ganze Armee schlagen oder in die Flucht treiben. Mit der Himmelskugel kann man sich in der ganzen Welt umsehen, von Osten bis Westen, je nachdem man sie nach der einen oder der anderen Seite dreht, und alles so genau beobachten, als wäre man überall zugleich; auch kann man, wenn man sie gegen die Sonne dreht, jede beliebige Stadt samt ihren Bewohnern damit verbrennen. Das Schächtelchen endlich enthält ein Pulver. Wenn man damit das Auge schminkt, so sieht man alle Schätze, die in der Erde verborgen sind. Wer mir also diese vier Kleinodien zu bringen vermag, der soll das Buch haben. Ihr müsst aber wissen‹, fuhr der Erzieher fort, ›dass diese Schätze unter der Obhut der Söhne des Roten Königs stehen, die sich in den Karunsee nach Ägypten geflüchtet haben, als euer Vater sie fangen wollte. Er verfolgte sie zwar, kam ihnen aber nicht bei, weil ein Talisman sie in diesem See schützt, weshalb er auch die Schätze nicht holen konnte und mir sein Missgeschick klagte‹. Ich rechnete nun aus, dass die Söhne des Roten Königs nur durch die Hilfe eines Mannes namens Djaudar gefangen werden können; wen er in den See wirft und auf ein Zeichen mit der Hand wieder mit dem Netz aus dem Wasser herauszieht, der ist der Glückliche. Wir beschlossen hierauf, nach Ägypten zu gehen; nur unser vierter Bruder hatte keine Lust, sein Leben solcher Gefahr auszusetzen;

er verkleidete sich als jüdischer Kaufmann, um uns zu begleiten, den Maulesel der Ertrinkenden zu nehmen und dir hundert Denare zu geben. Nun haben die Söhne des Roten Königs meine Brüder getötet, ich aber habe sie gefangen, denn was du in diesen Büchsen siehst, sind keine Fische, sondern Geister in Gestalt von Fischen. Nun folge mir nach Fes und Meknes, wo die Schätze sind, an die ich nur mit deiner Hilfe gelangen kann; ich gebe dir, was du willst, und bleibe stets dein Freund. Sobald ich die Schätze habe, schicke ich dich wieder frohen Herzens zu den Deinigen.« Djaudar sagte zu Abd as-Sahamd: »Ich habe eine Mutter und zwei Brüder, die ich versorgen muss; wer wird ihnen zu essen bringen, wenn ich weg bin?« Abd as-Sahamd antwortete: »Das ist ein schlechter Vorwand. Wenn es dir nur wegen des Geldes ist, so will ich dir tausend Denare für deine Mutter geben, davon kann sie leben, bis du zurückkehrst, denn du wirst längstens vier Monate ausbleiben.« Als Djaudar von tausend Denaren hörte, sagte er: »Gib mir tausend Denare, Herr, für meine Mutter, und ich gehe mit dir.« Abd as-Sahamd gab das Geld sogleich her, und Djaudar ging damit zu seiner Mutter und erzählte ihr, was zwischen ihm und Abd as-Sahamd vorgefallen war. Seine Mutter sagte: »Mein Sohn, ich werde Verlangen nach dir haben und ängstlich um dich sein.« Djaudar erwiderte aber: »Wen der Erhabene beschützt, dem stößt nichts Übles zu; auch ist Abd as-Sahamd ein guter Mann.« – »Allah neige sein Herz dir zu,« rief seine Mutter; »geh mit ihm, mein Sohn, vielleicht belohnt er dich dafür.« Djaudar nahm von ihr Abschied und ging wieder zu Abd as-Sahamd, der ihn auf einem Maulesel reiten ließ.

Nachdem sie von Mittag bis zur Zeit des Nachmittagsgebets miteinander geritten waren, wurde Djaudar hungrig und sah, dass Abd as-Sahamd nichts zu essen noch zu trinken mit sich führte. Er sagte zu ihm: »Herr, es scheint, du hast den Proviant vergessen.« – »Bist du hungrig?« – »O ja.« Da stieg Abd as-Sahamd von seinem Maulesel und sagte zu Djaudar, der auch abstieg: »Nimm den Packsack herunter.« Djaudar nahm ihn vom Esel. Da fragte Abd as-Sahamd: »Was wünschst du, mein Freund?« – »Mir ist alles recht.« – »Ich beschwöre dich, sage, was du essen willst!« – »Brot und Käse.« – »Armer Mann, Brot und Käse ist eine zu geringe

Kost für dich, fordere etwas Besseres! Isst du gern Reis mit Honig und gebackene Hühner?« – »Allerdings.« Abd as-Sahamd befragte ihn dann noch über vierundzwanzig Speisen, ob er sie gern äße, sodass Djaudar dachte: »Der Mann ist toll, woher will er alles dies schaffen? Er hat ja keine Küche und keinen Koch.« Er sagte: »Es ist genug, Herr, du machst mir ja nur Lust, und ich sehe doch nichts.« Abd as-Sahamd antwortete hierauf: »Willkommen, Djaudar!«, steckte seine Hand in den Sack, zog einen goldenen Teller mit zwei gebratenen Hühnern heraus, die ganz warm waren, dann fasste er mit der Hand wieder hinein und holte eine Schüssel mit Braten heraus und so noch die vierundzwanzig verschiedenen Speisen, die er ihm genannt hatte, und forderte den verblüfften Djaudar zum Essen auf. Djaudar rief erstaunt: »Du hast in diesem Sack Köche und eine Küche verborgen.« Abd as-Sahamd sagte lachend: »In diesem Sack wohnt ein Diener, der uns jede Stunde tausend Gerichte bringt, wenn wir sie wollen.« Sie aßen nun, bis sie satt waren. Abd as-Sahamd warf das Übrige weg, legte die Schüsseln wieder leer in den Sack und holte einen vollen Wasserkrug heraus; sie tranken, wuschen sich und beteten; dann luden sie den Sack mit den zwei Büchsen wieder auf den Esel und ritten weiter. Abd as-Sahamd fragte dann Djaudar: »Weißt du wohl, wie weit wir seit Mittag gekommen sind?« – »Das weiß ich nicht.« – »Bei Allah, wir haben eine Monatsreise zurückgelegt; zwar geht ein Maulesel, der einem Geist gehorcht, jeden Tag ein Jahr weit, aber dir zuliebe lasse ich ihn langsamer gehen.« Bei Sonnenuntergang hielten sie wieder an, Abd as-Sahamd holte das Nachtessen aus dem Packsack und des Morgens wieder das Frühstück; so reisten sie immer gen Westen, vier Tage lang, den ganzen Tag und die Hälfte der Nacht.

Am fünften Tag kamen sie nach Fes. Alle Bewohner der Stadt, die Abd as-Sahamd begegneten, grüßten ihn und küssten ihm die Hände. Nach einer Weile blieb er vor einem Tor stehen und klopfte. Da trat ein Mädchen mit dem Aussehen einer durstigen Gazelle aus dem Hof. Abd as-Sahamd rief: »Öffne uns, meine Tochter Rahmah.« Sie erwiderte: »Bei meinem Haupt und meinen Augen, mein Vater!«, öffnete die Tür und ging ihrem Vater voran. Djaudar verlor fast den Verstand, als sie sich so hin und her wiegte und dachte: »Bei Allah, das muss eine Prinzessin sein.« Rahmah nahm den Sack vom Maulesel und sagte: »Geh deines Weges, Allah segne dich!« Da spaltete sich die Erde, der Maulesel stieg hinunter und die Erde schloss sich wieder. Djaudar rief: »Gelobt sei Allah, der uns glücklich vom Rücken dieses Tieres heruntergebracht hat.« Abd as-Sahamd sagte ihm: »Wundere dich nicht, ich habe dir gesagt, der Maulesel ist ein Geist; komm jetzt mit uns ins Schloss!« Als Djaudar ins Schloss kam, war er höchst erstaunt über die vielen prachtvollen Diwane und anderen mit Perlen und Edelsteinen besetzten Kostbarkeiten. Abd as-Sahamd ließ dann von seiner Tochter Rahmah ein Bündel bringen, öffnete es und zog ein Gewand heraus, das tausend Denare wert war, und sagte zu Djaudar: »Zieh es an, Djaudar, und sei uns willkommen!« Djaudar zog das Gewand an und glich darin einem Herrscher des Maghreb. Dann holte Abd as-Sahamd aus dem Packsack vierzig Schüsseln mit verschiedenen Speisen und sagte zu Djaudar: »Komm her und iss, und wenn dir diese Speisen nicht schmecken, so sage uns nur, was dir beliebt.« Djaudar erwiderte: »Bei Allah, dem Erhabenen, Herr, ich esse alles gern, frage mich nicht, gib mir, was du willst.«

Djaudar blieb nun zwanzig Tage in diesem Palast, zog jeden Tag ein anderes Gewand an und aß immer aus dem Packsack. Abd as-Sahamd brauchte nie auf den Markt zu gehen, um etwas zu kaufen, sogar allerlei frische Früchte konnte er aus dem Sack holen. Am einundzwanzigsten Tag sagte Abd as-Sahamd zu Djaudar: »Komm jetzt, das ist der Tag, an dem man zu den Schätzen von Scham ar-Dal gelangen kann.« Sie gingen zusammen zur Stadt hinaus, da standen zwei Diener mit zwei Mauleseln, die ihrer harrten. Abd as-Sahamd bestieg den einen und hieß Djaudar den anderen besteigen. Sie ritten bis Mittag, da kamen sie an einen Fluss, und Abd as-Sahamd sagte zu Djaudar: »Steig ab!« Auch er stieg ab und winkte den Dienern; sie kamen heran und führten die Maulesel weg. Nach einer Weile brachte der eine ein Zelt und der andere Diwane; sie schlugen alsbald das Zelt auf und ordneten die Teppiche und Kissen. Dann holte der eine die beiden Büchsen mit den Fischen und der andere den Packsack. Abd as-Sahamd nahm einige Speisen heraus, und als er mit Djaudar gegessen hatte, murmelte er Beschwörungen über die Fische, worauf sie aus den Büchsen heraus riefen:

»Wir hören, o Magier der Welt, habe Mitleid mit uns, was willst du von uns?« Abd as-Sahamd fuhr fort, Zaubersprüche herzusagen, bis die Büchsen in Stücke fuhren und zwei gefesselte Geister hervorkamen. Sie schrien: »Gnade, Magier der Welt, was willst du mit uns beginnen?« – »Ich werde euch verbrennen, oder ihr sollt mir helfen, die Schätze Scham ar-Dals zu heben.« – »Das kann nur durch den Fischer Djaudar, den Sohn Omars, geschehen.« – »Gut, der ist schon bei mir und hört euer Versprechen.« Als sie versprachen, ihm zu helfen, ließ er sie frei. Abd as-Sahamd nahm dann ein Rohr, legte einige Täfelchen von rotem Karneol darauf, holte ein Weihrauchbecken, schüttete Kohlen hinein und zündete durch ein einziges Blasen Feuer an. Hierauf legte er den Weihrauch zurecht und sagte zu Djaudar: »Ich werde jetzt meine Beschwörungen beginnen und darf dann nicht mehr sprechen, sonst sind sie ganz wirkungslos. Darum will ich dir, ehe ich den Weihrauch auf die Pfanne gebe, sagen, was du tun musst, um zum Ziel zu gelangen. Wisse, dass durch meine Beschwörungen dieser Fluss austrocknen wird, du wirst ein goldenes Tor sehen, so groß wie ein Stadttor, mit zwei Ringen von Edelsteinen; klopfe leise an und warte ein wenig, klopfe dann etwas stärker und warte wieder, dann klopfe zum dritten Male. Eine Stimme wird fragen: ›Wer klopft an dem Tor des Schatzes, ohne zu verstehen, wie man Geheimnisse löst?‹ Antworte darauf: ›Ich bin Djaudar, der Sohn Omars.‹ Es wird dann ein Mann mit einem Schwert in der Hand zu dir herauskommen und dir sagen: ›Wenn du Djaudar bist, so gib deinen Hals her, dass ich dir den Kopf abschneide.‹ Strecke ihm nur den Hals hin, fürchte nichts, denn sobald er dich schlagen will, fällt er leblos hin, und du empfindest nicht den mindesten Schmerz; widersetzt du dich aber, so tötet er dich. Du gehst dann weiter bis zu einem anderen Tor, klopfe daran, es wird ein Reiter herauskommen mit einer Lanze und dich fragen: ›Wer hat dich hierhergebracht an einen Ort, den niemand betreten soll?‹ Bei diesen Worten wird er die Lanze über dich schwingen; öffne ihm nur die Brust, denn sobald er dich aufspießen will, fällt er tot vor dich hin; tust du es nicht, so bringt er dich um.

Du kommst dann«, fuhr Abd as-Sahamd fort, »an ein drittes Tor. Klopfe wieder, dann wird ein Mann herauskommen mit einem Bogen in der Hand und wird einen Pfeil gegen dich schießen. Öffne nur deine Brust, und er sinkt leblos zu deinen Füßen. Dann trete vor das vierte Tor und klopfe, es wird ein reißendes Tier auf dich zukommen von ungeheurer Gestalt, um dich zu fressen; fürchte dich nicht, wenn es den Rachen aufsperrt, und entfliehe nicht, sondern strecke ihm deine Hand hin, denn sobald es dich beißen will, fällt es zu Boden, und du bleibst unverletzt. Geh dann zum fünften Tor, da wird ein schwarzer Sklave herauskommen und dich fragen: ›Wer bist du?‹ Antworte: ›Ich bin der Fischer Djaudar, der Sohn Omars.‹ Er wird dir sagen: ›So komm zum sechsten Tor.‹ Du gehst hin und rufst: ›Oh, Isa, bitte Musa, dass er mir öffne!‹ Es wird sich öffnen, und du wirst zwei Schlangen sehen, eine zur Rechten und eine zur Linken, die dich mit aufgesperrtem Rachen angreifen. Strecke ihnen nur deine Hände hin; jede wird eine Hand beißen wollen, und nur, wenn du dich fürchtest, werden sie dich töten. Dann klopfe an der siebenten Tür, da wird deine Mutter dir entgegenkommen und dir sagen: ›Willkommen, mein Sohn, tritt näher, dass ich dich grüße!‹ Sage ihr aber: ›Bleib fern von mir und entschleiere dich!‹ Deine Mutter wird sagen: ›Mein Sohn, ich habe dich ja gesäugt und erzogen, wie soll ich mich vor dir entschleiern?‹ Antworte ihr: ›Wenn du es nicht tust, so bringe ich dich um.‹ Nimm bei diesen Worten das Schwert, das zu deiner Rechten hängen wird, und schwinge es drohend über ihr und lass dich ja nicht durch Bitten und Tränen erweichen, bis sie sich entschleiert, dann wird sie sogleich vor deinen Augen niederstürzen. Wird auf diese Weise aller Zauber gelöst, so hast du nichts mehr zu befürchten. Du wirst dann eine Schatzkammer mit Haufen von Gold sehen. Kehre dich nicht daran, sondern hebe am oberen Ende der Schatzkammer einen Vorhang auf, da siehst du den Magier Scham ar-Dal auf einem goldenen Thron sitzen, und auf seinem Haupt glänzt etwas wie der Mond, das ist die Himmelskugel; auch ist er mit einem Schwert umgürtet, hat ein Schächtelchen am Hals hängen und einen goldenen Siegelring am Finger.

Nimm diese vier Dinge und bringe sie mir, hüte dich aber, etwas zu vergessen von dem, was ich dir gesagt habe, und sei furchtlos, sonst wirst du es bereuen.«

Er wiederholte ihm dann alles mehrere Male. Djaudar sagte: »Ich habe mir alles wohl gemerkt, aber wer kann diesen Talismanen entgegentreten und so schreckliche Dinge ertragen?« Abd as-Sahamd versetzte aber: »Fürchte dich nicht, es sind bloße Schatten.« Und er sprach ihm so lange zu, bis er ausrief: »Nun, ich setze mein Vertrauen auf Allah!« Abd as-Sahamd warf dann den Weihrauch auf die Pfanne und sprach einige Zauberformeln, der Fluss trocknete aus und Djaudar klopfte an den verschiedenen Türen und überstieg alle Hindernisse, bis ihm seine Mutter begegnete und ihn beschwor, sie nicht zu zwingen, sich zu entschleiern. Als er ihr mit dem Schwert drohte, zog sie den Schleier zur Hälfte weg und sagte: »O mein Sohn, es ist eine Sünde, mich ganz vor dir zu zeigen, sei nicht so hart, fordere dies nicht von deiner Mutter, lass dich erweichen!« Djaudar sagte: »Das ist wahr, du hast recht, du brauchst dich nicht weiter zu entschleiern.« Kaum hatte er das gesagt, schrie sie: »Er hat gefehlt, prügelt ihn!« Da eilten schwarze Sklaven herbei, prügelten ihn, dass er in seinem Leben daran zu denken hatte, warfen ihn zur Tür hinaus und schlossen sie wieder. Abd as-Sahamd nahm ihn zu sich, und das Wasser kehrte, wie zuvor, in den Fluss zurück.

Abd as-Sahamd brachte Djaudar durch Beschwörungen wieder zum Bewusstsein zurück, dann fragte er ihn, was er gemacht habe. Djaudar sagte: »Ich hatte alle Hindernisse besiegt, bis meine Mutter kam, mit der ich lange stritt, und die ich nötigte, sich zu entschleiern. Dann bat sie mich aber so sehr, sie nicht zu beschämen, dass ich nachgab und sie nicht völlig entschleiert sehen wollte. Darauf schrie sie: ›Er hat gefehlt.‹ Da kamen Leute, ich weiß nicht woher, und schlugen mich und stießen mich hinaus; was nachher geschah, weiß ich nicht.« Abd as-Sahamd sagte: »Habe ich dich nicht gewarnt, ja nichts zu unterlassen von dem, was ich dir angegeben habe? Hättest du sie gezwungen, sich völlig zu entschleiern, so wären wir jetzt am Ziel. Du hast mir und dir selbst geschadet. Nun musst du bis zum nächsten Jahr um diesen Tag bei mir bleiben.« Er ließ hierauf die Sklaven das Zelt zerstören und die zwei Maulesel bringen und kehrte mit Djaudar zur Stadt Fes zurück, wo sie ein ganzes Jahr verweilten, in dem Djaudar gut aß und gut trank und jeden Tag neue Kleidung anzog.

Nach einem Jahr ritten sie wieder zusammen zum Fluss, die Sklaven schlugen ein Zelt auf, und Abd as-Sahamd machte Räucherwerk, schärfte Djaudar wieder alles ein wie im vorigen Jahr und sagte ihm: »Die Frau, die sich entschleiern soll, ist nicht deine wirkliche Mutter, es ist nur ein Schatten, der dich irreführen will, und fehlst du diesmal wieder, so kommst du nicht lebendig davon.« Djaudar sagte: »Ich werde deine Ermahnung so wenig vergessen wie die erhaltenen Prügel. Wenn ich diesmal fehle, so mag man mich verbrennen.« Er ging hierauf über den wieder ausgetrockneten Fluss, klopfte an den verschiedenen Türen und überwand alle Hindernisse, bis seine Mutter wieder kam und ihn bewillkommnete; er sagte aber: »Entschleiere dich, Verruchte! Wieso bin ich dein Sohn?« Sie entschleierte sich zur Hälfte und bat wieder um Schonung, aber seiner Tracht Prügel eingedenk, unterdrückte er jedes Mitleid und drohte ihr so lange, bis sie seinem Befehl folgte, worauf sie leblos hinfiel. Djaudar trat dann in die Schatzkammer und kehrte sich nicht an dem Haufen Gold, der dalag, sondern ging in das Nebengemach zum Magier Scham ar-Dal, nahm ihm die Himmelskugel, das Schwert, das Schächtelchen und den Ring und ging damit hinaus zu Abd as-Sahamd. Auf dem ganzen Weg vernahm er Musik, und die Diener des Schatzes riefen ihm zu: »Möge das, was du erlangt hast, dir Glück bringen!« Abd as-Sahamd ließ von seinen Beschwörungen ab, umarmte Djaudar und befahl den Dienern, das Zelt zu zerstören und die Maulesel zu bringen und ritt mit Djaudar wieder nach Fes. Dort angelangt, sagte Abd as-Sahamd, nachdem sie zusammen sich an Speisen, die aus dem Packsack geholt wurden, gesättigt hatten, zu Djaudar: »Du hast um meinetwillen deine Heimat verlassen und mich an das Ziel meiner Wünsche gebracht. Nun fordere von mir, was du willst.« Djaudar sagte: »Ich möchte gern deinen Packsack haben.« Abd as-Sahamd gab ihm den Sack mit den Worten: »Dieser Packsack wird dir deine Nahrung gewähren, sooft du einen heiligen Namen nennst, mit der Hand hingreifst und sagst: ›Diener des Packsackes, bring mir diese oder jene Speise!‹ Doch ich habe dir versprochen, dich vollkommen glücklich in deiner Heimat zu machen. Darum sollst du noch einen anderen Sack mit Gold und Edelsteinen gefüllt haben; werde Kaufmann und handle damit!« Er ließ hierauf einen Sklaven mit einem Maulesel kommen, der einen Packsack voller Gold und Edelsteine trug, und sagte zu Djaudar: »Besteige diesen Maulesel! Der Sklave, der den Weg kennt, wird vor dir hergehen bis an die Schwelle deines Hauses, dann nimmst du die zwei Säcke, und er wird mir den Maulesel zurückbringen. Teile aber ja niemandem dein Geheimnis mit. Ich vertraue dir meine Ehre an!« Djaudar dankte ihm und ritt hinter dem Sklaven her. Nachdem Djaudar einen Tag und eine Nacht lang hinter dem Sklaven geritten war, befand er sich am Tor des Sieges von Al Kahirah; da saß seine Mutter und bettelte. Sobald er sie erblickte, sprang er vom Maulesel herunter und umarmte sie, dann setzte er sie auf den Maulesel und ging neben ihr her bis zu ihrer Wohnung; hier hob er sie herunter und entließ den Diener und den Maulesel, die Geister waren und zu ihrem Herrn zurückkehrten. Djaudar fragte dann seine Mutter: »Wie kommt es, dass du betteln musstest? Wo sind denn die zwölfhundert Denare hingekommen, die ich dir vor meiner Abreise gegeben habe?« – »Deine Brüder haben mir sie weggenommen und gesagt, sie wollten damit etwas verdienen. Sie haben aber das Geld verschwendet und mich aus dem Haus gejagt, sodass ich vor Hunger betteln musste.« – »Betrübe dich nun nicht mehr. Ich habe viel Glück gehabt: Hier ist ein Sack voll Gold.« – »Du hast Glück, Allah sei dir ferner gnädig! Doch geh schnell und hole Brot, denn ich habe gestern nicht zu Nacht gegessen und bin sehr hungrig.« – »Sogleich, meine Mutter, sollst du haben, was du verlangst; sag mir nur, was du gern essen willst, ich brauche nichts zu kaufen und bedarf auch keines Kochs.« – »Mein Sohn, ich sehe doch nicht, dass du etwas bei dir hast.« – »Aus diesem Packsack kann ich allerlei Speisen holen.« – »Mir ist alles recht. Man begnügt sich mit allem, wenn man nichts anderes haben kann.« – »Wenn sich aber allerlei vorfindet, so wählt man, was man gern isst. Drum sage mir, was du gern wünschst.« – »Frisches Brot und ein Stückchen Käse.« – »Das ist zu gering für dich.« – »Nun, Brot und Bohnen.« – »Auch das ist nicht vornehm genug.« – »Nun, da du doch meinen Rang kennst, so sage du, was mir ziemt.« – »Dir ziemen gebratene Hühner, Reis mit Pfeffer, Honig, gebratene Rippenstücke und Süßspeise.« – »Spottest du? Träumst du, oder bist du verrückt? Woher sollen alle diese kostbaren Gerichte kommen?

Wer kann diese zubereiten?« – »Bei meinem Leben, du sollst sogleich alle Speisen haben, die ich dir genannt habe.«

Djaudar nahm hierauf den leeren Sack, streckte die Hand hinein und holte alle Speisen hervor, die er genannt hatte. Seine Mutter wunderte sich und sagte: »Der Sack war doch ganz leer?« Djaudar sagte ihr, er habe diesen Sack von Abd as-Sahamd, und ein Geist sei ihm dienstbar, der alle Speisen herbeischaffen müsse. Sie stellte dann selbst einen Versuch an und forderte ein gebratenes Rippenstück, das sie sogleich im Sack fand. Als sie gegessen hatte, sagte Djaudar: »Tu das Übrige in andere Schüsseln, lege die leeren Schüsseln wieder in den Sack, bewahre ihn auf und verrate niemandem das Geheimnis.« Während sie so beisammensaßen, traten Salem und Selim herein, die von der Ankunft ihres Bruders mit einem Sklaven auf einem Maulesel in einem Aufzug, der seinesgleichen nicht findet, gehört hatten. Sie bereuten es jetzt, ihre Mutter so misshandelt zu haben, und fürchteten, sie könnte es Djaudar erzählen; doch sie wagten es, zu ihm zu gehen, weil sie wussten, dass er so großmütig sein werde, ihnen zu verzeihen. Djaudar hieß sie sitzen und ließ sie essen, bis sie satt waren.

Als sie genug gegessen hatten, wollten sie die übrig gebliebenen Speisen für das Nachtessen aufbewahren, aber Djaudar sagte ihnen: »Teilt es an die Armen aus; ich will für heute Abend noch mehr als dieses herbeischaffen.« Sie nahmen nun die Speisereste mit und gaben davon jedem Armen, der ihnen begegnete, bis sie nichts mehr hatten; dann brachten sie die leeren Schüsseln ihrer Mutter, die sie auf Djaudars Befehl wieder in den Sack steckte. Des Abends holte Djaudar wieder vierzig Speisen heraus und hieß seine Mutter den Tisch decken; ebenso am folgenden Morgen zum Frühstück und so zehn Tage lang. Am elften Tag sagte Salem zu Selim: »Wie ist unser Bruder auf einmal so reich geworden, dass er dreimal täglich wie ein Sultan speist und das Übrige austeilt?« Selim sagte: »Frage eher noch, woher diese Speisen kommen, da er doch nie etwas einkauft, auch nie ein Feuer bei ihm brennt.« Salem versetzte: »Es ist wahrlich zum Erstaunen, wir müssen nun irgendeine List gebrauchen, um durch unsere Mutter zu erfahren, wie es damit zugeht.« Sie begaben sich hierauf in ihres Bruders Abwesenheit zu ihrer Mutter und sagten, sie wären hungrig. Die Mutter ging in das Nebenzimmer und holte die warme Schüssel heraus. Da sagten sie: »O Mutter! Diese Schüssel ist warm, und du hast doch gar kein Feuer im Haus.« Sie antwortete: »Ich habe sie aus dem Packsack geholt.« – »Aus welchem Sack?« – »Aus dem, dem ein Geist dienstbar ist und den ein Magier aus dem Maghreb eurem Bruder geschenkt hat; sagt aber niemandem etwas davon.« – »Wir wollen es geheimhalten, aber zeige es uns doch einmal, wie das zugeht.« Als sie ihnen den Sack gezeigt hatte, sagte Salem zu Selim: »Wie lange sollen wir noch bei Djaudar uns wie Diener behandeln lassen und von Almosen leben? Wir wollen List gegen ihn gebrauchen und den Sack in unsere Gewalt bringen.« Selim fragte: »Wie willst du dies anfangen?« – »Wir verkaufen Djaudar als Matrosen.« – »Wie können wir dies?« – »Du sollst es diesen Abend schon sehen. Wir gehen zusammen zum Raïs des Roten Meeres und laden ihn zu uns ein; er wird uns glauben, was wir ihm über Djaudar sagen.« Als sie beschlossen hatten, ihren Bruder zu verkaufen, gingen sie zum Raïs, und Salem sagte ihm: »Herr, wir beide sind Brüder und haben noch einen dritten Bruder, der ein sehr verworfener Mensch ist. Als unser Vater starb und uns Vermögen hinterließ, teilten wir es untereinander, aber unser Bruder hatte bald seinen Anteil in sündhafter Weise verschwendet; er klagte uns dann an, wir hätten ihm zu wenig gegeben, und führte so lang Prozesse gegen uns, bis wir auch arm wurden; es wäre uns daher sehr lieb, wenn du ihn uns abkaufen wolltest.« Da sagte der Hafenmeister: »Wenn ihr durch irgendeine List mir ihn hierherschaffen könnt, so schicke ich ihn gleich auf See.« – »Wir können ihn nicht hierherbringen«, erwiderte Salem, »doch sei du unser Gast und bringe nur zwei Männer mit; wenn unser Bruder dann schläft, so fallen wir alle über ihn her und knebeln ihn und führen ihn im Schutz der Nacht aus der Stadt.« Der Raïs sagte: »Gut, wollt ihr ihn für vierzig Denare verkaufen?« – »Recht gern,« antwortete Salem, und er bezeichnete ihm einen Platz, wo er sich nach dem Nachtgebet einfinden sollte. Die beiden Brüder gingen hierauf wieder zu Djaudar, und Salem küsste ihm die Hand. Djaudar fragte: »Was hast du, mein Bruder?« Salem antwortete: »Wisse, wir haben einen Freund, der uns oft schon eingeladen und uns tausend andere Gefälligkeiten erwiesen hat; als ich ihn heute sah und grüßte, lud er mich wieder ein; ich sagte ihm aber, ich könne meinen Bruder nicht allein lassen. Da sagte er: ›Bring ihn mit.‹ Ich erwiderte: ›Das wird er nicht wollen. Sei du lieber mit deinen Freunden – es saßen einige bei ihm – unser Gast.‹ Ich sagte dies, weil ich nicht glaubte, dass er meine Einladung annehmen würde. Nun nahm er sie aber an und bat mich, ihn am Tor der kleinen Moschee zu erwarten; ich komme daher ganz beschämt zu dir und frage, ob du unser Herz stärken und sie als deine Gäste aufnehmen wirst oder, wenn du sie nicht in dein Haus nehmen willst, sie doch bei einem unserer Nachbarn bewirten lässt?«

Djaudar sagte: »Warum soll ich sie zu den Nachbarn schicken? Ist etwa unser Haus zu eng, oder haben wir nicht genug für sie zu essen? Schäme dich, mich deswegen zu fragen. Haben wir nicht die besten Speisen und Süßigkeiten und so viel, dass immer noch etwas übrig bleibt? Du kannst Leute bringen, so viel du willst, und wenn ich nicht zu Hause bin, so wird meine Mutter dir Speisen bringen; geh also, und hole deine Gäste. Allahs Segen mag über uns kommen!«

Salem küsste ihm die Hand und ging an das Tor der kleinen Moschee, wo nach dem Nachtgebet der Raïs mit seinen Leuten sich einfand, und er führte sie in Djaudars Haus. Djaudar stand auf, hieß sie willkommen, und ahnte nicht, was sie im Herzen gegen ihn verbargen. Er bat dann seine Mutter, das Nachtessen zu bringen, und sie holte vierzig Speisen, die ihr Djaudar nacheinander angab. Der Raïs und seine Leute aßen nun, bis sie satt waren, und glaubten, das alles käme von Salem. Als der dritte Teil der Nacht vorüber war und sie auch süße Speisen gegessen hatten, legten sie sich schlafen. Sobald aber Djaudar einschlief, fielen sie über ihn her, und ehe er erwachte, stopften sie ihm den Mund zu und führten ihn zur Stadt hinaus nach Suez, wo er ein ganzes Jahr lang mit Fesseln an den Füßen, wie ein Sklave, die gewöhnlichsten Arbeiten verrichten musste.

Das ist, was Djaudar betrifft; seine Brüder aber gingen am folgenden Morgen zu ihrer Mutter und fragten sie, ob Djaudar noch nicht wach sei. – »Weckt ihn auf!« – »Wo schläft er denn?« – »Bei den Gästen.« – »Nun, so ist er wahrscheinlich mit den Gästen fortgegangen, um neue Schätze zu entdecken, denn er findet Geschmack an der Fremde, und ich habe gehört, wie die Gäste, welche Maghrebiner waren, ihm zuredeten, mit ihnen zu gehen.« – »Ist er denn mit Maghrebinern zusammengekommen?« – »Waren denn nicht solche unsere Gäste?« – »Nun, so wird er mit ihnen gegangen sein, Allah lenke ihn, er wird gewiss mit vielem Segen zurückkehren.« Doch fiel es ihr so schwer, von ihm getrennt zu leben, dass sie weinte. – »Du Verruchte, so sehr liebst du Djaudar, wenn wir aber noch so lange abwesend bleiben, betrübst du dich nicht, und wenn wir bei dir sind, freust du dich nicht; sind wir nicht ebenso gut deine Kinder wie Djaudar?« – »Ihr seid auch meine Kinder, doch ihr habt mir nie Gutes erwiesen, von dem Tag an, wo euer Vater starb; Djaudar aber hat mich stets verehrt und unterstützt, er verdient, dass ich um ihn weine, denn ich sowohl als auch ihr haben ihm viel zu verdanken.« – Die beiden Brüder schmähten und schlugen ihre Mutter und gingen hierauf in das Nebenzimmer, um den Packsack zu suchen; da stolperten sie über den anderen Packsack, der mit Gold und Edelsteinen gefüllt war, und sagten: »O Verruchte! Hier ist das Geld unseres Vaters.« – »Nein, bei Allah! Es gehört eurem Bruder Djaudar, der es aus dem Maghreb gebracht hat.« – »Nein, es ist das Vermögen unseres Vaters, das wir jetzt nehmen und unter uns teilen.« Als die Teilung des Geldes vorüber war und sie miteinander über den Besitz des anderen Sackes stritten, sagte ihre Mutter: »O meine Söhne, ihr habt den Sack mit Gold und Edelsteinen unter euch geteilt. Diesen Sack könnt ihr nicht teilen, sonst ist er nichts mehr wert; lasst ihn also mir, ich will euch zu jeder Zeit die Speisen herausholen, die ihr verlangt, und wollt ihr mich von eurem Geld kleiden, so bin ich zufrieden, und wir können ruhig beisammenleben; wie leicht kann euer Bruder zurückkommen und euch zuschanden machen.« Sie zankten aber die ganze Nacht fort, bis ein Kawass des Sultans, der in einem der benachbarten Häuser zu Gast war, an einem Fenster, das in die Wohnung Djaudars ging, alles hörte. Der Kawass berichtete am folgenden Morgen dem Sultan, Schems ad-Daulat, alles, was er gehört hatte; der Sultan schickte sogleich nach Djaudars Brüdern und ließ sie foltern, bis sie alles eingestanden; dann ließ er ihnen beide Säcke wegnehmen und sie einsperren, ihrer Mutter aber ließ er jeden Tag aus seinem Schloss bringen, wessen sie bedurfte.

Djaudar machte, nachdem er ein ganzes Jahr in Suez zugebracht hatte, eine Seereise; da erhob sich ein mächtiger Sturmwind, der das Schiff auf Klippen stieß, die es zerschmetterten; nur Djaudar rettete sich ans Land.

Da kam er zu einem arabischen Stamm und erzählte dessen Ältesten, was ihm widerfahren war. Bei diesen Arabern befand sich aber ein Kaufmann aus Djidda, der ihn bemitleidete. Er sagte zu Djaudar: »Bleibe bei mir als Gehilfe und reise mit mir nach Djidda.« Djaudar willigte ein und wurde von dem Kaufmann sehr gut behandelt. Von Djidda aus pilgerte der Kaufmann mit ihm nach Mekka.

Auf einmal, als Djaudar den Kreis um die Kaaba machte, begegnete er seinem alten Freund Abd as-Sahamd. Sobald dieser Djaudar sah, grüßte er ihn und fragte ihn, wie es ihm gehe. Und als er von seinem Unglück hörte, nahm er ihn mit in seine Wohnung, schenkte ihm ein unbeschreiblich schönes Gewand und sagte, nachdem er seine Magie zu Rat gezogen: »Die Zeit deines Unglücks ist zu Ende, deine Brüder sind längst in Ägypten eingesperrt, dir wird es aber gut gehen; bleibe nur bei mir, bis du die Pflichten der Pilgerfahrt vollbracht hast.«

Djaudar erwiderte dem Abd as-Sahamd: »Ich will nur zu meinem Herrn gehen, bei dem ich diene, dann kehre ich wieder.« Abd as-Sahamd fragte: »Bist du etwas schuldig?« – »Nein«, antwortete Djaudar. »Nun«, sagte Abd as-Sahamd, »so geh und verabschiede dich bei ihm, denn da du sein Brot gegessen hast, so hat er ein Recht, das von dir zu verlangen.« Djaudar ging zum Kaufmann und sagte ihm, er habe einen Freund getroffen, bei dem er bleiben wolle. Der Kaufmann sagte: »Wenn dein Freund mein Gast sein will, so bring ihn mir her!« Djaudar erwiderte: »Er ist ein wohlhabender Mann, hat viele Diener und bedarf keiner Einladung.« Da gab ihm der Kaufmann für die Dienste, die er ihm geleistet hatte, zwanzig Denare. Djaudar nahm Abschied von ihm, ging mit dem Geld fort und schenkte es unterwegs einem Armen; dann kehrte er wieder zu Abd as-Sahamd zurück und blieb bei ihm, bis alle Feierlichkeiten der Pilgerfahrt vorüber waren. Nun gab ihm Abd as-Sahamd den Ring, den er unter den Schätzen Scham ar-Dals gefunden hatte, und sagte zu ihm: »Dieser Ring führt dich an dein Ziel, ihm gehorcht ein Diener, welcher Lärmender Donner heißt. Er erscheint, sobald du den Ring reibst, und du kannst ihm befehlen, was du willst.« Abd as-Sahamd rieb hierauf den Ring in Djaudars Gegenwart; da erschien sogleich ein Diener, der fragte: »Was wünschst du, mein Herr? Wenn du willst, so verwüste ich Städte oder mache sie blühend, ich bringe Könige um und schlage ganze Armeen.« Abd as-Sahamd antwortete: »Höre, Donner, dieser Mann ist nun dein Herr, gehorche ihm!« Er sagte dann zu Djaudar: »Bewahre diesen Ring wohl, denn du kannst durch ihn alle deine Feinde überlisten; unterschätze dessen Wert nicht.« Djaudar sagte: »Mit deiner Erlaubnis möchte ich in meine Heimat zurückreisen.« Abd as-Sahamd erwiderte: »Reibe nur den Ring, sobald du ihn reibst, wird der Diener erscheinen, der dich, wenn du es forderst, heute noch nach Ägypten bringt.« Djaudar nahm hierauf Abschied von Abd as-Sahamd, rieb den Ring, und als ihm der Diener erschien, sagte er: »Bringe mich heute nach Al Kahira.« Der Diener sagte: »Es sei dir gewährt«, nahm ihn auf den Rücken, flog mit ihm von Mittag bis Mitternacht, ließ ihn im Hof seines Hauses herunter und verschwand wieder. Als Djaudar zu seiner Mutter kam, erzählte sie ihm weinend, wie seine zwei Brüder sie behandelt hatten und wie sie die beiden Säcke verloren habe.

Djaudar, den das Schicksal seiner Brüder betrübte, sagte zu seiner Mutter: »Betrübe dich nicht über die Vergangenheit, ich will dir gleich zeigen, was ich vermag und wie ich meine Brüder hierher bringe.« Er rieb den Siegelring, der Diener erschien und sagte: »Was verlangt mein Herr?« Djaudar antwortete: »Ich befehle dir, meine Brüder aus dem Gefängnis hierher zu holen.« Der Diener versank in der Erde und stieg mitten im Gefängnis wieder auf, in einem Augenblick, wo gerade Salem und Selim vor harter Bedrängnis sich den Tod wünschten. Sie fielen in Ohnmacht, als der Diener mit ihnen in die Erde hinabsank, und als sie wieder zu sich kamen, befanden sie sich in ihrem Haus, wo Djaudar bei seiner Mutter saß.

Sobald Djaudar sie erblickte, grüßte und bemitleidete er sie, sie aber weinten und schlugen die Augen nieder. Djaudar sagte ihnen: »Weint nicht, Satan hat euch durch Habgier dahin gebracht, dass ihr mich verkauft habt, doch haben Jakobs Söhne ihrem Bruder Joseph noch weit mehr Unrecht getan als ihr mir, denn sie haben ihn in eine Grube geworfen. Ich verzeihe euch; bekehrt euch nur und betet zu Allah, dass er euch verzeihe: Er ist der Vergebende, der Barmherzige.« Er hieß seine Brüder nochmals willkommen und redete ihnen so sehr ins Gewissen, bis es ihnen leichter war; dann erzählte er ihnen, was er in Suez und auf der Reise gelitten, bis er Abd as-Sahamd traf, der ihm den Ring geschenkt hatte. Da riefen sie: »Verzeihe uns diesmal noch, o Bruder! Begehen wir aber noch einmal ein Unrecht gegen dich, so tu uns an, was du willst.« Djaudar sagte: »Fürchtet nichts, doch erzählt mir, wie der Sultan gegen euch verfahren ist.« Sie sagten: »Er hat uns eingeschüchtert, prügeln lassen und hat uns die beiden Säcke genommen.« Djaudar sagte: »Er wird schon aufmerken.« Er rieb hierauf den Ring, der Diener erschien, und Salem und Selim fürchteten sich sehr, weil sie glaubten, Djaudar werde ihm Befehl erteilen, sie umzubringen; sie umfassten ihre Mutter und sagten: »Wir begeben uns unter deinen Schutz, bitte für uns.« Djaudar aber sagte: »Fürchtet euch nicht, meine Brüder!« Dann wandte er sich zum Diener und befahl ihm, alles, was in den Schatzkammern des Sultans sei, zu bringen, besonders die beiden Säcke, die er seinen Brüdern abgenommen habe. Der Diener flog sogleich ins Schloss, packte alles zusammen, was in den Schatzkammern des Sultans war, und legte es vor Djaudar nieder. Dieser gab seiner Mutter den Packsack mit Edelsteinen zum Aufbewahren und legte den, dem ein Geist untergeordnet war, vor sich nieder; dann sagte er dem Diener: »Baue mir diese Nacht ein hohes Schloss, vergolde es und lege kostbare Diwane hinein; du musst aber, ehe der Tag anbricht, damit fertig sein.« Er holte dann Speisen aus dem Sack, vergnügte sich mit seinen Brüdern und schlief ein. Der Diener versammelte seine Genossen und befahl ihnen, ein Schloss zu bauen. Der eine musste Steine hauen, der andere bauen, der dritte vergolden, der vierte malen, der fünfte Diwane herrichten, und ehe der Tag anbrach, war das Schloss vollendet. Der Diener kam, um es Djaudar zu melden und ihn zu bitten, es anzusehen; Djaudar ging mit seiner Mutter und seinen Brüdern hin und sah ein Schloss, desgleichen nirgends zu finden ist und dessen Ausschmückung sie in Erstaunen versetzte. Es befand sich auf offener Straße, und er hatte nichts dafür ausgegeben. Er bat seine Mutter, hineinzuziehen und es zu bewohnen. Er rieb dann wieder den Ring, und als der Diener erschien, sagte er ihm: »Bring mir vierzig weiße Sklavinnen, vierzig Mamelucken und vierzig schwarze Sklaven.« Der Diener schickte seine Genossen nach Indien und Persien, und sie brachten die hübschesten Sklaven und Sklavinnen und stellten sie Djaudar vor.

Djaudar befahl dann dem Diener, jedem kostbare Kleidung zu bringen, und als dies geschehen war, ließ er auch Gewänder für sich, seine Mutter und Brüder bringen. Er stellte die Sklavinnen, als sie angekleidet waren, seiner Mutter vor und sagte ihnen: »Das ist eure Herrin, küsst ihr die Hand und befolgt alle ihre Befehle.« Die Mamelucken aber küssten Djaudar die Hand, er glich einem Sultan; seine Brüder umgaben ihn wie Wesire, und ein jeder von ihnen bewohnte mit seinen Sklaven und Sklavinnen einen Flügel des sehr geräumigen Schlosses. Das ist's, was Djaudar mit den Seinigen angeht.

Der Schatzmeister des Sultans aber, der am folgenden Morgen etwas aus der Schatzkammer holen wollte, fand sie ganz leer und schrie jämmerlich und fiel in Ohnmacht. Als er wieder zu sich kam, begab er sich zum Sultan und sagte ihm: »O Fürst der Gläubigen, deine Schatzkammer ist diese Nacht ausgeplündert worden.« Der Sultan fragte: »Was hast du mit den Schätzen getan, die ich gesammelt habe?« – »Bei Allah, dem Allmächtigen, ich weiß nicht, die Schatzkammer war gestern noch voll, und als ich heute hineinkam, war sie leer, und doch waren alle Türen verschlossen. Es war nirgends ein Einbruch zu sehen, kein Schloss war zerbrochen, ich weiß nicht, wie sie geleert worden ist.« – »Sind auch die beiden Säcke weggekommen?« – »Auch diese sind nicht mehr da.« Der Sultan verlor darüber ganz den Verstand und sagte außer sich zum Schatzmeister: »Geh vor mir her in die Schatzkammer!« Als der Sultan selbst in die Schatzkammer trat und sie ganz leer fand, geriet er in heftigen Zorn und sagte: »Wer wagt es, meinen Schatz zu berühren und meiner Macht zu trotzen?« Er versammelte nun seine Räte und die Anführer der Armeen und sagte ihnen: »Wisset, dass letzte Nacht alle meine

Schätze geraubt worden sind. Wer wagte es wohl, ein solches Verbrechen zu begehen?« Da trat der Kawass, der den früheren Streit zwischen Salem und Selim mit angehört hatte, vor und sagte: »O Sultan, wisse, ich habe diese Nacht so wunderbare Dinge gesehen, dass ich nicht mehr schlafen konnte.« – »Was hast du gesehen?«, fragte der Sultan. – »Ich habe die ganze Nacht bauen hören«, erwiderte der Kawass, »und als der Morgen anbrach, sah ich ein fertiggestelltes Schloss; ich fragte, wem es gehöre, und vernahm, es gehöre Djaudar, dem Sohn Omars, der mit vielen Schätzen, Mamelucken und Sklaven von seiner Reise zurückgekehrt sei; er hat auch seine Brüder aus dem Gefängnis befreit und lebt in seinem Schloss wie ein Sultan.« Der Sultan sagte: »Seht einmal im Gefängnis nach, ob Salem und Selim wirklich entkommen sind.« Man öffnete die Tür des Gefängnisses und fand weder Selim noch Salem. Da sagte der Sultan: »Gewiss hat derjenige, der Selim und Salem befreit, auch meine Schätze gestohlen, und beides kann kein anderer getan haben als ihr Bruder Djaudar.«

Der Sultan befahl darauf seinem Wesir: »Schicke einen Emir mit fünfzig Mann, um Djaudar und seine Brüder gefangen zu nehmen, lass auch alle ihre Güter versiegeln und hierher bringen, nur recht schnell.« Der Wesir sagte: »O Herr, mäßige deinen Zorn. Allah ist auch gnädig und straft nicht gleich die Menschen, die ihm widerspenstig sind; bedenke, dass, wenn Djaudar sich, wie du hörst, in einer Nacht ein so großes Schloss hat bauen lassen, er so mächtig ist, dass niemand sich mit ihm messen kann. Ich fürchte daher sehr für den Emir, es möchte ihm übel ergehen; lass uns lieber erst den Stand der Dinge untersuchen und auf andere Mittel sinnen. Zuletzt kann ja immer noch dein Wille geschehen.« Der Sultan sprach: »So rate du, was ich tun soll.« Der Wesir erwiderte: »Schicke ihm den Emir und lass ihn zu dir einladen, ich werde ihn an dich fesseln und sehen, ob er mutig und stark ist, dann suchen wir ihn zu überlisten. Ist er schwach, so kannst du ihn festnehmen und nach deinem Willen mit ihm verfahren.« Der Sultan billigte diesen Vorschlag und schickte den Emir Othman zu Djaudar, um ihn im Namen seines Herrn einzuladen. Dieser Emir war aber dumm und hochmütig; als er zu Djaudars Schloss kam, sah er einen Verschnittenen vor dem

Tor auf einem goldenen Stuhl sitzen; dieser Verschnittene war der Diener des Ringes selbst, dem Djaudar befohlen hatte, sich in der Gestalt eines Verschnittenen vor die Tür zu setzen. Der Verschnittene stand nicht vor dem Emir auf und trat ihm nicht entgegen, obwohl dieser von fünfzig Soldaten begleitet wurde. Der Emir Othman sagte zu ihm: »Sklave, wo ist dein Herr?« Er antwortete ihm, indem er sitzen blieb: »Er ist im Schloss.« Othman geriet in Zorn und sagte: »Du verruchter Sklave, warum bist du so unverschämt und stehst nicht auf, wenn du mit mir sprichst?« Der Verschnittene antwortete: »Geh deines Weges, und spar dir die vielen Worte.« Othman, außer sich vor Wut über diese Antwort, zog sein Schwert und wollte nach dem Geist, den er für einen Sklaven hielt, schlagen; als der Verschnittene aber dies sah, nahm er ihm das Schwert weg und versetzte ihm vier Hiebe. Die Soldaten, die Othman begleiteten, zogen nun ihre Schwerter, um ihrem Herrn zu helfen, aber der Verschnittene schlug sie zurück und verwundete jeden, der sein Schwert gezogen hatte, sodass sie alle die Flucht ergriffen. Der Verschnittene setzte sich wieder auf seinen Stuhl und kümmerte sich dann um nichts weiter.

Als der Emir mit seinen flüchtenden Soldaten wieder zum Sultan kam, sagte er ihm: »O Herr, ich habe in meinem Leben kein Schloss gesehen wie jenes, das Djaudar gebaut hat. Als ich an dessen Tor kam, sah ich einen Verschnittenen auf einem goldenen Stuhl sitzen; er war so stolz, dass er sich nicht von seinem Platz bewegte, als er mich kommen sah, und mich auch sitzend anredete; da wurde ich aufgebracht und zog mein Schwert gegen ihn, er nahm mir aber mein Schwert weg und schlug mich und meine Soldaten, sodass wir fliehen mussten.«

Der Sultan geriet in heftigen Zorn, als er dies hörte, und sagte: »Lasst hundert Reiter gegen das Schloss ziehen!« Es zogen hundert Reiter dahin, aber auch sie wurden vom Verschnittenen in die Flucht geschlagen; sie kehrten bestürzt zurück und sagten: »O Herr der Zeit, der Verschnittene hat uns geschlagen, und wir fürchteten uns so sehr, dass wir vor ihm flohen.« Der Sultan schickte hierauf zweihundert Mann gegen Djaudars Schloss, und als auch diese ihre Niederlage ihrem Herrn berichteten, sagte er zu seinem Wesir: »Nun musst du mit fünfhundert

Mann gegen dieses Schloss ziehen und mir den Verschnittenen, Djaudar und seine Brüder hierher bringen.« Der Wesir sagte: »Mein Herr, ich brauche keine Truppen, ich will lieber ganz unbewaffnet hingehen.« Der Sultan sprach daraufhin: »Geh und tue, was du für angemessen hältst.« Der Wesir warf seine Waffen weg, zog ein weißes Kleid an, nahm eine Gebetsschnur in die Hand und ging allein zu Djaudars Schloss. Als der Verschnittene ihn sah, erhob er sich von seinem Stuhl und begrüßte ihn ganz ehrerbietig mit den Worten: »Friede sei mit dir, Mensch!« Der Wesir merkte aus dieser Anrede, dass der Verschnittene ein Dschinni [aus Feuer geschaffene Geistwesen] sein müsse, und fragte, vor Angst zitternd: »Ist dein Herr Djaudar hier?« – »Er ist im Schloss.« – »Mein Herr, geh zu ihm und sage ihm, Sultan Schems ad-Daulat lasse ihn grüßen und zu einem Gastmahl einladen.« – »Warte hier, ich will mit ihm sprechen.« Der Wesir blieb bescheiden vor dem Tor stehen, und der Dschinni ging ins Schloss und sagte zu Djaudar: »Wisse, mein Herr, der Sultan hat dir einen Emir geschickt, den ich geschlagen habe, und die fünfzig Mann, die er bei sich hatte, habe ich in die Flucht getrieben; dann schickte er hundert Reiter, dann zweihundert, die ich ebenfalls in die Flucht schlug; nun schickt er dir seinen Wesir ohne Waffen, um dich zu einem Gastmahl zu laden. Was sagst du dazu?« Djaudar antwortete: »Geh und bringe mir den Wesir hierher.« Der Dschinni ging hinunter und sagte zum Wesir: »Mein Herr wünscht dich zu sprechen.« Der Wesir trat ins Schloss und sah Djaudar auf einem Diwan sitzen, prachtvoller als der seines Herrn; sein Erstaunen über die Pracht dieses Schlosses und dessen Ausschmückung war so groß, dass ihm der Sultan nur noch wie ein Bettler erschien. Er verbeugte sich vor Djaudar und grüßte ihn. Djaudar sagte: »Was ist dein Begehren?« – »Mein Herr lässt dich grüßen und wünscht dein edles Antlitz zu sehen; er hat auch schon ein Fest vorbereiten lassen, um dich zu empfangen. Wirst du wohl ihm diese Freude gönnen?« – »Wenn er mein Freund ist, so grüße ihn und sage ihm, er solle zu mir kommen.« Der Wesir wollte wieder fortgehen, aber Djaudar rieb dann den Ring, und als der Diener erschien, sagte er ihm: »Bringe mir eines der schönsten Gewänder!« Als der Diener es brachte, gab es Djaudar dem Wesir mit den Worten: »Zieh es an, und sage deinem Herrn, was ich dir aufgetragen habe.« Als der Wesir in seinem neuen Kleid dem Sultan erzählte, was er gesehen und was Djaudar ihm aufgetragen hatte, brach jener auf und zog, von vielen Truppen begleitet, zu dem Schloss. Auch Djaudar hatte inzwischen dem Diener befohlen, den Hof des Schlosses mit Geistern in Gestalt kräftiger Soldaten mit allerlei Waffen und Kriegsrüstung zu füllen.

Als der Sultan in den Hof des Schlosses kam und die aufgestellten Truppen sah – lauter große, starke Männer mit herrlichen Waffen –, fürchtete er sich vor ihnen; er ging demütig in den Saal, wo Djaudar saß, von mehr Glanz umgeben als irgendein Sultan, grüßte ihn und wünschte ihm Glück. Djaudar stand nicht auf und forderte den Sultan nicht auf, sich zu setzen. Djaudar redete ihn sitzend an: »O Herr, einem Mann wie Euch ziemt es nicht, dass er die Menschen so unterdrückt und ihnen ihr Gut wegnimmt!« Der Sultan sagte: »Verzeih mir! Die Habgier hat mich dazu getrieben; die Bestimmung wollte es so. Gäbe es keine Schuld, so gäbe es auch keine Großmut.« Er entschuldigte sich dann lange und bat um Gnade, bis Djaudar ihm verzieh, ihn sitzen hieß und ihm einen Kaftan als Pfand der Gnade schenkte. Er befahl dann seinen Brüdern, den Tisch zu decken, und nachdem sie gegessen hatten, schenkte er dem ganzen Gefolge des Sultans neue Gewänder. Der Sultan gab dann Befehl zum Aufbruch und verließ Djaudar. Am folgenden Tag besuchte er ihn wieder und so jeden Tag; auch hielt er alle Versammlungen in Djaudars Schloss ab und befreundete sich immer mehr mit ihm. Nach einiger Zeit aber sagte der Sultan zu seinem Wesir: »Ich fürchte, Djaudar wird mich doch am Ende umbringen und mein Reich an sich reißen.« Der Wesir erwiderte: »Was dein Reich betrifft, so kannst du ohne Furcht sein, denn Djaudar besitzt mehr als ein Königreich; was aber deine Furcht, umgebracht zu werden, angeht, so hast du ja eine Tochter, gib sie ihm zur Frau, dann seid ihr verschwägert, und du hast nichts von ihm zu fürchten.« – »Willst du Vermittler zwischen uns sein?« – »Recht gern; lade ihn zu dir ein, und wenn wir nachts beisammen wachen, so lass deine Tochter im schönsten Aufzug an der Tür des Saals vorübergehen, und wenn er sie bemerkt und schön findet, so sage ich ihm, sie sei deine Tochter; er wird dann bei mir um sie werben, und du stellst dich, als wüsstest du von der ganzen Sache nichts, und heiratet er sie, so bildet ihr nur eine Familie, du hast nichts mehr von ihm zu fürchten und erbst nach seinem Tod alles, was er besitzt.« – »Dein Rat ist vortrefflich.« Der Sultan ließ sogleich die Tafel decken und lud Djaudar dazu ein, und nachdem sie bis abends in der höchsten Vertraulichkeit miteinander gezecht hatten, ließ er seine Tochter, herrlich geschmückt, vorübergehen; diese war so unvergleichlich schön und reizend, dass, sobald Djaudar sie erblickte, er ganz blass wurde, einen tiefen Seufzer ausstieß, an allen Gliedern zitterte und ganz außer sich geriet. Der Wesir neigte sich zu ihm hin und fragte, warum er so seufze. »Wem gehört dieses Mädchen, das mein Herz und meinen Verstand geraubt hat?« – »Es ist die Tochter deines Freundes; wenn sie dir gefällt, so will ich mit unserem Herrn sprechen, dass er sie dir zur Frau gibt.« – »Tu dies, ich will eine so große Morgengabe herbeischaffen, wie er verlangt, und dir schenken, was du willst.« Der Wesir neigte sich dann zu seinem Herrn und sagte: »Dein Freund Djaudar ersucht mich, dich zu bitten, dass du ihm deine Tochter zur Frau gibst; er will jede beliebige Morgengabe entrichten.« Darauf antwortete der Sultan: »Es sei, als habe ich die Morgengabe schon erhalten. Ich bin sein Diener und meine Tochter seine Sklavin; er erweist mir noch eine Gnade, wenn er sie annimmt.«

Am folgenden Morgen versammelte der Sultan alle seine Freunde und Würdenträger, ließ auch den Mufti kommen und einen Ehekontrakt zwischen Djaudar und seiner Tochter ausstellen. Djaudar ließ den Packsack mit Edelsteinen holen und schenkte ihn dem König als Morgengabe; Trommeln und Schellen ertönten in der ganzen Stadt, die Hochzeit wurde mit großen Festlichkeiten begangen, und der Sultan und Djaudar waren von nun an ein Herz und eine Seele. Bald starb aber der Herrscher, und Djaudar wurde von den Truppen zum Sultan ausgerufen. Er weigerte sich zwar, die Regierung anzunehmen, man drang aber so sehr von allen Seiten in ihn, bis er nachgab. Er ließ eine Moschee auf dem Begräbnisplatz des verstorbenen Sultans erbauen, und stiftete das Nötige für deren Unterhalt, sie befindet sich im Stadtviertel Bundukanijeh. Djaudars Palast aber war im Stadtviertel Jemanijeh, das später, als er hier auch eine Moschee bauen ließ, Djaudarieh genannt wurde. Djaudar ernannte Salem zu seinem Wesir zur Rechten und Selim zu seinem Wesir zur Linken. Nach Verlauf eines Jahres aber sagte Salem zu Selim: »Wie lange wollen wir noch die Diener unseres Bruders bleiben? Sollen wir nie selbst Herren werden?« Selim sagte: »Ersinne eine List, wie wir ihn umbringen und ihm den Sack und den Ring nehmen.« Salem sagte: »Das will ich, unter der Bedingung, dass ich dann Sultan werde und den Ring behalte; dafür sollst du den Sack nehmen und mein Wesir zur Rechten sein.« Nach weiterer Verabredung gingen sie zu Djaudar und sagten: »Wir wünschten, dass du uns auch einmal die Ehre erweist, unser Gast zu sein.« Djaudar fragte: »Zu wem von euch soll ich heute Abend kommen?« – »Heute Abend zu mir«, antwortete Salem, »und ein andermal zu Selim.« Salem ließ ein Mahl bereiten und vergiftete das Essen, das er Djaudar vorsetzte, sodass gleich sein Fleisch und seine Knochen zersetzt wurden. Er wollte ihm dann den Ring abnehmen. Da er sich aber nicht abstreifen ließ, schnitt er ihm den Finger ab, rieb den Ring, und als der Diener erschien, befahl er ihm, seinen Bruder Selim zu töten und, nebst dem vergifteten Djaudar, ihn den Großen des Reichs, die in einem anderen Saal an der Tafel saßen, vorzuwerfen. Als die Gäste die zwei Leichen sahen, fragten sie den Dschinni, wer den neuen Sultan und den Wesir umgebracht habe. Der Dschinni antwortete: »Ihr Bruder Salem.« In diesem Augenblick trat Salem herein und sagte: »Esst nur weiter und seid vergnügt, ich besitze meines Bruders Ring, und Selim, dessen Verrat ich fürchtete, ist auch tot. Ihr müsst mich nun als Sultan anerkennen, sonst lasse ich euch alle umbringen.« Aus Todesangst riefen nun alle: »Wir wollen dich gern zum Sultan wählen.« Er hieß sie dann weiteressen, was sie aus Furcht auch taten. Dann ließ er seine Brüder beerdigen und zog mit großem Pomp in den Thronsaal und ließ sich huldigen. Endlich verlangte er auch, dass man den Ehekontrakt zwischen seiner Schwägerin und ihm schreibe. Man sagte ihm: »Warte, bis die gesetzliche Trauerzeit vorüber ist!« Salem erwiderte aber: »Ich kenne kein Gesetz. Bei meinem Haupt, sie muss diese Nacht noch meine Gattin werden.« Man schrieb den Ehekontrakt und benachrichtigte Djaudars Witwe davon. Diese empfing Salem und bewillkommnete ihn freundlich, reichte ihm aber vergiftetes Wasser, woran er starb. Sie nahm dann den Ring und zerbrach ihn, damit ihn niemand mehr besitze, zerriss den Sack und ließ dem Scheich al-Islam [Mufti] und den Truppen Nachricht von Salems Tod geben und forderte sie auf, einen anderen Sultan zu wählen. Dies taten auch die Würdenträger des Reichs und wählten den Würdigsten unter ihnen.

Seit dieser Zeit, als Djaudar den Ring und den wundersamen Sack erhielt, wurde uns nichts mehr berichtet vom Beistand maghrebinischer Magier und von guten Geistern. Denn das Böse und Gemeine, wie von Salem und Selim begangen, fliehen die Kräfte der Weißen Magie und wenden sich voll Trauer und Abscheu von den Söhnen Adams.

Der Fischer und der Geist aus der Flasche

Es war einmal ein alter und armer Fischer, der kaum so viel erwerben konnte, um seine Frau und seine drei Kinder zu ernähren. Er ging jeden Tag sehr früh zum Fischfang, hatte es sich aber zur Regel gemacht, nur viermal am Tag sein Netz auszuwerfen. Einmal ging er bei Mondschein zum Dorf hinaus an das Ufer des Meeres; er stellte seinen Korb ab, hob sein Hemd hoch, watete ins Wasser, warf das Netz aus und wartete, bis es untersank; dann wollte er es langsam einziehen, aber er fühlte einen Widerstand und zog daher mit größerer Gewalt daran, um den Widerstand zu brechen. Da er es dennoch nicht von der Stelle brachte, so ging er an Land, befestigte das Ende des Taus, an dem das Netz hing, entkleidete sich, tauchte in der Nähe des Netzes unter und arbeitete so lange, bis er es endlich ans Ufer gezogen hatte. Darin fand er einen toten Esel, durch den das Netz ganz zerrissen war. Als der Fischer dies sah, war er traurig und niedergeschlagen und sagte: »Es gibt nur Schutz und Kraft beim Erhabenen. Mit dem Lebensunterhalt geht es wunderbar zu: Der eine fängt Fische, und der andere isst sie.«

Er wickelte darauf den Esel aus seinem Netz, setzte sich auf die Erde und besserte sein zerrissenes Netz wieder aus. Als er damit fertig war, drückte er es tüchtig aus, ging wieder ins Wasser, rief den Namen Allahs, des Erhabenen, an, warf das Netz aus und wartete, bis es untertauchte. Dann zog er das Tau langsam an sich, spürte abermals starken Widerstand und zog noch fester als zuvor. Er glaubte, es sei ein Fisch und freute sich darüber, zog seine Kleider aus und tauchte unter, um das Netz loszumachen. Langsam zog er es an Land und fand darin einen großen irdenen Topf voll Sand und Schmutz. Als er dies sah, weinte er, war sehr betrübt und sagte: »Dies ist ein wunderbarer Tag; ich gehöre dem Allerbarmer und vertraue ihm.«

Er warf dann den Topf weg, drückte das Wasser aus dem Netz, breitete es aus, ging wieder ans Meer, warf dann das Netz zum dritten Mal aus und wartete, bis es untertauchte. Als er es wieder an sich zog, waren Scherben, Steine, Knochen und anderer Unrat darin. Der Fischer weinte vor Müdigkeit und Anstrengung; er dachte auch an seine Frau und seine Kinder, die zu Hause ohne Nahrung waren, und sprach voller Verzweiflung: »Hole mich heim, o Tod, denn mein Leben ist schrecklich und ohne Trost.«

Er richtete dann seine Augen zum Himmel. Die Morgenröte war schon angebrochen, und der Tag fing an zu leuchten; da sprach er: »O Allah, du weißt, dass ich mein Netz an einem Tag nur viermal auswerfe; schon habe ich es dreimal getan; es bleibt mir nur noch ein Wurf übrig. Tue mir ein Wunder, o Allah, wie du es dem Propheten Musa getan hast!«

Hierauf flickte er das Netz wieder, warf es ins Meer, wartete, bis es untersank und hängen blieb, um es dann wieder heraufzuziehen, allein er vermochte es nicht, denn es war ganz zerrissen und hing am Grund fest. »Es gibt keinen Schutz und keine Macht außer Allah!«, rief er aus, dann entkleidete er sich, tauchte unter und gab sich viele Mühe, das Netz loszumachen. Als er damit wieder auftauchte, fand er eine Messingflasche darin, die oben mit Blei verschlossen war und Salomons Siegel trug. Als der Fischer das sah, freute er sich und dachte: »Die verkaufe ich dem Kupferschmied, denn sie ist gewiss zwei Dirham Weizen wert.« Er schüttelte die Flasche und bemerkte, dass sie mit etwas gefüllt war. Da dachte er: »Ich will doch einmal sehen, was in dieser Flasche ist und sie erst öffnen und dann verkaufen.« Er zog ein Messer aus der Tasche, durchschnitt damit den Bleiverschluss und arbeitete so lange, bis er die Flasche geöffnet hatte. Hierauf nahm er sie, setzte sie an den Mund und schüttelte sie, aber es kam nichts heraus. Der Fischer war darüber sehr erstaunt. Doch nach einer Weile stieg Rauch aus der Flasche empor, der sich rasch verbreitete und immer mehr zunahm, bis er das ganze Meer bedeckte, dann stieg er bis zu den Wolken am Himmel hoch. Der Fischer wunderte sich, als er das sah. Als dann aller Rauch aus der Flasche entwichen war, verdichtete und vereinigte er sich zu einem Geist, dessen Füße auf der Erde standen und dessen Kopf bis in die Wolken ragte. Er hatte einen Kopf wie ein Wolf, Vorderzähne wie ein Hund, einen Mund wie eine Höhle, Zähne wie Felsenstein, Nasenlöcher wie Trompeten, Ohren wie Pfeile, einen Hals wie ein Schlauch, Augen wie Laternen; mit einem Wort: Er war abscheulich hässlich.

Als der Fischer ihn sah, zitterte er am ganzen Körper, seine Zähne klapperten, und sein Hals wurde trocken. Da sagte der Geist: »O Salomon, Prophet Allahs! Verzeih, verzeih! Ich will dir nie mehr ungehorsam sein und deinen Befehlen nie mehr zuwiderhandeln!«

Da erwiderte ihm der Fischer: »O Geist, was sagst du von unserem Herrn Salomon, dem Propheten des Erhabenen? Er ist vor mehr als achtzehnhundert Jahren gestorben, und wir leben in einer viel späteren Zeit. Was ist dir widerfahren? Wie bist du in diese Rasche hineingeraten?«

Als der Geist dies hörte, sagte er: »Vernimm eine gute Nachricht!« Da dachte der Fischer bei sich: »O Tag der Glückseligkeit!« Der Geist aber fuhr fort: »Ich bringe dir die Nachricht, dass du sogleich umgebracht werden sollst!« Hierauf sagte der Fischer: »Du verdienst für diese Botschaft, dass dir der Schutz und die Gnade Allahs entzogen werde. Warum willst du mich umbringen, da ich dich doch befreit und aus der Tiefe des Meeres herausgezogen habe?« Der Geist aber antwortete: »Bitte dir etwas aus von mir.« Der Fischer fragte freudig: »Was sollte ich mir von dir ausbitten?« Und der Geist antwortete: »Bitte dir die Todesart aus, an der du sterben willst, damit ich dich auf solche Weise töte.«

»Was habe ich verbrochen?«, wiederholte der Fischer, »ist das mein Lohn, dass ich dich befreit habe?« Darauf sprach der Geist: »So höre meine Geschichte!«

»So erzähle!«, erwiderte der Fischer, »doch mach's kurz!«

Und der Geist sprach: »Wisse, ich gehöre zu den widerspenstigen und abtrünnigen Geistern, die Salomon, der Prophet des Erhabenen, zur Unterwerfung brachte. Ich jedoch war ihm ungehorsam, und so sandte er mir Asaf, den Sohn des Berachja, der gegen meinen Willen zu mir kam und das Urteil über mich aussprach und vollzog. Er fesselte mich und brachte mich zu Salomon, dem Propheten des Erhabenen. Als dieser mich sah, nahm er seine Zuflucht zu Allah, weil er sich vor mir und meiner Gestalt fürchtete. Er sagte mir, ich solle ihm gehorsam sein, aber als ich mich weigerte, ließ er diese Messingflasche bringen, sperrte mich hinein, versiegelte sie mit Blei, drückte den Namen des Erhabenen darauf und befahl dann einem Geist, mich wegzutragen und in der Tiefe des Meeres zu versenken. Während ich zweihundert Jahre darin gefangen war, beschloss ich, den reich zu machen, der mich in den ersten zweihundert Jahren befreien würde. Die zweihundert Jahre verflossen aber, ohne dass mich jemand befreite. Es vergingen dann wieder zweihundert Jahre, und ich beschloss nunmehr, dem, der mich befreien würde, alle Schätze der Erde zu geben. Es vergingen aber vierhundert Jahre, und niemand befreite mich. In den folgenden zweihundert Jahren beschloss ich, meinen Befreier zum Sultan zu machen, selbst sein Diener zu werden und ihm täglich drei Wünsche zu gewähren. Aber auch in diesen zweihundert Jahren befreite mich niemand. Nun wurde ich böse, stampfte, tobte, wütete und beschloss, den zu töten, der mich von nun an befreien würde, ihn entweder den schrecklichsten Tod sterben oder ihn selbst wählen zu lassen, wie er sterben wolle. Und kurz nach diesem Beschluss kamst du, mich zu befreien. Sage mir also jetzt, auf welche Weise ich dich umbringen soll!«

Als der Fischer diese Worte des Geistes vernahm, sagte er: »Ich gehöre dem Allweisen an und kehre zu ihm zurück; musste ich dich gerade in diesen unglücklichen Jahren befreien, so ist mein Schicksal verflucht; doch verzeihe mir, Allah wird auch dir verzeihen, töte mich nicht, sonst wird Allah jemandem die Kraft verleihen, auch dich zu töten.«

»Es hilft alles nichts«, erwiderte hierauf der Geist, »sage mir nur, wie du sterben willst.« Als der Fischer sah, dass er wirklich den Tod erleiden sollte, war er sehr traurig und rief weinend aus: »O meine Kinder! Allah stärke mir das Herz!« Hierauf wandte er sich wieder an den Geist und sagte: »Bei Allah, verzeihe mir zum Lohn, dass ich dich aus dieser unseligen Flasche befreit habe!« Da antwortete der Geist: »Gerade weil du mich gerettet hast, will ich dich umbringen.« – »Wie«, sagte der Fischer, »ich habe dir eine Wohltat erwiesen, und du willst mir dafür Böses tun?«

Der Geist versetzte nun: »Zaudere nicht lange, du wirst umgebracht, wie ich dir gesagt habe.« Da dachte der Fischer: »Dieser ist ein Geist, und ich bin ein Mensch; Allah hat mich durch den Verstand über ihn erhoben. Ich will ihn mit meinem Verstand überlisten.« Er überlegte eine Weile und sprach dann zu dem Geist: »Willst du mich denn durchaus töten?« Und als der Geist diese Frage bejahte, sprach er weiter: »Bei der Wahrheit des höchsten Namens, der auf Salomons Siegel gestochen war, wirst du mir die Wahrheit sagen, wenn ich dich etwas frage?« Der Geist zitterte und bebte, als er den erhabenen Namen hörte, und antwortete: »Frage immerhin, doch mach's kurz!« Da sagte der Fischer zu dem Geist: »Bei dem Namen des Erhabenen frage ich dich, warst du in dieser Flasche eingesperrt?«

»Ich war darin eingesperrt, beim Erhabenen«, antwortete der Geist. »Du lügst«, versetzte der Fischer, »denn in dieser Flasche hätte nicht einmal deine Hand Platz. Sie würde schon durch deine Füße zersprengt werden. Wie soll sie dich ganz aufnehmen können?« Da entgegnete der Geist: »Bei Allah, ich war darin, willst du es nicht glauben?«

»Nein«, antwortete der Fischer. Da löste sich der Geist nach und nach auf, wurde ganz zu Rauch, der in die Höhe stieg und sich über das Meer und das Land ausbreitete. Er zog sich dann wieder zusammen und verschwand nach und nach in der Flasche, bis er endlich ganz darin war. Da schrie er aus der Flasche heraus: »Siehst du nun, Fischer, wie ich in der Flasche bin? Glaubst du mir jetzt?« Aber der Fischer nahm sogleich den Bleiverschluss, mit dem die Flasche verschlossen war, und drückte ihn wieder darauf. Dann rief er: »O Geist! Wähle du nun, wie du sterben willst und wie ich dich wieder ins Meer werfen soll; dann werde ich hier ein Haus bauen lassen und alle Fischer warnen, die hier fischen wollen, und ihnen sagen: ›Hier liegt ein Geist, der den umbringt, der ihn heraufzieht und befreit und ihn nur wählen lässt, welchen Tod er sterben wolle.‹« Als der Geist das hörte und sich wieder eingesperrt sah, heraus wollte und nicht konnte, weil Salomons Siegel ihn zurückhielt, so merkte er wohl, dass der Fischer ihn überlistet hatte, und er sprach zu ihm: »Guter Fischer, tue doch das nicht, ich habe nur einen Scherz mit dir gemacht!«

»Du lügst«, sagte der Fischer, »du schändlichster und niedrigster aller Geister!« Der Fischer zielte dann mit der Flasche ins Meer, während der Geist schrie: »Nicht doch, nicht doch!« Aber der Fischer rief: »Ja doch, ja doch!«

Jetzt war der Geist sehr demütig und sprach im bittenden Ton: »Was willst du tun, guter Fischer?«

»Dich ins Meer werfen«, antwortete dieser, »und hast du zum ersten Male achthundert Jahre im Meer bleiben müssen, so werde ich dich diesmal bis zur letzten Stunde dort lassen. Habe ich dir nicht gesagt: ›Lass mich leben, Allah wird auch dich erhalten?‹ Du wolltest aber durchaus treulos gegen mich werden und mich umbringen; nun werde ich ebenso gegen dich verfahren.«

Da sprach der Geist: »Öffne, o Fischer! Ich will dich reich machen und dir viel Gutes erweisen.«

»Du lügst«, sagte der Fischer. »Wir beide gleichen dem König der Griechen und Duban, dem Arzt.«

»Wieso?«, fragte der Geist.

Die Geschichte des Königs von Suman und des Arztes Duban

»Wisse«, antwortete der Fischer, »es war in einer Stadt Persiens, im Lande Suman, ein König, der auch die Griechen beherrschte. Dieser war so aussätzig, dass kein Arzt ihn heilen konnte; er hatte allerlei Medikamente eingenommen, allein alles war vergebens. Nun kam einmal ein griechischer Arzt mit dem Namen Duban in diese Stadt, dieser hatte griechische, persische, türkische, arabische, lateinische, syrische und hebräische Bücher gelesen und alle in diesen Sprachen vorhandenen Wissenschaften studiert. Er wusste die Grundsätze ihrer Arzneikunst, kannte alle Pflanzen, die nützlichen und schädlichen Kräuter, auch verstand er viel von Philosophie und hatte alle Wissenschaften erfasst. Als er in die Stadt des Königs kam und hörte, dass dieser schon lange aussätzig sei und kein Arzt ihn heilen könne, so zog er gleich am folgenden Morgen sein schönstes Kleid an, ging zum König, sagte ihm, wer er sei und sprach hierauf: ›König, ich habe von dem Aussatz gehört, der deinen Körper behaftet und den kein Arzt zu vertreiben weiß. Ich will dich nun heilen, ohne dir eine Arznei zu trinken oder etwas Fettes zum Einreiben zu geben.‹

Als der König dies hörte, sagte er zu ihm: ›Wenn du das kannst, so will ich dich und deine Enkel reich machen, dir viel Gutes erweisen, und du sollst mein Haus- und Tischgenosse werden. Sage mir aber im Voraus, bis wann du mich heilen wirst.‹ – ›Morgen, so der Erhabene es will‹, antwortete der Arzt.

Am anderen Morgen, als der ganze Diwan beisammen war, reichte der Arzt Duban dem König einen Schlagstock und sagte zu ihm: ›Erhabener König! Nimm diesen Schlagstock, geh mit deinen Fürsten und Staatsbeamten auf die Rennbahn und schlage Bälle damit, bis deine Hand schwitzt, die dann durch den hohlen Griff die Arznei in sich ziehen wird; von hier wird sie in den Arm gehen und sich dann über den ganzen Körper verbreiten. Hast du bemerkt, dass auf diese Weise die Arznei in deinen Körper übergegangen ist, so kehre gleich in den Palast zurück, nimm ein Bad, darauf schlafe, und dann wirst du mit der Gnade Allahs gesund werden. Friede sei mit uns!‹

Der König nahm den Schlagstock und begab sich mit seinem Gefolge auf die Rennbahn; man schleuderte die Bälle, der König fing sie auf, warf sie zurück und spielte so weiter, immer auf seinem Pferd sitzend, bis seine Hand in Schweiß kam und die Arznei sich über seinen ganzen Körper verbreitet hatte. Als der Arzt Duban dies merkte, riet er dem König, jetzt in den Palast zurückzukehren. Der König nahm dann ein Bad und begab sich darauf wieder in den Palast. Der Arzt Duban brachte die Nacht in seinem Hause zu.

Als er früh in den Palast kam, erhob sich der König, um ihn zu umarmen und neben sich sitzen zu lassen. Dann unterhielt er sich mit ihm und machte ihm kostbare Geschenke, denn als der König früh ins Bad gegangen war, fühlte er sich schon ganz geheilt, und sein Körper war wie reines Silber geworden.

Hoch erfreut ging er daher in den Staatsrat, wohin auch der Arzt Duban kam, dem er so viele Ehren erwies und den er zu seinem Tisch- und Hausgenossen machte, denn er sagte zu ihm: ›Ein Mann wie du, der Arzt aller Ärzte und ihr Lehrer, verdient, dass er Königen diene und in ihrer Gesellschaft lebe.‹

Nun hatte aber der König einen geizigen und neidischen Wesir; als dieser sah, wie gut der Arzt mit dem König stand und wie sehr er beschenkt und geehrt wurde, befürchtete er, dass der König ihn absetzen könnte, um dem Arzt seine Stelle zu geben; er beneidete ihn daher und hegte böse Gedanken gegen ihn. Als dieser Wesir nun vor den König trat und ihm Ruhm und Glück wünschte, fügte er die Worte hinzu: ›Oh, erhabener König, tugendhafter Fürst, ich bin durch deine Wohltaten und deinen Segen groß geworden, darum muss ich dir einen wichtigen Rat geben. Ich habe bemerkt, dass der König nicht auf dem guten Pfade geht, denn er hat seinem Feind Gutes getan, der den Untergang seiner Regierung wünscht und seine Wohltaten missbraucht. Ja, du hast dich ihm so sehr genähert, dass ich mich deshalb sehr um dich sorge.‹

›Wen meinst du?‹, sagte der König.

›Wenn du schläfst, so erwache‹, antwortete hierauf der Wesir, ›denn ich meine den Arzt Duban, der aus fremden Landen kam.‹ Da fragte der König: ›Und der wäre mein Feind? Der ist ja mein aufrichtigster Freund.

Ich achte ihn mehr als alle Menschen, denn er hat mich geheilt, nachdem alle Ärzte an meiner Krankheit verzweifelten. Ich glaube, du sagtest dies nur aus Neid, denn du hast gesehen, wie hoch ich meinen Lebensretter ehrte!‹

Als der Wesir dies hörte, sprach er: ›König, was hat mir denn der Arzt Böses getan, dass ich ihn zu verderben Lust haben sollte? Ich gebe dir den Rat nur aus Liebe zu dir, aus Besorgnis um dich. Wenn ich nicht die Wahrheit sage, so möge es mir gehen wie jenem Wesir, der gegen einen König einmal eine arge List gebrauchen wollte.‹ – ›Wie war dies?‹, fragte da der König. Da begann der Wesir zu erzählen...

Die Geschichte vom arglistigen Wesir

O glückseliger König! Es war einst ein König, der einen Sohn hatte, der ein leidenschaftlicher Jäger war, weshalb der König einem Wesir befohlen hatte, seinen Sohn überall dorthin zu begleiten, wohin er auch gehen möge. Eines Tages ging der Wesir mit dem Prinzen auf die Jagd. Als sie in der Wüste waren, sah der Wesir ein wildes Tier und befahl dem Prinzen, ihm nachzujagen; der Prinz jagte ihm so lange nach, bis er seinen Weg verlor. Er irrte eine Weile in der Wüste umher, ohne zu wissen, wohin er sich wenden sollte. Da sah er auf einmal ein weinendes Mädchen, ging auf sie zu und fragte sie, woher sie komme. Das Mädchen antwortete: ›Ich bin die Tochter eines Königs von Indien und reiste mit einer zahlreichen Gesellschaft. Auf einmal schlief ich ein, meine Gesellschaft ließ mich allein; ich wusste gar nicht, wo ich war, irrte in diesem abgelegenen Land umher und wusste nicht, wohin ich mich wenden sollte.‹ Als der Jüngling dies hörte, bemitleidete er sie, ließ sie hinter sich auf sein Pferd steigen und ritt mit ihr weiter, bis er zu einer Ruine kam. Da verwandelte sich das Mädchen auf einmal in einen Werwolf, der zu seinen Jungen sagte: ›Ich habe euch einen schönen fetten Jüngling gebracht‹, und sie antworteten darauf: ›Bring ihn uns herein, o Mutter, dass wir uns an seinem Fleisch weiden.‹

Als nun der Prinz dies hörte, fürchtete er sich sehr, er bebte, war um sein Leben besorgt und verließ schnell den Ort, aber der Werwolf ging ihm nach und fragte ihn: ›Was fürchtest du?‹ Der Prinz aber sagte: ›Eben noch warst du eine Jungfrau, und jetzt bist du ein Werwolf!‹ Jener aber antwortete ihm: ›Fasse nur Mut, fürchte nichts!‹ Der Jüngling erhob nun seine Augen zum Himmel und sagte: ›Allah, hilf mir gegen meinen Feind, du bist ja allmächtig.‹

Als der Werwolf dies Gebet hörte, lief er davon, und der Prinz konnte unbehelligt zu seinem Vater zurückkehren. Er erzählte diesem alles, was ihm widerfahren war, und dass der Wesir ihn geheißen hatte, dem Wild nachzujagen und dann zurückgeblieben sei, sodass ihm dann das Abenteuer mit dem Werwolf begegnet wäre. Der König ließ sogleich den Wesir rufen und hinrichten.

›Ebenso du, o König!‹, fügte der böse Wesir hinzu. ›Als der Arzt hierherkam, hattest du ihm viel Gutes erwiesen und dich ihm genähert, jetzt gedenkt er, dich zu töten; denn wisse, o König, er ist ein Spion, der von einem entfernten Land zu deinem Untergang hierher gekommen ist. Hast du nicht erfahren, wie er deinen Körper durch etwas, das er dir in die Hand gab, geheilt hat?‹

›Das ist wahr, o Wesir‹, sagte der König zornig.

›Nun‹, versetzte der Wesir, ›es wäre leicht möglich, dass er dir etwas in die Hand gäbe, woran du sterben müsstest.‹

Der König antwortete wieder zornig: ›Du hast ganz Recht, o Wesir, es ist so, wie du sagst! Er ist gekommen, mich zu töten, denn wer mich durch etwas heilen konnte, das ich in die Hand nahm, kann mich auch leicht durch irgendein Gift auf solche Weise töten. Aber‹, fügte er noch hinzu, ›mein ratgebender Wesir, was soll ich nun mit ihm anfangen?‹

›Schicke zu ihm‹, antwortete der Wesir, ›lass ihn herkommen, und wenn er erscheint, so lass ihm den Kopf abschlagen, dann bist du mächtiger als er und hast deinen Zweck erreicht.‹

›Dies wird wohl das Beste sein‹, sagte der König, ›so kann's nicht fehlen.‹

Er schickte sogleich nach Duban, der ganz freudig erschien, weil ihm der König so viel Gnade erwiesen und so schöne Geschenke gemacht hatte. Da sprach der König zu ihm: ›Weißt du, o Arzt, warum ich dich hierher rufen ließ?‹

›Nein, o König‹, antwortete der Arzt.

›Nun‹, sagte der König, ›ich ließ dich rufen, um dich zu töten.‹ Der Arzt fragte ganz erstaunt: ›Warum? Was habe ich verbrochen?‹

›Ich habe gehört‹, sagte der König, ›du bist ein Spion und hierher gekommen, um mich zu töten. Darum will ich dir zuvorkommen, ehe deine List gegen mich gelingt.‹ Hierauf schrie er sogleich dem Scharfrichter zu: ›Schlag diesem Arzt den Kopf ab, und schaff uns Ruhe vor den bösen Folgen, die er für uns haben könnte.‹

Da sprach der Arzt: ›Lass mich leben, Allah wird auch dich erhalten, bring mich nicht um, sonst wird Allah auch dich töten!‹

Er wiederholte dann dasselbe, wie ich es bei dir tat, o Geist, und du weigertest dich doch, und wolltest mich umbringen.

Der König sagte hierauf zu Duban: ›Ich muss dich umbringen lassen, denn da du mich durch ein bloßes Anfassen geheilt hast, so kannst du mich auch leicht auf solche Art töten.‹

Da sprach der Arzt: ›Ist das mein Lohn, o König? Willst du das Gute mit Bösem vergelten?‹

›Nur nicht lange gezaudert, du musst heute noch ohne Aufschub umgebracht werden.‹

Als der Arzt nun seinen Tod mit Gewissheit nahen sah, sagte er: ›König! Verschiebe nur meinen Tod, bis ich nach Hause gegangen bin, um anzuordnen, wie man mich beerdigen soll, Almosen verteile, Geschenke mache, unter meinen Kindern das Erbe verteile, meiner Frau das ihr Bestimmte gebe und meine Bücher Leuten schenke, die sie verdienen. Auch habe ich ein höchst ausgezeichnetes Buch, das ich dir schenken will; verwahre es wohl in deinem Schatz.‹

›Und worin besteht der Wert dieses Buchs?‹, fragte der König.

›Es enthält unzählbare Geheimnisse. Das Erste ist: Wenn du mich hast enthaupten lassen und das sechste Blatt öffnest und drei Zeilen von der rechten Seite liest und mich ansprichst, so wird mein Kopf auf alle deine Fragen antworten können.‹

Der König war sehr erstaunt und sagte: ›Das ist höchst sonderbar, dein Kopf wird mit mir reden, wenn ich das Buch öffne und drei Zeilen darin lese?‹ Er gab ihm dann sogleich Erlaubnis, nach Hause zu gehen. Der Arzt tat dies, verrichtete seine Geschäfte bis zum anderen Tage. Dann kam er wieder in den Palast, wo die Fürsten, Wesire und sonstigen Großen des Reiches alle versammelt waren. Duban kam mit einem alten Buch und einem Schächtelchen mit Pulver, er setzte sich und forderte eine Schüssel. Als man sie ihm gebracht hatte, streute er das Pulver hinein und sprach: ›König! Nimm dieses Buch, öffne es aber nicht, bis mir der Kopf abgeschlagen ist. Wenn dies geschehen ist, so lass ihn in der Schüssel auf das Pulver setzen; das Blut wird dann sogleich gestillt werden. Öffne hierauf das Buch und frage meinen Kopf, er wird dir sicher antworten. Es gibt keinen Schutz und keine Kraft, außer bei dem Erhabenen, Allah, doch lässt du mich leben, so wird auch Allah dich erhalten.‹

Aber der König sagte: ›Ich werde dich umso gewisser töten lassen, damit ich sehe, wie dein Kopf mit mir sprechen wird.‹ Der König ließ ihm hierauf den Kopf abschlagen und nahm ihm das Buch ab. Als der Scharfrichter damit fertig war, wurde der Kopf in die Schüssel auf das Pulver gedrückt, und das Blut hörte sogleich auf zu fließen. Der Arzt Duban öffnete dann die Augen und sprach: ›Nun kannst du das Buch öffnen, o König!‹

Der König tat es und schlug ein Blatt nach dem anderen um, da die Blätter aber aneinander klebten, legte er den Finger an die Lippen und benetzte ihn, so blätterte er bis zum siebenten Blatt, fand aber nichts darin geschrieben. Darauf sagte er: ›Arzt, ich finde ja nichts in diesem Buch.‹ Der Kopf des Arztes antwortete: ›Schlage nur weiter um!‹ Der König schlug immer weiter um und benetzte den Finger dabei, bis er die Arznei, mit der das Buch vergiftet war, abgerieben hatte. Auf einmal fing der König an zu wanken und ein Schwindelgefühl zu verspüren.

Kurze Zeit darauf fiel der König tot um, und auch der Kopf des Arztes verschied.«

Hierauf sagte der Fischer zu dem Geist: »Hätte der König den Arzt leben lassen, so hätte Allah auch ihn erhalten, weil er ihn aber umbringen ließ, hat Allah auch ihn getötet; ebenso du, o Geist, weil du mich durchaus töten wolltest, werde ich dich wieder in diese Flasche einschließen und in die Tiefen des Meeres werfen.«

Der Geist schrie: »O Fischer, tu dies nicht! Befreie mich und bestrafe mich nicht! Des Menschen Handlungen müssen immer edler sein als die eines Geistes; habe ich auch schlecht gehandelt, so tue du doch Gutes!« Aber der Fischer antwortete: »Ich lasse dich nicht heraus, ich werfe dich ins Meer, denn ich habe dich lange gebeten, und doch wolltest du mich schuldlos umbringen, obwohl ich dich aus deinem Gefängnis befreite. Da du dies getan hast, weiß ich, dass du von schlechter Natur bist und von gemeinem Stoff. Du vergiltst Gutes mit Bösem; ich werde daher, wenn ich dich ins Meer geworfen habe, hier ein Haus bauen und darauf schreiben: ›Hier haust ein Geist; wer ihn heraufzieht, wird von ihm getötet!‹ Dann kannst du lange unten bleiben, du verachtenswertester aller Geister!«

Da sprach der Geist: »Lass mich diesmal wieder frei, ich verspreche, dir gar nichts zuleide zu tun, vielmehr dir nützlich zu sein. Du sollst reich werden.«

Als er darauf den Eid geleistet und bei jenem erhabenen Namen geschworen hatte, der auf Salomons Siegel stand, öffnete der Fischer die Flasche, aus der wieder Rauch in die Höhe stieg, und es bildete sich der Geist daraus; der zertrat hierauf die Flasche mit den Füßen, und sie flog ins Meer hinein. Als der Fischer das sah, fürchtete er etwas Schlimmes, er zerriss seine Kleider und sah den Tod schon nahe, denn er hielt dies Zertreten für ein böses Zeichen. Dann fasste er aber wieder Mut und sprach: »O Geist! Du hast einen Eid geschworen, darfst also nicht treulos gegen mich werden, sonst wird es Allah auch gegen dich. Ich wiederhole dir, was Duban, der Arzt, sagte: ›Lass mich leben, Allah wird dich auch erhalten.‹« Der Geist lachte und sagte: »Folge mir, Fischer!« Dieser folgte ihm erschrocken, denn er glaubte, nicht mit dem Leben davonzukommen. Sie gingen durch die Wüste bis zu einem Berg, dort fanden sie mitten in einer großen Einöde vier kleine Berge und zwischen diesen einen See. Der Geist blieb hier stehen und sagte dem Fischer, er solle nun sein Netz auswerfen. Dieser sah im See rote, weiße, blaue und gelbe Fische und war sehr erstaunt darüber. Dann warf er sein Netz aus, und als er es wieder herauszog, brachte er vier Fische heraus: einen roten, einen weißen, einen blauen und einen gelben; als er dies sah, freute er sich sehr. Der Geist sagte dann zu ihm: »Geh damit hin zu deinem Sultan, er wird dich reich machen, aber fische dann ein anderes Mal nicht den ganzen Tag.« Hierauf stampfte der Geist mit den Füßen, die Erde öffnete sich und verschlang ihn, und der Fischer ging freudig in die Stadt zurück, verwundert über das, was ihm mit dem Geist widerfahren war, und über die farbigen Fische. Er eilte in den Palast des Sultans und brachte sie ihm.

Als der Sultan die Fische sah, wunderte er sich sehr darüber und sagte seinem Wesir: »Bring sie der Köchin!« Der Wesir brachte sie in die Küche und sagte zu ihr: »Backe sie recht gut, denn sie sind ein Geschenk für unseren Herrn!« Dann ließ der Sultan dem Fischer vierhundert Denare geben; dieser lief damit nach Hause, fiel hin, stand wieder auf, stolperte und glaubte, alles sei nur ein Traum. Er kaufte dann seiner Familie, was sie nötig hatte.

Das ist's, was den Fischer angeht. Was aber die Köchin betrifft, so nahm sie die Fische, schuppte und salzte sie, setzte die Pfanne aufs Feuer, goss Öl hinein und wartete, bis es heiß war, gab dann die Fische hinzu, ließ sie darin, bis sie auf der rechten Seite gebacken waren, und drehte sie um. Da teilte sich auf einmal die Mauer, und aus der Öffnung schritt ein schönes Mädchen heraus; sie hatte ein Oberkleid aus Atlas an mit Verzierungen aus ägyptischen Blumen, kostbare Ringe an den Ohren und am Arm, und in der Hand trug sie ein indisches Rohr. Sie steckte das Rohr in die Pfanne und sagte mit wohltönender Stimme: »O Fisch, hältst du dein Versprechen?«

Als die Köchin dies sah und hörte, fiel sie in Ohnmacht. Das Mädchen wiederholte noch einmal seine Frage, und die Fische hoben ihre Köpfe und riefen in deutlicher Sprache: »Jawohl, jawohl, wenn ihr zählt, so zählen auch wir, wenn ihr bezahlt, bezahlen auch wir, und wenn ihr flieht, so genügt es uns.« Sie stürzte darauf die Pfanne um und ging weg, wie sie gekommen war, und die Wand schloss sich wieder. Als die Köchin wieder zur Besinnung gekommen war und die Fische völlig verbrannt und verkohlt fand, war sie sehr betrübt, fürchtete sich vor dem Sultan und sagte: »Zu des Königs Macht gehört auch, dass er alle, die ihm ungehorsam sind, zerschmettern lässt.« Als sie nun in diesem Zustand war, kam der Wesir und forderte die Fische und sagte ihr, der Sultan warte darauf. Die Köchin fing an zu weinen und erzählte dem Wesir, was ihr mit den Fischen geschehen war. Er war sehr erstaunt, ließ sogleich den Fischer holen und sagte zu ihm: »Du musst uns sogleich andere Fische, die den ersten gleichen, bringen, denn sie gefallen uns sehr.« Der Fischer nahm seine Geräte, ging zu den vier Bergen an den See, warf sein Netz aus und zog vier ähnliche Fische heraus; er kehrte dann heim und brachte sie dem Wesir. Dieser gab sie der Köchin und sagte ihr: »Backe sie nun in meiner Gegenwart, ich will die Geschichte mit ansehen.« Die Köchin reinigte die Fische, stellte die Pfanne auf und warf sie hinein. Als sie gebacken waren, öffnete sich die Wand wieder, das Mädchen erschien wieder in derselben Kleidung mit einem Rohr in der Hand, steckte es in die Pfanne und sagte: »O Fisch, hältst du dein Versprechen?« Die Fische streckten dann ihre Köpfe in die Höhe und sagten: »Wohl, wohl, zählt ihr, zählen auch wir, zahlt ihr, bezahlen auch wir, flieht ihr, so genügt es uns.«

Als die Fische so gesprochen hatten, stürzte das Mädchen die Pfanne um und verschwand durch den Spalt in der Wand, und diese schloss sich hierauf wieder. Da sagte der Wesir: »So etwas darf man unserem Herrn nicht verbergen.« Er ging daher zu ihm und erzählte ihm, was sich mit den Fischen zugetragen hatte. Der Sultan rief voller Verwunderung: »Ich muss das mit meinen eigenen Augen sehen«, und schickte sogleich nach dem Fischer, zu dem er sagte: »Hole mir gleich noch vier Fische wie die ersten, beeile dich aber damit.« Der Fischer ging, nahm seine Gerätschaften mit an den See, fischte vier Fische von verschiedener Farbe, gleich den ersten, und brachte sie dem Sultan. Dieser ließ ihm viel Gutes erweisen und erteilte ihm einen Schutzbrief, um zu sehen, was geschehen würde. Dann sprach er zum Wesir: »Geh und backe diese Fische in meiner Gegenwart!« Jener setzte nun die Pfanne aufs

Feuer, nachdem er die Fische zurechtgelegt hatte, goss Öl hinein und warf die Fische darauf, als es heiß geworden war. Sobald aber die Fische gebacken waren, teilte sich wiederum die Wand der Küche, und ein riesiger schwarzer Sklave trat heraus. Der Sultan und der Wesir fürchteten sich vor ihm, denn er war sehr lang und breit und trug einen grünen Ast in der Hand. Er sagte in deutlicher Sprache: »O Fische, bleibt ihr beim Versprechen?« Sie hoben ihre Köpfe und riefen: »Wohl, wohl, zählt ihr, so zählen wir, bezahlt ihr, so zahlen wir, flieht ihr, so sind wir auch zufrieden.« Hierauf stürzte der Sklave die Pfanne um, die Fische verbrannten und verkohlten. Dann verschwand der Sklave durch die Wand, die sich sogleich wieder zusammenfügte. Der Sultan erschrak über diesen Vorfall und sagte: »Ich kann mich unmöglich mehr in Ruhe niederlegen, bis ich der Sache auf den Grund gekommen bin, es hat gewiss eine besondere Bewandtnis mit diesen Fischen.« Er ließ schnell den Fischer holen, und als dieser kam, sprach er zu ihm: »Wo hast du diese Fische her?« – »Aus einem See«, antwortete der Fischer, »außerhalb der Stadt zwischen vier Bergen.« Der Sultan fragte dann den Wesir: »Kennst du diesen See?« Dieser antwortete: »Ich gehe schon dreißig Jahre lang auf die Jagd, durchstreife die Ebenen und die Gebirge und habe nie diesen See gefunden.« Da fragte der Sultan den Fischer: »Wie weit ist's bis zu diesem See?« – »Zwei Stunden«, antwortete der Fischer. Der Sultan befahl hierauf sogleich einigen Soldaten, mit ihm zu reiten, auch den Wesir nahm er mit, und der Fischer musste vorangehen. Sie gingen bis zum Berg und erblickten den See mit seinen Fischen in allen Farben. Der Sultan war sehr erstaunt darüber und sagte: »Ist's möglich, dass noch niemand diesen Ort gesehen hat, da dieser See doch so nahe an der Stadt liegt?« Er fragte die Soldaten, ob einer von ihnen diesen Ort kannte, aber alle antworteten, sie sähen ihn jetzt zum ersten Mal. Da schwor der Sultan: »Beim Erhabenen! Ich gehe nicht eher in die Stadt zurück, bis ich weiß, was das für ein See ist und für bunte Fische sind.« Er befahl dann, abzusteigen und die Zelte aufzuschlagen, dann stieg er selbst ab und blieb bis zur Nacht. Jetzt rief er seinen Wesir, der ein sehr erfahrener und viel wissender Mann war; er ging heimlich zu ihm, ohne dass die Soldaten es merkten, und sprach: »Ich will etwas tun, das ich dir mitteilen möchte; ich will mich nämlich von den Übrigen absondern, um zu sehen, was das für Fische sind. Ich gehe nun fort. Morgen sagst du den Truppen und hohen Beamten, ich sei krank und es könne niemand vorgelassen werden; du wohnst dann in meinem Zelt, und ich bleibe drei Tage lang weg, nicht länger.« Der Wesir sagte: »Es soll alles so besorgt werden.« Dann umgürtete sich der Sultan mit seinem Schwert, ging fort und schlug den Weg jenseits des Berges ein, bis der Morgen zu leuchten anfing. Als die Sonne aufging, sah er in der Ferne etwas Schwarzes, er freute sich und dachte, vielleicht finde ich jemanden, der mir Auskunft geben kann. Er ging darauf zu, und siehe da, es war ein Schloss, aus schwarzen Steinen gehauen und mit ehernen Platten belegt.

Das Schloss hatte nur ein Tor, das geschlossen war. Der Sultan freute sich und klopfte leise, hörte aber keine Antwort; er klopfte noch einmal, etwas stärker, hörte wieder nichts und erblickte auch niemanden. Da dachte er: Ohne Zweifel ist dieses Schloss unbewohnt; er fasste dann Mut, ging durch das Tor hinein in einen Gang und rief: »O Bewohner des Schlosses! Hier ist ein fremder, bittender und hungriger Reisender, habt ihr wohl etwas zu essen? Der Herr aller Sklaven wird euch reichlich dafür belohnen.« Er wiederholte das zum zweiten und dritten Mal, bekam aber keine Antwort. Dann fasste er stärkeren Mut, schritt durch den Gang ins Innere des Schlosses, drehte sich rechts und links um, aber es war kein Mensch zu finden. Der Sultan sah niemanden, bemerkte aber, dass das Schloss mit seidenen Teppichen, auf denen goldene Sterne schimmerten, ausgestattet war, er sah auch schöne Vorhänge und Diwane und Sofas. Mitten im Saal war ein großer Raum, ringsherum Diwane und Nischen und Nebenzimmer; es gab auch Springbrunnen mit vier goldenen Löwen, die aus dem Rachen Wasser spien, das so klar wie Perlen und Edelsteine war. Es flogen allerlei Vögel im Saal umher, die ein goldenes Netz nicht entwischen ließ. Der Sultan war sehr erstaunt, niemanden zu finden, den er fragen konnte; er setzte sich auf die Seite des Saals und hörte dann eine seufzende, traurige Stimme, die sang:

»O Schicksal, lass mich nicht länger leben und verschone mich nicht mehr, mein Leben schwebt ja zwischen Qual und Gefahr. Habt ihr nicht Mitleid mit einem Großen seines Volks, der im Bunde der Liebe erniedrigt wurde? Ich wurde von der Luft beneidet, die euch anwehte, aber wo das Schicksal niederfällt, da verdunkelt sich das Gesicht. Was nützt die Kunst des Schützen, wenn er auch dem Feind begegnet, die Sehne aber in dem Augenblick zerreißt, da er den Pfeil schleudern will? Wenn dann ganze Scharen sich um den Tapferen sammeln, wie sollte er dem Schicksal entfliehen? Wie entfliehen?«

Als der Sultan diese Verse und ein lautes Weinen gehört hatte, ging er der Stimme nach und fand einen Vorhang an der Tür eines Zimmers hängen, hob ihn auf und sah darin einen schönen Jüngling auf einem eine Elle hohen Ruhebett liegen.

Der Sultan freute sich und grüßte den Jüngling, dem man aber anmerkte, dass er traurig war und geweint hatte. Er erwiderte freundlich den Gruß des Sultans und sagte: »Du verdienst mehr, als dass ich vor dir aufstehe, darum entschuldige mich.« – »Ich entschuldige dich, o Jüngling!«, sprach der Sultan. »Ich bin hier dein Gast und komme in einer wichtigen Angelegenheit zu dir. Du sollst mir nämlich über den See und die farbigen Fische Auskunft geben, über dieses Schloss, das du allein bewohnst, ohne dass dir jemand Gesellschaft leistet, sowie auch über die Ursache deines Weinens.« Als der Jüngling dies hörte, weinte er wieder heftig, und der Sultan wunderte sich darüber und fragte nochmals: »O Jüngling, warum weinst du?« Da antwortete er: »Wie sollte ich nicht über meine Lage weinen?« Er hob den Saum des Gewands auf, und der Sultan sah, dass der Jüngling halb Mensch und halb schwarzer Stein war.

Der Sultan war sehr betrübt und niedergeschlagen über diesen Anblick und sagte: »O Jüngling, du hast meinen eigenen Kummer noch vermehrt. Ich wünschte über die Fische Nachricht zu bekommen, nun muss ich mich auch noch nach deiner Geschichte erkundigen. Es gibt keinen Schutz und keine Macht außer bei Allah! O Jüngling, erzähle mir schnell!« Nun sagte der Jüngling: »Leihe mir dein Gesicht und dein Gehör, denn es hat sich eine wunderbare Geschichte mit mir und diesen Fischen zugetragen; wenn sie mit einer Nadel auf Erz gestochen wäre, so würde sie eine Belehrung für jeden abgeben, der sich belehren lassen möchte. Wisse, o Herr! Mein Vater, der Herr dieser Stadt, regierte fast siebzig Jahre lang über die Inseln dieser Berge. Als er starb, regierte ich an seiner Stelle und heiratete meine Base, die mich so sehr liebte, dass, wenn ich nur einen Tag von ihr abwesend war, sie weder aß noch trank, bis ich wieder bei ihr war; sie lebte auf diese Weise fünf Jahre mit mir. Eines Tages ging sie ins Bad, ordnete ein Mahl an, dann kam ich in dieses Schloss und schlief hier, an dem Ort, wo du dich jetzt befindest; ich ließ zwei Sklavinnen zu mir kommen, die mir Kühlung zufächeln sollten. Eine saß mir zu Häupten, die andere zu Füßen. Es war mir nicht recht wohl, ich konnte nicht schlafen, obschon meine Augen geschlossen waren, und ich atmete schwer. Da hörte ich, wie die Sklavinnen miteinander flüsterten und die eine zur anderen sagte: ›Masuda! Unser Herr weiß nicht, dass seine Frau eine Hexe ist! Wie oft verlässt sie den Palast, wenn er auf der Jagd ist, und geht mit ihren Zauberbüchern in die einsame Waldeshütte, wo der böse Zauberer haust! Ich bin ihr einmal nachgeschlichen...‹ – ›Und was hast du da gehört und gesehen?‹, fragte die andere Sklavin. ›Still!‹, sagte die Erste wieder, ›dass unser Herr nicht erwacht! Die verruchten Zauberbücher liegen in ihrem Gemach in einem verborgenen Fach, das ich wohl kenne; aber wenn ich ein Wort davon unserem Herrn sage, so bin ich des Todes!‹

Als ich dies hörte, wurde es Nacht vor meinen Augen; ich sprang vom Lager auf und bedrohte die Sklavin mit dem Tod, wenn sie mir nicht sogleich das geheime Fach in dem Gemach meiner Frau zeigte. Zitternd und bebend ging die Sklavin in das Zimmer ihrer Herrin und zeigte mir das verborgene Fach. Ich drückte auf eine Feder, es sprang auf – und was, o Herr, glaubst du, dass ich sah? Da lagen die Zauberbücher, die Allah – gepriesen sei sein Name in Ewigkeit! – uns Sterblichen strengstens verboten hat; und ich musste mit meinen eigenen Augen sehen, dass mein Weib, das ich so sehr geliebt hatte, eine böse Hexe, eine Zauberin war! Aber das Schlimmste, o Herr, stand mir noch bevor: Ich fand auch eine Schrift, aus der unwiderlegbar hervorging, dass sie mich durch ihre Künste töten wollte, um dann Herrscherin und Gebieterin an meiner statt zu sein! O Herr! Da war mir's, als ob mein Herz still stünde; und mein ganzes Leben versank vor mir wie in einen Abgrund! ›Wo ist deine Herrin?‹, fragte ich die Sklavin, die zitternd vor mir stand. ›Sie wollte gegen Abend wieder hier sein, o Herr!‹, gab sie bebend zur Antwort. Ich winkte ihr zu, dass sie gehen sollte. Sie entfernte sich angstvoll aus dem Gemach. Ich aber holte mein Schwert und umgürtete mich; dann ging ich in das Gemach zurück, in dem die Zauberbücher waren, und wartete hier auf meine Frau. Endlich, gegen Abend, kam sie zurück. ›Was hast du hier zu suchen?‹, rief sie, bleich vor Zorn, mit hasserfüllter Stimme. ›Wer hat dir dieses geheime Fach verraten? Wer es auch getan hat, er ist des Todes! Rühre dich nicht von der Stelle; sonst ist es um dein Leben geschehen!‹ Ich aber sprang auf und sagte ihr alles, was ich gesehen und gehört hatte, zog mein Schwert und ging auf sie zu, um sie umzubringen. Als sie dies sah, rief sie lachend: ›Zieh dich zurück wie ein Hund!‹ Sie stellte sich dann fern von mir hin, sprach etwas, das ich nicht verstand, und rief: ›Erscheine durch meine Kraft und meinen Zauber, halb Stein und halb Mensch!‹ Ich wurde nun sogleich, wie du mich jetzt siehst, o Herr! Betrübt und niedergeschlagen, kann ich weder stehen noch sitzen noch schlafen, ich bin nicht tot bei den Toten und lebe nicht mit den Lebendigen. Als ich so war, wie du mich jetzt siehst, erhob sich meine Frau und verzauberte die Stadt mit allen Gärten und Marktplätzen, und dies ist der Ort, wo jetzt deine Truppen mit ihren Zelten lagern. Die Bewohner der Stadt waren Moslems, Kopten, Juden und Feueranbeter. Sie verzauberte nun die Moslems in weiße Fische, die Feueranbeter in rote, die Kopten in blaue und die Juden in gelbe, ebenso verwandelte sie die Inseln in vier Berge, die sie mit einem See umgab.«

Der Sultan sprach zu dem verzauberten Jüngling: »Du hast zwar meine Wissbegierde gestillt, doch meinen Kummer nur noch vermehrt: Wo, junger Mann, ist sie, diese teuflische Hexe?« – »Mein Herr«, antwortete hierauf der junge Mann, »sie ist in dem Saal dieser Tür gegenüber, und gegen Sonnenuntergang findest du sie gewiss.« Da sprach der Sultan: »Bei Allah! Ich werde hier etwas tun, was lange nach mir überall erzählt werden wird.« Er setzte sich hierauf nieder und unterhielt sich mit dem jungen Mann bis zum Sonnenuntergang. Dann ging der Sultan in das Zimmer, fand dort die Zauberin und zwang sie mit vorgehaltenem Schwert, den unglücklichen Jüngling zu erlösen. Anfangs wollte die Hexe auch den Sultan verzaubern; aber auf dem Schwert waren der

Name Allahs und der seines Propheten – deren Namen gepriesen seien in Ewigkeit! – eingegraben, sodass die Künste der Zauberin wirkungslos waren. Sie verließ das Gemach, und der Sultan folgte ihr auf dem Fuß. Dann nahm sie eine Schüssel voll Wasser, sprach etwas darüber, bis es zu kochen und aufzuwallen anfing wie ein Topf über dem Feuer. Sie besprengte hierauf ihren Gemahl damit und sprach: »Hat dich Allah so geschaffen oder aus Zorn dir diese Gestalt gegeben, so verändere dich nicht; bist du aber durch meine Zauberkunst so geworden, so nimm durch die Kraft des Schöpfers der Welt deine frühere Gestalt wieder an.«

Sogleich erhob sich der junge Mann ganz aufrecht, freute sich seiner Befreiung und dass er lebte und rief: »Gelobt sei der Erhabene!« Da bedrohte der Sultan noch einmal die Zauberin, dass sie nun auch die Bewohner der Stadt entzaubern solle. Sie ging zum See, sprach einiges über das Wasser, da fingen die Fische an zu tanzen, ihr Zauber löste sich, und die Stadtbewohner standen wieder da, kauften und verkauften, gaben und nahmen. Darauf spaltete der Sultan die Zauberin mit dem Schwert in zwei Teile und warf sie so geteilt auf den Boden, dann ging er hinaus und fand den entzauberten Mann, der ihn erwartete und den er zu seiner Rettung beglückwünschte. Der junge Mann küsste die Hand des Sultans, dankte ihm und wünschte ihm viel Gutes. Der Sultan fragte ihn: »Willst du in deine Stadt zurückkehren, oder willst du mit mir in meine Stadt kommen?« Da erwiderte der junge Mann: »O Herr, weißt du wohl, wie weit es von meiner Stadt zu der deinigen ist?« – »Eine halbe Tagesreise«, antwortete der Sultan. Aber der junge Mann sagte ihm: »Erwache doch! Man braucht ein volles Jahr von deiner Stadt zur meinigen; nur als du hierher kamst, war die Stadt verzaubert und der Weg dahin so nahe.« Da sagte der Sultan: »Gelobt sei Allah, der dich mir beschert, du sollst nun mein Sohn werden, da ich doch in meinem Leben mit keinem Sohn beschenkt worden bin.« Sie umarmten sich, küssten sich, dankten einander und freuten sich. Als sie miteinander ins Schloss kamen, sagte der entzauberte Jüngling den Großen und Ausgezeichneten seines Reiches, dass er nun eine Reise machen wolle; er packte dann ein, was er für die Reise brauchte. Die Fürsten und Kaufleute der Stadt brachten ihm alles, was er bedurfte, und er traf zehn Tage lang seine Vorbereitungen zur

Reise. Dann reiste er ab mit dem Sultan, dessen Herz sich nach seiner Residenz sehnte, von der er so lange abwesend war. Er nahm fünfzig Sklaven mit und hundert Kamelladungen an Geschenken, Vorräten und Gütern. Die Sklaven mussten sie auf der Reise bedienen, die sie ein ganzes Jahr lang, Tag und Nacht, fortsetzten.

Allah hatte ihnen eine glückliche Reise bestimmt. Sie langten in der Stadt an und ließen dem Wesir sogleich sagen, dass der Sultan glücklich angekommen sei. Der Wesir, alle Truppen und die größte Zahl der Einwohner zogen höchst erfreut dem Sultan entgegen, denn schon hatten sie alle Hoffnung verloren, ihn jemals wiederzusehen. Sie schmückten dann die Häuser der Stadt und breiteten seidene Teppiche auf dem Boden aus. Nachdem die Truppen vorübermarschiert waren, blieb der Wesir beim Sultan; es verbeugten sich alle vor dem Herrscher und brachten ihm ihre Glückwünsche dar. Der Sultan setzte sich auf den Thron und erzählte seinem Wesir alles, was dem jungen Mann widerfahren war. Er erzählte ihm auch, was er selbst mit dessen Weib getan hatte und wie er dadurch jenen und die ganze Stadt befreit habe, weshalb er ein ganzes Jahr abwesend geblieben sei. Der Wesir wandte sich hierauf an den Prinzen und wünschte ihm Glück zu seiner Rettung. Der Sultan schickte nun nach dem Fischer, der die Ursache der Befreiung des Jünglings und der Einwohner gewesen war. Als jener erschien, beschenkte er ihn und fragte ihn, ob er Kinder habe. Nachdem dieser geantwortet hatte, er habe einen Sohn und zwei Töchter, musste er sie gleich holen. Der Sultan heiratete die eine und der junge Mann die andere. Hierauf machte der Sultan den Fischer zu seinem Schatzmeister. Dem Wesir verlieh er eine Ehrenkette und schickte ihn als Statthalter in die Stadt der schwarzen Inseln, nachdem er ihn hatte schwören lassen, dass er ihn besuchen wolle. Die fünfzig Sklaven, die er mitgebracht hatte, gab er ihm mit und viel Volk, und die übrigen Großen wurden reichlich beschenkt. Der Wesir verabschiedete sich dann, küsste dem Sultan die Hand und reiste ab; der Sultan und der junge Mann blieben in der Stadt, und der Fischer wurde einer der reichsten Leute jener Zeit.

Die drei Kalender

Einst stand im Basar in Bagdad ein Lastträger auf seinen Korb gelehnt; da nahte sich ihm eine über jede Beschreibung erhabene schöne Frau in glänzendem Aufzug und sprach zu ihm mit zarter Stimme und holdem Ausdruck: »Nimm deinen Korb auf, Lastträger, und folge mir!« Der Lastträger hatte kaum die Worte der Frau vernommen, so nahm er seinen Korb und rief: »O Tag des Glücks! O Tag der Freude!«, und folgte ihr, bis sie vor einem Haus anhielt und an dessen Tür klopfte.

Kaum war dies geschehen, so öffnete sich der Laden, der einem Früchte- und Blumenhändler gehörte; hier kaufte die Frau die besten Äpfel, Quitten, Pfirsiche, Kürbisse und Orangen sowie viele wohlriechende Blumen, tat alles in den Korb, ging von da zu einem Metzger und ließ sich zehn Pfund Schaffleisch abwiegen, und nachdem sie dieses bezahlt hatte, erstand sie auch Holzkohlen und ließ sich alles von ihrem immer mehr staunenden Lastträger nachtragen; dieser folgte ihr auch mit dem oft wiederholten Ausruf: »O Tag des Glücks! O Tag der Freude!« Sie besuchte darauf einige weitere Läden und kaufte verschiedene Sorten Oliven, Käse und allerlei eingemachte Kräuter; in einem anderen große Nüsse, Haselnüsse, Zuckerrohr und Früchte und legte die Waren zu den übrigen in den Korb des Trägers. Sie ging dann noch zu einem Zuckerbäcker, bei dem sie das beste und feinste Backwerk und kandierte Früchte kaufte. Als sie das auch noch dem Träger gab, sagte er: »Hätte ich geahnt, dass du so viele Einkäufe zu machen hast, so hätte ich ein Kamel oder Lastpferd mitgenommen.« Sie lächelte und ging dann noch zu einem Gewürzhändler, kaufte bei ihm Moschus, Rosenöl, Weihrauch, Ambra und viele andere Spezereien. Zuletzt klopfte sie an die Tür eines Hauses, und sogleich trat ein alter Christ heraus und reichte ihr einen großen Krug, worauf sie dem Greis einige Münzen reichte und den Krug in den Korb tat. Nachdem der Träger auch dieses noch aufgeladen hatte, folgte er ihr, bis sie vor einem großen Haus mit einer prächtigen, von hohen Pfeilern getragenen Halle hielt. Hier klopfte sie ganz leise an eine Tür aus Elfenbein.

Der Träger, der schon von der Schönheit und dem sanften Wesen der Einkäuferin ganz entzückt war, verlor nun vollends seinen Verstand und ließ beinahe seinen Korb fallen, als eine Frau die Tür öffnete, die die erste noch an Schönheit übertraf. Der Träger war ganz in Verwirrung, bis die Pförtnerin zur Wirtschafterin sagte: »Was wartet ihr so lange vor der Tür? Kommt herein, wir wollen dem guten Mann seinen Korb abnehmen.« Jetzt traten sie in einen prächtigen, mit vielen Teppichen ausgelegten Saal, der von kleinen Räumen umgeben war, deren Zugänge schöne Vorhänge verbargen. Mitten im Saal erblickte man einen großen Wasserbehälter mit einem kleinen Nachen. Ein Thron, getragen von vier Zypressenholzsäulen, befand sich am Ende des Saales. Er war mit rotem Atlas überzogen und mit Perlen, so groß wie Haselnüsse, und Edelsteinen geschmückt. Auf diesem Thron saß eine Frau von bezaubernder Schönheit.

Als sie den Träger mit der Pförtnerin und Wirtschafterin erblickte, erhob sie sich von ihrem Thron und ging ihnen langsam entgegen; die drei Frauen halfen nun dem Träger, seinen Korb abzunehmen, leerten ihn und ordneten alles, was darin war, legten die Blumen und wohlriechenden Spezereien auf die eine, die Früchte und übrigen Speisen auf die andere Seite und gaben dann dem Träger seinen Lohn.

Als der Träger das Geld genommen hatte, blieb er eine Weile stehen und bewunderte die drei Frauen, bei denen er keinen Mann erblickte und die doch einen so großen Einkauf an Wein, Fleisch, Früchten, Süßigkeiten, Blumen und Wachslichtern getätigt hatten. Da nun eine der Frauen bemerkte, dass er noch nicht weggegangen war, sagte sie zu ihm: »Was tust du noch hier? Findest du etwa deinen Lohn zu gering, so soll meine Schwester dir noch einen Denar geben.« Da erwiderte der Träger: »Allah bewahre, dass ich mir mehr Lohn wünschen sollte; ich war nur über euch in Gedanken vertieft, denn ich konnte nicht begreifen, wie ihr Frauen ohne Männer so leben könnt; ihr wisst doch, dass ein fröhliches Mahl aus vier Tischgenossen bestehen muss, ihr seid aber nur drei, und so wie eine Gesellschaft von Männern ohne Frauen nicht angenehm ist, so wenig kann es eine Frauengesellschaft ohne Männer sein. Zu einer guten Musik gehören vier Instrumente: eine Harfe, eine Laute, eine Flöte und eine Zither; zu einem gelungenen Strauß viererlei Blumen: Rosen, Myrten, Levkojen und Lilien; zu einem fröhlichen Leben: Wein, Gesundheit, Geld und ein geliebter Gegenstand; da ihr also nur drei seid, so bedürft ihr eines Vierten – und dieser muss ein Mann sein.«

Den Frauen gefiel des Trägers Rede, doch antworteten sie: »Wir müssen als Mädchen völlig zurückgezogen leben. Wir wollen nichts mit Männern zu schaffen haben, denn wir fürchten, verraten zu werden. Weißt du, wie ein Dichter sagte: ›Vertraue niemandem ein Geheimnis an, denn hast du einmal etwas einem anderen anvertraut, so hast du ein Geheimnis verloren; hat deine Brust nicht Raum genug, um ein Geheimnis zu bewahren, so ist gewiss die eines Vertrauten auch zu eng dafür.‹«

Als der Träger dies hörte, sagte er: »Ihr habt einen erfahrenen, vernünftigen und gebildeten Mann vor euch; bei mir hat ein Geheimnis ein eigenes Häuschen mit einem Schloss, die Tür ist fest zu und der Schlüssel verloren.« Als die Mädchen dies hörten, sprachen sie: »Du weißt, dass wir für diesen Abend viel Aufwand getrieben haben; kannst du nun wohl für dein Teil auch etwas beitragen, so sollst du unser Gast sein.« Der Lastträger freute sich darüber, küsste der Einkäuferin den Saum ihres Gewandes und blieb als Gast bei den Mädchen.

Während beide Schwestern nun in ihn drangen, sich zu setzen, bereitete die Wirtschafterin die Speisen und Getränke, reinigte allerlei Gold- und Silbergefäße, Tassen, Becher und Gläser, läuterte den Wein und wusch das Gemüse am Ufer des Stroms. Nachdem all das geordnet war, brachte sie den Wein und schenkte ihren Schwestern und dem Träger, der zu träumen glaubte, ein. So blieben sie lange fröhlich beisammen, hielten ein köstliches Mahl, scherzten und sangen. Als es dunkel wurde, sagten die Mädchen zum Träger: »Nun ist es an der Zeit, dass du uns verlässt.« Dem Träger aber hatte die köstliche Mahlzeit so gut gefallen, dass er bat, noch ein Stündchen verweilen zu dürfen. »Wir willigen unter der Bedingung ein«, sagten die Schwestern zu dem Träger, »dass du dich um nichts kümmerst, was auch vor dir geschehen mag; magst du doch hören und sehen, was du willst, so darfst du, wenn es dir auch noch so ungewöhnlich scheint, nicht nach der Ursache fragen.« – »Ich werde sein«, erwiderte der Träger, »als hätte ich weder Augen noch Ohren.« Sie führten ihn dann zu einer Tür, über der mit goldenen Buchstaben geschrieben stand: »Wer von Dingen spricht, die ihn nichts angehen, muss Dinge hören, die ihm nicht angenehm sind.«

Nachdem der Träger das gelesen und noch einmal beteuert hatte, er wolle sich um nichts kümmern, was ihn nichts angehe, wurden Wachskerzen und Lampen angezündet und mit Ambra und Aloe bestreut, welches den ganzen Saal mit Wohlgerüchen erfüllte, dann wurde zu Nacht gegessen. Man fing wieder an zu trinken, zu spielen und Verse aufzusagen.

Plötzlich klopfte es an die Tür; die Pförtnerin stand auf, ging hinunter, um nachzusehen, kam nach einer Weile wieder und sagte zu ihren Schwestern: »Wenn ihr mir gehorchen wollt, so werden wir eine höchst lustige Nacht erleben; an unserer Tür stehen drei halbblinde Kalender [bettelnde Wandermönche], ohne Haare am Kinn, am Haupt und an den Augenbrauen. Man sieht ihnen an, dass sie auf Wanderschaft sind, sie waren nie zuvor in Bagdad, klopften daher zufällig an unsere Tür, denn sie wissen nicht, wo sie übernachten können, und wollen sich, weil sie von der Nacht überrascht wurden, mit dem Stall oder irgendeinem schlechten Zimmer begnügen. Seid ihr also dafür, da sie hier doch niemanden kennen und schon ihr äußerer Aufzug uns lachen machen wird, so bewirten wir sie diese Nacht, und morgen können sie dann ihres Weges gehen.«

Sie bat ihre Schwestern so lange, bis diese ihr endlich erlaubten, die Kalender zu rufen, doch unter derselben Bedingung, die dem Träger auch gemacht wurde. Voller Freude verließ sie den Saal und kam bald mit den drei halbblinden Gästen wieder. Als diese in das Zimmer traten, kamen ihnen die Mädchen freundlich entgegen, hießen sie bestens willkommen und wünschten ihnen Glück zu ihrer Ankunft in Bagdad.

»Wie schön ist es hier!«, riefen die Kalender einstimmig aus, als sie den schönen Saal, den mit den besten Speisen und Getränken beladenen Tisch und die liebenswürdigen Mädchen sahen. Als sie dann auch den Träger bemerkten, fragten sie: »Ist dies auch ein fremder Kalender wie wir, oder ist er ein abtrünniger Araber?« Als der Träger dies hörte, erwiderte er: »Setzt euch ohne Gerede; habt ihr nicht an der Tür gelesen: ›Wer von Dingen spricht, die ihn nichts angehen, muss Dinge hören, die ihm nicht angenehm sind‹? Wie könnt ihr gleich beim Hereintreten eure Zunge gegen mich loslassen?« Die Kalender baten um Entschuldigung, und die Mädchen stellten gleich den Frieden wieder zwischen ihren Gästen her. Die Kalender setzten sich dann zum Essen, die Pförtnerin schenkte ihnen Wein ein, und der Träger forderte sie auf, sie möchten doch irgend etwas zum Besten geben.

Die Kalender, die schon die Wirkung des Weins spürten, baten um Musikinstrumente; sogleich brachte ihnen die Pförtnerin ein Tamburin, eine Laute und eine persische Harfe, sie verteilten diese Instrumente unter sich, stimmten sie und fingen an zu spielen und zu singen; aber die Mädchen sangen mit so hellen, wohlklingenden Stimmen, dass sie die Übrigen weit übertönten. Sie sangen so eine Weile miteinander, da wurde wieder an die Tür geklopft. Die Pförtnerin ging hinunter, um zu öffnen; es waren der Kalif Harun al-Raschid und sein Wesir Djafar. Diese hatten nämlich die Gewohnheit, oft in der Nacht allein durch die Stadt zu wandeln; als sie nun an diesem Haus vorübergingen und die rauschende Musik, die lauten Stimmen der Mädchen und das fröhliche Treiben vernahmen, sagte der Kalif zu seinem Wesir: »Ich hätte wohl Lust, ein wenig bei diesen lustigen Leuten einzutreten.« Djafar verwies vergebens darauf, dass diese betrunken seien, ihn nicht erkennen würden und ihm leicht unhöflich begegnen könnten. Aber der Kalif bestand darauf und befahl sogar seinem Wesir, ihm durch irgendeine List den Zutritt zu verschaffen. Als nun die Pförtnerin geöffnet hatte, verbeugte sich Djafar vor ihr und sagte: »O Herrin, wir sind Kaufleute aus Mossul, leben schon seit zehn Tagen in einer Karawanserei, wo wir ein Magazin für unsere Waren haben. Heute wurden wir von einem hiesigen Kaufmann eingeladen, wo wir so vergnügt und lustig wurden, dass uns die Polizei überfiel. Wir mussten schnell entfliehen und über die Mauer springen, wobei sich einige verletzten und gefangen wurden, wir aber mit noch wenigen anderen kamen glücklich davon. Nun können wir aber den Weg nicht nach Hause finden, denn unsere Unterkunft ist sehr weit von hier entfernt; wir könnten leicht einen falschen Weg einschlagen und der Polizei wieder in die Hände fallen, die uns, weil wir etwas betrunken sind, leicht wiedererkennen würde. Wenn wir auch glücklich die Tür unseres Hauses erreichten, würde man uns doch nicht öffnen, denn es ist in diesen Herbergen vor Tagesanbruch niemandem zu öffnen gestattet. Erlaubt uns daher, bei euch einzukehren. Wir wollen gern sogleich unser Teil bezahlen und mit euch vergnügt sein; ist euch aber unsere Gesellschaft nicht angenehm, so lasst uns die Nacht im Hausgang zubringen. Wir wollen gewiss nicht von der Tür weichen, und auch diesen Platz sollt ihr uns nicht umsonst geben.«

Als die Pförtnerin dies hörte und ihnen dabei ansah, dass sie vornehme Leute seien, berichtete sie ihren Schwestern, was sie gesehen und gehört hatte; diese bemitleideten die Fremden, ließen sie hereinkommen, und alle, die Mädchen, der Träger und die Kalender, gingen ihnen freundlich entgegen.

Nachdem jeder wieder seinen Platz eingenommen und die Mädchen die neu angekommenen Gäste bewillkommnet hatten, sagten sie ihnen: »Wir können euch nur unter der Bedingung als Gäste aufnehmen, dass ihr wie Menschen mit Augen ohne Zunge sein wollt. Ihr dürft nach nichts fragen, was ihr auch sehen mögt, von nichts sprechen, was euch nichts angeht, sonst könntet ihr hören, was euch missfällt.« Die vornehmen Gäste nahmen diese Bedingung an und versprachen, kein unnötiges Wort zu reden; sie wurden aufgefordert, am Mahl teilzunehmen und wie die Übrigen mitzusprechen. Mit Erstaunen betrachtete der Kalif zuerst die drei halbblinden Kalender, dann bewunderte er die Schönheit, die Liebenswürdigkeit und Grazie dieser Mädchen nicht minder als ihren Anstand, ihre Beredsamkeit und Freigebigkeit; der Saal, in welchem sie waren, erregte seine gleiche Bewunderung, doch wagte er es nicht, sich näher nach den Mädchen zu erkundigen. Er unterhielt sich mit den Übrigen; das Gespräch wurde immer lebhafter, die Kalender spielten lustige Weisen und die Becher wanderten reihum. Nach einer Weile sagte die Hausherrin zu ihren Schwestern: »Erhebt euch jetzt, wir dürfen die uns auferlegte Arbeit nicht versäumen.« Die Pförtnerin stand rasch auf, reinigte den Saal und besprengte ihn mit frischen Wohlgerüchen; sie hieß die Kalender an einer Seite des Saals auf einem Sofa Platz nehmen. Den Kalifen mit seinem Begleiter bat sie, sich auf die andere Seite, jenen gegenüber, zu setzen. Dem Träger aber rief sie zu: »Auf, du träger Mensch! Gehörst du nicht zum Haus? Hilf uns bei unserer Arbeit!«

»Was soll ich tun?«, erwiderte der Träger. Da öffnete die Wirtschafterin ein Nebenzimmer und sagte zu ihm: »Komm, hilf mir!« Er musste hierauf eine Bank mitten in den Raum stellen und zwei schwarze, völlig wund geschlagene Hündinnen heranführen, deren Hals von einer Kette umschlungen war. Darauf nahm die schöne Hausherrin eine geflochtene Peitsche, entblößte ihren blendend weißen Arm und ließ sich vom Träger eine der Hündinnen vorführen. Die Hündin fing an zu heulen und den Kopf zu schütteln, sodass der Träger sie mit Gewalt zu seiner Herrin hinschleppen musste. Nun begann diese die arme Hündin so lange zu peitschen, bis ihr Arm ermüdet herabsank; dann warf sie die Peitsche weit von sich und nahm die Kette aus der Hand des Trägers, drückte die Hündin an ihren Busen, bedeckte sie mit Küssen, weinte mit ihr, wischte dann ihre Tränen mit einem Tuch ab und ließ hierauf den Träger das Tier wieder an seinen Platz zurückführen und die andere Hündin herbeibringen. Der Träger tat, was ihm befohlen war, und auch diese Hündin wurde auf die gleiche Art gepeitscht, geküsst und wieder weggeführt. Die Anwesenden waren über diese Handlungsweise des Mädchens zuhöchst erstaunt und fingen an, unter sich zu flüstern, denn sie konnten nicht begreifen, warum diese Hündinnen zuerst geprügelt und dann geküsst wurden.

Als die Hündinnen wieder weggeführt worden waren, setzte sich die Pförtnerin auf einen Stuhl und sagte zur Wirtschafterin: »Steh auf, du weißt schon, was ich von dir verlange.«

Das Mädchen stand nun auf, ging in ein Nebenzimmer, kam nach einer Weile wieder mit einem Futteral von gelbem Atlas, das mit grünen seidenen Schnüren umwickelt und mit allerlei Goldstickerei verziert war, und reichte es der Pförtnerin. Diese öffnete das Futteral, nahm eine Laute heraus, legte sie auf ihren Schoß, und nachdem sie das Instrument gestimmt hatte, sang sie ein Lied voller Leid und Sehnsucht. Nach dem Ende des Gesanges bat sie die Wirtschafterin, an ihrer Stelle fortzufahren; diese nahm die Laute und sang ein anderes Lied. Als es verklungen war, fasste die Pförtnerin ihr Kleid, zerriss es und fiel in Ohnmacht. Die Kalender waren hierüber so bestürzt, dass einer zum anderen sagte: »Wären wir doch nie in dieses Haus gekommen, wir hätten besser daran getan, auf der blanken Erde zu schlafen, als solche herzzerreißenden Dinge anzusehen.« Der Kalif gesellte sich auch zu ihnen und fragte sie, was dies bedeute. Sie sagten ihm aber, dass sie nicht zu diesem Haus gehörten und dass sie ebenfalls diese Nacht zum ersten Mal hierher gekommen seien. Nun dachte der Kalif: »So kann uns doch vielleicht der Träger einige Auskunft geben.« Er winkte ihn zu sich, um bei ihm über diese Mädchen Erkundigungen einzuziehen. Der Träger schwor aber bei Allah, dass, obwohl er ein Bewohner Bagdads sei, er doch in seinem Leben nie in dieses Haus gekommen wäre: »Ich wunderte mich bei meiner Ankunft«, setzte er hinzu, »dass sie so allein ohne Männer lebten.«

Ehe er noch ausgeredet hatte, unterbrach ihn der Kalif mit den Worten: »Genug, ich glaubte, du gehörst zu den Mädchen. Nun sehe ich, dass du nicht mehr weißt als wir alle. Indessen sind wir hier ja sechs Männer, sie sind nur drei Frauen. Ich werde sie nun fragen, wer sie sind, und antworten sie nicht gutwillig, so können wir sie schon dazu zwingen.« Alle waren damit einverstanden, Gewalt anzuwenden, außer Djafar, der zu bedenken gab, dass sie hier als Gäste weilten und nur unter der Bedingung aufgenommen worden wären, dass sie zu allem schweigen wollten, was sie auch sehen würden. Er sagte dann leise zum Kalifen: »Die Nacht ist ja bald vorbei, dann trennen wir uns. Jeder geht seines Wegs; morgen Früh bringe ich die Mädchen vor dich, und du kannst dann von ihnen verlangen, dass sie dir über alles, was hier vorgegangen ist, die Wahrheit berichten.« Der Kalif war aber so ungeduldig, dass er Djafar ganz zornig anfuhr und darauf bestand, die Mädchen müssten ihnen schon jetzt über alles Aufschluss geben. Es wurde viel hin und her gestritten, bis endlich beschlossen wurde, der Lastträger müsse sie im Namen aller Anwesenden befragen. Als die Mädchen merkten, dass ihre Gäste in heftigem Wortwechsel waren, fragten sie: »Was gibt's, dass ihr so laut untereinander streitet?« Da antwortete der Lastträger: »Diese Leute wünschen, dass du ihnen erzählst, was mit diesen beiden

Hündinnen vorgegangen ist, die du zuerst gepeitscht und doch hierauf mit ihnen geweint hast; ebenso, warum deine Schwester solche Wunden und Narben am Hals hat? Wir haben es wohl bemerkt, als sie vorhin in Ohnmacht fiel.«

»Ist dies wahr?«, fragte die Hausherrin, dabei zu den Leuten gewandt. Alle bejahten außer Djafar, der kein Wort sprach. Als die Wirtin dies hörte, sagte sie zu ihnen: »Könnt ihr Gäste wohl so unbillig gegen mich sein? Haben wir euch nicht im Voraus gesagt: Wer von Dingen spricht, die ihn nichts angehen, muss Dinge hören, die ihm nicht angenehm sind! Wir haben euch in unser Haus aufgenommen und unser Mahl mit euch geteilt, und nun wollt ihr uns Gewalt antun? Glaubt ihr, euch alles erlauben zu dürfen, weil wir so närrisch waren, euch unsere Tür zu öffnen?« Hierauf stampfte sie dreimal auf den Boden und rief: »Eilt herbei!«

Sogleich kamen aus einem Nebenraum, dessen Tür sich schnell öffnete, sechs Sklaven heraus, jeder mit einem blanken Schwert in der Hand. Sie fielen über die Gäste her, warfen sie zur Erde, und im Nu waren alle gefesselt, aneinander gebunden und in einer Reihe auf den Boden mitten im Zimmer hingestreckt. Neben dem Haupt eines jeden blieb ein Sklave mit gezogenem Schwert stehen und sagte zur Hausherrin: »O erhabene Gebieterin und mächtige Herrin, du darfst nur ein Zeichen geben, und ihre Köpfe fallen!« – »Wartet noch«, erwiderte diese, »ich will sie zuerst fragen, wer sie sind.« Da weinte der Träger und rief: »O meine erhabene Gebieterin, lass mich nicht die Schuld anderer büßen, alle haben unrecht gehandelt, nur ich nicht! Wie schön war unser Tag, ehe diese Kalender kamen, die, sobald sie in eine Stadt eingezogen sind, so viel Unheil stiften, bis sie verwüstet ist.«

Die Gastgeberin musste, so aufgebracht sie war, doch lachen, und wandte sich dann zu den übrigen Gästen und sprach: »Sagt mir, wer ihr seid, ihr habt nur noch kurze Zeit zu leben, wenn ihr nicht zeigt, dass ihr vornehmen Standes, hohe Richter oder Häupter eures Volkes seid, sonst habt ihr wahrlich zu viel gegen uns gewagt.«

Als der Kalif dies hörte, sagte er: »Djafar, offenbare ihr eilig, wer wir sind, sie könnte uns sonst aus Unkenntnis umbringen lassen.« Djafar erwiderte hierauf: »Du hättest dies wohl zum Teil verdient.« Der Kalif sagte zornig: »Es ist jetzt keine Zeit, dich über mich lustig zu machen.« Indessen fragte die Wirtin die Kalender, ob sie Brüder seien; diese antworteten: »Nein, wir sind weder Brüder noch arme Derwische.« – »Bist du halbblind geboren?« fragte sie den einen. »Nein, bei Allah«, erwiderte er, »in meinem Leben haben sich so außerordentliche Begebenheiten ereignet, dass, wenn sie mit einer Nadel in das hohle Auge gestochen wären, sich ein jeder daraus belehren könnte; erst später verlor ich ein Auge, dann ließ ich meinen Bart scheren und wurde Kalender.« Nachdem die Herrin des Hauses, welche an jeden der Kalender dieselbe Frage richtete, von jedem dieselbe Antwort erhielt und der letzte noch hinzusetzte, jeder von ihnen sei aus einer anderen Stadt, Sohn eines Königs und selbst Regent, befahl sie den Sklaven: »Verschont den, der mir seine Lebensgeschichte und den Grund, warum er hierher gekommen ist, erzählt, und bringt denjenigen um, der dies zu tun sich weigert.«

Die Reihe kam zuerst an den Träger, der die Wirtin auf folgende Weise anredete: »Du weißt wohl, meine Gebieterin, dass ich ein Lastträger bin, deine Wirtschafterin hieß mich, ihr zu folgen. Ich ging mit ihr zum Weinhändler, dann zum Metzger, dann zum Obsthändler, von diesem zu einem, der trockene Früchte verkauft, endlich zum Zuckerbäcker und zum Spezereihändler, dann kam ich hierher, und somit wäre meine ganze Geschichte zu Ende.« Die Wirtin lachte und sagte ihm: »Dein Leben sei dir geschenkt, du kannst gehen!« Er aber wünschte noch zu bleiben, um die Erzählungen der übrigen Gäste zu hören.

Die Geschichte des ersten Kalenders

Nun ergriff der erste Kalender das Wort und sprach: »Wisse, o meine Gebieterin, Folgendes ist der Grund, warum ich ein Auge und meinen Bart verloren habe: Mein Vater und mein Oheim waren beide Könige; Letzterer hatte einen Sohn und eine Tochter. Als ich groß geworden war, besuchte ich zuweilen meinen Oheim und brachte oft bei ihm mehrere Monate zu, denn es bestand das freundschaftlichste Verhältnis zwischen mir und meinen Vettern. Bei einem dieser Besuche erfuhr ich von meinem Vettern die allergrößten Ehrenbezeigungen; er lud mich ein, ließ die fettesten Hammel schlachten und klaren Wein dazu bringen. Nachdem wir ziemlich viel getrunken hatten, sagte er zu mir: ›Ich arbeite schon ein ganzes Jahr an etwas, womit ich dich nun bekannt machen will, du darfst aber nicht weiter mit mir davon sprechen. Willst du dies beschwören?‹ Als ich geschworen hatte, verließ er mich einige Augenblicke, erschien dann wieder mit einer Frau in reicher Kleidung und herrlichem Kopfputz. Nachdem wir eine Weile zusammen getrunken hatten, bat er mich, mit dieser Frau zu einem mir wohl bekannten Denkmal, das er mir auch genau beschrieb, zu gehen. Ich musste, meinem Eid gemäß, tun, wie er gesagt hatte, und durfte nicht einmal fragen, was daraus werden sollte.

Wir hatten kaum das Grab mit der Kuppel erreicht und uns dort niedergelassen, da kam mein Vetter mit einem Töpfchen Wasser, einem Säckchen Gips und mit einer eisernen Hacke. Er öffnete das Grab mit der eisernen Hacke, legte die weggebrochenen Steine auf die Seite der über dem Grab sich erhebenden Kuppel, grub dann mit der Hacke den Boden des Grabes auf, bis er auf eine eiserne Platte stieß, so breit und so lang wie die Tür des Grabes. Diese hob er weg, und man erblickte darunter eine Treppe; er winkte dann der Frau und sagte zu ihr: ›Komm hierher, hier findest du, was du wünschst.‹ Die Frau ging hinunter und verschwand vor meinen Augen. Er wandte sich dann zu mir und sagte: ›Nun erweise mir den letzten Gefallen und schließe das Grab hinter uns.‹ Als ich«, fuhr der erste Kalender fort, »immer noch berauscht, so wie mein Freund befohlen, das Grab wieder bedeckt hatte, ging ich zu meines Oheims Haus, der damals auf der Jagd war, zurück, und schlief bald ein. Am anderen Morgen überdachte ich alles, was sich am vorhergehenden Tag zugetragen hatte, befand es aber so ungewöhnlich, dass ich glaubte, geträumt zu haben. Da aber, als ich nach meinem Vetter fragte, niemand mir zu sagen wusste, was aus ihm geworden war, ging ich zu dem Begräbnisort und suchte die Kuppel, vermochte sie aber nicht zu finden, obwohl ich von einer Grabstelle zur anderen wanderte, bis mich endlich die Nacht überfiel. Nun wurde ich immer mehr um meinen Vetter besorgt, denn ich wusste ja nicht, wohin die Treppe unter dem Grab hinführte; immer glaubte ich noch, das Ganze sei nur ein Traum gewesen. Ich ging wieder nach Hause, aß ein wenig, denn ich hatte den ganzen Tag weder an Essen noch Trinken gedacht, und legte mich zur Ruhe. Ich brachte die folgenden vier Tage auf dieselbe Weise zu und suchte beständig jene mir bekannte Kuppel, konnte sie aber nicht finden. Ich wurde so melancholisch und trüb gestimmt, dass ich wohl wahnsinnig geworden wäre, wenn ich nicht den Entschluss gefasst hätte, in meine Heimat zu meinem Vater zurückzukehren. Ich hatte aber kaum die Stadttore meines Heimatorts erreicht, da fiel man mit Prügeln über mich her, legte mich in Ketten und schleppte mich hinweg. Als ich mich nach der Ursache dieser grausamen Behandlung erkundigte, sagte man mir, der Wesir habe sich gegen meinen Vater empört und die ganze Armee auf seine Seite gezogen, meinen Vater ermordet, selbst den Thron bestiegen und sogleich Befehl erteilt, mir aufzulauern und mich festzunehmen. Wie ich das hörte, fiel ich bewusstlos nieder, und als ich wieder zu mir kam, stand ich vor dem Wesir, der schon seit langem mein Feind war; denn da ich von Kindheit an ein großer Freund des Bogenschießens war und einst von der Terrasse meines Schlosses einen Vogel, der sich auf dem Dach niedergelassen hatte, schießen wollte, kam er zufällig dazwischen – und der Pfeil, statt den Vogel zu töten, verletzte ihm ein Auge. Kaum fand ich mich ihm gegenübergestellt, da riss er mir ein Auge mit seinen eigenen Händen aus, sodass es über meine Wangen herunter auslief, und seither bin ich halb blind. Nachdem dieses geschehen war, ließ er mich binden und in eine Kiste sperren; dann befahl er dem Henker meines Vaters: ›Gürte dein Schwert um, besteige dein Pferd, nimm diesen Menschen mit in die Wüste, dass wilde Tiere und Raubvögel sein Fleisch verzehren.‹ Der Henker tat, wie ihm befohlen worden war; er ritt mit mir fort, und als wir mitten in der Wüste waren, stieg er vom Pferd, zog mich aus der Kiste heraus und wollte mich töten, da fing ich an heftig zu weinen und zu klagen.

Als der Henker meine Klagen hörte und meine Tränen sah, rührte ihn dies, und er entschloss sich, mich leben zu lassen. ›Rette dich, so schnell du kannst‹, sagte er mir, ›komm nie mehr in dieses Land, sonst kostet es mein und dein Leben!‹

Ich küsste vor Freude dem Henker die Hand, denn ich hatte alle Hoffnung auf Rettung verloren. Nun, da mir das Leben geschenkt worden war, verschmerzte ich leicht das verlorene Auge. Ich machte mich sodann auf den Weg und reiste wieder zu meinem Oheim. Als ich ihm meine und meines Vaters Geschichte erzählt hatte, erwiderte er: ›Auch ich habe der Leiden genug, denn mein Sohn ist verschwunden, niemand kann mir sagen, was aus ihm geworden ist.‹ Dabei weinte er so heftig, dass ich ihm nicht länger verschweigen konnte, was ich von seinem Sohn wusste. Er freute sich außerordentlich über meine Nachricht, und obschon ich ihm sagte, dass ich, nachdem sein Sohn verschwunden war, lange die Kuppel gesucht hatte, ohne sie wiederfinden zu können, wollte er doch sogleich mit mir auf den Begräbnisplatz gehen. Ohne jemandem etwas davon zu sagen, gingen wir nun zu den Gräbern. Ungemein groß war meine Freude, als ich endlich jene Kuppel wiederfand und nunmehr hoffen konnte zu erfahren, wo mein Vetter hingekommen war. Wir gingen sogleich hin, öffneten das Grab, bis wir die eiserne Platte fanden, und stiegen dann die ungefähr fünfzig Stufen lange Treppe hinunter. Als wir die letzte Stufe erreicht hatten, kam uns ein so starker Rauch entgegen, dass wir gar nichts mehr sahen, und mein Oheim rief ganz erschrocken: ›Nur Allah, der Allmächtige, kann uns schützen!‹ Wir folgten dem Gang, der an die Treppe stieß, bis wir in eine Art Zimmer kamen, das auf Säulen ruhte und durch kleine Öffnungen das Licht von oben empfing. Wir sahen in diesem Zimmer eine Zisterne, Wasserkrüge, Früchte, Mehl und ähnlichen Mundvorrat. Mitten im Zimmer aber fanden wir den Sohn meines Oheims und die Frau, die ich mit ihm hinuntersteigen gesehen hatte, als Leichen. Bei diesem Anblick zerriss mein Oheim sein Gewand, fing an, zu weinen und zu klagen und rief unter Tränen: ›So viel hattest du hier zu leiden; nun kommen noch die Qualen jenes Lebens!‹ Dann erzählte er mir, dass sein Sohn sein Herz an ein verworfenes Weib gehängt habe, die Allah und seinen Propheten missachtet und seinen Sohn in die Künste ihrer Schwarzen Magie eingeweiht habe. Allen Ermahnungen, Warnungen und Drohungen zum Trotz habe er nicht von ihr gelassen, und schließlich habe er so enden müssen.

Als mein Oheim dies erzählt und lange mit mir geweint hatte, sagte er endlich: ›Nun wirst du an meines Sohnes Stelle treten.‹ Dann sprachen wir noch über den Tod meines Vaters und über mein ausgerissenes Auge sowie über die verschiedenen Zufälle des menschlichen Lebens. Erst nach vielen vergossenen Tränen stiegen wir wieder die Treppe hinauf, legten die eiserne Platte an ihre Stelle und gingen, ohne dass jemand uns bemerkt hatte, wieder ins Schloss zurück. Wir hatten uns aber kaum dort niedergelassen, als wir großen Lärm von Trompeten, Pauken und Trommeln vernahmen, Männertritte, Pferdegewieher, Schellengeklingel und Kampfgeschrei. Schon konnte man vor dem vielen Staub, den die große Menge Fußvolks und Reiter aufwirbelte, nichts mehr sehen; wir wurden ganz toll davon. Ich fragte, was es gäbe, und hörte, dass derselbe Wesir, der meines Vaters Reich an sich gerissen, so viele Soldaten zusammengebracht hatte, dass man sie ebenso wenig wie die Sandkörner der Erde zählen könne, und dass er mit dieser unwiderstehlichen Armee nun auch dieses Land überfallen, ja, sich ihm sogar die Hauptstadt schon ergeben habe. Gleich darauf hörte ich, dass mein Oheim ermordet worden sei, und da ich wusste, dass, wenn ich in die Hände des Wesirs fiele, weder ich noch der Henker meines Vaters dem Tode entgehen würden, ergriff ich die Flucht. Da ich aber in diesem Land so bekannt wie die Sonne war und fürchtete, dass sich jemand durch meinen Tod beim Wesir beliebt machen wollte, blieb mir, nach vielen Tränen, in meiner Verzweiflung nichts anderes übrig, als meinen Bart und meine Augenbrauen abzuscheren und meine prächtigen Kleider mit denen eines Kalenders zu vertauschen. So reiste ich unerkannt als Derwisch hierher in der Hoffnung, dass vielleicht mein gutes Glück mich mit einem Mann bekannt machen werde, der mich dem Kalifen, dem Nachfolger des Propheten, vorstelle, damit ich ihn von allem, was mir widerfahren ist, in Kenntnis setze. Ich kam diese Nacht hier an, wusste aber nicht, wohin ich mich wenden sollte; da begegnete ich dem neben mir sitzenden Kalender, dem ich's gleich anmerkte, dass er ebenfalls von weit her komme. Ich grüßte ihn also und fragte ihn, ob er auch ein Fremder sei, was er bejahte. Während wir so miteinander sprachen, kam, als wir am Stadttor waren, dieser dritte Kalender; auch er grüßte uns und sagte, er sei ein Fremder. ›Auch wir sind hier fremd‹, erwiderten wir ihm. So gingen wir dann miteinander in der Stadt herum, ohne zu wissen wohin, denn es war schon lange Nacht. Nun hat aber ein günstiges Geschick uns hierher gebracht, ihr habt uns für ordentliche Leute gehalten und euch so freundlich gegen uns benommen, dass ich mein verlorenes Auge ganz vergaß. Dies aber ist meine Geschichte.«

Die Herrin des Hauses schenkte auch ihm das Leben und hieß ihn gehen; aber auch er wollte gern noch bleiben, um der Erzählung seiner Gefährten zu folgen.

Alle Anwesenden waren höchst erstaunt über die Erzählung des Kalenders. Auch der Kalif sagte zu Djafar, er habe in seinem Leben nichts Merkwürdigeres als diese Geschichte gehört.

Die Geschichte des zweiten Kalenders

Hierauf begann der zweite Kalender seine Geschichte: »Auch ich bin, bei Allah, nicht halbblind geboren; auch mein Vater war ein König, er ließ mich in der Kunst des Schreibens und im heiligen Koran unterrichten. Ich lernte bald dieses erhabene Buch auswendig, machte mich mit den Lehren der verschiedenen Sekten bekannt, las theologische Werke der gelehrten Kommentatoren; dann beschäftigte ich mich auch mit Grammatik und Dichtkunst; ich schrieb mit solcher Fertigkeit, dass ich alle meine Zeitgenossen übertraf, ich war so gelehrt und beredt, dass man in allen Ländern und Weltteilen von mir sprach. Alle Könige der Erde lasen meine Schriften. Mein Ruhm wurde so groß, dass auch der Mogul von Indien meinem Vater einen Boten mit reichen Geschenken schickte und ihn bitten ließ, mir zu erlauben, dass ich einige Zeit bei ihm zubringen möchte. Mein Vater sandte mich zu ihm mit einem Begleiter und einigen Berittenen und sehr kostbaren Geschenken. Wir reisten nun ungefähr einen Monat lang, da sahen wir auf einmal eine riesige Staubwolke vor uns, die uns immer näher kam, bis schließlich fünfzig schwer bewaffnete Reiter vor uns standen.

Als wir diese Reiter sahen, wollten wir fliehen. Es waren aber Straßenräuber, die, als sie unsere zehn mit Geschenken beladenen Kamele sahen, mit gezogenen Schwertern und gefällten Lanzen auf uns zueilten. Vergebens zeigten wir ihnen an, dass wir zu dem mächtigen Herrscher Indiens reisten; sie sagten: ›Wir sind nicht auf seinem Gebiet und stehen nicht unter seiner Botmäßigkeit.‹ Dann töteten sie alle unsere Leute, und nur ich allein entfloh, während sie sich mit der Ladung der Kamele beschäftigten.

Nachdem ich den ganzen Tag, ohne zu wissen wohin, herumgeirrt war, bestieg ich gegen Abend einen Berg und brachte die Nacht in einer Höhle zu. So lebte ich einen ganzen Monat hindurch, bis ich endlich in eine sehr schöne, wohl befestigte, volkreiche Stadt kam, deren Straßen von Menschen wimmelten.

Ich freute mich, einen solchen Ort erreicht zu haben, doch war ich über meinen erbärmlichen Zustand sehr betrübt. Ich war so müde, dass ich kaum mehr gehen konnte, mein ganzer Körper, Gesicht und Hände waren von der Sonne verbrannt, und ich war vor vielem Kummer und Sorgen ganz entstellt. So wandelte ich traurig durch die Stadt, ohne zu wissen, wohin ich gehen sollte. Endlich kam ich an einem Schneiderladen vorüber. Ich grüßte den Schneider, der erfreut zu sein schien. Er hieß mich sitzen, und da ihm meine Unterhaltung gefiel und er Spuren eines einstigen Wohlstandes an mir bemerkte, erkundigte er sich nach meinen Verhältnissen, und als ich ihm alles, was mir widerfahren war, erzählte, machte es den schmerzlichsten Eindruck auf ihn. Dann sagte er zu mir: ›Hüte dich, junger Mann, irgendjemandem zu sagen, wer du bist, denn der König dieser Länder ist ein großer Feind deines Vaters.‹ Dann brachte er mir etwas zu essen, und wir blieben zusammen bis tief in die Nacht hinein. Als es spät wurde, schaffte er Bett und Decken herbei und wies mir neben sich einen Raum zum Schlafen an. Nachdem ich drei Tage bei ihm verbracht hatte, fragte er mich, ob ich denn kein Handwerk erlernt habe, mit dem ich mich ernähren könne. Ich antwortete ihm, ich sei wohl ein Gelehrter, Theologe, auch zugleich Grammatiker, Dichter und Schönschreiber. ›Alles dies wird hierzulande nicht gesucht‹, versetzte er. ›Aber fasse trotzdem Mut, nimm eine Axt und einen Strick, geh in den Wald und haue Holz ab, so findest du doch zu leben; hüte dich aber sehr, dich jemandem zu erkennen zu geben. Allah wird dir weiterhelfen.‹ Als ich seinen Rat zu befolgen versprach, kaufte er mir selbst eine Axt und einen Strick und empfahl mich einigen anderen dieses Gewerbes. Mit diesen ging ich und schlug den ganzen Tag Holz, trug es dann abends in die Stadt, verkaufte es um einen halben Denar und brachte das Geld dem Schneider. So lebte ich über ein ganzes Jahr. Eines Tages, als ich mich von meinen Gefährten getrennt hatte, entdeckte ich einen Garten, mit Bäumen bepflanzt und von Bächen durchströmt. Als ich in dem Garten umherging, erblickte ich den Stamm eines sehr dicken Baumes, und als ich mit meiner Axt die Erde weggrub, stieß ich auf einen Ring, der an einer hölzernen Tafel befestigt war. Ich hob diese Tafel auf und gewahrte nun eine Treppe, die ich hinabstieg. Jetzt kam ich zu einem Palast, so schön und fest gebaut, wie ich noch nie in meinem Leben einen ähnlichen gesehen hatte. Als ich mich in diesem Palast eine Weile umgesehen hatte, bemerkte ich ein Mädchen, so herrlich wie die reinste Perle oder wie die hell erleuchtete Sonne.

Das Erste, was sie mich fragte, als sie mich erblickte, war, ob ich ein Mensch oder ein Geist wäre, und als ich ihr darauf erwiderte, dass ich ein Mensch sei, fragte sie mich, was ich denn wollte, da sie doch schon fünfundzwanzig Jahre hier verweile, ohne je von einem Menschen besucht worden zu sein. Ich erzählte ihr dann, was mir in meinem Leben zugestoßen war. Sie zeigte sich sehr bestürzt darüber; dann sagte sie: ›Nun sollst du auch meine Lebensgeschichte hören‹, und begann folgendes zu erzählen: ›Wisse, dass ich die Tochter des Königs Iftimerus bin, des Gebieters über die Ebenholzinseln. Mein Vater wollte mich mit meinem Vetter verheiraten; die Hochzeit war schon festgesetzt, da raubte mich ein Geist, flog eine Weile mit mir herum, brachte mich dann hierher und versorgte mich mit den köstlichsten Dingen. Da aber seine Leute nichts von unserem Verhältnis wissen dürfen, so besucht er mich nur alle zehn Tage. Brauche ich aber etwas außer dieser Zeit, so berühre ich die zwei an dieses Gewölbe gemalten Zeilen, und bevor ich noch meine Hand davon wegziehe, ist der Geist schon bei mir.‹ Darauf brachte sie mir herrliche Kleidung und richtete ein köstliches Mahl für mich an. Der Wein aber machte mich übermütig, und ich prahlte, dass ich mich vor dem Geist gar nicht fürchtete und ihn herausfordern wollte. Sie beschwor mich unter Tränen, dies zu unterlassen; ich aber antwortete in meiner Torheit: ›Ich werde sogleich auf den Talisman schlagen, und wenn der Geist erscheint, ihn umbringen. Ich habe deren schon zu Dutzenden totgeschlagen.‹ Als die Schöne das hörte, erblasste sie und beschwor mich bei Allah, dies nicht zu tun – alles umsonst!

Trotz ihrer Bitten trat ich doch mit dem Fuß auf den Talisman. Ich hatte dies kaum getan, da wurde es um mich finstere Nacht; es blitzte und donnerte, und die Erde fing heftig zu beben an. Jetzt erwachte ich aus meiner Betörung und fragte die Schöne, was dies bedeute? ›Der Geist erscheint‹, erwiderte sie, ›rette dich, so schnell du kannst, wieder zur Oberfläche der Erde.‹ Ich eilte, aus Furcht ertappt zu werden, so sehr, ihren Befehl zu vollziehen, dass ich meine Axt und meine Sandalen vergaß. Ich hatte noch nicht ganz die Treppe erstiegen, da spaltete sich der Palast, der Geist trat herein und fragte die Schöne: ›Warum hast du mich durch dein ungestümes Rufen so erschreckt? Was ist dir widerfahren?‹ – ›Mein Gebieter!‹, antwortete sie ihm, ›als mir heute nicht recht wohl zumute war, trank ich ein wenig Wein, dieser stieg mir zu Kopf, und ich fiel auf den Talisman.‹ Da der Geist aber meine Sandalen und meine Axt erblickte, rief er: ›Du lügst, elendes Weib, wie kommen die Sandalen und die Axt hierher?‹ – ›Ich bemerke sie erst in diesem Augenblick‹, erwiderte die Schöne, ›gewiss sind sie an Euch irgendwo hängen geblieben und mit hereingeschleppt worden.‹ Der Geist aber geriet in den größten Zorn und drohte, sie zu erwürgen, wenn sie ihm nicht die Wahrheit sagte. Ich konnte ihr Weinen nicht anhören, auch fürchtete ich für mich selbst; ich schob mich daher zur hölzernen Tafel hinaus, legte diese wieder an ihren Platz und bedeckte sie mit Erde, wie ich sie früher gefunden hatte. Ich nahm eine Ladung Holz auf meinen Rücken und schritt betrübt zur Stadt zurück.

Nach vielem Weinen kam ich wieder zu meinem Freund, dem Schneider, zurück, der sich sehr darüber freute und mir sagte, dass er schon um mich besorgt gewesen sei, da ich gestern Nacht nicht nach Hause gekommen sei. ›Nun, Allah sei gelobt, dass du wieder gesund und wohl bei mir bist‹, setzte er dann hinzu. Ich dankte ihm für seine Teilnahme und zog mich nach einer Weile in mein Kämmerlein zurück, immer über mein Abenteuer nachdenkend und über meinen Übermut, der mich auf den Talisman zu treten verleitet hatte. Ich zürnte mit mir selbst, da kam auf einmal der Schneider zu mir herein und sagte: ›Draußen steht ein alter Mann mit deiner Axt und deinen Sandalen; er erzählte mir, er habe sie im Wald gefunden und von den Holzhauern, bei denen er sich nach ihrem Eigentümer erkundigte, erfahren, dass sie dir gehören.‹ Als ich dies vernahm, wurde ich ganz blass, und noch ehe ich dem Schneider antworten konnte, spaltete sich das Zimmer und der fremde Alte, welcher der Geist selbst war, trat herein.

Der Geist ergriff mich ohne weitere Umstände, flog mit mir in die Höhe und ließ mich dann auf die Erde fallen.

Als ich wieder zu mir kam, schrie mich der Geist mit furchtbarer Stimme an: ›Du hättest den Tod verdient, elender Sterblicher! Aber ich begnüge mich damit, dich in ein Tier zu verwandeln. Wähle: Du kannst unter einem Hund, einem Esel, einem Löwen oder irgendeinem anderen wilden Tier oder auch einem Vogel wählen.‹ Da sagte ich zu ihm: ›Erhabener Geist! Wie großmütig wärst du, wenn du mir gänzlich verzeihen wolltest wie jener Beneidete dem Neider verziehen hat.‹ Als der Geist fragte, was das für eine Geschichte wäre, erzählte ich ihm folgendes:

Die Geschichte des Neiders und des Beneideten

Es wohnten einst zwei Männer dicht nebeneinander in einer Stadt; der eine beneidete den anderen und gab sich alle mögliche Mühe, seinen Nachbarn zu kränken und ihm allerlei Unannehmlichkeiten in den Weg zu legen. Der Neid plagte ihn so sehr, dass er zuletzt vor Erbitterung über den stetig zunehmenden Wohlstand seines Nachbarn weder essen, trinken noch schlafen konnte. Als der Nachbar dies bemerkte, beschloss er, die Nähe eines so üblen Menschen zu meiden und nicht nur sein Haus, sondern auch die Stadt zu verlassen, um sich an einem fremden Ort niederzulassen. Er kaufte daher ein Stück Land in der Nähe einer anderen Stadt, das er mittels einer alten Zisterne bewässern und fruchtbar machen konnte. Er lebte hier still, zurückgezogen, in frommer Andacht. Er war aber so mildtätig zu den Armen, die ihn von allen Seiten her besuchten, dass man doch bald in der nahen Stadt viel von ihm redete und die vornehmsten Leute ihn zuweilen in seiner Einsamkeit besuchten. Als nun dem neidischen Nachbarn dies zu Ohren kam, begab er sich auf das Gut seines ehemaligen Nachbarn und sprach zum Beneideten: ›Ich habe etwas Wichtiges mit dir allein zu besprechen. Lasse die Armen sich zurückziehen, die dich umgeben.‹ Nachdem diese auf Geheiß des Gutsbesitzers sich entfernt hatten und die beiden ehemaligen Nachbarn, im Gespräch vertieft, immer weiter gingen, bis sie in die Nähe der Zisterne gekommen waren, ergriff der Neider den Beneideten plötzlich und warf ihn hinein; hierauf ging der Neider wieder nach Hause, in der Gewissheit, den Beneideten glücklich getötet zu haben.

Da aber dieser Brunnen von guten Dschinn bewohnt war, fingen diese den Beneideten auf und brachten ihn wieder aufs Trockene. Dann erzählte einer der Geister den übrigen, wer dieser Halbertrunkene sei und wie er durch die Bosheit seines Nachbarn ohne ihre Hilfe hätte sterben müssen. Dann berichtete ein anderer, wie der Sultan so viel von der Frömmigkeit und dem heiligen Leben dieses Mannes gehört, dass er sich entschlossen habe, ihn zu bitten, seine Tochter heilen zu wollen, die von dem bösen Ifriten Maimun besessen sei.

Da fragte ein Geist: ›Womit könnte aber die Tochter des Sultans geheilt werden?‹ – ›Der fromme Mann müsste‹, erwiderte der erste Geist, ›aus dem weißen Fleckchen am Schwanz seiner schwarzen Katze, das so groß ist wie eine Silbermünze, sieben Haare ausreißen und die Prinzessin damit beräuchern, dann müsste der böse Ifrit sogleich aus ihrem Kopf fahren und würde nie mehr zurückkehren.‹

Da der Beneidete dies ganze Gespräch der Geister mit angehört hatte, so nahm er, sobald der Tag anbrach, sieben Haare aus dem weißen Fleckchen des Schwanzes seiner schwarzen Katze, und kaum war er wieder mit seinen Freunden, die ihn am Brunnen abholten, ins Haus zurückgekehrt, so trat auch schon der Sultan mit zahlreichem Gefolge herein, während eine Abteilung Soldaten vor der Tür stehen blieb. Der Beneidete sagte dem Sultan, nachdem er ihn willkommen geheißen hatte: ›Ich weiß schon, warum du mich heute besuchst; du wünschst, dass ich dir ein Mittel für deine besessene Tochter angebe.‹ – ›Es ist wahr, frommer Mann!‹, erwiderte der Sultan. ›Nun‹, versetzte der Beneidete, ›lass sie nur hierher bringen, ich hoffe, so Allah der Allmächtige will, sie im Augenblick zu heilen.‹ Der Sultan schickte sogleich jemanden, um seine Tochter zu holen. Als sie gebunden und gefesselt erschien, beräucherte sie der Beneidete mit den sieben Haaren – und der Geist verließ sie alsbald unter grässlichem Geschrei. Die Prinzessin, die jetzt auf einmal ihren Verstand wiedergewann, bedeckte vor Scham ihr Gesicht und fragte, wie sie hierher gekommen sei. Als der Sultan bemerkte, dass seine Tochter wieder wohlauf war, küsste er vor Freude dem Beneideten die Hände. Dann fragte er seine Umgebung: ›Was verdient wohl ein Mann, der mir einen solchen Dienst erwiesen hat?‹ Alle erwiderten: ›Er verdient, dass du ihm deine Tochter zur Gemahlin gibst.‹ Der Sultan zollte ihrer Antwort Beifall und vermählte seine Tochter mit dem Beneideten. Bald nach der Hochzeit starb der Wesir, und der Sultan erteilte, in Übereinstimmung mit seinen Großen, diese Würde seinem neuen Schwiegersohn. Bald nachher starb dann der Sultan selbst, und der Wesir wurde einstimmig zum Sultan erhoben.

Eines Tages ging der Neider an seinem Beneideten vorüber, der von den Wesiren, Fürsten und Großen des Reiches umgeben war. Als dieser den Neider erblickte, wandte er sich zu einem seiner Wesire und sagte ihm: ›Bringe mir diesen Mann herbei, doch erschrecke ihn nicht!‹ Der Wesir ging fort, um den Neider, seinen ehemaligen Nachbarn, zu bringen; da sagte der Sultan: ›Gebt ihm tausend Pfund aus meiner Schatzkammer, packt ihm zwanzig Ladungen Waren zusammen, und gebt ihm eine Wache, die ihn in seine Heimat zurückführe.‹ Dann entließ er ihn, und jener entfernte sich, ohne dass der Sultan ihn für das, was er tat, bestraft hätte.

Sieh also, o Geist, wie der Beneidete seinem Neider verziehen hat und ihm, trotz aller Bosheiten, Barmherzigkeit erwiesen hat!

Da antwortete der Geist: ›Nun, ich will dich nicht umbringen, doch verdienst du auch nicht, ganz unbestraft von mir entlassen zu werden; nun schenke ich dir zwar das Leben, aber ich will dich verzaubern.‹ Hierauf ergriff er mich und flog mit mir so hoch, dass mir die ganze Welt wie ein weißes Gewölk vorkam. Er ließ mich dann auf einem Berg nieder, nahm ein wenig Erde, murmelte etwas darüber und bewarf mich mit dieser Erde, indem er sagte: ›Verwandle deine Gestalt in die eines Affen!‹, worauf ich sogleich ein Affe wurde. Er aber verschwand.

Ich weinte nun über meine Verwandlung und klagte das Schicksal an, das keinen Menschen in Ruhe lässt; ich stieg dann den Berg hinunter und fand eine große Wüste, die zu durchziehen ich einen Monat brauchte. Ich kam hierauf zum Ufer des Meeres und sah mich nun um, ob ich nicht ein Schiff entdecken würde; endlich bemerkte ich eines mitten auf dem Meer, das unter gutem Wind dahinsegelte; ich brach einen Baumzweig ab, winkte damit dem Schiff zu und lief immer hin und her nach der Richtung des Schiffes; dabei brach es mir das Herz, dass ich mich nicht der menschlichen Sprache zu bedienen vermochte. Auf einmal lenkte jedoch das Schiff zum Ufer hin, bis es bei mir war, und siehe da, es war ein großes Schiff, mit Kaufleuten und vielen Waren und Spezereien beladen. Als die Kaufleute mich erblickten, sagten sie zu dem Schiffskapitän: ›Du hast uns um eines Affen willen vom rechten Kurs geführt, um eines Affen willen, der, wo er ist, den Segen vermindert.‹

Einer sprach: ›Ich will ihn umbringen.‹ Ein anderer: ›Ich will ein Stück Holz auf ihn werfen.‹ Ein dritter: ›Wir wollen ihn ersäufen.‹

Als ich dies hörte, sprang ich auf, lief zum Kapitän, ergriff den Saum seines Kleides wie ein Schutzflehender und weinte dabei so sehr, dass mir die Tränen über die Backen liefen. Den Kapitän und alle Übrigen befremdete dies sehr, und einige fingen schon an, mich zu bemitleiden, als der Kapitän sprach: ›Ihr Kaufleute! Dieser Affe hat sich unter meinen Schutz begeben, den ich auch zu gewähren schuldig bin. Wer von euch ihn nur mit einem Dorn sticht, wird mich zum Feind haben.‹ Auf solche Weise war der Kapitän sehr gütig zu mir; ich verstand alles, was er sagte, nur konnte ich meiner Zunge nicht gebieten, ihm zu antworten. Wir segelten nun fünfzig Tage lang unter günstigem Wind, dann kamen wir in eine unermesslich große und volkreiche Stadt. Als unser Schiff in den Hafen eingelaufen war, kamen uns Boten des dortigen Sultans entgegen, sie stiegen auf unser Schiff und sagten: ›Unser Sultan grüßt euch, ihr Kaufleute, und schickt euch einen Bogen Papier, auf das jeder eine Zeile schreiben möge; denn der Sultan hatte einen gelehrten, sehr schön schreibenden Wesir, der nun tot ist; daher hat der Sultan den höchsten Eid geschworen, dass er keinen anderen zum Wesir ernennen wird, der nicht so schön schreibt wie der Verstorbene.‹

Sie überreichten dann den Kaufleuten einen Bogen Papier, der zehn Ellen lang und eine Elle breit war. Es schrieb jeder, der schreiben konnte, eine Zeile darauf. Da stand ich auch auf, nahm ihnen das Papier aus der Hand; aber sie schrien mich an und packten mich, denn sie fürchteten, ich werde es ins Meer werfen oder zerreißen. Als ich daher ihre Besorgnis bemerkte, gab ich ihnen durch Zeichen zu verstehen, dass ich auch schreiben wolle. Sie wunderten sich sehr darüber und sprachen: ›In unserem Leben haben wir noch keinen Affen gesehen, der schreiben konnte.‹ Der Kapitän aber sagte: ›Lasst ihn schreiben, was er will, beschmiert er die Schrift, so jage ich ihn fort oder töte ihn, schreibt er aber gut, so nehme ich ihn an Kindes statt an, denn ich habe noch niemanden so verständig und so gebildet wie diesen Affen gefunden. Ich wollte, mein Sohn besäße diesen Verstand und diese Bildung.‹

Nun nahm ich das Schreibrohr, tauchte es ein und schrieb zwei Verse in großen Schriftzügen. Dann überreichte ich das Papier, das sie mit größtem Erstaunen besahen. Die Schiffsleute nahmen das Papier und brachten es dem Sultan, der die Schriftzüge sehr schön fand und also sprach: ›Geht, nehmt dieses Maultier und dieses Ehrenkleid und bringt es dem, der diese Zeilen geschrieben hat.‹ Die Leute lachten auf, doch als sie sahen, dass der Sultan darüber in Zorn geriet, sagten sie: ›König der Zeit und Herr der Äonen! Ein Affe hat diese Zeilen geschrieben.‹ – ›Ist dies wahr?‹, sagte der Sultan. ›Bei deiner Huld, der Schreiber dieser Zeilen ist ein Affe‹, antworteten die Leute. Da schickte der Sultan Boten aus und befahl ihnen: ›Nehmt mein Maultier und dieses Ehrenkleid, zieht es dem Affen an, und lasst ihn dann auf dem Maultier zu mir herreiten.‹

Als wir nun, ohne an etwas zu denken, auf dem Schiff waren, kamen auf einmal die Boten des Sultans, nahmen den Kapitän beiseite, zogen mir dann ein Ehrenkleid an, setzten mich auf das Maultier und gingen als meine Diener neben mir her. Die ganze Stadt war meinetwegen auf den Beinen, alle Leute liefen herzu, um mich zu sehen, es entstand ein großes Gedränge, denn niemand blieb zu Hause. Kaum war ich beim König, so hieß es schon überall, der Sultan habe einen Affen zum Wesir ernannt. Ich aber fiel vor ihm nieder und machte drei Verbeugungen, dann verneigte ich mich vor den hohen Beamten und Verwaltern und kniete vor ihnen hin; alle Anwesenden wunderten sich über meine Artigkeit, am meisten aber war der Sultan erstaunt.

Er entließ dann alle Großen, blieb allein mit einem Diener und einem kleinen Sklaven, ließ einen Tisch bringen und winkte mir, ich sollte mit ihm essen; ich stand auf, küsste die Erde vor ihm und wusch meine Hände siebenmal; dann kniete ich nieder und aß ein wenig mit Anstand, nahm das Tintenfass und die Feder und schrieb auf die Schüssel einige Verse, in welchen ich mein Erstaunen über die zahlreichen und so wohl bereiteten Speisen ausdrückte. Dann ließ der Sultan ein Schachspiel bringen und winkte mir zu, ob ich spielen wolle. Ich küsste die Erde und machte einen bejahenden Wink, stellte die Figuren auf und verlor hierauf die erste Partie, die zweite und dritte gewann ich aber, sodass der Sultan nicht wusste, was er von mir denken sollte, ich aber nahm wieder Tinte und Schreibrohr und schrieb:

›Zwei Armeen kämpfen den ganzen Tag miteinander,
und ihr Kampf wird immer heftiger,
bis sie Dunkelheit umhüllt,
dann schlafen beide auf einem Lager.‹

Als der Sultan diese Verse gelesen hatte, staunte er immer mehr und war ganz entzückt von mir; er sagte dann einem Diener: ›Geh zu deiner Gebieterin Sid ul-Hassan, sprich, sie solle herkommen und diese wunderbaren Dinge mit ansehen.‹ Als diese hereintrat und mich sah, bedeckte sie ihr Gesicht vor mir und sprach: ›Vater! Warum lässt du mich unverschleiert vor einen fremden Jüngling treten?‹ Der Sultan staunte und sagte: ›Meine Tochter! Es ist niemand hier außer dem kleinen Sklaven, diesem Diener und mir, deinem Vater; vor wem bedeckst du also dein Gesicht?‹ – ›Vor diesem jungen Mann‹, antwortete die Prinzessin, ›dem Sohn des Königs Iftimerus, des Beherrschers der Ebenholzinseln; ein Geist hat ihn in einen Affen verzaubert, und der, den du hier als Affen siehst, ist ein gelehrter, verständiger, gebildeter und tugendhafter Mann.‹ Der Sultan sah mich an und fragte, ob es wahr sei; ich nickte bejahend mit dem Kopf. Er wandte sich jetzt zu seiner Tochter mit den Worten: ›Ich beschwöre dich bei Allah, sage mir, woher weißt du, dass er verzaubert wurde?‹ Da antwortete sie: ›Mein Vater! Als ich noch klein war, ist eine alte, falsche, verräterische Zauberin bei mir gewesen, die mich die Zauberkunst lehrte. Ich beschäftigte mich damit, lernte siebzig Kapitel davon auswendig, sodass ich mit dem geringsten Kapitel jeden Stein aus deiner Stadt im Augenblick hinter den Berg Kaf versetzen und die ganze Welt mit dem Ozean überschwemmen könnte.‹ Der Sultan war sehr erstaunt darüber und sprach: ›Allahs Name sei mit dir! Wie, du beherrscht diese hohe Kunst, ohne dass ich etwas davon weiß? Ich beschwöre dich bei meinem Leben, befreie diesen Affen, dass ich ihn zum Wesir ernenne und mit dir verheirate.‹ – ›Recht gern‹, antwortete die Prinzessin und nahm ein Messer, das war von Eisen, und der Name des Allmächtigen war mit hebräischen Buchstaben darauf eingegraben. Die Prinzessin zog mit einem Zirkel einen Kreis mitten im Schloss und zeichnete Figuren in kufischer Schrift hinein. Dann fing sie an, zu beschwören und mich dabei scharf anzusehen; da wurde es auf einmal dunkel, und alles Licht verschwand vor unseren Augen, dass wir glaubten, die Welt verschließe sich vor uns. Als wir in diesem Zustand waren, erschien uns auf einmal der Geist in der Gestalt eines Löwen, so groß wie ein Kalb. Wir fürchteten uns und erschraken vor ihm. Da rief ihm die Prinzessin zu: ›Zurück, du Hund!‹ Der Löwe antwortete: › Verräterin! Brichst du so deinen Eid? Haben wir nicht geschworen, dass wir uns einander nicht widersetzen wollten?‹ Sie antwortete: ›Habe ich dir etwas geschworen, du Verruchter?‹ Da antwortete der Geist: ›Du sollst haben, was du verdienst!‹, öffnete seinen Rachen und stürzte auf die Prinzessin los; diese nahm aber ein Schwert, sie schlug den Geist damit und spaltete ihn in zwei Teile. Nun wandelte sich aber der Kopf zu einem Skorpion; die Prinzessin hingegen verwandelte sich in eine große Schlange, die lange mit ihm sehr heftig kämpfte; der Geist veränderte nun seine Gestalt wieder in einen Adler und flog aus dem Palast weg, und die Schlange nahm die Gestalt eines Raben an und folgte dem Adler; es blieben beide eine Weile aus, zuletzt spaltete sich die Erde, es kam eine gefleckte Katze heraus, bald nachher kam ein schwarzer Wolf. Auch diese kämpften lange miteinander, bis zuletzt der Wolf Sieger blieb. Da schrie die Katze und verwandelte sich in einen Wurm und kroch in einen Granatapfel, der neben einem Springbrunnen lag; der Granatapfel schwoll bis zur Größe einer Wassermelone an; da verwandelte sich der Wolf zu einem weißen Hahn, der hob den Granatapfel bis zur Höhe der Türe hinauf, ließ ihn dann auf den marmornen Boden fallen, dass die Körner sich weit und breit zerstreuten, der Hahn fiel darüber her und fraß eines nach dem anderen, bis nur noch ein Körnchen übrigblieb, das neben dem Springbrunnen verborgen war; der Hahn fing an zu krähen, die Flügel zu schütteln und den Schnabel zu öffnen, als wollte er fragen, ob nicht noch ein Körnchen übrig sei. Wir verstanden ihn aber nicht; er krähte hierauf so stark, dass wir glaubten, der Palast würde mit uns zusammenstürzen; endlich entdeckte der Hahn das Körnchen neben dem Springbrunnen und sprang darauf los, um es aufzupicken. Der Hahn freute sich schon und glaubte, das letzte Körnchen des Granatapfels aufpicken zu können, aber es verwandelte sich in einen

Fisch und tauchte in dem Springbrunnen unter; der Hahn nahm hierauf die Gestalt eines Wales an und tauchte dem Fisch nach. Dann verschwanden beide wieder vor unseren Augen. Nach einer Weile erschreckte uns ein grässliches Geschrei, und auf einmal erschien der Geist von neuem als Feuerflamme und die Prinzessin ebenfalls. Der Geist blies feurige Funken aus Mund, Augen und Nase. Die beiden Flammen kämpfen nun miteinander, aber es verbreitete sich plötzlich ein starker Rauch im Palast, dass wir beinahe erstickten; nun sahen wir erst unser Unglück und glaubten uns dem Tod nahe. Indes nahm die Flamme stetig zu, der Brand wurde größer, ich sagte: ›Es gibt keinen Schutz und keine Macht außer beim erhabenen Allah.‹ Auf einmal schrie der Geist wieder und ging aus dem Feuer als einzelne Flamme hervor, schwang sich zu uns in den Saal und blies uns ins Gesicht; die Prinzessin jedoch holte ihn wieder ein und schrie ihn heftig an. Aber schon war durch das Blasen des Geistes ein Funke auf mein rechtes Auge gefallen und versengte es, als ich noch Affe war; ein anderer Funke traf den Sultan, verbrannte ihm die Hälfte seines Gesichts, seinen Bart mit dem Hals und schlug ihm eine Reihe von Zähnen aus, ein dritter fiel auf die Brust des Dieners, der vollständig verbrannte und starb. Auch wir verzweifelten schon an unserem Leben, da hörten wir eine Stimme, welche rief: ›Allah ist groß! Allah ist groß! Er hat den Unglauben besiegt und zermalmt!‹ Und wirklich hatte die Prinzessin den Geist überwunden, der zu einem Haufen Asche geworden war. Die Prinzessin kam dann zu uns und sprach: ›Bringt mir eine Schüssel Wasser!‹, und setzte hinzu: ›Du sollst bei dem Namen und den Eiden Allahs frei sein!‹, worauf ich sogleich wieder zu einem Menschen wurde. Hierauf schrie die Prinzessin: ›Ach, das Feuer! Das Feuer! O mein Vater, es tut mir leid um dich, ich kann nicht mehr leben, denn es hat mich ein durchdringender Feuerpfeil getroffen!‹ So rief sie klagend; das Feuer verzehrte sie, bis sie ganz verbrannt und zu einem Haufen Asche geworden war. Als der Vater sie tot sah, schlug er sich ins Gesicht, ich tat dasselbe und rief die Diener herbei, die sehr erstaunt waren, den Sultan in einem bewusstlosen Zustand neben zwei Aschehaufen zu sehen. Sie umgaben den Herrscher, bis er wieder zu sich kam, und er erzählte ihnen, was seiner Tochter widerfahren war. Ihr Jammer war sehr groß; sie hielten sieben Trauertage, errichteten ein Grabmal über der Asche der Prinzessin, die Asche des Geistes aber streuten sie in die Luft. Der Sultan war einen Monat krank, dann genas er wieder, sein Bart wuchs weiter, und Allah schrieb ihn unter die Geretteten ein. Der Sultan ließ mich dann rufen und sagte zu mir: ›Höre, junger Mann, was ich dir sage, gehorche mir aber, sonst bist du des Todes!‹ Als ich ihm versprach, zu tun, was er befehlen würde, fuhr er fort: ›Höre! Wir brachten unsere Zeit im angenehmsten Leben zu und waren sicher vor allen Launen des Geschicks, bis deine unselige Gegenwart uns Unglück brachte; da verlor ich meine Tochter um deinetwillen, auch mein Diener wurde getötet, nur ich entging allein dem Tode. Durch dich ist all dies geschehen! Seitdem wir dich gesehen haben, ist aller Segen verschwunden. Oh, wäre es doch nie geschehen! Nun wünsche ich, da du doch nur unserem Untergang deine Rettung zu verdanken hast, dass du in Frieden unser Land verlässt, denn sollte ich dich einst wiedersehen, so brächte ich dich um!‹ Da er mir dies in einem heftigen Ton sagte, ging ich weinend aus der Stadt. Ich wusste nicht, wohin ich mich wenden sollte. Ich rief alles, was mir widerfahren war, in mein Gedächtnis zurück, wie ich als Affe in die Stadt gezogen war und sie nun als Mensch in einem solch elenden Zustand verließ; dies alles machte mich sehr traurig. Aber ehe ich aus der Stadt heraus war, ging ich noch in ein Bad, ließ mir meinen Bart und meine Augenbrauen abscheren, hing dann einen schwarzen Sack um und schalt mich selbst.

Ich durchreiste nun viele Länder, um nach Bagdad zu kommen, wo ich hoffte, jemanden zu finden, der mich dem Herrscher der Gläubigen vorstellen werde, damit ich ihm meine Geschichte erzählen könnte. Ich kam nun diese Nacht an, fand meinen Bruder hier stehen, grüßte und fragte ihn, ob er auch ein Fremder sei; nach einer Weile kam dieser Dritte, der uns ebenfalls so anredete; so gingen wir miteinander, bis uns die Nacht überfiel. Das Schicksal trieb uns dann zu euch. Dies ist die Ursache des Verlustes meines Auges.«

Da sagten die Frauen: »Rette dein Leben und geh!«, er aber erwiderte: »Bei Allah! Ich weiche nicht, bis ich höre, was den Übrigen geschehen ist.« Man entledigte ihn der Fesseln, und er stellte sich neben den Ersten.

Die Geschichte des dritten Kalenders

Der dritte Kalender sprach hierauf: »Gebieterin! Meine Geschichte ist nicht wie die der anderen, sondern viel wunderbarer und befremdender, aber auch sie enthält die Ursache meines ausgestochenen Auges. Denn, während meine Freunde plötzlich vom Schicksal und der Bestimmung überfallen wurden, habe ich mir selbst ein trauriges Geschick bereitet. Mein Vater war nämlich ein mächtiger, angesehener König, und nach seinem Tod erbte ich sein Reich. Unsere Stadt war sehr groß, das Meer dehnte sich neben ihr aus, und es waren in der Nähe mitten im Meer viele große Inseln. Mein Name war König Adjib, Sohn des Königs Hasib. Ich hatte für meinen Handel fünfzig Schiffe auf den Meeren, fünfzig kleinere zur Belustigung und dabei noch fünfzig Kriegsschiffe. Als ich einmal eine Spazierfahrt zu den Inseln machen wollte, nahm ich für einen Monat Lebensmittel mit, begab mich auf die Reise, vergnügte mich einen Monat lang und kehrte dann wieder in mein Land zurück. Hierauf bekam ich Lust zu einer zweiten Reise, und diesmal nahm ich Proviant für zwei Monate mit, und so gewöhnte ich mich an Seereisen, bis ich einmal mit zehn Schiffen auslief und vierzig Tage lang immer fort segelte. Da kamen aber in der einundvierzigsten Nacht heftige Gegenwinde, das Meer sandte uns mächtige Wogen entgegen, und schon verzweifelten wir an unserem Leben, denn es wurde ganz finster um uns. Da dachte ich: ›Wer sich in Gefahr begibt, verdient kein Lob, wenn er auch glücklich durchkommt.‹ Wir flehten und beteten zu Allah; der Wind blies bald von dieser, bald von jener Seite, und die Wellen schlugen immerfort gegen unser Schiff, bis der Morgen heranbrach, da legte sich endlich der Wind, und das Meer wurde wieder klar. Nach einer Weile schien die Sonne, und das Meer lag ruhig wie das Blatt eines Buches vor uns; wir näherten uns dann einer Insel und bestiegen das Land, kochten, aßen, tranken und verweilten zwei Tage dort, dann reisten wir wieder zehn Tage lang. Das Meer dehnte sich jeden Tag weiter vor uns aus, und wir entfernten uns immer mehr vom Land, sodass der Kapitän des Schiffes zuletzt die Küste gar nicht mehr kannte. Er sprach nunmehr zu einem vom Schiffsvolk: ›Steig in den Mastkorb und sieh dich einmal um!‹ Der folgte, wie ihm geheißen, blieb eine Weile oben und sah sich um, kam dann wieder herunter und sagte: ›Herr! Ich habe zu meiner Rechten nichts als den Himmel über dem Wasser gesehen, und zu meiner Linken sah ich vor mir etwas Schwarzes leuchten, sonst aber nichts.‹ Als der Kapitän dies hörte, zerrte er seinen Turban vom Haupt, riss sich den Bart aus, schlug sich ins Gesicht und sagte weinend: ›König, wir sind alle verloren, es gibt keinen Schutz und keine Macht außer bei Allah.‹ Er weinte dann lange, und wir weinten mit ihm; hierauf sagten wir: ›Kapitän, erkläre uns doch die Sache ein wenig!‹ Da sagte er: ›Mein Herr! Von dem Tage an, wo der Sturm so heftig war, sind wir vom rechten Kurs abgekommen, und nun können wir nicht mehr zurückkehren; morgen gegen Mittag werden wir an einen schwarzen Berg kommen, der eine Magnetmine enthält, das Wasser wird uns mit Gewalt an diesen Berg hintreiben, das Schiff wird zerschellen, und jeder Nagel wird zu diesem Berg streben, denn der Erhabene hat dem Magnetberg die Kraft verliehen, das Eisen anzuziehen; am Berg hängt so viel Eisen, dass mit der Zeit der größte Teil davon durch die vielen Schiffe, die vorüberfuhren, damit bedeckt ist. Auf dem Gipfel des Berges steht eine Kuppel aus andalusischem Messing, die von zehn Messingsäulen getragen wird; auf der Kuppel wachen ein ehernes Pferd und ein eherner Reiter. Auf der Brust des Reiters ist eine bleierne Tafel, auf die viele Beschwörungsformeln gemalt sind.‹ Der Kapitän setzte dann noch hinzu: ›Dieser Reiter ist's, der alles tötet. Sobald er fällt, werden die Menschen Ruhe haben.‹ Er weinte dann wieder heftig, und wir sahen unseren Untergang mit Gewissheit vor uns und bangten um unser Leben. Einer nahm vom anderen Abschied, jeder von uns übergab dem anderen sein Testament für den Fall, dass einer gerettet würde; wir schliefen die ganze Nacht nicht. Gegen Morgen waren wir dem Magnetberg schon sehr nahe und gegen Mittag am Fuß des Berges. Da trieb uns das Wasser mit Gewalt hin, und sogleich zerschellten die Schiffe, die Nägel fuhren heraus und flogen gegen den Berg, wo sie hängen blieben, manche von uns ertranken, andere kamen davon, doch von diesen Letzteren wusste einer vom andern nichts. So hat Allah auch mich zu meiner Qual und meinem Elend gerettet! Ich erhaschte eine Schiffsplanke, die der Wind gegen den Berg trieb, und dort fand ich einen Pfad, der wie eine ausgehauene Treppe mit ausgehauenen Stufen auf die Höhe des Berges führte.

Als ich diesen Pfad erblickte, pries ich den Namen Allahs und stieg langsam den Berg hinauf. Der Erhabene half mir, ihn zu ersteigen, ich kam glücklich auf den Gipfel, freute mich sehr über meine Errettung und trat unter die Kuppel, wusch mich hier, betete und dankte Allah, der Gefahr entronnen zu sein. Als ich unter der Kuppel einschlief, hörte ich eine Stimme zu mir sagen: ›Adjib, wenn du aus deinem Schlaf erwachst, grabe unter deinen Füßen; dort wirst du einen kupfernen Bogen und drei bleierne Pfeile finden, auf die mancherlei Talismane gemalt sind. Nimm den Bogen und die Pfeile, und schieße damit den Reiter von seinem Pferd ins Meer; wenn dann das Pferd neben dir hinfällt, so vergrabe es an dem Ort, wo der Bogen gelegen hatte. Auf solche Weise wirst du die Welt von diesem großen Unheil befreien. Wenn du dies getan hast, so wird das Meer so hoch steigen, bis es die Kuppel erreicht. Bald darauf wird eine Barke auf dich zukommen, in der ein eherner Mann sitzen wird, aber nicht der, den du vom Pferd geworfen hast. Er hat zwei Ruder in den Händen; besteige den Nachen, nenne aber den Namen Allahs nicht. Der Mann wird ungefähr zehn Tage lang mit dir fortrudern, bis er dich an das Land des Friedens bringen wird. Dort findest du jemanden, der dich in deine Heimat zurückführen kann; dies alles wird so enden, wenn du den Namen Allahs nicht nennst.‹ Als ich erwachte, stand ich freudig auf und tat, was mir die Stimme empfahl; ich schoss den Reiter vom Pferd, und er fiel ins Meer, aber das Pferd stürzte neben mir hin; hierauf vergrub ich es an der Stelle, wo der Bogen gelegen hatte; das Meer hob sich nun, und die Flut stieg bis zu mir herauf; nach kurzer Zeit bemerkte ich die Barke im Meer, die auf mich zusteuerte, und als ich sie sah, dankte und lobte ich Allah, bis sie bei mir war. Es saß ein eherner Mann darin mit einer bleiernen Tafel auf der Brust, auf die mannigfaltige Namen und Talismane geschrieben waren; ich bestieg die Barke, ohne ein Wort zu sprechen, und der Mann ruderte bis zum neunten Tage mit mir fort. Da freute ich mich sehr, denn schon erblickte ich Inseln und Berge, die mir als ein Zeichen der Rettung galten. Meine Freude hierüber war so groß, dass ich Allah lobte und ihn groß nannte. Kaum aber hatte ich dieses getan, so stürzte mich der Mann von Erz in die See und entfernte sich mit der Barke, ohne auf mein verzweifeltes Rufen zu hören. Ich musste nun den ganzen Tag bis zum Abend schwimmen. Als aber die Nacht hereinbrach, meine Arme schon ermüdet, meine Schultern kraftlos waren und ich immer noch nicht wusste, wo ich war, und mich schon darauf gefasst machte zu ertrinken, erhob sich plötzlich ein heftiger Sturm; das Meer fing an zu toben, es kam eine Welle, so hoch wie ein Berg, auf mich zu und spülte mich an Land, weil Allah mich auf diese Weise retten wollte. Als ich nun auf dem Trockenen war, wrang ich meine Kleider aus, breitete sie auf den Boden hin und brachte hier eine lange Nacht zu. Am nächsten Morgen kleidete ich mich wieder an, um zu sehen, in welchem Land ich mich befand. Ich sah mich in einer fruchtbaren, mit Bäumen bepflanzten Gegend, und als ich darin umherging, bemerkte ich, dass ich auf einer kleinen Insel mitten im Meer war. Ich dachte: Es gibt keinen Schutz und keine Macht außer bei Allah. Während ich nun so über meine Lage nachdachte und schon den Tod herbeiwünschte, gewahrte ich in der Ferne ein Schiff mit Menschen, das auf die Insel zukam. Ich stieg auf einen Baum, verbarg mich im Laub, wo ich sah, dass das Schiff anlegte und man zehn Sklaven mit Schaufeln und Körben aussteigen ließ. Als sie mitten auf der Insel waren, gruben sie die Erde auf, bis sie auf eine Platte stießen. Sie kehrten dann zum Schiff zurück, brachten Brot und andere Lebensmittel, Mehl, einen Wasserschlauch, Öl, Honig, mehrere Schafe, Früchte, auch allerlei Hausgerät, Schüsseln, Betten, Teppiche, Matten und was man sonst für eine Wohnung braucht wie Spiegel und ähnliche Dinge. Die Sklaven gingen stets hin und her, vom Schiff in die Höhle und zurück, bis sie alles herbeigebracht hatten. Zuletzt kamen sie wieder mit einem ganz alten Mann, der einen hübschen Jüngling an der Hand führte.

Es gingen nun alle zusammen in die Höhle und blieben mehr als zwei Stunden darin; dann kam der Alte mit den Sklaven wieder heraus, der Jüngling aber war nicht mehr bei ihnen; sie schaufelten die Erde wieder eben, wie sie gewesen war, ging aufs Schiff, und ich sah sie nicht mehr. Als sie weg waren, stieg ich vom Baum, ging auf die Höhle zu und grub mit großer Geduld die Erde weg, bis ich an die Platte kam; als ich diese wegschob, fand ich eine Treppe, und als ich diese hinuntergestiegen war, kam ich in ein reiches Gemach mit verschiedenen Betten, das von Teppichen und Seidenstoffen bedeckt war. Ich sah den Jüngling auf einem hohen Polster sitzen mit einem Fächer in der Hand. Um ihn herum lagen Früchte, Gemüse und wohlriechende Kräuter. Da er allein war, erschrak er, als er mich erblickte. Ich grüßte ihn und sprach: ›Erschrick nicht! Es geschieht dir nichts, ich bin ein Mensch wie du, auch Sohn eines Königs wie du; das Schicksal hat mich hierher getrieben, um dir in deiner Einsamkeit Gesellschaft zu leisten; nun erzähle mir, warum du hier so allein unter der Erde wohnst.‹

Als ich den Jüngling nach seiner Geschichte fragte und er sich überzeugte, dass ich seinesgleichen war, freute er sich, und sein Gesicht gewann wieder frische Farbe. Er hieß mich näher treten und sagte: ›Mein Bruder, meine Geschichte ist wunderbar. Wisse, mein Vater ist Juwelenhändler und besitzt viele Güter und Sklaven. Er hat auch Seehändler, die für ihn mit Schiffen umherreisen; er macht Geschäfte mit Königen, er wurde aber nie mit einem Sohn beschenkt. Einmal aber träumte er, dass er einen Sohn bekommen werde, der aber nicht lange leben könne. Als die Sterndeuter meine Geburt aufzeichneten, sagten sie meinem Vater, sein Sohn werde fünfzehn Jahre leben, er werde dann in Gefahr kommen, und wenn er ihr entgehe, so sei er eines langen Lebens sicher. Als Beweis fügten sie noch hinzu: Es sei im südlichen Meer ein Berg, den man den Magnetberg nenne, auf dem ein ehernes Pferd und ein eherner Reiter wachten mit einer bleiernen Tafel am Hals, und sein Sohn werde fünfzig Tage, nachdem der Reiter vom Pferd gefallen war, sterben, und zwar wird der, der den Reiter vom Pferd gestürzt hat und Adjib, Sohn des Königs Hasib, heißt, ihn umbringen. Mein Vater war hierüber sehr betrübt; er gab mir aber dennoch die sorgfältigste Erziehung, bis ich fünfzehn Jahre alt war. Vor zehn Tagen erhielt mein Vater die Nachricht, dass der eherne Reiter von Adjib, Sohn des Königs Hasib, gestürzt worden sei. Als er dies hörte, weinte er heftig, aus Furcht, mich zu verlieren, und wurde wie ein Rasender. Er ließ mir dieses Haus unter der Erde bauen, nahm dann ein Schiff und brachte herbei, was ich für viele Tage brauchte. Nun sind von den fünfzig Tagen schon zehn vorüber, es bleiben mir noch vierzig gefährliche Tage, dann wird mein Vater mich wieder holen, denn alles geschah nur aus Furcht vor Adjib, dem Sohn des Königs Hasib, damit er mich nicht umbringe. Dies ist die Geschichte meiner Absonderung und Einsamkeit.‹ Als ich, o meine Gebieterin, diese Geschichte hörte, dachte ich bei mir: ›Ich habe ja den Reiter gestürzt und heiße Adjib, Sohn des Königs Hasib; aber, bei Allah, ich werde diesen hier niemals umbringen.‹ Ich sagte ihm dann: ›Herr, du wirst nicht sterben und vor jedem Übel bewahrt sein. Es wird alles zum Besten enden, fürchte nur nichts, und mach dir keine Sorgen; ich werde diese vierzig Tage bei dir bleiben, dir aufwarten und dich unterhalten, dann mit dir in dein Land gehen, von dem du mich in das meinige führen lassen wirst, wodurch ich für meine Mühe reichlich belohnt sein werde.‹ Der Jüngling freute sich über meine Rede. Ich setzte mich zu ihm und unterhielt mich mit ihm; dann zündete ich eine Kerze an und machte drei Laternen zurecht, reichte ihm eine Schachtel mit Süßigkeiten, und so aßen und unterhielten wir uns den größten Teil der Nacht; dann schlief er ein, ich deckte ihn zu und legte mich hierauf auch schlafen. Des Morgens wärmte ich ein wenig Wasser, weckte ihn leise, und als er erwachte, brachte ich ihm das warme Wasser; er wusch sein Gesicht, dankte mir und sagte: ›Bei Allah, wenn ich Adjib, dem Sohn des Königs Hasib, glücklich entkomme und Allah mich aus seiner Hand befreit, so wird mein Vater dich durch alle Wohltaten belohnen.‹ ›Oh, möchte Allah ein Unglück, das dir begegnen sollte, mir einen Tag früher zuschicken!‹, sagte ich. Ich holte dann etwas zu essen, und wir aßen miteinander; dann durchräucherte ich das Zimmer und reinigte es, wir spielten und scherzten und vergnügten uns, wir aßen und tranken, bis die Nacht einbrach; da stand ich endlich auf, zündete die Wachskerzen an, reichte ihm süße Speisen, und so aßen und unterhielten wir uns wieder, bis wir zu Bett gingen. So lebten wir Tag und Nacht; ich gewöhnte mich so sehr an ihn, dass ich meinen Kummer und alles, was mir begegnet war, vergaß, die Liebe zu ihm bemächtigte sich meines ganzen Herzens. Ich dachte: ›Gewiss haben die Sterndeuter gelogen, als sie seinem Vater sagten, sein Sohn werde von Adjib, dem Sohn des Königs Hasib, umgebracht werden; denn, bei Allah, ich sehe nicht ein, wie ich diesen Jüngling umbringen sollte, den ich schon seit neununddreißig Tagen bediene und so gut unterhalte.‹ Als der vierzigste Tag herbeikam, freute sich der Jüngling über seine Rettung und sprach: ›Mein Bruder, nun sind vierzig Tage vorüber, gelobt sei Allah, der mich vom Tod befreit; dies verdanke ich deiner gesegneten Ankunft bei mir; aber, bei Allah, mein Vater soll dir die Wohltaten verdoppeln, die du mir erwiesen hast, und dich reich und unversehrt in dein Land zurückbringen lassen. Nun aber bitte ich dich noch, mir Wasser zu wärmen, damit ich mich wasche und meine Kleider wechsle.‹ Ich machte sodann Wasser warm, ging mit dem Jüngling in sein Gemach, wusch ihn, zog ihm andere Kleider an, machte ihm ein hohes Lager zurecht und breitete ein Betttuch darüber. Der Jüngling kam und legte sich aufs Bett, denn das Bad hatte ihn schläfrig gemacht. Er sprach: ›Mein Bruder, zerschneide doch eine Wassermelone und streue ein wenig Zucker darauf.‹ Ich holte eine schöne große Melone herbei, legte sie auf eine Schüssel und sagte: ›Mein Herr, wo ist das Messer?‹ Er antwortete mir: ›Es ist vielleicht auf dem Sims über meinem Kopf.‹ Ich machte schnell einen Schritt über ihn und nahm das Messer aus der Scheide, aber als ich wieder zurückschreiten wollte, glitt mein Fuß aus, und ich fiel auf den Jüngling mit dem Messer in der Hand, das ihm ins Herz fuhr, sodass er augenblicklich den Geist aufgab. Als ich sah, dass er tot war und ich selbst ihn getötet hatte, fing ich an, heftig zu schreien, schlug mir ins Gesicht, zerriss meine Kleider und sagte: ›Ihr Geschöpfe Allahs – es blieb von den vierzig Tagen nur noch dieser einzige übrig, und ich musste ihn noch mit eigener Hand töten! Allah, verzeihe mir! O wäre ich doch vor ihm gestorben! Nichts als Unglück und Jammer! Allah, urteile über das, was geschehen ist.‹

Als ich mich von seinem Tod überzeugt hatte und wohl sah, dass es längst so aufgeschrieben und bestimmt war, ging ich die Treppe hinauf, legte die Platte an ihren Ort und bedeckte sie wieder mit Erde. Ich wandte dann meine Augen auf das Meer und sah das Schiff zurück zur Insel kommen; ich dachte, nun werden sie hier wieder an Land gehen, und wenn sie den Jüngling ermordet finden und mich bemerken, werden sie mich als seinen Mörder gewiss auch umbringen; daher suchte ich wieder einen Baum und verbarg mich in seinem Geäst. Kaum war ich oben, so landete schon das Schiff, die Sklaven mit dem Alten, dem Vater des Jünglings, stiegen heraus, gingen zur Höhle, gruben die Erde weg und waren erstaunt, als sie sie so locker fanden. Sie stiegen dann hinunter und fanden den Jüngling schlafend, sein Angesicht glänzte noch vom Bade, er hatte hübsche Kleider an, im Herzen aber steckte das Messer, und er war tot. Sie schrien alle, schlugen sich ins Gesicht, weinten, jammerten, wehklagten und stießen die grässlichsten Verwünschungen aus; der Vater lag lange in Ohnmacht, sodass die Sklaven glaubten, er sei auch gestorben. Endlich kam er wieder zu sich, ging mit den Sklaven hinauf, die den Jüngling, in seine Gewänder gehüllt, nebst allem, was sich sonst noch in der Höhle fand, mitnahmen und aufs Schiff brachten. Als der Alte hier seinen Sohn auf dem Boden ausgestreckt sah, streute er Erde auf sein Haupt und fiel nochmals in Ohnmacht. Da nahm ein Sklave ein seidenes Kissen, legte den Alten darauf und setzte sich zu ihm. Dies geschah unter dem Baum, in dem ich verborgen war, ich sah daher alles, was sie taten. Das Herz brach mir vor Kummer und Unglück. Der Alte aber, o Gebieterin, konnte bis Sonnenuntergang nicht aus seiner Ohnmacht erwachen.

Ich lebte nun einen Monat lang auf dieser Insel, streifte bei Tag umher und ging abends in das unterirdische Gemach. Als ich mich wieder einmal so auf der Insel umsah, bemerkte ich, wie gegen Westen zu das Wasser immer mehr abnahm, und es dauerte kaum einen Monat, da war das Wasser gänzlich verschwunden. Ich freute mich sehr, als ich mich gerettet sah, ich schaffte dann dem Wasser, das noch übrig blieb, einen Ablauf und ging auf's feste Land. Hier sah ich nichts als Sand, so weit mein Auge reichte; ich fasste aber Mut, durchwanderte diese Wüste und bemerkte endlich in der Ferne ein großes, brennendes Feuer. Ich ging darauf zu, denn ich dachte, gewiss hat doch jemand dieses Feuer angezündet, vielleicht finde ich hier einigen Trost.

Als ich aber dem vermeintlichen Feuer nahe kam, sah ich, dass es ein mit rotem Kupfer beschlagener Palast war, der durch den Glanz der Sonne in der Ferne wie Feuer aussah. Ich war sehr froh darüber und setzte mich. Kaum hatte ich aber Platz genommen, so traten mir zehn reich gekleidete Jünglinge mit einem sehr alten Mann entgegen. Allen Jünglingen war das rechte Auge ausgeschlagen, und ich wunderte mich, so viele Einäugige beisammen zu sehen. Als sie mich erblickten, grüßten sie mich freudig und fragten mich nach meiner Geschichte. Ich erzählte ihnen alle Unglücksfälle, die mir widerfahren waren, und sie waren sehr erstaunt darüber. Sie führten mich dann in ihren Palast; dort fand ich zehn Ruhebetten und auf jedem ein blaues Polster mit einer blauen Decke; zwischen diesen größeren Diwanen war noch ein ganz kleiner, an dem ebenfalls alles blau war. Als wir in den Saal traten, setzte sich jeder Jüngling auf ein solches Ruhebett, und der Alte ließ sich auf dem kleineren, das in der Mitte stand, nieder. Sie sprachen zu mir: ›Junger Mann, setz dich auf den Boden und frage uns nicht, warum wir alle ein Auge verloren.‹ Der Alte stand dann auf, reichte jedem sein Mahl, sowohl ihnen als mir, und wir aßen davon; dann reichte er auch mir und ihnen Wein, ebenfalls jedem gesondert, und wir tranken. Sie fingen dann an, sich zu unterhalten und mich über mein Schicksal auszufragen und über all die wunderbaren Dinge, die mir begegnet waren. Ich erzählte ihnen vieles davon, bis der größte Teil der Nacht verstrichen war; dann sagten die Jünglinge zu dem Alten: ›Alter, es ist nun Zeit, dass du uns bringst, was unsere Pflicht erfordert, denn es ist schon die Stunde zum Schlafen.‹ Der Alte ging in ein Nebenzimmer und brachte zehn Schüsseln heraus, jede mit einer blauen Decke zugedeckt; er reichte jedem Jüngling eine; dann zündete er zehn Kerzen an und steckte eine auf jede Schüssel. Hierauf nahm er den Deckel weg, und siehe da, es waren in der Schüssel Asche, Kohlenstaub und Kesselruß. Sie beschmierten sich die Gesichter damit, zerrissen ihre Kleider, schlugen sich ins Gesicht und auf die Brust und sagten weinend: ›Es war uns so wohl, da ließ uns der Übermut keine Ruhe.‹ Und so fuhren sie bis gegen Morgen fort. Dann reichte ihnen der Alte warmes Wasser, und die Jünglinge wuschen sich und zogen andere Kleider an. Als ich sah, o Gebieterin, wie sie ihre Gesichter schwärzten, verlor ich beinahe meine Fassung. Mein Innerstes war aufgewühlt; ich vergaß alles, was mir begegnet war, und konnte nicht länger schweigen. Ich fragte sie daher, was das bedeute, nachdem wir uns so angenehm miteinander unterhalten hatten. Ich sagte zu ihnen: ›Ihr seid doch, Dank sei Allah, ganz verständige Leute, aber nur Wahnsinnige tun, was ihr eben getan habt; ich bitte euch daher bei allem, was euch teuer ist, sagt mir, was ist euch geschehen; und warum sind eure Augen ausgestochen worden, und warum schwärzt ihr euer Gesicht so mit Asche und Ruß?‹

Sie antworteten: ›Junger Mann, lass dich von deiner Jugend nicht verleiten und höre auf, uns auszufragen.‹ Sie erhoben sich dann und brachten etwas zu essen; wir aßen zwar, aber in meinem Herzen brannte ein unauslöschbares Feuer, so sehr war mein Innerstes mit ihrem Verhalten beschäftigt. Nun unterhielten wir uns wieder bis abends, worauf der Alte Wein brachte, den wir bis Mitternacht tranken. Dann sagten die Jünglinge zu dem Alten: ›Bring uns das, was wir zur Erfüllung unserer Pflicht brauchen!‹ Er ging nun und kam nach einer Weile wieder mit den Schüsseln, und sie taten wie in der vorigen Nacht; nicht anders, weder mehr noch weniger.

Kurz, meine Gebieterin, ich blieb einen Monat bei ihnen; sie taten jede Nacht dasselbe, und jeden Morgen wuschen sie sich wieder. Ich erstaunte stets von neuem und wurde zuletzt so missmutig und ungeduldig, dass ich nicht mehr essen und trinken mochte. Ich sagte ihnen dann: ›Ihr Jünglinge, wollt ihr meinen Kummer nicht verscheuchen und mir nicht sagen, warum ihr euer Gesicht so beschmiert und dabei sagt, ihr seiet so glücklich gewesen und da habe euch der Übermut keine Ruhe gelassen, so lasst mich von euch wegziehen und zu meiner Familie zurückkehren, damit ich einmal vor diesem so außerordentlichen Anblick Ruhe bekomme. Das Sprichwort sagt: Was das Auge nicht sieht, betrübt das Herz nicht; darum ist's besser, ich entferne mich von euch.‹

Als sie dies hörten, sagten sie: ›Jüngling! Nur aus Mitleid mit dir haben wir dir bisher dies verborgen, denn es könnte dir ebenso ergehen wie uns.‹ Als ich aber darauf bestand, alles zu erfahren, sagten sie noch einmal: ›Folge unserem Rat, frage nicht mehr nach unserem Zustand, sonst wirst du einäugig werden, ebenso wie wir.‹ Da ich aber nicht nachgab, sagten sie: ›Wenn es dir so geht, wie wir voraussehen, so werden wir dich nicht weiter beherbergen. Du kannst dann nicht mehr bei uns wohnen.‹ Sie gingen hierauf, schlachteten ein Lamm, zogen ihm die Haut ab und sagten mir: ›Nimm dieses Messer und lege dich in diese Haut; wir werden dich darin einnähen, dann weggehen und dich liegen lassen. Es wird ein Vogel kommen, der Roch heißt, dich zwischen seine Füße nehmen und mit dir davonfliegen. Nach einer Weile wirst du fühlen, dass er dich auf einem Berg niederlegt. Du trennst dann die Haut mit diesem Messer auf und schlüpfst heraus. Der Vogel wird davonfliegen, sobald er dich sieht. Mach dich dann gleich auf und geh einen halben Tag lang, bis du ein hohes Schloss finden wirst, das in der Luft steht, mit rotem Gold beschlagen und mit Smaragden und vielen Edelsteinen verziert ist; es ist aus Sandelholz und Aloe gebaut. Geh in das Schloss hinein, und du hast, was du begehrst; denn unser Betreten des Schlosses ist die Ursache unseres Unglücks.‹

Die Jünglinge nähten also die Lammhaut um mich und gingen in ihr Schloss zurück. Nach einer Weile kam der Vogel, nahm mich zwischen die Füße, flog mit mir davon und legte mich auf dem Berg nieder. Ich zerschlitzte die Haut und schlüpfte heraus; als der Vogel dies sah, flog er davon, und ich begab mich sogleich zu dem Schloss, das ich so fand, wie es mir beschrieben worden war. Da ich die Tür offen sah, trat ich hinein und fand es schön und geräumig. Ringsherum waren hundert Schatzkammern mit Türen aus Sandelholz und Aloe, mit rotgoldenen Platten belegt und mit silbernen Ringen. Mitten im Schloss sah ich vierzig Mädchen, schön wie der Mond; man konnte sie nicht genug ansehen. Sie hatten die kostbarsten Kleider und trugen den reichsten Schmuck. Als sie mich sahen, sagten alle auf einmal: ›Willkommen! Wir freuen uns, Euch zu sehen, Herr! Wir erwarten schon seit Monaten einen Jüngling wie dich! Gelobt sei Allah, der uns jemand brachte, der unserer so würdig ist wie wir seiner!‹ Hierauf liefen sie mir entgegen, ließen mich auf ein hohes Polster sitzen und sprachen: ›Du bist nun unser Herr und wir deine ergebenen Sklavinnen, du kannst befehlen, was du willst!‹ Ich war sehr erstaunt über diese Anrede; und im Augenblick reichten mir einige von ihnen zu essen, andere wärmten Wasser und wuschen mir Hände und Füße, andere brachten mir frische Kleider, wieder andere schenkten mir Wein ein, und man sah ihnen an, wie sehr sie sich über meine Ankunft freuten. Lange Zeit lebte ich in diesem Schloss und vergaß all mein früheres Leid. Ich erzählte den Mädchen meine Geschichte; sie weinten mit mir über den Tod des schönen Jünglings, der, ohne meine Schuld, aber dennoch von meiner Hand den Tod gefunden hatte; dann erzählte mir jedes der vierzig Mädchen seine Geschichte – aber, o meine Gebieterin, wenn ich dir alles das wieder erzählen wollte, so würde ich noch einen Monat lang, Tag und Nacht, erzählen müssen. Ich lebte also ein volles Jahr bei meinen Freundinnen; als es aber zu Ende war, da fingen die Mädchen an zu wehklagen, sich an mich zu hängen und weinend Abschied zu nehmen. Ich fragte ganz erstaunt, was denn vorgefallen sei, dass sie mir so das Herz betrübten. Sie antworteten: ›Oh, hätten wir dich nie gekannt! Wir haben schon viele kennen gelernt, doch noch niemanden, der so angenehm gewesen ist wie du.‹ Dann weinten sie erneut, und ich fragte noch einmal: ›Warum weint ihr? Mein Herz zerspringt um euretwillen.‹ Jetzt antworteten sie alle auf einmal: ›Du allein kannst Ursache unserer Trennung werden; gehorchst du uns, so werden wir uns nie trennen, bist du aber ungehorsam, so müssen wir voneinander scheiden. Unser Herz sagt uns aber, dass du uns nicht gehorchen wirst, und darum weinen wir.‹ Ich bat sie, mir zu sagen, um was es sich eigentlich handle, und sie sprachen: ›Wisse, o Herr und Gebieter, wir alle sind Königstöchter und leben hier schon viele Jahre beisammen. Jedes Jahr müssen wir vierzig Tage von hier abwesend sein, dann kehren wir wieder und bleiben das ganze Jahr hier, essen, trinken und vergnügen uns. Was nun deinen Ungehorsam gegen uns betrifft, so hat es damit folgende Bewandtnis. Wir werden dir während unserer vierzigtägigen Abwesenheit alle Schlüssel des Schlosses überlassen; du findest darin hundert Schatzkammern, öffne sie, zerstreue dich damit, iss und trink. Jede Tür, die du öffnest, wird dir auf einen Tag Unterhaltung gewähren; nur eine einzige Kammer darfst du nicht öffnen, dich ihr nicht einmal nähern, sonst sind wir auf immer geschieden; hierin allein könntest du uns ungehorsam werden. Doch hast du ja neunundneunzig Schatzkammern für dich; du kannst alle öffnen und dich darin ergehen, öffnest du aber diese hundertste Schatzkammer, die mit der Tür aus rotem Gold, so müssen wir uns trennen.‹

Die vierzig Mädchen ermahnten und warnten mich lange, beschworen mich bei Allah und bei ihrem Leben, doch ja nicht unsere Trennung zu verursachen, sie baten mich, die vierzig Tage hindurch Geduld zu haben, bis sie wiederkehren würden; hierauf übergaben sie mir die Schlüssel und wiederholten noch einmal: ›Hüte dich wohl, die eine Schatzkammer zu öffnen!‹

Ich nahm Abschied von ihnen und sagte: ›Bei Allah! Ich werde jene Tür niemals öffnen!‹ Sie gingen dann fort und gaben mir noch warnende Zeichen mit der Hand. Ich blieb allein im Palast zurück und beschloss, diese Tür nicht zu öffnen, um niemals von ihnen getrennt zu werden. Ich ging jetzt und öffnete die erste Schatzkammer; als ich hineinkam, fand ich einen Garten wie ein Paradies. Es gab mannigfaltige Früchte darin, dicht ineinander verflochtene Zweige, singende Vögel, murmelnde Gewässer. Mein Herz freute sich bei diesem Anblick. Ich lief zwischen den Bäumen umher, atmete den Wohlgeruch der Blumen, hörte das Zwitschern der Vögel, die Allah, den Allmächtigen, priesen.

Ich bemerkte die herrlichsten Früchte: Äpfel, Birnen, Quitten, auch Aprikosen, die dem Auge so wohl gefallen wie Rubine, ging dann aus diesem Garten und verschloss die Tür hinter mir. Am folgenden Morgen öffnete ich eine andere Tür; hier sah ich einen großen Platz, in dessen Mitte ein Bach einen Kreis bildete, und ringsumher waren allerlei wohlriechende Blumen gepflanzt: Rosen, Jasmin, Narzissen, Veilchen, Levkojen, Anemonen und Lilien. Es wehte gerade ein leiser Hauch über diese Blumen, sodass der ganze Raum mit Wohlgerüchen angefüllt war; ich unterhielt mich und fing an, meinen Kummer zu vergessen. Als ich fortging, schloss ich auch diese Tür hinter mir und öffnete eine dritte. Hier fand ich einen großen Saal, mit verschiedenem Marmor und anderen kostbaren Steinen ausgestattet. Es waren Käfige aus Sandel- und Aloeholz darin mit singenden Vögeln, Nachtigallen, Perlhühnern, Turteltauben und noch vielen anderen Tieren. Hier wurde mir ganz wohl, und mein Kummer verließ mich. Ich ging schlafen, und am folgenden Morgen öffnete ich die vierte Tür. Hier stand ein großes Haus mit vierzig Schatzkammern ringsherum; alle mit offenen Türen. Ich ging hinein und erblickte Perlen, Smaragde, Rubine, Karfunkel und ganze Berge von Silber und Gold; mir schwindelte, als ich so viele Reichtümer vor Augen sah, und ich dachte, solche Schätze können nur großen Königen gehören; ich glaube, dass, wenn alle Könige der Erde sich vereinigen, sie nicht einmal so viele zusammenbringen könnten.

So, meine Gebieterin, brachte ich meine Tage und meine Nächte zu, bis neununddreißig Tage vorüber waren; es blieb also nur noch ein Tag übrig. Schon hatte ich alle neunundneunzig Türen geöffnet, und es blieb mir noch die hundertste übrig, die man mir eben verboten hatte. Diese verschlossene Tür beunruhigte und quälte mich, der Böse bemächtigte sich meiner, und ich hatte nicht Kraft genug zu widerstehen. Zwar blieb nur noch eine Nacht, dann wären die Mädchen zurückgekehrt, um wieder ein ganzes Jahr bei mir zu bleiben.

Aber der Teufel überwältigte mich, ich öffnete die mit rotem Gold beschlagene Tür; als ich hineintrat, umfing mich ein so feiner und zugleich starker Geruch, dass ich zu Boden stürzte. Ich fasste aber wieder Mut und ging vollends in diese Schatzkammer hinein, deren Boden mit Safran bestreut war; ich fand wohlriechende Kerzen und silberne und goldene Ampeln, in denen die feinsten Öle brannten; die Kerzen standen in Leuchtern von Ambra und Aloeholz. Dann sah ich zwei große Räucherbecken, aus denen der Dampf des Moschus' und Safrans in die Höhe stieg. Ich bemerkte dann auch ein Pferd, so schwarz und schwärzer noch als die Nacht; vor ihm stand eine Krippe von hellem Kristall. Auf der einen Seite lag geschälter Sesam, und auf der anderen stand eine Tränke mit Rosenwasser. Das Pferd trug einen Zaum und war mit einem goldenen Sattel bedeckt. Dieses Pferd erregte bei mir das größte Staunen. Ich dachte, es müsse einen hohen Rang haben. So trieb der Teufel mich dann wieder an, und ich führte das Pferd ins Freie und bestieg es, es wich aber nicht von der Stelle; ich spornte es, und es bewegte sich nicht, darüber geriet ich in Zorn und schlug es mit der Peitsche. Als es den Hieb fühlte, da wieherte es wie der Donner, schlug zwei Flügel auf und flog mit mir vom Palast weg und durcheilte die Lüfte.

Es ließ sich dann mit mir auf dem Dach eines Schlosses nieder, schüttelte mich von seinem Rücken ab, schlug mir heftig mit dem Schweif ins Gesicht, sodass mein Auge auf meine Wange auslief und ich halbblind war. Ich sagte: ›Es gibt keinen Schutz und keine Macht, außer bei Allah!‹ So hatte ich nicht geruht, bis ich wie die übrigen jungen Leute geworden war. Als ich vom Dach herunter ins Schloss stieg, fand ich die zehn blau überzogenen Ruhebetten; und siehe da, es war das Schloss der zehn halbblinden Jünglinge, deren Rat ich nicht befolgt hatte. Ich hatte mich kaum auf einem der Ruhebetten niedergelassen, da kamen auch schon die Jünglinge mit dem Alten herbei. Als sie mich sahen, boten sie weder Willkommen noch Gruß dem Gast, sondern nur die Worte: ›Bei Allah, wir beherbergen dich nicht mehr, denn auch du bist nicht der Gefahr entronnen.‹ Ich erwiderte: ›Es geschah so, weil ich nicht ruhte, bis ich euch nach der Ursache eurer geschwärzten Gesichter gefragt hatte.‹ Sie aber sagten: ›Es ging einem jeden von uns wie dir; auch wir hatten das schönste und angenehmste Leben und konnten uns nicht vierzig Tage gedulden. Wir begnügten uns nicht in unserem Übermut, bis unsere Augen ausgeschlagen waren, und nun weinen wir über das, was vorüber ist.‹ Ich sagte ihnen dann: ›Nehmt mir nicht übel, da ich doch nun euresgleichen bin, so reicht mir die rußigen Schüsseln, dass ich auch mein Gesicht schwärze‹, wobei ich heftig weinte. Sie sprachen aber: ›Bei Allah, wir beherbergen dich nicht, du kannst nicht bei uns bleiben. Zieh fort nach Bagdad, dort findest du vielleicht Hilfe in deinem Missgeschick.‹

Nun war mir sehr bang, als mich diese fortjagten. Ich erwog alles Unglück, das mir widerfahren war, wie ich den jungen Mann getötet hatte und meinen sonstigen Gram und Kummer und dachte: Es ist wahr, es war mir wohl, da ließ mir mein Übermut keine Ruhe. Nun war ich so verzweifelt, dass ich meinen Bart und meine Augenbrauen abscheren ließ, der Welt entsagte und als halbblinder Kalender wallfahrtete. Allah ließ mich nun glücklich diesen Abend nach Bagdad gelangen, wo ich diese beiden fand, die nicht wussten, wohin sie wollten. Ich grüßte sie und sagte ihnen, dass ich fremd wäre; sie sagten, auch sie wären Fremde. So trafen wir drei Halbblinde zu unserem Erstaunen zusammen.

Dies, o meine Gebieterin, ist die Ursache, warum ich mein Auge verloren habe.« Da sprach das Mädchen: »Dein Leben sei dir geschenkt, zieh fort mit deinen Weggenossen und dem Träger.« Aber alle riefen:

»Bei Allah, wir weichen nicht von hier, bis wir die Geschichte unserer Gefährten vernommen haben.«

Das Mädchen wandte sich jetzt zum Kalifen und zu Djafar und sagte zu ihnen: »Erzählt mir eure Geschichte!« Da entgegnete Djafar: »Wir sind aus Mossul und kamen mit Waren hierher; als wir in eurem Land einkauften und verkauften, lud uns diese Nacht einer eurer Kaufleute zu einem Mahl, zugleich aber auch von unserer Gesellschaft alle, die in derselben Herberge wohnten. Wir gingen zu ihm und brachten eine schöne Zeit bei ihm zu. Man hatte von Verschiedenem gesprochen, da kam es zu einem lauten Wortwechsel zwischen den Gästen, ein Polizist erschien, nahm einige von uns fest, während andere die Flucht ergriffen. Zu Letzteren gehörten auch wir, fanden das Haus aber geschlossen, das erst am anderen Morgen wieder geöffnet wurde. Nun waren wir in Verlegenheit und wussten nicht, wohin wir uns wenden sollten, auch fürchteten wir, von der Polizei eingeholt und festgenommen zu werden, was unserem Ruf hätte schaden können. Nun leitete uns das Geschick zu euch; wir hörten schönen Gesang und fröhliches Gespräch und dachten, dass hier ein großes Fest gehalten würde, wo viele Leute beisammen sind, und entschlossen uns einzutreten, um euch unsere Dienste anzubieten und die Nacht bei euch angenehm zu vollenden. Ihr glaubtet uns und waret so gütig, uns einzulassen, und seid sehr gefällig und achtungsvoll gegen uns. Jetzt wisst ihr, warum wir hierher gekommen sind.« Da riefen die Kalender: »Wir wünschten sehr, o Gebieterin, dass du uns diese zwei Leute schenktest, damit wir alle gut von hier entlassen werden.« Das Mädchen wandte sich sogleich zu der ganzen Gesellschaft und sprach: »Es sei so!«, und alle gingen nun fort aus dem Haus.

Der Kalif fragte dann die Kalender, wo sie hingehen wollten, da doch die Morgenröte noch nicht angebrochen sei. Jene antworteten: »Bei Allah, wir wissen es nicht.« Da antworteten die beiden: »Kommt, schlaft bei uns!« Der Kalif sagte dann heimlich zu Djafar: »Diese Leute werden bei dir übernachten, morgen aber bringe sie zu mir, damit wir eines jeden Geschichte und Abenteuer aufzeichnen.«

Djafar befolgte den Befehl des Kalifen. Dieser ging in sein Schloss, konnte aber vor vielem Nachdenken über die Geschichte der Kalender nicht schlafen, die Königssöhne waren und sich nun in einem solchen Zustand befanden. Auch war er sehr mit der Geschichte der Frau mit den schwarzen Hündinnen sowie der anderen beschäftigt. Er konnte nicht schlafen und den Morgen kaum erwarten, wo er sich dann auf den Thron setzte und dem Wesir Djafar, der zu ihm hereintrat und die Erde vor ihm küsste, sagte: »Es ist keine Zeit zu verlieren, hole mir schnell jene Frauen, damit ich die Geschichte der zwei schwarzen Hunde höre, bring auch die Kalender mit, eile aber schnell!« Als der Kalif dies heftig ausrief, eilte Djafar fort, und nach einer Weile kam er mit den drei Mädchen und den drei Kalendern wieder; er stellte die Ersteren vor den Kalifen und die Letzteren hinter einen Vorhang. Dann sprach Djafar: »Wir sind gnädig gegen euch, denn ihr seid uns mit Güte und Gastfreundschaft entgegengekommen. Ihr wisst wohl nicht, vor wem ihr hier steht; ich will euch aber damit bekannt machen. Ihr seid hier in Gegenwart des Kalifen Harun al-Raschid, unseres Herrn. Seid also beredter Zunge und sicheren Blicks und sagt nur die Wahrheit; seid aufrichtig, meidet die Lüge; sollte euch auch die Wahrheit wie das Feuer der Hölle brennen. Sage du nun dem Kalifen zuerst, warum du die zwei Hunde so misshandeltest und nachher mit ihnen weintest.«

Die Geschichte des ersten Mädchens

Als die junge Frau hörte, dass Djafar so im Namen des Kalifen mit ihr sprach, sagte sie: »Mir ist eine wunderbare Geschichte widerfahren; wenn man sie mit der Nadel in die Tiefe des Auges schreiben wollte, so wäre es eine Warnung und Lehre für einen jeden, denn diese zwei schwarzen Hündinnen sind meine Schwestern. Wir waren drei Schwestern von einem Vater und einer Mutter, und diese beiden Mädchen, von denen die eine Spuren der Schläge an sich trägt, und die andere die Wirtschafterin ist, sind von einer anderen Mutter. Als unser Vater starb, gingen meine beiden Schwestern zu ihrer Mutter, sobald des Vaters Erbe verteilt war; so vergingen viele Tage, bis unsere Mutter starb, die uns dreitausend Denare hinterließ; jede von uns erhielt tausend Denare als Anteil. Ich war die jüngste von ihnen. Meine beiden Schwestern statteten sich aus und heirateten. Der Gemahl der ältesten nahm sein und ihr Vermögen, packte Waren ein und reiste damit fort; er blieb fünf Jahre aus, verprasste das ganze Vermögen, kam dann wieder zurück, behielt aber seine Frau nicht bei sich, sondern ließ sie in der Fremde. Sie reiste in der Welt herum, und ich erfuhr nichts von ihr. Nach fünf Jahren kam sie zu mir als Bettlerin mit zerlumpten Kleidern und in einem schmutzigen Aufzug; sie war im erbärmlichsten Zustand. Als ich sie sah, erschrak ich und sagte zu ihr, was dieser Zustand bedeute. Sie antwortete mir: ›Viele Worte helfen nichts, die Feder hat das göttliche Urteil aufgezeichnet.‹ Hierauf, o Fürst der Gläubigen, führte ich sie ins Bad und zog ihr die schönsten Kleider an, gab ihr Wein zu trinken und pflegte sie einen Monat lang; dann sagte ich ihr: ›Meine Schwester, du bist unsere Älteste und an unserer Mutter statt, hier ist mein Vermögen, das Allah gesegnet hat, ich will Seide spinnen und reinigen; mein Vermögen ist unberührt, nimm es hin, wir wollen gleich sein.‹ Ich erwies ihr die größten Wohltaten, und sie blieb ein ganzes Jahr bei mir. Wir waren besorgt über das Los unserer anderen Schwester, als diese endlich in einem noch elenderen Aufzug als die ältere ankam. Ich tat noch mehr für sie als für jene. Einst sagten sie mir, wir wollen nicht ledig bleiben, sondern wieder heiraten. Ich antwortete ihnen: ›Ihr habt kein Glück in der Ehe; es gibt wenig gute Männer, bleibt lieber bei mir, wir werden einander gegenseitig trösten. Ihr habt ja schon die Ehe gekostet, und sie hat euch nichts Gutes gebracht.‹ Sie hörten aber nicht auf meine Rede und heirateten ohne meine Erlaubnis; ich musste sie ein zweites Mal von dem Meinigen ausstatten. Es dauerte aber nicht lange, da nahmen ihre Männer alles, was sie hatten, reisten damit fort und verließen meine Schwestern. Diese kamen jetzt wieder zu mir und entschuldigten sich. Sie sagten: ›Schwester, du bist jünger als wir an Jahren, aber älter an

Verstand. Nun sei dies das erste und letzte Mal, dass wir mit unserer Zunge einen Gatten erwähnen. Nimm uns als Sklavinnen zu dir, damit wir nur zu leben haben.‹ Ich sagte ihnen: ›Meine Schwestern, es ist mir niemand so teuer wie ihr.‹ Ich wandte mich ihnen wieder in Liebe zu und verehrte sie noch mehr als früher. Wir lebten so drei Jahre lang, und ich sah jeden Tag mein Vermögen zunehmen und meine Verhältnisse sich bessern. Da wollte ich einmal, o Fürst der Gläubigen, Waren nach Basra verschicken. Ich verschaffte mir ein großes Schiff und lud die Waren und viele Gerätschaften, deren ich bedurfte, darauf. Der Wind war uns günstig, aber wir fuhren doch zwanzig Tage lang, Tag und Nacht, bis wir endlich bemerkten, dass wir uns verirrt hatten. Am zwanzigsten Tag der Seereise stieg ein Späher auf den Mast, um Ausguck zu halten und rief: ›Gute Nachricht!‹, und stieg freudig herunter. Dann sagte er: ›Ich habe in der Ferne etwas wie eine Stadt gesehen.‹ Wir freuten uns alle, und kaum verging eine Stunde, so hatte das Schiff auch schon diese Stadt erreicht. Ich stieg aus, um mich darin umzusehen, da erblickte ich Menschen am Tor mit Bündeln in der Hand; ich näherte mich ihnen und sah, dass sie versteinert waren. Als ich ins Innere der Stadt kam, fand ich ebenfalls in den Basaren alles versteinert, keiner besuchte den anderen, niemand zündete ein Feuer an; ich sah in der ganzen Stadt nichts als versteinerte Menschen, Bildsäulen gleich. Da erblickte ich eine Tür, mit rotem Gold beschlagen, mit einem seidenen Vorhang versehen und einer Lampe darüber. Ich dachte, das ist, bei Allah, sonderbar, hier muss doch wohl ein Mensch sein! Ich trat ein und fand einen leeren Saal, in dem ich mich ganz allein befand; ich schritt von diesem Saal noch in viele andere, bis ich endlich ins Frauengemach kam, das auf höchsten Wohlstand deutete. Alle Wände waren mit goldbestickten Vorhängen verziert; hier sah ich die Königin schlafen, mit Perlen, so groß wie Haselnüsse, geschmückt, auf ihrem Haupt ein Diadem von erlesenen Steinen.

Der gesamte Palast war mit seidenen, goldgeblümten Teppichen ausgestattet. Mitten im Saal stand ein Thron aus Elfenbein, mit Gold belegt und zwei grünen Smaragden, es hing ein Vorhang, mit Perlen bestickt, darüber hinunter. Hinter diesem Vorhang sah ich ein Licht hervorleuchten. Ich bestieg diesen Thron, steckte meinen Kopf durch den Vorhang, und da fand ich, o Fürst der Gläubigen, einen Edelstein, so groß wie ein Straußenei, auf einem kleinen Stühlchen liegen, so stark glänzend, dass man fast geblendet wurde; es war ferner dort ein Bett gemacht, und eine seidene Decke lag darüber. Neben dem Kopfkissen brannten zwei Kerzen. Niemand war zu sehen. Ich war sehr erstaunt und dachte: Es kann nur ein Mensch diese Kerzen angezündet haben, und ich wandte mich weg. Da kam ich in eine Küche, dann in königliche Vorratskammern, und so ging ich immer fort von einem Gemach ins andere, bis ich mich selbst vergaß über all dem Wunderbaren, das mir in dieser Stadt begegnete. Endlich wurde es Nacht, ich ging eine Weile im Dunkeln herum und wusste nicht, wohin ich mich wenden sollte, als ich wieder den Thron und den Vorhang bemerkte, hinter dem das Licht leuchtete; ich legte mich aufs Bett, deckte mich mit der Decke zu, konnte aber nicht einschlafen. Um Mitternacht hörte ich eine zarte Stimme etwas lesen. Ich freute mich, stand auf und folgte der Stimme, bis ich an ein Zimmer kam, dessen Tür geschlossen war. Ich schaute durch die Spalten der Tür und sah eine Art Kapelle mit dem Zeichen, wohin sich die Betenden zu wenden haben, mit hängenden Ampeln und einem Lesepult mit Wachskerzen. Es war ein kleiner Teppich auf dem Boden ausgebreitet, auf dem ein hübscher Jüngling saß. Er hatte einen Koran vor sich liegen und las. Ich konnte nicht begreifen, wie dieser Jüngling allein davongekommen sein sollte, während alle übrigen Einwohner versteinert worden waren, und dachte mir irgendeinen wunderbaren Grund. Ich öffnete hierauf die Tür, trat in die Kapelle, grüßte den Jüngling und sprach: ›Gelobt sei Allah, der mich dir zuführte, damit du uns und unser Schiff rettest und wir nach Hause zurückreisen können. O Herr, ich beschwöre dich bei der Wahrheit dessen, was du eben gelesen hast, antworte mir!‹ Der Jüngling sah mich lächelnd an und sagte: ›Mädchen, erzähle mir erst, wie du hierher gekommen bist, nachher will ich dir auch meine Geschichte und die von der versteinerten Stadt erzählen, ebenso wie die Ursache meiner Rettung.‹ Ich erzählte ihm, wie unser Schiff zwanzig Tage umhergeirrt war, und fragte ihn dann, warum die Leute dieser Stadt versteinert worden waren. Da sagte er: ›Warte ein wenig, ich will es dir gleich erzählen‹; er legte dann sein Buch weg und sprach: ›Wisse, du Blume des Paradieses, diese Stadt gehörte meinem Vater. Er ist der schwarze Stein, den du bei der Königin, meiner Mutter, dort im Raum hinter dem Vorhang gesehen hast. Die Einwohner dieser Stadt waren Magier, die das Feuer anbeteten und bei diesem schworen und nicht bei Allah. Mein Vater war sehr freundlich und gut zu mir. Als ich heranwuchs, lehrte mich eine alte Frau, die bei uns im Haus war, den Koran. Sie sagte mir auch: ›Bete nur zu Allah, dem Allmächtigen!‹ Ich lernte den Koran bei ihr, ohne dass mein Vater und meine Leute etwas davon wussten. Eines Tages hörten wir eine furchtbare Stimme, die rief: ›Ihr Bewohner dieser Stadt, hört auf, das Feuer anzubeten! Betet zu Allah, dem Barmherzigen!‹ Sie bekehrten sich aber nicht. Diese Stimme kam drei Jahre nacheinander dreimal wieder, und nach dem letzten Jahr war auf einmal die Stadt, wie du sie jetzt siehst. Ich kam allein davon und verbringe nun meine Zeit damit, Allah zu dienen. Schon verlor ich aber die Geduld in meiner Einsamkeit, weil ich niemanden habe, der mich unterhält und tröstet.‹ Ich sagte hierauf zu ihm: ›Willst du mit mir nach Bagdad kommen? Die Sklavin, die du hier vor dir siehst, ist Herrin bei ihrem Volke; sie gebietet über Männer und Sklaven. Ich besitze viele Güter und Waren, und nur ein Teil derselben füllt das ganze Schiff aus, das bei der Stadt vor Anker liegt, das so lange herumgeirrt war, bis es Allah hierher geworfen hatte, damit ich dich fände, der mein Herr und Gebieter sein soll.‹

Als wir vom Palast, aus dem wir die größten Kostbarkeiten mitgenommen hatten, in die Stadt kamen, fand ich meine Schwestern, den Kapitän des Schiffes und die Diener, die mich suchten; sie freuten sich, als sie mich sahen. Ich erzählte ihnen die Geschichte des Jünglings und der Stadt, und sie wunderten sich darüber. Aber, o Fürst der Gläubigen, sobald meine Schwestern den Jüngling sahen, beneideten sie mich und beschlossen Böses gegen mich. Wir gingen alle aufs Schiff, heiter vor Freude über unseren Gewinn. Wir warteten dann, bis guter Wind kam, um abzusegeln.

Als der Wind gut war, reisten wir ab, setzten uns und plauderten miteinander; da sagten meine Schwestern: ›Schwester, was willst du mit diesem Jüngling anfangen?‹ Ich antwortete: ›Ihn zum Manne nehmen.‹ Hierauf ging ich gleich zu ihm und sprach: ›Mein Herr, ich hoffe, du wirst mir meinen Wunsch gewähren, dass du, wenn ich mich dir bei unserer Ankunft in Bagdad als untertäniges Weib vorstelle, mein Mann werden willst!‹ – ›Recht gern‹, antwortete der Jüngling, ›werde ich dir gehorchen und dich dazu noch als meine Herrin und Gebieterin ansehen.‹ Ich wandte mich dann wieder zu meinen Schwestern und sagte ihnen: ›Dies ist mein Gewinn, euch bleibe hingegen alles, was ihr aus der Stadt mitgenommen habt.‹ Aber sie verheimlichten ihre bösen Gedanken gegen mich, sie wurden blass vor Neid wegen des Jünglings. Wir hatten guten Wind, bis wir zum Strom kamen. Als wir schon in der Nähe von Basra waren und nachts schliefen, da benutzten meine Schwestern den Schlaf, hoben mich mit meinem Bett auf und warfen mich in den Strom; dann taten sie das Gleiche mit dem Jüngling. Dieser ertrank, und ich hätte mit ihm ertrinken mögen, aber Allah hatte meine Rettung beschlossen. Ich fiel auf eine kleine, aber hohe Insel. Als ich erwachte und mich mitten im Wasser befand, dachte ich wohl, dass meine Schwestern mich verraten hätten; ich dankte Allah für meine Rettung. Da indessen ihr Schiff vorübereilte, blieb ich die ganze Nacht auf dem Inselchen stehen. Als der Tag heranbrach, sah ich am Ende der Insel, auf der ich mich befand, einen trockenen Platz. Ich ging dorthin, wrang meine Kleider aus und hing sie zum Trocknen auf, aß von den Früchten der Insel, trank von dem Wasser, ging ein wenig umher, dann ruhte ich wieder aus. Ich war nur noch zwei Stunden entfernt von der Stadt; da kam eine lange Schlange, so dick wie der Stamm einer Dattelpalme. Sie schlich langsam herbei, bis sie bei mir war. Ich sah, wie sie die Zunge eine Spanne weit herausstreckte und die Erde aufwühlte. Hinter ihr gewahrte ich einen dünnen Basilisken, nicht dicker als eine Lanze, aber so lang wie zwei, er hatte schon den Schwanz der Schlange erreicht, die vor ihm floh und mit tränenden Augen sich links und rechts umsah. Da bekam ich Mitleid mit der Schlange, o Fürst der Gläubigen, nahm einen großen Stein, rief Allah zu Hilfe und schlug den Basilisken damit, bis er tot war. Sogleich schlug die Schlange zwei Hügel auf und flog davon, bis ich sie nicht mehr sah. Ich setzte mich, um auszuruhen, da überfiel mich der Schlaf. Als ich erwachte, sah ich eine schwarze Sklavin mit zwei schwarzen Hündinnen, die mich an den Füßen fasste. Ich stand auf und sagte: ›Wer bist du, meine Schwester?‹ Sie antwortete mir: ›Du hast mich schnell vergessen. Ich bin's, der du so viel Gutes erwiesen hast, ich bin die Schlange, die eben hier war und deren Feind du mit Allahs Hilfe erschlagen hast. Um dich zu belohnen, holte ich das Schiff ein und befahl einem meiner Gehilfen, es untergehen zu lassen. Zuvor aber hatte ich alles, was darin war, in dein Haus gebracht, denn ich wusste wohl, wie deine Schwestern gegen dich verfuhren, denen du immer so viel Gutes erwiesen hast und die dich doch wegen des Jünglings beneideten. Sie sind nun diese zwei schwarzen Hündinnen. Und ich schwöre bei dem, der Himmel und Erde erschuf, dass, wenn du dem, was ich dir sage, nicht gehorchst, ich dich unter der Erde einsperren will.‹ Die Sklavin verschwand hierauf, verwandelte sich in einen Vogel, flog mit mir und meinen Schwestern davon und setzte uns bei meinem Haus nieder. Hier fand ich alles, was auf dem Schiff gewesen war, wieder. Sie sagte mir dann noch: ›Ich schwöre zum zweiten Mal bei dem, der die beiden Meere vereinigte, wenn du mir nicht gehorchst, werde ich dich auch wie sie zur Hündin machen; du musst jeder von ihnen jede Nacht dreihundert Prügel geben, um sie für ihre Schandtat zu bestrafen.‹ Als ich zu gehorchen versprach, verließ sie mich. Und von der Zeit an, wo sie mich beschworen hatte, strafe ich sie jede Nacht, bis das Blut fließt. Es tut mir zwar im Herzen weh, aber ich habe keine Wahl; darum peinige ich sie und weine dann mit ihnen. Sie wissen wohl, dass ich sie nicht gern misshandele, und entschuldigen mich deshalb. Dies ist meine Geschichte.«

Dann begann das andere Mädchen zu erzählen:

Die Geschichte des zweiten Mädchens

»Als mein Vater starb, hinterließ er mir ein großes Vermögen; ich verheiratete mich mit einem der vornehmsten Männer in Bagdad und lebte ein Jahr lang höchst angenehm mit ihm. Nach einem Jahr starb er und hinterließ mir neunzigtausend Denare. Ich lebte im größten Wohlstand, ließ mir viele Kleider machen, putzte mich und gab viel Geld aus; man redete überall von mir. Als ich einmal zu Hause saß, kam eine steinalte Frau mit runzeligem Gesicht zu mir, grüßte mich, küsste die Erde vor mir und sprach: ›Wisse, o Gebieterin, ich habe eine Tochter, die Waise ist. Heute Nacht ist ihre Hochzeit und ihre Ausschmückung. Wir sind fremd in dieser Stadt, kennen keinen ihrer Bewohner, dies tut unseren Herzen weh; du wirst dir daher ein großes Verdienst erwerben, wenn du zu uns kommst, damit die Frauen dieser Stadt es hören und auch kommen. Du wirst, wenn du mit deiner Gegenwart uns beehrst, meiner Tochter Herz stärken.‹

Sie weinte und bat so lange, bis ich sie bemitleidete, ihr den Wunsch gewährte und zu ihr also sprach: ›So Allah will, werde ich deiner Tochter dies zu Gefallen tun und sie dazu noch mit Schmuck zieren.‹ Die Alte fiel mir vor Freude zu Füßen und küsste sie und sagte: ›Allah wird dich dafür belohnen und dein Herz ebenso stärken, wie du das meinige gestärkt hast. Aber, meine Gebieterin, du brauchst deine Diener nicht sogleich zu bemühen; du kannst dich bis zum Abend vorbereiten, dann werde ich kommen, um dich abzuholen.‹ Als sie weggegangen war, fing ich an, die Perlen zu ordnen, die goldbestickten Kleider und den übrigen Schmuck zurechtzulegen, denn ich hatte eine geheime Vorahnung. Als es Nacht war, kam die Alte freudig und sagte lachend: ›Gebieterin, schon sind die meisten Frauen der Stadt versammelt, die dich erwarten.‹ Ich stand auf, kleidete mich an, verschleierte mich, ging hinter der Alten her, und einige Sklavinnen folgten mir. Wir kamen in eine hübsche, rein gekehrte und besprengte Straße. Ein schwarzer Vorhang bedeckte eine Tür, und in derselben hing eine goldene, durchbrochene Lampe.

Die Alte klopfte an; es wurde sogleich geöffnet. Als wir in die Wohnung traten, sahen wir brennende Kerzen in zwei Reihen vor der Tür bis oben zum Saal aufgestellt. Auf dem Boden lag ein seidener Teppich; wir gewahrten einen Thron von Elfenbein, mit Edelsteinen besetzt, mit einem perlenbestickten Vorhang aus Atlas. Auf einmal kam ein Mädchen hinter diesem hervor, o Fürst der Gläubigen, schöner als der Vollmond. Sie sprach: ›Sei tausendmal willkommen, teure Schwester! Ich habe einen Bruder, schöner als ich; er hat dich auf einem Fest gesehen und liebt dich seitdem von ganzem Herzen, weil sowohl dein Rang als auch deine Schönheit und Liebenswürdigkeit vollkommen sind. Da er gehört hat, dass du eine der Vornehmsten unter deinem Volk bist und er ebenfalls ein großer Herr unter den Seinigen, so will er mit dir einen Bund schließen und dein Mann werden.‹ Ich antwortete: ›Wohl sehe ich kein Hindernis, seinen Willen zu erfüllen.‹ Ich hatte dies kaum gesagt, o Fürst der Gläubigen, da klatschte sie in die Hände; es öffnete sich eine Tür, und ein Mann in frischer Jugend, von hübscher Gestalt und schönem Wuchs trat heraus, sauber gekleidet, mit Augenbrauen wie ein Bogen und bezaubernden Augen.

Sobald ich ihn sah, liebte ich ihn schon; er setzte sich neben mich, wir unterhielten uns miteinander. Dann klatschte das Mädchen wieder, da öffnete sich noch einmal ein Kabinett. Es kam der Kadi mit vier Zeugen heraus, die setzten sich, um den Ehekontrakt zu schreiben. Der Jüngling machte zur Bedingung, dass ich niemanden außer ihm anblicken sollte; ich musste sogar einen hohen Eid deshalb schwören. Ich lebte nun mehrere Monate sehr glücklich mit meinem Mann. Eines Tages bat ich meinen Mann um die Erlaubnis, einen besonders schönen Stoff zu kaufen, und als er es mir erlaubt hatte, ging ich auf den Markt mit einer alten Frau und zwei Sklavinnen. Als ich in das Haus, in dem die Seidenstoffe verkauft werden, kam, sagte mir die Alte: ›Hier wohnt ein junger Kaufmann, der ein großes Lager hat, und bei dem du alles findest, was du nur verlangst. Niemand hat schönere Waren als er; komm, wir wollen uns zu ihm setzen, um bei ihm einzukaufen.‹

Ich sagte zur Alten, der Kaufmann möge uns seine Waren zeigen; sie fragte mich, warum ich's ihm nicht selbst sagen wollte, und ich antwortete ihr: ›Weißt du nicht, dass ich geschworen habe, mit keinem fremden Mann zu sprechen?‹ Die Alte sagte es dem Kaufmann, und dieser holte seine Waren herbei, von denen mir manches gefiel. Ich sprach zur Alten wieder: ›Frage ihn, wie teuer dies ist.‹ Als sie ihn fragte, antwortete er: ›Dieses verkaufe ich nicht für Silber und nicht für Gold, nur für einen Kuss auf ihre Wangen gebe ich's her.‹ Ich rief: ›Bewahre mich Allah davor!‹ Da sagte die Alte: ›Meine Gebieterin, du brauchst ihn ja ebenso wenig anzusprechen wie er dich. Du neigst nur dein Gesicht zu ihm hin, und er gibt einen Kuss und weiter nichts; folge mir nur!‹ Ich dachte, dass dabei nichts Böses sei, und neigte ihm meine Wange hin, da biss er mich mit seinen Zähnen, dass die Spuren auf meiner Wange verblieben; ich fiel in Ohnmacht, und als ich wieder erwachte, fand ich den Laden geschlossen; der Kaufmann war fort, das Blut lief mir über das Gesicht, und die Alte war höchst bestürzt.

Die Alte sprach nunmehr: ›Allah bewahre uns vor größerem Übel! Steh nur auf, meine Gebieterin! Fasse Mut, mach keinen Lärm, geh nach Hause, stell dich krank, deck dich zu, und ich werde Pulver und Pflaster bringen, dir deine Wange in drei Tagen zu heilen.‹ Wir machten uns auf und gingen langsam nach Hause. Hier fiel ich um vor heftigen Schmerzen, schlüpfte unter die Decke und trank Wein. Bald darauf kam mein Mann zu mir und sagte: ›Meine Teure, was hast du? Und woher kommt denn die Wunde auf deiner Wange?‹ Ich suchte ihm auszuweichen, aber er drang so lange in mich, bis ich mich in meinen Reden verwirrte und er zuletzt die Wahrheit erfuhr. Da schrie er mich an: ›Du hast deinen Eid gebrochen!‹ Auf diesen Ruf kamen aus einem Kabinett drei schwarze Sklaven herbei; er befahl ihnen, mich zu töten. Ich weinte und fiel ihm zu Füßen und bat ihn, mich doch zu verschonen und Erbarmen zu haben. Er wollte aber nichts davon wissen und warf mir immer wieder meinen Eidbruch vor. Während wir so miteinander sprachen und ich schon am Leben verzweifelte, kam die Alte, die die Amme meines Mannes war, und bat weinend, er möge mir doch verzeihen. Sie weinte so lange, bis er sich beruhigt hatte; doch sprach er: ›Ich will ihr ein bleibendes Zeichen geben, das nie vergeht.‹ Er ließ mich dann durch die Sklaven auspeitschen, bis ich das Bewusstsein verlor. Er sagte ihnen dann, sie sollten mich abends in das Haus bringen, das ihnen die Alte zeigen würde. Sie befolgten den Befehl ihres Herrn, warfen mich ins Haus und ließen mich allein. Meine Ohnmacht dauerte die ganze Nacht. Am Morgen pflegte ich mich und gebrauchte Pflaster und Arzneien. Als ich genas und wieder in mein Haus kam, war es eine Ruine; auch die ganze Straße war verwüstet. Ich ging dann zu meiner Schwester, die die beiden Hündinnen hat; sie grüßte mich, und ich erzählte ihr meine Geschichte. Sie sagte: ›Wer bleibt von den Unfällen der Welt und den Schlägen des Schicksals befreit?‹

Sie erzählte mir auch ihre Geschichte, o Fürst der Gläubigen, und das, was mit ihren Schwestern vorgefallen war. Wir blieben dann beisammen und erwähnten die Männer nicht mehr. Die junge Wirtschafterin leistet uns Gesellschaft; sie geht jeden Tag auf den Markt, um für uns einzukaufen. Da sie nun heute wie gewöhnlich ausging, kam sie mit einem Träger zurück; wir lachten die ganze Nacht mit ihm. Kaum war ein Viertel der Nacht vorüber, da kamen die drei Kalender, die wir aufnahmen und mit denen wir uns unterhielten. Es war kaum ein Drittel der Nacht vorüber, da kamen zwei vornehme Kaufleute von Mossul her und erzählten uns ihre Geschichte. Wir legten ihnen Bedingungen auf, die sie nicht hielten, und zur Strafe mussten sie uns nun ihre Geschichte erzählen. Dann verziehen wir ihnen, und sie gingen fort. Heute wurden wir nun auf einmal zu dir gerufen. Dies ist unsere Geschichte.«

Nach langem Staunen sagte der Kalif zur ersten Frau: »Erzähle mir die Geschichte der Schlange, die deine Schwestern verzaubert und in Hunde verwandelt hat. Weißt du, wo sie sich aufhält? Oder hat sie dir eine Zeit bestimmt, wo sie wieder zu dir kommen wird?« Da erwiderte diese: »Sie hat mir ein Büschel Haare gegeben und mir gesagt: ›Wenn du nach mir verlangst, so verbrenne zwei Haare, und ich erscheine dir sogleich, und wäre ich auch hinter dem Berge Kaf.« Da fragte der Kalif weiter: »Wo sind diese Haare?« Und sie überreichte sie ihm. Der Kalif nahm die Haare und verbrannte sie; da erbebte das ganze Schloss, die Schlange kam hervor und sprach: »Friede sei mit euch, o Fürst der Gläubigen! Wisse, dass diese Frau mir eine Wohltat erwies, für die ich sie nicht genug belohnen kann. Sie hat meinen Feind getötet und mir das

Leben gerettet. Ich wusste, was ihre Schwestern ihr antaten, und es war mir nichts erwünschter, als sie dafür zu bestrafen; ich wollte sie töten, fürchtete aber, es möchte ihrer Schwester zu weh tun. Darum verzauberte ich sie in Hündinnen. Nun aber, wenn du es wünschst, o Fürst der Gläubigen, so befreie ich sie gern. Du hast nur zu befehlen.« Da antwortete der Kalif: »Befreie sie, o Geist! Lasst uns auch ihrem Gram ein Ende machen. Es ist dann nur noch diese geschlagene Frau hier die einzige Leidende, die vielleicht Allah auch noch rechtfertigen mag, indem er mich von der Wahrheit überzeugt.« Da sprach wieder der Geist: »O Fürst der Gläubigen! Ich befreie diese hier und zeige dir auch den, der diese Frau so misshandelt hat; er ist dir sehr nahe verwandt.«

Die Schlange nahm dann eine Schale, sagte etwas, das niemand verstand, bespritzte die zwei Schwestern mit Wasser, und sie waren frei und nahmen ihre frühere Gestalt wieder an. Dann sprach der Geist: »Dein Sohn Amin ist's, der sie so geschlagen hat. Er hatte von ihrer Schönheit und Liebenswürdigkeit gehört und List gegen sie angewandt, doch hat er sie gesetzmäßig geheiratet. Er hat sie auch nicht zu Unrecht geschlagen, denn sie hat ihren Eid gebrochen; er wollte sie mit dem Tode bestrafen, fürchtete aber Allah, züchtigte sie lieber auf diese Weise und ließ sie dann in ihr Haus führen. Dieses ist die Geschichte der zweiten Frau, Allah aber ist allweise.«

Als der Kalif diese Worte des Geistes hörte, verwunderte er sich sehr, und sprach: »Gelobt sei Allah, der mich dazu bestimmt hat, die zwei Mädchen von ihrem Zauber und ihrer Pein zu befreien und auch die Geschichte dieser Frau zu vernehmen; bei Allah, ich will so handeln, dass man es nach mir aufzeichnen wird!«

Er ließ dann sogleich seinen Sohn Amin kommen und fragte ihn nach allem, wie es in Wahrheit vorgefallen sei. Er ließ dann den Kadi, die Zeugen, die drei Kalender, das geschlagene Mädchen und die Wirtschafterin kommen. Als alle zugegen waren, verheiratete er die drei Schwestern, die zwei verzauberten und die andere, mit den drei Kalendern, den Prinzen, und machte sie zu hohen Beamten an seinem Hof. Er gab ihnen Einkünfte, schenkte ihnen Pferde, wies ihnen Paläste zu in Bagdad, versorgte sie mit allem, was sie sonst benötigten, und machte sie zu seiner auserwählten Gesellschaft. Er verheiratete dann das geschlagene Mädchen wieder mit seinem Sohn Amin, erneuerte den Ehekontrakt, schenkte ihr viele Güter und ließ ihr Haus wieder schöner aufbauen, als es je war; dann nahm er die dritte Frau, die Wirtschafterin, und heiratete sie selbst. Alle Leute bewunderten den Edelmut und die Freigebigkeit des Kalifen; hierauf ließ er alle drei Geschichten aufzeichnen.

Zwei Abenteuer des Kalifen Harun al-Raschid

Einmal befand sich der Kalif Harun al-Raschid in einem Zustand düsterster Schwermut. Sein Großwesir Djafar stand schon lange vor ihm und wartete, ob der Kalif ihn bemerken würde.

Endlich schlug der Kalif die Augen auf und sah Djafar an; aber er wandte sich sogleich wieder ab und verharrte in seiner bisherigen Haltung.

Da der Großwesir in den Augen des Kalifen keinen Unwillen gegen seine eigene Person bemerkte, so ergriff er endlich das Wort und sagte: »O Herrscher der Gläubigen, erlaubst du mir wohl die Frage, woher diese Schwermut rühren mag, die dich heute ergriffen hat und zu der du sonst immer so wenig neigtest?«

»Es ist wahr, Wesir«, erwiderte der Kalif, eine andere Stellung annehmend, »ich neige sonst nicht dazu, und wenn du nicht gekommen wärest, so hätte ich meinen gegenwärtigen Trübsinn gar nicht bemerkt; ich habe aber auch schon so genug daran, dass ich es keinen Augenblick länger aushalte. Wenn es nichts Neues gibt, was dich zu mir führt, so tue mir den Gefallen und finde irgend etwas, um mich zu zerstreuen.«

»Fürst der Gläubigen«, antwortete da der Großwesir, »nur meine Pflicht hat mich hierher geführt, und ich nehme mir die Freiheit, dich daran zu erinnern, dass du dir selbst die Verpflichtung auferlegt hast, auf die gute Ordnung in deiner Hauptstadt und der Umgegend persönlich ein wachsames Auge zu haben. Gerade den heutigen Tag hast du dir dazu bestimmt, und so bietet sich von selbst die schönste Gelegenheit, die Wolken zu verscheuchen, die deine Heiterkeit trüben.«

»Ich hatte dies völlig vergessen«, entgegnete der Kalif, »und du erinnerst mich zur gelegenen Stunde daran. Geh also und kleide dich um, ich will es indes auch so machen.«

Sie verkleideten sich nun als fremde Kaufleute und schritten so ganz allein miteinander durch eine geheime Gartentür des Palastes, die auf freies Feld führte. In ziemlich weiter Entfernung von den Toren machten sie nun die Runde um die Stadt bis an die Ufer des Euphrats, ohne etwas zu bemerken, was gegen die gute Ordnung gewesen wäre. Auf dem ersten Boot, das sie antrafen, setzten sie über den Strom, machten nun auch auf der entgegengesetzten Seite der Stadt die Runde und nahmen dann ihren Weg über die Brücke, die beide Hälften der Stadt verband. Am Ende dieser Brücke trafen sie einen alten blinden Mann, der um ein Almosen bat. Der Kalif wandte sich ihm zu und drückte ihm ein Goldstück in die Hand. Der Blinde fasste ihn augenblicklich am Arm, hielt ihn an und sagte: »Mildtätiger Mann, wer du auch sein magst, dem Allah eingegeben hat, mir dies Almosen zu reichen, versage mir die Gnade nicht, um die ich dich jetzt bitte, und gib mir eine Ohrfeige. Ich habe sie verdient, ja, vielleicht noch eine derbere Züchtigung.« Mit diesen Worten ließ er die Hand des Kalifen los, damit er ihm die Ohrfeige geben könnte, aber um ihn nicht vorüberzulassen, ehe er es getan hatte, fasste er ihn an dessen Gewand.

Der Kalif, höchst verwundert über das Verlangen und Benehmen des Blinden, sagte zu ihm: »Guter Mann, ich kann dir deine Bitte nicht gewähren; ich werde mich wohl hüten, das Verdienstliche meines Almosens durch eine so schlechte Behandlung, wie du sie von mir verlangst, wieder aufzuheben.« So sprechend, suchte er sich mit Gewalt von dem Blinden loszumachen.

Der Blinde aber, der infolge mannigfacher Erfahrungen seit langer Zeit diese Weigerung seines Wohltäters erwartet hatte, wandte all seine Kraft auf, um ihn festzuhalten.

»Herr«, sagte er zu ihm, »verzeih mir meine Kühnheit und Aufdringlichkeit; ich bitte dich, gib mir eine Ohrfeige oder nimm dein Almosen zurück. Ich kann es nur unter dieser Bedingung behalten, oder ich müsste einen feierlichen Eid brechen, den ich geschworen habe; wenn du den Grund wüsstest, so würdest du mir gern zugeben, dass diese Strafe sehr gering ist.«

Der Kalif, der sich nicht länger aufhalten lassen wollte und den aufdringlichen Blinden nicht loswerden konnte, versetzte ihm endlich eine ziemlich leichte Ohrfeige. Der Blinde ließ ihn nun auf der Stelle unter vielen Danksagungen und Segenswünschen los, und der Kalif ging mit dem Großwesir weiter. Kaum aber waren sie einige Schritte gegangen, so sagte er zum Wesir: »Dieser Blinde muss doch einen gewichtigen Grund haben, warum er von allen, die ihm ein Almosen geben, dieses verlangte. Ich wünsche, Näheres darüber zu erfahren. Kehre daher um, sage ihm, wer ich bin, und er solle sich morgen um die Zeit des Nachmittagsgebets im Palast einfinden, da ich ihn zu sprechen wünsche.«

Der Großwesir ging sofort zurück, gab dem Blinden ein Almosen und hernach eine Ohrfeige, und nachdem er den Befehl ausgerichtet hatte, eilte er wieder zum Kalifen.

Sie kehrten in die Stadt zurück, und ehe der Kalif seinen Palast erreicht hatte, erblickte er in einer Straße, durch die er schon lange nicht mehr gegangen war, ein neu errichtetes Gebäude, das er für das Haus irgendeines Großen seines Hofes hielt. Er fragte den Großwesir, ob er wisse, wem es gehöre; dieser antwortete, er wisse es nicht, wolle sich aber erkundigen.

Er fragte nun einen Nachbarn, der ihm sagte, das Haus gehöre dem Kogia Hassan, al-Habal genannt wegen seines Seilerhandwerks, das er ihn selbst noch in großer Armut habe ausüben sehen; doch habe er, ohne dass man wisse, wo das Glück ihn begünstigte, ein so großes Vermögen erworben, dass er die Kosten dieses stattlichen Baus sehr leicht habe tragen können.

Der Großwesir eilte dem Kalifen nach und sagte ihm, was er gehört hatte. »Ich will diesen Kogia Hassan sehen«, sprach der Kalif. »Geh und melde ihm, er solle sich morgen um dieselbe Stunde wie der blinde

Bettler im Palast einfinden.« Der Großwesir eilte, den Befehl des Kalifen zu übermitteln.

Am folgenden Tag nach dem Nachmittagsgebet trat der Kalif in seinen Audienzsaal, und der Großwesir führte sogleich die beiden erwähnten Personen zu ihm und stellte sie ihm vor. Sie warfen sich alle beide vor dem Thron des Fürsten der Gläubigen nieder, und als sie sich wieder erhoben hatten, fragte der Kalif den Blinden, wie er heiße.

»Baba Abdallah«, antwortete der Blinde.

»Baba Abdallah«, sagte hierauf der Kalif zu ihm, »deine Art, Almosen zu fordern, erschien mir gestern so seltsam, dass ich ohne besondere Rücksichten mich wohl gehütet hätte, dir den Gefallen zu erweisen, den du verlangtest; im Gegenteil hatte ich große Lust, dir dein Handwerk zu legen, wodurch du allem Volk großes Ärgernis bereitest. Ich habe dich daher kommen lassen, um von dir zu erfahren, was dich zu einem so sonderbaren Eid veranlasst hat, und aus deiner Antwort werde ich urteilen, ob du recht gehandelt hast und ob ich dir noch länger ein Betragen gestatten kann, mit dem du ein so schlechtes Beispiel zu geben scheinst. Sage mir ganz offen: Wie bist du auf diese Tollheit gekommen?«

Baba Abdallah, durch diesen Verweis eingeschüchtert, warf sich zum zweiten Male vor dem Thron des Kalifen auf sein Angesicht, und als er sich wieder erhoben hatte, begann er also: »Fürst der Gläubigen, ich bitte dich demütig um Verzeihung für die Frechheit, indem ich es gewagt habe, dich zu einer Sache zu nötigen, die allerdings der gesunden Vernunft zu widersprechen scheint. Ich erkenne mein Vergehen an, aber da ich meinen Herrn und Kalifen nicht kannte, so flehe ich jetzt um Gnade und hoffe, dass du meine Unwissenheit berücksichtigen wirst.

Im Hinblick auf das, was du Tollheit zu nennen beliebst, muss ich allerdings gestehen, dass mein Betragen in den Augen der Menschen nicht anders erscheinen kann; in den Augen des Allerkennenden aber ist es nur eine sehr geringe Buße für meine ungeheure Missetat, die ich nicht genügend abbüßen würde, wenn auch alle Menschen kämen und mir Ohrfeigen gäben. Du wirst dies selbst beurteilen können, wenn ich dir, deinem Befehl gemäß, meine Geschichte erzählt und dir gezeigt habe, worin diese ungeheure Missetat besteht.«

»Fürst der Gläubigen«, fuhr Abdallah fort, »ich wurde in Bagdad geboren, und mein Vater und meine Mutter, die beide sehr schnell hintereinander starben, hinterließen mir ein kleines Vermögen. Obwohl ich noch nicht viele Jahre zählte, so verschwendete ich es doch nicht, wie es so häufig junge Leute tun, mit unnützem Aufwand, sondern gab mir im Gegenteil alle Mühe, es durch meinen Fleiß zu vermehren, und sann Tag und Nacht über die Mittel dazu nach. Auf diese Weise wurde ich endlich so reich, dass ich achtzig Kamele besaß, die ich an Karawanenkaufleute vermietete und die mir bei jeder Reise, welche ich mit ihnen zu den verschiedenen Provinzen deines großen Reiches machte, große Summen eintrugen.

Eines Tages, als ich während der Blüte meines Glücks und verzehrt von gewaltigem Verlangen, noch reicher zu werden, von Basora leer mit meinen Kamelen zurückkehrte, die auf dem Hinweg mit Waren nach Indien bepackt gewesen waren, und sie in einer menschenleeren Gegend, wo ich gute Weide fand, grasen ließ, kam ein Derwisch, der zu Fuß nach Basra reiste, auf mich zu und setzte sich neben mich, um auszuruhen. Ich fragte ihn, woher er käme und wohin er ginge. Er richtete dieselben Fragen an mich, und nachdem wir gegenseitig unsere Neugierde befriedigt hatten, hielten wir ein gemeinschaftliches Mahl.

Während der Mahlzeit unterhielten wir uns im Anfang von allerhand nebensächlichen Dingen; endlich aber sagte der Derwisch, er wisse unweit von unserem Ruheplatz einen Schatz von so unermesslichen Reichtümern, dass, wenn ich auch so viel Gold und Edelsteine davon nehmen würde, wie meine achtzig Kamele zu tragen vermöchten, man ihm doch beinahe keine Minderung ansehen könnte.

Diese gute Nachricht überraschte und erfreute mich dermaßen, dass ich kaum meiner Sinne mächtig war. Da ich nicht glaubte, dass der Derwisch mich zum Besten halten könnte, so warf ich mich an seinen Hals und sagte zu ihm: ›Guter Derwisch, ich sehe wohl, dass du dich wenig um die Güter dieser Erde bekümmerst. Wozu kann dir also die Kenntnis von einem solchen Schatz nützen? Du bist allein und kannst nur sehr wenig fortschaffen; zeige mir daher, wo er liegt, so will ich meine achtzig Kamele damit beladen und dir selbst eines davon schenken zum Dank für deine Freundschaft und das Vergnügen, das du mir bereitet hast.‹

Dies war freilich ein sehr schlechtes Angebot, allein der Teufel des Geizes war in dem Augenblick, wo mir der Derwisch von dem Schatz erzählte, in mein Herz gefahren, sodass ich ihm viel zu versprechen glaubte, und die neunundsiebzig Kamellasten, die mir noch übrig blieben, mir beinahe wie nichts schienen im Vergleich zu derjenigen, die ich abgeben und ihm überlassen sollte.

Der Derwisch, der meine leidenschaftliche Geldgier merkte, ärgerte sich nicht über das unanständige Anerbieten, das ich ihm gemacht hatte. ›Mein Bruder‹, sagte er mit großer Gemütsruhe zu mir, ›du siehst selbst, dass dein Angebot zu dem Dienst, den du von mir verlangst, in keinem Verhältnis steht. Ich hätte ja auch von dem Schatz ganz schweigen und mein Geheimnis für mich behalten können. Was ich dir indes aus freien Stücken mitgeteilt habe, magst du als einen Beweis dafür ansehen, wie geneigt ich bin, dir einen Gefallen zu erweisen und mir durch Gründung deines und meines Glücks ein ewiges Andenken bei dir zu stiften. Ich will dir nun einen anderen gerechteren und billigeren Vorschlag machen. Du magst sehen, ob er dir genehm ist.

Du sagst, du hast achtzig Kamele. Ich bin bereit, dich zu dem Schatz zu führen und die Tiere dort mit so viel Gold und Edelsteinen zu beladen, wie sie nur tragen können; wenn wir sie nun aber gehörig bepackt haben, so musst du mir die Hälfte davon mit ihrer Last abtreten und dich mit der anderen Hälfte begnügen; dann wollen wir uns trennen, und jeder mag mit dem Seinigen ziehen, wohin er will. Du siehst, dass diese Teilung ganz der Billigkeit angemessen ist, denn wenn du mir vierzig Kamele schenkst, so verschaffe ich dir so viel Geld, dass du dir tausend andere dafür kaufen kannst.‹

Ich konnte nicht leugnen, dass die Bedingung, die mir der Derwisch stellte, sehr billig war. Ohne jedoch die großen Reichtümer zu bedenken, die ich durch Annahme derselben erwerben konnte, betrachtete ich die Hergabe der Hälfte meiner Kamele als einen großen Verlust und konnte mich besonders mit dem Gedanken nicht befreunden, dass der Derwisch dann ebenso reich wäre wie ich. Kurz, ich belohnte schon im Voraus eine rein freiwillige Wohltat, die ich von dem Derwisch noch nicht einmal empfangen hatte, mit Undank. Doch ich hatte nicht lange Zeit zu überlegen: Entweder musste ich auf die Bedingung eingehen oder mich entschließen, mein ganzes Leben lang Reue zu empfinden, dass ich eine so günstige Gelegenheit, mir ein bedeutendes Vermögen zu erwerben, durch eigene Schuld ausgelassen hätte.

Ich trieb also augenblicklich meine Kamele zusammen, und wir zogen miteinander fort. Nach einiger Zeit gelangten wir in ein weites Tal, das aber einen sehr schmalen Eingang hatte. Meine Kamele konnten bloß einzeln hintereinander hindurchgehen. Die beiden Berge, die das Tal bildeten und es hinten in einem Kessel schlossen, waren so hoch, steil und unzugänglich, dass wir nicht zu befürchten hatten, es könnte uns irgendein Sterblicher hier sehen.

Als wir zwischen diesen Bergen angekommen waren, sagte der Derwisch zu mir: ›Wir wollen jetzt nicht weiterziehen, halte du deine Kamele an und lasse sie auf dem Platz, den du da vor dir siehst, sich niederlegen, damit wir sie ohne Mühe bepacken können. Ich will dann gleich zur Hebung des Schatzes schreiten.‹

Ich tat, was der Derwisch mir aufgetragen hatte, und eilte ihm dann nach. Als ich zu ihm kam, trug er eben etwas dürres Holz zusammen, um Feuer anzumachen. Sobald dies geschehen war, warf er etwas Räucherwerk hinein und sprach einige Worte dazu, die ich nicht verstand. Alsbald erhob sich ein dicker Rauch in die Luft. Er zerteilte diesen Rauch, und in demselben Augenblick entstand in dem Felsen, der zwischen den beiden Bergen senkrecht emporstieg und durchaus keine Spur von einer Öffnung zu haben schien, dennoch eine sehr große Öffnung in Gestalt eines Tores mit zwei Türflügeln, das mit bewundernswürdiger Kunstfertigkeit in den Felsen hineingearbeitet und aus demselben Stein hergestellt war.

Diese Öffnung zeigte unseren Augen in einer großen, in den Felsen gehauenen Vertiefung einen prächtigen Palast, der nicht von Menschenhand, sondern vielmehr von Geistern erbaut zu sein schien, denn es war unmöglich, dass Menschen ein so kühnes und erstaunliches Unternehmen auch nur hätten erdenken sollen.

Aber, Fürst der Gläubigen, diese Bemerkung mache ich erst jetzt, da ich vor dir stehe, damals fiel sie mir nicht ein. Ja, ich bewunderte nicht einmal die unermesslichen Reichtümer, die ich überall erblickte, und ohne die kluge und zweckmäßige Anordnung all dieser Schätze lange zu betrachten, stürzte ich mich, wie der Adler auf seine Beute herabschießt, auf den ersten besten Haufen von Goldstücken, den ich vor mir sah, und fing an, so viel, wie ich fortschaffen zu können glaubte, in einen Sack zu werfen, von denen eine Menge dalagen. Die Säcke waren groß, und ich hätte sie gern bis oben angefüllt, allein ich musste sie doch mit den Kräften meiner Kamele in Einklang bringen.

Der Derwisch machte es ebenso wie ich, doch bemerkte ich, dass er sich mehr an die Edelsteine hielt; als er mir nun den Grund auseinandersetzte, folgte ich seinem Beispiel, und wir nahmen weit mehr Edelsteine der verschiedenen Arten mit als gemünztes Gold. Kurz und gut, wir füllten endlich alle unsere Säcke und luden sie den Kamelen auf. Es blieb uns jetzt nichts weiter übrig, als den Hort wieder zu verschließen und uns auf den Rückweg zu begeben.

Ehe wir uns aufmachten, ging der Derwisch noch einmal in das Schatzgewölbe hinein, wo sich eine Menge kunstreich gearbeiteter Vasen aus Gold und anderen kostbaren Materialien befanden, und ich bemerkte, dass er aus einer dieser Vasen eine kleine Büchse aus einem mir unbekannten Holz herauszog und in sein Gewand steckte; doch hatte er mir zuvor gezeigt, dass weiter nichts darin war als eine Art Haarsalbe. Der Derwisch verrichtete hierauf dieselbe Zeremonie, um den Hort zu verschließen, wie bei seiner Öffnung, und nachdem er gewisse Worte gesprochen hatte, schloss sich das Schatzgewölbe, und der Fels erschien uns wieder ganz wie zuvor.

Wir ließen nun die Kamele mit ihren Lasten aufstehen und teilten sie unter uns. Ich stellte mich an die Spitze der vierzig, die ich mir vorbehielt, und der Derwisch an die Spitze der übrigen, die ich ihm abgetreten hatte.

So zogen wir wieder durch den engen Weg hindurch, auf dem wir ins Tal hereingekommen waren, und dann weiter miteinander bis auf die große Heerstraße, wo wir uns trennen wollten: der Derwisch, um seine Reise nach Basra fortzusetzen, ich, um nach Bagdad zurückzukehren. Ich dankte ihm mit bewegten Worten für seine Wohltat, dass er gerade mich auserwählt habe, um dieser ungeheuren Reichtümer teilhaftig zu werden. Hierauf umarmten wir uns recht herzlich, sagten einander Lebewohl und zogen jeder seiner Straße. Kaum aber hatte ich einige Schritte getan, um meine Kamele, die inzwischen auf dem ihnen angewiesenen Weg vorausgegangen waren, wieder einzuholen, als sich der Teufel des Neids und Undanks meines Herzens bemächtigte; ich konnte den Verlust meiner vierzig Kamele und noch mehr der Reichtümer, womit sie beladen waren, nicht verschmerzen. ›Der Derwisch‹, sagte ich zu mir, ›braucht diese Reichtümer alle nicht; er kann ja über den Schatz verfügen und sich holen, so viel er will.‹ So hörte ich denn auf die Einflüsterungen des schlimmsten Undanks und entschloss mich, ihm seine Kamele mit ihrer Ladung wieder abzunehmen.

Um meinen Plan ausführen zu können, ließ ich zunächst meine Kamele anhalten und lief dann hinter dem Derwisch her, rief seinen Namen, so laut ich konnte, als wenn ich ihm noch etwas zu sagen hätte, und gab ihm ein Zeichen, dass er seine Kamele auch anhalten und mich erwarten solle. Er hörte mein Schreien und blieb stehen.

Als ich ihn eingeholt hatte, sagte ich zu ihm: ›Mein Bruder, kaum hatte ich dich verlassen, so fiel mir etwas ein, woran ich zuvor nicht gedacht hatte und du vielleicht ebenso wenig. Du bist ein frommer Derwisch und an ein ruhiges Leben gewöhnt, frei von allen Sorgen der Welt und ohne ein anderes Geschäft, als Allah zu dienen. Du weißt wohl nicht, welche Last du dir aufgebürdet hast, indem du eine so große Anzahl Kamele mit dir nahmst. Folge mir und begnüge dich mit dreißig; auch diese werden dir noch Mühe genug machen. Du kannst dich hierin ganz auf mich verlassen, denn ich habe Erfahrung!‹

›Ich glaube, dass du Recht hast‹, antwortete der Derwisch, der sich nicht imstande sah, mit mir zu streiten, ›und ich gestehe‹, fuhr er fort, ›dass ich nicht daran gedacht hatte. Auch fing ich bereits an, darüber unruhig zu werden; wähle dir also nach deinem Belieben zehn davon aus, und führe sie mit dir fort!‹

Ich wählte mir nun zehn aus, ließ sie umkehren und meinen übrigen Kamelen nachziehen. Ich hatte in der Tat nicht geglaubt, dass der Derwisch sich so leicht überreden lassen würde. Seine Nachgiebigkeit steigerte meine Gier noch mehr, und ich schmeichelte mir, ich würde vielleicht ebenso leicht noch zehn andere von ihm bekommen können.

Statt ihm also für sein reiches Geschenk zu danken, fuhr ich fort: ›Mein Bruder, ich bin zu sehr um deine Ruhe besorgt, als dass ich von dir scheiden könnte, ohne dir ans Herz zu legen, wie schwer dreißig beladene Kamele zu leiten sind, besonders für einen Mann wie dich, der an dergleichen Geschäfte nicht gewöhnt ist. Du würdest dich weit besser befinden, wenn du mir noch ein solches Geschenk machen wolltest, wie du mir soeben gemacht hast. Du siehst, dass ich dir dies nicht aus Eigennutz sage, sondern vielmehr, um dir einen großen Gefallen zu erweisen. Erleichtere dir also deine Last um noch zehn weitere Kamele und übergib sie mir, denn mir macht es nicht mehr Mühe, für hundert Kamele zu sorgen, als für ein einziges.‹

Meine Rede machte den gewünschten Eindruck, und der Derwisch trat mir ohne Weigern die zehn Kamele ab, die ich verlangte, sodass er bloß noch zwanzig, ich aber sechzig hatte, deren Ladung die Reichtümer mancher Fürsten an Wert überstieg. Man sollte glauben, dass ich jetzt hätte zufrieden sein können.

Aber, o Fürst der Gläubigen, ich glich einem Wassersüchtigen, der, je mehr er trinkt, desto mehr Durst bekommt, und immer heftiger brannte in mir die Begierde, auch die zwanzig übrigen Kamele, die der Derwisch hatte, noch in meinen Besitz zu bekommen.

Ich fing also aufs Neue an, ihn inständig und mit der größten Eindringlichkeit zu bitten, er möchte mir noch zehn von seinen zwanzig bewilligen, und er ließ es sich wirklich gefallen. Um nun aber auch noch seine Letzten zu bekommen, umarmte ich ihn, bedeckte ihn mit Küssen und Liebkosungen und beschwor ihn so lange, mir meine Bitte ja nicht abzuschlagen, um dadurch der ewigen Verpflichtungen, die ich gegen ihn haben werde, die Krone aufzusetzen, bis er endlich durch die Erklärung, er schenke mir alle, meine Freude vollkommen machte. ›Mache aber einen guten Gebrauch davon, mein Bruder‹, setzte er hinzu, ›und erinnere dich, dass Allah uns den Reichtum ebenso leicht wieder nehmen kann, wie er ihn gibt, wenn wir ihn nicht zur Unterstützung der Armen anwenden, die er nur deswegen in Dürftigkeit lässt, um den Reichen Gelegenheit zu geben, sich durch Almosen einen reicheren Lohn in jener Welt zu verdienen.‹

Ich war zu sehr mit Blindheit geschlagen, um mir diesen heilsamen Rat zu Herzen nehmen zu können. Nicht zufrieden mit dem Besitz meiner achtzig Kamele und der Gewissheit, dass sie mit unermesslichen Schätzen beladen waren, die mich zum wohlhabendsten aller Sterblichen machen mussten, kam ich nun auch auf den Gedanken, das kleine Büchschen mit der Salbe, das der Derwisch genommen und mir gezeigt hatte, sei vielleicht noch etwas weit Kostbareres als diese Reichtümer, die ich ihm verdankte. ›Der Ort, wo der Derwisch es nahm‹, sagte ich zu mir, ›und die Sorgfalt, mit der er es zu sich gesteckt hat, sind ein deutlicher Beweis, dass es etwas Geheimnisvolles in sich schließt.‹

Ich suchte es nun auf folgende Art in meine Gewalt zu bekommen: Nachdem ich ihn umarmt und mich von ihm verabschiedet hatte, drehte ich mich noch einmal zu ihm um und sagte: ›Noch eins: Was willst du denn mit dem kleinen Salbenbüchschen machen? Es scheint mir so wertlos, dass es sich nicht der Mühe lohnt, es mitzunehmen; überhaupt brauchen Derwische wie du, die den Eitelkeiten der Welt entsagt haben, keine Haarsalbe.‹

Wollte Gott, er hätte mir diese Büchse verweigert! Aber wenn er es hätte tun wollen, so hätte ich mich vor Wut nicht mehr gekannt, ich war stärker als er und fest entschlossen, es ihm mit Gewalt zu nehmen, nur um die Befriedigung zu haben, dass niemand sagen könnte, jener habe auch nur den geringsten Teil von dem Schatz mitgenommen, und doch hatte ich so große Verpflichtungen gegen ihn.

Der Derwisch schlug es mir also nicht ab, sondern zog es sogleich aus seinem Gewand, überreichte es mir auf die freundlichste Art von der Welt und sagte: ›Hier, mein Bruder, hast du auch dieses Büchschen, damit nichts zu deiner Zufriedenheit fehle. Wenn ich sonst noch etwas für dich tun kann, so darfst du nur befehlen, denn ich bin bereit, dir Folge zu leisten.‹

Als ich die Büchse in meinen Händen hatte, öffnete ich sie, betrachtete die Salbe und sagte zu ihm: ›Da du so freundschaftlich bist und mir alle Gefälligkeiten erweist, so ersuche ich dich, mir auch noch zu sagen, welchen besonderen Gebrauch man von dieser Salbe machen kann.‹

›Einen höchst merkwürdigen und wunderbaren‹, antwortete der Derwisch. ›Wenn du nämlich etwas von dieser Salbe um das linke Auge und das Augenlid streichst, so werden vor deinen Augen alle Schätze erscheinen, die im Schoß der Erde verborgen sind; streichst du aber etwas davon auf das rechte Auge, so macht es dich blind.‹

Ich wünschte diese wunderbare Wirkung an mir selbst zu erfahren und sagte zu dem Derwisch, indem ich ihm die Büchse reichte: ›Hier, nimm und streich mir etwas von der Salbe ums linke Auge, du verstehst es besser als ich. Ich kann kaum erwarten, bis ich diese Sache, die mir unglaublich scheint, selbst erfahre.‹

Der Derwisch hatte die Gefälligkeit, sich dieser Mühe zu unterziehen; er hieß mich das linke Auge schließen und umstrich es mit der Salbe. Als dies geschehen war, öffnete ich das Auge und sah, dass er mir die Wahrheit gesagt hatte. Ich erblickte wirklich eine ungeheure Menge von Schatzgewölben, mit so erstaunlichen und mannigfachen Reichtümern angefüllt, dass es mir unmöglich wäre, alle einzeln anzugeben. Da ich jedoch währenddessen das rechte Auge mit der Hand fest zuhalten musste und mir dieses langweilig wurde, so bat ich den Derwisch, er möchte mir auch um dieses Auge etwas von der Salbe streichen.

›Ich will es gern tun‹, antwortete er, ›aber du musst bedenken, was ich dir bereits gesagt habe; sowie du etwas davon auf das rechte Auge bringst, so wirst du augenblicklich blind. Die Salbe hat nun einmal diese Kraft, und du musst dir dessen gewiss sein!‹

Ich glaubte, es müsse noch ein anderes Geheimnis dahinter stecken, das der Derwisch mir verbergen wolle, und sagte daher lächelnd zu ihm: ›Lieber Bruder, ich sehe wohl, dass du mir einen Bären aufbinden willst; wie wäre es denn möglich, dass diese Salbe zwei so ganz entgegengesetzte Wirkungen haben sollte?‹

›Und doch ist es so‹, versetzte der Derwisch und rief den Erhabenen zum Zeugen an. ›Du kannst es mir auf mein Wort glauben, denn ich verschweige nie die Wahrheit.‹

Ich wollte den Worten des Derwischs, der es ehrlich mit mir meinte, nicht trauen, und da ich der Lust nicht widerstehen konnte, nach meinem Belieben alle Schätze der Erde betrachten und dieselben vielleicht, wenn es mir einfiele, genießen zu dürfen, so hörte ich nicht auf seine Vorstellungen und glaubte eine Sache nicht, die, wie ich bald nachher zu meinem großen Unglück erfuhr, nur zu gewiss war.

In meinem tollen Wahn bildete ich mir ein: Wenn diese Salbe auf das linke Auge gestrichen die Kraft habe, mich alle Schätze der Erde sehen zu lassen, so habe sie vielleicht, wenn man sie auf das rechte streiche, die Kraft, mich zu deren Besitzer zu machen. In dieser Meinung drang ich hartnäckig in den Derwisch, er möchte mir ein wenig Salbe um das rechte Auge streichen, aber er weigerte sich standhaft, dies zu tun. ›Nachdem ich dir so viel Gutes erwiesen habe, mein Bruder‹, sagte er zu mir, ›kann ich mich nicht entschließen, dich in ein solches Unglück zu stürzen. Bedenke es selbst, wie traurig es ist, seines Augenlichts beraubt zu sein, und versetze mich nicht in die höchst verdrießliche Notwendigkeit, dir in einer Sache zu gehorchen, die du dein Leben lang bereuen müsstest.‹

Ich trieb meine Hartnäckigkeit bis aufs Äußerste. ›Mein Bruder‹, sagte ich in festem Ton zu ihm, ›ich bitte dich, schweig mir von all diesen Schwierigkeiten. Du hast mir höchst großmütig alles gewährt, um was ich dich bisher bat; verlangst du denn, dass ich wegen einer solchen Kleinigkeit im Unfrieden von dir scheiden soll? So bewillige mir auch diese letzte Gunst. Mag daraus entstehen, was da will, ich werde dir nie deswegen böse werden und die Schuld ganz allein mir zuschreiben.‹

Der Derwisch bot all seine Überredungskünste auf, um mich davon abzubringen; endlich aber, als er sah, dass ich imstande war, ihn zu zwingen, sagte er: ›Da du es durchaus verlangst, so will ich dir deinen Willen tun.‹ Und so nahm er denn ein wenig von der unglückseligen Salbe und bestrich mir damit das rechte Auge, das ich fest zuhielt; aber ach, als ich es wieder öffnete, sah ich nichts als dichte Finsternis vor meinen beiden Augen, und ich blieb von Stund an blind, wie du mich siehst.

›Gottverfluchter Derwisch!‹, schrie ich jetzt, ›was du mir sagtest, ist nur zu wahr! Unselige Neugierde, unersättliches Verlangen nach Reichtümern, in welchen Abgrund von Elend habt ihr mich gestürzt! Ich sehe wohl ein, dass ich es mir selbst zuzuschreiben habe; allein, mein lieber Bruder‹, setzte ich, zum Derwisch gewandt, hinzu, ›du warst so freundschaftlich und wohltätig gegen mich, solltest du unter so vielen wunderbaren Geheimnissen, die dir bekannt sind, nicht auch eines wissen, das mir mein Augenlicht wiedergeben könnte?‹

›Unglücklicher‹, antwortete hierauf der Derwisch, ›ich bin gewiss nicht schuld, dass du in dieses Elend geraten bist; übrigens hast du nur, was du verdienst, und die Verblendung deines Herzens hat dir die Blindheit deiner Augen zugezogen. Es ist wahr, ich besitze Geheimnisse, wie du dich in der kurzen Zeit unseres Beisammenseins hast überzeugen können; doch habe ich keines, dir dein Augenlicht wiederherzustellen. Wenn du glaubst, es gebe ein solches, so wende dich zu Allah. Er allein kann dich wieder heilen. Er hatte dir Belohnungen verliehen, deren du unwürdig warst; jetzt hat er sie dir wieder genommen und wird sie durch meine Hände zu Menschen gelangen lassen, die nicht so undankbar sind wie du.‹

Der Derwisch sprach kein Wort mehr, und ich wusste ihm auch nichts zu erwidern. Er ließ mich voller Bestürzung und in unsäglichem Schmerz versenkt stehen, trieb meine achtzig Kamele zusammen und zog mit ihnen seine Straße nach Basra.

Ich bat ihn, er möchte mich doch in diesem elenden Zustand nicht verlassen und wenigstens bis zur nächsten Karawane begleiten; aber er blieb taub gegen meine Bitten und Wehklagen. Auf diese Weise meines Augenlichts und alles dessen, was ich in der Welt besaß, beraubt, hätte ich vor Gram und Hunger sterben müssen, wenn mich nicht am anderen Tag eine Karawane, die von Basra zurückkam, mitleidig aufgenommen und nach Bagdad zurückgeführt hätte.

Vor wenigen Augenblicken noch in einer Lage, wo ich mich, wenn auch nicht an Macht und Gewalt, doch in Beziehung auf Pracht und Reichtum Fürsten gleichstellen konnte, sah ich mich nun auf einmal hilflos und an den Bettelstab gebracht. Ich musste mich entschließen, um Almosen zu betteln, und das habe ich auch bis jetzt getan. Um aber meine Missetat abzubüßen, legte ich mir zugleich die Strafe auf, von jeder mildtätigen Person, die sich meines Elends erbarmen würde, eine Ohrfeige zu empfangen.

Siehst du, o Fürst der Gläubigen, das ist der Grund für das Benehmen, das dir gestern so seltsam vorkam und mir vielleicht deinen Unwillen zugezogen hat. Ich bitte dich noch einmal als dein niedrigster Sklave um Verzeihung und unterwerfe mich gern der Strafe, die ich verdient habe. Willst du aber über die Buße, die ich mir auferlegt habe, dein Urteil sagen, so bin ich überzeugt, dass du sie als viel zu leicht für einen solchen Frevel erachten wirst.«

Als der Blinde seine Geschichte vollendet hatte, sprach der Kalif zu ihm: »Baba Abdallah, deine Sünde ist groß, aber der Allmächtige sei gelobt, dass du es selbst eingesehen hast und dir bis jetzt die öffentliche Buße deshalb auferlegtest. Nun aber ist es genug damit, du musst jetzt deine Bußübungen im Stillen fortsetzen und Allah in jedem Gebet, das du den Pflichten der Religion gemäß den Tag über zu ihm senden musst, um Verzeihung bitten. Damit du aber durch die Sorge um deinen Lebensunterhalt nicht davon abgehalten wirst, setze ich dir für dein ganzes Leben ein Almosen aus, nämlich vier Silberdrachmen für den Tag, die mein Großwesir dir ausbezahlen wird. Bleibe also hier und warte, bis er meinen Befehl vollzogen hat.«

Bei diesen Worten warf sich Baba Abdallah vor dem Thron des Kalifen nieder, und als er wieder aufgestanden war, dankte er demütig und wünschte ihm Glück, Heil und den Segen des Erhabenen.

Der Kalif wandte sich nunmehr an den anderen Mann, den der Großwesir Djafar hatte kommen lassen. »Kogia Hassan«, sprach er zu ihm, »als ich gestern an deinem Haus vorüberkam, fand ich es so prächtig, dass ich neugierig wurde, wem es gehörte. Ich erfuhr, du habest es erbauen lassen, nachdem du zuvor ein Gewerbe getrieben hattest, das dich kaum notdürftig ernährte. Auch sagte man mir, du würdest nicht prunken mit den Reichtümern, die dir Allah gewährt, sondern machtest einen guten Gebrauch davon, und deine Nachbarn wissen sehr viel Gutes von dir zu erzählen.«

»Dies alles«, fuhr der Kalif fort, »hat mir viel Vergnügen bereitet, und ich bin überzeugt, dass die Mittel und Wege, auf denen es der Vorsehung gefallen hat, dir ihre Gaben zufließen zu lassen, von gar außerordentlicher Art sein müssen. Ich wünschte sie aus deinem eigenen Mund zu erfahren und habe dich kommen lassen, damit du mir dieses Vergnügen bereiten sollst. Erzähle mir alles aufrichtig, damit ich mich mit umso mehr Sachkenntnis deines Glücks freuen kann, woran ich von Herzen teilnehme. Auf dass dir meine Neugierde aber nicht verdächtig sei, und damit du nicht glaubst, es könnten eigennützige Gedanken mit ins Spiel kommen, so erkläre ich dir hiermit, dass ich durchaus keinen Anspruch auf deine Reichtümer erhebe, sondern dir vielmehr meinen Schutz bewillige, damit du sie in ungestörter Sicherheit genießen kannst.«

Auf diese Versicherung des Kalifen warf sich Kogia Hassan vor dessen Thron nieder, berührte mit der Stirn den Teppich, der darüber gebreitet war, und begann dann, nachdem er sich wieder erhoben hatte, also: »Fürst der Gläubigen, jeder andere, der sein Gewissen nicht so rein und unbefleckt fühlte, wie ich es fühle, hätte beim Empfang des Befehls, vor deinem Thron zu erscheinen, erschrecken können. Da ich aber niemals gegen dich andere Gesinnungen als die der Ehrfurcht und Ehrerbietung gehegt und nie etwas gegen den dir schuldigen Gehorsam noch gegen deine Gesetze begangen habe, so hatte ich bloß die einzige Besorgnis, ich könnte den Glanz deiner Herrlichkeit nicht ertragen. Indessen ist es ja bekannt, dass du auch den Geringsten deiner Untertanen huldreich und gnädig aufnimmst und anhörst; eben dies beruhigte mich, und ich zweifelte nicht, dass du auch mir den Mut und die nötige Zuversicht einflößen würdest, um dir die verlangte Auskunft zu geben. Dieses, o Fürst der Gläubigen, hast du soeben getan, indem du mir deinen mächtigen Schutz zusichertest, ohne dass ich weiß, womit ich ihn verdient habe. Gleichwohl hoffe ich, dass du in deiner günstigen Stimmung gegen mich bestärkt werden wirst, wenn ich dir meine Abenteuer erzählt habe.«

Nach dieser höflichen Anrede, durch die er sich des Wohlwollens und der Aufmerksamkeit des Kalifen versichern wollte, und nachdem er sich noch einige Augenblicke das, was er zu sagen beabsichtigte, in sein Gedächtnis zurückgerufen hatte, ergriff Kogia Hassan das Wort.

»Fürst der Gläubigen«, begann er, »um dir besser begreiflich zu machen, auf welchen Wegen ich zu dem großen Glück gelangt bin, das ich gegenwärtig genieße, muss ich dir vor allen Dingen von meinen zwei engsten Freunden erzählen, die ebenfalls Bürger der Stadt Bagdad und noch am Leben sind, sodass sie von der Wahrheit meiner Aussage Zeugnis ablegen können.

Der eine dieser beiden heißt Saadi, der andere Saad. Saadi, der sehr reich ist, hatte von jeher den Grundsatz, alles Glück dieser Erde beruhe auf dem Besitz großer Reichtümer, wodurch man in die Lage gesetzt werde, von jedermann unabhängig zu leben. Anderer Ansicht ist Saad. Er gibt zwar zu, dass man freilich Güter besitzen müsse, insofern sie zum Leben notwendig sind, behauptet aber, der Mensch müsse sein Glück auf die Tugend gründen und dürfe sich um die Güter der Welt nur so weit bekümmern, wie sie ihm zur Befriedigung seiner Bedürfnisse dienlich seien und dazu befähigen, Wohltaten zu erweisen. Saad lebt auch diesem Grundsatz getreu und ist sehr glücklich und zufrieden mit seinen Verhältnissen. Obgleich Saadi unendlich reicher ist als er, so ist ihre Freundschaft dessen ungeachtet doch sehr aufrichtig, und der Reichere bildete sich nicht ein, er verdiene einen Vorzug vor dem Ärmeren. Sie haben nie einen Streit miteinander gehabt, außer wegen dieses einzigen Punktes; in allen übrigen Dingen waren sie von jeher ein Herz und eine Seele.

Eines Tages, als sie, wie ich von ihnen selbst erfuhr, über ein ähnliches Thema sprachen, behauptete Saadi, die Armen seien nur deswegen arm, weil sie in der Armut geboren wurden oder im entgegengesetzten Falle ihre ererbten Reichtümer entweder durch Verschwendung oder durch einen jener unvorhergesehenen unglücklichen Zufälle, die nicht gar so selten sind, verloren hätten. ›Meine Meinung‹, fuhr er fort, ›geht dahin, dass diese Armen nur deswegen arm sind, weil sie nie eine Geldsumme zusammenbringen können, die groß genug wäre, bei vernünftiger Anlage in einem Geschäft sie aus ihrem Elend zu ziehen. Ich glaube auch, wenn sie es je so weit brächten und einen angemessenen Gebrauch von dieser Summe machten, so könnten sie mit der Zeit nicht nur wohlhabend, sondern sogar sehr reich werden.‹

Saad war mit diesem Satz Saadis nicht einverstanden. ›Das Mittel, das du vorschlägst‹, sagte er, ›einen Armen reich zu machen, scheint mir durchaus nicht so zuverlässig, wie du glaubst. Im Gegenteil ist es höchst zweifelhaft, und ich könnte meine Ansicht gegenüber der deinen mit mehreren guten Gründen unterstützen, was aber zu weit führen würde. Jedenfalls ist es ebenso wahrscheinlich, dass ein Armer durch jedes andere Mittel reich werden kann als gerade durch eine Summe Geldes. Man findet oft durch Zufall zu einem weit größeren und überraschenderen Glück als mit einer solchen Geldsumme, die du zur Bedingung machst, wenn man auch noch so sparsam und haushälterisch damit umgeht, um sie in einem gut geführten Geschäft zu vermehren.‹

›Saad‹, antwortete Saadi, ›ich sehe wohl, dass ich nichts ausrichte, wenn ich auch noch so beharrlich meine Meinung gegen die deinige verteidige. Um dich aber zu überzeugen, will ich selbst einen Versuch machen und zum Beispiel eine Summe, die ich für hinlänglich halte, einem jener Handwerker schenken, die, von Haus aus arm, von ihrem täglichen Verdienst leben und in derselben Dürftigkeit sterben, wie sie geboren wurden. Wenn es mir damit nicht gelingt, so wollen wir sehen, ob vielleicht du mit deiner Art glücklicher bist.‹

Einige Tage nach diesem Gespräch traf es sich, dass die beiden Freunde auf einem Spaziergang in das Stadtviertel kamen, in dem ich mein Handwerk als Seiler betrieb.

Saad, der sich an Saadis Versprechen erinnerte, sagte zu ihm: ›Wenn du nicht etwa vergessen hast, was du unlängst vorschlugst, so hast du hier einen Mann, den ich schon lange Zeit sein Seilerhandwerk treiben sehe, und immer in derselben Dürftigkeit. Er ist ein würdiger Gegenstand für deine Freigebigkeit und für einen Versuch der Art, wie du neulich erwähntest, vollkommen geeignet.‹ – ›Ich habe es so wenig vergessen‹, antwortete Saadi, ›dass ich seitdem immer so viel Geld bei mir trage, wie zu einem solchen Unterfangen nötig ist; ich wartete nur auf eine Gelegenheit, wo du zugegen wärest und Augenzeuge sein könntest. Wir wollen ihn anreden und zu erfahren suchen, ob er wirklich bedürftig ist.‹

Die beiden Freunde kamen auf mich zu, und da ich sah, dass sie mit mir sprechen wollten, so hielt ich mit meiner Arbeit inne. Sie begrüßten mich, dann ergriff Saadi das Wort, um mich zu fragen, wie ich heiße.

Ich erwiderte ihren Gruß und antwortete auf Saadis Frage: ›Herr, mein Name ist Hassan, und wegen meines Handwerkes bin ich allgemein unter dem Namen Hassan der Seiler bekannt.‹

›Hassan‹, sagte hierauf Saadi, ›da es kein Handwerk gibt, das seinen Mann nicht ernährte, so zweifle ich nicht, dass dir das deinige so viel einträgt, um davon leben zu können; ja, ich muss mich wundern, dass du es schon so lange treibst, ohne etwas erspart und einen bedeutenden Vorrat von Hanf gekauft zu haben; du könntest dann noch weit mehr fertigen, sowohl durch eigenen Fleiß als auch durch Beschäftigung von Gesellen, und dir so nach und nach dein Leben etwas bequemer machen.‹

›Herr‹, antwortete ich ihm, ›du würdest dich nicht mehr wundern, dass ich nichts erspart und den von dir bezeichneten Weg nicht eingeschlagen habe, um reich zu werden, wenn du wüsstest, dass ich mit all meiner Arbeit vom frühen Morgen bis zum späten Abend kaum so viel verdienen kann, um für mich und meine Familie Brot und einiges Gemüse zu kaufen. Ich habe eine Frau und fünf Kinder, von denen noch keins alt genug ist, um mir unter die Arme greifen zu können. Ich muss sie nähren und kleiden, und wenn ein Haushalt auch noch so klein ist, so gibt es doch immer tausenderlei Bedürfnisse, die man nicht wohl entbehren kann. Der Hanf ist zwar nicht teuer, aber man muss Geld haben, um einzukaufen, und das ist immer das Erste, was ich von dem Erlös meiner Arbeit beiseite lege; sonst wäre es mir nicht möglich, die Kosten meiner Haushaltung zu bestreiten.‹

›Du kannst nun leicht urteilen, Herr‹, fuhr ich fort, ›dass es mir unmöglich wäre, etwas zu sparen, um mit meiner Familie angenehmer leben zu können. Es ist für uns genug, dass wir mit dem wenigen, was Allah uns gewährt, zufrieden sind, und das andere, was uns fehlt, weder kennen noch begehren. Ja, wir finden nicht einmal, dass uns etwas fehlt, wenn wir nur unser tägliches Auskommen haben und niemand darum ansprechen müssen.‹

Als ich auf diese Art Saadi meine Verhältnisse auseinander gesetzt hatte, sprach er zu mir: ›Hassan, ich wundere mich jetzt nicht mehr und begreife recht wohl, warum du dich mit deiner gegenwärtigen Lage begnügen musst. Wenn ich dir aber einen Beutel mit zweihundert Goldstücken schenkte, würdest du nicht einen guten Gebrauch davon machen, und glaubst du nicht, dass du mit dieser Summe bald ebenso reich werden könntest wie die angesehensten Männer deines Handwerks?‹

›Herr‹, antwortete ich, ›du scheinst mir ein so rechtschaffener Mann zu sein, dass ich überzeugt bin, du willst keinen Scherz mit mir treiben und bietest mir dies Geschenk in allem Ernst an. Ich wage daher, ohne dass ich mir zu viel einbilde, zu behaupten, dass schon eine weit kleinere Summe ausreichen würde, um mich nicht nur ebenso reich zu machen wie die Vornehmsten meiner Handwerksgenossen, sondern ich wollte sogar in kurzer Zeit für mich allein reicher werden als alle miteinander, die in dieser großen und wohlbevölkerten Stadt Bagdad wohnen.‹

Der großmütige Saadi bewies mir sogleich, dass er in vollem Ernst gesprochen hatte. Er zog den Beutel aus seiner Tasche und überreichte ihn mir mit den Worten: ›Da, nimm diesen Beutel, du wirst zweihundert Goldstücke darin finden. Ich bitte Allah, dass er seinen Segen dazu gebe und dir die Gnade verleihen möge, sie so gut anzuwenden, wie ich es wünsche. Auch darfst du überzeugt sein, dass mein Freund Saad hier und ich uns sehr freuen werden, wenn wir einmal hören, dass sie dazu beigetragen haben, dich glücklicher zu machen, als du jetzt bist.‹

Als ich nun, o Fürst der Gläubigen, den Beutel empfangen und in mein Gewand gesteckt hatte, so war ich so entzückt und von Dank erfüllt, dass mir die Worte fehlten und ich meine Erkenntlichkeit gegenüber meinem Wohltäter durch kein anderes Zeichen ausdrücken konnte, als dass ich die Hand nach dem Saum seines Kleides ausstreckte, um es zu küssen. Doch er entfernte sich schnell und ging mit seinem Freund weiter.

Als ich mich nun wieder zu meiner Arbeit zurückbegab, war mein erster Gedanke der, wo ich wohl den Beutel mit Sicherheit aufbewahren könne. Ich hatte in meinem armseligen kleinen Häuschen weder einen Kasten noch einen Schrank, der verschlossen werden konnte. Ich wusste auch sonst keinen Ort, wo ich sicher war, dass mein Schatz nicht entdeckt würde, wenn ich ihn dort versteckte.

In dieser Verlegenheit wollte ich es machen wie die anderen armen Leute meines Standes, die das bisschen Geld, das sie haben, in die Falten ihres Turbans stecken, verließ daher meine Arbeit und ging nach Haus unter dem Vorwand, etwas an meinem Turban zu richten. Ich traf meine Maßregeln so gut, dass ich, ohne dass meine Frau und Kinder es merkten, zehn Goldstücke aus dem Beutel zog, die ich für die dringendsten Ausgaben beiseite legte; das Übrige aber hüllte ich in die Falten der Leinwand, womit ich meine Kopfbedeckung umwickelte.

Die erste Ausgabe, die ich noch denselben Tag machte, war für einen bedeutenden Vorrat Hanf; dann aber ging ich, da schon seit langer Zeit kein Fleisch mehr auf meinem Tisch gesehen worden war, zu einem Fleischer und kaufte einiges zum Abendessen.

Als ich so mit dem Fleisch in der Hand nach Hause gehen wollte, schoss auf einmal ein ausgehungerter Hühnergeier, ohne dass ich mich seiner erwehren konnte, auf mich herab und hätte es mir sicher aus der Hand gerissen, wenn ich es nicht sehr fest gehalten hätte. Aber, ach, es wäre besser gewesen, ich hätte es ihn nehmen lassen, so hätte ich doch meinen Geldbeutel nicht eingebüßt. Je mehr er nämlich Widerstand fand, umso hartnäckiger bemühte er sich, mir das Fleisch zu entreißen. Er zog mich herüber und hinüber, während er selbst in der Luft schwebte, ohne seine Beute fahren zu lassen. Unglücklicherweise aber fiel während der Anstrengungen des Kampfes mein Turban zu Boden.

Sogleich ließ der Hühnergeier seine Beute fahren, stürzte auf meinen Turban los und flog mit ihm davon, noch ehe ich Zeit hatte, ihn von der Erde aufzuraffen. Ich stieß ein so gellendes Geschrei aus, dass die ganze Nachbarschaft darüber erschrak und Männer, Weiber und Kinder herbeikamen und ebenfalls schrien, um den Hühnergeier dadurch zu bewegen, seinen Raub fallen zu lassen.

Es gelingt bisweilen durch ein recht lärmendes Geschrei, dieser Art von Raubvögeln ihre Beute wieder abzujagen. Mein Hühnergeier aber ließ sich nicht irre machen, sondern flog mit meinem Turban so weit davon, dass wir ihn aus dem Gesicht verloren, ehe er ihn fallen ließ.

So kehrte ich denn sehr betrübt über den Verlust meines Turbans und meines Geldes nach Hause zurück. Ich musste mir nun einen anderen kaufen, wodurch die Summe von zehn Goldstücken, die ich aus dem Beutel genommen hatte, abermals geschmälert wurde. Den Einkauf des Hanfs hatte ich bereits davon bestritten, und was mir noch übrig blieb, reichte nicht hin, um die schönen Hoffnungen, die ich gefasst hatte, zu verwirklichen.

Was mich am meisten peinigte, war der Gedanke, mein Wohltäter werde vielleicht, wenn er von meinem Unglück erfahre, es unglaubhaft finden und für eine leere Entschuldigung ansehen, und dann werde er sich darüber ärgern, dass sein Geschenk in so schlechte Hände geraten sei.

Es waren etwa sechs Monate seit meinem Unglück mit dem Hühnergeier vergangen, als die beiden Freunde nicht weit von dem Stadtviertel, wo ich wohnte, vorübergingen. Die Nähe machte, dass Saad sich meiner erinnerte. Er sagte zu Saadi: ›Wir sind hier nicht weit von der Straße, wo Hassan der Seiler wohnt; lass uns einmal hingehen und sehen, ob die zweihundert Goldstücke, die du ihm geschenkt hast, ihm vielleicht den Weg zu einer besseren Lage gebahnt haben, als es die war, in der er sich damals befand.‹

›Recht gern‹, antwortete Saadi, ›ich habe schon vor einigen Tagen an ihn gedacht und freute mich im Voraus über das Vergnügen, das ich haben würde, wenn ich dich zum Zeugen des Erfolges meines Versuches und der Wahrheit meiner Behauptung machen könnte. Du wirst sehen, dass eine große Veränderung mit ihm vorgegangen ist; ja, ich glaube, wir werden ihn kaum wiedererkennen.‹ Während Saadi so sprach, hatten die beiden Freunde bereits ihre Schritte in meine Straße gelenkt. Saad, der mich schon von fern und zuerst bemerkte, sagte zu seinem Freund: ›Es scheint mir, du hast etwas zu voreilig triumphiert. Ich sehe Hassan al-Habal, kann aber an seiner Person nicht die mindeste Veränderung entdecken: Er ist noch so schlecht gekleidet wie damals, als wir mit ihm sprachen, und der ganze Unterschied besteht darin, dass sein Turban etwas sauberer aussieht. Überzeuge dich selbst, ob es wahr ist oder nicht.‹

Saadi, der mich ebenfalls bemerkt hatte, sah, als er näher kam, recht gut, dass Saad Recht hatte, und wusste nicht, was er von der geringen

Veränderung denken sollte, die er an mir wahrnahm. Er war darüber so erstaunt, dass er kein Wort zu mir sprach; Saad aber begrüßte mich und sagte dann: ›Nun, Hassan, wir dürfen wohl nicht erst fragen, wie es seit unserem letzten Zusammentreffen mit deinen Angelegenheiten steht; ohne Zweifel haben sie einen besseren Gang genommen, und die zweihundert Goldstücke haben dir auf die Beine geholfen?‹

›Edle Herren‹, antwortete ich, ›ich muss euch zu meinem großen Leidwesen gestehen, dass eure Wünsche und Hoffnungen, wie auch die meinigen, nicht den Erfolg hatten, den ihr davon erwarten durftet und den ich selbst mir versprach. Ihr werdet das seltsame Abenteuer, das mir zugestoßen ist, kaum glauben wollen; gleichwohl versichere ich euch, so wahr ich ein ehrlicher Mann bin, dass ich euch die reine Wahrheit berichten will.‹

Ich erzählte ihnen nun mein Abenteuer mit all den Umständen.

Saadi verwarf meine Erzählung ganz und gar. ›Hassan‹, sagte er, ›du willst dich über mich lustig machen und mich zum Besten haben; was du da sagst, ist ja ganz unglaublich: die Hühnergeier machen nicht auf Turbane Jagd. Sie begehren nur das, was ihren Heißhunger befriedigen kann. Du hast indessen getan, wie alle Leute deines Schlages zu tun pflegen.

Sobald sie einen außerordentlichen Gewinn machen oder ihnen ein unerwartetes Glück zuteil wird, so hängen sie ihr Geschäft an den Nagel, gehen den ganzen Tag ihren Vergnügungen nach, schmausen und leben herrlich und in Freuden, solange das Geld reicht, und wenn dann alles aufgezehrt ist, so befinden sie sich wieder in derselben Not und Dürftigkeit wie zuvor. Du bleibst darum in deinem Elend stecken, weil du es verdienst und dich der Wohltat, die man dir zuteil werden lässt, als unwürdig erweist.‹

›Herr‹, antwortete ich, ›ich muss mir diese und noch viel bitterere Vorwürfe von dir gefallen lassen; ich ertrage sie mit umso größerer Geduld, als ich überzeugt bin, dass ich sie nicht verdient habe. Die Sache ist übrigens in dem ganzen Stadtviertel so bekannt, dass jedermann sie dir bezeugen wird. Erkundige dich selbst, so wirst du finden, dass ich dich nicht belüge.‹

Saad ergriff meine Partei und erzählte seinem Freund Saadi so viele ebenso merkwürdige Geschichten von Hühnergeiern, dass dieser zuletzt seinen Beutel aus dem Gewand zog und mir zweihundert weitere Goldstücke in die Hand zählte.

Als Saadi mir diese Summe hingezählt hatte, sagte er: ›Hassan, ich will dir noch diese zweihundert Goldstücke schenken, aber verwahre sie ja an einem sicheren Ort, damit du nicht wieder so unglücklich bist, sie zu verlieren, und denke daran, dir durch sie diejenigen Vorteile zu verschaffen, die du eigentlich schon aus den ersten hättest ziehen sollen.‹ Ich versicherte ihm, dass ich ihm für diese zweite Gnade umso innigeren Dank wissen würde, als ich sie nach dem unglückseligen Vorfall nicht verdiente, und dass ich alles aufbieten würde, um seinen guten Rat zu befolgen. Ich wollte noch mehr sagen, allein er ließ mir keine Zeit dazu, sondern ging schnell mit seinem Freund weiter.

Als sie weg waren, ließ ich meine Arbeit liegen und kehrte nach Hause zurück, wo ich aber weder Frau noch Kinder antraf. Ich legte nur zehn Goldstücke von den zweihundert beiseite und hüllte die übrigen in ein Stück Leinwand, das ich zuknüpfte. Die Hauptsache war jetzt, das Geld an einem sicheren Ort zu verwahren. Nach reiflicher Überlegung fiel mir endlich ein, es in ein irdenes, mit Kleie gefülltes Gefäß, das in einem Winkel stand, zu legen, da ich nicht glauben konnte, dass meine Frau oder Kinder es hier suchen würden. Meine Frau kam bald darauf nach Hause, und da ich nur noch sehr wenig Hanf vorrätig hatte, so sagte ich zu ihr, ich wolle ausgehen und welchen kaufen, erwähnte aber die beiden Freunde mit keinem Wort. Ich eilte also fort, aber während ich diesen Einkauf machte, kam ein Mann, der Waschton, wie ihn Frauen benötigen, zu verkaufen hatte, durch die Straße gegangen und rief seine Ware aus.

Meine Frau, die von diesem Ton nichts mehr hatte, rief den Mann, und da sie über kein Bargeld verfügte, fragte sie ihn, ob er ihr wohl etwas von seinem Ton gegen Kleie ablassen wolle. Der Verkäufer verlangte die Kleie zu sehen; meine Frau zeigte ihm das Gefäß, und sie wurden handelseinig. Sie empfing den Waschton, und der Mann ging mit dem Kleiegefäß fort.

Bald darauf kam ich mit so viel Hanf, wie ich nur tragen konnte, zurück und mich begleiteten fünf Lastträger, ebenfalls mit dieser Ware beladen, womit ich nun meinen hölzernen Verschlag anfüllte, den ich in meinem Haus angebracht hatte. Ich bezahlte die Lastträger für ihre Mühe, und als sie fort waren, wollte ich mir einige Augenblicke Ruhe gönnen, um mich von meinen Anstrengungen zu erholen. Sodann warf ich einen Blick zu der Stelle, an der ich das Kleiegefäß gelassen hatte und sah es jetzt nicht mehr.

O Fürst der Gläubigen, ich kann dir den Schrecken nicht schildern, der sich in diesem Augenblick meiner Sinne bemächtigte. Hastig fragte ich meine Frau, wo es denn hingekommen sei, und sie erzählte mir von dem Handel, den sie gemacht hatte und wobei sie viel gewonnen zu haben glaubte.

›Unglückliche!‹, rief ich. ›Ach, du weißt nicht, in welches Unglück du mich, dich selbst und deine Kinder durch diesen Handel gestürzt hast, der uns rettungslos zugrunde richtet! Du glaubtest, bloß Kleie zu verkaufen und hast mit dieser Kleie deinen Waschtonhändler um hundertneunzig Goldstücke reicher gemacht, womit Saadi, der heute in Begleitung seines Freundes wieder zu mir kam, mich zum zweiten Male beschenkt hatte.‹

Es fehlte wenig, so wäre meine Frau in Verzweiflung geraten, als sie erfuhr, welch großen Fehler sie in ihrer Unwissenheit begangen hatte.

Endlich beruhigten wir uns wieder, und ich ging wieder so munter an mein Geschäft, dass niemand darauf gekommen wäre, welch bedeutendes Unglück ich in so kurzer Zeit zweimal hintereinander gehabt hatte.

Das einzige, was mich oft und viel beschäftigte, war der Gedanke daran, wie ich wohl vor Saadi bestehen würde, wenn er käme, um über seine zweihundert Goldstücke und die Verbesserung meiner Lage infolge seiner Freigebigkeit Rechenschaft zu fordern, und wie ich dann vor Beschämung zu Boden sinken müsste, obgleich ich diesmal mein Unglück so wenig verschuldet hatte wie das erste Mal.

Es dauerte länger, bis die beiden Freunde wiederkamen, um sich über meine Lage zu erkundigen. Saad hatte oft mit Saadi darüber gesprochen, aber dieser hatte es immer wieder hinausgeschoben. ›Je länger wir warten‹, sagte er, ›umso reicher werden wir Hassan antreffen und umso größer wird mein Vergnügen sein.‹

Saad hatte nicht dieselbe Ansicht von der Wirkung, die das Geschenk seines Freundes gemacht haben würde. ›Glaubst du denn wirklich‹, sagte er, ›Hassan werde dein Geschenk besser angewendet haben als das erste Mal? Ich rate dir, schmeichle dir nicht mit solchen Hoffnungen, denn dein Verdruss müsste dann nur noch umso größer sein, wenn du das Gegenteil fändest.‹ ›Doch‹, erwiderte Saadi, ›es kommt ja nicht alle Tage vor, dass ein Hühnergeier einen Turban mit in die Luft nimmt. Hassan ist von diesem Unglück plötzlich überfallen worden. Er wird sich jetzt wohl vorgesehen haben, dass es nicht wieder geschieht.‹

›Ich zweifle nicht daran‹, entgegnete Saad, ›doch ebenso gut kann jeder andere Zufall eingetreten sein, an den wir beide nicht denken konnten. Ich wiederhole es: Mäßige deine Freude, und mache dich ebenso gut auf Hassans Unglück gefasst wie auf sein Glück. Um dir aufrichtig meine Meinung zu sagen, die ich von jeher gehabt habe, die dir aber nie gefallen will: Eine Ahnung sagt mir, dass es dir nicht gelungen ist, und dass ich glücklicher sein werde mit meinem Beweis, dass ein Armer auf jedem anderen Weg eher reich werden kann als durch Geld.‹

Als Saad eines Tages wiederum bei Saadi war und sie sich lange miteinander gestritten hatten, sagte Letzterer: ›Genug, ich will mir heute noch Aufschluss darüber verschaffen, wie es mit der Sache steht. Es ist jetzt gerade Zeit zum Spazierengehen; lass uns nicht verweilen, sondern uns erkundigen, wer von uns beiden die Wette gewonnen hat.‹

Die Freunde gingen aus, und ich sah sie schon von weitem kommen. Ich war so bestürzt darüber, dass ich in Versuchung geriet, meine Arbeit liegen zu lassen und mich vor ihnen zu verbergen. Indes blieb ich dennoch bei meinem Geschäft und stellte mich, als ob ich sie nicht sähe; ich schlug meine Augen nicht eher zu ihnen auf, als bis sie mir so nahe waren, dass sie mich grüßten und ich anständigerweise den Gruß nicht unerwidert lassen konnte. Dann aber schlug ich meine Augen sogleich wieder nieder, und indem ich ihnen meinen letzten Unfall ausführlich erzählte, machte ich ihnen begreiflich, warum sie mich immer noch in derselben Armut fänden wie das erste Mal, als sie mich gesehen hatten.

Darauf schwieg ich, und Saadi ergriff hierauf das Wort und sprach: ›Hassan, wenn ich auch glauben wollte, dass alles das, was du da sagst, so wahr ist, wie du uns gern einreden möchtest, und dass du es nicht bloß als Deckmantel brauchst, um deine Liederlichkeit oder schlechte Wirtschaft zu beschönigen, was auch wohl sein könnte, so würde ich mich dennoch hüten, irgendeinen Schritt weiter zu tun und hartnäckig in Versuchen fortzufahren, die mich am Ende zugrunde richten müssten. Es ist mir nicht leid um die vierhundert Goldstücke, deren ich mich beraubt habe, weil ich einen Versuch machen wollte, dich aus deiner Armut zu ziehen. Ich habe dies um der Liebe Allahs willen getan, ohne von dir einen anderen Dank zu erwarten als bloß das Vergnügen, dir etwas Gutes erwiesen zu haben.‹ Hierauf wandte er sich an seinen Freund und fuhr fort: ›Saad, du kannst aus dem, was ich soeben gesprochen habe, entnehmen, dass ich das Spiel noch nicht ganz verloren gebe. Gleichwohl steht es dir frei, mit deiner Behauptung, die du schon so oft gegen mich ausgesprochen hast, auch einen Versuch zu machen. Zeige mir, dass es außer dem Geld noch andere Mittel und Wege gibt, um das Glück eines armen Mannes zu machen in dem Sinne, wie wir beide es meinen, und suche dir keinen anderen dazu aus als Hassan. Was du ihm auch immer geben magst, ich kann mich nicht überzeugen lassen, dass er dadurch reicher werden könnte, als er durch die vierhundert Goldstücke hätte werden können.‹

Saad hielt ein Stück Blei in der Hand und zeigte es Saadi. ›Du hast gesehen‹, sagte er jetzt zu diesem, ›wie ich dies Stück Blei zu meinen Füßen aufraffte; ich will es Hassan schenken, und du wirst sehen, was es ihm einbringen wird.‹

Saadi lachte laut auf und verspottete Saad. ›Ein Stück Blei!‹, rief er aus. ›Nun, was kann dies Hassan mehr eintragen als einen Heller, und was für Sprünge kann er mit einem Heller machen?‹ Saad überreichte mir indessen das Stück Blei und sagte: ›Nimm es immerhin und lass Saadi lachen; du wirst uns dereinst von dem Glück, das es dir ins Haus gebracht, viel zu erzählen haben.‹

Ich glaubte, Saad könne dies nicht im Ernst meinen und wolle nur seinen Scherz mit mir treiben. Gleichwohl nahm ich das Stück Blei mit

Dank an, und um ihm seinen Willen zu lassen, steckte ich es nachlässig in mein Gewand. Darauf verließen mich die beiden Freunde, um ihren Spaziergang fortzusetzen, und ich ging unverdrossen und guter Dinge wieder an meine Arbeit.

Abends, als ich mich auskleidete, um schlafen zu gehen, und eben meinen Gürtel ablegte, fiel das Stück Blei, das Saad mir gegeben und an das ich seither nicht mehr gedacht hatte, auf den Boden; ich hob es auf und legte es an den nächstbesten Ort.

In derselben Nacht geschah es, dass einer meiner Nachbarn, ein Fischer, bemerkte, dass es ihm an einem Stück Blei fehle. Er hatte keins mehr im Haus, auch waren die Läden alle geschlossen, und er konnte es also nicht kaufen. Dennoch musste er, wenn er und die Seinigen am folgenden Tag etwas essen wollten, zwei Stunden vor Tagesanbruch auf Fischfang gehen. Er klagte seiner Frau diese Not und schickte sie aus, um in der Nachbarschaft etwas Blei aufzutreiben.

Die Frau des Fischers ging murrend und brummend fort und klopfte an meine Tür. Ich schlief bereits, wachte aber sogleich auf und fragte, was es gebe. ›Hassan‹, sagte die Frau mit lauter Stimme, ›mein Mann braucht ein Stück Blei, um seine Netze zurechtzumachen. Wenn du vielleicht welches hast, so lässt er dich darum bitten.‹

Das Stück Blei, das Saad mir gegeben hatte, war mir noch so frisch im Gedächtnis, zumal es mir beim Auskleiden auf den Boden gefallen war, dass ich es nicht vergessen haben konnte. Ich antwortete also meiner Nachbarin, ich hätte welches, sie solle nur einen Augenblick warten, meine Frau werde es ihr bringen.

Meine Frau, die bei dem Lärmen ebenfalls aufgewacht war, stand auf und tappte im Finstern zu der Stelle, die ich ihr bezeichnete; als sie nun dort das Blei gefunden hatte, öffnete sie die Tür ein wenig und gab es der Nachbarin hinaus.

Die Frau des Fischers war ganz erfreut, dass sie nicht vergebens hatte kommen müssen, und sagte zu meiner Frau: ›Liebe Nachbarin, du tust meinem Mann und mir einen so großen Gefallen, dass ich dir alle Fische verspreche, die mein Mann beim ersten Wurf fängt, und ich bin überzeugt, dass er dies gern tun wird.‹

Der Fischer war voller Freude, wider Erwarten das notwendige Blei doch noch gefunden zu haben, und billigte mit Vergnügen das Versprechen seiner Frau. ›Ich danke dir‹, sagte er zu ihr, ›dass du hierin meinen Willen so gut getroffen hast.‹ Sodann setzte er seine Netze vollends instand und ging wie gewöhnlich zwei Stunden vor Tagesanbruch auf Fischfang aus. Beim ersten Wurf zog er nur einen einzigen Fisch heraus, der aber mehr als eine Elle lang und verhältnismäßig dick war. Auch seine anderen Würfe fielen sämtlich glücklich aus, doch kam unter allen Fischen, die er fing, kein einziger dem ersten auch nur im entferntesten gleich.

Als er nun genug gefischt hatte und wieder nach Hause kam, so war sein Erstes, dass er an mich dachte, und ich machte große Augen, als ich ihn bei meiner Arbeit mit dem Fisch vor mich treten sah. ›Nachbar‹, sagte er zu mir, ›meine Frau hat dir heute Nacht zum Dank für deine Gefälligkeit die Fische versprochen, die ich beim ersten Wurf fangen würde, und ich habe ihr Versprechen gutgeheißen. Allah hat mir bloß diesen einzigen für dich beschert, und ich bitte dich, ihn freundlich anzunehmen. Hätte er mein Netz ganz mit Fischen angefüllt, so wären sie ebenfalls alle dein gewesen. Nimm daher mit diesem hier und meinem guten Willen vorlieb.‹ – ›Nachbar‹, antwortete ich, ›das Stück Blei, das ich dir überlassen habe, ist so wenig wert, dass du durchaus keinen so hohen Preis darauf setzen solltest. Nachbarsleute müssen einander in ihren kleinen Bedürfnissen aushelfen, und ich habe für dich bloß getan, was ich in einem ähnlichen Fall von dir hätte erwarten können. Ich würde deswegen dein Geschenk ausschlagen, wenn ich nicht überzeugt wäre, dass du mir es von Herzen gern bietest und dass du es für eine Beleidigung hieltest, wenn ich es nicht annähme. Ich nehme es also an, da du es so haben willst, und sage dir dafür meinen besten Dank.‹

Damit hatte unsere gegenseitige Höflichkeit ein Ende, und ich trug den Fisch zu meiner Frau. ›Da hast du einen Fisch‹, sagte ich zu ihr, ›unser Nachbar, der Fischer, hat ihn mir soeben gebracht zum Dank für das Stück Blei, um das er uns in der letzten Nacht bitten ließ. Ich denke, dies ist alles, was wir von dem Geschenk erhoffen dürfen, das mir Saad gestern gemacht hat, und von dem er behauptete, es werde mir Glück bringen.‹ Zugleich erzählte ich ihr, dass die beiden Freunde wiedergekommen seien und was zwischen uns vorgefallen war. Meine Frau war in Verlegenheit, als sie diesen großen und dicken Fisch sah. ›Was sollen wir damit anfangen?‹, sagte sie. ›Unser Bratrost ist nur für kleine Fische eingerichtet, und wenn wir ihn sieden wollen, so haben wir keinen Topf, der groß genug dafür wäre.‹ – ›Das ist deine Sache‹, sagte ich, ›du kannst ihn sieden oder braten, ich bin mit allem zufrieden.‹ Mit diesen Worten ging ich zu meiner Arbeit zurück.

Als meine Frau den Fisch geschlachtet hatte, fand sie in seinen Eingeweiden einen großen Diamanten, den sie abspülte und für bloßes Glas hielt. Sie hatte zwar schon von Diamanten sprechen hören und vielleicht schon welche gesehen oder in der Hand gehabt, war aber zu wenig Kennerin, um sie gehörig unterscheiden zu können. Sie gab ihn also unserem jüngsten Kind, damit es mit seinen Schwesterchen und Brüderchen damit spielen sollte, und die Kinder nahmen ihn alle nacheinander in die Hand und freuten sich über sein Gefunkel.

Abends, als die Lampe angezündet war, bemerkten unsere Kinder, die noch immer mit dem Diamanten spielten und ihn einander in die Hände warfen, dass er einen Schein von sich gab, wenn meine Frau, die mit Zubereitung des Abendessens beschäftigt war, zufällig an der Lampe vorbeikam und einen Schatten warf, und dies bewog dann die Kinder, ihn einander aus den Händen zu reißen, um Versuche damit zu machen. Dabei weinten die kleinen, wenn die größeren ihnen den Stein nicht lange genug lassen wollten, und diese mussten ihn dann zurückgeben, nur um sie zu beschwichtigen.

Da Kinder wegen jeder Kleinigkeit lustig werden oder Streit anfangen und dies alle Tage vorkommt, so fragten weder meine Frau noch ich nach der Ursache des Höllenlärms und Geschreis. Endlich wurden sie ruhig, als die größeren sich an den Tisch gesetzt hatten, um mit uns zu Nacht zu speisen, und meine Frau den kleineren ihren Teil gegeben hatte.

Nach dem Abendessen spielten die Kinder wieder miteinander, und bald war der Lärm noch größer als vorher. Jetzt wollte ich wissen, warum sie miteinander stritten, rief also den Ältesten und fragte, was der

Lärm zu bedeuten habe. ›Lieber Vater‹, antwortete das Kind, ›wir haben hier ein Stück Glas, das einen Schein von sich gibt, wenn wir der Lampe den Rücken kehren und es so ansehen.‹ Ich ließ es mir bringen und machte selbst den Versuch. Die Sache schien mir seltsam, und ich fragte meine Frau, was denn das für ein Stück Glas sei. ›Ich weiß nicht‹, sagte sie, ›ich habe es im Bauch des Fisches gefunden, als ich ihn zubereitete.‹

Ich dachte ebenso wenig daran, dass es etwas anders als Glas sein könnte, doch wollte ich noch mehr Versuche damit machen und sagte daher zu meiner Frau, sie sollte die Lampe einmal in den Kamin stellen. Sie tat es, und nun sah ich, dass die vermeintliche Glasscherbe einen so hellen Schein verbreitete, dass wir die Lampe nicht mehr vonnöten hatten, um zu Bett zu gehen. Ich ließ sie daher auslöschen und legte das Glas auf den Rand des Kamins, damit es uns leuchte. ›Dies ist‹, sagte ich, ›schon der zweite Vorteil, den wir von dem Stück Blei haben, das Saadis Freund mir gab; wir brauchen jetzt kein Öl mehr zu kaufen.‹

Als meine Kinder sahen, dass ich die Lampe hatte auslöschen lassen und das Glas ihre Stelle vertrat, so erhoben sie aus Freude und Bewunderung solches Geschrei, dass man es weit umher in der Nachbarschaft hörte. Wir beide, meine Frau und ich, vermehrten den Lärm noch, indem wir ihnen zuschrien, sie sollten schweigen; doch wir konnten ihrer nicht Herr werden, bis sie im Bett lagen und einschliefen, nachdem sie sich zuvor noch lange Zeit nach ihrer Weise über den wunderbaren Schein des Glases unterhalten hatten.

Meine Frau und ich gingen nun zu Bett, und am anderen Morgen in der Frühe begab ich mich wieder, ohne weiter an das Stück Glas zu denken, an meine Arbeit. Niemand wird sich darüber verwundern, dass dies einem Mann wie mir begegnet ist, der in seinem Leben bloß Glas, aber niemals Diamanten gesehen hat, oder wenn er je dergleichen sah, sich nie um ihren Wert bekümmert hatte.

Hier muss ich bemerken, Fürst der Gläubigen, dass zwischen meinem Haus und dem meines nächsten Nachbarn sich bloß eine sehr dünne Bretterwand befand. Dieses Haus aber gehörte einem sehr reichen Juden, der seines Zeichens Juwelier war, und das Zimmer, in dem er und seine Frau schliefen, stieß an die Trennwand. Sie waren schon zu Bett gewesen und eingeschlafen, als meine Kinder so sehr zu lärmen anfingen; der Lärm hatte sie aufgeweckt, und sie hatten lange nicht mehr einschlafen können.

Am Morgen kam dann die Frau des Juden, um sich bei meiner Frau zu beschweren. ›Meine liebe Rahel‹ – so hieß nämlich die Jüdin –, gab meine Frau zur Antwort, ›es tut mir sehr leid, dass dies vorgefallen ist, und ich bitte dich um Entschuldigung. Du weißt selbst, wie die Kinder sind, sie können über eine Kleinigkeit lachen und weinen. Komm herein, so will ich dir das Ding zeigen, das deine Klage veranlasst hat.‹

Die Jüdin trat herein, und meine Frau nahm den Diamanten – denn es war wirklich einer, und zwar ein sehr ausgezeichneter – vom Kamin herab und zeigte ihr den Stein. Als nun die Jüdin, die sich auf alle Arten von Edelsteinen wohl verstand, den Diamanten mit Bewunderung besichtigte, erzählte ihr meine Frau, wie sie ihn im Bauch des Fisches gefunden hatte und wie alles zugegangen sei.

Als meine Frau ausgesprochen hatte, gab ihr die Jüdin den Diamanten zurück und sagte zu ihr: ›Aischa‹ – sie wusste nämlich ihren Namen – ›ich halte es ebenfalls für Glas; da es aber weit schöner ist als gewöhnliches Glas und ich schon ein ganz ähnliches Stück Glas zu Hause habe, womit ich mich bisweilen schmücke und wozu es schön passen würde, so möchte ich es dir gern abkaufen.‹

Als meine Kinder vom Verkauf ihres Spielzeugs reden hörten, so unterbrachen sie das Gespräch mit lautem Geschrei und baten ihre Mutter, es ihnen zu lassen, sodass sie es ihnen versprechen musste, nur um sie wieder zu beruhigen.

Die Jüdin musste nun nach Hause zurückgehen und bat meine Frau, die sie bis an die Haustür geleitete, beim Abschied noch ganz leise, wenn sie das Stück Glas verkaufen wolle, so möge sie es ja niemandem zeigen, ehe sie ihr nicht Nachricht gegeben hätte.

Der Jude war schon in aller Frühe in seinen Laden gegangen. Seine Frau eilte ihm nach und meldete ihm die Entdeckung, die sie gemacht hatte.

Der Jude schickte seine Frau sogleich zurück mit dem Auftrag, mit der meinigen zu unterhandeln und ihr anfangs wenig zu bieten, aber je nachdem sie Schwierigkeiten finde, immer höher zu gehen und endlich den Handel um jeden Preis abzuschließen.

Die Jüdin kam also, nahm meine Frau beiseite, ohne abzuwarten, bis sie sich selbst zum Verkauf des Diamanten entschlossen hätte, und fragte sie, ob sie nicht zwanzig Goldstücke für dieses Stück Glas nehmen wollte, denn es sei doch nichts anderes. Meine Frau fand die Summe bedeutend, wollte aber weder ja noch nein antworten, sondern sagte der Jüdin bloß, sie könne sich nicht darauf einlassen, ehe sie nicht mit mir gesprochen hätte.

Mittlerweile wurde es Zeit zum Mittagessen, und ich wollte eben in meine Wohnung eintreten, als sie noch an der Tür miteinander sprachen Meine Frau rief mich und fragte, ob ich es erlaubte, wenn sie das im Bauch des Fisches gefundene Glas für zwanzig Goldstücke verkaufe, die unsere Nachbarin, die Jüdin, darauf geboten habe.

Ich antwortete nicht sogleich, denn ich erinnerte mich jetzt der zuversichtlichen Art, in der Saad, als er mir das Stück Blei gab, behauptet hatte, es würde mir Glück bringen. Die Jüdin aber glaubte, ich antwortete deswegen nicht, weil ich ihr Angebot verschmähte, und sagte daher schnell: ›Nachbar, ich gebe dir fünfzig. Bist du damit zufrieden?‹

Als ich sah, dass die Jüdin so geschwind von zwanzig Goldstücken auf fünfzig stieg, so wurde ich immer zäher und sagte, das sei noch lange nicht der Preis, zu dem ich es zu verkaufen gedenke. ›Nachbar‹, erwiderte sie, ›ich gebe hundert Goldstücke; dies ist gewiss sehr viel, und ich weiß nicht einmal, ob mein Mann es gutheißen wird.‹ Auf diese neue Steigerung hin sagte ich, ich verlangte hunderttausend Goldstücke, obwohl ich recht gut wisse, dass der Diamant weit mehr wert sei. Indes wolle ich mich als guter Nachbar, ihr und ihrem Manne zu Gefallen, mit dieser Summe begnügen, weiter herunter aber würde ich nicht gehen, und wenn sie mit diesem Preis nicht zufrieden sei, so würden andere Juweliere gewiss mehr dafür geben.

Die Jüdin bot mir zu wiederholten Malen fünfzigtausend Goldstücke, die ich aber nicht annahm, denn die gierige Art, mit der sie den Handel abschließen wollte, bestärkte mich in meinem Entschluß, auf hunderttausend zu beharren. ›Mehr‹, sagte sie, ›kann ich ohne Einwilligung meines Mannes nicht bieten; er wird aber abends nach Hause kommen, und ich bitte dich nur um die Gefälligkeit, dass du so lange Geduld hast, bis er mit dir sprechen und den Diamanten sehen kann.‹ Ich versprach ihr dies.

Als der Jude am Abend nach Hause kam, sagte ihm seine Frau, sie habe weder bei mir noch bei meiner Frau etwas ausgerichtet, obgleich sie mir fünfzigtausend Goldstücke bot, und dann habe sie nur um die Gefälligkeit bitten können, auf ihn zu warten.

Der Jude nahm die Zeit wahr, wo ich von meiner Arbeit nach Hause zurückkam. ›Nachbar Hassan‹, rief er mir zu, ›sei doch so gut und zeige mir den Diamanten, den deine Frau der meinigen gezeigt hat.‹ Ich hieß ihn ins Haus treten und zeigte ihm den Edelstein.

Er nahm ihn in die Hand, besichtigte ihn lange Zeit und konnte keine Worte für seine Bewunderung finden. ›Lieber Nachbar‹, sagte er endlich, ›meine Frau hat dir, wie sie sagt, fünfzigtausend Goldstücke dafür geboten; damit du nun ganz zufrieden bist, so biete ich noch zwanzigtausend dazu.‹

›Nachbar‹, antwortete ich, ›deine Frau hätte dir auch sagen sollen, dass ich hunderttausend dafür verlangt habe. Entweder gibst du mir so viel, oder der Diamant bleibt mein; ich gehe um keinen Heller herunter.‹ Er feilschte noch lange in der Hoffnung, ich würde ihm etwas nachlassen, aber es gelang ihm nicht, und aus Furcht, ich könnte den Diamanten auch anderen Juwelieren zeigen, wie ich jedenfalls getan hätte, schloss er den Handel endlich um den verlangten Preis ab. Er sagte, er habe zwar die hunderttausend Goldstücke nicht bar zur Verfügung, werde mir aber morgen um dieselbe Stunde und noch früher die ganze Summe übergeben, und damit der Kauf ganz fest beschlossen wäre, brachte er mir am selben Abend zwei Beutel mit je tausend Goldstücken.

Ich weiß nicht, ob der Jude das Geld von seinen Freunden auslieh oder mit anderen Juwelieren zusammenarbeitete, kurz und gut, am anderen Tag zählte er mir zur festgesetzten Stunde hunderttausend Goldstücke blank auf den Tisch, und ich übergab ihm den Diamanten. Als ich nun durch diesen Handel über alle Erwartung reich geworden war, dankte ich Allah für seine Güte und Milde, und gern hätte ich mich zu Saads Füßen geworfen, um ihm meine Erkenntlichkeit zu zeigen, wenn ich nur seine Wohnung gewusst hätte. Ebenso erging es mir mit Saadi, den ich als die erste Ursache meines Glücks verehren musste, obwohl sein guter Plan nicht gelungen war.

Ich überlegte nun, wozu ich wohl diese bedeutende Summe am besten verwenden könne. Meine Frau, der vor lauter Eitelkeit bereits der Kopf schwindelte, machte mir sogleich den Vorschlag, kostbare Kleider für sie und die Kinder, dann auch ein Haus zu kaufen und es reich auszuschmücken. ›Liebe Frau‹, erwiderte ich, ›mit solchen Ausgaben sollten wir nicht anfangen. Überlass die Sache mir; was du da verlangst, wird nicht ausbleiben. Obgleich das Geld nur dazu da ist, um ausgegeben zu werden, so müssen wir es doch so einrichten, dass wir das Kapital anlegen, wovon wir bloß die Zinsen verbrauchen wollen, ohne den Grundstock anzugreifen. Dies ist mein Plan, und gleich morgen will ich das Kapital anlegen.‹

Am folgenden Tag war ich ganz damit beschäftigt, zu einer Menge meiner Handwerksgenossen zu gehen, die in so schlechten Umständen lebten wie ich bisher; ich schoss ihnen Geld vor und verpflichtete sie, jeden nach seiner Geschicklichkeit und Fähigkeit, allerlei Arten von Seilerarbeiten für mich zu besorgen. Zugleich versprach ich ihnen, sie nicht lange warten zu lassen, sondern pünktlich und gut zu bezahlen, sowie sie mir die Arbeit brächten. Am nächsten Tag verpflichtete ich auch noch die übrigen Seiler, die in der Lage waren, für mich zu arbeiten, und seitdem stehen alle Leute dieses Handwerks in ganz Bagdad für mich in Lohn und Brot, sind aber auch sehr wohl zufrieden mit der Pünktlichkeit, womit ich mein Versprechen gegen sie erfülle.

Da diese Masse von Handwerksleuten eine Menge Arbeit fertig stellt, so mietete ich mir an verschiedenen Orten Lagerhäuser und stellte für jedes einen Geschäftsführer ein, der die angefertigte Arbeit in Empfang nehmen und den Verkauf besorgen musste – eine Einrichtung, die mir bald bedeutenden Gewinn und eine ansehnliche Einnahme verschaffte. In der Folge kaufte ich, um meine vielen Warenlager an einem einzigen Punkt zu vereinigen, ein großes Haus, das zwar sehr viel Raum hatte, aber baufällig war, ließ es niederreißen und an seine Stelle dasjenige erbauen, das du, o Beherrscher aller Gläubigen, gestern gesehen hast. So stattlich es auch erscheint, so besteht es doch nur aus den notwendigen Lagerräumen und aus den Wohnzimmern, so viel ich für mich und meine Familie brauche.

Es war schon einige Zeit, nachdem ich mein altes Häuschen verlassen und mein neues großes bezogen hatte, als Saadi und Saad, die bisher nicht mehr an mich gedacht hatten, sich auch einmal meiner erinnerten. Sie verabredeten einen Spaziergang, und als sie durch die Straße kamen, wo sie mich sonst immer gesehen hatten, wunderten sie sich sehr, da sie mich nicht mehr wie gewöhnlich, an meinem kleinen Seilergestell arbeitend, antrafen. Sie fragten, was aus mir geworden und ob ich tot oder noch am Leben sei? Aber wie groß war ihr Erstaunen, als sie vernahmen, dass der, nach dem sie fragten, ein vornehmer Kaufmann geworden sei und nicht mehr schlechthin Hassan, sondern Kogia Hassan al-Habal, das heißt Kaufmann Hassan der Seiler, heiße und sich in der und der Straße ein Haus habe erbauen lassen, das aussehe wie ein Palast.

Die beiden Freunde suchten mich daraufhin in der ihnen genannten Straße auf.

Sie ließen sich bei mir anmelden, und ich erkannte sie auf den ersten Blick. Ich stand sogleich auf, lief ihnen entgegen und wollte den Saum ihres Kleides fassen, um ihn zu küssen. Sie ließen es nicht zu, und ich musste mir gegen meinen Willen gefallen lassen, dass sie mich umarmten. Ich lud sie ein, auf eine mit Teppichen belegte Erhöhung zu treten, und bot ihnen da ein Sofa an mit der Aussicht auf den Garten. Hier bat ich sie, sich zu setzen; doch sie verlangten, ich sollte den Ehrenplatz einnehmen. ›Edle Herren‹, sagte ich zu ihnen, ›ich habe nicht vergessen, dass ich der arme Hassan bin, und wenn ich auch ein ganz anderer wäre, als ich bin, und nicht die Verpflichtungen euch gegenüber hätte, die ich wirklich habe, so weiß ich doch, was euch gebührt. Ich bitte euch also, beschämt mich nicht länger.‹ Sie nahmen jetzt den ihnen gebührenden Platz ein, und ich setzte mich ihnen gegenüber.

Nun ergriff Saadi das Wort und sagte zu mir gewandt: ›Kogia Hassan, ich kann dir nicht sagen, wie sehr ich mich freue, dich in der Lage zu sehen, die ich dir damals wünschte, als ich dir zweimal hintereinander und ohne Vorwürfe zweihundert Goldstücke schenkte, und ich bin überzeugt, dass diese vierhundert Goldstücke die wunderbare Veränderung deiner Lage bewirkt haben, die ich mit so viel Vergnügen wahrnahm. Nur eins kann ich nicht begreifen: Aus welchem Grund verschwiegst du mir zweimal die Wahrheit und spiegeltest mir den Verlust des Geldes vor, was mir heute noch so unglaublich erscheint wie damals. Nicht wahr, das letzte Mal, als wir dich sahen, hattest du mit den vierhundert Goldstücken deine Angelegenheiten noch so wenig verbessert, dass du dich schämtest, es uns zu gestehen? Ich will dies wenigstens im Voraus annehmen und erwarte, dass du meine Meinung bestätigen wirst.‹

Saad hörte diese Rede Saadis mit großer Ungeduld, ich will nicht sagen mit Unwillen an, was er auch durch seine gesenkten Blicke und durch sein Kopfschütteln zu erkennen gab. Gleichwohl ließ er ihn ausreden, ohne den Mund zu öffnen. Als aber Saadi zu Ende gesprochen hatte, sagte Saad: ›Verzeihe, Saadi, wenn ich vor Kogia Hassan das Wort ergreife, um dir zu sagen, dass ich mich über dein Vorurteil hinsichtlich seiner Aufrichtigkeit sowie darüber sehr wundern muss, wie du auf deinem Zweifel an seinen früheren Beteuerungen beharrst. Ich habe es dir schon einmal gesagt und wiederhole es jetzt, dass ich gleich am Anfang seiner Erzählung von dem doppelten Missgeschick, das er hatte, Glauben schenkte, und du magst sagen, was du willst, ich bin dennoch überzeugt, dass die Sache sich wirklich so verhält. Lassen wir also ihn selbst sprechen. Er wird uns am besten darüber Auskunft geben können, wer von uns beiden ihn richtig beurteilt hat und wer nicht.‹

Nachdem die beiden Freunde so gesprochen hatten, ergriff ich das Wort und sagte zu beiden gewandt: ›Edle Herren, ich würde mich wegen des von euch verlangten Aufschlusses zu ewigem Stillschweigen verdammen, wenn ich nicht im Voraus überzeugt wäre, dass euer Streit meinetwegen nicht imstande ist, das Freundschaftsband, das eure Herzen verknüpft, zu sprengen. Ich werde also, da ihr es verlangt, Auskunft geben, zuvor aber beteure ich, dass es mit derselben Aufrichtigkeit geschehen wird, mit der ich euch früher erzählte, was mir zugestoßen war.‹

Ich erzählte ihnen hierauf die ganze Geschichte Punkt für Punkt, wie ich sie bereits mitgeteilt habe, und vergaß keinen einzigen Umstand.

Meine Beteuerungen machten indes nicht so viel Eindruck auf Saadi, dass er von seinem Vorurteil Abstand genommen hätte. Als ich zu Ende erzählt hatte, sagte er zu mir: ›Kogia Hassan, das Abenteuer mit dem Fisch und dem in seinem Bauch gefundenen Diamanten scheint mir ebenso unglaublich wie die Entführung deines Turbans durch einen Hühnergeier und der Umtausch des Kleiegefäßes gegen Waschton. Dem mag übrigens sein, wie es wolle; ich habe mich jetzt jedenfalls davon überzeugt, dass du nicht mehr arm bist, sondern reich, was ich gleich anfangs zu bewerkstelligen beabsichtigte, und ich freue mich von ganzem Herzen darüber.‹

Da es schon spät war, so stand er auf und wollte sich verabschieden, ebenso Saad. Ich stand ebenfalls auf, hielt sie aber zurück und sagte zu ihnen: ›Edle Herren, erlaubt mir, dass ich euch um eine Gnade bitte, die ihr mir nicht abschlagen dürft. Erweist mir die Ehre, eine einfache Abendmahlzeit und ein Nachtlager bei mir anzunehmen, damit ich euch morgen früh zu Wasser zu einem kleinen Landhaus führen kann, das ich mir gekauft habe, um von dort von Zeit zu Zeit die frische Luft zu genießen. Ich werde euch noch am selben Tag zu Land wieder zurückführen.‹ – ›Wenn Saad keine Geschäfte hat, die ihn anderswohin rufen‹, sagte Saadi, ›so nehme ich es von Herzen gern an.‹ – ›Ich habe nie Geschäfte‹, antwortete Saad, ›sobald es sich darum handelt, deine Gesellschaft zu genießen. Wir müssen aber‹, setzte er hinzu, ›beide nach Hause schicken und sagen lassen, dass man uns nicht erwarten soll.‹ Ich ließ einen Sklaven kommen, und während sie ihm ihren Auftrag erteilten, benutzte ich die Zeit, um Anweisungen zur Zubereitung des Mahls zu geben.

Inzwischen zeigte ich meinen Wohltätern mein Haus, und sie fanden es für mein Geschäft sehr zweckmäßig angelegt. Ich nenne sie beide ohne Unterschied meine Wohltäter, weil ohne Saadi Saad mir das Stück Blei nicht gegeben und ohne Saad Saadi sich wohl kaum an mich gewendet haben würde, um mir die vierhundert Goldstücke zu schenken, von denen ich den Anfang meines Glücks herschreibe. Sodann führte ich sie in den Saal zurück, wo sie über die Einzelheiten meines Geschäfts allerlei Fragen an mich richteten, die ich zu ihrer Zufriedenheit beantwortete.

Endlich meldete man mir, das Abendessen sei aufgetragen. Da die Tafel in einem anderen Saal gedeckt war, so lud ich sie ein, sich dorthin zu bemühen. Sie staunten sehr über die festliche Beleuchtung und die Schönheit des Saales, und auch die Getränke sowie die Speisen fanden sie ganz nach ihrem Geschmack. Während der Mahlzeit unterhielt ich sie mit einem Konzert, und als abgedeckt war, ließ ich eine Truppe Tänzer und Tänzerinnen ihre Künste zeigen und sorgte für alle möglichen Zerstreuungen, nur um ihnen zu zeigen, wie sehr ich von Dank ihnen gegenüber erfüllt sei.

Am anderen Morgen hatte ich mit Saadi und Saad verabredet, sehr früh aufzubrechen, um die Morgenfrische zu genießen, und wir begaben uns daher noch vor Sonnenaufgang an das Ufer des Flusses; dort bestiegen wir ein bequemes und mit Teppichen ausgelegtes Fahrzeug und kamen mit Hilfe sechs tüchtiger Ruderer und der günstigen Strömung des Flusses nach etwa anderthalbstündiger Fahrt bei meinem Landhaus an.

Als wir ausstiegen, blieben beide Freunde stehen, nicht nur, um das schöne Äußere des Hauses zu betrachten, sondern auch, um seine vortreffliche Lage und die herrliche Aussicht zu bewundern. Dann zeigte ich ihnen die Zimmer, deren Einrichtung sie sehr geschmackvoll fanden.

Dann gingen wir in den Garten, wo ihnen ein Wald von Zitronen- und Pomeranzenbäumen aller Art besonders gut gefiel.

Ich führte sie bis ans Ende dieses Waldes, der sehr lang und sehr breit ist, und machte sie auf ein Gehölz mit großen Bäumen aufmerksam, mit dem mein Garten abschließt. Hier führte ich sie in ein nach allen Seiten hin offenes, von einer Gruppe von Palmen überschattetes Gartenhaus und lud sie ein, hineinzutreten und auf dem Sofa auszuruhen.

Zwei meiner Söhne, die ich der guten Luft wegen vor einiger Zeit mit ihrem Lehrer hierher geschickt hatte, waren tiefer in das Gehölz eingedrungen, um Vogelnester zu suchen. Endlich bemerkten sie eins zwischen den Zweigen eines großen Baumes. Sie versuchten anfangs hinaufzuklettern; da es ihnen aber sowohl an Kraft als an Geschicklichkeit gebrach, so zeigten sie es einem Sklaven, den ich ihnen mitgegeben hatte und der sie nicht verlassen durfte, und befahlen ihm, die Vogelnester auszunehmen.

Der Sklave stieg auf den Baum, gelangte bis zum Nest und sah zu seiner großen Verwunderung, dass es in einem Turban eingerichtet war. Er nahm nun das Nest, wie es war, stieg vom Baum herab und zeigte den Turban meinen Kindern. Da er aber nicht zweifelte, dass ich dies vielleicht selbst gern sehen würde, so machte er sie darauf aufmerksam und gab das Nest dem Ältesten, um es mir zu bringen.

Ich sah ihn schon von weitem mit großer Freude herbeikommen, wie Kinder, wenn sie ein Nest gefunden, sie gewöhnlich haben. Er überreichte es mir und sagte: ›Sieh, lieber Vater, da ist ein Nest in einem Turban.‹

Saadi und Saad waren nicht minder überrascht als ich; noch größer aber war mein Erstaunen, als ich den Turban als denjenigen wiedererkannte, den der Hühnergeier entführt hatte. Nachdem ich ihn voll Verwunderung genau besichtigt und nach allen Seiten gedreht hatte, fragte ich die beiden Freunde: ›Edle Herren, habt ihr wohl ein so gutes Gedächtnis, um euch daran zu erinnern, dass dies der Turban ist, den ich an dem Tag trug, da ihr mir zum ersten Mal die Ehre erwiest, mich anzureden?‹

›Ich glaube nicht‹, antwortete Saad, ›dass Saadi besser darauf geachtet haben wird als ich; aber weder er noch ich können daran zweifeln, wenn sich die hundertneunzig Goldstücke darin finden.‹

›Herr‹, versetzte ich, ›zweifle nicht, es ist derselbe Turban. Ich erkenne ihn ganz gut und bemerke auch an seiner Schwere, dass es kein anderer sein kann; du wirst es selbst einsehen, wenn du dir die Mühe machst, ihn in die Hand zu nehmen.‹ Mit diesen Worten überreichte ich ihm den Turban, zuvor aber nahm ich die jungen Vögel heraus und gab sie meinen Kindern. Saad nahm ihn in die Hände und überreichte ihn dann Saadi, damit dieser sich ebenfalls von seiner Schwere überzeugen sollte.

›Ich will gern glauben, dass es dein Turban ist‹, sagte Saadi zu mir, ›doch wäre meine Überzeugung noch stärker, wenn ich die hundertneunzig Goldstücke darin sehen würde.‹ Als ich nun den Turban wieder in die Hand genommen hatte, sagte ich zu ihm: ›Ich bitte dich, Herr, bevor ich ihn anrühre, überzeuge dich vorerst, dass er sich nicht erst seit heute auf dem Baum befindet, und bedenke, dass der Zustand, in dem du ihn siehst, sowie dieses hübsche und bequeme Nest, woran keine Menschenhand gearbeitet hat, deutlich Beweise sind, dass er sich seit jenem Tag, an dem der Hühnergeier mir ihn entführte, hier befindet. Ohne Zweifel hat ihn der Vogel auf diesen Baum gelegt oder fallen lassen, dessen Äste den Turban nicht auf den Boden kommen ließen. Ihr werdet mir diese Bemerkung zugute halten, denn es liegt mir gar zu viel daran, euch jeden Verdacht hinsichtlich meiner Ehrlichkeit zu nehmen.‹ Saad unterstützte mich dabei. ›Saadi‹, sagte er, ›das geht dich an, nicht mich, denn ich war von jeher überzeugt, dass Kogia Hassan uns nicht täuschen will.‹

Während Saad so sprach, nahm ich das Tuch weg, das mehrfach um den inneren Kegel des Turbans gewickelt war, und zog den Beutel heraus. Saadi erkannte ihn sogleich als denjenigen, den er mir gegeben hatte. Ich schüttelte ihn vor ihren Augen auf den Teppich aus und sagte zu ihnen: ›Seht, ihr Herren, das sind die Goldstücke; zählt sie selbst und überzeugt euch, ob die Zahl richtig ist.‹ Saadi zählte sie zehn für zehn, brachte wirklich hundertneunzig heraus, und da er nun eine so offenkundige Wahrheit nicht mehr leugnen konnte, ergriff er das Wort und sprach zu mir: ›Kogia Hassan, ich gebe zu, dass du von diesen hundertneunzig Goldstücken hast nicht reich werden können; doch die anderen hundertneunzig, die du in einem Kleiegefäß versteckt haben willst, haben dir sicherlich geholfen.‹ – ›Herr‹, antwortete ich, ›ich habe dir im Hinblick auf die letzte Summe ebenso die Wahrheit gesagt wie bei der ersten. Du wirst doch nicht glauben, dass ich so schmählich handeln könnte, dich zu belügen.‹

›Kogia Hassan‹, sagte Saad zu mir, ›laß Saadi bei seinem Glauben. Ich will ihm herzlich gern die Überzeugung lassen, dass du ihm im Hinblick auf die letzte Summe die Hälfte deiner Wohlhabenheit verdankst;

doch er muss dann auch zugeben, dass ich durch das Stück Blei, das ich dir gab, wegen der anderen Hälfte ein Verdienst in Anspruch nehmen kann, und er darf den Fund des kostbaren Diamanten im Bauch des Fisches nicht mehr in Zweifel ziehen.‹

›Saad‹, antwortete Saadi, ›ich bin mit allem zufrieden, wenn du mir nur meinen Glauben unangefochten lässt, dass man nur durch Geld zu Reichtum gelangen kann.‹

›Nein‹, antwortete Saad, ›wenn der Zufall wollte, dass ich einen Diamanten im Wert von fünfzigtausend Goldstücken fände und auch wirklich die Summe dafür erhielte, hätte ich dann diese Summe durch Geld erworben?‹

Dabei hatte der Streit sein Bewenden. Wir standen auf und gingen in das Haus zurück, wo das Mittagsmahl aufgetragen war, und setzten uns zu Tisch. Nach dem Essen ließ ich meine Gäste allein, damit sie während der größten Hitze nach Belieben Ruhe und Kühlung suchen konnten; ich selbst aber ging zu meinem Verwalter und zu meinem Gärtner, um ihnen die nötigen Befehle zu geben. Dann kam ich wieder zurück, und wir unterhielten uns über alle möglichen belanglosen Dinge, bis die größte Hitze vorüber war. Hierauf kehrten wir in den Garten zurück, und dort blieben wir beinahe bis Sonnenuntergang. Schließlich stiegen die beiden Freunde und ich in Begleitung eines Sklaven zu Pferde und langten ungefähr um die zweite Stunde der Nacht bei schönem Mondschein in Bagdad an.

Ich weiß nicht, durch welche Nachlässigkeit meiner Leute es geschehen war, dass es in meinem Haus an Gerste für die Pferde fehlte. Die Getreidespeicher aber waren verschlossen und auch zu weit entfernt, als dass man so spät von dorther hätte etwas bekommen können.

Einer meiner Sklaven suchte in der Nachbarschaft umher und fand in einem Laden ein Gefäß mit Kleie. Er kaufte die Kleie und brachte sie samt dem Gefäß, hatte aber versprechen müssen, am anderen Tag das Gefäß zurückzubringen. Der Sklave schüttelte die Kleie in die Krippe, und als er sie auseinanderbreitete, um jedem der Pferde seinen Anteil zukommen zu lassen, fühlte er unter den Händen ein zusammengebundenes Tuch, das schwer war. Er brachte es mir ungeöffnet, ganz wie er es gefunden hatte, und setzte hinzu, dies sei vielleicht das Tuch, von dem er mich so oft habe erzählen hören, wenn ich meinen Freunden meine Geschichte zum Besten gab.

Voll Freude sagte ich zu meinen Wohltätern: ›Edle Herren, Allah will nicht, dass ihr von mir scheidet, ohne von der Wahrheit der Geschichte, die ich euch immer erzählt habe, vollkommen überzeugt zu sein. Hier‹, fuhr ich zu Saadi gewandt fort, ›hier sind die hundertneunzig anderen Goldstücke, die ich von dir empfangen habe, ich erkenne sie an dem Tuch.‹ Ich band sofort das Leintuch auf und zählte die Summe vor ihren Augen ab. Ich ließ mir auch das Gefäß bringen; ich erkannte es und schickte es meiner Frau mit der Frage, ob sie es kenne, verbot aber, ihr etwas von dem Vorfall zu sagen. Sie erkannte es sogleich und ließ mir mitteilen, es sei dasselbe Gefäß, das sie mit Kleie angefüllt gegen Waschton ausgetauscht habe.

Nun gab sich der ungläubige Saadi endlich geschlagen und sagte zu Saad: ›Du hast gesiegt, ich stimme jetzt mit dir darin überein, dass das Geld nicht immer ein sicheres Mittel ist, um noch mehr Geld aufzuhäufen und reich zu werden.‹

Als Saadi ausgesprochen hatte, sagte ich zu ihm: ›Herr, ich kann es nicht wagen, dir die dreihundertachtzig Goldstücke wieder anzubieten, die der Himmel in seiner Gnade heute wieder zum Vorschein gebracht hat, um deine schlechte Meinung von meiner Wahrheitsliebe zu berichtigen. Ich bin überzeugt, dass du sie mir nicht in der Absicht geschenkt hast, sie einmal zurückzubekommen. Ich für meinen Teil bin zufrieden mit dem, was der Himmel mir von anderer Seite her beschert hat, und erhebe ebenfalls keinen Anspruch auf das Geld. Ich hoffe aber, dass du es erlauben wirst, wenn ich es morgen unter den Armen verteile, damit Allah es einmal dir und mir vergelten möge.‹

Die beiden Freunde brachten diese Nacht noch in meinem Haus zu. Am anderen Morgen aber umarmten sie mich und kehrten jeder in seine Wohnung zurück; sie waren sehr erfreut über die Art, wie ich sie empfangen hatte und wie sie mich in dem Glück, das ich nächst dem Allerhabenen ihnen verdankte, handeln sahen. Ich habe nicht versäumt, beide in ihren Wohnungen aufzusuchen, um ihnen noch besonders zu danken. Seitdem rechne ich es mir zur großen Ehre an, dass sie mir die Erlaubnis gegeben haben, Freundschaft mit ihnen zu pflegen und sie häufig zu sehen und zu sprechen.«

Der Kalif Harun al-Raschid hörte die Geschichte Kogia Hassans mit großer Aufmerksamkeit an, und erst als der Erzähler schwieg, sprach er zu ihm: »Kogia Hassan, ich habe seit langer Zeit nichts gehört, was mir so viel Vergnügen gemacht hätte wie die wunderbaren Wege, auf denen es dem Himmel gefallen hat, dich auf dieser Welt glücklich zu machen. Du musst ihm durch gute Verwendung seiner Geschenke fortwährend deine Dankbarkeit bezeigen. Es freut mich, dir sagen zu können, dass der Diamant, der dein Glück gemacht hat, sich in meiner Schatzkammer befindet, und es ist mir lieb zu wissen, wie er dahin gekommen ist. Da indessen in Saads Herzen vielleicht noch ein Zweifel hinsichtlich der Vorzüglichkeit dieses Diamanten bestehen könnte, den ich für das Kostbarste und Bewundernswürdigste aller meiner Besitztümer halte, so wünsche ich, dass du ihn und Saadi herbringst. Mein Schatzmeister soll ihm dann den Diamanten zeigen, damit er sich, wenn er von seinem Unglauben noch nicht ganz geheilt ist, hier überzeugt, dass Geld nicht immer ein sicheres Mittel ist, wodurch sich ein armer Mann Reichtümer erwerben könne. Ich wünsche auch, dass du die Geschichte meinem Schatzmeister erzählst, auf dass er sie zu Papier bringen lasse und neben dem Diamanten in meinem Schatz aufbewahre.«

Nach diesen Worten gab der Kalif durch Kopfnicken Kogia Hassan und Baba Abdallah zu verstehen, dass er mit ihnen zufrieden sei. Sie verabschiedeten sich daher, indem sie sich vor seinem Thron niederwarfen, und gingen dann nach Hause.

Ali Baba und die vierzig Räuber

In einer Stadt Persiens lebten zwei Brüder, von denen der eine Kassim, der andere Ali Baba hieß. Da ihr Vater ihnen nur wenig Vermögen hinterlassen und sie dieses wenige gleichmäßig unter sich verteilt hatten, so sollte man denken, ihre äußeren Umstände müßten ziemlich gleich gewesen sein; doch der Zufall wollte es anders.

Kassim heiratete eine Frau, die bald nach ihrer Hochzeit ein wohl ausgestattetes Handelsgeschäft, ein reich angefülltes Warenlager und zahlreichen Grundbesitz erbte, sodass er auf einmal ein wohlhabender Mann und einer der reichsten Leute in der Stadt war.

Ali Baba dagegen heiratete eine Frau, die ebenso arm war wie er selbst, wohnte in bescheidenen Verhältnissen und hatte keinen anderen Erwerb, um sich und den Seinigen den Lebensunterhalt zu verschaffen, als dass er in einem nahen Wald Holz schlug, das er dann auf drei Eseln, seinem einzigen Besitztum, in die Stadt brachte und es dort verkaufte.

Eines Tages, als Ali Baba wieder im Wald war und eben Holz genug geschlagen hatte, um seine Esel damit zu beladen, sah er auf einmal in der Ferne eine gewaltige Staubwolke aufsteigen, die sich in gerader Richtung dem Ort näherte, an dem er sich befand. Er blickte sehr aufmerksam zu ihr hin und erkannte bald, dass sie von einer zahlreichen Reiterschar verursacht wurde, die rasch herankam.

Obgleich man in der Gegend nichts von Räubern wusste, so kam Ali Baba doch auf den Gedanken, diese Reiter könnten solche sein, und beschloss daher, seine Esel ihrem Schicksal zu überlassen und nur seine eigene Person zu retten. Er stieg also auf einen Baum, dessen Äste zwar nicht hoch, aber außerordentlich dicht belaubt waren, und nahm darauf mit desto größerer Zuversicht seinen Posten ein, als er von da aus alles sehen konnte, was unten vorging, ohne selbst gesehen zu werden. Der Baum stand am Fuß eines frei stehenden Felsens, der viel höher als der Baum und so steil war, dass man unmöglich hinaufsteigen konnte.

Die Reiter, alles große und stattliche Leute und mit Waffen und Pferden sehr gut versehen, stiegen vor dem Felsen ab, und Ali Baba, der ihrer vierzig zählte, konnte nach ihren Gesichtern und ihrem ganzen Gebaren nicht mehr daran zweifeln, dass es Räuber waren. Er täuschte sich auch nicht: Es waren wirklich Räuber, die aber die Umgegend nicht im Mindesten heimsuchten, sondern ihr Geschäft in weiter Ferne betrieben und hier bloß ihren Sammelplatz hatten. Er wurde in seiner Meinung bestärkt, als er sie weiter beobachtete. Jeder Reiter zäumte sein Pferd ab, band es an, warf ihm einen Sack voll Gerste, den er hinter sich gehabt hatte, über den Kopf, und nahm seinen Quersack dann ab. Die meisten dieser Säcke schienen Ali Baba so schwer zu sein, dass er daraus schloss, sie seien wohl voller Gold und Silber. Der stattlichste der Räuber, den Ali Baba für ihren Anführer hielt, näherte sich ebenfalls mit seinem Sack auf der Schulter dem Felsen, der dicht an dem großen Baum war, wohin Ali Baba sich geflüchtet hatte. Nachdem er sich durch einige Sträucher den Weg gebahnt hatte, sprach er die Worte »Sesam, öffne dich!« so laut und deutlich, dass Ali Baba sie hörte.

Kaum hatte der Räuberhauptmann dies gesagt, so öffnete sich eine Tür, durch die er alle seine Leute vor sich her eintreten ließ; er selbst ging zuletzt hinein, und die Tür schloss sich hinter ihnen. Die Räuber blieben lange in dem Felsen, und Ali Baba musste geduldig auf dem Baum ausharren, denn er fürchtete, es könnten einzelne oder auch alle zusammen in dem Augenblick, in dem er seinen Posten verlassen und fliehen wollte, herauskommen. Dennoch geriet er in Versuchung, hinabzusteigen, sich zweier Pferde zu bemächtigen, das eine zu reiten, das andere am Zügel nebenher zu führen, und so, indem er seine drei Esel vor sich her trieb, in die Stadt zu reiten; doch war dieses Unternehmen zu gewagt, und er beschloss daher, den sicheren Teil zu wählen.

Endlich öffnete sich die Tür wieder, die vierzig Räuber traten heraus, und der Hauptmann, der zuletzt hineingegangen war, war jetzt der Erste, der herauskam und die Übrigen alle an sich vorbeiziehen ließ. Ali Baba hörte, dass auf seine Worte »Sesam, schließe dich!« die Tür sich wieder schloss. Jeder kehrte zu seinem Pferd zurück, zäumte es auf und schwang sich wieder hinauf. Als der Hauptmann sah, dass sie alle zum Ritt gerüstet waren, stellte er sich an ihre Spitze und schlug wieder denselben Weg ein, auf dem sie gekommen waren.

Ali Baba stieg nicht sogleich vom Baum. »Sie könnten«, sprach er zu sich, »etwas vergessen haben, das sie wieder umzukehren nötigte, und dann würden sie mich ertappen.« Er verfolgte sie mit den Augen, bis er sie aus dem Gesichtskreis verloren hatte, und stieg zur größeren Sicherheit erst lange nachher hinab. Da er sich die Worte, mit deren Hilfe der Räuberhauptmann die Tür öffnete und wieder schloss, genau gemerkt hatte, so verspürte er Lust, einen Versuch zu machen, ob sie vielleicht dieselbe Wirkung haben würden, wenn er sie ausspräche. Er drängte sich daher durch das Gesträuch, fand die Tür und sprach die Worte »Sesam, öffne dich!«, und siehe da, im Augenblick sprang die Tür angelweit auf.

Ali Baba hatte einen dunklen und finsteren Ort erwartet, aber wie groß war sein Erstaunen, als er das Innere des Felsens sehr hell, weit und geräumig und von Menschenhand zu einem hohen Gewölbe ausgehöhlt sah, das von oben herab durch eine künstlich angebrachte Öffnung sein Licht empfing. Er erblickte hier große Vorräte, Ballen von köstlichen Kaufmannswaren, Seidenstoffen und Brokat, besonders auch wertvolle Teppiche haufenweise aufgetürmt. Was ihn aber am meisten anlockte, war eine große Menge geprägtes Gold und Silber, das teils in Haufen, teils in ledernen Säcken und Beuteln aufgeschichtet dalag. Bei diesem Anblick kam es ihm vor, als ob diese Felsenhöhle nicht erst seit einer Reihe von Jahren, sondern schon seit Jahrhunderten fortwährend Räubern als Zufluchtsort gedient haben müsse. Ali Baba besann sich nicht lange, was er hier tun sollte; er trat in die Höhle, und sobald er darin war, schloss sich die Tür wieder; doch beunruhigte ihn das nicht, denn er wusste ja das Geheimnis, sie zu öffnen. Mit dem Silber gab er sich nicht lange ab, sondern hielt sich nur an das gemünzte Gold und besonders an das, das sich in den Säcken befand. Von diesem nahm er, so viel wie er tragen und seinen drei Eseln, die sich inzwischen zerstreut hatten, aufladen konnte. Als er sie wieder an den Felsen zusammengetrieben hatte, bepackte er sie mit den Säcken, und um diese zu verbergen, legte er Holz obenauf, sodass niemand etwas davon merken konnte. Als er fertig war, stellte er sich vor die Tür, und kaum hatte er die Worte »Sesam, schließe dich!« ausgesprochen, so schloss sie sich auch wieder; sie hatte sich nämlich jedes Mal, wenn er hineingegangen war, von selbst geschlossen und war jedes Mal, wenn er herauskam, offen geblieben.

Ali Baba nahm nun seinen Weg zur Stadt zurück, und als er vor seinem Haus anlangte, trieb er seine Esel in einen kleinen Hof, dessen Zugang er sorgfältig hinter sich schloss. Danach lud er das wenige Holz, das seinen Schatz bedeckte, ab, trug die Säcke in sein Haus und legte sie vor seiner Frau auf den Tisch.

Seine Frau nahm die Säcke in die Hand, und als sie merkte, dass sie voll Geld waren, meinte sie, ihr Mann habe sie gestohlen. Als er nun alle hereingebracht hatte, konnte sie nicht umhin, zu ihm zu sagen: »Ali Baba, solltest du so verrucht sein, um...« Ali Baba unterbrach sie mit den Worten: »Sei ruhig, liebes Weib, und mach dir keine Sorgen. Ich bin kein Dieb, denn ich habe das alles nur Dieben genommen. Du wirst deine schlechte Meinung von mir bald aufgeben, wenn ich dir von meinem Glück erzählt habe.« Er schüttete die Säcke aus, die einen großen Haufen Gold enthielten, sodass seine Frau ganz geblendet wurde; hierauf erzählte er ihr die Geschichte vom Anfang bis zum Ende und empfahl ihr dann vor allen Dingen, die Sache geheim zu halten.

Als die Frau sich von ihrem Erstaunen und Schrecken wieder erholt hatte, freute sie sich mit ihrem Mann über das Glück, das ihnen widerfahren war, und wollte den ganzen Goldhaufen, der vor ihr lag, Stück für Stück zählen. »Liebe Frau«, sagte Ali Baba zu ihr, »du bist nicht gescheit. Was fällt dir da ein? Du würdest nie mit dem Zählen fertig werden. Ich will eine Grube ausheben und es dann vergraben; wir haben keine Zeit zu verlieren.« – »Es wäre doch gut«, antwortete die Frau, »wenn wir wenigstens ungefähr wüssten, wie viel es ist. Ich will in der Nachbarschaft ein kleines Maß borgen und es damit messen, während du die Grube machst.« – »Liebe Frau«, sagte Ali Baba darauf, »dies würde uns zu nichts nützen, und ich rate dir, lass davon ab. Du kannst übrigens tun, was du willst, aber vergiss nur nicht, die Sache geheim zu halten.«

Um ihre Gelüste zu befriedigen, ging Ali Babas Frau fort zu ihrem Schwager Kassim, der nicht weit von ihr wohnte. Kassim war nicht zu Hause, und sie wandte sich daher an seine Frau mit der Bitte, ihr doch für kurze Zeit ein Maß zu leihen. Die Schwägerin fragte sie, ob sie ein großes oder ein kleines wolle, und Ali Babas Frau bat sich ein kleines aus. »Recht gern«, antwortete die Schwägerin, »warte nur ein wenig, ich will es dir gleich bringen.«

Die Schwägerin holte das Maß; da sie aber Ali Babas Armut kannte, so war sie neugierig zu erfahren, was für Getreide seine Frau damit messen wolle, und kam daher auf den Gedanken, unten an das Maß unbemerkt etwas Leim zu streichen. Darauf kam sie zurück, überreichte Ali Babas Frau das Maß und entschuldigte sich wegen ihres Ausbleibens, da sie es lange habe suchen müssen.

Als Ali Babas Frau nach Hause zurückkam, stellte sie das Maß auf den Goldhaufen und füllte es. Als sie nun alles gemessen hatte, war sie sehr zufrieden mit der ansehnlichen Zahl der Maße und teilte es ihrem Mann mit, der soeben die Grube ausgehoben hatte.

Während Ali Baba das Gold vergrub, trug seine Frau das Maß zurück, hatte aber nicht bemerkt, dass ein Goldstück unten kleben geblieben war. »Liebe Schwägerin«, sagte sie zu ihr, als sie es zurückgab, »du siehst, dass ich dein Maß nicht zu lange behalten habe. Ich danke dir; hier hast du es wieder.«

Kaum hatte Ali Babas Frau ihr den Rücken zugekehrt, als Kassims Frau das Maß genau besah, und man kann sich ihr Erstaunen vorstellen, als sie das am Boden klebende Goldstück fand. Alsbald fuhr der Satan des Neides in ihr Herz. »Wie!«, sagte sie, »Ali Baba hat das Gold maßweise, woher mag es wohl der Elende genommen haben?« Kassim, ihr Mann, war, wie gesagt, nicht zu Hause, sondern in seinem Laden, von wo er erst am Abend zurückerwartet wurde. Die Zeit bis zu seiner Heimkehr erschien ihr wie eine Ewigkeit, denn sie brannte vor Ungeduld, ihm die große Nachricht mitzuteilen, die für ihn ebenso überraschend sein musste wie für sie.

Als Kassim nach Hause kam, sagte seine Frau zu ihm: »Du glaubst ein reicher Mann zu sein, Kassim, aber du täuschst dich: Ali Baba ist tausendmal reicher als du; er kann sein Gold nicht zählen, sondern muss es messen.« Kassim verlangte eine Erklärung dieses Rätsels, und sie erzählte ihm, wie schlau sie zu dieser Entdeckung gekommen sei; zugleich zeigte sie ihm das Goldstück, das unten am Boden kleben geblieben war; es war so alt, dass ihnen der Name des Fürsten, der es hatte prägen lassen, unbekannt war.

Statt sich über das Glück des bisher so armen Bruders herzlich zu freuen, empfand Kassim eine Eifersucht, die ihm keine Ruhe mehr ließ. Er konnte beinahe die ganze Nacht darüber nicht schlafen, und am anderen Morgen ging er noch vor Sonnenaufgang zu ihm. Da er ihn seit seiner Verheiratung mit der reichen Witwe nicht mehr als seinen Bruder ansah und diesen Namen ganz vergessen hatte, so redete er ihn auch jetzt also an: »Ali Baba, du bist sehr zurückhaltend in deinen Angelegenheiten. Du spielst den Armen, den Notleidenden, den Bettler und misst das Gold in Maßen.«

»Lieber Bruder«, antwortete Ali Baba, »ich weiß nicht, was du da sagen willst; erkläre dich deutlicher.« – »Verstelle dich nur nicht so«, antwortete Kassim, und indem er ihm das Gold zeigte, das seine Frau ihm gegeben hatte, fügte er hinzu: »Wie viel hast du von diesen Goldstücken? Meine Frau hat dieses hier unten an dem Maß gefunden, das die deinige gestern von ihr borgte.«

Aus dieser Rede erkannte Ali Baba, dass infolge des Eigensinns seiner Frau Kassim und dessen Weib bereits von der Sache wussten, deren Geheimhaltung ihm so wichtig war. Doch der Fehler war einmal begangen, und man konnte ihn nicht mehr ungeschehen machen. Ohne sich seinen Verdruss im Mindesten anmerken zu lassen, gestand er daher seinem Bruder die ganze Sache und erzählte ihm, durch welchen Zufall und an welchem Ort er den Schlupfwinkel der Räuber entdeckt hatte; zugleich erbot er sich, den Schatz mit ihm zu teilen, wenn er nur das Geheimnis bewahren wolle.

»Ja, das verlange ich ohnehin«, versetzte Kassim mit stolzem Ton, »aber«, fügte er hinzu, »ich will auch noch ganz genau wissen, wo der Schatz ist, an welchen bestimmten Merkmalen ich ihn erkennen und wie ich wohl selbst hineinkommen kann, wenn es mich gelüstet; sonst zeige ich dich bei dem Gericht an. Weigerst du dich jedoch, so hast du nicht nur nichts mehr zu hoffen, sondern wirst auch das noch verlieren, was du schon hast; ich aber werde für diese Angabe meinen Anteil erhalten.«

Mehr aus Gutmütigkeit als durch die unverschämten Drohungen seines habgierigen Bruders eingeschüchtert, gab Ali Baba ihm vollständige Auskunft über alles, was er wünschte, und teilte ihm auch die Worte mit, die er sprechen musste, um in die Höhle hinein und wieder heraus zu gelangen.

Mehr verlangte Kassim nicht zu wissen. Er verließ seinen Bruder mit dem festen Vorsatz, ihm zuvorzukommen, und in der Hoffnung, sich des Schatzes allein zu bemächtigen. Am anderen Morgen brach er schon vor Tagesanbruch mit zehn Mauleseln auf, die er mit großen Kisten beladen hatte. Diese wollte er alle füllen und nahm sich vor, bei einer zweiten Fahrt zur Schatzhöhle noch weit mehr solche Kisten mitzunehmen. Er schlug den Weg ein, den Ali Baba ihm angegeben hatte, gelangte zu dem Felsen und erkannte die Merkmale sowie den Baum, auf dem Ali Baba sich versteckt hatte. Er suchte die Tür, fand sie und sprach die Worte »Sesam, öffne dich!« Die Tür ging auf, er trat hinein, und sogleich schloss sie sich wieder. Bei Besichtigung der Höhle geriet er in große Verwunderung, da er darin weit mehr Reichtümer antraf, als er nach Ali Babas Erzählung vermutet hatte, und sein Erstaunen wurde immer größer, je mehr er alles einzeln betrachtete. Als geiziger Mann, der er war, hätte er gern den ganzen Tag lang seine Augen an dem Anblick so vielen Goldes geweidet, wenn es ihm nicht eingefallen wäre, dass er eigentlich deshalb gekommen war, um das Geld zu holen und seine Maulesel damit zu beladen. Er nahm daher eine Anzahl von den Säcken mit dem Gold, so viel er tragen konnte, ging damit auf die Tür zu, und da er an alles andere mehr dachte, als an das, was jetzt für ihn am wichtigsten war, so geschah es, dass er sich des notwendigen Wortes nicht mehr erinnerte und statt »Sesam, öffne dich!« sagte: »Gerste, öffne dich!« Aber wie groß war seine Bestürzung, als er sah, dass die Tür sich nicht öffnete, sondern verschlossen blieb. Nun nannte er noch mehrere andere Namen von Getreidearten, aber nur den richtigen nicht, und die Tür blieb verschlossen.

Schrecken und Angst bemächtigten sich seiner, als er sich nun in so großer Gefahr sah, und je mehr er sich anstrengte, um das Wort »Sesam« in sein Gedächtnis zurückzurufen, umso verwirrter wurde er, und bald war dies Wort für ihn, als ob er es nie hätte nennen hören. Verzweifelt warf er jetzt die Säcke, mit denen er sich beladen hatte, zu Boden, ging mit großen Schritten in der Höhle auf und nieder, und alle die Reichtümer, von denen er sich umgeben sah, hatten jetzt keinen Reiz mehr für ihn. Voll Todesangst erwartete er die Rückkehr der Räuber.

Diese kehrten gegen Mittag zu ihrer Höhle zurück, und als sie in die Nähe kamen und die mit Kisten beladenen Maulesel Kassims erblickten, so wurden sie unruhig, sprengten mit verhängtem Zügel heran und jagten die zehn Maulesel, die Kassim anzubinden vergessen hatte und die ruhig weideten, auseinander.

Die Räuber machten sich nicht die Mühe, den Mauleseln nachzureiten. Es war ihnen weit wichtiger, deren Besitzer aufzufinden. Während nun einige um den Felsen herum die Runde machten, um ihn zu suchen, stieg der Hauptmann mit seinen Gefährten ab, ging mit blankem Säbel auf die Tür zu, sprach die Worte, und die Tür öffnete sich.

Kassim, der in der Höhle das Stampfen von Pferden vernahm, zweifelte jetzt nicht mehr daran, dass die Räuberschar angekommen und er selbst verloren war. Dennoch beschloss er, einen Versuch zu machen, um ihnen zu entrinnen und sich zu retten; daher stellte er sich dicht vor die Tür, um hinauszustürzen, sobald sie sich öffnen würde. Kaum hörte er das Wort »Sesam«, das seinem Gedächtnis entfallen war, aussprechen und sah die Tür aufgehen, so stürmte er so ungestüm hinaus, dass er den Hauptmann zu Boden warf. Aber den anderen Räubern vermochte er nicht zu entgehen; diese hielten ebenfalls den blanken Säbel in der Hand und nahmen ihm auf der Stelle das Leben. Jetzt war die erste Sorge der Räuber, in die Grotte hineinzugehen. Sie fanden nahe bei der Tür die Säcke, die Kassim mitgebracht hatte, um seinen Maulesel damit zu bepacken, und legten diese wieder auf den alten Platz, bemerkten aber nicht, dass diejenigen, die Ali Baba fortgeschafft hatte, fehlten. Als sie sich nun wegen dieser Begebenheit gemeinsam berieten, begriffen sie wohl, wie Kassim nicht habe aus der Grotte herauskommen können, doch wie er hineingekommen war, das konnten sie nicht verstehen. Sie kamen auf den Gedanken, er sei vielleicht von oben herabgestiegen; aber die Öffnung, durch die das Licht hereinfiel, war so hoch und der

Gipfel des Felsens so unzugänglich, dass sie einstimmig erklärten, dieses Rätsel können sie nicht lösen. Dass er durch die Tür hereingekommen sei, konnten sie nicht annehmen, denn dazu musste er doch das Geheimnis wissen, sie zu öffnen, und in dessen Besitz, glaubten sie, war niemand außer ihnen selbst. Sie konnten ja nicht wissen, dass Ali Baba sie belauscht und es gehört hatte.

Wie es nun auch geschehen sein mochte – es handelte sich jetzt darum, ihre gemeinschaftlichen Reichtümer in Sicherheit zu bringen, und so kamen sie denn dahin überein, den Leichnam Kassims in vier Teile zu teilen und innerhalb der Grotte nicht weit von der Türe zwei zur Rechten und zwei zur Linken aufzuhängen, zum abschreckenden Beispiel für jeden, der die Frechheit haben würde, etwas Ähnliches zu wagen; sie selbst aber beschlossen, erst nach Verlauf einiger Zeit, wenn der Leichengeruch sich verloren haben würde, in ihre Höhle zurückzukehren. Gesagt, getan; da sie nichts weiter zurückhielt, so verließen sie ihren Zufluchtsort. Nachdem sie ihn sorgfältig verschlossen hatten, stiegen sie wieder zu Pferde und durchstreiften die Ebene in der Richtung hin, wo die Straßen am meisten von den Karawanen besucht wurden, um wie gewöhnlich Jagd auf sie zu machen und sie auszuplündern.

Indessen war Kassims Frau in großer Unruhe, als die finstere Nacht anbrach und ihr Mann immer noch nicht zurückgekommen war. Voll Kummer ging sie zu Ali Baba und sagte zu ihm: »Lieber Schwager, du weißt, dass dein Bruder Kassim in den Wald gegangen ist und zu welchem Zweck. Er ist immer noch nicht zurückgekommen, und doch ist es bereits tiefe Nacht; ich fürchte, es könnte ihm ein Unglück zugestoßen sein.«

Ali Baba hatte nach der oben angeführten Unterredung mit seinem Bruder dessen Absicht vermutet und war deshalb an diesem Tag nicht selbst in den Wald gegangen, um ihm keinen Anlass zum Argwohn zu geben. Ohne ihr irgendeinen Vorwurf zu machen, der sie oder ihren Mann, wenn er noch am Leben gewesen wäre, hätte beleidigen können, sagte er zu ihr, sie solle sich deswegen noch nicht sorgen, denn ohne Zweifel habe Kassim es für zweckmäßig gefunden, erst später in die Stadt zurückzukehren.

Kassims Frau glaubte dies umso eher, da sie bedachte, wie sehr ihrem Mann daran liegen musste, die Sache geheim zu halten.

Ali Baba wartete nicht, bis seine Schwägerin ihn bat, er möchte sich die Mühe nehmen und nachsehen, was mit Kassim geschehen sei. Er machte sich auf der Stelle mit seinen drei Eseln auf und ging in den Wald. Als er sich dem Felsen näherte, wobei er auf dem ganzen Weg weder seinen Bruder noch dessen Maulesel angetroffen hatte, wunderte er sich sehr über das Blut, das er am Eingang der Höhle bemerkte, und dies erschien ihm als eine schlimme Vorbedeutung. Er trat vor die Tür, sprach die Worte, und sie öffnete sich. Das Erste, was er sah, war der Leichnam seines gevierteilten Bruders. Bei diesem traurigen Anblick besann er sich nicht lange, was er tun solle, sondern beschloss alsbald, seinem Bruder die letzte Ehre zu erweisen, denn er dachte nicht mehr daran, wie wenig brüderliche Liebe dieser stets für ihn gehegt hatte. Er fand in der Höhle allerlei Zeug, um die vier Teile seines Bruders in verschiedene Ballen zu packen, womit er einen seiner Esel belud; oben darüber legte er Holz, damit es niemand merkte. Die beiden anderen Esel bepackte er rasch mit vollen Goldsäcken, über die er wie das erste Mal Holz legte, und nachdem er dies getan und der Tür befohlen hatte, sich wieder zu schließen, zog er zur Stadt zurück. Er war jedoch vorsichtig genug, am Ausgang des Waldes so lange zu warten, dass er sie erst mit Anbruch der Nacht erreichte. Zu Hause angekommen, trieb er nur die zwei mit Gold beladenen Esel in den Hof, überließ seiner Frau das Geschäft, sie abzuladen, und nachdem er ihr mit wenigen Worten das Schicksal Kassims mitgeteilt hatte, führte er den dritten Esel zu seiner Schwägerin.

Ali Baba klopfte an die Tür, und sie wurde ihm von einer gewissen Morgiane geöffnet. Diese Morgiane war eine geschickte, kluge und erfinderische Sklavin, welche die größten Schwierigkeiten zu überwinden wusste, und Ali Baba kannte sie gut. Als er in den Hof getreten war und dem Esel das Holz und die beiden Zuladungen abgenommen hatte, zog er Morgiane beiseite und sagte zu ihr: »Morgiane, das Erste, was ich von dir verlange, ist unverbrüchliche Verschwiegenheit. Du wirst bald sehen, wie viel deiner Gebieterin und mir daran liegen muss. Diese zwei Packen enthalten den Leichnam deines Herrn; wir müssen ihn jetzt so beerdigen, als ob er eines natürlichen Todes gestorben wäre. Führe mich zu deiner Gebieterin und achte auf das, was ich ihr sagen werde.«

Morgiane meldete es ihrer Gebieterin, und Ali Baba, der ihr auf dem Fuß folgte, trat ins Zimmer. »Nun, mein Schwager«, rief ihm die Schwägerin mit großer Ungeduld entgegen, »was für Nachricht bringst du mir von meinem Mann? Dein Gesicht verkündet nichts Tröstliches.«

»Schwägerin«, antwortete Ali Baba, »ich kann dir nichts sagen, bevor du mir gelobst, dass du mich vom Anfang bis zum Ende anhören willst, ohne den Mund zu öffnen. Nach dem Vorfall, den ich dir zu erzählen habe, ist es für dein eigenes Wohl und deine Ruhe gleichermaßen wichtig wie für mich, dass die Sache geheim bleibt.«

»Ach!«, rief die Schwägerin halblaut aus, »diese Einleitung lässt mich erkennen, dass mein Mann nicht mehr am Leben ist; zugleich aber sehe ich ein, wie notwendig die Verschwiegenheit ist, die du von mir forderst. Ich muss mir freilich viel Gewalt antun, aber sprich nur, ich höre dich.«

Ali Baba erzählte hierauf seiner Schwägerin den ganzen Verlauf seiner Reise bis zu seiner Heimkehr mit Kassims Leichnam. »Schwägerin«, fügte er hinzu, »du hast nun freilich große Ursache, betrübt zu sein, umso mehr, je weniger du es erwarten konntest. Dieses Unglück lässt sich nicht mehr ändern; wenn aber irgend etwas imstande ist, dich zu trösten, so erbiete ich mich, die wenigen Güter, die mir Allah bescherte, mit den deinigen zu vereinigen und dich zu heiraten. Zugleich gebe ich dir die Versicherung, dass meine Frau nicht eifersüchtig sein wird und ihr euch gewiss recht gut miteinander vertragen werdet. Gefällt dir mein Vorschlag, so müssen wir vor allem darauf sinnen, die Sache so einzuleiten, dass jedermann glaubt, mein Bruder sei eines natürlichen Todes gestorben, und hierin denke ich, kannst du dich ganz auf Morgiane verlassen; auch ich werde meinerseits alles dazu beitragen, was in meiner Macht steht.«

Was konnte Kassims Witwe Besseres tun, als Ali Babas Vorschlag anzunehmen! Neben dem Vermögen, das ihr durch den Tod ihres ersten Mannes zufiel, bekam sie einen zweiten Mann, der reicher war als sie selbst und infolge der Entdeckung des Schatzes noch reicher werden konnte. Sie lehnte also den Antrag nicht ab, sondern betrachtete ihn im Gegenteil als einen sehr triftigen Grund, sich zu trösten. Indem sie daher ihre Tränen trocknete, die bereits reichlich zu fließen begonnen hatten, und jenes durchdringende Klagegeschrei, das Frauen bei dem Verlust ihrer Männer zu erheben pflegen, unterließ, bewies sie Ali Baba, dass sie sein Anerbieten annahm.

In dieser Stimmung verließ Ali Baba die Witwe Kassims, und nachdem er Morgiane ans Herz gelegt hatte, ihre Rolle gut zu spielen, kehrte er mit seinem Esel nach Hause zurück.

Morgiane tat, was man von ihr erwartete; sie ging im selben Augenblick wie Ali Baba aus dem Hause und zu einem Apotheker, der in der Nähe wohnte. Sie klopfte an seinen Laden, und als man ihr geöffnet hatte, verlangte sie einen gewissen Trank, der gegen die gefährlichsten Krankheiten von sehr großem Nutzen war. Der Apotheker gab ihn ihr für das Geld, das sie auf den Tisch gelegt hatte, und fragte, wer denn im Haus ihres Herrn krank sei. »Ach!«, erwiderte sie mit einem tiefen Seufzer, »Kassim, mein guter Herr, ist es selbst. Man kann aus seiner Krankheit nicht klug werden, er spricht nichts und kann nichts essen.« Mit diesen Worten nahm sie den Trank mit, von dem Kassim in Wirklichkeit keinen Gebrauch mehr machen konnte.

Am anderen Morgen kam Morgiane wieder zu demselben Apotheker und verlangte mit Tränen in den Augen einen Saft, den man Kranken nur in der äußersten Gefahr einzugeben pflegt; wenn dieser Saft sie nicht gesund machte, so gab man alle Hoffnung auf ihre Genesung auf. »Ach!«, sagte sie mit großer Betrübnis, als sie ihn aus den Händen des Apothekers empfing, »ich fürchte sehr, dieses Mittel wird ebenso wenig anschlagen wie der Trank von gestern. Ach, was war er für ein guter Herr, und jetzt soll ich ihn verlieren!«

Da man nun andererseits auch Ali Baba und seine Frau den ganzen Tag mit betrübtem Gesicht in Kassims Haus ein und aus gehen sah, so wunderte sich niemand über das Jammergeschrei, das Kassims Frau und besonders Morgiane am Abend erhoben, um Kassims Tod zu verkünden.

Am anderen Morgen ging Morgiane, die im Basar einen alten ehrlichen Schuhflicker kannte, der seine Bude immer zuerst und lange vor den anderen öffnete, in aller Frühe aus, um ihn aufzusuchen. Sie begrüßte ihn und drückte ihm sogleich ein Goldstück in die Hand.

Der Schuhflicker, der in der ganzen Stadt unter dem Namen Baba Mustafa bekannt und ein sehr lustiger Mann voll heiterer Einfälle war, besah das Stück genau, weil es noch nicht recht Tag war, und als er überzeugt war, dass er Gold bekommen hatte, sagte er: »Ein schönes Handgeld! Was steht zu Befehl? Ich bin bereit, alles zu tun.«

»Baba Mustafa«, sagte Morgiane zu ihm, »nimm all dein Handwerkszeug, das zum Flicken nötig ist, und komm schnell mit mir; du musst dir aber, wenn wir am Ort angekommen sind, die Augen verbinden lassen.«

Bei diesen Worten machte Baba Mustafa Schwierigkeiten. »Nein, nein«, antwortete er, »du verlangst gewiss etwas von mir, was gegen mein Gewissen oder gegen meine Ehre ist.« – »Allah behüte«, erwiderte Morgiane, indem sie ihm ein zweites Goldstück in die Hand drückte, »ich fordere nichts von dir, was du nicht in allen Ehren tun könntest. Komm nur und mach dir keine unnötigen Sorgen.«

Baba Mustafa folgte und Morgiane führte ihn, nachdem ihm ein Tuch vor die Augen gebunden worden war, in das Haus ihres verstorbenen Herrn und nahm ihm das Tuch erst in dem Zimmer ab, in das sie den Leichnam, aus seinen vier Teilen wieder zusammengesetzt, gebracht hatte. »Baba Mustafa«, sagte sie jetzt zu ihm, »ich habe dich hierher gebracht, damit du diese vier Stücke da zusammennähen sollst. Verliere keine Zeit, und wenn du fertig bist, bekommst du noch ein Goldstück.«

Als Baba Mustafa fertig war, verband ihm Morgiane wieder die Augen, und nachdem sie ihm das versprochene dritte Goldstück ausgehändigt und Verschwiegenheit empfohlen hatte, führte sie ihn wieder zurück und ließ ihn dann nach Hause gehen.

Morgiane hatte heißes Wasser bereiten lassen, um Kassims Leichnam zu waschen, und Ali Baba, der zugleich mit ihr ins Haus zurückgekehrt war, wusch ihn, beräucherte ihn mit Weihrauch und hüllte ihn mit den gewöhnlichen Feierlichkeiten und Gebräuchen ins Leichentuch. Bald brachte auch der Schreiner den Sarg, den Ali Baba bei ihm bestellt hatte.

Damit nun der Schreiner nichts merkte, nahm Morgiane den Sarg an der Tür in Empfang, und nachdem sie ihn bezahlt und weggeschickt hatte, half sie Ali Baba, die Leiche hineinzulegen. Sobald dieser den Deckel darauf genagelt hatte, ging sie zur Moschee und meldete, dass alles zur Beerdigung bereit sei.

Kaum war Morgiane wieder zu Hause, als der Imam mit den übrigen Dienern der Moschee ankam. Vier von Kassims Nachbarn nahmen den Sarg auf die Schultern und trugen ihn hinter dem Imam her, der fortwährend Gebete sprach, zum Begräbnisplatz. Morgiane, als die Sklavin des Verstorbenen, folgte unter Tränen und mit entblößtem Haupt, indem sie ein lautes Klagegeschrei erhob, sich heftig an die Brust schlug und die Haare ausraufte. Hinter ihr ging Ali Baba, begleitet von den Nachbarn, die von Zeit zu Zeit die anderen Nachbarn, die den Sarg trugen, ablösten, bis man allmählich den Begräbnisplatz erreicht hatte.

Auf diese Art blieb Kassims unglückseliger Tod ein Geheimnis zwischen Ali Baba, dessen Frau, Kassims Witwe und Morgiane, und diese vier Personen bewahrten es so sorgsam, dass kein Mensch in der Stadt nur im Mindesten etwas argwöhnte, geschweige denn erfuhr.

Drei oder vier Tage nach Kassims Beerdigung schaffte Ali Baba die wenigen Gerätschaften, die er besaß, und das aus der Schatzhöhle der Räuber geholte Gold, Letzteres aber nur bei Nacht, in das Haus der Witwe seines Bruders, um fortan da zu wohnen. Dadurch tat er zugleich seine Verheiratung mit seiner Schwägerin kund, und da Heiraten dieser Art bei den Persern durchaus nichts Ungewöhnliches sind, so wunderte sich auch niemand darüber.

Was Kassims Laden betrifft, so hatte Ali Baba einen Sohn, der vor einiger Zeit seine Lehrjahre abgeschlossen und gute Zeugnisse erhalten hatte. Diesem übergab er das Geschäft mit dem Versprechen, wenn er fortfahre, sich gut aufzuführen, so werde er ihn mit der Zeit seinem Stand gemäß vorteilhaft verheiraten.

Wir wollen indes Ali Baba sein neues Glück genießen lassen und uns wieder ein wenig nach den vierzig Räubern umsehen. Sie kehrten nach der bestimmten Frist zu ihrem alten Schlupfwinkel zurück und erstaunten über die Maßen, als sie Kassims Leichnam nicht mehr vorfanden; noch größer aber war ihre Verwunderung, als sie bemerkten, dass die Anzahl der Goldsäcke bedeutend abgenommen hatte.

»Wir sind verraten und verloren«, sprach der Hauptmann, »wenn wir uns nicht sehr in Acht nehmen und sogleich die nötigen Maßnahmen ergreifen, werden wir allmählich alle unsere Reichtümer einbüßen, die unsere Vorfahren und wir selbst unter so vielen Mühen und Gefahren erworben haben. Aus dem Schaden, der uns entstanden ist, geht hervor, dass der Dieb, den wir ertappten, das Geheimnis wusste, die Tür zu öffnen, und wir zum Glück gerade in dem Augenblick dazukamen, als er wieder hinausgehen wollte. Er war jedoch nicht allein, sondern ein anderer muss ebenfalls davon wissen. Da es nun nicht scheint, dass mehr als zwei Personen von dem Geheimnis wissen, so müssen wir, nachdem wir den Ersten umgebracht haben, auch den Zweiten aus dem Weg räumen. Was sagt ihr dazu, ihr Tapferen, seid ihr nicht auch meiner Meinung?« Der Vorschlag des Räuberhauptmanns leuchtete der ganzen Bande vollkommen ein; sie billigten ihn alle und waren sich darin einig, dass man vorerst jede andere Unternehmung zurückstellen und die gemeinsamen Kräfte bloß dieser allein widmen solle.

»Eben das«, fuhr der Hauptmann fort, »habe ich angesichts eures Mutes und eurer Tapferkeit erwartet; vor allem aber muss ein kühner, gewandter und unternehmender Mann aus eurer Mitte ohne Waffen, in der Tracht eines fremden Reisenden, in die Stadt gehen und seine ganze Geschicklichkeit aufbieten, um zu erkunden, ob man da nicht von dem auffallenden Tod dessen spricht, den wir, wie er es verdiente, umgebracht haben, wer er war und in welchem Haus er wohnte. Das ist für den Augenblick das Wichtigste, denn wir dürfen nichts tun, was wir jemals zu bereuen Ursache hätten, und uns nicht in einem Land verraten, wo wir so lange unerkannt waren, und es so wichtig für uns ist, auch fernerhin unbekannt zu bleiben. Um indes denjenigen, der sich für diese Aufgabe zur Verfügung stellen wird, anzufeuern, und damit er uns nicht einen falschen Bericht hinterbringt, der unser aller Verderben nach sich ziehen könnte, so frage ich euch, ob ihr es nicht für angemessen haltet, dass er sich in diesem Fall der Todesstrafe unterwirft?«

Ohne erst die Abstimmung der anderen abzuwarten, sagte einer der Räuber: »Ich unterwerfe mich der Bedingung und mache mir eine Ehre daraus, bei diesem Unterfangen mein Leben in die Schanze zu schlagen.

Gelingt es mir nicht, so werdet ihr euch wenigstens daran erinnern, dass es mir weder an gutem Willen noch an Mut gefehlt hat, um das Wohl unserer Gemeinschaft zu fördern.«

Der Räuber erhielt große Belobigungen vom Hauptmann und seinen Kameraden und verkleidete sich dann so geschickt, dass ihn niemand für das halten konnte, was er wirklich war. Er ging nachts fort und traf seine Maßnahmen so, dass er gerade beim Morgengrauen in die Stadt kam. Im Basar angelangt, sah er nur einen einzigen Laden offen, nämlich den des Baba Mustafa.

Baba Mustafa saß mit dem Pfriem in der Hand auf seinem Hocker und wollte eben mit seiner Arbeit beginnen. Der Räuber trat auf ihn zu, wünschte ihm guten Morgen, und da er sein hohes Alter bemerkte, sagte er zu ihm: »Guter Mann, du fängst sehr früh an zu arbeiten; du kannst bei deinen Jahren unmöglich jetzt schon gut sehen. Auch wenn es noch heller wäre, so zweifle ich doch, dass deine Augen noch scharf genug sind zum Flicken.« – »Wer du auch sein magst«, antwortete Baba Mustafa, »so scheinst du mich nicht zu kennen. Ich bin allerdings schon sehr alt, habe aber dennoch treffliche Augen, und zum Beweis dafür will ich dir nur sagen, dass ich vor noch nicht langer Zeit einen Toten an einem Ort zusammengeflickt habe, wo es nicht viel heller war, als es jetzt hier ist.«

Der Räuber war hoch erfreut, sogleich einen Mann angetroffen zu haben, der ihm, wie er hoffte, von selbst und ungefragt über das Auskunft geben würde, weswegen er hierher gekommen war. »Einen Toten?«, fragte er ganz verwundert, und um ihn zum Sprechen zu bringen, fügte er hinzu: »Warum denn einen Toten zusammennähen? Du wolltest offenbar sagen, das Leichentuch, in das er eingehüllt war!«

»Nein, nein«, antwortete Baba Mustafa, »ich weiß recht gut, was ich sagen will. Du möchtest mich gern zum Sprechen bringen, doch ich werde dir nichts mehr davon erzählen.«

Der Räuber bedurfte keiner weiteren Erklärungen, um überzeugt zu sein, dass er gefunden hatte, was zu suchen er gekommen war. Er zog ein Goldstück aus der Tasche, drückte es Baba Mustafa in die Hand und sagte zu ihm: »Ich habe durchaus nicht die Absicht, in dein Geheimnis eindringen zu wollen, obwohl ich dir versichern kann, dass ich es nicht weiterverbreiten würde, wenn du mir es anvertrautest. Das Einzige, worum ich dich bitte, ist, so gefällig zu sein, mir das Haus zu beschreiben oder zu zeigen, wo du den Leichnam zusammengenäht hast.«

»Wenn ich dies auch gern tun wollte«, antwortete Baba Mustafa, indem er Miene machte, ihm das Goldstück zurückzugeben, »so versichere ich dir doch, dass es mir unmöglich wäre, und du kannst mir dies auf mein Wort glauben. Man hat mich nämlich an einen bestimmten Ort geführt, wo mir die Augen verbunden wurden, und von da zu dem Haus, von wo aus man mich nach meiner Arbeit auf dieselbe Weise an denselben Ort zurückführte. Du siehst also ein, dass ich unmöglich deinem Wunsch nachkommen kann.«

»So wirst du dich doch«, fragte der Räuber weiter, »wenigstens einigermaßen noch des Wegs erinnern, den man dich mit verbundenen Augen geführt hat? Ich bitte dich, komm jetzt mit mir, ich will dir an derselben Stelle die Augen verbinden, und dann wollen wir miteinander dieselbe Straße und dieselben Kreuz- und Querwege gehen, die du dich damals gegangen zu sein erinnerst. Da aber jeder Arbeiter seines Lohnes wert ist, so gebe ich dir hiermit ein zweites Goldstück. Komm und tu mir diesen Gefallen.« Die beiden Goldstücke lockten Baba Mustafa. Er betrachtete sie eine Zeit lang in seiner Hand, ohne ein Wort zu sprechen, und ging mit sich zu Rate, was er tun solle. Endlich steckte er die Goldstücke ein und sagte dann zum Räuber: »Ich kann zwar nicht versichern, dass ich mich des Wegs, den man mich damals führte, genau erinnere; da du es aber so haben willst, so komm. Ich will mein Möglichstes tun, um mich darauf zu besinnen.«

Baba Mustafa machte sich nun zur großen Freude des Räubers auf und führte ihn an den Ort, wo Morgiane ihm die Augen verbunden hatte. Als sie dort angekommen waren, sagte Baba Mustafa: »Hier hat man mir die Augen verbunden, und ich sah gerade nach derselben Seite wie jetzt.« Der Räuber, der schon ein Tuch in Bereitschaft hatte, verband ihm nun gleichfalls die Augen und ging neben ihm her, indem er ihn teils führte, teils sich von ihm führen ließ, bis Mustafa stehen blieb.

»Weiter«, sagte Mustafa, »bin ich, wie ich noch weiß, nicht gekommen«, und er befand sich wirklich vor Kassims Haus, wo jetzt Ali Baba wohnte. Der Räuber machte, bevor er ihm das Tuch von den Augen nahm, schnell mit einem Stück Kreide ein Zeichen an die Tür, und als er ihm die Augenbinde abgenommen hatte, fragte er ihn, ob er wisse, wem das Haus gehöre? Baba Mustafa antwortete, er wohne nicht in diesem Stadtviertel und könne ihm auch nichts weiter darüber sagen.

Als der Räuber sah, dass er von Baba Mustafa nichts mehr erfahren konnte, dankte er ihm für seine Bemühung und ließ ihn zu seinem Laden zurück gehen; er selbst aber ging wieder in den Wald, in der festen Überzeugung, dort gute Aufnahme zu finden.

Bald nachdem der Räuber und Baba Mustafa sich getrennt hatten, verließ Morgiane eines Geschäfts wegen das Haus Ali Babas, und als sie zurückkam, bemerkte sie das Zeichen, das der Räuber an die Tür gemacht hatte. Sie blieb stehen und betrachtete es aufmerksam. »Was mag wohl dieses Zeichen bedeuten?«, sagte sie bei sich selbst. »Sollte jemand Böses gegen meinen Herrn im Schilde führen, oder ist es nur zum Scherz gemacht worden? Dem sei übrigens, wie ihm wolle, es kann nichts schaden, wenn man in jedem Fall sicher geht.« Sie nahm sofort ebenfalls Kreide, und da die zwei oder drei vorhergehenden und dahinter folgenden Türen alle ihrer Haustür glichen, so bezeichnete sie dieselben an der gleichen Stelle und ging sodann in das Haus zurück, ohne weder ihrem Herrn noch dessen Frau etwas davon zu sagen.

Der Räuber setzte indes seinen Weg fort und kam bald zu seiner Bande zurück. Er erstattete sogleich Bericht vom Erfolg seiner Reise und pries über die Maßen sein Glück, dass er gleich anfangs einen Mann gefunden hatte, der ihm das, was er wissen wollte, erzählt habe, denn er hätte es sonst von niemandem erfahren können. Alle zeigten große Freude darüber, der Hauptmann aber nahm das Wort, und nachdem er den Eifer des Kundschafters gelobt hatte, sprach er folgendermaßen: »Ihr, meine Tapferen, wir haben keine Zeit mehr zu verlieren; lasst uns wohl bewaffnet, aber ohne dass man es uns ansieht, aufbrechen und, um keinen Verdacht zu erregen, einzeln, einer nach dem anderen, in die Stadt gehen; dort kommt von verschiedenen Seiten her im Basar zusammen, während ich mit unserem Kameraden, der uns eben diese gute Nachricht gebracht hat, das Haus auskundschaften werde, um die zweckmäßigsten Maßnahmen treffen zu können.«

Die Rede des Räuberhauptmanns wurde mit großem Beifall aufgenommen, und sie waren bald reisefertig. Sie zogen nun paarweise ab, und da sie immer in angemessener Entfernung voneinander gingen, so gelangten sie, ohne Verdacht zu erregen, in die Stadt. Der Hauptmann und der Räuber, der am Morgen hier gewesen war, trafen zuletzt ein. Dieser führte den Hauptmann in die Straße, wo er Ali Babas Haus gekennzeichnet hatte, und als er an die erste, von Morgiane mit einem Zeichen versehene Haustür kam, machte er ihn darauf aufmerksam und sagte, das sei die nämliche. Als sie aber, um sich nicht verdächtig zu machen, weitergingen, bemerkte der Hauptmann, dass die nächstfolgende Tür ebenfalls dasselbe Zeichen und an derselben Stelle hatte; er zeigte es daher seinem Führer und fragte ihn, ob es dies Haus sei oder das vorige. Der Räuber kam in Verlegenheit und wusste nichts zu antworten, besonders als er und der Hauptmann sahen, dass die vier oder fünf folgenden Türen ebenfalls das gleiche Zeichen trugen. Er versicherte dem Hauptmann mit einem Schwur, dass er bloß eine einzige gekennzeichnet habe, und setzte dann hinzu: »Es ist mir unbegreiflich, wer die übrigen so ähnlich mit einem Zeichen versehen haben kann, aber ich muss in dieser Verwirrung gestehen, dass ich die Tür, die ich selbst bezeichnet habe, nicht mehr herausfinden kann.«

Als nun der Hauptmann seinen Plan vereitelt sah, begab er sich zum Basar und ließ seinen Leuten durch den ersten Besten, der ihm begegnete, sagen, sie hätten sich diesmal vergebliche Mühe gemacht, und es bleibe nichts anderes übrig, als den Rückweg anzutreten. Er ging voran, und sie folgten ihm in derselben Ordnung, wie sie gekommen waren.

Nachdem die Bande sich im Wald versammelt hatte, erklärte ihr der Hauptmann, warum er sie habe wieder umkehren lassen. Sogleich wurde der Kundschafter einstimmig des Todes für schuldig erklärt. Er gestand auch selbst zu, dass er es verdient habe, weil er bessere Vorsichtsmaßregeln hätte ergreifen sollen, und ohne Zittern bot er demjenigen den Hals hin, der den Auftrag erhielt, ihm den Kopf abzuschlagen.

Da es für das Wohl der Bande sehr wichtig war, den Schaden, den man ihr zugefügt hatte, nicht ungerächt zu lassen, so meldete sich ein anderer Räuber, der versprach, es würde ihm besser gelingen als seinem Vorgänger.

Es wurde ihm genehmigt; er ging in die Stadt, bestach Baba Mustafa, wie es sein Vorgänger getan hatte, und Baba Mustafa führte ihn ebenfalls mit verbundenen Augen vor Ali Babas Haus. Der Räuber kennzeichnete das Gebäude an einer weniger sichtbaren Stelle mit Rötel, in der Hoffnung, er werde es auf diese Art sicher von den mit Kreide bezeichneten unterscheiden können.

Aber bald darauf ging Morgiane aus dem Haus wie am vorigen Tag, und als sie zurückkam, entging das rote Zeichen nicht ihren scharf blickenden Augen. Sie dachte sich dabei das Gleiche wie bei dem Kreidezeichen und brachte dann an den Türen der Nachbarhäuser, und zwar an der gleichen Stelle, dasselbe Zeichen mit Rötel an.

Inzwischen kehrte der Räuber zu seiner Bande in den Wald zurück, erzählte, was er unternommen hatte, und sagte, es wäre ihm jetzt unmöglich, das bezeichnete Haus mit den anderen zu verwechseln. Der Hauptmann und seine Leute glaubten mit ihm, die Sache müsse jetzt doch gelingen. Sie begaben sich daher in derselben Ordnung und mit derselben Vorsicht wie tags zuvor, auch ebenso bewaffnet, in die Stadt, um den Plan auszuführen, den sie ersonnen hatten. Der Hauptmann und der Räuber gingen sogleich in die Straße Ali Babas, standen aber vor derselben Schwierigkeit wie das erste Mal. Der Hauptmann war darüber erzürnt, und der Räuber war ebenso bestürzt wie derjenige, der vor ihm diesen Auftrag gehabt hatte.

So sah sich denn der Hauptmann genötigt, ebenso unbefriedigt wie das erste Mal noch am selben Tage mit seinen Leuten den Rückzug anzutreten. Der Räuber, der an dem Misslingen des Planes schuld war, erlitt die Strafe, der er sich freiwillig unterworfen hatte.

Da nun der Hauptmann seine Bande um zwei wackere Leute vermindert sah, fürchtete er, sie könnte noch kleiner werden, wenn er sich bei der Auskundschaftung auch weiterhin auf andere verlassen wollte. Ihr Beispiel zeigte ihm, dass sie mehr zu kühnen Waffentaten geeignet waren als zu solchen Unternehmungen, wo man klug und listig zu Werke gehen musste. Er übernahm nun die Sache selbst und ging in die Stadt, wo ihm Baba Mustafa denselben Dienst leistete wie zuvor den beiden Abgesandten seiner Bande; er versah jedoch Ali Babas Haus mit keinem Merkzeichen, sondern ging mehrere Male vorüber und betrachtete es so genau, dass er es nicht mehr verfehlen konnte.

Nachdem er sich von allem, was er wünschte, unterrichtet hatte, ritt der Räuberhauptmann, wohl zufrieden mit seiner Reise, zurück, und als er in die Felsenhöhle kam, wo die ganze Bande ihn erwartete, sagte er zu ihnen: »Oh, ihr meine Tapferen, jetzt kann uns nichts mehr hindern, volle Rache für die Bosheit zu nehmen, die an uns verübt worden ist. Ich kenne das Haus des Schurken, den sie treffen soll, ganz genau und habe unterwegs auf Mittel gesonnen, die Sache so schlau anzupacken, dass niemand weder von unserer Höhle noch von unserem Schatz etwas ahnen soll; denn dies ist der Hauptzweck, den wir bei unserem Unternehmen vor Augen haben müssen, sonst würde es uns ins Verderben stürzen. Hört also, was ich mir ausgedacht habe, um diesen Zweck zu erreichen. Wenn ich euch meinen Plan auseinander gesetzt habe und einer von euch ein besseres Mittel weiß, so mag er es uns dann unverzüglich mitteilen.«

Sofort erklärte er ihnen, wie er die Sache anzupacken gedenke, und als ihm alle Beifall zollten, befahl er ihnen, sich in die umliegenden Dörfer und Flecken und auch in die Stadt zu zerstreuen und neunzehn Maulesel zu kaufen sowie achtunddreißig große lederne Ölschläuche, einen einzigen voll, die anderen aber leer.

Binnen zwei bis drei Tagen hatten die Räuber alles beisammen. Da die leeren Schläuche an ihren Öffnungen für seinen Zweck etwas zu eng waren, so ließ der Hauptmann sie ein wenig erweitern, und nachdem er in jeden Schlauch einen seiner Leute mit den nötigen Waffen hatte hineinkriechen lassen, wobei jedoch eine aufgetrennte Ritze offen blieb, damit sie Atem schöpfen konnten, so verschloss er die Schläuche so, dass man glauben musste, es sei Öl darin. Um aber die Täuschung zu vollenden, beträufelte er sie von außen mit Öl, das er aus dem vollen Schlauch nahm.

Nachdem er diese Anordnung getroffen hatte und die siebenunddreißig Räuber, von denen jeder in einem Schlauch steckte, sowie den mit Öl gefüllten Schlauch auf die Maulesel geladen hatte, machte sich der Hauptmann um die festgesetzte Stunde mit seinen Lasttieren auf den Weg zur Stadt und kam in der Abenddämmerung, etwa eine Stunde nach Sonnenuntergang, dort an. Er ging zum Tor hinein und geradewegs auf Ali Babas Haus zu, in der Absicht, bei ihm anzuklopfen und von der Gefälligkeit des Hausherrn für sich und seine Maultiere ein Nachtlager zu erbitten. Er brauchte nicht anzuklopfen, denn Ali Baba saß vor der Tür, um frische Luft zu schöpfen. Der Hauptmann ließ daher seine Maulesel Halt machen, wandte sich an Ali Baba und sagte zu ihm: »Herr, ich bringe das Öl, das du hier siehst, aus weiter Ferne her, um es morgen im Basar zu verkaufen, aber da es schon so spät ist, so weiß ich nicht, wo ich ein Unterkommen finden soll. Wenn es dir nicht zu lästig wäre, so würde ich dich um die Gefälligkeit bitten, mich für diese Nacht in deinem Haus aufzunehmen; ich würde dir großen Dank dafür wissen.«

Obgleich Ali Baba den Mann, der jetzt mit ihm sprach, bereits im Wald gesehen und auch reden gehört hatte, so konnte er ihn doch in seiner Verkleidung als Ölhändler unmöglich als den Hauptmann jener vierzig Räuber wiedererkennen. »Sei mir willkommen«, sagte er zu ihm, »und tritt ein!« Mit diesen Worten machte er ihm Platz, sodass er seine Maulesel hereintreiben konnte. Ali Baba rief nun seinen Sklaven und befahl ihm, sobald die Maulesel abgeladen sein würden, sie nicht nur in den Stall zu führen, sondern ihnen auch Gerste und Heu zu bringen. Er machte sich auch die Mühe, in die Küche zu gehen und Morgiane aufzutragen, sie solle für den Gast schnell ein gutes Mahl bereiten und ein Bett für ihn aufschlagen.

Ali Baba tat noch mehr, um seinem Gast Ehre zu bezeigen. Als er nämlich sah, dass der Räuberhauptmann seine Maulesel abgeladen hatte und diese, wie befohlen, in den Stall gebracht worden waren, so nahm er den Fremden, der die Nacht unter freiem Himmel zubringen wollte, bei der Hand und führte ihn in den Saal, wo er seine Besucher zu empfangen pflegte, mit der Bemerkung, er werde es nicht zulassen, dass er im Hof übernachte. Der Räuberhauptmann wehrte ab, indem er sagte, er wolle ihm durchaus nicht zur Last fallen; der wahre Grund aber war, dass er seinen Plan möglichst ungestört ausführen wollte. Aber Ali Baba bat ihn so höflich und dringend, dass er ihm nicht länger widerstehen konnte.

Ali Baba leistete demjenigen, der ihm nach dem Leben trachtete, nicht nur so lange Gesellschaft, bis Morgiane das Mahl auftrug, sondern unterhielt sich mit ihm auch noch länger über allerlei Dinge, von denen er glaubte, sie könnten ihm Vergnügen machen, und verließ ihn nicht eher, als bis er sein Mahl beendet hatte. »Ich lasse dich jetzt allein«, sagte er dann zu ihm, »wenn du irgendetwas wünschst, so brauchst du es nur zu sagen; alles, was in meinem Hause ist, steht zu deinen Diensten.«

Der Räuberhauptmann stand zugleich mit Ali Baba auf und begleitete ihn bis an die Tür. Während nun Ali Baba in die Küche ging, um mit Morgiane zu sprechen, begab er sich in den Hof unter dem Vorwand, er wolle im Stall nachsehen, ob es seinen Mauleseln an nichts fehle.

Nachdem Ali Baba Morgiane von neuem ermahnt hatte, für seinen Gast aufs Beste zu sorgen und es ihm an nichts mangeln zu lassen, fügte er hinzu: »Morgiane, ich will dir jetzt nur noch sagen, dass ich morgen vor Tagesanbruch ins Bad gehe; mache meine Badetücher zurecht und gib sie Abdallah« – so hieß nämlich der Sklave – »sodann besorge mir eine gute Fleischbrühe, bis ich nach Hause komme.« Nachdem er ihr diese Anweisungen gegeben hatte, ging er zu Bett.

Inzwischen gab der Räuberhauptmann, als er aus dem Stall herauskam, seinen Leuten Befehl, was sie tun sollten. Er ging vom ersten Schlauch bis zum letzten und flüsterte zu jedem: »Wenn ich von meinem Schlafgemach kleine Steinchen herabwerfe, so schneide mit dem Messer, das du bei dir hast, den Schlauch von oben bis unten auf und krieche aus der Öffnung heraus; ich werde dann bald bei euch sein.«

Nachdem dies geschehen war, kehrte er zurück, und sobald er sich an der Küchentür zeigte, nahm Morgiane ein Licht, führte ihn zu dem für ihn gerichteten Zimmer und ließ ihn dort allein, nachdem sie ihn zuvor gefragt hatte, ob er nichts weiter wünschte. Um keinen Argwohn zu erregen, löschte er bald darauf das Licht aus und legte sich völlig angekleidet nieder, damit er gleich nach dem ersten Schlaf wieder aufstehen könnte.

Morgiane vergaß Ali Babas Anweisungen nicht. Sie legte seine Badetücher zurecht, übergab sie Abdallah, der noch nicht schlafen gegangen war, und stellte den Topf mit der Fleischbrühe ans Feuer. Während sie nun den Topf abschöpfte, verlöschte plötzlich die Lampe. Im ganzen Haus waren kein Öl mehr und zufällig auch keine Lichter vorrätig. Was sollte sie nun tun? Um ihren Topf abzuschöpfen, musste sie notwendigerweise Licht haben. Sie sprach von ihrer Verlegenheit zu Abdallah, der ihr zur Antwort gab: »Da gibt es freilich keinen anderen Rat, als dass du dir aus einem der Schläuche unten im Hof etwas Öl holst.«

Morgiane dankte Abdallah für diesen Rat, und während er sich neben Ali Babas Zimmer niederlegte, um ihn dann ins Bad zu begleiten, nahm sie den Ölkrug und ging in den Hof. Als sie sich dem ersten Schlauch näherte, fragte der Räuber, der darin steckte, ganz leise: »Ist es an der Zeit?«

Obwohl der Räuber leise gesprochen hatte, so wunderte sich Morgiane über diese Stimme umso mehr, weil der Räuberhauptmann, nachdem er seine Maulesel abgeladen hatte, nicht bloß diesen Schlauch, sondern auch alle übrigen geöffnet hatte, um seinen Leuten frische Luft zu verschaffen. Jede andere Sklavin, obwohl auch Morgiane freilich nicht wenig überrascht gewesen war, statt des gesuchten Öls einen Mann in dem Schlauch zu finden, hätte deswegen wahrscheinlich ein großes Geschrei gemacht und vielleicht ein Unglück angerichtet. Morgiane aber war weit verständiger als ihresgleichen. Sie begriff sofort, wie wichtig es war, die Sache geheim zu halten, und in welch großer Gefahr Ali Baba, seine Familie und sie selbst schwebten, und dass sie jetzt so schnell wie möglich und ohne allen Lärm ihre Maßnahmen ergreifen musste. Sie fasste sich im Augenblick wieder, und ohne im Mindesten Schrecken zu zeigen, antwortete sie, als ob sie der Räuberhauptmann wäre: »Noch nicht, aber bald.« Darauf näherte sie sich dem folgenden Schlauch, wo sie dieselbe Frage hörte und so fort, bis sie zum letzten kam, der voll Öl war. Sie gab auf jede Frage immer dieselbe Antwort.

Morgiane ersah daraus, dass ihr Herr Ali Baba nicht, wie er glaubte, einen Ölhändler, sondern siebenunddreißig Räuber und ihren Hauptmann, den verkleideten Kaufmann, in seinem Haus beherbergte. Sie füllte daher in aller Eile ihren Krug mit Öl, das sie aus dem letzten Schlauch nahm, kehrte sodann in die Küche zurück, und nachdem sie Öl in die Lampe gegossen und sie wieder angezündet hatte, nahm sie einen großen Kessel, ging wieder in den Hof und füllte ihn mit Öl aus dem Schlauch. Sodann ging sie wieder in die Küche und setzte ihn über ein gewaltiges Feuer, in das sie immer neues Holz nachschob, denn je eher das Öl zum Sieden kam, desto eher konnte sie auch den Plan ausführen, den sie zum gemeinsamen Wohl des Hauses entworfen hatte und der keinen Aufschub zuließ. Als endlich das Öl kochte, nahm sie den Kessel und goss in jeden Schlauch so viel siedendes Öl, wie nötig war, um die Räuber zu ersticken und zu töten.

Nachdem Morgiane diese Tat, die ihrem Mut alle Ehre machte, ebenso geräuschlos ausgeführt wie ausgedacht hatte, kehrte sie mit dem leeren Kessel in die Küche zurück und verschloss sie. Zuletzt blies sie auch die Lampe aus und verhielt sich ganz still, denn sie hatte beschlossen, nicht eher zu Bett zu gehen, als bis sie durch ein Küchenfenster, das zum Hof hinaus sah, soweit die Dunkelheit der Nacht es gestattete, alles beobachtet hatte, was vorging. Morgiane hatte noch keine Viertelstunde gewartet, als der Räuberhauptmann erwachte. Er stand auf, öffnete das Fenster, sah hinaus, und da er nirgends mehr Licht bemerkte, sondern fand, dass überall im Haus die tiefste Ruhe und Stille herrschten, so gab er das verabredete Zeichen, indem er kleine Steine hinabwarf. Mehrere davon fielen, wie er sich durch den Schall überzeugen konnte, auf die ledernen Schläuche. Er horchte begierig, hörte und merkte aber nichts, woraus er hätte schließen können, dass seine Leute sich in Bewegung setzten. Dies beunruhigte ihn, und er warf zum zweiten und dritten Male kleine Steinchen hinab. Sie fielen auf die Schläuche, aber keiner von den Räubern gab das geringste Lebenszeichen von sich. Da er dies nicht begreifen konnte, ging er in der höchsten Bestürzung und so leise wie möglich in den Hof hinab und näherte sich dem ersten Schlauch; als er aber den darin befindlichen Räuber fragen wollte, ob er schlafe, so stieg ihm ein Geruch von heißem Öl und von etwas Verbranntem aus dem Schlauch entgegen, und er erkannte daraus, dass sein Plan, Ali Baba zu töten, auszuplündern und das seiner Bande geraubte Gold wieder mitzunehmen, fehlgeschlagen war. Er ging nun zum nächsten Schlauch und so fort bis zum letzten und fand, dass alle seine Leute auf dieselbe Weise umgekommen waren. Die Verringerung des Öls in dem vollen Schlauch zeigte ihm, welcher Mittel und Wege man sich bedient hatte, um seinen Plan zu vereiteln. Jetzt, da er alle seine Hoffnungen zuschanden sah, stürzte er, Verzweiflung im Herzen, durch die Tür, die aus dem Hof in Ali Babas Garten führte, und flüchtete über Mauern und Hecken aus der Stadt.

Als Morgiane kein Geräusch mehr hörte und nach geraumem Warten den Räuberhauptmann nicht zurückkommen sah, so zweifelte sie nicht mehr daran, dass er durch den Garten geflohen war. Hoch erfreut, dass es ihr so gut gelungen war, das ganze Haus zu retten, ging sie schlafen.

Ali Baba aber stand vor Tagesanbruch auf und ging, von seinem Sklaven begleitet, ins Bad. Er hatte nicht die geringste Ahnung von der grässlichen Begebenheit, die sich, während er schlief, in seinem Haus zugetragen hatte, denn Morgiane hatte es nicht für nötig gefunden, ihn aufzuwecken, weil sie im Augenblick der Gefahr keine Zeit zu verlieren hatte und nachher ihn nicht in seiner Ruhe stören wollte.

Als Ali Baba aus dem Bad zurückkam und die Sonne schon hell am Himmel schien, wunderte er sich sehr, die Ölschläuche noch am alten Platz stehen zu sehen, und es war ihm unbegreiflich, dass der Kaufmann mit seinen Eseln nicht in den Basar gegangen sein sollte. Er fragte deshalb Morgiane, die ihm die Tür öffnete und alles so stehen und liegen gelassen hatte, damit er es selbst sehen und sie ihm recht deutlich machen konnte, was sie zu seiner Rettung getan hatte.

»Mein guter Herr«, antwortete ihm Morgiane, »Allah und sein Prophet erhalten dich und dein Haus! Du wirst dich von dem, was du zu wissen verlangst, besser überzeugen, wenn deine eigenen Augen sehen werden, was ich dir zeigen will. Mach dir die Mühe, mit mir zu kommen.«

Ali Baba folgte ihr; sie verschloss die Tür, führte ihn zum ersten Schlauch und sagte dann: »Blicke einmal in diesen Schlauch hinein, du wirst noch nie solches Öl gesehen haben.«

Ali Baba blickte hinein, und als er in dem Schlauch einen Mann sah, erschrak er sehr, schrie laut auf und sprang zurück, als wenn er auf eine Schlange getreten wäre. »Fürchte nichts«, sagte Morgiane zu ihm, »der Mann, den du da siehst, wird dir nichts Böses mehr tun. Er hat das Maß seiner Missetaten erfüllt, aber jetzt kann er niemandem mehr Schaden zufügen, denn er ist tot.«

»Morgiane!«, rief Ali Baba. »Beim Barte des Propheten! Sage mir, was soll das heißen?«

»Ich will es dir erklären«, sagte Morgiane, »aber mäßige die Ausbrüche deiner Verwunderung und reize nicht die Neugierde der Nachbarn, damit sie nicht eine Sache erfahren, die geheim zu halten von großer Wichtigkeit für dich ist. Besieh jedoch zuvor die übrigen Schläuche.«

Ali Baba sah in die anderen Schläuche der Reihe nach hinein, vom ersten bis zum letzten, in dem das Öl war, das sichtbar abgenommen hatte. Als er nun alle gesehen hatte, blieb er wie angewurzelt stehen, indem er seine Augen bald auf die Schläuche, bald auf Morgiane heftete, und so groß war sein Erstaunen, dass er lange kein Wort sprechen konnte. Endlich erholte er sich wieder und fragte: »Aber was ist denn aus dem Kaufmann geworden?«

»Der Kaufmann«, antwortete Morgiane, »ist so wenig ein Kaufmann, wie ich eine Kaufmannsfrau bin. Ich will dir sagen, was er ist und wohin er sich geflüchtet hat. Doch wirst du diese Geschichte viel bequemer auf deinem Zimmer anhören.«

Während Ali Baba sich auf sein Zimmer begab, holte Morgiane die Fleischbrühe aus der Küche und brachte sie ihm; Ali Baba sagte aber, ehe er sie zu sich nahm: »Fang schon an, meine Ungeduld zu befriedigen, und erzähle mir diese seltsame Geschichte mit allen Einzelheiten.«

Morgiane erfüllte den Willen ihres Herrn und erzählte ihm alles. Am Schluss ihrer Erzählung sagte sie: »Dies ist nun die Geschichte, nach der du gefragt hast, und ich bin überzeugt, dass sie mit einer Beobachtung zusammenhängt, die ich vor einigen Tagen gemacht habe, aber dir nicht mitteilen zu müssen glaubte. Als ich nämlich einmal sehr früh morgens von meinem Gang in die Stadt zurückkam, bemerkte ich, dass die Haustür weiß gekennzeichnet war, und den Tag darauf bemerkte ich ein rotes Zeichen. Da ich nun aber nicht wusste, zu welchem Zweck dies geschehen war, so versah ich jedes Mal zwei bis drei Nachbarhäuser sowohl vor als hinter uns in der Reihe ebenso und an derselben Stelle mit Zeichen. Wenn du nun dies mit der Geschichte der letzten Nacht in Verbindung bringst, so wirst du finden, dass alles von den Räubern im Wald angezettelt worden ist, deren Bande sich inzwischen, ich weiß nicht warum, um zwei Köpfe verringert hat. Wie dem aber auch sein mag, es sind im äußersten Falle nur noch drei am Leben. Das alles beweist, dass sie dir den Untergang geschworen haben und dass du sehr auf der Hut sein musst, solange man weiß, dass noch einer davon am Leben ist. Ich für meine Person werde nichts unterlassen, um meiner Pflicht gemäß für deine Erhaltung zu sorgen.«

Als Morgiane ausgesprochen hatte, erkannte Ali Baba wohl, was für einen wichtigen Dienst sie ihm geleistet hatte, und sprach voll Dankbarkeit zu ihr: »Ich will nicht sterben, bevor ich dich nicht nach deinem Verdienst belohnt habe. Dir habe ich mein Leben zu verdanken, und um dir jetzt gleich einen Beweis meiner Erkenntlichkeit zu geben, schenke ich dir von Stund an deine Freiheit, behalte mir aber vor, noch weiter an dich zu denken. Auch ich bin überzeugt, dass die vierzig Räuber mir diese Falle gestellt haben. Der Allmächtige und Allbarmherzige hat mich durch deine Hand gerettet; ich hoffe, dass er mich auch ferner vor ihren Anschlägen beschützen, dass er sie vollends ganz von meinem Haupt abwenden und die Welt von den Heimsuchungen durch diese verfluchte Otternbrut befreien wird. Doch müssen wir jetzt vor allem die Leichen von diesem Auswurf des Menschengeschlechts beerdigen, aber in aller Stille, sodass niemand etwas von ihrem Schicksal ahnen kann; das will ich mit Abdallah jetzt besorgen.«

Ali Babas Garten war sehr lang und hinten von hohen Bäumen begrenzt. Ohne zu säumen, ging er mit seinem Sklaven zu diesen Bäumen, um eine lange und breite Grube zu schaffen, die für die Leichname, die hineingelegt werden sollten, notwendig war. Der Boden ließ sich leicht auflockern, und sie brauchten nicht viel Zeit für diese Tätigkeit. Sie zogen nun die Toten aus den Lederschläuchen heraus, legten die Waffen, womit die Räuber sich versehen hatten, beiseite, schleppten dann die Leichname zum Ende des Gartens, legten sie der Reihe nach in die Grube, schütteten Erde über sie und verteilten dann die übrige Erde in die Runde umher, sodass der Boden wieder so eben wurde wie zuvor. Die Ölschläuche und die Waffen ließ Ali Baba sorgfältig verstecken, die Maulesel aber, die er nicht brauchen konnte, schickte er an verschiedenen Tagen in den Basar und ließ sie durch seinen Sklaven verkaufen.

Während nun Ali Baba alle diese Maßregeln ergriff, um die Umstände, durch die er in so kurzer Zeit so reich geworden war, vor den Leuten zu verbergen, war der Hauptmann der vierzig Räuber mit finsteren Gedanken in den Wald zurückgekehrt. Dieser unglückliche und seinen Hoffnungen so ganz zuwiderlaufende Ausgang der Sache brachte ihn dermaßen auf und machte ihn so bestürzt, dass er unterwegs keinen Entschluss fassen konnte, was er gegen Ali Baba nunmehr unternehmen sollte, sondern, ohne zu wissen wie, zur Höhle zurückkam.

Unheimlich war es ihm, als er sich an diesem düsteren Aufenthaltsort nun allein sah. »Ihr Tapferen alle«, rief er, »Gefährten meiner Nachtwachen, meiner Streifzüge und meiner Anstrengungen, wo seid ihr? Was kann ich ohne euch tun? Also nur darum habe ich euch zusammengebracht und ausgewählt, um euch auf einmal durch ein so unseliges und eures Mutes so unwürdiges Schicksal den Tod finden zu sehen! Ich würde euch weniger beklagen, wenn ihr mit dem Säbel in der Faust als tapfere Männer umgekommen wärt. Wann werde ich je wieder eine solche Schar von braven Leuten, wie ihr es wart, zusammenbringen können? Und wenn ich es auch wollte, könnte ich es denn unternehmen, ohne all dieses Gold und Silber, all diese Schätze demjenigen als Beute überlassen zu müssen, der sich bereits mit einem Teil davon bereichert hat? Ich kann und darf nicht daran denken, bevor ich ihm das Leben genommen habe. Was ich mit eurem mächtigen Beistand nicht auszuführen vermochte, muss ich jetzt ganz allein tun, und wenn ich nun den Schatz vor Plünderung bewahrt haben werde, so will ich auch dafür sorgen, dass es ihm nach mir nicht an einem mutigen Verteidiger fehlt, auf dass er sich bis auf die spätesten Nachkommen erhalte und vermehre.«

Nachdem er diesen Entschluss gefasst hatte, war er wegen der Mittel, ihn auszuführen, nicht verlegen; sein Herz wurde wieder ruhig, er überließ sich aufs Neue schönen Hoffnungen und versank in einen tiefen Schlaf.

Am anderen Morgen wachte der Räuberhauptmann früh auf, legte, seinem Plan gemäß, ein stattliches Kleid an, ging in die Stadt und nahm Wohnung in einem Khan. Da er erwartete, dass die Dinge, die bei Ali Baba vorgefallen waren, Aufsehen erregt hatten, so fragte er den Aufseher des Khans gelegentlich im Gespräch, ob es nichts Neues in der Stadt gebe, und dieser erzählte ihm verschiedene Sachen, aber nur nicht das, was er zu wissen wünschte. Er schloss daraus, dass Ali Baba nur darum ein Geheimnis aus der Sache mache, weil er nicht bekannt werden lassen wolle, dass er etwas von dem Schatz wisse und das Geheimnis, ihn zu öffnen, besitze. Es war ihm wahrscheinlich auch nicht unbekannt, dass man ihm nur deshalb nach dem Leben trachte. Das bestärkte den Räuberhauptmann in dem Vorsatz, alles zu tun, um ihn auf eine ebenso geheime Art aus dem Weg zu schaffen.

Er versah sich mit einem Pferd, mit dem er mehrere Reisen in den Wald machte, um verschiedene Seidenstoffe und feine Schleiertücher in seine Unterkunft zu bringen. Als er nun so viele Waren, wie er für zweckdienlich hielt, beisammen hatte, suchte er sich einen Laden, um sie zu verkaufen, und fand auch einen; er mietete ihn von dessen Eigentümer, stattete ihn aus und bezog ihn. Ihm gegenüber befand sich der Laden, der früher Kassim gehört hatte, aber seit einiger Zeit von Ali Babas Sohn in Besitz genommen war.

Der Räuberhauptmann, der den Namen Kogia Hussein angenommen hatte, stand nicht davon ab, als neuer Ankömmling der Sitte gemäß den Kaufleuten, die seine Nachbarn waren, seine Aufwartung zu machen. Da Ali Babas Sohn noch jung, wohl gebildet und sehr klug war und er mit ihm öfter als mit anderen Kaufleuten zu sprechen Gelegenheit hatte, so schloss er bald Freundschaft mit ihm. Er suchte seinen Umgang umso dringlicher, als er drei bis vier Tage nach Einrichtung seines

Ladens Ali Baba wiedererkannte, der seinen Sohn besuchte und, wie er von Zeit zu Zeit zu tun pflegte, sich längere Zeit mit ihm unterhielt. Als er vollends von dem Jüngling erfuhr, dass Ali Baba sein Vater sei, so verdoppelte er seine Freundlichkeit ihm gegenüber, machte ihm kleine Geschenke und lud ihn mehrere Male zu großen Gelagen ein.

Ali Babas Sohn glaubte Kogia Hussein diese Höflichkeit erwidern zu müssen; da er aber nicht so gut eingerichtet war, um ihn, wie er wünschte, bewirten zu können, so sprach er darüber mit seinem Vater Ali Baba und bemerkte ihm gegenüber, es würde wohl nicht schicklich sein, wenn er die Höflichkeiten Kogia Husseins noch länger unerwidert ließe.

Ali Baba nahm es mit Vergnügen auf sich, den Fremden zu bewirten. »Mein Sohn«, sagte er, »morgen ist Freitag, und da die großen Kaufleute wie Kogia Hussein und du an diesem Tag ihre Läden geschlossen halten, so mache nachmittags einen Spaziergang mit ihm und richte es auf dem Rückweg so ein, dass du ihn an meinem Haus vorbeiführst und einzutreten bittest. Es ist besser, die Sache macht sich so, als dass du ihn förmlich einlädst. Ich werde Morgiane anweisen, dass sie ein Mahl anrichtet und in Bereitschaft hält.«

Am Freitagnachmittag fanden sich Ali Babas Sohn und Kogia Hussein wirklich an dem Ort ein, an dem sie sich verabredet hatten, und machten miteinander einen Spaziergang. Auf dem Rückweg führte Ali Babas Sohn seinen Freund durch die Straße, in der sein Vater wohnte, und als sie vor der Haustür waren, blieb er stehen, klopfte an und sagte zu ihm: »Hier ist das Haus meines Vaters, und da ich ihm schon viel erzählt habe von der freundschaftlichen Art, mit der du mir überall entgegenkommst, so hat er mich beauftragt, ihm die Ehre deiner Bekanntschaft zu verschaffen. Ich ersuche dich nun, die Zahl deiner Gefälligkeiten gegen mich durch diese noch zu vermehren.«

Obgleich nun Kogia Hussein zu dem Ziel gelangt war, nach dem er strebte, nämlich Eintritt in Ali Babas Haus zu erhalten und ihn ohne eigene Gefahr und ohne großen Lärm zu töten, so brachte er dennoch eine Reihe von Entschuldigungen hervor und stellte sich, als wollte er von dem Sohn Abschied nehmen; da aber in diesem Augenblick Ali Babas Sklave öffnete, so zog ihn der Sohn bei der Hand, ging voran und zwang ihn gewissermaßen, mit ihm einzutreten. Ali Baba empfing Kogia Hussein freundlich und dankte ihm für die Güte, die er seinem Sohn bewiesen hatte, und sagte dann: »Wir beide sind dir dafür zu großem Dank verpflichtet, weil er noch ein junger, in der Welt unerfahrener Mensch ist und du es nicht unter deiner Würde erachtest, an seiner Bildung mitzuwirken.«

Kogia Hussein erwiderte Ali Babas Höflichkeiten durch andere und versicherte ihm zugleich, wenn seinem Sohn auch die Erfahrung der Älteren abgehe, so habe er doch einen gesunden Verstand, der so viel wert sei wie die Erfahrung von Tausend anderen.

Nachdem sie sich eine Zeit lang über verschiedene Dinge unterhalten hatten, wollte Kogia Hussein sich verabschieden; Ali Baba ließ es aber nicht zu. »Herr«, sagte er zu ihm, »wohin willst du gehen? Ich bitte dich, erweise mir die Ehre, bei mir zu speisen. Das Mahl, das ich dir geben will, ist freilich bei weitem nicht so glänzend, wie du es verdientest; aber ich hoffe, du wirst es, so wie es ist, mit ebenso gutem Herzen annehmen, wie ich es dir biete.«

»Herr«, antwortete Kogia Hussein, »ich bin von deiner guten Gesinnung vollkommen überzeugt, und wenn ich dich bitte, es mir nicht übel zu nehmen, dass ich dein höfliches Anerbieten ausschlage, so bitte ich dich zugleich zu glauben, dass dieses weder aus Verachtung noch aus Unhöflichkeit geschieht, sondern weil ich einen besonderen Grund dazu habe, den du selbst billigen würdest, wenn er dir bekannt wäre.«

»Und was mag dies für ein Grund sein, Herr?«, versetzte Ali Baba, »darf ich dich wohl darum fragen?« – »Ich kann es dir wohl sagen«, antwortete Kogia Hussein, »ich esse nämlich weder Fleisch noch andere Gerichte, denen Salz zugegeben ist; du kannst hieraus selbst schließen, welche Rolle ich an deinem Tisch spielen würde.« – »Wenn du sonst keinen Grund hast«, fuhr Ali Baba fort, »so soll dieser mich gewiss nicht der Ehre berauben, dich heute Abend an meinem Tisch zu sehen, außer du solltest etwas anderes vorhaben. Erstens ist in dem Brot, das man bei mir isst, kein Salz, und was das Fleisch und die Brühen betrifft, so verspreche ich dir, dass in dem, was dir vorgesetzt werden wird, ebenfalls keines sein wird. Ich will sogleich die nötigen Befehle geben. Erweise mir daher die Gefälligkeit, bei mir zu bleiben; ich komme augenblicklich wieder zurück.«

Ali Baba ging in die Küche und befahl Morgiane, das Fleisch, das sie heute auftragen würde, nicht zu salzen und außer den Gerichten, die er schon früher bei ihr bestellt hatte, schnell noch zwei bis drei andere zu bereiten, worin kein Salz sei. Morgiane, die soeben im Begriff war, aufzutragen, konnte nicht umhin, ihre Unzufriedenheit wegen dieser neuen Anweisung Ali Baba gegenüber zu äußern. »Wer ist denn«, fragte sie, »dieser eigensinnige Mann, der kein Salz essen will? Deine Mahlzeit wird nicht mehr gut sein, wenn ich sie später auftrage.« – »Werde nur nicht böse, Morgiane«, antwortete Ali Baba, »es ist ein rechtschaffener Mann, deswegen tu, was ich dir sage.«

Morgiane gehorchte, aber mit Widerwillen, und es ergriff sie große Neugierde, den Mann kennen zu lernen, der kein Salz essen wollte. Als sie das Mahl bereitet und Abdallah den Tisch gedeckt hatte, half sie ihm, die Speisen hineinzutragen. Als sie nun Kogia Hussein sah, erkannte sie ihn sogleich trotz seiner Verkleidung als den Räuberhauptmann, und bei längerer aufmerksamer Betrachtung bemerkte sie, dass er unter seinem Umhang einen Dolch versteckt trug. »Jetzt wundere ich mich nicht mehr«, dachte sie, »dass dieser Gottlose mit meinem Herrn kein Salz [Symbol der Freundschaft] essen will: Er ist sein hartnäckigster Feind und will ihn ermorden; aber ich werde ihn schon daran hindern.«

Sobald Morgiane mit Abdallah das Auftragen besorgt hatte, nutzte sie die Zeit, während die drei aßen, um die nötigen Vorbereitungen zur Ausführung eines Plans zu treffen, der von mehr als gewöhnlichem Mut zeugte, und sie war eben fertig damit, als Abdallah ihr meldete, es sei Zeit, die Früchte aufzutragen. Sie trug sie auf, sobald Abdallah den Tisch abgeräumt hatte. Danach stellte sie neben Ali Baba ein kleines Tischchen und darauf den Wein und drei Schalen; dann ging sie mit Abdallah hinaus, als wollte sie mit ihm zu Nacht speisen und Ali Baba nicht weiter stören, damit er sich mit seinem Gast angenehm unterhalten und ihm, nach seiner Gewohnheit, zuraten könnte, sich den Wein schmecken zu lassen.

Jetzt glaubte der falsche Kogia Hussein oder vielmehr der Hauptmann der vierzig Räuber, der günstige Augenblick sei gekommen, um Ali Baba das Leben zu nehmen. »Ich will«, dachte er, »Vater und Sohn betrunken machen. Der Sohn, dem ich gern das Leben schenke, soll mich nicht hindern, seinem Vater den Dolch ins Herz zu stoßen; sodann will ich, wie beim ersten Mal, durch den Garten flüchten, während die Sklaven noch mit ihrem Abendessen beschäftigt oder in der Küche eingeschlafen sind.«

Morgiane aber hatte die Absicht des falschen Kogia Hussein durchschaut und ließ ihm keine Zeit, seinen boshaften Plan auszuführen. Statt ihr Abendbrot einzunehmen, zog sie ein sehr anmutiges Tanzkleid an, wählte einen passenden Kopfputz dazu, legte sich einen Gürtel aus vergoldetem Silber um und befestigte daran einen Dolch, dessen Scheide und Griff aus demselben Metall waren; ihr Gesicht verbarg sie mit einer schönen Maske. Nachdem sie sich nun so gekleidet hatte, sagte sie zu Abdallah: »Abdallah, nimm dein Tamburin und lass uns hineingehen und dem Gast unseres Herrn, dem Freund seines Sohnes, die Unterhaltung zu bieten, die wir ihm manchmal abends zum Besten geben.«

Abdallah nahm das Tamburin, ging spielend vor Morgiane her und trat so in den Saal. Hinter ihm kam Morgiane, die sich auf eine höchst ungezwungene und anmutsvolle Weise tief verneigte – als bäte sie um die Erlaubnis, ihre Geschicklichkeit zu zeigen.

Kogia Hussein war nicht darauf gefasst, dass Ali Baba auf das Mahl noch diese Belustigung folgen lassen würde. Er fing nun an zu fürchten, er würde die Gelegenheit, die er glaubte, gefunden zu haben, nicht nutzen können. Doch tröstete er sich für diesen Fall mit der Hoffnung, bei fortgesetztem freundlichem Umgang mit Vater und Sohn werde sich bald eine neue Möglichkeit zeigen. Obgleich es ihm nun weit angenehmer gewesen wäre, wenn Ali Baba ihn mit dieser Unterhaltung verschont hätte, so stellte er sich dennoch, als brächte er ihm großen Dank dafür entgegen, und war zugleich höflich genug, ihm zu erklären, dass alles, was seinem verehrten Gastgeber Vergnügen mache, notwendig auch für ihn eine Quelle großer Freude sein müsse.

Als nun Abdallah sah, dass Ali Baba und Kogia Hussein aufgehört hatten zu sprechen, so fing er aufs Neue an, das Tamburin zu schlagen, und sang ein Tanzlied dazu. Morgiane aber, die den geübtesten Tänzerinnen an Geschicklichkeit in nichts nachstand, tanzte auf eine Weise, die bei jeder anderen als gerade bei der hier anwesenden Gesellschaft Bewunderung hätte erregen müssen. Am wenigsten Aufmerksamkeit schenkte der falsche Kogia Hussein ihrer Kunst.

Nachdem sie nun mit gleicher Anmut mehrere Tänze aufgeführt hatte, zog sie endlich den Dolch, schwang ihn in der Hand und tanzte einen neuen Tanz, worin sie sich selbst übertraf. Die mannigfaltigen Figuren, die sie bildete, ihre leichten Bewegungen, ihre kühnen Sprünge und die wunderbaren Wendungen und Stellungen, die sie dabei zeigte, indem sie den Dolch bald wie zum Stoß ausstreckte, bald sich stellte, als bohrte sie ihn in ihre eigene Brust, waren höchst anmutig anzuschauen. Endlich schien sie sich außer Atem getanzt zu haben; sie riss mit der linken Hand Abdallah das Tamburin aus den Händen, und indem sie mit der rechten Hand den Dolch hielt, bot sie das Musikinstrument von der hohlen Seite Ali Baba hin, wie Tänzer und Tänzerinnen, die ein Gewerbe aus ihrer Kunst machen, zu tun pflegen, um die Freigebigkeit ihrer Zuschauer anzusprechen.

Ali Baba warf Morgiane ein Goldstück in die Trommel; hierauf wandte sie sich an Ali Babas Sohn, der dem Beispiel seines Vaters folgte. Kogia Hussein, der sie auch auf sich zukommen sah, hatte bereits seinen Geldbeutel gezogen, um ihr gleichfalls ein Geschenk zu machen, und griff eben hinein, als Morgiane mit einem Mut, der ihrer Festigkeit und Entschlossenheit alle Ehre machte, ihm den Dolch mitten durchs Herz bohrte, sodass er leblos zurücksank. Ali Baba und sein Sohn entsetzten sich darüber sehr und erhoben ein lautes Geschrei. »Unglückselige!«, rief Ali Baba, »was hast du getan! Willst du durchaus mich und meine ganze Familie verderben?«

»Nein, mein Herr«, antwortete Morgiane, »ich habe es im Gegenteil zu deiner Rettung getan.« Hierauf öffnete sie Kogia Husseins Gewand, zeigte Ali Baba den Dolch, womit der Gast bewaffnet war, und sagte dann zu ihm: »Da sieh, mit welchem kühnen Feind du zu tun hattest, und sieh ihn genauestens an: Du wirst gewiss in dem falschen Ölhändler den Hauptmann der vierzig Räuber erkennen. Ist es dir denn nicht aufgefallen, dass er kein Salz mit dir essen wollte? Bedarf es wohl weiterer Zeugnisse für seinen verderblichen Plan? Noch ehe ich ihn sah, hatte ich schon Argwohn geschöpft, als du mir sagtest, dass du einen solchen Gast hättest. Ich sah ihn darauf von Angesicht, und nun liegt der Beweis vor dir, dass mein Verdacht nicht unbegründet war.«

Ali Baba fühlte in seinem innersten Herzen, welchen Dank er Morgiane schuldig war, die ihm nun zum zweiten Mal das Leben gerettet hatte. Er umarmte sie und sagte zu ihr: »Morgiane, ich habe dir die Freiheit geschenkt und dabei versprochen, dass mein Dank es nicht dabei bewenden lassen werde und ich bald noch mehr für dich tun wolle. Diese Zeit ist gekommen: Ich mache dich hiermit zu meiner Schwiegertochter.«

Hierauf wandte er sich an seinen Sohn und sagte zu ihm: »Mein Sohn, du bist ein guter Sohn, und ich glaube, du wirst es nicht unbillig finden, dass ich dir Morgiane zur Frau gebe, ohne zuvor deine Meinung zu hören. Du bist ihr ebenso großen Dank schuldig wie ich selbst, denn es ist klar, dass Kogia Hussein deine Freundschaft nur deshalb gesucht hat, um mir desto leichter meuchlings das Leben zu nehmen, und du darfst nicht zweifeln, dass er, wenn ihm dies gelungen wäre, auch dich seiner Rache geopfert hätte. Bedenke außerdem, dass du in Morgiane, wenn du sie heiratest, die Stütze meiner Familie, so lange ich leben werde, und die Stütze der deinigen bis ans Ende deiner Tage besitzen wirst.«

Der Sohn gab nicht den geringsten Widerwillen zu erkennen, sondern erklärte im Gegenteil, er willige in diese Heirat nicht bloß aus Gehorsam gegenüber seinem Vater, sondern auch aus eigener Neigung ein.

Hierauf traf man in Ali Babas Haus Anstalten, den Leichnam des Hauptmanns neben den übrigen Räubern zu begraben, und dies geschah so geheim und in aller Stille, dass es erst nach vielen Jahren bekannt wurde, als niemand mehr lebte, der bei dieser denkwürdigen Geschichte persönlich beteiligt war. Wenige Tage danach feierte Ali Baba die Hochzeit seines Sohnes und Morgianes mit großem Glanz und durch ein prachtvolles Festmahl, das mit Tänzen, Schauspielen und vielen Lustbarkeiten gewürzt war. Er hatte auch das Vergnügen zu sehen, dass seine Freunde und Nachbarn, die er eingeladen hatte und die zwar die wahren Beweggründe für diese Hochzeit nicht wissen konnten, aber die guten Eigenschaften von Morgiane kannten, ihn laut wegen seiner Großmut und seiner Herzensgüte lobten.

Ali Baba war nicht mehr in die Räuberhöhle zurückgekehrt, seitdem er die Leiche seines Bruders Kassim dort gefunden hatte, denn er fürchtete, er könnte die Räuber dort antreffen oder von ihnen überrascht werden; aber auch nach dem Tod der achtunddreißig Räuber, den Hauptmann mit eingerechnet, hütete er sich lange Zeit, dahin zurückzukehren, weil er dachte, die zwei anderen, deren Schicksal ihm nicht bekannt war, könnten noch am Leben sein.

Endlich nach Verlauf eines Jahres, als er sah, dass nichts mehr gegen ihn unternommen wurde, veranlasste ihn die Neugierde, nochmals einen Zug dorthin zu unternehmen. Er stieg zu Pferd, und als er bei der Schatzhöhle anlangte, nahm er es als ein gutes Zeichen, dass er weder Spuren von Menschen noch von Pferden bemerkte. Er stieg ab, band sein Pferd an, trat vor die Tür und sprach die Worte: »Sesam, öffne dich!«, die er noch nicht vergessen hatte. Die Tür öffnete sich, er ging hinein und aus dem Zustand, worin er alles in der Höhle antraf, konnte er ersehen, dass seit der Zeit, als der angebliche Kogia Hussein einen Laden in der Stadt errichtet hatte, niemand darin gewesen war und die ganze Bande der vierzig Räuber ausgerottet sein musste. Auch zweifelte er nicht mehr daran, dass er der Einzige in der Welt sei, der um das Geheimnis, die Höhle zu öffnen, wisse, und dass der darin verschlossene Schatz ausschließlich zu seiner Verfügung stehe. Er hatte einen Lastsack mitgenommen, den er mit so viel Gold füllte, wie er glaubte, dass ein Pferd tragen könnte, und kehrte dann zur Stadt zurück.

Seit dieser Zeit lebten Ali Baba und sein Sohn, den er später zur Felsenhöhle führte und in das Geheimnis, sie zu öffnen, einweihte, desgleichen ihre Nachkommen, auf die sie das Geheimnis vererbten und die ihr Glück mit weiser Mäßigkeit genossen, in hohem Glanz und ausgezeichnet mit den höchsten Ehrenstellen der Stadt.

Das schwarze Zauberpferd

Vor undenklichen Zeiten herrschte einmal ein Schah über Persien namens Sabur, der war der größte und mächtigste unter allen Herrschern seiner Zeit und besaß unermessliche Länder und Reichtümer, die von einer sehr großen Armee verteidigt wurden. Er war aber ebenso berühmt wegen seiner Tugenden wie wegen seiner gewaltigen Macht und Größe, denn er war nicht nur ein Mann mit großen Kenntnissen, gewandt und voll Unternehmensgeist, und sein Herz war ebenso gütig und mitfühlend wie sein Verstand scharf und durchdringend arbeitete; seine Hand war mildtätig und freigebig gegen die Armen, aber für den Bösen furchtbar und strafend. Er war ein Trost für den Unglücklichen und Beladenen, und der Verstoßene und Verfolgte fand stets eine Freistätte bei ihm. Seine Verwandten liebte er zärtlich, gegen die Fremden war er milde, und nie wurde ein Fall bekannt, dass ein Unterdrückter ihn vergebens um Recht gegen die Gewalt angefleht hätte. Er war Vater von drei Mädchen und einem Sohn, deren Besitz ihn noch glücklicher machte als die Bewunderung der Welt und die fast an Anbetung grenzende Liebe seines Volkes.

Dieser Herrscher aller Herrscher feierte jährlich zwei Feste, Niradj und Murhadjam, die über sein unermessliches Reich bis in die kleinste Hütte des kleinsten Dörfchens hinein Freude und Jubel verbreiteten. Was nur laufen konnte, kam herbei, und mehr als einen Monat vor den Festen waren schon alle Landstraßen voll Reisender, die zu Wagen, zu Pferde und zu Fuß in die Hauptstadt eilten, wo Schah Sabur sein ganzes Volk auf den Straßen und Plätzen der Stadt und auf einer unübersehbaren Ebene außerhalb bewirtete.

Tausende von Gold- und Silbermünzen, kostbare Stoffe und Waren aller Art wurden unter das Volk verteilt und alle Gefangenen begnadigt und frei gelassen. Alle Wachen wurden eingezogen, ja nicht einmal im Palast blieb ein Aufseher stehen, sodass jedermann durch die herrlichen Säle und Gänge, durch die Gärten und selbst die Schatzkammer, wo die Reichtümer ganzer Welten aufgehäuft lagen, ungehindert gehen konnte.

Der Herrscher selbst saß in dem kostbarsten Saal auf seinem goldenen Thron, und das Volk ging in langen Reihen vom Morgen bis zum Abend zu ihm hinein, um ihn zu begrüßen und ihm Glück zu wünschen zu dem Fest und der Gnade des Allmächtigen. Wer dazu in der Lage war, brachte ihm ein Geschenk dar, sei es ein kostbares Erzeugnis des Bodens oder der Kunst oder auch nur eine besonders schöne Blume oder dergleichen. Schah Sabur nahm alles, auch das Unbedeutendste, mit Güte und freundlicher Herablassung an, ganz besonders aber war er erfreut, wenn man ihm schöne Erfindungen und andere von Nachdenken und Geist zeugende Dinge überreichte, denn er war ein großer Freund der Philosophie, Mathematik, Astrologie und anderer Wissenschaften.

Nun traf es sich an einem dieser Festtage, dass drei sehr gelehrte und erstaunlich weise Männer in seine Stadt kamen. Sie stammten alle drei aus verschiedenen Ländern und sprachen auch verschiedene Sprachen. Der eine war ein Inder, der andere ein Grieche und der dritte ein Perser.

Der Inder war ein Mann in den besten Jahren, jedoch von schmächtigem Körperbau, und in seiner ganzen Gestalt prägten sich die Ruhe und der Gleichmut aus, die das Merkmal dieser Region sind. Auf der Brust trug er ein Amulett, das von der größten Kunstfertigkeit zeugte und dem der wunderbarste Einfluss zugeschrieben ward.

Der Grieche war etwas älter und schien verschlagener zu sein als die beiden anderen, denn aus jedem Zug seines Antlitzes sprachen List, Neid und Bosheit.

Was jedoch den Perser betraf, so war er zwar ein Mann von ausgeprägter Hässlichkeit, aber doch der Klügste von ihnen. Auch wurde seine Hässlichkeit noch durch die Kleidung verstärkt, denn er trug eine hohe schwarze Mütze, die mit Bändern an seinem Kopf festgebunden war. Außerdem hatte er noch einen langen dunklen Kaftan an und trug einen Zauberstab in der Hand, sodass seine Erscheinung von der merkwürdigsten Art war.

Der Inder nahte sich zuerst dem Herrscher, warf sich am Fuß des Throns nieder und übergab ihm, indem er zum Fest Glück wünschte, ein höchst bewunderungswürdiges Geschenk. Es war eine mit kostbaren

Edelsteinen verzierte goldene Figur, die ein goldenes Horn in der Hand hielt. Alle Anwesenden brachen in laute Bewunderungsrufe aus über die Pracht und die Schönheit dieses Geschenks, und nachdem es der Herrscher von allen Seiten genau betrachtet hatte, sagte er zu dem Inder: »Weiser Mann, so wunderbar schön auch dieses Bildnis ist, so kann ich doch nicht einsehen, zu welchem Zweck es dienen soll, und Schönheit ohne Nutzen ist tot.«

»Großer Herr über alle Herrscher!«, antwortete der Weise, »diesem Bildnis wohnt eine Kraft inne, die dir Tausende von Soldaten erspart und dein Leben viel besser beschützen wird als sie. Denn dieser goldene Mann zeigt dir die entfernteste Gefahr an, ehe ein Mensch sie nur ahnen kann; ja, er tut noch viel mehr als das, er vernichtet die Gefahr, ehe die Bösen an die Ausführung ihres Planes kommen.«

Die Hofleute sahen bei diesen Worten des Inders zuerst sich untereinander, dann den Schah und wiederum den Weisen an, dann lachten sie und winkten einander zu, als wollten sie sagen: Der gelehrte Mann da ist verrückt und weiß nicht, was er redet. Der König aber senkte den Kopf, schüttelte ihn ungläubig und fragte den Weisen, wie das zu verstehen sei.

»Herr«, erwiderte der Inder lächelnd, indem er sich im Kreise umsah, »dieses Bildnis hat die für dich unbezahlbare Eigenschaft, dass, wenn ein Spion in die Stadt kommt oder irgendwer einen Entschluss gegen dein Leben fasst, es sogleich in das goldene Horn stößt, und der Schall dieses Horns wird in dem Herzen des Bösewichts, befände er sich auch eine Stunde von hier, am entferntesten Tor, so furchtbar widerhallen, dass er sogleich zu zittern anfangen und unter brennenden Schmerzen tot niederfallen wird.« Manche der Hofleute wurden bleich bei diesen Worten, und als der Inder sie lächelnd fragte, ob sie einen Versuch machen wollten, entschuldigten sie sich, wie es guten Hofleuten ziemt, mit der Versicherung, es sei ihnen, selbst wenn sie es wollten, völlig unmöglich, einem Gedanken in ihrem treuen Herzen Raum zu geben, der nicht auf das Wohl ihres Herrn und Gebieters gerichtet sei. Der Schah, selbst im höchsten Grad überrascht durch die Worte des Inders, sagte zu ihm: »Obgleich ich hoffe, dass ich nie den Ton des goldenen Horns hören werde, so nehme ich doch dein Geschenk an, und da ich nicht weiß, womit ich ein solches Geschenk erwidern soll, so gebe ich dir mein königliches Wort, dass ich dir im Voraus alles gewähre, um was du mich auch bitten magst.« Ehe der Inder aber antworten konnte, drängte sich der griechische Weise durch den Kreis der Umstehenden, warf sich Schah Sabur zu Füßen und überreichte ihm ein kunstreich gearbeitetes Becken, in dessen Mitte ein goldener Pfau saß, umgeben von vierundzwanzig Jungen. Die Federn waren aus wunderfein gesponnenem Gold und mit unendlich kleinen Diamanten und anderen Edelsteinen übersät; die Augen an den Schwanzfedern setzten sich aus größeren, äußerst wertvollen Edelsteinen zusammen. Die täuschende Nachahmung der Natur und die fast unbegreifliche Feinheit und Pracht dieser Arbeit erregten ein ebenso großes Staunen wie der Mann mit dem goldenen Horn, und nachdem der Herrscher aller Herrscher es lange in stummer Bewunderung betrachtet hatte, fragte er den Weisen, was der Zweck dieses Werks sei, zu dessen Ausführung ein Menschenalter kaum ausreichend erscheine. »Mächtiger Herr und Gebieter«, erwiderte der Grieche, »wäre ein Menschenalter auch dreimal so lang wie es ist, es würde dennoch nicht vergeblich geopfert für das Schaffen eines Werks, das, wie dieser Vogel, die Zeit des Menschenlebens verlängert, indem es uns deren unaufhaltsamen Flug vor Augen führt und uns dadurch mahnt, sie zu nutzen. Dieser Pfau hier wird nach Verlauf jeder Stunde eines seiner Jungen verschlingen und so die Tageszeit anzeigen. Hat er aber alle verschlungen, so muss man nur an diesem diamantenen Knopf drücken, dann kommen sie alle wieder zum Vorschein. Nach vierundzwanzig Stunden aber wird er jedes Mal den Schnabel öffnen, und darin wird der Mond erscheinen, wie er gerade am Himmel steht.«

Als der Schah das hörte, sagte er: »Allah ist ewig, aber der Mensch ist sterblich und kurz die Zeit seines Lebens. Dein Werk, o Weiser, ist eine Gabe, die ich nicht nach ihrem Wert zu belohnen vermag; wähle aber, wonach dein Herz gelüstet, und jeder deiner Wünsche soll erfüllt werden.« Während aber der Grieche sich noch besann, was er erbitten solle, trat der persische Weise hervor, beugte sich zur Erde und überreichte dem Schah ein Pferd, das er an goldenen Zügeln führte. Jedermann war entzückt über das Ebenmaß und die Schönheit dieses Pferdes, das, mit Gold und Edelsteinen beschlagen, vollkommen ausgerüstet war mit prächtigem Sattel, wie es nur Herrschern gebührt, Zaumzeug und Steigbügeln. Als aber die Hofleute es befühlten und entdeckten, dass es kein natürliches, sondern ein aus Ebenholz gefertigtes Pferd war, da wollten ihre Ausrufe der Bewunderung und Freude gar kein Ende mehr nehmen.

Der Schah aber sah sie zornig an und sagte: »Ihr Toren, ein Stück Holz gilt euch mehr als das Leben, und das Werk eines Menschen verwirrt euren beschränkten Verstand mehr als die Werke des Allmächtigen. Ich sage euch, der schlechteste Karrengaul des ärmsten Bauern ist mehr wert als das prachtvolle, aber unnütze Ding da, das nur ein kunstreich gearbeitetes Stück Holz ist.« Der Weise aber nahm das Wort und sprach: »Obwohl ich es nicht wage, o Herr der Erde, mein Geschenk denen der beiden anderen Weisen gleichzustellen, so hat dennoch dieses Pferd Eigenschaften, die es weit über alle natürlichen Pferde setzt. Der goldene Mann des Inders beschützt dein Leben, der Pfau des Griechen mahnt dich, es nicht ungenutzt verfliegen zu lassen, mein Pferd aber befähigt dich, dein Leben wirklich zu nutzen und an einem Tag das zu tun, wozu andere ein Jahr brauchen. Dieses hölzerne Pferd hier trägt dich in einem Tag weiter als ein wirkliches in einem Jahr; denn es fliegt in der Luft wie ein Adler. Kein Meer ist zu groß und zu stürmisch, kein Gebirge zu hoch und zu unwegsam – du kannst es überfliegen auf diesem Ross. Wozu jedoch weitere Worte, wo ich doch Beweise geben kann. Befiehl nur, o Herr, und ich erhebe mich vor deinen Augen in die Luft und jage durch die Wolken dahin wie keiner deiner besten Renner auf der ebensten Bahn.« Der Schah war im höchsten Grade erstaunt über das Zusammentreffen dieser drei Wunder an einem Tag und sprach zu dem Perser: »Bei Allah, dem milden Schöpfer und Erhalter der Menschen, wenn du die Wahrheit gesprochen hast und deine Worte sich bestätigen, so gewähre ich dir im Voraus jede Bitte, die du an mich stellen magst.« Dann setzte er, sich zu den beiden anderen Weisen wendend, hinzu: »Kommt morgen wieder zu mir, ihr gelehrten und weisen Männer, um mir eure wunderbaren Erfindungen zu zeigen und eure im Voraus gewährten Bitten mitzuteilen.«

Am anderen Morgen kamen also die drei Weisen in den Palast, wo sie der Schah mit seinem ganzen Hofstaat auf einer Terrasse erwartete. Nachdem der Grieche und der Inder ihre Werke wiederholt gezeigt und in Bewegung gesetzt hatten, setzte der persische Weise den Fuß in den Steigbügel, schwang sich auf das Pferd und fragte den Schah, ob es ihm nun gefiele, sich von der Wahrhaftigkeit seiner Worte zu überzeugen. Der Schah winkte ihm mit der Hand, und nachdem der Perser einen Wirbel am Hals des Pferdes gedreht hatte, erhob sich das Pferd mit unglaublicher Schnelligkeit in die Lüfte. Schah Sabur und sein Hofstaat blickten sprachlos vor Erstaunen dem wunderbaren Reiter nach, der bald nur noch wie ein Adler, dann wie ein Sperling und endlich klein wie eine Mücke erschien, bis er ganz im Azur verschwand. Nach einer Weile erschien er wieder und ließ sich langsam bis zur Höhe der Zinnen des Palastes herab, umflog diese in den kunstreichsten Wendungen, brach von der Spitze der höchsten Palme einen Zweig ab und ließ sich dann wieder auf die Terrasse vor dem Schah nieder, dem er den Palmzweig überreichte. Schah Sabur geriet beinahe außer sich vor Freude und sagte zu den Weisen: »Ihr habt eure Versprechen erfüllt und die Wahrheit eurer Worte durch die Tat bewiesen; nun ist es an mir, auch mein Versprechen in Erfüllung gehen zu lassen. Fordere jeder von mir, was er will, er soll es auf der Stelle haben.«

Die Weisen hatten aber schon den Abend vorher untereinander beraten, welche Bitte sie an den Schah stellen sollten. Der Inder hatte geraten, eine Statthalterschaft zu fordern; der Grieche hatte vorgeschlagen, hundert Kamele voll Waren und Gold zu verlangen; der Perser aber schüttelte zu alledem den Kopf und meinte: »Statthalterschaften kann uns der Herrscher wieder nehmen, Güter und Geld können uns Räuber unterwegs entreißen; wir müssen aber eines wie das andere vermeiden und uns den wohl verdienten Lohn durch ein Mittel sichern, das ich wohl überlegt habe und euch nun mitteilen werde. Der Schah hat drei Töchter, eine schöner als die andere. Diese wollen wir zu Gemahlinnen verlangen, so wird er uns Statthalterschaften und Gold noch obendrein geben und erhalten müssen. Ich nehme die jüngste, ihr könnt euch die beiden anderen teilen.«

Nach einigem Bedenken gingen der Inder und der Grieche auf diesen Vorschlag ein, und so sprach der Perser zu Schah Sabur: »Wenn der Schah, unser Herr, mit uns zufrieden ist, unsere Geschenke annimmt und uns erlaubt, etwas zu erbitten, so möchten wir, dass der Schah, der doch gewiss sein Wort nicht brechen wird, uns seine drei Töchter gebe und als seine Schwiegersöhne annehme.« Schah Sabur runzelte zwar die Stirn, als er diese freche Bitte hörte, doch fasste er sich gleich wieder und sagte: »Ich werde mein Wort halten und eurer Bitte willfahren. Man rufe sogleich den Kadi zu Abfassung der Ehekontrakte!«

Die Prinzessinen hatten aber hinter einem Vorhang dem Schauspiel zugesehen, und als sie hörten, welche Wendung die Sache nahm, blickten sie zu den drei Weisen, den ihnen bestimmten Gemahlen. Die beiden älteren waren mit ihrer Untersuchung nicht unzufrieden, der Grieche und der Inder waren hübsche, noch nicht allzu alte Männer; als aber die jüngste ihren künftigen Gemahl, den Perser, betrachtete, entdeckte sie mit Schaudern, dass er ein hundertjähriger Greis war, mit einer Stirn voll Runzeln und Falten, dem alle Haare des Hauptes, der Augenbrauen und des Bartes ausgefallen waren. Seine Augen waren rot und triefend und seine Wangen so abscheulich gelb und eingefallen, dass man jeden Knochen seines Gesichts sehen konnte. Er hatte eine Nase wie eine Gurke; seine wenigen Zähne waren braun und locker und seine ganze Haut eingeschrumpft und lederfarben. Und dieses Ungetüm sollte der Gatte eines Mädchens werden, das als das schönste und liebenswürdigste ihrer Zeit galt; flinker als eine Gazelle, zarter als der Zephir, übertraf sie den Mond an Glanz und milder Schönheit. Sie beschämte alle Baumzweige, wenn sie sich sanft neigte. Wie schön auch ihre Schwestern waren, sie schwanden vor ihrer Schönheit wie die Sterne vor der Sonne.

Als diese Prinzessin nun ihren Bräutigam sah, eilte sie jammernd in ihr Gemach, streute Erde auf ihr Haupt, zerriss ihre Kleider und fing an, unter lautem Weinen und Wehklagen sich ins Gesicht und auf die Brust zu schlagen. Ihr Bruder, der sie weit mehr als seine anderen Schwestern liebte, kam eben von der Jagd zurück. Wie er nun ihr herzzerreißendes Geschrei und Weinen hörte, eilte er schnell zu ihr hinein und fragte sie, was ihr denn zugestoßen sei, sie solle ihm doch die Wahrheit sagen und nichts verbergen.

Sie schluchzte aber in einem fort, und erst auf vieles und zärtliches Bitten sprach sie zu ihm: »Wisse, teurer Bruder, mein Vater hat mich mit einem Magier, einem wahren Teufel, verlobt, der ihm ein schwarzes, hölzernes Pferd geschenkt und ihn mit seiner Zauberkunst überlistet hat. Ich aber mag diesen garstigen Alten nicht; ich will nicht um seinetwillen auf die Welt gekommen sein.« Und mit diesen Worten brach die unglückliche Prinzessin wieder in lautes Weinen aus und rang verzweifelt ihre schönen Hände. Ihr Bruder nahm sie in die Arme und sprach ihr mit liebreichen Worten Trost und Mut zu, verließ sie dann und eilte zu seinem Vater, den er fragte: »Wer ist der Magier, mit dem du meine jüngste Schwester verlobt hast, und was hat er dir für ein Geschenk gebracht, dass du um seinetwillen deine Tochter vor Gram sterben lassen willst? Das soll bei Allah nicht sein; sie, die würdig ist, einen Engel des Himmels zu heiraten, soll nicht die Gattin eines abscheulichen Magiers werden!« Der Weise, der diese Rede mit anhörte, ergrimmte in seinem Herzen über den Prinzen und dachte auf Mittel, sich zu rächen und ihn zu verderben. Schah Sabur aber sprach zu seinem Sohn: »Wenn du das Pferd und seine Kunst erst einmal gesehen hast, so wirst du vor Erstaunen fast den Verstand verlieren und dich über meine Handlungsweise nicht mehr wundern.« Er befahl dann einem Diener, es herbeizuführen, und als der Prinz es sah, war er in der Tat von dessen außerordentlicher Schönheit überrascht. Als ihm sein Vater sagte, dass es schneller sei als ein natürliches, schwang er sich sogleich in den Sattel und stieß ihm die Steigbügel in den Leib. Als sich aber das Pferd nicht von der Stelle bewegte, sprach der Schah zu dem Weisen: »Geh und zeige ihm, wie man es in Bewegung setzt, dann wird er sich wohl meinem Willen und deinem Wunsch nicht mehr widersetzen.« Der Weise, der schon seinen tödlichen Hass auf den Prinzen geworfen hatte, ging mit einem Blick voll Bosheit und Schadenfreude zu ihm hin, beugte sich auf die Erde und sagte: »Gebe sich der edle Prinz, der mir seine Schwester nicht zur Frau geben will, nur die kleine Mühe, diesen Wirbel am Nacken des Pferdes zu drehen, so wird das Pferd alle seine Wünsche befriedigen.«

Der Prinz, ungestüm wie er war, drehte den Wirbel, ohne den Alten zu betrachten oder sonst noch etwas zu fragen; und nun stieg das Pferd mit ihm in die Lüfte und flog mit so reißender Schnelligkeit dahin, dass er bald nur wie ein kleines schwarzes Pünktchen am Himmel erschien und dann gar nicht mehr gesehen wurde. Das alles war das Werk eines einzigen Augenblicks.

Schah Sabur wurde, nachdem er sich von seiner Überraschung etwas erholt hatte, besorgt um seinen Sohn und fragte den Weisen: »Wie kann er aber nun das Pferd wieder zur Erde lenken, oder kannst du das bewirken?«

»Herr«, versetzte der Weise mit schlecht verheimlichter Schadenfreude, »diese Kunst besitze ich nicht, auch ist's seine und nicht meine Schuld, wenn du ihn bis zum Auferstehungstag nicht mehr wiedersiehst. Aus Dünkel und Hochmut verschmähte er, mich zu fragen, auf welche Weise das Pferd dahin gebracht wird, wieder zur Erde zurückzufliegen, und ich selbst dachte im Augenblick nicht daran, es ihm zu sagen.« Der Herrscher geriet über diese Worte in so heftigen Zorn, dass er den Weisen schlagen und einsperren ließ. Er selbst überließ sich seinem Schmerz, schlug sich ins Gesicht und auf die Brust, jammerte und weinte. Die Tore des Palastes wurden geschlossen und alle Festlichkeiten eingestellt; nicht nur der Herrscher, seine Gemahlin und Töchter waren von diesem großen Unglück so schmerzlich berührt, sondern auch alle Stadtbewohner teilten ihren Kummer über den Verlust des Prinzen. So war auf einmal Lust in Trauer und Glück in Unglück verwandelt und aus einem Freudentag ein Trauertag geworden. Der Prinz, um den so viele Tränen flossen und so viele Gebete zum Himmel emporstiegen, wurde indessen von dem schwarzen Zauberpferd mit unaufhaltsamer Schnelligkeit emporgetragen. Die Erde war längst seinen Blicken entschwunden; er fühlte sich ermattet von dem raschen Flug und machte sich schon auf seinen Tod bereit. Klug und unerschrocken aber, wie er war, raffte er noch einmal seine Kräfte zusammen und untersuchte das Pferd zum wiederholten Male; denn, sagte er zu sich selbst, wenn ich auch sterben muss, so will ich doch vorher alles versuchen, um mich zu retten. Es muss doch an dem Pferd eine Vorrichtung sein, durch die es wieder zur Erde gebracht werden kann. So untersuchte er denn das Pferd mit der größten Aufmerksamkeit, und endlich fand er auf der linken Seite des Nackens einen zweiten kleineren Wirbel, den er sogleich umdrehte. Augenblicklich bemerkte er auch, dass das Pferd seinen rasenden Flug verlangsamte und sich dann zur Erde niedersenkte; wirklich sah er auch bald zu seiner großen Freude das Meer und die höchsten Gebirge im Glanz der Sonne. So näherte er sich der Erdoberfläche immer mehr und flog dann in nicht großer Entfernung darüber hin, doch kannte er keines der Länder, über die er dahinzog. Als der Abend hereinbrach, erblickte er einen hohen, prächtigen Palast inmitten einer blühenden Ebene, durch die murmelnde, silberklare Bäche plätscherten, wo herrliche Blumen standen und muntere Gazellen umhersprangen. Gleich darauf sah er eine große Stadt mit einer Zitadelle, Türmen und hohen Mauern, und auf der anderen Seite der Stadt stand ein sehr hoher und großer Palast, auf dessen Zinnen er vierzig gepanzerte Sklaven, mit Schwertern, Bogen und Lanzen bewaffnet, umhergehen sah. Er dachte bei sich selbst: »Oh, wüsste ich doch nur, in welchem Land ich mich hier befinde, denn die Nacht bricht an, und ich finde kein Obdach!« Nach einigem Nachdenken aber entschloss er sich, die Nacht auf der Terrasse des Palastes zuzubringen und sich dann dessen Bewohnern zu erkennen zu geben und sie um Schutz und Hilfe anzusprechen. Sogleich bemühte er sich nun, das Pferd dorthin zu lenken und es auf der Terrasse niedergehen zu lassen. Die Nacht war schon hereingebrochen, als ihm dies gelang und er äußerst hungrig und durstig abstieg. Er untersuchte, so gut es die Dunkelheit erlaubte, die Terrasse von allen Seiten, bis er endlich eine Treppe fand, die in das Innere des Palastes hinabführte. Langsam und vorsichtig stieg er die Treppe hinunter, die sich nach und nach erhellte. Er kam auf einen breiteren Gang, dessen Boden mit weißem Marmor belegt war und wie der Mond leuchtete; hier sah er sich überall um und bemerkte ein Licht, das aus dem Innern schimmerte. Als er darauf zuging, kam er an eine Tür, vor der ein riesiger Sklave schlief. An seiner Seite brannte ein Licht und lag ein Schwert, das wie eine Flamme leuchtete; nebenan aber stand ein Tischchen, voll gestellt mit Speisen und Getränken, was für den erschöpften Prinzen ein sehr angenehmer Anblick war. Der Sklave mit dem großen Schwert hätte wohl jeden anderen erschreckt; der Prinz zauderte auch einige Augenblicke, ob er bleiben oder zurückgehen solle. Bald aber fasste er sich und sprach: »Ich rufe Allah um Hilfe an! Du, Allerbarmer, der du mich soeben vom Untergang befreit hast, gib mir nun auch die Kraft, mein Abenteuer glücklich zu Ende zu führen!« Mit diesen Worten streckte er die Hand nach dem Tisch aus, ergriff ihn und ging damit auf die Seite, wo er sich sogleich über die herrlichen Speisen, die darauf lagen, hermachte und aß und trank, bis er satt war. Dann ruhte er ein wenig aus, trug den Tisch wieder an seinen vorigen Platz, nahte sich dann auf Zehen dem Schlafenden und zog ihm das Schwert aus der Scheide. Damit ging er weiter, ohne zu wissen, was die Bestimmung über ihn verhängen werde. Bald erblickte er wieder ein Licht, das aus einer Tür schimmerte, die mit einem dünnen, durchsichtigen Flor verhängt war. Er ging darauf zu, hob leise den Vorhang und trat in das Zimmer, wo sich ihm ein ebenso überraschender wie schöner Anblick darbot. In der Mitte des herrlich ausgestatteten Raums stand ein Ruhebett aus weißem Elfenbein, mit Perlen, Rubinen und anderen Edelsteinen besetzt, und davor lagen vier schlafende Sklavinnen, blühend und schön wie frische Rosen. Vorsichtig näherte er sich dem Ruhebett, um zu sehen, wer auf ihm liege, und fand ein schlafendes Mädchen, schön wie der leuchtende Mond. Über ihrer ganzen Gestalt lag ein Liebreiz ausgegossen, dass des Prinzen Herz ganz in Liebe entbrannte und er sich nicht weiter um Gefahr und Tod kümmerte. Er näherte sich ihr zitternd und bebend, und ohne zu wissen, was er tat, neigte er sich zu ihr und küsste sie auf ihre rechte Wange. Sie erwachte sogleich und öffnete ihre Augen, deren Blicke wie Sternenstrahlen auf den Prinzen fielen und ihn gänzlich verwirrten. Nachdem sie ihn einen Augenblick mit stummer Verwunderung, aber nicht ohne Wohlgefallen betrachtet hatte, denn der Prinz war der schönste Jüngling seiner Zeit, sagte sie zu ihm: »Wer bist du, Jüngling, und wie kommst du hierher?« Er antwortete, indem er sich auf ein Knie vor ihr niederließ und den Saum ihres Gewands küsste: »Schönste Prinzessin, ich bin dein Sklave und liebe dich mehr als mein Leben!« – »Wer aber hat dich hierhergebracht?«, fragte die Prinzessin weiter, indem sie errötete, aber nicht vor Unwillen. »Das mir vom Allmächtigen bestimmte Geschick«, erwiderte der Prinz.

Über diesem Gespräch erwachten die Sklavinnen. Sie sprangen auf, und ehe es die überraschte Prinzessin verhindern konnte, eilten sie zu dem noch immer schlafenden Sklaven, weckten ihn auf und riefen ihm zu: »So bewachst du den Palast, dass Leute hereinkommen, während wir schlafen?« Als der Sklave das hörte, sprang er erschrocken auf und wollte nach seinem Schwert greifen, da er es aber nicht mehr fand, ging er voller Angst zu seiner Herrin. Als er den Prinzen neben der Prinzessin sitzen sah, rief er ihm voll Zorn und Wut entgegen: »Wer hat dich hierher gebracht, du Dieb? Du Landstreicher! Das sollst du mit deinem Leben büßen, elender Räuber!«

Bei diesen und anderen Schimpfreden ergrimmte der Prinz so sehr, dass er mit dem Schwert in der Faust wie ein Löwe aufsprang und auf den Sklaven losstürzte; dieser aber entfloh und eilte laut schreiend in die Gemächer des Königs. Die Wachen geboten ihm Stillschweigen und sagten ihm, der König schlafe und man dürfe ihn ohne Gefahr für sein Leben nie in seinem Schlummer stören. Der Sklave aber, ganz außer sich vor Wut, schrie immer lauter: »Führt mich zum König, seine Ehre und sein Leben sind in Gefahr; es sind Räuber im Palast.« So entstand nach und nach ein solches Getöse und Hin- und Herlaufen, dass der König davon erwachte und sogleich den Obersten der Wachen rufen ließ, um sich nach der Ursache dieses Lärms zu erkundigen. Sobald ihm dieser gesagt hatte, dass der Sklave der Prinzessin herbeigelaufen sei und ständig rufe, es seien Räuber im Palast und er wolle zum König, machte er sich auf, ergriff sein Schwert und trat zu dem Sklaven hinaus, den er zornig anredete: »Wehe dir, du Hund, was ist das für eine schlimme Nachricht, womit du den ganzen Palast in Aufruhr bringst und selbst meine Ruhe störst?«

»Herr und König«, erwiderte der Sklave, »ich schlief vor der Tür der Prinzessin, und als ich erwachte, sah ich auf einmal einen Mann von vornehmem Aussehen und schöner Gestalt neben meiner Gebieterin sitzen; weder ich noch eine der Sklavinnen konnten begreifen, wie er hereingekommen, ob er von oben oder von unten gekommen ist.«

Ohne ein weiteres Wort zu sagen, eilte der König in die Gemächer der Prinzessin, um diesen ungewöhnlichen Vorfall zu untersuchen. Als er in ihr Zimmer trat und den Prinzen neben seiner Tochter sitzen sah, geriet er in eine unglaubliche Wut; er zog sein Schwert, drang auf ihn ein und wollte ihm den Kopf spalten. Der Prinz aber erhob sich, streckte ihm sein Schwert entgegen und sagte: »Bei Allah, wäre mir dieses Haus nicht durch meinen Eintritt heilig, so würde ich dich denen, die in deiner Väter Gruft liegen, nachsenden!« Der König, überrascht durch den Widerstand, den er fand, und die Worte, die der Prinz ihm zu sagen sich erkühnte, ließ sein Schwert sinken und sagte: »Wer bist du? Wer ist dein Vater, dass du es wagen darfst, in solchem Ton mit mir zu reden und meine Tochter in ihrem Palast zu überfallen? Weißt du nicht, Elender, dass ich der größte König der Erde bin? Bei Allah, ich will dich der Welt zum Beispiel und Schrecken den martervollsten Tod sterben lassen, du Dieb! Du Landstreicher!«

Der Prinz lächelte über diese Drohungen, gab sich dem König zu erkennen und sagte schließlich: »Ich will dir einen Vorschlag machen, der dir zugleich Genugtuung und den Beweis geben wird, dass ich kein Landstreicher bin. Lass von deinen Truppen versammeln so viel du willst, und ich will ganz allein gegen sie kämpfen; werde ich besiegt, so magst du mich immerhin als Räuber behandeln lassen.« Der König war sehr zufrieden mit dem Vorschlag. »Es sei so!«, sprach er, versammelte, sobald der Tag anbrach, seine Truppen auf einer Ebene vor dem Palast und befahl, den Prinzen herbeizuführen und ihm ein Pferd und Waffen zu bringen. Der Prinz aber wies das Pferd zurück und sagte: »Nein, o König, ich will mein eigenes Pferd besteigen; befiehl nur, dass man es mir von der Terrasse, wo es angebunden ist, herabholt.« Der König war zwar höchst erstaunt, als er in der Tat oben auf der höchsten Terrasse das Pferd stehen sah, aber der Durst nach des Prinzen Blut war größer als seine sonst sehr große Neugierde, sodass er, ohne weitere Fragen an den Prinzen zu richten, befahl, es sogleich herabzuholen. Das geschah, und als das Pferd herbeigeführt wurde, bewunderte jedermann die Schönheit und Stärke seiner Gestalt. Der Prinz bestieg es und winkte mit stolzer Miene dem König, seinen Truppen das Zeichen zum Angriff zu geben. Diese umringten ihn von allen Seiten und sprengten mit blanken Waffen heran, um ihn gefangen zu nehmen oder zu erschlagen. Der Prinz ließ sie bis auf zwei Schritt herankommen, dann drehte er den Wirbel an der rechten Seite des Pferdes, und augenblicklich erhob es sich in die Luft wie ein Vogel. Die Reiter und der König bemerkten sein Verschwinden wegen der großen Staubwolke nicht sogleich, und der Letztere rief immer: »Ergreift ihn und schleppt ihn gebunden vor meine Füße!«

Die Soldaten aber trafen aufeinander und rannten hin und her mit Schreien und Rufen, und keiner wusste, wo der Prinz war. Da sagten sie: »O König, wen sollen wir ergreifen? Beim erhabenen Allah! Er ist ein böser Ifrit, ein abtrünniger Geist! Gelobt sei Allah, der dich von ihm befreit hat.« Der König sah voll Verwirrung und Verbitterung zum Himmel, da erblickte er den Prinzen hoch oben in den Lüften dahinschweben. Er wies sprachlos vor Erstaunen mit der Hand in die Höhe und zeigte das Wunder seinen Offizieren und Sklaven. Keiner wusste, was er dazu sagen sollte, und so kehrten sie verwirrt in den Palast zurück.

Der König ging in die Gemächer der Prinzessin, die indessen unter heißen Tränen für die Rettung ihres Geliebten gebetet hatte und mit Schmerzen die Nachricht über den Ausgang des Kampfes erwartete. Als ihr aber ihr Vater erzählte, was vorgefallen war, da hüpfte ihr das Herz in der Brust vor Freude, und sie wandte ihr Gesicht ab, um ihr Erröten zu verbergen; sie hörte es kaum, als der König tobte: »Allah verfluche diesen schlechten, betrügerischen Zauberer!« Nachdem er eine geraume Zeit so zu ihr gesprochen hatte, verließ er sie und kehrte in seinen eigenen Palast zurück; die Prinzessin aber brach nun in lautes Weinen und Jammern aus und konnte weder essen noch trinken noch schlafen.

Der Prinz Kamr al-Akmar (Mond der Monde, so hieß er) durchflog indessen die Luft, bis er in das Land seines Vaters kam. Er ließ sich auf der Terrasse seines väterlichen Palastes nieder und stieg vom Pferd; als er die Treppe in den Palast hinunterschritt, fand er zu seinem Schrecken Asche auf die Pfosten des Palastes gestreut, sodass er glauben musste, es sei einer seiner Verwandten gestorben. Er eilte in die inneren Gemächer, um den Grund für diese Trauer zu erfahren, und hier fand er seinen Vater, seine Mutter und Schwestern in Trauerkleider gehüllt, mit bleichen, schmerzerfüllten Gesichtern. Sein Vater sah ihn zuerst; er stieß einen lauten Schrei aus und fiel in Ohnmacht. Als er nach einer Weile in den Armen seines Sohnes wieder zu sich kam, drückte er ihn laut weinend an seine Brust. Seine Mutter und die Prinzessinnen, die bis jetzt, in Schmerz versunken, nichts gehört noch gesehen hatten, erwachten durch die Freudenrufe des Königs aus ihrer Betäubung, und als sie aufblickten, sahen sie ihn in den Armen seines totgeglaubten Sohnes. Sie stürzten auf ihn zu, umarmten und küssten ihn und fragten ihn unter Tränen, wie es ihm ergangen sei. Er erzählte ihnen alles, was ihm begegnet war, von Anfang an bis zum Ende. Als er seine Erzählung beendet hatte, hob sein Vater die Augen zum Himmel und sagte: »Gelobt sei Allah, der Erhabene, für deine Rettung, du Freude meines Auges und Leben meines Herzens!« Die Nachricht durchflog schnell die Stadt und verbreitete überall Jubel und Freude; man schlug Trommeln und Pauken und vertauschte die Trauerkleider mit Freudenkleidern; die Stadt wurde festlich geschmückt, und die Leute drängten sich herbei, um dem König Glück zu wünschen. Dieser befahl große Feierlichkeiten, erließ alle Strafen, gab alle Gefangenen frei und verschenkte sieben Tage und sieben Nächte lang an jedermann Mahlzeiten, bei denen alle essen und trinken konnten, was ihnen beliebte. Dann ritt der König mit seinem Sohn durch die Straßen, damit alle Leute ihn sehen und sich seiner erfreuen konnten. Als die öffentlichen Festlichkeiten zu Ende waren, gingen die Stadtbewohner wieder nach Hause und ihren Geschäften nach, der König aber begab sich mit seinem Sohn in den Palast und feierte das glückliche Ereignis nun auch im Kreise seiner Familie. Als sie nun so bei Tisch saßen und aßen und tranken und sich belustigten, befahl der König einer sehr schönen Sklavin, die Meisterin im Lautenspiel war, etwas zu singen. Sie ergriff die Laute, schlug die Saiten und sang folgende Verse: »Glaube nicht, dass ich in der Ferne deiner vergesse, denn was könnte ich noch denken, wenn ich dich vergäße? Die Zeit vergeht, aber meine Liebe zu dir ist ewig. Mit ihr werde ich sterben, und mit ihr werde ich wieder auferstehen!« Als der Prinz diese Verse hörte, wurde sein Herz ganz erfüllt von Sehnsucht; Schmerz und Trauer überwältigten ihn, und da er nicht hoffen durfte, die Einwilligung seines Vaters zur Abreise zu erhalten, so verließ er ihn heimlich, bestieg das Pferd aus Ebenholz und flog auf ihm fort, bis er wieder den Palast der Prinzessin erblickte. Er ließ sich auf der Terrasse nieder und stieg dieselbe Treppe wie früher hinab, wo er auch den Sklaven, wie beim ersten Mal, schlafend fand; leise ging er an ihm vorbei auf den Vorhang zu, der die Tür des Schlafgemachs der Prinzessin bedeckte; er trat aber nicht sogleich hinein, sondern blieb hinter dem Vorhang stehen und blickte auf seine geliebte Prinzessin. Diese sah er wie das erste Mal auf ihrem Ruhebett liegen, aber nicht schlafend, sondern laut weinend und jammernd. Die Sklavinnen wurden durch das laute Schluchzen und Weinen der Prinzessin aus dem Schlaf geweckt und sagten zu ihr: »O Gebieterin, warum grämst du dich so über einen, der deinen Gram nicht mit dir teilt und dich vergisst? Behandle ihn doch ebenso und suche sein Bild aus deinem Gedächtnis zu verdrängen!«

Die Prinzessin aber erzürnte über diese Worte und sagte: »O ihr unverständigen Mädchen, ist das ein Mann, den man wieder vergessen kann, wenn man ihn auch nur ein einziges Mal gesehen hat?« Und nun brach sie wieder von neuem in Jammern und Weinen aus, bis sie endlich vor Ermattung einschlief. Der Prinz hörte und sah das alles von der Tür aus mit an, aber sein Herz pochte so heftig, und seine Brust war so beklommen, dass er weder einen Schritt vorwärts tun noch einen Laut von sich geben konnte. Sobald er wieder seiner Kräfte Herr wurde, trat er in das Zimmer und ging zu dem Ruhebett, wo die Prinzessin mit verwirrten Haaren und zerrissenen Kleidern lag. Er weinte, als er ihre bleichen Wangen und den schmerzlichen Ausdruck ihrer Züge sah, und zitternd beugte er sich über ihre herabhängende Hand und drückte seine Lippen darauf. Die Prinzessin erwachte sogleich bei dieser Berührung, und als sie die Augen aufschlug, sah sie den Prinzen vor sich auf den Knien liegen. Sie traute ihren Augen nicht und glaubte, ein Traumgesicht zu erblicken, bis der Prinz mit flehender Stimme zu ihr sagte: »Warum weinst du und bist so traurig?« Bei diesen Worten sprang sie auf, fiel ihm um den Hals, und unter Tränen und Küssen sagte sie: »Deinetwegen, weil ich von dir getrennt bin.« Der Prinz tröstete sie und erzählte ihr nun seine Geschichte; als er aber geendet hatte, machte er Miene aufzubrechen, und Schems ul-Nahar, so hieß die Prinzessin, fragte ihn: »Wohin willst du?« – »Zu meinem Vater«, sagte er, »doch verspreche ich dir, jede Woche einmal zu dir zu kommen.«

Sie aber umschlang ihn mit den Armen und sprach: »Ich beschwöre dich bei dem Erhabenen, nimm mich mit dir, wohin du auch gehen magst, und lass mich nicht ein zweites Mal die Bitterkeit der Trennung kosten.« Der Prinz suchte sie zu trösten und bemühte sich, sie von ihrem Vorsatz abzubringen. Er schilderte ihr den Schmerz ihres Vaters, die Gefahren der Reise und schwor ihr bei Allah, keine Woche vorübergehen zu lassen, ohne sie zu besuchen. Sie aber antwortete stets: »Nimm mich mit, ich kann nicht ohne dich leben und will auch nicht ohne dich sterben.«

Als er sah, dass alle Bemühungen vergeblich waren, sie in ihrem Entschluss wankend zu machen, und da er selbst nur mit blutendem Herzen sich von ihr hätte losreißen können, so gab er ihren Bitten nach und sagte, sie solle sich zur Reise vorbereiten. Schems ul-Nahar eilte und zog die kostbarsten, mit Gold und Juwelen besetzten Gewänder an. Dann gingen sie leise an den wieder eingeschlafenen Mädchen vorüber zur Tür hinaus und kamen so, ohne den Sklaven aufzuwecken, auf die Terrasse, wo der Prinz sein Pferd stehen hatte. Der Prinz hob die Prinzessin in den Sattel, schwang sich hinter ihr auf und drehte an dem Wirbel, worauf das Pferd wie ein Pfeil durch die Lüfte flog. Die Prinzessin war wohl anfangs etwas erschrocken, da sie aber bald sah, dass das Pferd ruhig und ohne alle Erschütterung dahinflog, so bereitete ihr diese Art zu reisen bald auch großes Vergnügen, besonders weil ihr geliebter Prinz bei ihr war und sie nun nicht mehr fürchten mussten, von Spähern belauscht und überfallen zu werden. Es ging auch nach dem Willen Allahs alles gut vonstatten, und in sehr kurzer Frist kamen die Liebenden über der Hauptstadt des Schahs von Persien an. Der Prinz flog zuerst um Stadt und Palast herum, um der Prinzessin zu zeigen, welch ein mächtiger und reicher Herrscher sein Vater war, dann ließ er das Pferd in einem herrlichen Garten außerhalb der Stadt langsam nieder, hob die Prinzessin vom Pferd und führte sie in ein reich ausgestattetes Gartenhaus.

Nachdem sie hier eine Weile miteinander gesprochen und sich ausgeruht hatten, stand er auf und sagte: »Bleibe du einstweilen hier, ich will zu meinen Eltern gehen und sie von deiner Ankunft benachrichtigen, damit sie alles zu deinem Empfang Nötige vorbereiten können, denn du sollst als Tochter eines Königs und Braut eines Prinzen in den Palast meines Vaters einziehen. Die Wesire und die ganze Armee sollen dir entgegeneilen, und Pracht und Glanz sollen jeden deiner Schritte begleiten.«

Hierauf umarmte und küsste er sie aufs Zärtlichste und eilte dann zu seinem Vater, der schon wieder anfing, unruhig zu werden über sein langes Ausbleiben, und deshalb sehr erfreut war, als er seinen Sohn wieder gesund und strahlend vor Freude eintreten sah. Als ihm aber dieser sein Abenteuer mit der Prinzessin erzählt hatte und hinzusetzte, dass seine Braut dort im Gartenhaus auf ihn wartete, da kannte er sich gar nicht mehr vor Freude. Er rief die Mutter des Prinzen und die Prinzessinnen herbei, teilte ihnen das glückliche Ereignis mit und gab sogleich Befehl, alle Heerführer und Hofbeamten zusammenzurufen und große Festlichkeiten zu veranstalten. Die Nachricht von der wunderbaren Ankunft der fremden Braut verbreitete sich schnell durch die ganze Stadt, und alle Leute strömten hinaus zu dem Garten, um ihren Einzug in den Palast zu sehen.

Der persische Magier, den Schah Sabur bei der ersten Rückkehr des Prinzen wieder in Freiheit gesetzt hatte, hielt sich gewöhnlich beim Aufseher der Gärten auf und ging oft in dem Garten ein und aus. Nun traf es sich aber, dass er gerade an dem Tag, wo der Prinz mit der Prinzessin ankam, unter einem Baum des Gartens saß und voll Zorn, dass er die Prinzessin nicht zur Frau bekommen hatte, allerlei Rachepläne schmiedete; da sah er plötzlich den Prinzen auf seinem Pferd herabfliegen, der ein wunderschönes Mädchen aus dem Sattel hob und mit ihr in das Gartenhaus ging. Der persische Magier näherte sich vorsichtig einem offenen Fenster, vor dem ein dichtes Gebüsch stand, sodass er alles beobachten konnte, was in dem Gemach vorging, ohne selbst gesehen zu werden. Den Prinzen hatte er zwar sogleich erkannt, nun aber sah er die entschleierte Prinzessin, deren Schönheit ihn ganz außer sich brachte.

Er hörte ihre Unterhaltung mit an, trat, sobald der Prinz Schems ul-Nahar verlassen hatte, um in den Palast zu gehen, aus dem Gebüsch und zögerte nicht länger, seinen teuflischen Plan auszuführen und seine Rachegelüste zu befriedigen. Er klopfte an die Tür des Gemachs, und als die Prinzessin fragte, wer da sei, antwortete er: »Dein Sklave und dein Diener. Dein Herr schickt mich zu dir und lässt dich bitten, mir zu folgen; ich soll dich auf dem Pferd in ein Haus näher zur Stadt bringen, weil meine Herrin nicht so weit gehen kann und sich doch so sehr darauf freut, dich zu sehen und zu begrüßen, dass sie sich niemanden zuvorkommen lassen will.« Die Prinzessin zweifelte nicht im Mindesten an der Wahrheit dieser Botschaft und öffnete die Tür; sie schwang sich schnell aufs Pferd und trieb den Perser zur Eile an. Dieser zögerte auch nicht, hinter ihr aufzusitzen, drehte dann aber blitzschnell an dem Wirbel, sodass sich das Pferd mit rasender Schnelligkeit in die Lüfte schwang. Die Prinzessin hatte kaum so viel Atem, ihn zu fragen, was diese Frechheit bedeute; der Magier aber umfasste sie laut auflachend mit den Armen und flog immer weiter in Richtung des Reiches der Mitte.

Zur gleichen Zeit, als der Magier die Prinzessin entführte, brach der Zug zu ihrem Empfang von dem Palast auf. Unter dem Schall von Trommeln, Pauken und Trompeten zog der Prinz mit dem Schah, seinem Vater, und allen Heerführern und Hofbeamten an der Spitze herrlich gekleideter Truppen in den Garten ein. Kostbare Tücher wurden auf dem ganzen Weg ausgebreitet, damit der Prinzessin Fuß nur auf Gold und Seide trete. Der Prinz selbst in seiner reichsten Kleidung trat zuerst in das Gartenhaus, um seine geliebte Prinzessin Schah Sabur, seinem Vater, vorzustellen; aber starr und sprachlos vor Schrecken blieb er stehen, als er das Gemach leer fand und auch das hölzerne Pferd nicht mehr erblickte.

Da schrie er laut auf vor Schmerz, warf seinen Turban auf die Erde und schlug sich ins Gesicht und auf die Brust. Der Schah und seine Wesire stürzten voll Schrecken in das Gemach und fanden da niemanden als den Prinzen, der im Übermaß seines Schmerzes gegen sich selbst wütete und keine ihrer Fragen beantwortete. Als er aber unter den Umstehenden auch den Aufseher der Gärten bemerkte, sprang er auf ihn zu, packte ihn an der Brust und schüttelte ihn, dass er beinahe sein Leben aushauchte.

»Du Betrüger«, schrie er ihn an, »wo ist die Prinzessin, was hast du mit ihr getan? Sage mir die Wahrheit, oder ich schlage dir den Kopf vom Rumpf!« Der Aufseher, der an allen Gliedern zitterte, sagte: »Mein Herr! Du sprichst da von etwas, wovon ich gar nichts weiß. Bei meinem Leben und dem geehrten Bart deines Vaters! Ich weiß nicht, was du meinst, und habe nichts gesehen von dem, weshalb du mich in Verdacht hast.« Der Schah selbst suchte jetzt den Prinzen zu beruhigen und ihm die Hoffnung zu geben, dass das Ganze sich noch zur Zufriedenheit aller klären werde. Der Prinz aber, dessen Ungestüm sich etwas gelegt hatte, schüttelte traurig das Haupt, denn er ahnte den Zusammenhang und fragte den Aufseher der Gärten nur noch, wer heute in den Garten gekommen sei. Dieser antwortete: »Niemand als der persische Magier.« Der Prinz erwiderte kein Wort darauf, aber Wut und Scham, sich so überlistet zu sehen, zersprengten ihm fast das Herz; er ballte seine Fäuste und knirschte mit den Zähnen, dass alle Leute erschraken und ihm aus dem Weg gingen. Sein Vater blieb allein bei ihm, bedrängte ihn mit Bitten und versuchte, ihn zu trösten; doch alles war vergeblich, der Prinz hörte nicht darauf und sagte endlich zu ihm: »Mein Vater, gehe du mit den Truppen in die Stadt zurück, ich weiche nicht von hier, bis ich im Klaren mit mir bin und einen Entschluss gefasst habe.« Sein Vater schlug sich weinend auf die Brust und sagte: »Mein Sohn! Folge dem Trieb deines guten Herzens, und verlass deinen Vater nicht! Komm mit uns und wähle dir eine Prinzessin zur Gattin von allen Prinzessinen der Erde.« Der Prinz aber antwortete nicht, sondern drückte seinen Vater an die Brust, nahm Abschied von ihm und ließ ihn allein und betrübt in die Stadt zurückkehren. Und so wurde die Freude wieder in Trauer verwandelt.

Um aber wieder auf den persischen Magier zurückzukommen, so lenkte dieser das Zauberpferd in China zur Erde und stieg mit der Prinzessin unter einem Baum an einer kühlen silberhellen Quelle ab; hier ließ er sie auf den grünen Rasen sitzen und entfernte sich mit dem

Pferd, um Früchte und Nahrungsmittel zu holen, denn er war ebenso hungrig wie die Prinzessin. Diese dachte, nachdem er weggegangen war, wohl daran, die Flucht zu ergreifen, doch sie wusste nicht, wo sie sich befand und wohin sie sich wenden solle, um zu Menschen zu kommen, und dann bedachte sie auch, dass der schändliche Alte auf seinem Pferd von der Luft herab sie leicht entdecken, einholen und misshandeln würde; zu alledem war sie auch so müde und hungrig, dass sie kaum einen Schritt weit zu gehen vermochte. So beschloss sie dann, auf Allah zu vertrauen und die Rückkehr ihres Entführers abzuwarten. Dieser kam auch nach kurzer Zeit mit Lebensmitteln zurück, setzte sich zu ihr nieder und lud sie mit schmeichelnden Bitten ein, mit ihm zu essen. Nach der Mahlzeit sagte die Prinzessin zu dem Perser: »O Diener, gedenke deiner Pflichten und bringe mich zurück zu deinem Herrn und seinen Eltern. Ich verspreche dir nicht allein Straflosigkeit für dein frevelhaftes Unterfangen, sondern werde dich auch mit Geschenken überhäufen.« Der Magier aber lachte sie aus und sagte: »Allah verdamme sie alle, denn jetzt bin ich dein Herr und du bist Sklavin. Dieses Pferd hier gehört mir, ich habe es gemacht und bin dadurch reicher als alle Könige der Welt. Glaube nur nicht, dass du diesen Elenden, den Prinzen, je wiedersehen wirst. Mein bist du, schöne Prinzessin, aber ich liebe dich auch mehr als er und werde jeden deiner Wünsche erfüllen. Sklaven und Sklavinnen, Kleider, Geld, Paläste und Gärten, alles, was du nur willst, sollst du erhalten.« Sie aber brach in Tränen aus und wollte nichts von ihm wissen. Durch die Bestimmung des Erhabenen aber traf es sich, dass der Herrscher des Reiches der Mitte gerade in jener Gegend jagte und gerade in diesem Augenblick zu dem Baum und der Silberquelle kam. Als er hier das wunderbar schöne, zornglühende Mädchen mit einem über alle Beschreibung hässlichen Alten sah, sprang er vom Pferd und fragte den Perser, was er da für ein Mädchen habe und warum es so weine. Der Magier, der den Herrscher erkannte, warf sich in den Staub und sagte: »Mächtiger Herr und Kaiser, das undankbare Geschöpf hier, das ich zu meiner Gattin angenommen habe, ist mir entlaufen, um einen elenden Landstreicher aufzusuchen, und nachdem ich sie nun eingeholt und ihr mit milden Worten ihr Vergehen vorgehalten und Verzeihung zugesagt habe, fiel sie in ihrer Wut über mich mit Kratzen und Schlagen her, sodass ich genötigt war, sie zu züchtigen. Ich bitte dich nun, großer und gerechter Herrscher, lass diese Hündin von deinen Dienern fesseln, damit ich sie nach Hause bringen und dort bestrafen kann, wie sie es verdient.«

Die Prinzessin, die halb ohnmächtig auf den Rasen niedergesunken war, sprang bei diesen schamlosen Lügen des Alten mit funkelnden Augen und glühenden Wangen auf, warf sich dann zu Füßen des mächtigen Herrschers, küsste den Saum seines Kleides und sagte: »O Herr, wer du auch sein magst, den mir Allah, der Erhabene, zur Rettung gesandt hat, sieh mitleidig herab auf eine unglückliche Prinzessin und glaube diesem Elenden nicht. Er lügt, o Herr, und ist ein verschlagener Zauberer, der mich aus den Armen meines Bräutigams entführt hat aus Rache, weil er ihm seine Schwester nicht zur Frau geben wollte.«

Der Herrscher des Reiches der Mitte, entzückt über die Schönheit und das Wesen der Prinzessin, hob sie auf und sagte: »Es bedarf nur eines Blickes auf euch beide, um zu entscheiden, wer Recht und Unrecht hat. Peitscht diesen schändlichen Alten und führt ihn gefesselt ins Gefängnis.« Die Diener vollstreckten diesen Befehl vor den Augen der Prinzessin, der dies zu großer Genugtuung gereichte.

Der Herrscher Chinas ließ sie dann auf ein Pferd setzen und kehrte an ihrer Seite zur Stadt zurück. Unterwegs fragte er sie, was denn das für ein Pferd sei, das der Alte bei sich gehabt hatte und das ein Diener nachführte. Die Prinzessin war vorsichtig genug, das Geheimnis des Pferdes nicht zu verraten, und sagte deshalb nur: »O Herr, auf diesem hölzernen Pferd ritt er vor den Leuten und machte allerlei Kunststücke darauf.« Als der mächtige Kaiser das hörte, befahl er seinen Dienern, als sie im Schloss ankamen, das Pferd in die Schatzkammer zu führen. Er war voll Vergnügen über die Schönheit der Prinzessin, die er sogleich in eines seiner Zimmer hatte bringen lassen, und sagte lächelnd zu seinem Minister: »Wir sind ausgegangen, um wilde Tiere zu jagen, und haben dafür eine Gazelle gefangen.« Sein Herz entflammte in Liebe zu ihr, und noch am selben Abend ging er zu ihr, um ihr seine Hand anzubieten. Er hatte schon Befehl gegeben zur Beleuchtung der Gärten und der

Stadt, prachtvolle Festlichkeiten wurden angeordnet, und eine große Anzahl Diener und schöner Sklavinnen zogen unter Musik und Gesang vor ihm her. Die Prinzessin, im Glauben, nun allen Nachstellungen entgangen zu sein, hatte sich ein wenig niedergelegt und schlief mit dem frohen Gedanken ein, ihren Prinzen, dem sie unverbrüchliche Treue geschworen hatte, bald wiederzusehen, denn sie zweifelte nicht daran, dass der Herrscher Chinas sie, die Tochter eines so mächtigen Königs, sicher in ihre Heimat oder nach Persien werde geleiten lassen. Wie war sie aber erstaunt, als sie von dem Klang von Pauken und Trompeten aufgeweckt, den Kaiser vor sich stehen sah und seinen Antrag vernahm!

Sie schlug die Hände zusammen, stampfte mit den Füßen, zerriss unter wildem Schreien ihre Kleider und versuchte, sich den Kopf an der Wand zu zerschmettern. Die Frauen eilten auf sie zu und trugen sie auf einen Diwan; der Herrscher selbst verließ höchst verwirrt und betrübt über diesen Anfall ihr Gemach, befahl, alle Ärzte und Astrologen seines Reiches zusammenzurufen und versprach demjenigen eine große Belohnung, der die Prinzessin heile. Diese kam indessen wohl wieder zu sich, da sie aber in der Stille der Nacht alles wohl überlegte, so sah sie ein, dass sie den Bewerbungen des Kaisers nur dann entgehen könne, wenn sie sich fortwährend verrückt stelle. Auf diese Weise hoffte sie, dem Prinzen ihre Treue zu bewahren und Gelegenheit zur Flucht zu bekommen. Sie war auch so geschickt und schlau, dass niemand ihre Verstellung merkte, und da sie, sooft der Kaiser zu ihr kam, sich immer verwirrter stellte, die seltsamsten Reden ausstieß, ja, auf ihn selbst loszustürzen suchte, so stellte er seine Besuche, wie viel Schmerz es ihm auch verursachte, beinahe ganz ein, und begnügte sich damit, für alle ihre Bedürfnisse zu sorgen und alle Weisen und Ärzte aufsuchen zu lassen. Alle Tage ließ er sich nach ihrem Befinden erkundigen, aber jedes Mal meldete man ihm entweder, es sei beim Alten oder das Übel habe eher zu- als abgenommen. Nun kamen nach und nach die Ärzte an, von denen jeder behauptete, ein Mittel gegen diese Krankheit zu besitzen, und der Kaiser ließ einen um den anderen zu der Prinzessin führen. Diese aber, welche das vorausgesehen hatte und fürchtete, wenn sie sich den Puls fühlen lasse, könnte der eine oder andere auf den Gedanken kommen, dass sie ganz gesund und ihre Krankheit nur Verstellung sei, stellte sich, sooft einer zu ihr wollte, so tobsüchtig, schlug mit Händen und Füßen so um sich, dass keiner sich ihr zu nähern wagte, aus Furcht, sie könnte ihm die Augen auskratzen und die Zähne einschlagen. Einige zwar ließen sie halten und gingen zu ihr hin, diese aber brachte sie durch ihre Reden, ihre wütenden Gebärden und Anstrengungen, sich loszumachen, ganz in Verwirrung, sodass auch sie nichts zu sagen und zu tun wussten.

Während das mit der Prinzessin geschah, wanderte der Prinz, ihr Geliebter, der seinen Vater verlassen hatte, kummervoll von einem Land zum anderen und durchstreifte alle Städte und festen Orte, wo er alle Khans und Basare besuchte, sich mit allen Kaufleuten und Reisenden in Gespräche einließ, um irgendeine Nachricht von der Prinzessin, seiner Braut, zu erfahren. Aber nie hörte er auch nur das Geringste, was ihn hätte auf ihre Spur führen können, und schon überließ er sich dem quälenden Gedanken, er habe eine völlig falsche Richtung eingeschlagen, da führte ihn der Allwissende und Allhörende wie durch einen Zufall nach China. Er kam, ohne zu wissen, in welchem Land er sich befand, in die Hauptstadt, und hier hörte er schon am ersten Abend seiner Ankunft mehrere Leute im Basar von dem Kaiser und einem Mädchen sprechen, das man allgemein ebenso wegen seines Unglücks bedauerte wie wegen seiner Schönheit bewunderte. Er näherte sich den Leuten mit Anstand und Höflichkeit und ersuchte sie, ihm diese Begebenheit, von welcher sie mit so viel Teilnahme sprachen, auch mitzuteilen.

»Wisse«, sagte der eine von ihnen, »unser Herr ging vor einiger Zeit auf die Jagd, da hörte er ein Hilferufen, und wie er hinkam, war es ein schönes Mädchen, das mit einem alten Mann rang, und neben ihnen stand ein merkwürdiges Pferd, das war aus schwarzem Holz sehr kunstreich gearbeitet. Als unser Herrscher den Alten fragte, was er mit dem Mädchen habe, sagte dieser: ›Sie ist meine Frau, und ich züchtige sie, weil sie mir entlaufen ist.‹ Das Mädchen aber fiel unserem Herrn zu Füßen und schrie: ›Bei Allah schwöre ich, dass er lügt und ein Zauberer ist, der mich listigerweise aus meines Vaters Hause entfernt hat.‹ Der Kaiser glaubte ihren Worten, denn sie hatte ein sehr vornehmes, anständiges

Aussehen und war über alle Maßen schön. Er ließ den Alten prügeln und ins Gefängnis werfen. Das hölzerne Pferd ließ er in seine Schatzkammer führen, das Mädchen aber nahm er zu sich in seinen Palast, und so bezaubert war er von ihr, dass er sie noch am selben Abend heiraten wollte. Schon war alles bereit, die Gärten geschmückt, und große, nie gesehene Festlichkeiten begangen, da wurde das Mädchen plötzlich verrückt und raste, dass vier Sklavinnen sie nicht halten konnten. Seit der Zeit wendet der Kaiser, der vor Liebe und Gram ganz krank geworden ist, alles für Ärzte und Astrologen auf, aber noch hat sich keiner gefunden, der ihr hätte helfen können, so große Belohnungen auch der Kaiser darauf gesetzt hat.«

Der Prinz hörte diese Erzählung mit wechselnden Gefühlen an, als er aber das Ende vernahm und die Gewissheit hatte, dass die Prinzessin den Herrscher Chinas nicht geheiratet habe, da war seine Freude außerordentlich, und er rief laut aus: »Allah sei gelobt und gepriesen! Es bringt dir jemand Neuigkeiten, die du nicht erwartet hast.« Die Leute wichen vor ihm zurück und sagten: »Der hat auch den Verstand verloren und wird noch sein Leben dazu verlieren, wenn unser Herr erfährt, dass er sich über den Wahnsinn des schönen Mädchens freut.«

Der Prinz aber hörte nicht mehr auf sie, sondern sprang mehr, als er ging, in das Gemach, das er gemietet hatte, und verkleidete sich als Astrologe, färbte seine Augenbrauen und kämmte seinen Bart. Dann nahm er eine Büchse voll Sand und zwei Bücher unter den Arm, wovon das eine alt und zerrissen, das andere aber köstlich gebunden war; in die eine Hand nahm er einen Stock, in die andere eine Gebetsschnur und ging, wie die Astrologen pflegen, langsam einher. Auf der Straße schrie er von Zeit zu Zeit mit lauter Stimme: »Glück unserem Stadtviertel und dem eurigen!« So kam er an das Tor des Palastes, wo er zu dem Pförtner sagte: »Ich möchte, dass du eurem Kaiser sagst: ›Ein weiser Sterndeuter ist aus Persien gekommen, hat die Geschichte deiner Sklavin gehört und will sie heilen.‹«

Der Pförtner ließ sogleich dem Wesir sagen, es sei ein Sterndeuter aus Persien gekommen, der sehr gelehrt aussehe und das Mädchen zu heilen verspreche. Der Minister eilte schnell ans Tor und führte den Prinzen zum Beherrscher des Reiches der Mitte, der ihm mit viel Achtung begegnete und große Belohnung versprach, wenn er das Mädchen wirklich heilen könne. Der Prinz benahm sich ganz wie ein echter Sterndeuter, sprach vieles Vernünftige und Verständige und murmelte eine Menge Sprüche und Beschwörungen durcheinander her, die keiner der Anwesenden verstehen konnte. Der Kaiser und sein gesamter Hof waren erstaunt über die große Gelehrsamkeit des Prinzen, und der Kaiser sprach nach einer Weile zu ihm: »O Weiser, wenn es dir gefällt und die Zeit günstig dazu ist, so geh zu dem wahnsinnigen Mädchen, um dein Werk zu beginnen.«

»Es sei so!«, antwortete der Prinz, nachdem er etwas in dem alten Buch aufgeschlagen und gelesen hatte. »Führe mich zu ihr, dass ich die Ursache ihrer Krankheit erforsche und sehen kann, zu welcher Klasse von Geistern der gehört, der in ihr haust.« Der Kaiser befahl sogleich dem Obersten der Palastwache, den verkleideten Prinzen in die Gemächer der Prinzessin zu führen. Als der Prinz vor die Tür ihres Zimmers kam, hörte er, wie sie unter vielen Tränen ein Lied sang, worin sie ihr unglückliches Los beklagte, welches sie von ihrem Bräutigam getrennt hielt. Sein Herz entbrannte, und seine Augen wurden feucht; er bedeutete dem Obersten der Wache, zurückzukehren und trat schnell in das Zimmer. Mit Rührung und Schmerz sah er, wie der Kummer um ihn ihre Züge entstellt hatte. Er trat zu ihr heran, küsste sie dann auf die Stirn und sagte: »Allah möge dich aus diesem Zustand retten, Schems ul-Nahar, mit Hilfe des Allmächtigen ist die Erlösung da! Ich bin Kamr al-Akmar!« Sie schlug die Augen auf und wusste nicht, ob sie träumte oder wachte; sie glaubte, eine Erscheinung aus einer anderen Welt zu sehen. Nachdem sie sich beide von der Überraschung wieder erholt hatten, fragte sie den Prinzen, wie er denn von ihrem Aufenthaltsort erfahren habe und zu ihr habe kommen können. Er aber antwortete ihr: »Beruhige dich nur und zähme deine Neugierde; es ist jetzt keine Zeit zu langen Gesprächen, denn der Oberste der Wachen steht vor der Tür und noch weiß ich nicht, auf welche Weise ich dich befreien soll. Indessen will ich einen Versuch machen, ob es nicht durch List geschehen kann; ist das nicht möglich, so eile ich zu meinem Vater zurück und werde dann an der Spitze aller Truppen nach China kommen und dich zurückverlangen. Sage mir jetzt nur alles, wie es dir ergangen und wo das hölzerne Pferd mit dem persischen Magier hingekommen ist, damit ich meine Maßnahmen treffen kann.« Die Prinzessin erzählte ihm nun alles, wie der tückische Magier sie entführt und nach China gebracht, wie der Kaiser sie befreit und dann zur Gemahlin verlangt habe; als sie dann hinzusetzte, dass ihr Wahnsinn nur Verstellung sei, lächelte der Prinz, denn er hatte das schon vorher geahnt. Er lobte sie wegen ihres Scharfsinns und wegen ihrer Klugheit, dass sie das Geheimnis des hölzernen Pferdes dem Kaiser nicht verraten habe, und verließ sie dann, nachdem er ihr Mut und Trost zugesprochen und alles mit ihr verabredet hatte. Er ging zu dem Kaiser zurück und sagte: »Herr, ich will dir ein Wunder zeigen, wenn du mit mir zu dem Mädchen kommen willst!« Der Kaiser erhob sich sogleich von seinem Thron und ging voll gespannter Erwartung mit Kamr al-Akmar zu der Prinzessin. Diese fing sogleich an zu schreien und zu schäumen, wie gewöhnlich, stampfte mit den Füßen und schlug mit den Händen nach dem Kaiser, der sich schnell zurückzog und zornig zu dem Prinzen sprach: »Lügnerischer Sterndeuter, ist das das Wunder, das du mir zeigen willst? Ich werde dir den Kopf abschlagen lassen!«

Der Prinz aber winkte ihm mit der Hand zu schweigen, ging im Kreis um die Prinzessin dreimal herum, murmelte seine Beschwörungen und schäumte und gebärdete sich ärger als die Prinzessin, die ihrerseits fortfuhr zu toben und nun auch nach ihm schlug. Als er aber auf sie zuging und ihr ins Gesicht blies und seine Hände auf die ihrigen legte, da wurde sie nach und nach still und ruhig, und der Prinz flüsterte ihr, von den Anwesenden unbemerkt, die Worte zu: »Stehe jetzt mit königlicher Würde auf, nähere dich dem Herrscher des Reiches der Mitte und küsse ihm die Hand!«

Als der verkleidete Prinz von der Prinzessin wegtrat, sank sie wie ohnmächtig nieder und blieb einige Augenblicke so liegen, dann stand sie auf wie eine vom Schlaf Erwachte, und indem sie sich langsam und majestätisch dem Kaiser näherte, küsste sie voll Ehrerbietung seine Hand und sagte: »Willkommen, hoher Herr! Ich bin ebenso sehr erstaunt als erfreut darüber, dass du deine Sklavin endlich eines Besuches würdigst und ihr Gelegenheit gibst, ihre Dankbarkeit für dein edles, uneigennütziges Benehmen auszudrücken.« Der Kaiser eilte ihr außer sich vor Freude entgegen, als er diese Worte hörte. Ihr edles Benehmen, das so sehr von ihrem bisherigen verschieden war, erfüllte ihn mit Hoffnung auf baldige Genesung der Prinzessin. Mit vor Vergnügen glänzendem Gesicht wandte er sich dann dem Prinzen zu und sagte: »O Astrologe! Du bist der Gelehrteste deiner Zeit und ich kaum reich genug, dich nach Verdienst zu belohnen. Wünsche dir aber etwas, ich gewähre dir deine Bitte im Voraus.« Der Prinz aber entgegnete mit bescheidener Würde: »Herr! Die Zeit der Wohltat ist noch nicht da, denn ich fürchte sehr, dass die Besessenheit nur augenblicklich von der Prinzessin gewichen ist und nach kurzer Zeit wieder ausbrechen wird. Darum muss man die Kur fortsetzen, bis der böse Geist sie ganz verlassen hat. Es wird nicht leicht sein, mächtiger Herrscher! Aber ich will alles tun, um die schwere Krankheit der Prinzessin zu heilen. Man erfülle nur genau meine Anordnungen!«

»Triff nur deine Anstalten«, sprach der Kaiser, »und wehe dem, der sie nicht aufs Haar genau ausführt!«

»Sie muss«, sagte der Prinz, »auf der Stätte geheilt werden, auf der der Dämon der Krankheit in sie gefahren ist. Lass sie also auf einem reich und prächtig aufgezäumten Elefanten dorthin bringen, außerhalb der Stadt, wo du sie gefunden hast; denn dort ist der böse Geist in sie gefahren.«

Voll Bewunderung darüber, dass der Prinz von allen Umständen so genau unterrichtet war, sprach der Kaiser: »O Weiser und Gelehrter, der alle Dinge weiß auf Erden, bei dem Erhabenen, einen Mann wie dich habe ich noch nie gefunden! Sobald die Prinzessin vollends geheilt ist, werde ich alles aufbieten, um dich so zu ehren und zu belohnen, wie es deine große Gelehrsamkeit verdient. Alle deine Anordnungen sind mir Befehle, und bei meinem Bart, sie sollen Buchstabe für Buchstabe ausgeführt werden.«

Sogleich setzte sich der Zug mit dem Kaiser und dem Prinzen an der Spitze, umgeben von den Ministern mit ihren Truppen, in Bewegung und durchzog die Stadt und die Gärten bis zu der Stelle, wo die Prinzessin gefunden worden war. Hier wurden die Truppen aufgestellt, die Prinzessin von dem weißen Elefanten herabgehoben und in einen Kreis getragen, den der Prinz unter vielen Zeremonien und Zauberformeln mit seinem Stab in den Sand gezogen hatte. Der Prinz ging nun um den Kreis herum, streute eine Hand voll Sand nach Osten und Westen und eine nach Norden und Süden, murmelte Beschwörungen aus seinem Buch, blickte dann wie horchend bald gen Himmel, bald zur Erde, und befahl hierauf, rings um den Kreis goldene Räucherpfannen, eine an die andere, zu stellen. Als das geschehen und das Räucherwerk bereit war, hob er den Kopf wieder in die Höhe, nickte dreimal und trat dann zu dem Beherrscher des Reiches der Mitte, der in schweigender Erwartung seinem Wirken zusah.

»Herr!«, redete er ihn an, »meine Geister haben mir gesagt, dass der Teufel, der in dieses Mädchen gefahren, seinen eigentlichen Sitz im Leib eines Tieres aus schwarzem Ebenholz hat. Wird nun dieses Tier nicht gefunden, dass ich den Zauber brechen und den bösen Geist ausjagen kann, so wird das Mädchen jeden Monat von ihm befallen und geplagt werden.«

Bei diesen Worten des Prinzen hob der Kaiser erst eine Weile sprachlos vor Erstaunen die Hände empor, dann sagte er: »Du bist ein begnadeter Mann und Meister aller Weisen und Philosophen! Du hast bei Allah Recht, denn ich sah mit eigenen Augen, wie neben dem Mädchen und dem tückischen Alten ein Pferd von schwarzem Ebenholz stand, ohne Zweifel das Tier, von dem deine Geister dir sagten.«

»Es ist so, wie du sagst«, antwortete der Prinz, »lass es in aller Eile, aber mit Sorgfalt herholen, damit es nicht beschädigt wird, sonst ist all unsere Mühe vergebens.«

Der Kaiser gab sogleich die nötigen Befehle, und nach kurzer Zeit wurde das Pferd herbeigeführt. Der Prinz untersuchte es aufs Genaueste, um sich zu überzeugen, dass es unbeschädigt war, und als er alles nach seinen Wünschen fand, führte er es in den Kreis, setzte die Prinzessin darauf und befahl, alles Räucherwerk zu entzünden. Als die Flammen aufloderten, zog er eine Hand voll zerschnittenes, mit allerlei geheimnisvollen Zeichen bemaltes Papier aus seinem Turban und sagte: »Sobald ich auf dem Pferd hinter dem Mädchen sitze, werft dies Papier in die Flammen. Wenn dem Pferd dieser Geruch in die Nase kommt, wird es das Maul und die Nüstern aufsperren, um ihn einzusaugen, und dann wird dem bösen Geist in seinem Leib so bang werden, dass er ausfahren wird, sobald ich diesen Wirbel drehe. Tut alles genau, blickt immer auf die Räucherpfannen, dass kein Stückchen Papier auf die Erde fällt, und der Zauber wird gewiss gelingen.«

Der Kaiser selbst trat hinzu, um genau Acht zu geben, dass alles nach der Angabe des Prinzen geschehe, und bedrohte jeden mit einem augenblicklichen Tod, der sich ein Versehen zuschulden kommen lasse. Der Rauch stieg nun so dicht empor, dass man den Prinzen nicht mehr erblicken konnte, selbst wenn der Kaiser und dessen gesamtes Gefolge auf ihn statt auf die Räucherpfanne gesehen hätten; und dies war der Augenblick, auf den der Prinz gewartet hatte. Er drehte sogleich den Wirbel, und das Pferd erhob sich mit ihm und der Prinzessin wie ein Vogel. Im ersten Augenblick war jedermann so betroffen über diese unerhörte Erscheinung, dass niemand daran dachte, ihnen einen Pfeil nachzusenden, und als der Kaiser von seiner Erstarrung zu sich gekommen, voll Wut den Befehl dazu gab, war es zu spät und der Prinz bereits ihren Blicken gänzlich entschwunden. Verwirrung und Angst bemächtigte sich aller Umstehenden, und sie riefen aus: »O Herr und Kaiser, was ist da zu tun, das ist der Teufel oder ein böser Geist!« Der Kaiser aber, der noch in die Luft starrte, als schon längst nichts mehr von dem Pferd zu sehen war, schrie plötzlich laut auf und fiel in Ohnmacht. Als er wieder zu sich kam, konnte er es immer noch nicht begreifen, und sein Erstaunen über dieses Wunder war ebenso groß wie seine Wut über den Verlust der Prinzessin. Nachdem er sich nach und nach wieder etwas gefasst hatte, sagte er: »Es gibt keine Macht und keinen Schutz außer bei dem Erhabenen! Hat jemals einer einen Menschen fliegen sehen? Bei Allah, das ist höchst wunderbar!« So kehrte er voll Verwirrung, Scham und Zorn nach der Stadt in seinen Palast zurück, und erbittert, wie er war, wollte er seinem Grimm auf irgendeine Weise Luft schaffen. Da fiel ihm ein, dass er den Alten noch gefangen hatte, und gab Befehl, diesen vor ihn zu bringen. Als der Perser herbeigeführt wurde, schrie ihn der Kaiser sogleich an: »Elender Betrüger! Warum hast du mir die wunderbare Eigenschaft dieses hölzernen Pferdes nicht erzählt, sodass es einem nichtswürdigen Landstreicher gelungen ist, mir das Mädchen zu entführen?«

Als der Magier diese Worte hörte, gebärdete er sich wie ein Wahnsinniger, schrie und weinte laut, schlug sich in das Gesicht und zerriss seine Kleider. Der Beherrscher des Reiches der Mitte, noch mehr erzürnt durch dieses Verhalten des Alten, befahl, ihn zu prügeln und den Scharfrichter zu holen. Durch diesen Befehl, den die Diener sogleich ausführen wollten, zur Besinnung gebracht, stürzte sich der Magier zu den Füßen des Kaisers und sprach: »O Herr, habe Gnade und Erbarmen mit einem unglücklichen Betrogenen! Wisse, ich habe dieses kunstreiche Pferd verfertigt und es dann dem Schah von Persien, meinem Herrn, gebracht, der mir dafür die Hand seiner jüngsten Tochter versprach. Sein Sohn aber, der ohne Zweifel der Astrologe ist, von dem du betrogen wurdest, ein unwissender, hochmütiger Mensch, brachte mich nicht allein um den wohl verdienten Lohn meiner jahrelangen Anstrengungen, sondern raubte mir jetzt auch noch mein Pferd.«

Der Kaiser fragte, wie der Prinz aussehe, und der Alte beschrieb ihn so genau, dass der Kaiser gar nicht mehr daran zweifelte, dass es der Astrologe sei. Hierauf ließ er sich noch die ganze Geschichte erzählen und ärgerte sich immer mehr darüber, sodass er, nachdem der Alte geendet hatte, ihm sofort den Kopf abschlagen ließ. Sein ganzes Leben hindurch vergaß er diesen Vorfall nicht, und es kränkte ihn umso tiefer, da er sich dem Schah von Persien gegenüber zu schwach fühlte, um seiner Rache Luft zu machen und sein Reich mit Krieg zu überziehen.

Des Prinzen und der Prinzessin Reise aber ging glücklich vonstatten, und sie kamen unbeschadet in der Hauptstadt Persiens an. Diesmal aber ließ sich der Prinz im Palast seines Vaters selbst nieder und nicht in einem außerhalb der Stadt gelegenen Garten wie beim ersten Mal, denn das Sprichwort sagt: »Durch häufiges Fallen lernt man gehen«, und wäre er gleich anfangs vorsichtig gewesen, so wären ihm alle diese Unglücksfälle nicht zugestoßen. Seine tief betrübten Eltern saßen gerade auf der

Terrasse, auf die er sich herunterließ, und waren über seine unerwartete Ankunft nicht wenig erfreut. Die glückliche Nachricht durchflog schnell die ganze Stadt, und alle, die es hörten, lobten und dankten Allah, dem Allmächtigen.

Die Hochzeitsfeierlichkeiten wurden sogleich vorbereitet, und das ganze Volk, die Wesire und die Truppen versammelten sich, um ihrem Herrscher Glück zu wünschen. Auch dem König, dem Vater der Prinzessin, schickte man Boten mit Briefen, um diesem die Ankunft seiner Tochter mit dem Prinzen zu melden und seine Einwilligung zur Heirat zu erbitten. Diese schickte er auch unter Versicherung seiner Freundschaft und begleitet von den herrlichsten Geschenken. Nun aber wurde die Hochzeit gefeiert; sieben Tage und sieben Nächte dauerten die Festlichkeiten an, und eine Menge Almosen wurde unter die Armen ausgeteilt. Das Zauberpferd aber, die Ursache so vieler Leiden und Freuden, wurde in die Schatzkammer gestellt und zum ewigen Andenken verwahrt.

Sindbad der Seefahrer

Unter der Regierung unseres großen Kalifen Harun al-Raschid lebten in Bagdad zwei Männer, der eine hieß Sindbad der Seefahrer und der andere Sindbad der Lastträger. Sindbad der Lastträger war ein sehr armer Mann, der eine große Familie und einen kleinen Verdienst hatte; Sindbad der Seefahrer hingegen war ein äußerst angesehener und weiser Kaufmann, der einen weit gespannten und einträglichen See- und Landhandel trieb, sodass er am Ende gar nicht mehr wusste, wo er Gold und Silber und die mannigfachen Waren aufbewahren sollte. In Bagdad selbst besaß er einen Palast, der einem Fürsten zur Wohnung hätte dienen können. Die Wände waren mit den kunstreichsten Intarsien und Ornamenten bedeckt und glänzten von Gold und Edelsteinen; alle Zimmer, sogar die mit weißem Marmor belegten Gänge und Höfe, wurden täglich mit dem feinsten Rosenwasser besprengt, köstliches Räucherwerk brannte ohne Unterbrechung in vergoldeten Becken. Das ganze Haus war mit den süßesten Wohlgerüchen erfüllt, die sich mit dem Duft der unzähligen Blumen vermischten, die in den umliegenden Gärten wuchsen. Diese Gärten selbst waren mit Springbrunnen, Teichen, Gartenhäusern und allen Dingen angefüllt, die sich das Herz nur wünschen kann. Eine Menge Sklaven harrten der Winke ihres Herrn, und kein Tag verging, an dem nicht ein Fest gefeiert wurde. Während Sindbad der Seefahrer das alles besaß, war der andere sehr arm. Er trug wie ein Lasttier um Lohn den Leuten ihre Lasten dahin und dorthin, und er musste sich noch glücklich schätzen, wenn er nur alle Tage jemanden fand, der ihn rief, denn sonst mussten er und seine Familie hungrig zu Bett gehen, was wohl auch vorkam. Eines Tages nun stand dieser geplagte Mann am Hafen, wo die Waren aus- und eingeladen wurden, und harrte, ob er nicht noch etwas verdienen könne, denn er war sehr hungrig. Da kam ein Mann auf ihn zu und sagte: »Willst du mir diese Last in meine Wohnung tragen?« Sindbad erklärte sich bereit dazu, und nachdem ihm der Fremde den geringen Lohn gegeben und gesagt hatte, wo er den Packen hintragen solle, ging er fort. Sindbad lud sich die sehr schwere Bürde auf und ging, schweißtriefend von der Last und der drückenden Sonnenhitze, den ihm angegebenen Weg. Dieser führte an dem Haus Sindbad des Seefahrers vorüber, und da der Träger sehr ermüdet war und sich eben ein sanfter Wind erhob, der zusammen mit den vielen Springbrunnen diese Stelle zu einem angenehmen und kühlenden Ruheort machte, so legte er seine Last auf das rein gekehrte und bespritzte Marmorpflaster und setzte sich nieder, um ein wenig auszuruhen, denn er hatte noch eine tüchtige Strecke zurückzulegen.

Wie er nun so dasaß und sich den Schweiß von der Stirn trocknete, sah er durch die Säulenhalle in das Haus hinein und erblickte viele Diener und Sklaven, die hin und her eilten und auf goldenen Schüsseln und kristallenen Platten die feinsten Speisen und Gewürze vorübertrugen, wie man es gewöhnlich nur bei Königen und den Großen des Reiches findet. Süß und verlockend stieg ihm der Geruch dieser Speisen in die Nase, er sog ihn in langen Zügen ein und schloss dabei seine Augen. Nach einer Weile aber weckte ihn sein leerer Magen aus diesen angenehmen Träumen und erinnerte ihn daran, dass er noch viel Hitze und Anstrengung ertragen müsse, um nur mit trockenem Brot seinen Hunger stillen zu können. Traurig richtete er seine Augen zum Himmel und sagte: »O Schöpfer! O Erhalter! Niemand ist unter den Sterblichen, der etwas einwenden könnte gegen das, was du tust. Niemand darf dich fragen, warum du so handelst und nicht anders! Wie groß und erhaben ist deine Macht, du verteilst Armut und Reichtum, Glück und Unglück, wie es dir gefällt! Du hast diese Diener und den Herrn dieses Ortes glücklich gemacht; sie leben Tag und Nacht in jeglicher Lust und Freude, während ich vor Anstrengung fast umkomme. Diese haben Muße ohne Arbeit, und ich Arbeit ohne Muße. Doch ich will nicht murren, o Erhabener, denn was du tust, ist wohl getan, und du vergisst keines deiner Geschöpfe.« Nachdem der Lastträger dies gesprochen hatte, stützte er sein Haupt in die Hände und weinte, dann sprach er folgende Sätze: »Wie viele Qual ohne Ruhe, während andere den Schatten des Glücks genießen! Ich lebe in täglichen Beschwerden und Sorgen, und übergroß ist meine Last. Andere sind selig ohne Leid, und nie gibt ihnen das Schicksal eine Last wie mir zu tragen. Sie sind immer vergnügt im Leben, haben Reichtum und Ansehen, Essen und Trinken. Und doch gleichen die anderen mir, und ich bin wie sie. Aber unser Leben und Schicksal sind sehr verschieden, ihre Bürde gleicht der meinigen nicht. Ich erfinde nichts, meine Worte gehen zu dir, o gerechter Richter, dein Spruch ist doch Gerechtigkeit!«

Kaum hatte er diese Verse gesprochen, da sah er einen reich gekleideten Sklaven zum Gartentor herauskommen und auf sich zugehen. Sindbad wollte schnell seine Last aufladen und seines Weges gehen, ehe er aber dies tun konnte, war der Sklave bei ihm, fasste ihn bei der Hand und sagte: »Mein Gebieter, der Eigentümer dieses Hauses, schickt mich zu dir, er will dich sprechen.« Der Träger suchte sich zuerst damit zu entschuldigen, er könne doch seine Bürde nicht mitten auf der Straße liegen lassen, habe auch keine Zeit zu versäumen wie ein reicher Mann; aber der Diener drang immer mehr in ihn und versicherte ihm zum wiederholten Male, er werde es nicht bereuen, und er solle nur keine Furcht haben, sodass Sindbad zuletzt seine Last aufhob, sie in der Vorhalle des Hauses beim Pförtner niederlegte und dann dem Sklaven ins Haus folgte.

Jetzt konnte er die Pracht und Schönheit dieses Hauses erst richtig sehen, denn der Diener führte ihn durch Gänge und Zimmerfluchten, bis sie in einen großen Saal kamen, der herrlicher ausgeschmückt war als alle anderen Gemächer. An seinen vier Seiten waren Estraden mit kostbaren Diwanen angebracht, in der Mitte sprang eine Fontäne von Rosenwasser aus einem goldenen Becken bis an die Decke des Saales, die Fenster gingen auf einen schönen Garten hinaus, der voll von Teichen und schattigen Hainen war; Blüten und goldene Früchte prangten an den Bäumen und hingen bis in den Saal herein, ein erfrischender Windhauch führte den Gesang der Vögel und das Murmeln der Springbrunnen und Bäche durch die Fenster zu den Ohren der ehrwürdigen Gesellschaft, die in weitem Kreis um den Hausherrn herumsaß. Dieser nahm den Ehrenplatz ein und war ein ansehnlicher, wohlgestalteter, durch einen großen weißen Bart ehrwürdiger Mann. Eine Menge Sklaven aller Art standen hinter ihm, auf seine Befehle wartend. Der Diener führte den erstaunten Lastträger, der dachte, nur im Paradies gäbe es einen solchen Ort, mitten in diese Versammlung. Er grüßte sie, küsste die Erde vor den Gästen und dem Hausherrn und blieb dann wie ein wohlgebildeter, anständiger Mann ruhig stehen. Alle erwiderten seinen Gruß und hießen ihn willkommen. Der Hausherr aber grüßte und empfing ihn noch besonders, lud ihn ein, sich neben ihm niederzulassen und am Mahl teilzunehmen. Die Diener brachten einen Tisch voll der auserlesensten Speisen, und der Lastträger aß mit dem größten Appetit, aber ohne den Anstand zu verletzen oder sich verlegen zu benehmen. Als er gegessen hatte, fragte ihn der Hausherr erst, wie er sich nenne, wo er her sei und welches Geschäft er betreibe. Der Lastträger antwortete ihm: »Wisse, o Herr, ich bin aus Bagdad und heiße Sindbad, der Dienstbare, Tagelöhner oder Lastträger, denn meine Beschäftigung besteht darin, den Leuten um Lohn ihre Lasten zu tragen. Dies ist mein einziges Geschäft, das mich kümmerlich genug ernährt. Ich bin ein sehr armer Mann, habe Familie und weiß nichts anderes zu treiben, um mich und meine Familie vor dem Hungertod zu schützen.«

Der Hausherr, der an der Bescheidenheit und dem Anstand des Lastträgers Gefallen fand und von seiner unglücklichen Lage gerührt wurde, sagte mit freundlicher Miene zu ihm: »Sei nochmals willkommen, du Lastträger! Wisse, auch ich heiße Sindbad wie du. Ich heiße dich daher als meinen Bruder willkommen. Deine Gesellschaft ist mir sehr angenehm, und ich bin überzeugt, dass auch meine Gäste dich mit Vergnügen als Genossen unseres beutigen Festes aufnehmen werden.« Die Gäste verneigten sich alle und bezeigten dem Lastträger ihre Freude über seine Gegenwart, worauf der Hausherr fortfuhr: »Ich möchte nun, dass du die Verse wiederholst, die ich dich vorhin sprechen hörte, als ich zufällig am Fenster stand.« Bei diesen Worten senkte Sindbad, der sich schämte, voll Verlegenheit das Haupt und sagte: »Bei Allah, Herr, nimm mir diese unüberlegten Worte nicht übel! Große Müdigkeit und die Qual der Armut führt oft den Menschen zu törichten Reden!«

»Glaube ja nicht«, erwiderte der Hausherr, »dass ich so ungerecht sein kann, dir darum zu zürnen! Ich betrachte dich nun als meinen Bruder, und du hast nur Gutes von mir zu erwarten. Ich bitte dich daher, sage mir ohne Scheu deine Verse noch einmal her!«

Der Träger trug nun noch einmal diese Verse vor, und sie gefielen dem Hausherrn ungemein wegen des darin ausgesprochenen Vertrauens auf Allah, den Allmächtigen. Nachdem er ihm seinen Beifall und Dank ausgedrückt hatte, sagte er zu ihm: »Wisse, o Bruder, dass ich mich recht gut in deine Lage versetzen und mit dir dein Unglück fühlen kann; aber ich will dich von einem Irrtum befreien, in welchem du, was mich betrifft, befangen zu sein scheinst. Du glaubst ohne Zweifel, dass ich ohne alle Arbeit und Entbehrung in die angenehme Lage gekommen bin, in welcher du mich jetzt siehst; du irrst dich aber hierin sehr. Ich bin in diesen glücklichen Zustand erst gekommen, nachdem ich jahrelang alle Mühsal des Leibes und der Seele erlitten habe, die einem Menschen nur immer begegnen kann! Ja, ihr Freunde«, setzte er hinzu, indem er sich an die Gesellschaft wandte, »die Mühseligkeiten und Gefahren, denen ein Kaufmann sich unterwerfen muss, sind so ungeheuer, dass sie imstande wären, dem habsüchtigsten Menschen die Lust zu nehmen, Meere und Länder zu durchziehen, um Reichtümer zu erwerben. Ihr habt vielleicht noch nichts als Gerüchte von meinen Reisen und den bestandenen Abenteuern gehört! Darum will ich sie euch selbst erzählen. Ich habe viele Reisen gemacht, und jede bildet eine wunderbare Erzählung, die mit Gold geschrieben werden sollte, um jedermann als Beispiel zu dienen!« Hierauf ließ er Getränke herumreichen und begann dann folgendermaßen: »Wisset, o Freunde, mein Vater, der ein sehr reicher Kaufmann war, starb, als ich noch ein kleiner Junge war, und hinterließ mir ein ungeheures Vermögen an Grundbesitz, Geld und kostbaren Waren. Ich ließ mir wohl sein und vergeudete meine Zeit mit Festen, die ich meinen guten Freunden Tag für Tag gab. Unerfahren und leichtsinnig verprasste ich ungeheure Summen und dachte gar nicht daran, dass es mir an irgendetwas mangeln könne. Jahrelang hatte ich so gelebt, bis ich zu meinem Schrecken bemerkte, dass mein Vermögen schwand und meine Freunde zurückhaltender zu werden begannen; nun kam ich freilich zur Vernunft, doch es war zu spät. Als ich mit meinen Verwaltern Rechnung hielt, fand sich, dass beinahe alles geschwunden war. Ganz betäubt von diesem Schlag warf ich mich zu Boden und aß und trank zwei Tage lang nichts; da dachte ich an meine Freunde und ihre täglichen Versicherungen, ihr Leben für mich zu lassen. Und obwohl ich durch ihre Zurückhaltung in der letzten Zeit etwas misstrauisch geworden war, so fasste ich doch den Entschluss, bei ihnen herumzugehen und von jedem ein kleines Darlehen zu erbitten. Ich führte meinen Vorsatz sogleich aus, doch ohne den geringsten Erfolg; nicht einer von ihnen wollte mich anhören, viel weniger unterstützen. Nun ging ich mit mir zu Rate, was ich tun sollte, um dem bedauernswertesten Elend auf Erden, der Armut im Alter, zu entgehen. Nach einiger Überlegung fasste ich den Entschluss, alle meine Kräfte aufzubieten, um die verlorene Zeit wieder zu ersetzen und das, was mir durch Zufall des Glücks zugefallen war, mir durch eigenes Verdienst zu erwerben. Ich ging nach Hause, und unbekümmert um den Spott der Leute, die sich meines Niedergangs freuten, versteigerte ich auf offenem Markt, was ich an Kleidungsstücken, Gerätschaften und Grundbesitz noch besaß. Ungefähr dreitausend Dirham war der Erlös davon, und das war der Rest von den Millionen, die mir mein Vater hinterlassen hatte. In der Stadt, wo ich so glücklich und angesehen und nun so arm und verachtet war, wollte ich nicht mehr bleiben; mich trieb es, zu reisen und fremde Länder und Menschen zu sehen.«

Erste Reise Sindbads

»Ich machte mich also auf«, erzählte Sindbad, »und erstand allerlei Waren. Da ich aber besondere Lust zu einer Seereise hatte, ließ ich alles auf ein Schiff laden, das nach Basra ging. Das Schiff war sehr groß, und es waren viele Kaufleute darauf; wir reisten nun von einer Insel zur anderen, von einem Meer ins andere. Überall, wo wir ankerten, verkauften oder tauschten wir unsere Waren. So ging es lange gut fort auf dem Meer, bis wir zu einer schönen Insel kamen mit niederem Gesträuch, in dem viele Vögel herumflogen und Allahs Lob verkündeten. Diese Insel war herrlich grün und schien ein Garten des Paradieses zu sein. Der Kapitän des Schiffs rief seinen Leuten zu, die Segel einzuziehen und vor dieser Insel Anker zu werfen, dann erlaubte er denjenigen der Mannschaft, die Lust dazu hatten, an Land zu gehen. Nun verließ alles das Schiff und lief auf die Insel; es wurden Tische aufgestellt, Herde errichtet und Pfannen darüber gehängt. Der eine wusch seine Kleider, der andere kochte, der dritte ging auf der Insel spazieren, um Allahs Schöpfung zu bewundern. Alle waren munter und aßen und tranken auf der Insel. Während wir so in der größten Freude waren, rief uns auf einmal der Kapitän ganz laut vom Schiff aus zu: ›Wehe, ihr Reisenden! Kommt schnell auf das Schiff, lasst alle eure Gerätschaften im Stich und rettet rasch euer Leben vor dem Verderben; denn die Insel, auf der ihr seid, ist nichts als ein großer Fisch, der nun zu wenig Wasser hat und nicht auf dem Land leben kann. Auch hat der Wind den Sand von ihm weggeblasen, und da er jetzt das Feuer auf seinem Rücken spürt, fängt er an, sich zu bewegen, und wird nun mit euch ins Meer tauchen; kommt daher schnell aufs Schiff und rettet euer Leben.‹ Aber noch ehe der Kapitän ausgeredet hatte, fing die Insel an, sich zu bewegen und mitten ins tosende Meer unterzutauchen, sodass alle, die darauf waren, untergingen. Auch ich versank in den schäumenden Wellen, aber Allah half mir durch ein großes Brett, auf dem die Reisenden gewaschen hatten. Der Kapitän, der die Leute, die auf der Insel waren, untergehen sah, setzte die Segel und fuhr mit der Mannschaft, die bei ihm auf dem Schiff geblieben war, davon. Ich sah das Schiff von fern, konnte es aber nicht mehr einholen. Der Tag war schon vorüber, die Nacht brach herein mit ihrer Dunkelheit, und das Schiff entschwand nun ganz meinen Blicken. So blieb ich den Wellen preisgegeben und kämpfte mit ihnen die ganze Nacht hindurch. Am anderen Morgen fühlte ich mich so erschöpft, dass ich mich auf meinen Tod vorbereitete; da warf mich eine große Woge glücklicherweise auf eine Insel. Die Ufer aber waren so steil, dass man nirgendwo hinaufsteigen konnte, und ich wäre angesichts des festen Landes untergegangen, wenn nicht einer der Bäume, die längs der Küste standen, seine Äste so tief über die Wellen gebreitet hätte, dass ich ihn ergreifen konnte. Ich hielt mich mit aller Kraft und Anstrengung daran fest, kletterte den Baum hinauf und von da hinunter auf die Insel. Ich warf mich nun auf den Boden nieder, denn ich war von meinen vielen Leiden zu Tode erschöpft. So blieb ich vom Nachmittag bis zum folgenden Morgen liegen und erwachte erst, als die Strahlen der Sonne schon die Insel erreicht hatten. Ich richtete mich auf und versuchte zu gehen, was mir aber sehr schwer wurde; dennoch schleppte ich mich weiter, um einige Kräuter zur Nahrung zu suchen, aber nur wenige Schritte konnte ich machen, dann musste ich wieder stehen bleiben und rasten. Endlich fand ich einige Früchte und mitten auf der Insel eine frische süße Wasserquelle und blieb hier mehrere Tage und Nächte. Nach vielem Liegen und Ruhen erholte ich mich etwas und kam wieder zu Kräften; ich ging unter den Bäumen spazieren und hielt mich im Gehen immer an den Ästen fest. Auf einmal leuchtete etwas von der Seite des Meeres her wie ein hoher Hügel; ich ging darauf los, mich immer an den Ästen festhaltend, und erblickte ein Pferd, das an einen Baum gebunden war. Als es mich sah, wieherte und tobte es so heftig, dass ich erschrak. Schon wollte ich wieder umkehren, da rief auf einmal aus dem Boden eine Stimme und sagte: ›Wie kommst du hierher, und woher kommst du? Aus welchem Land bist du?‹ Gleich darauf kam ein Mann zum Vorschein und ging auf mich zu. Ich sagte: ›Wisse, Fragender, ich bin ein Fremder, der Schiffbruch erlitt und sich auf diese Insel rettete; nun weiß ich nicht, wohin ich mich wenden soll.‹ Als der Fremde, ein kräftiger, starker Mann, mich angehört hatte, ergriff er meine Hand und stieg mit mir in eine Höhle hinab, in der sich ein schöner großer Raum befand, der mit Teppichen bedeckt war. Er ließ mich dort und brachte mir einige Speisen, von denen ich aß, bis ich ganz satt war. Mein Körper erholte sich, und mein Schrecken ließ nach. Als der Mann sah, dass ich meinen Hunger gestillt und mich ausgeruht hatte, erkundigte er sich nach meinem Zustand und nach meinen Abenteuern. Ich erzählte ihm meine ganze Geschichte von der frühesten Zeit bis jetzt. Er hörte mit Teilnahme zu, und ich sagte zu ihm: ›Nimm mir nicht übel, o Freund, da ich dir nun alles, was mich betrifft, erzählt habe. Willst du mich auch wohl über deine Person aufklären und mir sagen, wer du bist und warum du hier so abgeschieden lebst?‹ Er antwortete mir, er sei der Oberstallmeister des Königs Murdjan und habe die Aufsicht über dessen Stallknechte und andere Diener. Denn auf dieser Insel wurden die erlesensten Pferde geweidet und erzogen. ›Es ist ein Glück für dich‹, fügte er hinzu, ›dass du uns hier getroffen hast; denn wärst du einen Tag später gekommen, so hättest du niemanden gefunden, der dir einen Weg gezeigt hätte, und du wärst nie mehr in ein bewohntes Land gekommen, denn du bist weit davon entfernt. Du wärst hier in Trauer gestorben, und niemand hätte etwas von deinem Tod erfahren.‹ Der Tag der Abreise war nun herangekommen, und mein Retter machte sich mit mir und den anderen auf den Weg. Wir wanderten, bis wir zur Stadt des Königs Murdjan kamen, der sich sehr freute, als er die Pferde ankommen sah. Man erzählte ihm mein Abenteuer und stellte mich ihm vor; er hieß mich willkommen, erkundigte sich nach meinem Wohl, und ich erzählte ihm alles, was mich betraf. Der König war sehr erstaunt und sagte: ›Bei Allah, du trittst nun in ein neues Leben; gelobt sei Allah, der dich gerettet hat!‹ Er befahl dann seinen Dienern, Sorge für mich zu tragen und mich mit allem Nötigen wohl zu versehen. Sein Befehl wurde sogleich ausgeführt, man gab mir Kleider und Nahrung, und seine Großmut ging so weit, dass er mich zum Aufseher über den Hafen und die Lagerhäuser machte. Lange genoss ich seine Freigebigkeit, wofür ich ihm seine Geschäfte besorgte, bei denen ich auch meinen eigenen Vorteil fand. Sooft Kaufleute oder andere Reisende unsere Küste anliefen, erkundigte ich mich nach Bagdad, denn ich hoffte immer, jemanden zu finden, der dorthin reisen würde; aber niemand war je dort gewesen, niemand wusste etwas von Bagdad. Mir wurde es nun bald unheimlich in der Fremde nach einer so langen Abwesenheit von meiner Heimatstadt und von meinen Landsleuten. Einst ging ich nach meiner Gewohnheit hinunter zum Hafen; eben landete ein Schiff, sehr reich beladen. Ich blieb stehen, bis die ganze Ladung gelöscht war, und ließ sie dann in die Vorratshäuser bringen. Da kam der Kapitän des Schiffs zu mir und sagte: ›Herr, wir haben noch Waren auf dem Schiff, deren Eigentümer wir auf einer Insel verloren haben!‹ Ich fragte ihn nach seinem Namen, und er sagte: ›Sein Name steht auf seiner Ladung, er heißt Sindbad und war von Bagdad aus auf unser Schiff gekommen.‹ Der Kapitän erzählte mir dann alles, was vorgefallen war, und setzte hinzu: ›Wir haben ihn nicht mehr gesehen. Wir wollen daher seine Ladung verkaufen, ihren Wert aufnehmen und das Geld seiner Familie bringen.‹ Nun erhob ich meine Stimme und sagte dem Kapitän: ›Ich selbst bin Sindbad, den du von deinem Schiff auf jener Insel ausgeschifft hast. Als die Insel sich zu bewegen anfing, riefst du den Reisenden zu, sich zu retten; einige gingen schnell aufs Schiff, andere blieben zurück, zu diesen gehörte auch ich.‹ Und so erzählte ich ihm alles, was mir widerfahren war, vom Anfang bis zum Ende.

Der Kapitän neigte nachdenklich seinen Kopf und schwieg, dann sprach er: ›Es gibt keinen Schutz und keine Macht außer bei Allah, dem Erhabenen. Es ist keine Redlichkeit und kein Glaube mehr unter den

Menschen.‹ Ich fragte ihn, warum er dies sage, und er antwortete: ›Weil du mich den Namen Sindbads nennen hörtest und ich dir schon seine ganze Geschichte erzählt habe, gibst du dich für ihn aus, um dich dieser Ladung zu bemächtigen. Bei Allah, das ist eine Sünde; denn ich und alle, die mit auf dem Schiff waren, sahen ihn mit eigenen Augen ertrinken.‹ Ich sagte ihm: ›Kapitän, höre meine Erzählung und merke wohl auf, denn Lüge ist nur Sache der Heuchler.‹ Dann erzählte ich ihm alles, was mich anging und wie ich entkommen war; ich erinnerte ihn auch an das, was zwischen mir und ihm auf dem Schiff vorgefallen war, ehe wir zur Insel kamen, und an verschiedene Zeichen zwischen uns von jenem Tag an, als wir von Basra abreisten. Als er von mir diese Einzelheiten vernahm, ließ er sich davon überzeugen, dass ich wirklich jener Sindbad sei und benachrichtigte davon alle, die auf dem Schiff waren; sie versammelten sich um mich, grüßten mich, erkannten mich und glaubten mir, sodass nun auch der Kapitän von meiner Aufrichtigkeit überzeugt war. Ich erzählte den Kaufleuten alles, was ich erlitten und gesehen hatte und wie ich gerettet wurde, und sie waren sehr erstaunt darüber. Der Kapitän übergab mir dann alles, was mir gehörte. Ich öffnete sogleich einen Ballen, nahm einiges Kostbare heraus, machte es König Murdjan zum Geschenk und sagte ihm, dass dieser Kapitän der Herr des Schiffs sei, auf dem ich war, worauf er mich sehr ehrte und mir viele Geschenke machte. Ich verkaufte dann meine Ladung und gewann sehr viel daran; dann kaufte ich andere Waren von dieser Stadt, packte sie ein und brachte sie aufs Schiff. Nachdem ich von König Murdjan, der mir noch viele Geschenke machte, Abschied genommen hatte, segelten wir unter dem Schutz Allahs, des Erhabenen, ab. Die Bestimmung begünstigte uns mit gutem Wind, und wir segelten glücklich Tag und Nacht, von Insel zu Insel und von Meer zu Meer, bis wir in Basra ankamen. Freudig über unsere glückliche Heimkehr gingen wir in die Stadt, und nach einem kurzen Aufenthalt dort wandten wir uns nach Bagdad, das wir unbeschadet erreichten. Ich hatte eine Menge Waren bei mir, die ich größtenteils gleich nach meiner Landung mit großem Gewinn verkaufte. Ich ging dann in mein Stadtviertel, grüßte meine Nachbarn und Freunde, erwarb mein Haus wieder und bewohnte es mit all meinen

Verwandten, die sich sehr über mein Glück freuten. Später kaufte ich viele Sklaven, Häuser und Güter, die schöner als die früheren waren, die ich hatte verkaufen müssen. Ich schaffte mir alles wieder neu an und ließ es von damals an bis jetzt an nichts fehlen. Alle meine Leiden vergaß ich in kurzer Zeit und lebte wieder ganz in der schönsten Freude, in angenehmer Gesellschaft, bei gutem Essen und Trinken. Das ist's, was meine erste Reise betrifft.

Doch die Nacht umgibt uns schon; du hast uns durch deinen Besuch viel Freude gemacht; bleibe daher noch bei uns zum Nachtessen. Komm dann morgen wieder, damit ich dir mit Allahs Segen erzählen kann, was mir auf der zweiten Reise widerfahren ist.«

Als sie ihr abendliches Mahl in Frieden und Freude geteilt hatten, ließ Sindbad dem Lastträger hundert Denare auszahlen. Er nahm sie an und ging seines Weges, ganz erstaunt über das, was er gehört hatte.

Der Lastträger konnte kaum den Tag erwarten, als er sich erhob, sich wusch, sein Morgengebet verrichtete und zu Sindbad dem Seefahrer ging. Er wünschte ihm guten Morgen, küsste die Erde zu seinen Füßen und dankte ihm für seine Wohltaten. Darauf, da die übrigen Freunde auch schon da waren, bildeten sie einen Kreis um ihn wie am ersten Tag. Sindbad der Seefahrer bot dem Lastträger einen gesegneten Willkomm und sagte zu ihm: »Deine Gesellschaft ist uns sehr angenehm.« Hierauf bat er alle zu Tisch, der mit den köstlichsten Speisen bedeckt war, und sie ließen es sich wohl schmecken. An auserlesenen frischen und trockenen Früchten, Leckerbissen, Wohlgerüchen von Blumen war nicht gespart. Als sie sich satt gegessen und getrunken hatten, sprach Sindbad der Seefahrer zu den Gästen: »Hört mir, Freunde, aufmerksam zu, was ich euch von den Abenteuern meiner zweiten Reise erzählen werde; sie sind weit merkwürdiger als die ersten.« Jedermann schwieg, und Sindbad begann wie folgt:

Zweite Reise Sindbads

»Nach meiner ersten Reise war ich entschlossen, den Rest meiner Tage ruhig in Bagdad zu verleben, wie ich gestern erzählt habe. Dieser Lebensweise wurde ich jedoch bald überdrüssig. Ich spürte einen starken Drang zur Tätigkeit; die Lust, zu reisen und zu handeln, ergriff mich. Ich kaufte Waren, die sich zum Seehandel eigneten, und schiffte mich auf einem guten Schiff mit anderen Handelsleuten, deren Redlichkeit mir schon bekannt war, ein. Nachdem wir den Segen Allahs erfleht hatten, lichteten wir die Anker und stachen in See.

Darauf reisten wir von Insel zu Insel und machten sehr vorteilhafte Tauschgeschäfte. Eines Tages ließen wir uns an das Ufer einer Insel rudern, die reich an verschiedenen Fruchtarten, aber so verlassen war, dass wir weder eine Behausung noch ein menschliches Wesen entdecken konnten.

Während die einen Blumen, die anderen Baumfrüchte pflückten, nahm ich eine Mahlzeit, die ich mitgebracht hatte, ein und ließ mich an einer Quelle zwischen großen, schattigen Bäumen nieder. Nachdem ich gut gegessen und getrunken hatte, genoss ich mit vollen Zügen die balsamische Luft dieses reizenden Aufenthalts und freute mich dessen sehr, bis der Schlaf mich überwältigte. Ich kann euch nicht sagen, wie lange ich schlief, als ich jedoch erwachte, sah ich kein Schiff mehr vor Anker liegen.

Ich war sehr verwundert, das Schiff nicht mehr am Ufer liegen zu sehen, stand auf und sah mich nach allen Seiten um, ob ich keinen der Handelsleute erblicken könne, die auf der Insel umhergestreift waren. Die Segel des Schiffs waren noch sichtbar, aber nur wie ein Punkt am fernen Horizont; kurz darauf verschwand es völlig aus meinen Augen.

Ihr könnt euch die Betrachtungen vorstellen, die ich über meine traurige Lage anstellte. Mein Schmerz war so groß, dass ich am Leben verzweifelte. Ich schlug meinen Kopf und warf mich zur Erde, wo ich lange liegen blieb, gleichsam vernichtet von einer Fülle trauriger Gedanken, einer schrecklicher als der andere.

Ich tadelte mich hundertfach, dass mir meine erste Reise nicht genügt habe, die mir doch für alle Fälle die Lust für weitere hätte nehmen sollen. Alle meine Klagen waren jedoch unnütz, mein Bedauern umsonst.

Zuletzt ergab ich mich in den Willen Allahs; ohne zu wissen, was aus mir werden solle, stieg ich auf einen hohen Baum, um von da aus nach allen Seiten zu spähen, ob mir nirgends eine Hoffnung winke. Meine Blicke schweiften über die Meeresoberfläche hin, konnten jedoch nichts als Himmel und Wasser entdecken.

Plötzlich erblickte ich an der Küste etwas Weißes. Ich stieg vom Baum und wandte mich nach der Seite, wo ich den Gegenstand meiner Aufmerksamkeit erblickt hatte, der übrigens so fern war, dass ich nicht erkennen konnte, was es war. Den Rest der wenigen Nahrungsmittel, die ich noch besaß, nahm ich mit.

Schon in einiger Entfernung bemerkte ich, dass es eine außerordentlich große weiße Kugel war. Näher gekommen, berührte ich sie und fand, dass sie sehr dünnwandig war. Ich ging um diese herum, um nach einer Öffnung zu sehen, ohne dass ich jedoch eine entdecken konnte; ich hielt es auch für unmöglich, hinaufzusteigen, da sie sehr glatt war. Sie konnte fünfzig Schritt im Umfang haben. Als die Sonne sich im Westen neigte, wurde es auf einmal dunkel, als wenn dichter Nebel aufgekommen wäre. Großer Schrecken über diese anfangs rätselhafte Erscheinung befiel mich; wie groß aber war mein Erstaunen, als ich entdeckte, dass sie von einem Vogel von außerordentlicher Größe herrührte, der sich mir im Flug näherte. Es fiel mir ein, dass mir die Matrosen oft von einem Vogel, den sie Roch nannten, erzählt hatten und dass die große Kugel, die mich in ein solches Erstaunen versetzt hatte, wohl ein Ei dieses Vogels sein müsse. In der Tat, er breitete sein Gefieder auseinander und ließ sich darauf nieder, gleichsam, um es auszubrüten. Als ich ihn kommen sah, hatte ich mich ganz nahe bei dem Ei aufgehalten, sodass ein Fuß des Vogels, so groß wie ein dicker Baumstamm, über mich herabhing. Ich band mich daran mit meinem Turbantuch fest, denn ich dachte bei mir: Morgen wird der Vogel seinen Flug fortsetzen und könnte dich auf diese Weise von dieser verlassenen, trostlosen Insel wegtragen. So geschah es auch. Nachdem der Vogel die

Nacht in diesem Zustand zugebracht hatte, flog er, sobald der Tag anbrach, davon und trug mich tief in die Wolken hinein, dass ich nichts mehr unter mir sah; er schien das Gewicht, das an einem seiner Füße hing, durchaus nicht zu spüren. Danach ließ er sich aus der Höhe wieder herab mit einer Schnelligkeit, die mir fast die Besinnung raubte. Als er wieder mit mir festen Boden erreicht hatte, band ich schnell das Tuch los, das mich an ihn gefesselt hatte. Kaum war mir dies jedoch gelungen, als er mit dem Schnabel eine Schlange von unerhörter Größe erfasste und mit ihr davonflog. Hiervon war ich sehr überrascht und verlor meinen Mut.

Nachdem ich mich wieder etwas gefasst hatte, stellte ich Betrachtungen über meine Lage an. Der Ort, an dem ich mich befand, war ein sehr tiefes Tal, von allen Seiten mit Bergen umgeben, deren Spitzen sich in den Wolken verloren. Diese zu ersteigen, war schon deshalb unmöglich, weil die Berge sich jäh erhoben und man keinen Fußpfad darauf entdecken konnte. Das war eine neue Schwierigkeit für mich, denn wenn ich meine jetzige Lage mit derjenigen verglich, aus der ich mich eben befreit hatte, so fand ich, dass mein Gewinn nicht eben groß war.

Während ich im Tal umherging, entdeckte ich, dass dessen Boden mit Diamanten von erstaunlicher Größe wie besät war. Zugleich gewahrte ich jedoch in der Ferne einen anderen Gegenstand, der mir weniger gefiel und mich in Schrecken versetzte. Es war eine große Anzahl Schlangen, so lang und dick, dass jede von ihnen einen Elefanten hätte verschlingen können. Während des Tages zogen sie sich in ihre Höhlen, aus Furcht vor dem Vogel Roch, ihrem Feind, zurück und kamen erst des Nachts zum Vorschein.

Ich brachte den Tag mit Spazierengehen im Tal und Ausruhen zu und zog mich, als die Sonne unterging und die Nacht herannahte, in eine der Höhlen zurück, worin ich mich sicher glaubte. Den Eingang, der niedrig und eng war, verschloss ich mit einem großen Stein, um mich vor den Schlangen zu schützen; er passte jedoch nicht so genau, dass nicht noch einiges Licht eindringen konnte. Unter dem Geräusch, das die Schlangen machten, verzehrte ich einen Teil meines übrig gebliebenen Proviants. Ihr abscheuliches Zischen rief bei mir ein großes Angstgefühl hervor und ließ mich die ganze Nacht kein Auge schließen, wie ihr euch wohl denken könnt. Mit Anbruch des Tages krochen die Schlangen zurück. Zitternd verließ ich meine Grotte und ging, ich kann wohl sagen, lange über Diamanten, ohne mir die Mühe zu machen, welche aufzulesen; später setzte ich mich auf einen Stein und schlief ein, nachdem ich nochmals ein kleines Mahl genommen hatte. Kaum war ich eingeschlafen, als etwas mit großem Geräusch auf mich fiel und mich aufweckte. Es war ein großes Stück frisches Fleisch, und kurz darauf fand ich mehrere andere an verschiedenen Stellen zu meinen Füßen von den Felsen herabfallen.

Ich hatte es stets für ein Märchen gehalten, was mir Matrosen und andere Reisende über das Diamantental und die Geschicklichkeit, mit der sich Steinsammler diese kostbaren Steine beschaffen, erzählten; nun überzeugte ich mich von der Wahrheit. Die Steinsammler begeben sich nämlich in die Nähe des Tales um die bestimmte Zeit, wenn die Adler Junge haben. Sie schneiden dann Fleisch ab und werfen es in großen Stücken hinab, damit die Diamanten, auf die sie fallen, daran hängen bleiben. Die Adler, die in diesem Land größer und stärker sind als anderswo, stürzen sich auf diese Fleischstücke und tragen sie in ihre Nester auf den Felsenspitzen, um ihre Jungen damit zu füttern. Dann gehen die Steinsammler zu den Nestern und zwingen durch lautes Lärmen die Adler, sich zu entfernen, worauf sie die Diamanten von den Fleischstücken lösen und mitnehmen. Sie bedienen sich dieser List, weil es kein anderes Mittel gibt, um die Diamanten aus diesem Tal zu holen, da niemand in dessen Tiefe hinabsteigen kann.

Bisher verzweifelte ich an der Aussicht, aus diesem Abgrund herauszukommen, den ich schon als mein Grab betrachtete; nunmehr schöpfte ich Hoffnung, und das, was ich soeben gesehen hatte, gab mir die Mittel zur Rettung meines Lebens an die Hand.

Ich fing an, die größten Diamanten, die ich erblicken konnte, zu sammeln und den ledernen Beutel, der mir zur Aufbewahrung meines geringen Proviants gedient hatte, damit zu füllen. Ich nahm dann das Stück Fleisch, das mir das mächtigste schien, und band es mit dem Tuch meines Turbans an mir fest. So gerüstet legte ich mich auf die Erde, den ledernen Beutel an meinem Gürtel festgebunden, sodass ich ihn nicht verlieren konnte.

Ich lag nicht lange so, als die Adler kamen; jeder ergriff ein Stück Fleisch und trug es davon. Einer der stärksten fiel über das Stück her, das ich an mir festgebunden hatte, und trug es auf den Gipfel des Berges in sein Nest. Die Diamantensucher, die in der Nähe waren, schrien laut, um die Adler von ihrer Beute zu verscheuchen, was ihnen auch gelang. Einer der Männer näherte sich mir, wurde aber von großem Schrecken erfasst, als er mich sah. Dies währte jedoch nicht lange, und ohne zu fragen, auf welche Weise ich hierher gekommen sei, fing er an, Verwünschungen gegen mich auszustoßen, weil ich ihm seine Beute raube. Ich antwortete ihm: ›Du wirst wohl anders über mich denken, wenn du meine Geschichte hören wirst. Ich besitze mehr Diamanten für dich und mich, als alle anderen zusammen haben können. Während es der Zufall ist, der sie ihnen verschafft, habe ich meine Steine in des Tales Tiefen gesammelt und trage sie in dem ledernen Beutel, den du hier siehst.‹ Mit diesen Worten zeigte ich sie ihm. Ich hatte nicht geendet, als die anderen Sammler, die mich bemerkt hatten, sich um mich scharten und ihr Erstaunen, mich zu sehen, ausdrückten, das ich noch durch die Erzählung meiner Geschichte vermehrte.

Sie brachten mich in ihre Behausung, die sie gemeinsam bewohnten. Dort öffnete ich in ihrer Gegenwart den ledernen Beutel, dessen Inhalt sie höchst erstaunte und wozu sie bemerkten, dass sie noch an keinem Hofe solch schöne Steine gesehen hätten. Ich bat den Sammler, dem das Nest gehörte (einem jeden war eines zugeteilt), wohin mich der Vogel gebracht hatte, so viel daraus zu wählen, wie er Lust habe. Er begnügte sich mit einem einzigen, noch dazu dem kleinsten, und erwiderte auf meine Einladung: ›Nein, ich bin reich mit einem, der wertvoll genug ist, um mir weitere Reisen zum Erwerb eines kleinen Vermögens zu ersparen.‹

Die Diamantensucher hatten schon mehrere Tage lang Fleischstücke in das Tal geworfen, und jeder schien zufrieden mit den Steinen, die er auf diese Weise erhalten hatte. Wir reisten daher tags darauf zusammen ab über hohe Berge, worauf es Schlangen von außerordentlicher Größe gab, denen wir glücklicherweise entgingen. So kamen wir an den ersten Hafen, von wo wir zur Insel Riha segelten, wo der Kampferbaum wächst, der so dick und belaubt ist, dass hundert Menschen in seinem Schatten Platz finden. Die Flüssigkeit, die den Kampfer ergibt, fließt aus einer Öffnung, die man in den Baum bohrt. Sie wird in einem Gefäß aufgefangen, verdickt und dann Kampfer genannt; nachdem die Flüssigkeit ausgelassen ist, verdorrt der Baum und stirbt ab.

Auf dieser Insel lebt das Rhinozeros oder Nashorn, ein Tier, kleiner als der Elefant, aber größer als der Büffel; es trägt ein anderthalb Fuß langes Horn, das sehr stark und in der Mitte gespalten ist, auf der Nase. Man sieht darauf weiße Umrisse, die einen Menschen darstellen. Das Rhinozeros kämpft mit dem Elefanten, durchbohrt ihm den Leib mit seinem mächtigen Horn und trägt ihn auf seinem Kopf davon; bald jedoch fließen Fett und Blut des Elefanten über seine Augen und machen das Tier blind. Darauf kommt, was unser Erstaunen noch vermehrt, der Vogel Roch, fasst sie beide mit seinen Krallen, um sie in sein Nest zu tragen und seine Jungen damit zu füttern.

Ich tauschte auf dieser Insel einige der Diamanten gegen Waren ein. Wir landeten noch an verschiedenen Inseln, wo wir Handel trieben, bis wir nach Basra und zuletzt nach Bagdad kamen. Dort gab ich den Armen reiche Almosen und lebte von dem ungeheuren Vermögen, das ich mir mit so großen Strapazen erworben hatte.«

Hiermit schloss Sindbad die Erzählung seiner zweiten Reise. Er schenkte dem Lastträger wiederum hundert Denare und lud ihn für den folgenden Tag ein, die Erzählung der dritten Reise zu hören.

Die Gäste gingen nach Hause und kamen am nächsten Tag um dieselbe Stunde; ebenso der Lastträger, der schon sein vergangenes Leid vergessen hatte. Die geladenen Gäste setzten sich wieder mit ihrem gastlichen Hausherrn an den reich gedeckten Tisch. Sindbad bat nach der Mahlzeit um Erlaubnis zu erzählen und fuhr fort wie folgt:

Dritte Reise Sindbads

»Bald hatte ich in dem angenehmen Leben, das ich jetzt führte, die Erinnerung an die Gefahren, die ich auf meinen beiden Reisen bestanden hatte, verloren. Auf die Dauer wurde ich jedoch, als Mann in der Blüte der Jahre, des Müßiggangs überdrüssig und zog es vor, neuen Gefahren entgegenzugehen. Abermals reiste ich mit reichen Waren, die ich nach Basra bringen ließ, von Bagdad ab und schiffte mich mit mehreren Handelsleuten ein; wir blieben lange auf See und landeten in verschiedenen Häfen, wo wir Handel trieben.

Eines Tages waren wir auf hoher See, als sich ein furchtbarer Sturm erhob, der uns von unserem Kurs abbrachte. Er hielt mehrere Tage an und zwang uns, im Hafen einer Insel anzulegen, was unser Kapitän gern vermieden hätte. Als man die Segel strich, sagte der Kapitän zu uns: ›Diese und einige benachbarte Inseln werden von Wilden bewohnt, die vollkommen behaart sind und uns töten werden. Obgleich es nur Zwerge sind, können wir ihnen doch keinen Widerstand leisten, weil sie zahlreicher als die Heuschrecken sind und alle über uns herfallen würden, wenn wir zufällig einen töteten.‹

Was der Kapitän sprach, versetzte alle in großen Schrecken, und wir erfuhren bald, dass alles nur zu sehr der Wahrheit entsprach. Am Ufer erschien auf einmal eine zahllose Menge von hässlichen Wilden, den ganzen Körper mit rötlichen Haaren bedeckt und nur zwei Schuh groß. Sie schwammen uns entgegen und umgaben bald unser Schiff. Mehrere unter ihnen versuchten, uns anzureden, wir verstanden aber ihre Sprache nicht. Sie stiegen an Bord und in die Takelage mit einer solchen Gewandtheit von allen Seiten, dass man kaum bemerkte, wo sie ihre Füße aufsetzten.

Mit großer Angst, wie ihr euch wohl vorstellen könnt, sahen wir dem allen zu, ohne uns zu wehren oder zu ihnen ein einziges Wort zu sagen, das sie an der Ausführung ihres Vorsatzes hätte hindern können. In der Tat zogen sie die Segel ein und kappten das Ankertau, ohne sich die Mühe zu geben, es einzuholen, und ließen uns alle landen, nachdem sie das Schiff näher an Land herangebracht hatten. Darauf steuerten sie es zu einer anderen Insel, woher sie ursprünglich gekommen waren.

Gezwungen, das Traurige unserer Lage mit Geduld zu ertragen, entfernten wir uns vom Ufer und drangen weiter auf die Insel vor, wo wir Früchte und Kräuter fanden, deren Genuss den letzten Augenblick unseres Lebens noch erträglich machte; denn wir glaubten nichts anderes, als dass der Tod uns gewiss sei. Auf dem Weg bemerkten wir nicht weit von uns ein wohl gebautes und hoch liegendes Schloss, das ein Tor mit zwei Flügeln von Ebenholz hatte. Wir öffneten es, indem wir daran stießen. Beim Eintritt in den Hof sahen wir uns gegenüber einen großen Saal mit Vorhalle, worin auf der einen Seite Menschengebeine hoch aufgehäuft waren; auf der anderen lagen zahllose Bratspieße. Dieser Anblick erschütterte uns tief; die Kraft verließ uns, da wir ohnehin sehr ermüdet waren, und wir fielen zu Boden, von tödlichem Schreck getroffen, von dem wir lange Zeit wie gelähmt waren.

Die Sonne neigte sich zum Untergang, während wir in diesem grässlichen Zustand der Verzweiflung waren, als sich auf einmal mit einem Geräusch, ähnlich dem Brausen des Sturmwinds, eine Tür öffnete und eine schwarze Menschengestalt, groß wie ein Palmbaum, gar schrecklich anzusehen, hervortrat. Dieser Riese hatte rote Augen, welche gleich glimmenden Kohlen leuchteten; seine Vorderzähne waren lang und spitz und standen zum Mund heraus, der wie ein Pferdemaul aussah und dessen untere Lippe auf die Brust herabhing. Seine Ohren glichen denen eines Elefanten und bedeckten die Schultern; seine Nägel waren lang und krumm wie die Krallen der größten Raubvögel. Beim Anblick eines so schrecklichen Riesen verloren wir die Besinnung und blieben wie tot liegen. Als wir endlich wieder zu uns kamen, sahen wir den Riesen, seine Augen auf uns gerichtet, unter dem Türbogen sitzen. Nachdem er uns eine Zeit lang betrachtet hatte, ging er auf uns zu und streckte, mir näher gekommen, seine Hand nach mir aus, ergriff mich am Genick und drehte mich mehrmals herum, wie ein Metzger, der ein Schaf schlachten will. Er ließ mich jedoch bald wieder fallen, da ich ihm zu mager schien und er nichts als Haut und Knochen an mir bemerkte. Die Reihe, gleich mir untersucht zu werden, kam an die Übrigen, bis er zum Schiffskapitän kam, der der Fetteste von uns allen war. Er hielt ihn mit einer Hand so in die Höhe, wie ich es wohl mit einem Sperling getan haben würde, und durchstieß ihn mit einem Bratspieß. Danach entzündete er ein großes Feuer, an dem er ihn knusprig briet. Nach diesem Abendessen ging er zur Tür zurück, legte sich auf der Schwelle schlafen und schnarchte gleich darauf mit einem Geräusch wie Donnergrollen, ohne vor dem nächsten Morgen aufzuwachen. Wir Übrigen konnten nicht schlafen und brachten die Nacht in der schrecklichsten Unruhe zu. Als der Tag anbrach, wachte auch der Riese auf, erhob sich und ging zum Schloss hinaus. Als er sich entfernt hatte, brachen wir das traurige Stillschweigen, in dem wir die ganze Nacht hindurch verharrt hatten, und ließen das Gebäude von Seufzern und Klagen ertönen, wozu jeder von uns nur allzu viel Grund hatte.

Wir berieten, was in dieser schrecklichen Lage zu tun sei. Endlich geriet ich auf einen Einfall, den ich meinen Kameraden mitteilte und den sie billigten. ›Brüder‹, fing ich an, ›ihr wisst, dass sich längs der Meeresküste Gehölz befindet; wenn ihr Vertrauen habt, so wollen wir daraus Flöße bauen, die uns weiterbringen, und sie am Meeresufer liegen lassen, bis sie fertig sind und wir den Augenblick für günstig halten, uns ihrer zu bedienen. Vor allem wollen wir versuchen, uns des Riesen zu entledigen; glückt dies, so können wir ein Schiff erwarten, das uns von dieser Insel führt. Schlägt es dagegen fehl, so setzen wir uns schnell auf unsere Flöße und suchen, die hohe See zu gewinnen. Zwar laufen wir einige Gefahr, wenn wir uns der Wut der Wellen auf so gebrechlichen Fahrzeugen anvertrauen; aber wenn Allah, der Erhabene und Allmächtige, unseren Untergang beschlossen hat, so ist es doch immer besser, auf diese Weise umzukommen, als uns im Wanst dieses Ungeheuers begraben zu lassen, das bereits einen unserer Gefährten verschlungen hat.‹ Mein Rat wurde gutgeheißen, und wir bauten Flöße, von denen jedes drei Personen zu tragen imstande war. Wir kehrten gegen Abend ins Schloss zurück, und bald darauf kam auch der Riese zurück. Wir hatten den Schmerz, ihn noch einen unserer Kameraden verschlingen zu sehen. Merkt nun auf, wie wir es anstellten, uns an ihm für seine Grausamkeit zu rächen! Nachdem er sein abscheuliches Mahl beendet hatte, legte er sich auf den Rücken und schlief ein. Als wir ihn nach seiner Gewohnheit schnarchen hörten, ergriffen neun der Kühnsten von uns jeder einen Bratspieß, steckten dessen Spitze in das Feuer, um sie glühend zu machen, und stießen damit alle auf einmal seine Augen aus.

Der Schmerz, der den Riesen erfasste, bewirkte bei ihm das schrecklichste Gebrüll. Er schnellte in die Höhe und streckte die Arme weit aus, um einen von uns zu fassen und ihn seiner Rache opfern zu können. Wir hatten jedoch Zeit, uns von ihm zu entfernen und uns an solchen Stellen zur Erde zu werfen, wo er uns mit den Füßen nicht erreichen konnte. Nachdem er uns lange vergeblich gesucht hatte, lief er unter dem fürchterlichsten Geheul und nach allen Seiten mit den Händen ausgreifend zur Tür hinaus.

Wir eilten hinter dem Riesen hinaus und liefen hinunter zu unseren Flößen. Wir ließen sie zu Wasser und warteten den Tag ab, um uns den Wellen zu überlassen. Wir rechneten nun so: Wenn der Riese bis Sonnenuntergang ausbliebe, dann dürften wir annehmen, dass er tot sei. In diesem Fall wollten wir auf der Insel bleiben und uns nicht den gebrechlichen Fahrzeugen anvertrauen. Kehrte er aber zurück, dann retteten wir uns auf unsere Flöße und suchten zu entfliehen. Kaum war jedoch der Tag angebrochen, als wir unseren grausamen Feind in Begleitung zweier anderer Riesen von gleicher Größe, die ihn führten, zurückkommen sahen. Voraus ging eine ziemliche Anzahl anderer Unholde mit starken Schritten.

Als wir dies sahen, überlegten wir nicht lange und eilten auf unsere Flöße, mit denen wir so schnell wie möglich vom Ufer wegzurudern suchten. Die Riesen bemerkten dies bald, bewaffneten sich mit Felsstücken, liefen zum Ufer, stürzten sich sogar ins Wasser und warfen uns mit solcher Geschicklichkeit die Steine nach, dass ich mit meinen Begleitern sicher ertrunken wäre, wenn nicht das Floß, worauf wir uns befanden, durch seinen soliden Bau den Angriff hätte aushalten können. Die beiden anderen wurden zerschmettert, und wer sich darauf befand, ertrank jämmerlich. Da ich und meine Kameraden mit allen Kräften ruderten, so befanden wir uns bald auf hoher See und außerhalb des Bereichs der Steinwürfe. Wir wurden bald ein Spiel der Winde und der

Wellen, die uns hin und her warfen, und brachten die Nacht in der schrecklichsten Lage zu, die man sich denken kann. Den darauf folgenden Tag wurden wir zu unserer unaussprechlichen Freude zu einer Insel getrieben und fanden darauf die herrlichsten Früchte, die uns die verlorenen Kräfte reichlich wieder ersetzen halfen. Wir hätten sonst vor Hunger und Erschöpfung kläglich umkommen müssen.

Gegen Abend schliefen wir am Ufer des Meeres ein und wurden erst durch ein Geräusch aufgeweckt, das eine Schlange von der Länge einer Dattelpalme mit ihren Schuppen machte. Sie fuhr auf einen meiner Kameraden los und würgte ihn hinunter. Wir übrigen zwei ergriffen die Flucht. Sorgenbeladen gingen wir auf der Insel umher, aßen von den Früchten, die darauf wuchsen, und wurden von der schrecklichen Vermutung gequält, dass einer von uns von der Schlange noch diesen Abend aufgefressen werde. Endlich bemerkten wir einen Baum, auf den wir stiegen, um uns die Nacht über in Sicherheit zu bringen. Gleich darauf näherte sich zischend die Schlange dem Baum, auf dem wir lagerten. Sie wand sich um dessen Stamm und erreichte auf diese Weise meinen Kameraden, der noch nicht so hoch wie ich gestiegen war, würgte ihn hinunter und kroch weiter.

Ich blieb auf dem Baum bis zum Tagesanbruch und stieg dann herab, eher tot als lebend; auch ich hatte kein anderes Ende zu erwarten als meine Kameraden.

Mir blieb noch ein letztes Mittel der Rettung vor dem Ungeheuer übrig. Ich suchte eine größere Menge Holz, Baumwurzeln und trockenes Gesträuch zusammen, machte daraus mehrere Bündel, die ich zusammenband und in einem großen Kreis um den Baum herum aufstellte. Ich deckte mich mit mehreren so zu, dass ich genug Luft bekommen konnte und die Schlange meinen Kopf nicht erreichen konnte. Hierauf schlief ich ein mit dem traurigen Trost, nichts unterlassen zu haben, was mich aus dieser Gefahr retten konnte. Die Schlange kam bald darauf zurück und kroch um den Baum herum, lüstern nach Beute. Sie konnte mich jedoch nicht fassen wegen des Walls, der mir zum Schutz diente, und trieb es so bis zum Tagesanbruch. Dann erst zog sie sich zurück; ich wagte es jedoch noch nicht, mich zu zeigen, bis die Sonne aufging.

Ich war so ermüdet von dem, was ich ausgestanden hatte, und so angegriffen vom Pestbrodem der Schlange, dass ich den Tod allen diesen Schrecken vorzog. Ich entfernte mich von dem Baum und lief zum Meer, gewillt, meinem Leben ein Ende zu machen. Dies war jedoch ein Wendepunkt meines Schicksals, denn Allah, der Allmächtige, hatte es anders mit mir beschlossen. In dem Augenblick, als ich mich in das Meer stürzen wollte, ließ er ein Schiff erscheinen, das schon ziemlich nahe am Ufer war. Ich schrie aus vollem Hals, löste mein Turbantuch und winkte damit, um eher bemerkt zu werden. Dies war nicht umsonst, denn ich wurde sogleich von der ganzen Schiffsmannschaft gesehen, und der Kapitän sandte mir ein Boot entgegen.

An Bord angekommen, fragten mich die Reisenden und die Matrosen neugierig, durch welche Fügung des Schicksals ich auf diese verlassene Insel gekommen sei. Nachdem ich ihnen erzählt hatte, was mir alles widerfahren war, sagten mir die Ältesten, dass sie oft von den Riesen gehört hätten, die auf jener Insel wohnen und von denen erzählt wird, dass sie Menschen fräßen, sowie sie ihnen in die Hände fallen; sie wussten auch von Schlangen zu berichten, die dort sehr häufig seien und sich nur des Nachts zeigen. Sie freuten sich, mich so vielen Gefahren glücklich entgangen zu sehen, und bewirteten mich mit dem Besten, was sie auftreiben konnten, was mir in der Tat auch sehr wohl bekam, da ich lange Zeit hindurch schlecht genug gelebt hatte. Der Kapitän schenkte mir sogar ein Gewand, als er bemerkte, dass das meinige in Fetzen um meinen Körper hing.

Wir kamen an verschiedenen Inseln vorbei und landeten schließlich bei Kalaset, woher man das Sandelholz bezieht. Wir gingen im Hafen dieser Insel vor Anker. Meine Reisegefährten, alle Handelsleute, fingen an, ihre Waren ausladen zu lassen, um sie zu verkaufen oder um Tauschhandel zu treiben. Unterdessen rief mich der Schiffskapitän und sagte: ›Höre, Bruder, auf dem Schiff befinden sich Waren, die einem Handelsmann aus Bagdad gehörten, der lange Zeit mit uns gereist ist, bis er starb. Wir wollen seine Waren verkaufen, das Geld dafür nehmen und es bei unserer Rückkehr seinen Erben zustellen, wenn sie sich als solche ausweisen werden.‹ Die Ballen, von denen er sprach, wurden auf Deck gebracht; er zeigte sie mir und fügte hinzu: ›Dies sind die Waren, von denen ich spreche; mein Wunsch ist, dass du dich mit deren Verkauf beschäftigst, indem du später einen deiner Mühe entsprechenden Lohn dafür in Empfang nimmst.‹ Ich war bereit dazu, indem ich ihm dafür dankte, dass er mir einen Anlass gab, tätig zu sein. Der Schiffsschreiber führte Register über alle Waren und die Namen der Handelsleute, denen sie gehörten. Er fragte den Kapitän, unter welchem Namen er diejenigen eintragen solle, mit deren Verkauf ich soeben beauftragt worden war. ›Schreibe sie‹, antwortete dieser, ›unter dem Namen Sindbad aus Bagdad ein.‹ Als ich meinen Namen nennen hörte, konnte ich meine Rührung nicht verbergen, betrachtete den Schiffskapitän genauer und erkannte in ihm denjenigen, der mich auf meiner zweiten Reise auf einer Insel, auf der ich am Ufer eines Baches eingeschlafen war, zurückgelassen hatte und unter Segel gegangen war, ohne mich zu erwarten oder nach mir sehen zu lassen. Ich hatte mich nicht sogleich wieder an ihn erinnert wegen der großen Veränderung, die, seitdem ich ihn zuletzt gesehen hatte, mit ihm vorgegangen war.

Da er mich für tot halten musste, so darf man sich nicht wundern, wenn er mich nicht sogleich erkannte. Ich sprach daher zu ihm: ›Kapitän, hieß der Handelsmann, dem diese Waren gehörten, Sindbad?‹ – ›Ja‹, antwortete er mir, ›so hieß er; er war aus Bagdad und hatte sich in Basra mit mir eingeschifft. Als wir eines Tages an einer Insel landeten, um Wasser und andere Erfrischungen an Bord zu nehmen, ging ich aus einem Versehen, das ich mir heute noch nicht erklären kann, unter Segel, ohne nachsehen zu lassen, ob auch alle an Bord zurückgekehrt waren. Ein einziger, eben dieser Sindbad, war vergessen worden. Die Handelsleute und ich bemerkten erst einige Stunden später seine Abwesenheit. Wir hatten starken Wind gegen uns, sodass wir uns unmöglich dem Ufer nähern konnten, um ihn wieder aufzunehmen.‹ – ›Du hältst ihn also für tot?‹, fragte ich. ›Allerdings‹, war seine Antwort. ›Nun, Kapitän‹, erwiderte ich, ›so nutze deine Augen und sieh vor dir jenen Sindbad, den du auf der wüsten Insel zurückließest. Ich schlief am Ufer des Flusses ein, und als ich aufwachte, sah ich niemanden von der Reisegesellschaft mehr, und das Schiff war bis auf einen kleinen Punkt meinen Augen entschwunden.‹ Bei diesen Worten sah mich der Kapitän mit großem Erstaunen an und wollte nichts von alledem glauben. Neugierig, was hier vorgehe, versammelten sich bald die Übrigen um uns; die einen glaubten mir, während mich die anderen, und zwar die Mehrzahl, für einen Lügner hielten. Da trat auf einmal ein Handelsmann aus ihrer Mitte hervor, grüßte mich und sprach: ›Du hast wahr gesprochen, Sindbad aus Bagdad, dieses Geld und diese Waren gehören dir. Ich erzählte euch vor kurzem das Wunderbarste, was mir jemals auf Reisen begegnet, als ich nämlich einst Diamanten sammelte und in das berühmte Tal Fleischstücke warf, damit sich die spitzen Steine daran festmachen und von den Adlern in das Nest ihrer Jungen getragen würden, und wie einst ein Mensch auf diese Weise seine Rettung fand. Dies war Sindbad, der vor euch steht, dem, wie es scheint, von Allah als Schicksal bestimmt ist, das Merkwürdigste zu erleben.‹ Der Schiffskapitän fing endlich an, mich zu erkennen, umarmte mich und sprach: ›Allah sei gelobt! Ich bin froh, dass ich meinen Fehler wiedergutmachen kann; hier sind deine Waren, für deren gute Aufbewahrung ich alle Sorge trug und wovon ich überall zu Geld machte, so viel nur immer möglich war; ich gebe sie dir mit dem erlösten Geld zurück.‹ Ich nahm sie wieder an mich, indem ich dem ehrenhaften Schiffskapitän aufs Freundlichste dankte und ihm Geschenke gab.

Von der Insel Kalaset segelten wir zu einer anderen, wo ich Gewürznelken, Zimt und andere Spezereien einkaufte. Endlich kam ich nach einer langen Reise in Basra an und erreichte endlich wieder Bagdad mit mehr Geld und Waren, als ich selbst wusste. Ich gab noch einmal den Armen einen beträchtlichen Teil und kaufte mir mit dem Übrigen noch mehr Güter zu denen, die ich schon besaß. Auch gab ich meinen Freunden und Verwandten viele Geschenke, kleidete Waisen und Witwen und lebte in Behaglichkeit froh und heiter, nicht mehr der ausgestandenen Leiden gedenkend. Das ist der Schluss meiner dritten Reise.«

Sindbad ließ dann Speisen auftragen, gab darauf dem Lastträger wiederum hundert Goldstücke und sprach: »Komm morgen wieder, du sollst dann hören, was mir auf der vierten Reise begegnet ist.« Der Lastträger versprach es und ging nach Hause, verwundert über das, was er von Sindbad gehört hatte; am anderen Tag ging er wieder zu ihm. Als sie alle beisammen waren, schmausten sie wie am vorher gegangenen Tag; später begann Sindbad zu erzählen:

Vierte Reise Sindbads

»Ich lebte einige Zeit, allen Lebensgenüssen hingegeben, und vergaß alle früheren Strapazen im Übermaß meines Glücks und meiner blühenden Geschäfte. Eines Tages besuchten mich vornehme Kaufleute, die durch ihr Gespräch über Handel und Reisen auch meine Wanderlust wieder weckten, sodass ich beschloss, mit ihnen zu reisen, um neue Länder zu sehen. Ich kaufte kostbare Waren für den Seehandel ein und begab mich mit meinen Freunden auf ein großes Schiff. Wir waren längere Zeit unterwegs, als wir eines Tages bei einer bisher außerordentlich günstigen Fahrt von einem Windstoß getroffen wurden, der den Kapitän zwang, die Segel einzuziehen und die Anker auszuwerfen. Der Sturm kam aber dann von vorne, zerriss unsere Segel sowie das Ankertau und schlug den Mast um, sodass das Schiff unterging und eine große Anzahl Handelsleute ertrank und die Ladung vernichtet wurde.

Ich und einige andere Handelsleute hatten das Glück, uns an einem Brett fest halten zu können, auf dem wir einige Zeit bei stillem Wind mit Händen und Füßen fortruderten. Dann erhob sich der Sturm wieder, und die Wellen trieben uns, nach Allahs Bestimmung, an eine große Insel. Wir stiegen an Land, außer uns vor Erschöpfung, Hunger, Durst und Kälte und nährten uns von Pflanzen. Die Nacht aber ruhten wir am Ufer aus. Den darauf folgenden Tag entfernten wir uns mit dem ersten Strahl der Sonne vom Ufer, drangen auf der Insel vor und bemerkten Behausungen, denen wir uns näherten. Sogleich kam uns ein

Schwarzer aus den Hütten entgegen. Ohne uns zu grüßen, ergriff er uns und führte uns zu seinem Oberhaupt. Man stellte uns eine Speise vor, die wir nicht kannten und auch noch nie gesehen hatten. Meine Kameraden, an denen der Hunger gezehrt hatte, aßen davon. Ich aber hatte einen Ekel davor und wollte trotz meines Hungers nicht einmal davon kosten; dies war mein von Allah beschiedenes Glück, denn kurz darauf bemerkte ich, dass meine Kameraden den Verstand verloren hatten und wie Rasende aßen. Man reichte uns darauf Kokosnussöl; meine Kameraden, die schon von Sinnen waren, aßen auch davon und rieben sich damit ein. Ich erstaunte darüber und sah dann, dass unsere Gastgeber Magier waren, die jeden Fremden, der zu ihnen kam, mästeten und ihrem König, der ein Werwolf war, gebraten zu essen gaben. Dies geschah mit meinen Kameraden, die durch diese Speise ihren Verstand verloren hatten. Ich aber blieb zwei Tage bei ihnen und enthielt mich aus Furcht und Angst jeder Speise und jeden Getränks. Ich magerte sichtbar ab und meine Haut dörrte aus; die Schwarzen bemerkten meinen Zustand, ließen mich leben und kümmerten sich nicht mehr um mich.

Auf diese Weise konnte ich mich eines Tages von den Wohnungen der Schwarzen entfernen und, mich von den Pflanzen der Insel nährend, heimlich weitergehen. Da bemerkte ich in der Ferne einen Greis und ging auf ihn zu, um zu sehen, wer er sei. Er war der Hirt, der die Menschen auf die Weide führte, die vom König verzehrt werden sollten. Er musste sie, nachdem sie von der genannten Speise gegessen hatten, ins Freie führen, wo sie mit den Früchten der Insel gemästet wurden, bis sie fett waren. Als ich dies wahrnahm, fürchtete ich mich und wollte umkehren; der Greis, der merkte, dass ich verständiger als die anderen war, gab mir durch ein Zeichen zu verstehen, dass ich den Weg nach rechts einschlagen sollte, um zu meinem Ziel zu gelangen. Ich folgte dieser Weisung, schlug den bezeichneten Weg rechts ein, fürchtete, verfolgt zu werden, lief bald, ging dann wieder langsam und ruhte aus, und endlich, als die Nacht hereinbrach und ich weit entfernt vom Greis war, legte ich mich nieder, konnte aber vor Angst und Müdigkeit nicht schlafen. Ich stand wieder auf, ging die ganze Nacht hindurch, am Morgen ruhte ich wieder aus, stärkte mich ein wenig und setzte so meinen Marsch sieben Tage lang fort.

Am achten Tag bemerkte ich in der Ferne einen Greis, ich ging auf ihn zu und erreichte ihn erst bei Sonnenuntergang. Da fand ich bei ihm weiße Menschen, die beschäftigt waren, Pfeffer zu sammeln. Sie kamen mir sogleich, als sie mich sahen, entgegen und fragten mich, wer ich sei und woher ich käme. Ich erzählte ihnen, wie ich Schiffbruch erlitten hatte, auf diese Insel gekommen und in die Hände der Schwarzen gefallen sei. Sie unterbrachen mich mit der Frage, durch welche Wunder ich den Schwarzen habe entkommen können, welche diese Insel beherrschen. Ich erzählte ihnen alles von Anfang bis zu Ende, was hier zu wiederholen überflüssig wäre, und sie waren höchst verwundert darüber.

Sie brachten mir dann etwas zu essen, und als ich gegessen und ausgeruht hatte, schiffte ich mich mit ihnen ein, und wir begaben uns auf die Insel, woher sie gekommen waren. Sie brachten mich zu ihrem König, der mich begrüßte und begierig war, meine Geschichte zu hören.

Nachdem ich alles berichtet hatte, beglückwünschte er mich, hieß mich sitzen und ließ mir zu essen geben; ich pries Allah, dankte ihm für seine Güte und blieb in der Hauptstadt, die sehr volkreich war und großen Handel trieb. Dieser angenehme Aufenthalt tröstete mich über mein Unglück, und die Güte, die der König mir entgegenbrachte, machte mich vollends zufrieden, und ich befreundete mich bald mit den Bewohnern der Stadt.

Ich bemerkte in diesem Land etwas, das mir sehr ungewöhnlich schien. Jedermann ritt auf den besten Pferden ohne Steigbügel und ohne Sattel. Ich fragte eines Tages den König, warum er sich keines Sattels bediene. Seine Antwort war, ich spräche zu ihm von Dingen, deren Anwendung er nicht kenne. Ich bat um die Erlaubnis, einen Sattel zu verfertigen und ging sogleich zu einem Schreiner und lehrte ihn, einen Sattel nach einer Zeichnung zu bauen, die ich ihm gab. Als der Sattel fertig war, fütterte ich ihn mit Wolle und besetzte ihn mit Leder. Darauf ging ich zum Schmied, der mir Zaum und Steigbügel nach meinen Angaben machte. Als alles dies aufs Beste fertig war, ging ich hin zum König, suchte eines seiner besten Pferde aus, legte ihm Sattel und Zaum an und bat den König, das Pferd zu besteigen. Er bestieg es und hatte an der Erfindung solchen Gefallen, dass er mir seine Freude durch die herrlichsten Geschenke bezeigte. Darauf fertigte ich verschiedene Sättel für die übrigen Großen des Reiches an, die mir alle Dinge schenkten, die mich binnen kurzem zum reichen Mann machten. Auch bei den übrigen Einwohnern kam ich in großen Ruf und war allgemein geschätzt und geachtet, weil ich den Schreiner gelehrt hatte, das Gerippe zum Sattel zu verfertigen, und den Schmied, Zaum und Steigbügel zu schmieden. Eines Tages sagte mir der König: ›Sindbad! Ich habe dich gern und weiß auch, dass alle meine Untertanen dasselbe tun. Ich habe eine Bitte an dich; du musst mir versprechen, sie zu erfüllen, dann wirst du alles Gute erlangen.‹

›König!‹, war meine Antwort, ›was verlangst du von mir?‹

Der König erwiderte: ›Mein Wunsch ist, du nehmest eine der vornehmsten Töchter meiner Stadt zur Frau, damit dich diese fessele und du einer der Unsrigen werdest. Ich will dir Einkünfte verschaffen, die dir gestatten, im Überfluss zu leben.‹

Da ich nicht wagte, dem Befehl des Königs zuwiderzuhandeln, so sagte ich: ›Du hast zu gebieten, o König der Zeit!‹ Er ließ alsbald den Kadi und die Gerichtszeugen rufen und verheiratete mich mit einer vornehmen adeligen, sehr schönen Frau, die viel Geld und Güter besaß. Er wies mir dann eine Wohnung an, schenkte mir Sklaven, gab mir Diener und bestimmte mir ein Gehalt und Zuweisungen. Ich freute mich und dachte, ich gebe mich der Fügung Allahs hin; will er mich einst wieder in meine Heimat zurückführen, so kann es niemand verhindern, und es bleibt mir dann die Wahl, ob ich die Frau mitnehme oder freilasse. Indessen liebte ich bald meine Frau und wurde auch von ihr geliebt, sodass wir eine geraume Zeit sehr glücklich lebten. Eines Tages hörte ich ein Jammergeschrei aus dem Haus meines Nachbarn, mit dem ich befreundet war. Ich fragte nach der Ursache dieses Jammers und vernahm, seine Gattin sei gestorben. Ich hielt es für meine Pflicht, ihn zu besuchen. Ich ging zu ihm, um ihn zu trösten, und fand ihn tief bekümmert. ›Allah stärke dich, vermehre deinen Lohn, erbarme sich der Verstorbenen und verleihe dir ein langes Leben!‹, war meine Anrede.

›Ach!‹, rief er aus, ›was können mir deine Wünsche nützen? Ich habe bloß noch eine Stunde zu leben! Ich sehe dich und alle meine Freunde nicht wieder bis zum Auferstehungstag.‹ Ich fragte: ›Wieso dies?‹

›Wisse‹, erwiderte er, ›man wird alsbald meine Frau waschen und in ein Totengewand hüllen und beerdigen und mich mit ihr begraben. Dies ist der Brauch unseres Volkes: Der lebende Mann wird mit seiner verstorbenen Frau und die lebende Frau mit ihrem toten Mann begraben, damit sie auch nach dem Ableben vereinigt bleiben.‹

Ich sagte: ›Bei Allah, das ist eine abscheuliche Sitte, der sich niemand gern unterwirft.‹ Während wir uns so unterhielten, kamen die meisten Stadtbewohner herbei, um die Trauernden zu trösten. Man legte dann die Frau in einen Sarg und ging damit ans Ende der Insel bis zu einem großen Stein, der eine große Zisterne bedeckte. Der Stein wurde aufgehoben, und der Leichnam sowohl als der lebendige Mann wurden an einem Strick hinabgelassen. Der Mann, dem man einen Krug Wasser und sieben Brötchen mitgab, löste den Strick ab, der wieder heraufgezogen wurde, worauf dann die Öffnung wieder mit dem Stein geschlossen wurde und jeder seines Weges ging. Als ich hierauf wieder zum König kam, sagte ich zu ihm: ›Mein Herr, wie könnt ihr Menschen lebendig begraben?‹

Er antwortete: ›So ist es Sitte bei uns: Stirbt ein Mann, so wird seine Gattin mit ihm begraben, stirbt eine Frau, so folgt ihr der Gatte ins Grab. So war es Sitte bei unseren Vätern und Ahnen und den Königen vor uns.‹

Ich sagte: ›Das ist eine schlimme Sitte‹, dann fragte ich: ›Gilt dieses Gesetz auch für Fremdlinge?‹

›Allerdings‹, erwiderte er, ›sind sie nicht davon ausgenommen.‹ Die Furcht, dass meine Frau vor mir sterben könne und dass ich dann lebendig mit ihr begraben würde, flößte mir sehr trübe Gedanken ein. Ich befand mich wie in einem Gefängnis durch diese Worte des Königs und verabscheute meinen Aufenthalt in einer solchen Stadt. Am Ende beruhigte ich mich und dachte, vielleicht sterbe ich vor meiner Frau, oder Allah wird mir helfen, dass ich vor ihrem Tod in meine Heimat zurückkehre. Aber nach einiger Zeit erkrankte sie, hütete das Bett und starb.

Mein Schmerz war groß, denn ich konnte nicht mehr entfliehen. Viele Leute kamen, um mich und die Verwandten der Frau zu trösten, und der König selbst erschien auch, um mir sein Beileid zu bezeigen. Man stattete alsbald meine Frau aus und trug sie in einem Sarg zu jenem Berg, hob den Stein von der Zisterne, dann sprach man mir Trost zu und verabschiedete sich von mir. Ich schrie: ›Ist es erlaubt von Allah, einen Fremden lebendig zu begraben? Ich bin nicht von den Eurigen, kannte eure Sitte nicht, hätte ich sie gekannt, so würde ich keine eurer Frauen geheiratet haben.‹ Sie hörten mich aber nicht an und hatten kein Mitleid mit mir. Sie banden mich fest, ließen mich in die Zisterne hinab und riefen mir zu: ›Mache den Strick los!‹ Als ich dies nicht tat und fortwährend schrie, warfen sie den Strick zu mir herab und deckten die Öffnung wie gewöhnlich zu. Da sie gewohnt waren, den Verstorbenen die schönsten Kleider und den kostbarsten Schmuck anzuziehen, so geschah dies auch bei meiner Frau, welche wertvolle Edelsteine an ihrem Schmuck hatte. Als die Leute fort waren, sah ich mich in der Zisterne um, die von einem abscheulichen Gestank angefüllt war, und vernahm ein leises Stöhnen, das meine Angst noch vermehrte. Es kam von einem Mann, der wenige Tage vor mir hinabgelassen worden war. Ich wurde fast rasend vor Verzweiflung und dachte, es gibt keinen Schutz und keine Macht außer bei Allah. Sein Wille geschehe! Warum musste ich mich in dieser Stadt verheiraten, ich war doch früher so vergnügt? Ich erinnerte mich an mein einstmals so glückliches Leben. Ich wünschte mir den Tod, wandte mich dann vom Satan ab und flehte Allahs Schutz an. Ich hatte jedoch eine schlimme Nacht, war hungrig und durstig und befand mich in einer solchen Dunkelheit, dass ich den Tag nicht von der Nacht unterscheiden konnte. Ich streckte die Hand nach dem Brot aus und aß etwa die Hälfte eines Brötchens, nahm auch ein wenig Wasser aus dem Krug, um ein wenig zu trinken. Dann ging ich an den Seiten der Zisterne umher und sah, dass es eine große Höhle war, in der viele Leichen und Knochen umherlagen. Plötzlich ging die Öffnung der Zisterne wieder auf, es kam Licht von oben, und ich dachte, es wird vielleicht wieder jemand begraben. Ich blickte hinauf, ohne gesehen zu werden, und bald ließ man einen toten Mann und eine hübsche lebendige

Frau zu mir herab, der man, wie gewöhnlich, einen Krug Wasser und sieben Brötchen mitgab. Sobald sich die Leute von der Öffnung entfernt hatten, machte ich mich auf und gab der Frau schnell mit einem der Knochen, die umherlagen, zwei Schläge auf den Kopf, wovon sie erst die Besinnung und dann das Leben verlor. Ich nahm ihr Brot und Wasser und was sie an Schmuck und Edelsteinen an sich hatte und nährte mich von diesem Brot, nahm aber nie zu viel zu mir, damit der Vorrat lange währte, denn ich hoffte immer noch auf Allahs Hilfe. So lebte ich längere Zeit, indem ich immer die Leute, die man lebendig herabließ, erschlug und mich ihres Vorrats bemächtigte. Eines Tages als ich so dasaß, hörte ich ein Rasseln an den Knochen, die an der Seite der Zisterne lagen. Ich stand auf, um zu sehen, was dies bedeute, denn ich fürchtete mich. Da bemerkte ich, wie etwas vor mir her ging. Ich ergriff einen Knochen und verfolgte den Gegenstand, er lief aber vor mir weg. Ich verfolgte ihn so lange, bis ich ein Licht entdeckte, das in der Ferne einem Stern glich. Ich kam diesem Licht immer näher und dachte, vielleicht hat die Zisterne eine zweite Öffnung und entdeckte zuletzt, dass es von einer Öffnung des Felsens kam, die nach dem Meer ging und durch die Tiere kamen, um die Gebeine der Toten zu fressen. Als ich dessen gewiss war, beruhigte ich mich und sah wieder neues Leben vor mir, nachdem ich mich dem Tode verfallen geglaubt hatte, und mir war, als träumte ich. Ich gab mir Mühe, um durch die Öffnung zu gelangen und befand mich am Ufer des Meeres, durch einen hohen Berg von der Stadt getrennt, zu der kein Weg führte. Ich dankte Allah für meine Rettung. Dann ging ich in die Höhle zurück, um das Brot und Wasser zu suchen, das ich noch darin hatte, dann kehrte ich wieder zurück und nahm alle Diamanten, Perlen, Rubine, goldene Armspangen mit den übrigen Goldstoffen, die sich in den Bahren befanden, mit, um sie ans Meeresufer zu tragen. Ich machte mehrere Pakete daraus und hüllte sie in Totengewänder ein. Ich ging dann jeden Tag wieder in die Höhle, erschlug die Leute, die man lebendig herabgelassen hatte, und nahm ihnen Brot und Wasser. Nach einiger Zeit, als ich so am Ufer des Meeres saß, bemerkte ich ein Schiff, das vorübersegelte. Ich rief aus vollem Halse, damit man mich höre und winkte mit einem Fetzen von einem

Totengewand, das neben mir lag. Man bemerkte mich, und eine Schaluppe wurde abgesandt, um mich an Bord zu bringen. Auf die Frage der Matrosen, wer ich sei und weshalb ich mich an diesem Ort befinde, wo sie vor mir noch keinen Menschen gesehen hatten, antwortete ich, ich sei ein Kaufmann und hätte mich auf einem Schiff befunden, das untergegangen sei, und mich mit großer Anstrengung hierher mit einigen Habseligkeiten und etwas Schmuck gerettet. Ich sagte ihnen aber nichts von dem, was mir in der Stadt und in der Höhle widerfahren war, weil ich fürchtete, es könnte jemand aus der Stadt auf dem Schiff sein.

Sie nahmen mich auf, und als ich auf das Schiff kam, versammelte sich alles um mich herum, und als der Kapitän mich ausfragte, wiederholte ich, was ich den Matrosen erzählt hatte und bemerkte, dass ich meine ganze Ladung verloren, kein Geld besitze und nur einigen Schmuck aus dem Schiffbruch gerettet habe. Ich bot ihm dann einiges davon an, da er mich doch aufgenommen hatte. Er nahm aber nichts an, indem er sagte, dass er Allah zu Ehren jeden, der Schiffbruch erlitten oder auf einer Insel verlassen sei, aufnehme und mit Proviant versorge und dass er sich freue, mich außer aller Gefahr auf seinem Schiff zu sehen. In der Tat versorgte mich der Kapitän unentgeltlich, bis wir glücklich nach Basra kamen, von wo ich, nach kurzem Aufenthalt, mich nach Bagdad begab. Ich teilte meine Schätze mit meiner Familie und mit meinen Freunden, beschenkte die Armen und Waisen und lebte wieder einige Zeit in Glück und Freude mit meinen Freunden. Das sind die Abenteuer meiner vierten Reise. Komm aber morgen wieder«, sagte er hierauf zu Sindbad dem Lastträger, »um die Geschichte meiner fünften Reise zu vernehmen, die noch wunderbarer als die der früheren ist.«

Er ließ ihm dann wieder hundert Denare geben, und am folgenden Morgen, als er wiederkehrte und man gegessen und getrunken hatte, begann Sindbad der Seefahrer folgende Erzählung:

Fünfte Reise Sindbads

»Das geruhsame Wohlleben, das ich nun führen konnte, übte noch nicht solche Gewalt auf mich aus, dass ich nicht schnell die ausgestandenen Leiden und Strapazen vergessen hätte. Noch immer reizte mich der Trieb, fremde Länder zu sehen; ich kaufte daher Waren, ließ sie einpacken, auf Wagen laden und reiste damit in einen Seehafen ab. Um nicht von einem Schiffskapitän abhängig zu sein und um selbst über ein Schiff befehlen zu können, ließ ich eines nach meiner Angabe bauen und ausrüsten. Als es vollendet war, wurde es mit Gütern beladen; ich schiffte mich darauf ein und nahm, da noch Raum war, Handelsleute verschiedener Nationen mit ihren Waren auf.

Mit gutem Wind stachen wir in See und waren bald weitab vom Land. Nach einer langen Reise war der erste feste Punkt, dem wir uns näherten, eine verlassene Insel, wo wir ein Ei des Vogels Roch von gleicher Größe, wie ich es auf meiner früheren Reise gesehen hatte, fanden. Das Junge war gerade im Begriff auszuschlüpfen. Sein Schnabel war schon sichtbar.

Die Handelsleute, die sich mit mir eingeschifft hatten und auch mit mir an Land gegangen waren, schlugen mit Äxten auf das Ei los und brachten darin eine Öffnung an, aus der sie das Junge des Vogels Roch in Stücken herausnahmen. Sie brieten es trotz meiner Warnung, das Ei nicht anzurühren. Kaum hatten sie ihre Mahlzeit beendet, als nicht weit über uns zwei große Gegenstände wie dicke Wolken sichtbar wurden. Der Schiffskapitän, den ich angestellt hatte, wusste schon aus Erfahrung, was sie bedeuteten; er rief uns daher zu, dass es Vater und Mutter des kleinen Roch seien, und forderte uns auf, uns so schnell wie möglich einzuschiffen, um dem uns drohenden Unglück zu entgehen. Wir befolgten eilig seinen Rat und segelten ab.

Die zwei Vögel kamen dem Ort, an dem das Ei gelegen hatte, immer näher und schrien furchtbar, als sie sahen, in welchem Zustand ihr Ei war, und dass ihr Junges sich nicht mehr darin befand. Um sich zu rächen, flogen sie schnell wieder dahin zurück, woher sie gekommen waren, während wir alle unsere Kräfte anstrengten, um uns zu entfernen und dem auszuweichen, was uns drohte.

Der Vogel kam bald mit seinem Weibchen zurück, und wir bemerkten, dass jeder zwischen seinen Krallen einen Felsbrocken von ungeheurer Größe hielt. Als sie über unserem Schiff waren, hielten sie sich einige Augenblicke in gleicher Entfernung über uns in der Luft. Der eine Vogel ließ das Felsenstück, das er hielt, auf uns herabfallen; der Steuermann konnte jedoch noch schnell genug dem Schiff eine andere Wendung geben, wodurch der Felsbrocken ins Meer fiel und es bis auf den Grund aufwühlte. Der andere Vogel ließ zu unserem Unglück die Felsenmasse mitten auf unser Schiff fallen, dass es zerschmettert wurde und in tausend Stücke barst. Die Matrosen und Reisenden wurden entweder erschlagen oder ertranken; ich selbst kam unter Wasser, glücklicherweise jedoch wieder an die Oberfläche und konnte mich an einem Stück der Schiffstrümmer halten. Indem ich mich so fest hielt, ohne das Stück Holz, auf dem ich mich befand, fahren zu lassen, wurde ich schließlich mit günstigem Wind und guter Strömung an eine Insel getrieben und rettete mich an Land.

Ich setzte mich ins Gras, um ein wenig auszuruhen; trübe Gedanken stiegen wieder in mir auf, als ich mich abermals in eine bedenkliche Lage versetzt sah. Ich sagte zu mir: ›Wärst du zu Hause bei den lieben Deinigen in Glück und Freud geblieben, statt als Abenteurer abermals dein Glück zu versuchen!‹ Da mir der Allmächtige schon so oft beigestanden hatte, so fasste ich wieder Mut, stand auf und ging am Ufer herum, um zu sehen, wo ich mich befand. Es schien mir, dass die ganze Gegend ein Garten sei; überall sah ich Bäume, die einen mit grünen Früchten beladen, die anderen mit Blüten, und Bäche von süßem und klarem Wasser, die sich dahinschlängelten. Ich aß von den Früchten, fand sie ausgezeichnet und trank das Wasser, das gleichfalls gut war.

Als die Nacht kam, legte ich mich ins Gras an einem ziemlich bequemen Ort; ich konnte jedoch nicht lange schlafen, denn mich verfolgte die Angst, allein an einem so verlassenen Ort zu lagern. Ich trug mich abermals mit dem Vorsatz, mir das Leben zu nehmen; als aber der Tag mit seinem Licht kam, so war meine Verzweiflung schnell verschwunden. Ich stand auf und ging, nicht ohne Furcht, unter den Bäumen herum.

Als ich ein wenig auf der Insel vordrang, bemerkte ich einen Greis, der mir ganz erschöpft schien und am Ufer eines Bächleins saß. Mein erster Gedanke war, dass er wie ich Schiffbruch erlitten haben müsse. Ich näherte mich ihm und grüßte ihn, was er nur mit einem leichten Nicken des Kopfes erwiderte. Dann fragte ich ihn, was er da tue, worauf er mir statt einer Antwort durch Zeichen zu verstehen gab, dass ich ihn auf meinen Schultern über das Bächlein tragen solle, indem er zugleich andeutete, dass er dort Blumen pflücken wolle.

Anfangs schien es mir, dass sein Zustand wirklich diese Hilfe nötig mache; ich nahm ihn daher auf meinen Rücken und trug ihn durch das Bächlein. Als wir jenseits ankamen, neigte ich mich, damit er bequem absteigen könne, und sprach zu ihm: ›Steige ab!‹ Statt dies zu tun, schlug der Greis, den ich für so schwach gehalten hatte, seine beiden Beine um meinen Nacken und setzte sich ganz fest auf meine Schultern, indem er meine Kehle fest umspannte, als wolle er mich erdrosseln; Todesangst befiel mich, und ich fiel ohnmächtig nieder.

Der lästige Greis kümmerte sich wenig um meine Ohnmacht und blieb dennoch an meinem Hals hängen; er ließ mir bloß ein wenig Luft, damit ich wieder zu mir kommen konnte. Als ich wieder zu atmen anfing, drückte er mir einen seiner Füße stark gegen den Unterleib und stieß mich mit dem anderen heftig in die Seite, sodass ich mich aufzustehen beeilte. Als ich wieder aufrecht stand, ließ er mich unter die Bäume gehen und zwang mich, deren Früchte zu pflücken, die er dann aß; weder Tag noch Nacht verließ er seinen Sitz in meinem Nacken, und wenn ich mich ausruhen wollte, so legte er sich mit mir nieder, die Beine stets um meinen Nacken geschlungen. Jeden Morgen stieß er mich heftig an, um mich aufzuwecken; darauf ging es vorwärts, indem er die Schenkel stark gegen mich drückte. Stellt euch, meine Freunde, die Pein vor, die ich in einer solchen Lage empfinden musste, ohne alle Hoffnung, sie ändern zu können!

Eines Tages fand ich auf meinem Weg mehrere trockene Kürbisse. Ich nahm einen der größten, höhlte ihn schön aus und drückte den Saft mehrerer Traubenbeeren, die auf der Insel sehr häufig vorkamen, hinein. Als ich den Kürbis angefüllt hatte, legte ich ihn an einen Ort, wohin ich einige Tage darauf den Greis geschickt zu führen wußte. Dort nahm ich den Kürbis, trank daraus und fand einen ganz ausgezeichneten Wein, der mich auf einige Zeit alle meine Leiden vergessen machte und mir wieder Kraft gab. Ich wurde dadurch so erheitert, dass ich im Gehen Sprünge machte und zu singen anfing.

Als der Greis die Wirkung merkte, die das Getränk auf mich gemacht hatte und dass ich sein Gewicht weniger zu empfinden schien, gab er mir zu verstehen, dass er auch davon trinken wolle; ich reichte ihm daher den Kürbis, den er ergriff und, da ihm das Getränk sehr mundete, bis auf den letzten Tropfen leerte. Es war genug darin enthalten, um ihn zu berauschen; diese Wirkung blieb auch nicht aus, und er fing bald an, zu singen und auf meinen Schultern zu schwanken. Nach und nach gaben seine Schenkel nach, was ich rasch zu nutzen entschlossen war. Blitzschnell warf ich ihn zur Erde, wo er, ohne sich zu rühren, liegen blieb und ich ihm mit einem großen Stein den Kopf einschlug. Groß war meine Freude, als ich auf diese Weise von dem schändlichen Alten befreit war. Ich ging schnell auf die Meeresküste zu, wo ich Seeleute fand, die soeben an Land gekommen waren, um Wasser aufzunehmen und frische Früchte zu suchen. Sie waren sehr erstaunt, mich zu sehen, und noch mehr, als sie meine Geschichte hörten. Sie sprachen: ›Wünsche dir Glück, den Händen des Greises entronnen zu sein, der noch alle diejenigen, die in seine Hände fielen, erdrosselt hat. Er hat noch niemals diejenigen, denen er sich bemächtigt hatte, freigegeben, ohne sie vorher zu Tode gebracht zu haben, und diese Insel wird allgemein gemieden, weil sie durch so viele seiner Mordtaten bekannt ist. Die Matrosen und Handelsleute, die sich ihr zufällig nähern, wagen es nie, in kleiner Anzahl und unbewaffnet zu landen, da sie sonst bald einen der Ihrigen in seinen Händen sehen würden.‹ Mit allgemeinem Beifall wurde die Nachricht aufgenommen, dass der Schändliche tot sei.

Sie nahmen mich auf das Schiff mit, und der Kapitän machte sich ein Vergnügen daraus, mich aufzunehmen, als er meine Geschichte gehört hatte. Der Wind blies in die Segel, und nach einer Reise von wenigen

Tagen landeten wir im Hafen einer großen Stadt, deren Häuser aus schönen Steinen erbaut waren.

Einer der Handelsleute, die auf dem Schiff waren, hatte mir seine Freundschaft bewiesen und veranlasste mich, ihn zu begleiten und führte mich in eine große Wohnung, die für fremde Reisende zum Aufenthaltsort angewiesen war. Er gab mir einen großen Sack und empfahl darauf einigen Bewohnern der Stadt, mich zum Einsammeln von Kokosnüssen mitzunehmen. ›Gehe hin‹, hieß er mich, ›und tue, was du sie tun siehst, und entferne dich nicht von ihnen, sonst wäre dein Leben in Gefahr.‹ Zu den Leuten aber sagte er: ›Dieser Mann ist arm und fremd, er war Handelsmann, als das Schiff, worauf er sich befand, unterging; nun ist er von den Notwendigkeiten des Lebens entblößt und kennt kein Handwerk; lehrt ihn euer Tun, vielleicht kann er etwas gewinnen und damit in sein Land zurückkehren.‹ Als er mich so empfohlen hatte, hießen sie mich willkommen und sagten: ›Bei unserem Haupt und unseren Augen, dein Freund soll uns willkommen sein.‹ Ich erhielt noch Lebensmittel für den ganzen Tag und ging mit den Leuten von dannen.

Wir kamen zuerst in einen großen Wald, worin sich sehr hohe und gerade Bäume befanden, deren Stämme so glatt waren, dass es unmöglich war, daran hinaufzuklettern, um die Frucht zu erreichen. Es waren lauter Kokospalmen, deren Früchte wir abschlagen und damit unsere Säcke anfüllen wollten.

Beim Betreten des Waldes sahen wir eine größere Anzahl kleiner und großer Affen, die die Flucht ergriffen, sobald sie uns bemerkten, und mit erstaunlicher Gewandtheit die Wipfel der Bäume erstiegen. Die Handelsleute, mit denen ich gekommen war, hoben Steine auf und bewarfen die Affen auf den Bäumen mit aller Gewalt. Ich folgte ihrem Beispiel und sah bald, dass die Affen unsere Absicht errieten; denn sie brachen die Nüsse eilig von den Bäumen und warfen sie uns zu mit Grimassen, die von Zorn und Erbitterung zeugten. Wir sammelten die abgeworfenen Früchte auf und begnügten uns dann nur noch von Zeit zu Zeit, Steine aufzuheben, mit denen wir den Affen drohten. Durch diese List füllten wir unsere Säcke mit Nüssen an, die wir uns ansonsten unmöglich auf andere Weise hätten verschaffen können.

Als wir unsere Säcke gefüllt hatten, kehrten wir in die Stadt zurück, wo der Handelsmann, der mich in den Wald gesandt hatte, mir den Wert der Nüsse bezahlte, die ich mitbrachte. ›Fahre jeden Tag fort‹, waren seine Worte, ›zu sammeln, und du wirst dir Geld erwerben, womit du in dein Heimatland zurückkehren kannst.‹ Ich dankte ihm für den guten Rat, den er mir gab, und sammelte nach und nach und ohne große Mühe, sodass ich mir in kurzer Zeit eine bedeutende Summe verdient hatte.

Das Schiff, mit dem ich angekommen war, hatte Handelsleute mit Kokosnüssen an Bord, die sie gekauft hatten. Ich erwartete ein zweites, das auch bald im Hafen ankam, um gleichfalls eine Ladung aufzunehmen. Ich ließ alle Kokosnüsse, die mir gehörten, auf das Schiff bringen und nahm, als dies geschehen war, von dem Handelsmann Abschied, der mir so viele Gefälligkeiten erwiesen hatte. Leider konnte sich dieser edle Mann nicht mit mir einschiffen, da er noch dringende Geschäfte tätigen musste.

Wir gingen unter Segel und nahmen Kurs auf die Insel, wo der Pfeffer in Mengen wächst. Von da kamen wir zu der Insel Comar, die die schönsten Aloebäume trägt. Ich tauschte auf diesen beiden Inseln meine Kokosnüsse gegen Pfeffer und Aloeholz ein und beschäftigte mich wie andere Handelsleute mit dem Perlensammeln, indem ich mir einige Taucher hielt, die mir eine ziemliche Anzahl großer und sehr schöner Perlen brachten. Freudig begab ich mich damit auf ein Schiff, das soeben glücklich von Basra gekommen war; von da ging es nach Bagdad, wo ich den mitgebrachten Vorrat an Pfeffer, Aloeholz und Perlen verkaufte und mir ansehnlichen Reichtum erwarb. Den zehnten Teil meines Gewinns gab ich den Armen, genau wie bei meiner Rückkehr von den übrigen Reisen.«

Sindbad ließ hierauf dem Lastträger hundert Denare geben, worauf sich dieser mit den anderen Gästen zurückzog. Tags darauf fand sich dieselbe Gesellschaft wiederum bei dem reichen Sindbad ein, der sie, wie am vorhergegangenen Tag, speisen ließ, um Gehör bat und die Abenteuer seiner sechsten Reise wie folgt erzählte:

Sechste Reise Sindbads

»Ihr werdet Mühe haben zu erfassen, wie ich nach so vielen erlebten Schiffbrüchen und Gefahren mich abermals entschließen konnte, mein Glück zu versuchen und mich neuen Gefahren auszusetzen. Wenn ich daran denke, bin ich selbst darüber erstaunt, und zweifellos muss ich unter einem eigentümlichen Stand der Sterne geboren sein. Wie dem auch sei, nach Verlauf eines Jahres rüstete ich mich trotz des Flehens meiner Freunde, die alles aufboten, mich zurückzuhalten, zu einer sechsten Reise.

Statt meinen Weg durch das südliche Meer zu nehmen, durchreiste ich zu Lande mehrere Provinzen Persiens und Indiens und kam in einem Seehafen an, wo ich mich auf einem guten Schiff einschiffte, dessen Eigentümer entschlossen war, eine weite Reise zu machen. Sie war in der Tat sehr lang, aber zugleich auch so unglücklich, dass der Kapitän und der Steuermann selbst nicht wussten, wo wir waren und welchen Weg sie einzuschlagen hatten. Endlich fanden sie sich zurecht; unsere Freude war jedoch kurz, dagegen groß unser Erstaunen, als wir den Kapitän bald darauf seinen Posten verlassen und furchtbar schreien hörten. Er warf seinen Turban zu Boden, riss sich die Haare aus und stieß sich den Kopf an den Planken des Schiffs wie ein Mensch, der den Verstand verloren hat. Wir fragten ihn nach dem Grund seines Jammers. Er gab zur Antwort: ›Ich sage euch, dass wir uns augenblicklich an der gefährlichsten Meeresstelle befinden. Das Schiff ist in eine starke Strömung geraten und in einer Viertelstunde müssen wir alle umkommen. Fleht zu dem Allmächtigen und Allerbarmer, damit er euch aus dieser Gefahr errette; wenn er sich unserer nicht erbarmt, sind wir unrettbar verloren.‹ Als er dies gesagt hatte, befahl er, die Segel zu streichen; die Takelage brach jedoch, und das Schiff wurde hilf- und steuerlos durch die Strömung gegen den Fuß eines steilen Berges getrieben, wo es strandete und barst, jedoch so, dass wir uns, unsere Lebensmittel und die kostbarsten Waren retten konnten.

Als dies geschehen war, sagte der Kapitän zu uns: ›Allah hat uns gerichtet! Lasst uns unser Grab graben und uns auf ewig Lebewohl sagen;

denn der Ort, an dem wir uns befinden, ist so schrecklich, dass keiner von denen, die vor uns hierher verschlagen wurden, sich jemals gerettet hat.‹ Diese Worte betrübten uns unendlich; mit Tränen in den Augen umarmte einer den anderen und beweinte sein entsetzliches Schicksal.

Der Berg, an dessen Fuß wir uns befanden, bildete die Landspitze einer sehr langen und breiten Insel. Sie war völlig mit Schiffstrümmern und Knochen bedeckt, auf die man mit jedem Schritt stieß und die uns schaudern machten, denn es mussten hier schon sehr viele Menschen umgekommen sein. Ihr würdet es mir nicht glauben, wenn ich euch von den ungeheuren Reichtümern in Waren und Edelsteinen erzählen würde, die hier aufgehäuft waren und deren Anblick noch die Trostlosigkeit vermehren musste, in der wir uns befanden. Statt dass wie überall sonst die Bäche sich in das Meer ergießen, floss uns hier vom Meer her ein Bächlein mit süßem Wasser entgegen und drang nicht weit vom Ufer in eine dunkle Höhle, deren Öffnung hoch und breit war. Das Merkwürdigste aber war, dass die Steine des Berges aus lauter Kristallen und Rubinen bestanden.

Wir blieben am Strand wie Leute liegen, die den Verstand verloren hatten, und waren jeden Tag des Todes gewärtig. Bei unserer Ankunft hatten wir schon die Lebensmittel verteilt; auf diese Weise lebte der eine von uns länger oder kürzer als der andere, je nachdem es seine Lebenskraft mit sich brachte oder er seinen Vorrat langsamer oder schneller verzehrte.

Die zuerst starben, wurden von den anderen begraben; und ich für meine Person erfüllte die letzten Pflichten gegen alle meine Gefährten. Als ich den letzten begrub, blieben mir noch so wenig Lebensmittel übrig, dass ich nicht weit damit reichen konnte; ich grub mir daher mein Grab, entschlossen, hineinzuspringen, wenn ich mein Ende nahe fühlte, da doch niemand mehr da war, um mich zu begraben. Aber Allah, der Allmächtige, hatte damals Mitleid mit mir und flößte mir den Gedanken ein, auf den Fluss zuzugehen, der sich in dem Gewölbe der Grotte verlor. Nachdem ich dessen Lauf einige Zeit betrachtet hatte, sagte ich zu mir: ›Dieser Fluss, der auf diese Weise unter der Erde fließt, muss notwendig an irgendeiner Stelle wieder hervortreten. Wenn ich ein

Floß baue und mich damit dem Lauf des Wassers anvertraue, so werde ich entweder an einem bewohnten Ort ankommen oder zugrunde gehen; ist Letzteres der Fall, so habe ich nur eine Todesart gegen die andere vertauscht; geschieht mir aber das Gegenteil, so werde ich nicht nur dem traurigen Los meiner Kameraden entgehen, sondern sogar noch eine Gelegenheit finden, Reichtümer zu erwerben. Vielleicht erwartet mich das Glück am Ausgang dieser abscheulichen Felsenklüfte, um mich für die Leiden dieser Reise mit Zinsen zu belohnen.‹

Ich fing sogleich an, das Floß zu bauen; ich fertigte es aus großen Holzbalken und dicken Seilen, denn diese Dinge waren im Überfluss vorhanden, und band sie so stark zusammen, dass ein dauerhaftes Fahrzeug daraus entstand. Als es fertig war, belud ich es mit einigen Packen, die Rubine, Smaragde, grauen Bernstein, Bergkristalle und kostbare Stoffe enthielten. Ich packte all dies fest zusammen und schiffte mich auf meinem Floß mit zwei kleinen Rudern ein, die ich nicht vergessen hatte, und überließ mich dem Lauf des Stroms, indem ich mich dem Schutz des Allmächtigen empfahl.

Sowie ich in die Höhle einfuhr, sah ich keine Tageshelle mehr, und der Lauf des Flusses entführte mich, ohne dass ich bemerken konnte wohin. Ich fuhr während einiger Tage in dieser Dunkelheit, ohne dass ich einen Lichtstrahl entdecken konnte. Ich fand zuweilen die Wölbung der Höhle so niedrig, dass ich nahe daran war, mir den Kopf zu stoßen, weshalb ich sehr aufmerksam war, dieser Gefahr zu entgehen. Während dieser Zeit aß ich, was mir blieb und was ich notwendig zur Fristung meines Daseins brauchte. Schließlich waren meine Lebensmittel aufgezehrt; und vor Erschöpfung fiel ich in einen Schlummer. Ich kann nicht sagen, wie lange ich schlief; als ich jedoch erwachte, fand ich mich erstaunt auf freiem Feld, am Ufer eines Flusses, wo mein Floß angebunden war – mitten unter einer großen Zahl Schwarzer. Ich erhob mich, als ich sie sah, und grüßte sie. Sie redeten mich an; ich verstand jedoch ihre Sprache nicht. In diesem Augenblick war ich so von Freude ergriffen, dass ich nicht wusste, ob ich wachte oder träumte, und rief mir die Worte des Dichters zu: ›Rufe Allah, den Allmächtigen, um seinen Schutz an, und er wird dir nicht ausbleiben. Kümmere dich um weiter nichts. Schließe dein Auge, und die Vorsehung wird über dich wachen, während du schläfst.‹

Einer der Schwarzen, der Arabisch verstand, hatte mich sprechen hören und nahm das Wort: ›Der Friede Allahs sei mit dir!‹ Ich antwortete: ›Er sei mit dir und schütze dich.‹ Darauf erzählte er mir: ›Wir bebauen das Feld, das du siehst, und sind gekommen, es aus dem Fluss zu bewässern, den wir durch kleine Kanäle heranleiten. Wir bemerkten aus der Ferne, dass etwas auf dem Fluss uns entgegenkam, und fanden, dass es ein Floß war; sogleich schwamm einer von uns ihm entgegen und brachte es heran. Wir haben es dann fest gebunden und gewartet, bis du aufwachtest. Erzähle uns deine Geschichte, die sehr merkwürdig sein muss.‹ Ich antwortete ihnen, dass sie mir vorher um Allahs Segen willen etwas zu essen geben sollten und dass ich dann ihre Neugierde befriedigen würde.

Einige eilten darauf fort und brachten mir mehrere Speisen, womit ich meinen Hunger stillte. Darauf erzählte ich ihnen getreu alles, was mir zugestoßen war, und sie zeigten große Verwunderung darüber. Sobald ich geendet hatte, sagten sie mir durch den Dolmetscher, der ihnen alles erklärte, was ich erzählte: ›Die Geschichte, die du erzählst, ist eine der erstaunlichsten, die man sich denken kann; unser König wird sich freuen, sie zu hören, und dies kann nicht besser als durch deinen eigenen Mund geschehen.‹ Ich erwiderte ihnen, dass ich bereit sei, dies zu tun.

Die Schwarzen ließen hierauf ein Pferd holen, das kurz darauf herbeigebracht wurde und worauf sie mich setzten. Während einige von ihnen vorausgingen, mir den Weg zu zeigen, luden die Übrigen das Floß samt den Warenpaketen auf ihre Schultern und folgten mir.

So zogen wir fort bis in die Hauptstadt von Serendib, so hieß nämlich die Insel, auf der wir uns befanden und wo mich die Schwarzen ihrem König vorstellten. Ich näherte mich dem Thron, auf dem er saß, und grüßte ihn, wie man die Könige Indiens zu grüßen pflegt, indem ich mich zu seinen Füßen warf und die Erde küsste. Der König hieß mich aufstehen, empfing mich sehr huldvoll, hieß mich vortreten und bei ihm Platz nehmen. Zuerst fragte er mich nach meinem Namen; ich erwiderte ihm, dass ich Sindbad der Seefahrer heiße, wegen der vielen Reisen, die ich zur See gemacht habe; meine Heimat sei Bagdad. Seine zweite Frage war: ›Wie und auf welche Weise kommst du in meine Länder?‹

Ich verbarg ihm nichts und erzählte ihm dasselbe, was ihr soeben gehört habt. Er war davon so überrascht, dass er sogleich befahl, man solle die Erzählung meiner Abenteuer in goldenen Lettern aufzeichnen und in den Archiven seines Reiches niederlegen. Darauf brachte man das Floß und öffnete die Pakete in seiner Gegenwart. Er bewunderte die Aloestämme und die grauen Bernsteine, aber noch mehr die Rubine und Smaragde, denn er hatte in seinem Schatz nicht ihresgleichen.

Da ich bemerkte, dass er meine Kostbarkeiten mit Vergnügen betrachtete und die schönsten darunter Stück für Stück bewunderte, so warf ich mich ihm zu Füßen und nahm mir die Freiheit, ihm zu sagen: ›König, nicht nur mein Leben steht zu deinen Diensten, sondern auch die Ladung meines Floßes, und ich bitte dich, über beide wie über dein Eigentum zu verfügen.‹ Er antwortete mir lächelnd: ›Behalte beides, denn weit entfernt, dir etwas nehmen zu wollen, werde ich vielmehr deinen Besitz zu vermehren trachten und dich nicht aus meinen Ländern ziehen lassen, ohne dir einen Beweis meiner Huld und Gnade zu geben.‹ Als einzige Erwiderung darauf gab ich ihm zu erkennen, wie sehr ich von so viel Güte gerührt sei. Er ließ einen seiner Würdenträger Sorge für mich tragen und gab mir Sklaven, die mich auf seine Kosten bedienen sollten. Man gehorchte treu dem Befehl des Herrschers und brachte in die Wohnung, in die man mich führte, alle die Pakete, mit denen das Floß beladen war. Es währte nicht lange, so kamen Handelsleute, die mich mit sich nehmen wollten. Ich eilte daher sogleich zum König, bat ihn um Erlaubnis, in mein Heimatland zurückkehren zu dürfen, die er mir auch huldvoll gewährte. Er ließ sogleich ein reiches Geschenk aus seinem Schatz nehmen und übergab mir außerdem einen Brief an unseren großmächtigen Herrscher Harun al-Raschid, der folgendermaßen abgefasst war: ›Der König von Indien, dem tausend Elefanten vorausgehen und der in einem Palast wohnt, dessen Dach von hunderttausend Rubinen strahlt, an seinen Bruder, den großen Kalifen Harun al-Raschid: Obgleich das Geschenk, das wir dir senden, nur von geringem Wert ist, so nimm es doch auf als Bruder und als Beweis der Freundschaft, die wir für dich hegen und die wir dir zu bezeigen freudig Anlass nehmen. Der Segen und Friede Allahs, des Allmächtigen – sein Name sei in Ewigkeit gepriesen! –, sei mit dir! Lebe wohl!‹

Das Schiff segelte fort und wir landeten nach einer sehr glücklichen, aber langen Fahrt in Basra, von wo aus wir nach Bagdad weiterzogen. Das Erste, was mir bei meiner Ankunft oblag, war, mich des Auftrags, den mir der König gegeben hatte, zu entledigen.

Ich nahm den Brief des Königs von Serendib und klopfte an das Palasttor des Beherrschers aller Gläubigen, des großmächtigen Harun al-Raschid, begleitet von einigen Mitgliedern meiner Familie, die Geschenke trugen. Ich berichtete den Wachen, was mich herführte, und wurde sogleich vor den Thron des Kalifen geführt. Ich warf mich vor ihm zur Erde und bat ihn um die Erlaubnis, ihm das Schreiben, dessen Bote ich war, und das Geschenk übergeben zu dürfen. Nachdem er den Brief gelesen hatte, fragte er mich, ob der König von Serendib so reich sei, wie das Gerücht von ihm berichte. Ich warf mich zum zweiten Mal nieder, stand wieder auf und sprach: ›Fürst der Gläubigen! Ich kann dir bezeugen, dass nichts bewundernswürdiger ist als die Pracht seines Palastes und der Glanz der Heerscharen, die ihn umgeben.‹

Ich berichtete dem Beherrscher der Gläubigen alles, was ich auf meiner Reise erlebt und gesehen hatte. Nachdem der Kalif meine Erzählung mit Erstaunen angehört hatte, gebot er seinen Schreibern, meinen Bericht aufzuzeichnen und in seinem Schatzhaus aufzubewahren als eine Lehre für alle, die Sinnes wären, ihn zu lesen.

Dies ist die Geschichte meiner sechsten Reise. Morgen werde ich euch die Geschichte meiner siebenten und letzten Reise erzählen, so Allah, der Erhabene, es will.«

Sindbad hörte zu erzählen auf, und seine Zuhörer zogen sich zurück. Vorher erhielt Sindbad der Lastträger wie immer noch hundert Denare; er nahm sie und ging seiner Wege. Am nächsten Morgen sprach er das Frühgebet und begab sich wieder zum Hause Sindbad des Seefahrers. Als auch die anderen Gäste vollzählig versammelt waren, begann jener zu erzählen:

Siebente Reise Sindbads

»Nachdem ich einige Zeit höchst angenehm in Bagdad gelebt hatte, überwältigte mich wieder die Reiselust. Ich kaufte allerlei Waren, packte sie in Ballen zu einer Seereise und begab mich, blindlings Allah vertrauend, nach Basra. Hier fand ich ein großes Schiff mit vornehmen Kaufleuten, mit denen ich mich befreundete und einschiffte. Als wir eine Strecke weit gefahren waren, erhob sich ein starker Sturm, und es regnete so stark, dass wir unsere Ladungen mit allerlei Kleidungsstücken und Tüchern zudeckten und zu Allah beteten, dass er die Gefahr von uns abwende; der Schiffskapitän aber umgürtete sich, nahm seine Zuflucht zu Allah vor Satan, stieg auf den Mastbaum und sah sich nach allen Seiten um; darauf schrie er die Leute, die auf dem Schiffe waren, an, schlug sich ins Gesicht, warf seinen Turban ab und raufte sich mit folgenden Worten seinen Bart aus: ›Fleht Allah um Rettung an! Weint um euer Leben und sagt einander Lebewohl!‹ Wir fragten ihn, was geschehen sei. Er antwortete: › Wir sind von unserem Kurs abgekommen, und der Wind wird uns bald ans äußerste Ende der Welt gebracht haben.‹ Er stieg dann vom Mastkorb herunter, öffnete eine Kiste und nahm einen blauen, baumwollenen Beutel heraus, der mit Erde gefüllt war. Darauf holte er eine Tasse Wasser, mischte die Erde darunter und roch daran, um davon zu kosten; darauf brachte er ein Buch herbei, las darin und brach in Jammer aus, indem er sprach: ›Wisset, dieses Buch sagt etwas Wunderbares, das darauf deutet, dass, wer auf dieses Meer gerät, untergeht. Es heißt das Meer des königlichen Landes. Hier ist das Grab des Propheten Salomon, des Sohnes Davids, Friede sei mit ihm! Kein Schiff, das auf dieses Meer kommt, bleibt unbeschädigt.‹ Wir waren sehr erstaunt über die Worte des Kapitäns. Kaum hatten wir uns jedoch wieder beruhigt, so krachte das Schiff nach einem heftigen Windstoß, von dem es getroffen worden war. Wir sagten einander Lebewohl, weinten und beteten das Totengebet und ergaben uns in den Willen Allahs. Da schwammen drei ungeheure Fische, groß wie Berge, auf uns zu und umgaben unser Schiff, und der größte unter ihnen öffnete seinen Rachen, um das ganze Schiff zu verschlingen, denn er war so weit wie ein Stadttor oder wie ein breites Tal. Wir flehten Allahs Hilfe an, und kurz darauf hob ein starker Sturmwind das Schiff in die Höhe und schmetterte es im Herunterfallen gegen den Kopf eines Fisches, sodass es in Stücke ging und wir alle ins Meer sanken. Aber Allah ließ uns ein großes Brett ergreifen, woran wir uns klammerten, und ich ruderte wieder mit den Füßen wie bei früheren Schiffbrüchen. Wind und Wellen warfen uns dann an das Ufer einer Insel. Ich machte mir Vorwürfe über das, was ich getan hatte, und sagte zu mir: ›Meine früheren Reisen haben mich nicht bekehrt; sooft ich in großer Gefahr war, habe ich mir vergebens vorgenommen, nicht mehr zu reisen. Darum verdiene ich, bei Allah, was mir widerfährt, denn ich lebte in größtem Wohlstand, und Allahs Huld hatte mir geschenkt, was ich nur wünschen konnte.‹ Ich weinte lange, flehte des Allmächtigen Gnade an und rief ihn als Zeugen auf, dass ich, wenn ich diesmal gerettet werde, nie mehr meine Heimat verlassen und nie mehr von einer Reise sprechen würde, ging zerknirscht am Meeresufer umher, indem ich mir die Verse des Dichters ins Gedächtnis zurückrief: ›Wenn die Dinge sich verwickeln und einen Knoten bilden, so kommt eine Bestimmung vom Himmel und entwirrt sie. Habe Geduld; was dunkel war, wird hell werden, und der den Knoten geknüpft hat, wird ihn vielleicht auch wieder lösen.‹

So irrte ich lange am Meeresufer umher, aß von den Pflanzen der Erde und trank das Wasser der Quellen. Als ich so längere Zeit in Jammer und vielfacher Not gelebt und mir den Tod gewünscht hatte, fiel es mir ein, wieder einen kleinen Nachen zu bauen und darauf, wie früher einmal, das Meer zu befahren. Ich dachte, werde ich gerettet, so ist es eine Fügung Allahs, gehe ich unter, so ist meine Qual zu Ende.

Ich sammelte dann Holz und Bretter von den gestrandeten Schiffen, zerriss mein Gewand und flocht einen Strick daraus, womit ich die Bretter und das Holz fest zusammenband, dann ließ ich den Nachen ins Meer und ruderte darauf drei Tage lang, ohne zu essen oder zu trinken, und die Furcht ließ mich nicht schlafen. Am vierten Tag kam ich zu einem hohen Berg, aus dem Wasser in die Erde floss. Ich hielt hier an und sagte zu mir: ›Es gibt keinen Schutz und keine Macht außer bei Allah, dem Erhabenen! Wärest du doch an deinem Platz geblieben und hättest Datteln und andere Pflanzen gegessen. Hier jedoch musst du umkommen!‹ Eine Rückkehr war jedoch nicht möglich, denn ich konnte den Kahn in seinem Lauf nicht aufhalten, den der Fluss unter den Berg wie unter eine Brücke durchtrieb. Ich legte mich in den Nachen, doch war dessen Raum so eng, dass ich oft Seiten und Rücken an den Bergwänden aufstieß. Nach einiger Zeit kam ich mit Allahs Hilfe wieder unter dem Berg hervor in ein weites Tal, in das hinab sich das Wasser mit einem donnerähnlichen Geräusch ergoss. Ich hielt mich mit der Hand an dem Nachen fest, mit dem die Wellen rechts und links spielten. Ich fürchtete mich sehr, ins Wasser zu fallen, und vergaß darüber Essen und Trinken. Indessen schwamm der Nachen, von der Strömung und dem Wind pfeilschnell getrieben, bis mich die Bestimmung nach einer großen und volkreichen Stadt brachte. Da ich den Nachen nicht aufzuhalten vermochte, warfen mir die Leute der Stadt, als sie mich sahen, Stricke zu, die ich jedoch nicht fassen konnte, bis sie zuletzt ein großes Netz über den ganzen Nachen zogen und mich damit an Land brachten. Ich war nackt und abgehärmt wie ein Toter, vor Hunger und Durst, Wachen und Anstrengung. Da kam ein Mann auf mich zu, warf ein hübsches Kleid um mich und nahm mich mit sich nach Hause, wo er mich in ein Bad führte. Alle seine Leute begrüßten mich freudig, hießen mich sitzen und brachten mir zu essen. Ich aß, bis ich satt war, denn ich war sehr hungrig. Dann brachten mir Knaben und Sklavinnen warmes Wasser, womit ich mir die Hände wusch. Hierauf dankte ich Allah, der mich gerettet hatte. Es wurde mir auch ein besonderer Ort an der Seite des Hauses angewiesen, wo ich von Sklaven und Sklavinnen bedient wurde. So blieb ich drei Tage lang, am vierten Tag kam der Alte und sagte: ›Herr, du bist uns willkommen, und das Jahr ist durch deine glückliche Ankunft gesegnet.‹ Meine Antwort war: ›Allah erhalte dich und belohne dich für das, was du an mir tust!‹ Er jedoch sagte zu mir: ›Wisse, mein Sohn, während du hier als Gast weilst, habe ich durch meine Diener deine Waren an Land bringen und inzwischen trocknen lassen. Willst du nun mit mir auf den Markt gehen und sehen, wie sie verkauft werden?‹ Ich wusste nicht, was ich antworten sollte, da ich keine

Waren mitgebracht hatte. Ich sagte ihm dann: ›Mein Vater, du weißt das besser.‹ Er versetzte: ›Das ist deine Sache. Lass uns gehen, um deine Waren zu verkaufen und andere einzutauschen, und um auch selbst mit den Kaufleuten bekannt zu werden.‹ Ich gehorchte und folgte ihm.

Auf dem Markt grüßten mich alle anwesenden Handelsleute und wünschten mir Glück zu meiner Rettung. Zugleich fand ich, dass man unter den Waren, von denen der Alte gesprochen hatte, die Balken und Bretter verstand, die ich auf der Insel gesammelt hatte. Als der Makler das Holz ausrief, überboten sich die Kaufleute bis zu zehntausend Denaren. Dann bot niemand mehr. Der Alte sagte zu mir: ›Mein Sohn, das ist der jetzige Wert deiner Ware, die im Augenblick nicht gesucht ist; wenn du willst, kannst du sie verkaufen, wenn du sie aber noch liegen lassen willst, so kannst du einen höheren Preis erzielen.‹ Ich sagte: ›Ich überlasse es deinem Gutdünken.‹ Darauf erwiderte er: ›Nun, ich will dir noch weitere hundert Denare geben, wenn du mir dein Holz verkaufen willst.‹

Ich schloss den Handel ab, worauf er das Holz in sein Magazin bringen ließ und mit mir in das Haus ging, das er mir angewiesen hatte. Dann schickte er mir zehntausendeinhundert Denare und eine Kiste mit einem Schloss und sagte mir, ich solle das Geld verschließen und den Schlüssel bei mir tragen, da ich nichts davon auszugeben brauchte, wenn ich bei ihm bliebe.

Nach einiger Zeit nahte er sich mir eines Tages mit den Worten: ›Ich will dir einen Vorschlag machen, willst du ihn annehmen?‹ – ›Lass hören‹, war meine Antwort. ›Wisse‹, fuhr er fort, ›ich bin ein alter, reicher Mann, habe keinen Sohn, wohl aber eine junge Tochter von schönem Gesicht und hübschem Wuchs. Ich wünsche, dass du sie heiratest, bei mir bleibst und mein Sohn wirst; ich übergebe dir mein ganzes Vermögen.‹ Ich schwieg, denn so viel Güte beschämte mich. Er aber fuhr fort: ›Tue, wie du willst, du kannst meine Tochter heiraten oder auch so hier bleiben, ohne an etwas Mangel zu leiden, oder mit Waren in deine Heimat zurückkehren. Unser Land‹, fügte er hinzu, ›ist die Grenze des bewohnten Landes. Hinter uns beginnt der vierte Weltteil, der unbewohnt ist.‹ Auf alles dies konnte ich bloß erwidern: ›Tue, Herr, mit deinem

Knecht, wie du willst, du bist ja wie ein Vater zu mir. Ich bin hier fremd und habe, auch infolge meiner vielen Leiden und Strapazen, jede Einsicht verloren.‹ Er ließ hierauf den Kadi und Zeugen rufen und verheiratete mich mit seiner Tochter, indem er ein großes Fest veranstaltete und mich ihr zuführte. Ich fand sie, wie er gesagt hatte, wunderschön, liebenswürdig und hübsch gewachsen. Sie besaß reichen Schmuck an Ketten, Juwelen und goldenen Ringen; die waren wohl tausend Denare wert. Den Wert ihrer Kleider aber konnte niemand schätzen. Ich lebte eine Zeit lang mit ihr; ihr Vater hatte mich zum Herrn all seiner Güter gemacht, ich war wie ein Eingeborener der Stadt und trieb großen Handel. Ich entdeckte, wie bei jedem Neumond den Leuten Flügel wuchsen und ihre ganze Gestalt sich veränderte und die der Vögel annahm; sie flogen gen Himmel, und nur die Kinder blieben zu Hause. Als nun wieder einmal Neumond war und die Leute ihre Gestalt veränderten, hing ich mich an einen fest und sagte: ›Bei Allah, du musst mich mitnehmen.‹ Er drehte sich herum und sagte zu mir: ›Dies ist unmöglich.‹ Mit viel Mühe brachte ich ihn endlich dahin, dass er mich auf den Rücken nahm, mit mir so hoch in die Luft flog, dass ich hören konnte, wie die Engel Allah priesen. Darauf rief ich: ›Gelobt und gepriesen sei Allah!‹ Aber kaum hatte ich diese Worte gesagt, da fiel ein starkes Feuer vom Himmel auf sie, dass sie fast verbrannten. Sie entflohen alle, und derjenige, der mich trug, warf mich auf den Gipfel eines hohen Berges. Sie waren alle ganz mutlos, schalten mich, gingen fort und ließen mich allein. Ich bereute, was ich mir selbst angetan hatte, und sagte: ›Es gibt keinen Schutz und keine Macht, außer bei Allah, dem Erhabenen! Sooft mir Allah gnädig ist und mich aus einer schlimmen Lage befreit, stürze ich mich in eine andere.‹ Ich machte mir Vorwürfe, etwas unternommen zu haben, das über meine Kräfte ging. Ich lief an den Seiten des Berges herum, ohne zu wissen wohin. Da begegneten mir zwei Jünglinge, die wie der Mond aussahen. Jeder von ihnen hatte einen goldenen Stock in der Hand. Ich ging auf sie zu und grüßte sie. Dann sagte ich zu ihnen: ›Ich beschwöre euch bei Allah, wer seid ihr?‹ Sie antworteten: ›Wir sind Einsiedler, die auf diesem Berge wohnen und zu Allah beten.‹ Sie gaben mir auch einen Stock, wie sie einen hatten, gingen ihres Weges und ließen mich allein. Da kam auf einmal eine große Schlange unter dem Berg hervor und trug im Rachen einen Mann, der nur noch mit dem Kopf heraussah. Der Mann schrie: ›Wer mich von dieser Schlange befreit, den wird Allah vor jedem Unheil bewahren.‹ Ich schlug die Schlange mit dem goldenen Stock, den mir die Jünglinge gegeben hatten, und sie spie den Mann aus; ich schlug sie dann noch einmal, und sie entfloh. Da kam der Mann und sagte mir: ›Weil du mich so tapfer gerettet hast, so will ich dein Gefährte werden und dir beistehen.‹ Ich hieß ihn willkommen und ging eine Weile mit ihm auf dem Berg umher. Da nahte sich uns eine Menge Menschen, und siehe da, der Mann, der mich auf dem Rücken getragen hatte, war unter ihnen. Ich grüßte ihn und sagte: ›Ist es so, dass Brüder gegeneinander verfahren?‹ Der Mann antwortete: ›Freund, du hättest uns beinahe ins Verderben gestürzt, dadurch dass du den Namen Allahs erwähntest.‹ Ich bat ihn um Verzeihung, und er ließ sich bewegen, mich auf seinen Rücken zu nehmen, jedoch musste ich die Bedingung eingehen, den Namen Allahs nicht mehr auszusprechen. Ich gab hierauf den goldenen Stock dem Mann, den ich von der Schlange befreit hatte, und nahm Abschied von ihm. Ich kam kurz darauf auf dem Rücken meines neuen Landsmanns zu Hause an. Meine Frau, der ich von meiner Reise nichts gesagt hatte und jetzt erst erzählte, wie es mir ergangen war, wünschte mir Glück zu meiner Rettung und riet mir, mich nie mehr mit den Leuten dieser Stadt abzugeben, da sie ungläubige Geister seien, die den Namen Allahs nicht kennen und nicht zu ihm beteten. Sie fuhr dann fort: ›Da mein Vater tot ist und wir hier niemanden mehr haben, so wollen wir unsere Güter verkaufen und in deine Heimat ziehen.‹ Ich gab meine Einwilligung dazu und wartete, bis jemand aus der Stadt auch abreisen wollte, um mich ihm anzuschließen. Eines Tages hörte ich, dass eine Anzahl Fremder, die sich in der Stadt aufhielten, abreisen wollten und dass sie ein großes Schiff gebaut hatten. Ich begab mich zu ihnen, mietete einen Platz, schiffte mich mit meiner Frau und meiner beweglichen Habe ein und ließ die Grundstücke zurück, und wir reisten von Insel zu Insel und von Meer zu Meer, bis wir glücklich in Basra anlangten. In Basra hielt ich mich nicht auf, sondern begab mich schnell nach Bagdad, der Friedensstadt. Gelobt sei Allah, der mich mit meinen Freunden, zu denen auch du, Sindbad der Lastträger, gehörst, wieder vereinigt hat.«

Sindbad der Lastträger gehörte von nun an zu der ständigen Tischgesellschaft Sindbad des Seefahrers, dessen Geschichten nicht nur seinen Tafelfreunden zur Freude und Belehrung dienen, sondern auch uns hinfort von den wundersamen Wegen Allahs, des Allmächtigen und Allerbarmers, künden mögen. Gepriesen sei sein Name!

Hassan aus Basora und die Prinzessinnen von den Inseln Wak-Wak

Einst lebte in der Stadt Basora ein reicher Jüngling, Hassan mit Namen. Sein Vater hatte ihm Geld, Güter und Gärten hinterlassen, wovon Hassan und seine Mutter die einzigen Erben waren. Hassan fing nun an, ein geselliges Leben zu führen, gab viele Monate lang Mahlzeiten in seinen Gärten und kümmerte sich gar nicht mehr um den Handel, den sein Vater getrieben hatte, sondern dachte nur daran, seinen Besitz zu verprassen. Nach einiger Zeit schwand sein gesamtes Vermögen; er hatte schon alle Güter seines Vaters verkauft, und es bleib nichts mehr übrig, und keiner seiner Gastfreunde, die er einst so reich bewirtet hatte, wollte ihn mehr kennen. Er und seine Mutter hungerten drei Tage lang zu Hause. Er ging dann aus, ohne zu wissen wohin. Da begegnete ihm ein Freund seines Vaters und erkundigte sich nach seinem Befinden. Hassan erzählte ihm, was ihm geschehen war.

Der Mann sagte: »Mein Sohn, ich habe einen Bruder, der Goldschmied ist. Wenn du willst, kannst du zu ihm gehen und sein Handwerk lernen. Es liegt nur an dir, ein sehr geschickter Arbeiter zu werden.« Hassan willigte ein, ging mit dem Mann, der ihn seinem Bruder empfahl, indem er ihm sagte: »Dieser Mann ist mir wie ein Sohn. Unterrichte ihn mir zu Gefallen in deinem Handwerk.«

Hassan arbeitete nun bei diesem Mann, und Allah war ihm gnädig. Eines Tages kam ein Perser mit einem großen Bart in den Basar; er trug einen weißen Turban, an dem das Zeichen der Kaufleute steckte, grüßte Hassan, und dieser erwiderte ehrfurchtsvoll seinen Gruß. Der Perser fragte: »Wie ist dein Name?« Er antwortete: »Hassan.« Der Fremde fragte weiter: »Hast du einen großen Kessel?« Hassan holte einen. Der Perser warf Kupfer hinein und stellte den Kessel über das Feuer, bis das Kupfer zerschmolz. Zuletzt nahm der Perser etwas wie Gras aus seinem Turban hervor und warf ein wenig davon in den Kessel. Nach einer Weile wandelte sich das Kupfer zu feinem Gold, woraus er einen Barren formte. Abermals fragte er Hassan: »Bist du verheiratet?« Dieser antwortete: »Nein.« Der Perser versetzte: »So nimm dies und heirate damit!« und ging fort.

Hassan war außer sich vor Freude, sein Herz hing an dem, was er gesehen hatte, und er erwartete die Rückkehr des Fremden. Am folgenden Tag kam er wieder und setzte sich vor Hassans Laden. Als der Basar sich leerte, kam er zu Hassan und grüßte ihn. Dieser erwiderte seinen Gruß und hieß ihn sitzen. Er setzte sich und unterhielt sich mit ihm; endlich sagte er: »Mein Sohn, ich habe dich sehr lieb gewonnen, und wenn Allah mir gnädig ist, so erkenne ich dich als meinen Sohn an. Der Allmächtige hat mich eine Kunst gelehrt, die kein Mensch kennt; ich will sie dir mitteilen, du bleibst dadurch immer vor Armut geschützt und bekommst Ruhe vor Feuer, Amboss und Hammer.« Hassan sagte: »Herr, wann willst du sie mich lehren?« Er antwortete: »Morgen, so Allah will, komme ich und mache in deiner Gegenwart aus Kupfer Gold.« Hassan freute sich und sprach mit dem Perser bis zur Zeit des Nachtgebets; dann stand er auf, verabschiedete sich von dem Perser und ging zu seiner Mutter. Sie bereitete das Abendessen zu und aß mit ihm. Hassan aß völlig unachtsam, denn alle seine Gedanken waren bei dem Perser.

Seine Mutter fragte ihn, warum er so in Gedanken sei, und er erzählte ihr alles, was ihm der Perser gesagt hatte. Als sie das hörte, erbebte ihr Herz, sie drückte ihn an ihre Brust und sagte: »Hüte dich vor solchen

Gauklern, Schwarzkünstlern und Alchimisten. Die suchen nur, den Leuten ihr Vermögen aufzuzehren!« Hassan versetzte: »O meine Mutter, wir sind ja arme Leute, wir haben ja nichts, was sie bewegen könnte, uns zu betrügen, und der Perser ist ein alter Mann, der sehr fromm aussieht; Allah hat ihm Mitleid mit uns eingeflößt, und er hat mich als seinen Sohn angenommen.« Die Mutter schwieg betrübt, Hassan aber konnte vor Freude nicht schlafen. Als der Tag anbrach, stand er auf, nahm die Schlüssel, öffnete den Laden und setzte sich. Der Perser kam bald. Er setzte sich und sprach zu Hassan: »Mein Sohn, mach den Kessel zurecht und lege den Blasebalg ans Feuer!« Hassan tat dies und entfachte ein Kohlenfeuer; dann fragte der Perser: »Hast du Kupfer?« Er antwortete: »Ich habe eine zerbrochene Schüssel.« Der Perser hieß ihn, sie in kleine Stücke zu zerschneiden, warf sie hierauf in den Kessel und blies das Feuer an, bis die Stücke der Schüssel völlig zerschmolzen waren, streckte hierauf die Hand nach dem Turban aus, zog ein zusammengewickeltes Papier hervor, öffnete es, streute ein gelbes Pulver in den Kessel und befahl Hassan, mit dem Blasebalg herumzurühren; Hassan tat dies, und es wurde aus dem Kupfer eine Stange aus feinstem Gold.

Als Hassan dies sah, strahlte sein Antlitz vor Freude; er nahm die Stange in die Hand und drehte sie darin herum, zuletzt nahm er die Feile, feilte daran und sah, dass es ganz feines Gold war. Er verlor darüber fast den Verstand vor Freude und beugte sich in seinem Entzücken über die Hände des Persers, um sie zu küssen. Der Perser sprach: »Gib die Stange dem Makler, und lass dir das Geld dafür geben, ohne dass jemand es bemerkt.« Der Makler probierte die Stange und fand, dass es reines Gold war; er fing an, sie für zehntausend Dirham auszurufen, die Kaufleute aber überboten einander bis auf fünfzehntausend Dirham. Hassan nahm das Geld, ging damit nach Hause, erzählte seiner Mutter von dem Glück, das ihm widerfahren war, und sagte zu ihr: »Ich habe diese Kunst erlernt.« Aber seine Mutter sprach: »Es gibt keinen Schutz und keine Macht außer bei Allah, dem Erhabenen!«, und schwieg kummervoll. Hassan aber nahm in seiner Unüberlegtheit einen Mörser und ging damit zum Perser, der vor seinem Laden saß. Dieser fragte ihn: »Mein Sohn, was willst du mit diesem Mörser?« Er antwortete: »Verwandle ihn in Gold.« Der Perser lachte und sprach: »Bist du von Sinnen? Willst du zwei Güsse an einem Tag machen? Weißt du nicht, dass man uns nachstellt und dass wir ums Leben kommen können? Wenn du diese Kunst von mir gelernt haben wirst, mein Sohn, so übe sie nur einmal im Jahr aus, sie genügt dir von einem Jahr zum anderen.« Hassan antwortete: »Du hast Recht, Herr.« Er ging dann in den Laden und setzte den Kessel über das Feuer. Der Perser fragte: »Was willst du tun?« – »Lehre mich die Kunst.« Der Perser lachte und sagte: »Es gibt keinen Schutz und keine Macht außer bei dem Erhabenen! Du bist ein junger Mann ohne Verstand; eine so hohe Kunst kann man nicht so auf der Straße öffentlich lernen. Die Leute würden sagen: ›Hier wohnen Goldmacher.‹ Die Obrigkeit würde es erfahren und uns ums Leben bringen. Doch wenn du diese Kunst schnell im Geheimen lernen willst, so komm mit mir in mein Haus!« Hassan konnte es nicht erwarten, bis er den Laden geschlossen hatte und mit dem Perser auf die Straße gehen konnte. Während er damit beschäftigt war, fielen ihm die Worte seiner Mutter ein; er dachte lange nach und blieb stehen. Durfte er dem Perser wirklich trauen?

Als der Perser sich umdrehte und Hassans argwöhnische Miene sah, sprach er: »Fürchtest du Verrat, mein Sohn?« Und als Hassan noch zögerte, blieb er stehen und fuhr fort: »Wenn du das Geheimnis lieber bei dir kennen lernen willst, so will ich in dein Haus gehen und dich dort meine Kunst lehren; geh mir nur voran!« Als er im Hause war, nahm Hassan eine Schüssel, ging damit auf den Markt, um einige Speisen zu kaufen, stellte sie vor den Perser und sagte zu ihm: »Iss, Herr, von meinem Brot und Salz zum Zeichen unserer Freundschaft, und Allah verlasse den, der dem Bund untreu wird!« Der Perser erwiderte: »Du hast Recht, mein Sohn; Schmach dem, der die Gastfreundschaft verletzt!«

Als sie gegessen hatten, sagte er: »Mein Sohn Hassan, bring auch einige süße Speisen!« Hassan ging auf den Markt und holte zehn Tassen voll süßer Speisen; als sie diese aßen, sagte der Perser: »Allah belohne dich dafür! Leute wie du verdienen es, dass man ihnen Geheimnisse anvertraut und sie nützliche Dinge lehrt.« Als sie genug gegessen hatten, sprach der Perser: »Bring nun die Gerätschaften!« Kaum hatte Hassan diese Worte gehört, so lief er wie ein junges Pferd, das man in den Klee lässt, in seinen Laden, holte die Gerätschaften und stellte sie vor dem Perser hin. Dieser zog aus seinem Turban ein Papier hervor und sagte: »O Hassan, bei dem Brot und bei dem Salz! Wärst du mir nicht teurer als mein Sohn, so würde ich dir diese Kunst nicht mitteilen. Dieses Papier enthält alles, was ich noch von dem Pulver besitze, doch will ich dir die Kunst vermitteln. Wisse, mein Sohn, wenn man zu zehn Pfund Kupfer nur eine halbe Drachme von dem Pulver nimmt, das in diesem Papier ist, so wird reines Gold daraus.« Hassan nahm das Papier und fand das Pulver noch feiner als das frühere; er fragte den Perser: »Herr, wie heißt das, wo findet man es, und wie wird es zubereitet?« Der Perser lachte und sagte: »Frage lieber, wieso du ein vorwitziger Junge bist! Mache nur dein Gold und schweige!« Hassan holte eine Kupferplatte aus dem Haus, zerkleinerte sie mit der Zange, schmolz sie im Kessel und streute Pulver aus dem Papier darauf, bis eine feine Goldstange daraus entstand. Als er dies sah, freute er sich sehr und kam ganz außer sich vor Erstaunen. Während aber nun Hassan damit beschäftigt war, die Goldstange herauszuheben, zog der Perser einen Beutel hervor, in dem ein feines Gift war; er tat ein wenig davon in die süße Speise und reichte sie ihm. Hassan nahm sie und steckte sie in den Mund. Sobald er sie aber geschluckt hatte, fiel er zu Boden.

Als der Perser das sah, stand er freudig auf und sagte: »Bist du endlich gefallen, du Hund von Araber! Schon zwei Jahre suche ich dich vergebens.« Er band ihm Hände und Füße zusammen, legte ihn in eine leere Kiste, nahm auch die Goldstangen und legte sie in eine andere Kiste, die er verschloss. Er ging dann auf die Straße, holte zwei Träger und ließ die Kisten zur Stadt hinaustragen ans Ufer des Stroms, wo ein Schiff auf den Perser wartete. Als der Kapitän und die Mannschaft den Perser kommen sahen, gingen sie ihm entgegen und trugen die Kisten auf das Schiff. Der Perser aber sprach zum Kapitän: »Jetzt schnell fort! Unser Geschäft ist erledigt, unser Ziel ist erreicht!« Sie setzten die Segel, das Schiff lief unter günstigem Wind aus, und bald lag Basora weit hinter ihnen.

Unterdessen hatte Hassans Mutter ihren Sohn bis abends erwartet; als sie nichts mehr von ihm hörte, ging sie in ihr Haus zurück, das sie offen fand. Da sie beim Eintreten niemand darin sah, die zwei Kisten und alles Gold vermisste, merkte sie, dass ihr Sohn verloren war und dass der Pfeil des Schicksals ihn getroffen hatte. Sie schlug sich daher ins Gesicht, zerriss ihre Kleider, schrie und jammerte: »O mein Sohn! Mein Sohn! Nun bin ich ganz allein! Warum hast du dich mit dem schändlichen Perser eingelassen, mit dem schwarzen Magier, vor dem ich dich umsonst gewarnt habe! Du Trost meines Alters, mein einzig geliebter Sohn: Soll ich dich niemals wiedersehen? Welches Unglück ist dem meinen zu vergleichen? O Hassan, mein Sohn, mein Sohn! Wo bis du jetzt? Lebst du denn überhaupt noch? Ach! Nicht einmal den Trost habe ich, dein Grab besuchen zu können!«

So weinte und klagte sie bis zum folgenden Morgen; da kamen die Nachbarn zu ihr und fragten sie nach ihrem Sohn. Sie erzählte ihnen, was ihm mit dem Perser geschehen war und dass sie keine Hoffnung mehr habe, ihn wiederzusehen; in ihrem Jammer lief sie im Zimmer auf und ab und weinte.

Die Nachbarn wünschten ihr Geduld und baldiges Wiedersehen und verließen sie. Sie aber ließ mitten im Haus eine Gedenktafel errichten, schrieb Hassans Namen darauf und den Tag seines Verschwindens und trennte sich nicht mehr davon.

Der Perser aber, der Hassan entführt hatte, war ein Magier, der die wahren Gläubigen hasste und sooft er konnte einen Getreuen des Propheten umbrachte. Er war ein Feueranbeter, ein Goldmacher, und sein Name war Bahram. Jedes Jahr opferte er einen Getreuen des Propheten an seinem Jahresfest. Als ihm nun seine List mit Hassan gelungen und er einen ganzen Tag gefahren war, ließ er des Abends Anker werfen. Am folgenden Morgen befahl er seinen Sklaven, die Kiste heraufzuholen, in der Hassan lag. Er öffnete sie, zog ihn heraus, bespritzte ihn mit Essig und blies ihm in die Nase. Hassan musste niesen, erwachte und lobte den Erhabenen. Er sah sich um und fand sich mitten im Meer, der Perser saß ihm gegenüber. Wie er nun merkte, dass der Nichtswürdige ihn betrogen und dass er sich selbst in das Unglück gestürzt hatte, vor dem er von seiner Mutter gewarnt worden war, sprach er die Worte, deren sich niemand zu schämen hat: »Es gibt keinen Schutz und keine Macht außer bei Allah, dem Erhabenen! Ich bin Allahs und kehre zu ihm zurück! Allah, sei mir gnädig in deinem Beschluss, und gib mir Mut in der Versuchung, o Herr der Welten!« Er wandte sich hierauf an den Perser und redete ihn mahnend an: »Herr, was ist das für ein Verhalten? Wo bleibt der Bund und der Eid, den du mir geschworen hast? Du bist dem Brot und dem Salz untreu geworden.« Der Perser sah ihn an und sprach: »Du Hund! Sohn eines Hundes, kenne ich Salz und Brot? Ich habe neunhundertneunundneunzig junge Leute deinesgleichen getötet, mit dir werden es tausend sein.«

Hassan schwieg, denn er sah ein, dass der Pfeil des Schicksals ihn getroffen hatte. Der Verruchte ließ ihn losbinden und ihm ein wenig Wasser zu trinken geben. Der treulose Magier lachte hierauf und sprach: »Bei dem Feuer und dem Licht! Ich glaubte nicht, dich zu fangen, doch das Feuer hat dich mir geliefert und mich befähigt, meine Pflicht zu erfüllen; ich will dich nun auch ihm opfern, damit es mit mir zufrieden werde.« Hassan sagte: »Du bist dem Brot und dem Salz untreu geworden!« Der Magier hob seine Hand und schlug Hassan, sodass er in Ohnmacht fiel. Der Magier befahl dann seinen Sklaven, Feuer anzuzünden. Hassan fragte: »Was willst du mit dem Feuer?« Der Magier antwortete: »Sieh dieses Feuer, die Quelle des Lichts und das Symbol der Gottheit! Betest du es an gleich mir, so schenke ich dir die Hälfte meines Vermögens und gebe dir meine Tochter zur Frau!« Hassan schrie: »Wehe dir, du Magier! Du betest das Feuer an und nicht Allah, den Allmächtigen! Das ist ein abscheulicher Aberglauben!« Der Magier erzürnte, fiel vor dem Feuer nieder und befahl den Sklaven, Hassan auf sein Gesicht hinzustrecken. Er nahm dann eine geflochtene Peitsche und schlug Hassan, bis seine Seiten wund waren. Hassan schrie um Hilfe, aber niemand half ihm; er hob daher sein Auge zum Allmächtigen und nahm seine Zuflucht bei ihm.

Der Magier befahl, ihn aufrecht zu setzen und mit Wasser zu bespritzen; als dies geschehen war, ließ er ihm etwas zu essen und zu trinken geben. Hassan wollte jedoch nichts essen. Der Verruchte quälte ihn auf der ganzen Reise; Hassan aber ertrug geduldig Allahs Ratschluss und flehte zu dem, der seine Lage kannte und über ihn wachte, während der

Ruchlose immer hartherziger gegen ihn wurde. Nach einer Reise von drei Monaten schickte Allah, gepriesen sei sein Name, einen Sturmwind über das Schiff; das Meer tobte und schlug mächtige Wellen. Der Kapitän und die Matrosen klagten und sprachen: »Das alles geschieht um dieses Jünglings willen, den dieser Magier so quält; das ist nicht Allahs Wille und nicht der seines Gesandten!« Sie vereinigten sich und erschlugen die Sklaven des Magiers, sodass nur er noch allein übrig war. Als er dies sah, fürchtete er für sein Leben, nahm Hassan die Fesseln ab und entschuldigte sich bei ihm; er zog ihm seine schmutzigen Kleider aus und gab ihm andere dafür, versprach ihm auch, er wolle ihn die Kunst lehren und ihn in sein Land zurückbringen. Er sagte: »Mein Sohn, verzeihe mir, was geschehen, du sollst in Zukunft nur Freude erleben!« Hassan aber sprach: »Wie kann ich dir jetzt noch trauen?« Er antwortete: »Gäbe es keine Schuld, wo bliebe die Verzeihung; ich habe dies nur getan, um dich zu versuchen und deine Standhaftigkeit zu prüfen. Du weißt, dass alles in Allahs Hand ist!« Der Kapitän und die Matrosen freuten sich, ihn gerettet zu haben. Hassan betete für sie und dankte dem Allmächtigen; der Wind legte sich und stand günstig, die Dunkelheit hörte auf, und das Schiff segelte glücklich weiter. Hassan fragte den Magier: »O Herr, wo reisen wir denn hin?« Er antwortete: »Zum Wolkenberg, wo man das geheimnisvolle Pulver findet.« Dann schwor er bei Feuer und Licht, bei dem Schatten und der Hitze, er werde ihn nicht mehr betrügen. So vergingen wieder drei Monate. Nachdem sie ein halbes Jahr auf dem Meer zugebracht hatten, landeten sie an einer großen Wüste, die mit Steinen von weißer, gelber, schwarzer und blauer Farbe angefüllt war. Sobald das Schiff vor Anker lag, stand der Perser auf und sagte zu Hassan: »Komm, wir haben unser Ziel erreicht.«

Hassan ging mit dem Perser an Land, nachdem dieser dem Kapitän das Schiff empfohlen und ihm gesagt hatte, er soll ihn nach einem Monat erwarten. Als sie vom Schiff eine Strecke entfernt waren, nahm der Perser ein Stück Kupfer aus der Tasche, auf dem allerlei Namen und Talismane eingraviert waren. Er schlug darauf, und es stieg auf einmal eine Staubwolke aus der Wüste empor. Hassan fürchtete sich und bereute es, das Schiff verlassen zu haben. Als der Perser sah, wie er blass geworden war, sprach er: »Mein Sohn Hassan, bei dem Feuer und dem Licht! Du hast nichts mehr von mir zu befürchten, und müsste ich nicht mein Geschäft in deinem Namen verrichten, so hätte ich dich gar nicht mitgenommen; erwarte nur Gutes. Der Staub, den du siehst, ist ein Wesen, auf dem wir reiten und das uns helfen soll, diese weite Wüste zu durchqueren.« Nach einer kleinen Weile verwandelte sich der Staub in drei vortreffliche Kamele; der Perser bestieg eins, Hassan das andere, und auf das dritte packten sie ihre Vorräte. Nach einer siebentägigen Reise kamen sie in ein großes bebautes Land, wo sie eine auf vier goldenen Säulen ruhende Kuppel sahen. Sie stiegen ab, traten darunter, aßen, tranken und ruhten. Als Hassan sich umsah, bemerkte er etwas, das sehr hoch gelegen war; er fragte den Perser, was es wäre. Dieser antwortete: »Es ist ein Palast.« Hassan sagte: »Lass uns dahin gehen, ihn ansehen und dort ausruhen!« Der Magier erzürnte und sprach: »Rede nicht mehr von diesem Palast, denn dort wohnt mein Feind!« Mit diesen Worten fasste er Hassan an der Hand, lief mit ihm weg und schlug die Trommel; sogleich kamen die Kamele wieder, und sie ritten nochmals sieben Tage lang. Am achten Tag fragte der Magier: »Hassan, was siehst du?« Er antwortete: »Ich sehe Wolken und Nebel von Osten bis Westen.« Da sagte der Magier: »Das sind weder Wolken noch Nebel, sondern das ist ein so hoher Berg, dass er die Wolken spaltet, denn keine kann sich über ihn erheben. Dieser Berg ist unser Ziel. Droben findet sich, was wir suchen, dich aber musste ich mitnehmen, weil ich es nur durch dich erhalte.« Hassan verzweifelte am Leben und sagte: »Bei dem, was du anbetest! Bei deinem Glauben! Was haben wir hier zu suchen?« Er antwortete: »Unsere geheime Kunst kann nur mit Hilfe einer Pflanze gelingen, über die nie eine Wolke kommt, und eine solche findet sich nur auf diesem Berg; ich will dich nun hinaufbringen und dir das Geheimnis der Kunst mitteilen, die du lernen willst.« Hassan sagte vor Angst: »Gut, Herr!« Er gab jedoch alle Lebenshoffnung auf und weinte über die Trennung von seiner Mutter und seinem Heimatland.

Sie reisten vier Tage lang, bis sie an den Berg kamen; dort angelangt, setzten sie sich an dessen Fuß. Da sah Hassan auf dem Berg ein Schloss, und er sprach zum Magier: »Wer konnte da oben ein Schloss hinbauen?« Der Magier antwortete: »Das ist die Wohnung der Dschinn, Ifriten und Teufel!« Mit diesen Worten näherte er sich Hassan, küsste ihn und sagte: »Verzeihe mir meine erste Treulosigkeit. Ich schwöre dir, dass ich dich nicht mehr hintergehen werde; schwöre du mir auch, es geschehe was da wolle, mich nicht zu verlassen und Glück und Unglück mit mir zu teilen!« Hassan sagte: »Recht gern!« Der Magier holte dann eine kleine Mühle hervor, nahm etwas Weizen aus einem Sack, mahlte ihn und knetete drei Fladen daraus, hierauf zündete er Feuer an und backte sie. Als dies geschehen war, nahm er die kupferne Trommel und trommelte, worauf sogleich die Kamele kamen; er schlachtete eins davon, zog ihm die Haut ab und sagte zu Hassan: »Höre, was ich dir empfehle, sonst ist unser Tod unvermeidlich.« Hassan sagte: »Es gibt keinen Schutz und keine Macht außer bei Allah, dem Erhabenen! Sprich nur!« Der Perser sagte: »Schlüpfe in diese Haut; ich will sie zunähen und dich dann so liegen lassen; der Vogel Roch wird kommen und dich auf die Spitze des Berges tragen. Bist du oben, so nimm dieses Messer und zerschneide die Haut, worauf die Vögel wegfliegen werden; ist dieses geschehen, so sieh zu mir herunter, und ich werde dir sagen, was du zu tun hast.«

Mit diesen Worten gab er ihm die drei Fladen und einen kleinen Schlauch Wasser, nähte die Haut um ihn zu und ging weg. Sogleich kam das Junge eines Rochs und flog mit Hassan auf den Berg. Als dieser merkte, dass er droben war, zertrennte er die Haut, schlüpfte heraus und rief den Magier von oben an. Als dieser seine Stimme hörte, tanzte er vor Freude und sagte: »Geh ein wenig zurück und sage mir, was du siehst.« Hassan machte nur ein paar Schritte und erblickte viele Gebeine und Holz daneben. Der Magier aber rief hinauf: »Nun ist der Zweck erreicht! Nimm sieben Scheite von diesem Holz.« Als Hassan dies getan hatte, sprach der Magier: »Du Hund! Nun habe ich meinen Zweck erreicht, du magst nun sterben oder nicht!«, und ging fort. Hassan sagte: »Es gibt keinen Schutz und keine Macht außer bei Allah, dem Erhabenen! Der Verruchte hat mich wieder verraten.«

Dann stand er auf, wandte sich nach rechts und links und sprach: »Es gibt keinen Schutz und keine Macht außer bei Allah, dem Erhabenen!«

Er ging dann auf dem Berg herum und dachte an den Tod. So kam er an eine Stelle, von der aus er unter sich ein blauschwarzes Meer sah, das Wellen schlug, die hohen Bergen glichen. Hassan setzte sich, las einiges aus dem Koran, betete zu dem Allmächtigen, dass er ihm entweder einen leichten Tod gebe oder ihn aus dieser Not befreie. Er sprach hierauf das Sterbegebet und sprang ins Meer. Der Erhabene ließ ihn glücklich vom Wind ins Meer tragen; der Herr aller Meere bewahrte ihn auch im Wasser und brachte ihn wieder ans Land; gepriesen sei er! Hassan fiel auf die Knie und dankte Allah; als dies geschehen war, ging er umher, um Früchte zu suchen, denn ihn hungerte. Da bemerkte er, dass er sich genau an der Stelle befand, wo er schon mit dem Magier gewesen war; er freute sich über sein Entkommen und pries den Erhabenen. Als er weiterging, sah er ein großes, sich hoch erhebendes Schloss: Es war das, wovon der Magier ihm gesagt hatte, dort wohne sein Feind. Hassan ging hinein, denn er dachte: Vielleicht finde ich hier Rettung. Das Tor stand offen, und im Torgang war eine Bank, auf der zwei Mädchen saßen; sie hatten ein Schachspiel vor sich und spielten.

Als eine von ihnen den Kopf hob und Hassan erblickte, schrie sie freudig: »Bei Allah, ein Mensch! Ich glaube, es ist der, den Bahram der Magier dieses Jahr gebracht hat.« Als Hassan dies hörte, fiel er vor ihr nieder, weinte und sagte: »Es ist derselbe, Herrin! Bei Allah, ich bin jener Elende.« Hierauf sagte das jüngere der beiden Mädchen: »Fasse wieder Mut! Deine Not ist vorüber; wir wollen dir beistehen mit allem, was wir haben und vermögen. Du kannst in unserem Schlosse weilen, solange es dir gefällt!« Dann ergriff sie seine Hand und ging mit ihm ins Schloss; ihre Schwester folgte. Sie gaben Hassan reine und prächtige Kleider; dann brachten sie ihm köstliche Speisen, setzten sich zu ihm, aßen mit ihm und sagten: »Erzähle uns, wie es dir mit diesem ruchlosen Zauberer erging, seitdem du in seine Hand gefallen, bis zum Augenblick deiner Errettung. Wir wollen dir dann auch unsere Abenteuer erzählen.« Nachdem Hassan seine Geschichte beendet hatte, sprach die Jüngere: »Wisse, mein Bruder, wir sind Töchter eines mächtigen Königs der Dschinn, der viele Truppen und Verbündete und abtrünnige Geister zu Dienern hat; seine zwei älteren Brüder sind Magier. Er hatte sieben

Töchter, aber er wollte nicht, dass sie sich verheirateten. Er ließ einst seine Wesire und Freunde kommen und sagte zu ihnen: ›Wisst ihr einen Ort, der weder von Menschen noch von Geistern besucht wird, an dem aber doch viele Bäume, Früchte und Bäche sind?‹ Sie antworteten: ›Was willst du damit? Da ist der Berg in den Wolken mit einem Schloß, das ein Geist erbaute, der von unserem Herrn Salomon, dem Sohn Davids, dahin verwiesen worden ist; seitdem er umkam, ist es unbewohnt geblieben, weil es völlig einsam liegt. Rundherum gedeihen Obstbäume, und Bäche fließen dort, deren Wasser süßer als Honig und frischer als Schnee ist; es hat noch nie ein Aussätziger davon getrunken, ohne sogleich geheilt worden zu sein.‹ Als unser Vater von diesem Ort hörte, schickte er uns mit seinen Truppen dahin und ließ uns mit allen nötigen Speisen und Getränken versehen. Unsere Schwestern sind jetzt auf der Jagd in diesem blumigen Tal, worin unzählbare Gazellen und anderes Wild umherstreifen. Es ist nun an uns die Reihe, für sie das Mahl zu bereiten.«

Hassan freute sich, wurde wieder frohen Herzens und dankte dem Allmächtigen, der ihn diesen Weg der Rettung geführt hatte. Nach einer Weile kehrten die übrigen Schwestern von der Jagd zurück und freuten sich, als man ihnen von Hassan erzählte; sie gingen zu ihm, grüßten ihn und wünschten ihm zu seiner Rettung Glück.

Hassan lebte nun lange Monate in Frieden und Freude in dem prachtvollen Garten; nur der Gedanke an seine arme, verlassene Mutter trübte sein Glück. Aber er wusste nicht, wie er zu ihr gelangen sollte und stellte alles Allah anheim, der ihn bis jetzt auf so wunderbare Weise beschützt hatte.

Im folgenden Jahr kam der verruchte Magier Bahram wieder mit einem gefesselten Jüngling in die Nähe des Schlosses. Hassan stand an einem Bach unter den Bäumen und sah ihn. Sein Herz klopfte und er erblasste; er ging zu den Mädchen und sagte ihnen: »Meine Schwestern, helft mir, diesen Verruchten aus der Welt zu schaffen, den wir jetzt leicht ergreifen können, denn er ist wieder mit einem jungen gefangenen Gläubigen da, den er auf alle Weise quält. Ich will nun meine Blutrache an ihm nehmen, ihn töten, um eine belohnenswerte Tat zu vollbringen! Diesen Jüngling gebe ich seiner Heimat, seinen Verwandten und Freunden zurück. Diese fromme Tat vollbringe ich für euch, dass Allah euch dafür belohne.« Die Mädchen sagten: »Wir gehorchen Allah und dir, o Bruder Hassan!« Sie verschleierten sich, zogen Kriegsgewänder an, nahmen ihre Waffen, brachten Hassan ein vortreffliches Pferd und eine vollständige Kriegsrüstung mit einem guten Schwert und gingen auf den Magier zu.

Als sie in seine Nähe kamen, sahen sie, wie er schon ein Kamel geschlachtet und ihm die Haut abgezogen hatte, wie er den Jüngling peinigte und ihm sagte: »Schlüpfe in diese Haut!« Hassan aber näherte sich unbemerkt von hinten und schrie ihn mit furchtbarer Stimme an: »Lass ab von diesem Jüngling, du Verruchter, du Verächter Allahs und seiner Gläubigen!« Als der Magier sich umdrehte und Hassan sah, wollte er ihn wieder mit süßen Worten täuschen und sprach zu ihm: »O mein Sohn, auf welche Weise hast du dein Leben gerettet? Wie bist du vom Berg in den Wolken heruntergekommen?« Hassan antwortete: »Derjenige, der dein Leben in meine Hand geliefert hat, war der Retter; ich will dich nun foltern, wie du mich gefoltert hast, du Ungläubiger, du Gottloser! Nun bist du verloren; dir hilft kein Bruder und kein Freund mehr, dein Tod ist gewiss!« Der Magier sprach: »O mein Sohn Hassan! Nie will ich wieder Verrat an dir üben. Ich schwöre es dir!« Hassan aber ging auf ihn zu, zog das glänzende Schwert aus der Scheide, versetzte ihm einen Hieb auf den Nacken, und Allah, der Allgewaltige, sandte schnell seinen Geist in die Hölle; wehe einem solchen Aufenthalt! Hassan nahm den Sack, den der Magier bei sich hatte, öffnete ihn und zog die Trommel und den Schlegel heraus. Damit trommelte er, bis die Kamele wie der Blitz herbeigelaufen kamen. Hassan setzte den Jüngling frei, sattelte ihm ein Kamel, gab ihm Vorräte für die Reise und nahm Abschied von ihm. So rettete der Erhabene diesen Jüngling aus der Not und führte ihn in seine Heimat zurück.

Ein paar Tage nach diesem Vorfall erhob sich auf einmal ein mächtiger Staub aus der Wüste, der den Horizont verfinsterte. Die Mädchen sagten zu Hassan: »Steh auf, geh in deine Gemächer, oder verbirg dich im Garten zwischen den Bäumen und Reben!« Hassan verbarg sich in seinen Räumen, die sich hinter ihm verschlossen. Als sich dann der Staub legte, sah man, wie sich darunter eine Armee bewegte. Die Mädchen hießen die Truppen absteigen und bewirteten sie drei Tage lang. Sie fragten die Kriegsleute, wie es ihrem Vater gehe und was sie Neues brächten. Sie antworteten: »Wir kommen, um euch im Namen des Königs zu einem Fest zu holen.« Die Mädchen fragten: »Wie lange sollen wir abwesend bleiben?« Sie antworteten: »Mit der Hin- und Herreise und dem Aufenthalt einen Monat.« Die Mädchen gingen dann zu Hassan, benachrichtigten ihn davon und sagten ihm: »Hassan, dieser Ort gehört dir, lass dir wohl sein und sei heiter! Fürchte nichts, es wird niemand zu dir kommen! Nur bitten wir dich bei unserer Freundschaft, öffne diese Tür nicht, alles andere darfst du nutzen nach Herzenslust.« Sie nahmen Abschied von ihm und zogen mit den Truppen fort.

Hassan ritt jeden Tag auf die Jagd und suchte sich die Zeit zu vertreiben, so gut es ging. Aber nach zehn Tagen wurde seine Brust sehr beklommen, und er wusste nicht mehr, was er anfangen sollte. Er ging in dem verlassenen Schloss umher und durchsuchte alle Gemächer, worin er viele Schätze und Kostbarkeiten sah, doch er hatte keine Freude daran; auch ließ ihn seine Neugierde wegen der Tür, die er nicht öffnen sollte, keine Ruhe. Endlich holte er die Schlüssel und öffnete die Tür, fand aber nichts als mitten im Zimmer eine Treppe von kostbaren Steinen. Hassan stieg die Treppe hinauf auf die Terrasse des Schlosses und dachte: Dies ist der Ort, den ich nicht sehen sollte. Er ging auf der Terrasse umher und sah unter dem Schloss schöne Wiesen, Gärten und Bäume, Blumen, Bäche und in der Ferne das Meer, das hohe Wellen schlug. So ging er lange umher und sah sich nach allen Seiten um, bis er endlich zu einem Pavillon kam, der mit allerlei Edelsteinen verziert war; der Fußboden bestand aus zwei Lagen Gold und einer Lage Silber. Mitten in diesem Pavillon war ein kleiner Teich, randvoll mit Wasser, darüber ein Zelt von wohlriechendem Holz mit goldenen Gittern. Auf der einen Seite des Teichs sah man einen Thron aus Aloeholz, mit Perlen, Edelsteinen und goldenen Stangen geschmückt; die Vögel zwitscherten auf den Bäumen in verschiedenen Sprachen und priesen den Allmächtigen. Als Hassan dies sah, war er höchst erstaunt und wusste nicht mehr, wo er war. Während er so in

Verwunderung saß, kamen zehn Vögel aus der Wüste auf das Schloss zu; Hassan aber sah sie zu diesem Pavillon fliegen. Da er fürchtete, sie könnten entfliehen, wenn sie ihn sähen, stand er auf und verbarg sich. Bald ließen sie sich um den Teich herum nieder, um zu trinken. Dann legten sie ihre Federkleider ab und erschienen als die schönsten Jungfrauen der Welt. In kostbare Gewänder gekleidet, unterhielten sie sich bis zum Abend, scherzten und lachten. Eine von ihnen, die die Fürstin und die Oberste der Schar zu sein schien, sagte nun zu den anderen: »O ihr Prinzessinen, es wird spät. Wir haben noch weit, kommt, lasst uns aufbrechen!« Sie zogen hierauf alle ihre Federkleider wieder an und flogen, wie sie gekommen waren, als Vögel davon.

Am anderen Tag sah Hassan eine große Staubwolke sich aus der Wüste erheben; bald darauf erschienen die sieben Mädchen mit Soldaten, die sich im ganzen Schloss verteilten. Hassan vertraute sich nun dem jüngsten Mädchen an, das sich immer besonders freundlich gegen ihn gezeigt hatte; er sagte ihr, dass er die verbotene Tür geöffnet und eine Fürstin von wunderbarer Schönheit gesehen habe. Es sei sein höchster Wunsch, sie zur Gemahlin zu gewinnen, und er bat seine Freundin, ihm hierbei zu helfen. »Das wird nicht leicht sein«, antwortete das Mädchen, »denn wisse, mein Freund, dieses Mädchen ist die Tochter des mächtigsten Königs der Geister; auch unser Vater steht unter seiner Oberherrschaft. Indes – es gilt einen Versuch; merke dir aber gut, was ich dir nun sage! Bleibe in der Nähe irgendwo sitzen, wo du sie sehen kannst, ohne von ihnen gesehen zu werden; wenn sie dann ihre Kleider ausziehen, so gib acht, wo die Prinzessin ihr Federkleid hinlegt, nimm es und verwahre es sicher, denn nur mit diesem Kleid kann sie in ihr Reich zurückkehren. Lass dich aber ja nicht von ihr bereden, wenn sie es zurückfordert; denn sobald sie ihr Kleid wieder hat, bringt sie dich um, zerstört unser Schloss und tötet unseren Vater. Sehen dann die anderen Mädchen, dass das Kleid der Prinzessin gestohlen worden ist, so fliegen sie fort, und die Fürstin muss zurückbleiben. Verwahre aber das Federkleid wohl, denn nur solange du dieses hast, ist sie in deiner Gewalt!« Wie Hassans Freundin es vorausgesagt hatte, so geschah es. Lange Zeit wollte die Prinzessin von Hassan nichts wissen; endlich aber wurde sie durch seine tiefe und unwandelbare Liebe gerührt, die Hochzeit wurde mit Glanz und Pracht in dem Schloss der sieben Schwestern gefeiert, und Hassan hielt sich für den glücklichsten Menschen auf der ganzen Welt.

Während dieser Zeit hatte Hassan seine arme, alte Mutter ganz vergessen. Vierzig Tage nach der Hochzeit aber erschien sie ihm im Traum, um ihn trauernd, abgefallen und blass und sagte zu ihm: »Mein Sohn Hassan, du lebst noch in dieser Welt und hast mich vergessen? Mein Sohn, sieh, wie ich durch diese Trennung geworden bin; ich werde dich nie vergessen, bis zum Tod. Ich habe auch deine Gedenkstätte in meinem Haus gebaut, weil ich dich nie vergessen will. Mein Sohn, wird mein Auge dich je wiedersehen? Werden wir wie früher vereinigt leben?« Bei diesen Worten erwachte Hassan mit tränenden Augen, traurig und niedergeschlagen.

Als die Mädchen die Ursache seines Kummers hörten, weinten sie aus Mitleid mit ihm und sagten: »O unser Bruder, o Hassan! Niemand von uns wird dich abhalten wollen, deine Mutter zu besuchen, wir werden dir vielmehr noch mit allen unseren Kräften beistehen; doch unter der Bedingung, dass du dich nicht auf immer von uns trennst, sondern uns zweimal im Jahr besuchst.« Als Hassan ihnen dies bereitwillig versprochen hatte, machten sich die Mädchen auf und sorgten für sein leibliches Wohl für die Reise sowie auch für allerlei kostbare Stoffe und Edelsteine für ihn und seine Gemahlin. Dann schlugen sie die Trommel, es kamen Kamele von allen Seiten her, aus denen sie die besten auswählten; sie beluden auch fünf Maulesel mit verschiedenem Schmuck und Seltenheiten des Landes und fünfundzwanzig mit Proviant und vielen Kostbarkeiten.

Die Mädchen bestiegen dann ihre Pferde und begleiteten die Prinzessin und Hassan drei Tagesreisen weit. Dann beschwor sie Hassan, sie möchten jetzt zurückkehren, worauf sie Abschied nahmen.

Hassan reiste indessen Tag und Nacht, durch Wüsten und Einöden und Berge und Täler, bis ihn Allah glücklich nach Basora gelangen ließ.

Er klopfte an die Tür des Hauses seiner Mutter, und sie fragte: »Wer ist da?« Hassan antwortete: »Öffne getrost!« Sie öffnete die Tür, und vor Freude über das unerwartete Wiedersehen fiel sie in Ohnmacht. Hassan pflegte sie, bis sie wieder zu sich kam, dann umarmte er sie, führte sie ins Haus und ließ auch sein Gepäck hineinbringen. Dann setzten sie sich, und die Alte fragte Hassan, wie es ihm mit dem Perser ergangen war. Er antwortete: »Es war kein Perser, sondern ein Magier, einer, der das Feuer und nicht den Allmächtigen anbetet.« Er erzählte ihr dann, wie er von diesem Bösewicht behandelt worden war, wie er ihm entkommen und die Mädchen gefunden habe, sodann, wie er zu der Prinzessin gekommen sei, und zuletzt, wie er seine Mutter im Traum gesehen, wodurch ihn endlich der Allgütige wieder mit ihr vereinigt habe. Seine Geschichte erstaunte sie sehr, und sie dankte Allah für seine Rettung. Begierig wandte sie sich dann zu dem Gepäck, das Hassan mitgebracht hatte, und ließ sich beschreiben, worin es bestehe. Endlich näherte sie sich auch der Prinzessin, um sie näher kennen zu lernen, und sie bewunderte ihre Schönheit nicht weniger als ihr anmutiges Wesen.

Am folgenden Morgen ging die Prinzessin zum Basar und kaufte ihrer Schwiegermutter zehn Paar Kleider von den kostbarsten Stoffen der Stadt. Einige Zeit darauf sagte Hassans Mutter zu ihrem Sohn: »Mein Sohn! Wir können mit unserem vielen Geld nicht in dieser Stadt wohnen bleiben, denn du weißt, dass wir arm waren. Die Leute werden uns daher als Zauberer ansehen und uns nicht in Ruhe lassen; wir wollen daher lieber in die Friedensstadt, nach Bagdad, ziehen. Dort, wo wir unter dem Schutz des Kalifen leben, errichtest du ein Handelsgeschäft, führst dabei einen frommen Lebenswandel, wie es einem Mann ziemt, dem Allah ein so großes Vermögen geschenkt und den er auf eine so wunderbare Weise erhalten hat.«

Hassan stimmte diesem Rat zu, ging sogleich an den Tigris und heuerte ein Schiff nach Bagdad, ließ all sein Geld und seine Habe, seine Mutter und seine Gemahlin dorthin bringen, verkaufte sein Haus, bestieg das Schiff und segelte in zehn Tagen mit günstigem Wind nach Bagdad. Sobald sie angekommen waren, ging Hassan in die Stadt und mietete ein Magazin in einem Khan, wohin er sein Gepäck und seine Leute brachte, um dort zu übernachten. Am folgenden Morgen kleidete er sich prächtig an, ging durch die Stadt und ließ sich zu einem Makler führen. Der Makler fragte ihn, was er von ihm wolle. »Ich will ein schönes, neues, geräumiges Haus kaufen«, erwiderte Hassan. Der Makler zeigte ihm viele, und Hassan, dem ein Haus, das einem Wesir gehört hatte, am besten unter allen gefiel, kaufte es für eintausendfünfzig Denare. Er kehrte dann in den Khan zurück und brachte seine Leute und alles, was er dort hatte, in sein neu erstandenes Haus.

Hassan lebte nun drei Jahre lang recht vergnügt mit seiner Frau, die ihm zwei Knaben schenkte; den einen nannte er Nasser und den anderen Mansur. Nach dieser Zeit sehnte er sich nach seinen Freundinnen, den Mädchen, die ihm so viel Gutes erwiesen hatten; er ging daher aus und kaufte allerlei Dinge, die er bei ihnen vermisst hatte, Süßigkeiten, Kleidungsstücke, Zucker, Früchte und noch vieles mehr und brachte es nach Hause. Als seine Mutter ihn fragte, wozu er dies gekauft habe, sagte er: »Ich habe beschlossen, meine Schwestern zu besuchen, die mir so viele Wohltaten erwiesen und denen, sowie Allah, ich mein ganzes Glück zu verdanken habe; ich will mich dankbar gegen sie zeigen, und, so Allah will, kehre ich bald wieder zurück.« Die Mutter bat ihren Sohn nur, nicht lange wegzubleiben. Hassan bat seine Mutter, das Federkleid, das er in einer Kiste unter dem Magazin verborgen hatte, wohl zu verwahren, dass seine Frau es nicht entdecke und mit ihren Kindern davongehe und nie wiederkehre. »Hüte dich«, sagte er, »mit irgendjemandem davon zu sprechen, denn wie leicht könnte es ihr wieder zu Ohren kommen. Du weißt, dass sie die geliebte Tochter eines mächtigen Königs ist, der viele Truppen und Verbündete hat und dem viele Magier gehorchen. Erweise ihr alle möglichen Liebesdienste, aber lass sie durch keine Tür, durch kein Fenster und durch keine Wand sehen. Stößt ihr durch deine Nachlässigkeit ein Unglück zu, so töte ich mich vor Verzweiflung.«

»Allah bewahre!«, rief Hassans Mutter. »Bin ich denn von Sinnen, dass du mir derartiges anzuempfehlen brauchst? Reise nur ruhig fort und kehre in Frieden wieder, du wirst sie wiedersehen, und sie wird dir selbst erzählen, wie ich mich ihr gegenüber verhalten habe; ich bitte dich nur, bleibe nicht länger aus, als du zur Reise brauchst.«

Nun wollte das Schicksal, dass die Prinzessin die ganze Rede mit anhörte. Hassan, der sie nicht bemerkt hatte, ging ruhig zur Stadt hinaus, schlug die Trommel des Magiers, und es kamen zwanzig Kamele, die er mit allerlei Kostbarkeiten aus dem Irak belud. Er sagte dann seiner Mutter, seiner Frau und seinen Kindern, von denen das eine zwei Jahre und das andere ein Jahr alt war, Lebewohl. Noch einmal empfahl er seiner Mutter, das Federgewand wohl zu verwahren; dann bestieg er sein Pferd und schlug den Weg zum Schloss der Schwestern ein. Er reiste durch Täler und Berge und Wüsten zehn Tage lang, bis er endlich zu dem Schloss gelangte.

Hassans Besuch erfreute seine Freundinnen sehr, und nicht minder erfreut waren sie, als sie die kostbaren Geschenke sahen, die ihnen Hassan aus seiner Heimat mitgebracht hatte.

Drei Monate brachte Hassan bei seinen Freundinnen zu und ahnte nichts von dem, was sich inzwischen zu Hause ereignete. Am ersten Tag nach seiner Abreise sagte die Prinzessin zu Hassans Mutter: »O Herrin! Ich bin nun schon drei Jahre hier, und noch bin ich in kein öffentliches Bad gekommen.« Hassans Mutter antwortete: »O meine Gebieterin, o Prinzessin, so Allah will, wenn dein Gemahl kommt, werde ich bewegen, dass er dir nach Wunsch ein eigenes Bad einrichten lässt.«

Die Prinzessin weinte dann und seufzte und jammerte über ihre Einsamkeit so lange, bis Hassans Mutter sie bemitleidete und, sich in den Willen Allahs fügend, alles, was man für das Bad benötigte, zusammenpackte und am folgenden Morgen mit der Prinzessin und ihren Kindern ins öffentliche Bad ging. Hier wurde sie von einer Sklavin der Gemahlin des Kalifen erblickt, die ihrer Herrin gegenüber die Schönheit der Fremden nicht genug rühmen konnte. Subeida, die Gemahlin des Kalifen, wurde neugierig und ließ ihren Diener Masrur kommen und sagte zu ihm: »Weißt du, Masrur, warum ich nach dir geschickt habe?« Er sagte: »Nein, bei deiner Gnade, meine Herrin!« – »Ich habe dich rufen lassen«, versetzte sie, »damit du mir die schöne Frau herbringst, die im Haus des Wesirs wohnt, welches zwei Tore hat; geh schnell und bring auch die Alte und die Kinder mit, säume nur nicht, denn ich erwarte sie mit Ungeduld!« Mit den Worten: »Hören ist gehorchen!« verließ sie Masrur und ging sogleich zu dem ehemaligen Haus des Wesirs und klopfte an die Tür. Hassans Mutter kam heraus und fragte: »Wer ist da?« Masrur antwortete: »Ein Diener des Kalifen.« Als sie ihm die Tür öffnete, begrüßte er sie, und auf ihre Frage, was er begehre, sagte er: »Subeida, die Gemahlin unseres Herrn Harun al-Raschid, lässt dich und deine Schwiegertochter und ihre Kinder zu sich bitten. Die Frauen, die deine Schwiegertochter im Bad sahen, haben ihr nämlich so viel von ihr erzählt, dass sie sie zu sehen wünscht.« – »O mein Herr Masrur!«, rief die Alte, »wir sind hier fremd, und mein Sohn, der gestern abgereist ist, hat mir streng verboten, mit seiner Frau auszugehen oder sie jemandem zu zeigen. Ich fürchte sehr, es könnte ihr etwas zustoßen, und wenn dann mein Sohn zurückkehrt, wird er sich und mich umbringen. Ich erbitte die Gnade, fordere nicht, was ich nicht gewähren kann.«

»O Weib!«, versetzte Masrur, »wüsste ich, dass dir irgendeine Gefahr drohte, ich würde dich nicht zum Mitgehen auffordern; aber meine Herrin Subeida will euch nur sehen, dann könnt ihr wieder nach Hause gehen. Fürchte nichts, du wirst es nicht bereuen; ich werde, so der Allwissende es will, euch alle unversehrt zurückbringen.« Da die Mutter Hassans nicht widerstehen konnte, verschleierte sie die junge Frau und ging mit ihr und ihren Kindern vor Masrur her zum Palast des Kalifen. Masrur stellte sie Subeida vor, welche, sobald die Prinzessin sich vor ihr verbeugt hatte, ihr sagte: »Entschleiere dich doch, ich will das Gesicht sehen, das alle Frauen bezaubert hat.« Die Prinzessin küsste die Erde vor ihr und enthüllte ihr Antlitz, das den Mond am Himmel beschämte.

Subeida und alle übrigen Anwesenden blickten sie mit Bewunderung an; ihr strahlendes Gesicht beleuchtete das ganze Schloss, sodass alle Frauen, die zugegen waren, ganz bezaubert wurden von ihrer Schönheit. Subeida schenkte ihr eines ihrer kostbarsten Kleider und den herrlichsten Schmuck dazu, umarmte sie, ließ sie zu ihrer Rechten Platz nehmen, legte ihr eine Halskette mit Diamanten um und sagte: »Du gefällst mir gar zu gut und machst mir viele Freude, du Schöne! Äußere nur einen Wunsch, es soll dir nichts versagt werden.« – »Ich bitte dich, meine Herrin!«, sagte die Prinzessin, »befiehl meiner Schwiegermutter, dass sie dir mein Federkleid bringt. Ich will es vor dir anziehen, du sollst dann sehen, wie ich vor dir herumfliege, worüber du dich wundern wirst.« Subeida fragte: »Wo ist dein Federkleid?« – »Es ist bei meiner

Schwiegermutter verborgen«, versetzte die Prinzessin, »lass dir es nur herbringen.« Subeida, begierig, die geheimnisvollen Künste der Prinzessin zu sehen, beschwor die Alte bei ihrem Leben, ihr das Federkleid zu holen, und versprach ihr, sie wolle es ihr wieder zurückgeben lassen. »Die Frau meines Sohnes sagt nicht die Wahrheit«, erwiderte die Alte. »Gibt es wohl einen Menschen, der Federn hat und fliegen kann?« Aber die Prinzessin sprach: »Bei deinem Leben, meine Herrin! Es ist in ihrer Schatzkammer in einer Kiste verborgen.« Da nahm Subeida eine diamantene Kette und einen kostbaren Ring und überreichte sie der Alten, indem sie sagte: »Bei meinem Haupt, geh und hole ihr das Federgewand, dass wir uns eine Weile an ihr ergötzen, dann sollst du es wiederhaben.« Als die Alte nochmals beteuerte, sie habe kein derartiges Kleid gesehen und wisse nicht, was sie meine, machte sich Subeida über sie her, schrie sie an, nahm ihr den Hausschlüssel ab, gab ihn Masrur mit dem Befehl, damit in ihr Haus zu gehen, die Tür ihrer Schatzkammer einzubrechen und darin so lange zu suchen, bis er eine Kiste finde; diese sollte er aufbrechen und ihr bringen, was darin sei. Als Masrur mit dem Schlüssel fortging, folgte ihm die Alte traurig und bereute es, ihre Schwiegertochter ins Bad geführt zu haben, weil sie einsah, dass sie es nur aus kunstvoller List gewünscht hatte. Sie öffnete selbst die Schatzkammer, und Masrur grub die Kiste hervor, nahm das Federkleid heraus, schlug es in ein Tuch und brachte es seiner Herrin Subeida. Diese betrachtete es von allen Seiten und es gefiel ihr sehr, denn es war kunstvoll gearbeitet. Sie fragte die Prinzessin: »Ist dies dein Federkleid?« Und als ihre Frage bejaht wurde, überreichte sie es ihr. Die Prinzessin freute sich sehr, als sie ihr Kleid noch unversehrt fand, sie entfaltete es, nahm ihre Kinder zu sich, warf das Gewand um und wurde nach des Erhabenen unergründbarer Bestimmung wieder ein Vogel. Subeida und alle Anwesenden waren höchst erstaunt, als die Prinzessin sich hin und her schwang, wie ein Vogel einherschritt und mit den Flügeln flatterte. Sie fragte mit klarer Sprache: »Gefällt euch dies?« Die Anwesenden antworteten: »O ja, Herrin der Schönheit, was du machst, ist schön.« Da sagte sie: »Das ist aber noch schöner«, breitete ihre Flügel aus und flog mit ihren Kindern auf die Terrasse des Schlosses.

Nun rief ihr Subeida zu: »Komm jetzt wieder zu uns herunter, dass wir uns an deiner Unterhaltung erfreuen, o Herrin der Schönheit!« Aber sie antwortete: »Weit entfernt, die Vergangenheit kehrt nicht wieder.« Dann sagte sie, sich zur Alten wendend: »O Mutter des armen, traurigen Hassan! Bei Allah, es wird mir fern von dir unheimlich werden; was aber deinen Sohn betrifft, so sage ihm: Wenn er mich wiedersehen wolle, so möge er zu mir auf die Inseln Wak-Wak kommen.«

Kaum hatte sie diese Worte gesprochen, als sie mit ihren Kindern davonflog. Da schlug sich Hassans Mutter ins Gesicht und klagte und weinte, bis sie in Ohnmacht fiel.

Als sie wieder zu sich kam, sagte sie zu Subeida: »Was hast du getan, o Herrin!« Diese antwortete: »Ich wusste nicht, dass es solche Folgen haben würde. Hättest du mir ihre Geschichte erzählt und mich mit deren Umständen bekannt gemacht, so hätte ich nicht auf meinem törichten und verhängnisvollen Wunsch bestanden; ich wusste ja nicht, dass sie fliegen kann, sonst hätte ich sie das Federkleid nicht anziehen lassen oder hätte sie die Kinder nicht zu sich nehmen lassen. Doch jetzt hilft alles Gerede nichts mehr, ich bitte dich daher, mir darum nicht zu grollen.« Da die Alte sich nicht zu helfen wusste, sagte sie: »Ich spreche dich von jeder Schuld frei«, ging wieder nach Hause und sprach voller Sehnsucht nach der Prinzessin, den Kindern und ihrem Sohn folgende Verse: »Eure Entfernung von der Heimat entlockt mir bittere Tränen. Ich weine laut wegen der Sehnsucht, welche die Trennungsschmerzen in mir angefacht, und die Tränen machen meine Augenlider wund. Oh, kehrtet ihr doch zur treuen Liebe wieder, dann würde sich die Zeit für mich verjüngen.«

Sie ließ dann drei Grabmäler in ihrem Haus errichten und weinte darauf Tag und Nacht.

Als Hassan nun wieder zu seiner Mutter kam, fand er sie mager und abgezehrt vom vielen Wachen und Weinen und Fasten und so schwach, dass sie ihm seinen Gruß nicht einmal erwidern konnte. Tränen waren ihre einzige Antwort, als er sie nach seiner Frau und seinen Kindern fragte. Hassan durchsuchte ungeduldig das ganze Haus, und da er keine Spur von ihnen fand, war sein Herz beklommen, und ganz außer sich lief er in seine Schatzkammer. Da fand er die zerbrochene Kiste und zweifelte nicht mehr daran, dass seine Frau ihr Federkleid genommen habe und mit ihren Kindern davongeflogen sei. Er ging zu seiner Mutter, die sich indessen wieder ein wenig erholt hatte, und fragte sie noch einmal nach seiner Frau und seinen Kindern. Sie schwieg eine Weile, dann sagte sie: »Mein Sohn, Allah vermehre dein jenseitiges Wohl für diesen Verlust! Hier sind ihre drei Gräber.« Als er dies hörte, stieß er ein herzergreifendes Geschrei aus, fiel in Ohnmacht und blieb von morgens bis mittags bewusstlos liegen. Seine Mutter blieb neben ihm sitzen und weinte über ihn, denn sie glaubte nicht, dass er wieder zu sich kommen würde. Endlich erwachte er wieder; da schlug er sich ins Gesicht, weinte, zerriss seine Kleider und wusste in seiner tiefen Verzweiflung nicht, was er beginnen sollte. Endlich kam er wieder so weit zur Besinnung, dass er seine Mutter bitten konnte, ihm alles, was vorgefallen war, mitzuteilen. Nun erzählte ihm seine Mutter die ganze Geschichte von Anfang bis zu Ende, dann setzte sie zu ihrer Entschuldigung hinzu: »Hätte die Prinzessin nicht so sehr geweint, dass ich fürchtete, du könntest mir bei deiner Rückkehr zürnen, weil ich sie nicht ins Bad geführt habe, so wäre sie nie zu ihrem Federkleid gelangt; und auch dann hätte sie es nicht wieder erhalten, wenn mir nicht unsere Herrin Subeida mit Gewalt den Schlüssel genommen und ihn Masrur gegeben hätte. Was konnte ich tun? Du weißt doch, dass niemand mächtig genug ist, um dem Kalifen zu widerstehen. Ich war ja ganz allein; du, mein Schutz und Schirm, weiltest in weiter Ferne. So kam es dann, dass sie wieder ihr Federkleid erhielt, mit dem sie samt den Kindern und dem von Subeida erhaltenen Schmuck davonflog. Doch rief sie mir noch von der Terrasse aus zu: ›Wenn dein Sohn mich wiedersehen will, so möge er zu mir auf die Inseln Wak-Wak kommen.‹ Nun weißt du alles, was in deiner Abwesenheit vorgefallen ist. Friede sei mit uns!«

Als die Alte ausgesprochen hatte, stieß Hassan einen lauten Schrei aus, rief nach seiner Frau und seinen Kindern, klagte sich selbst an, weil er fortgereist war, ohne das Federkleid mitzunehmen.

Am nächsten Morgen war Hassan noch niedergeschlagener als zuvor, und so lebte er einen ganzen Monat lang fort. Dann beschloss er, zu seinen Freundinnen zu reisen, um bei ihnen Rat zu holen; er schlug die Trommel, da kamen die Kamele gelaufen, er bestieg eines davon und belud die übrigen mit Geschenken für seine Freundinnen, empfahl seiner Mutter das Haus, nahm Abschied von ihr und ritt zu dem Bergschloss in den Wolken zu den Mädchen. Als er vor ihnen mit den Geschenken erschien, freuten sie sich und hießen ihn willkommen, doch sagten sie: »Da du uns erst vor einem Monat verließest, so hat deine schnelle Rückkehr gewiss eine besondere Ursache.« Hassan erzählte ihnen hierauf alles, was sich während seiner Abwesenheit in Bagdad ereignet hatte.

Als das jüngste der Mädchen diese Worte hörte und ihn wieder in Ohnmacht fallen sah, setzte es sich neben ihn und weinte; auch die übrigen Schwestern weinten mit. Nach und nach erholte sich Hassan wieder, und als er mit seiner Erzählung, die er unter Schluchzen und Weinen vorgebracht hatte, zu Ende war, fragten ihn seine Freundinnen, ob seine Gemahlin beim Wegfliegen seiner Mutter nichts gesagt habe? Hassan antwortete: »Sie hat gesagt, wenn ich sie wiedersehen wolle, so möge ich zu ihr auf die Inseln Wak-Wak kommen.«

Die Mädchen nickten sich zu, als sie dies vernahmen, sahen sich an, schüttelten den Kopf, beugten ihn, hoben ihn dann wieder und sagten: »Es gibt keinen Schutz und keine Macht außer bei Allah, dem Erhabenen. Strecke deine Hand gegen den Himmel aus, und so wenig als du ihn erreichen kannst, kannst du wieder zu deiner Gattin und deinen Kindern gelangen. Aber fasse dich und verzage nicht. Wer Geduld hat, erreicht sein Ziel.

Wer zehn Jahre leben soll, stirbt nicht im siebenten; Weinen und Trauern macht nur krank, sei munter und gescheit und bleibe ruhig bei uns, bis wir, so Allah will, ein Mittel finden, dich mit deiner Gattin und deinen Kindern wieder zu vereinigen.«

Die Freundinnen Hassans hatten einen Oheim, der ungeheure Macht besaß und seine Nichten zärtlich liebte. Dieser durfte aber, wenn er nicht von selbst erschien, nur jedes Jahr einmal durch Weihrauch, den er ihnen gegeben hatte, herbeigerufen werden. Als nun der Monat Muharran des neuen Jahres vorüber war und der Oheim nicht gekommen war, sagte die ältere Schwester zur jüngeren: »Gib ein wenig Weihrauch her aus dem Beutel, den uns der Oheim geschenkt hat, und zünde Feuer an.« Sie tat dies freudig, und kaum hatte die Ältere Weihrauch aufs Feuer gestreut und dabei an ihren Oheim gedacht, da erhob sich ein mächtiger Staub aus der Wüste, und es kam ein alter Mann zum Vorschein, der sich auf einem Elefanten näherte. Die Mädchen freuten sich sehr mit ihm, grüßten, umarmten, küssten ihn, setzten sich um ihn herum und fragten ihn, warum er diesmal so lange ausgeblieben war. Er antwortete: »Ich war bisher beschäftigt, wollte mich aber eben auf den Weg machen, als ich euren Weihrauch roch, da warf ich mich schnell auf einen Elefanten und eilte hierher. Und nun, was wollt ihr von mir, meine Nichten?« – »Du weißt«, antwortete die Älteste, »wir haben dir einmal von unserem Freund Hassan erzählt, den Bahram der Magier hierher gebracht, und von der Prinzessin, die er geheiratet und in seine Heimat geführt hat.« – »Jawohl, ich erinnere mich«, versetzte der Oheim, »und was ist ihm denn geschehen?« – »Die Prinzessin«, fuhr die Nichte fort, »ist ihm untreu geworden und mit den zwei Kindern, die sie ihm geschenkt hatte, davongeflogen, während er bei uns war. Beim Wegfliegen hat sie seiner Mutter gesagt: ›Wenn dein Sohn mich wiedesehen will, so möge er zu mir auf die Inseln Wak-Wak kommen.‹« Als der Oheim dies hörte, schüttelte er den Kopf und biss sich auf die Finger, senkte den Kopf eine Weile; dann antwortete er: »O meine Nichten, der junge Mann ist verloren, wenn er sich den schrecklichen Gefahren dieser Reise aussetzt; er kann nie und nimmer zu den Inseln Wak-Wak gelangen.« Die Mädchen riefen dann Hassan, er grüßte den Alten und setzte sich neben ihn. Da sagten die Mädchen zu ihrem Oheim: »Erkläre Hassan selbst, was du uns eben gesagt hast.« Der Alte begann: »Mein Sohn, gib deine Wünsche auf! Strecke deine Hand gegen den Himmel aus: Kannst du ihn erreichen, so gelangst du auch wieder zu deiner Gattin und deinen Kindern. Niemals wirst du auf die Inseln Wak-Wak kommen, und hättest du fliegende Geister und wandernde Sterne unter dir; denn zwischen dir und diesen Inseln liegen sieben Meere, sieben Täler und sieben himmelhohe Berge. Wie willst du dahin gelangen? Wer soll dich dahin bringen? Ich beschwöre dich bei dem Allmächtigen, lass von der ganzen Sache ab und denke dir, deine Frau und Kinder seien gestorben; härme dich nicht weiter ab. Das ist mein Rat, wenn du ihn annehmen willst.«

Als Hassan dies hörte, weinte er, bis er in Ohnmacht fiel; die Mädchen weinten um ihn herum, und das jüngste zerriss ihre Kleider und schlug sich ins Gesicht, bis es bewusstlos zu Boden sank. Der Alte, gerührt von ihrer Teilnahme an ihres Freundes Unglück, versprach ihnen seinen Beistand, und sich zu Hassan wendend, rief er ihm zu: »Fasse Mut und sei unverzagt, dann kannst du vielleicht doch noch mit Allahs Segen zur Erfüllung deiner Wünsche gelangen. Folge mir nur!« Hassan machte sich auf, nahm von den Mädchen Abschied, die sich sehr freuten, dass ihr Oheim sich seiner annehmen wollte, und setzte sich hinter dem Alten auf den Elefanten. Nachdem sie drei Tage und drei Nächte so schnell wie der Blitz dahingeflogen waren, kamen sie an einen hohen Berg, dessen Steine ganz blau waren. Mitten im Berg war eine Höhle mit einer eisernen Tür. Der Alte ergriff Hassans Hand, ließ den Elefanten los und klopfte an die Höhlentür.

Da kam ein schwarzer, kahler Sklave heraus, der wie ein Teufel aussah, in der rechten Hand ein Schwert und in der linken einen Schild trug; sobald er aber den Alten erkannte, warf er Schwert und Schild weg und küsste ihm die Hand. Der Alte nahm dann Hassan mit in die Höhle, und der Sklave schloss die Tür hinter ihnen. Die Höhle, in die sie eingetreten waren, war sehr geräumig, und ein gepflasterter Weg in ihrer Mitte führte sie in einer halben Stunde zu einer großen Ebene. Als sie diese durchschritten hatten, kamen sie an ein Gitter mit zwei großen Türen aus Messing. Der Alte öffnete eine Tür und sagte zu Hassan: »Bleib hier an der Tür sitzen! Hüte dich aber, sie zu öffnen, bevor ich zurückkehre und dir die Erlaubnis dazu gebe!« Er ging nun hinein, blieb eine Weile aus, kam dann mit einem schwarzen, rundleibigen, leichtfüßigen Pferd heraus, das so schnell lief, dass sein eigener Staub es nicht erreichen konnte, und das schon gesattelt und gezäumt war. Dieses führte der Alte Hassan zu und ließ es ihn besteigen. Sie ritten dann miteinander durch die zweite Tür und kamen in eine große Wüste; hier zog der Alte einen Brief hervor und sagte zu Hassan: »Reite jetzt auf deinem Pferd fort, wohin es dich führt. Bemerkst du dann, dass es an der Tür einer Höhle wie dieser stehen bleibt, so steig ab, lege ihm den Zaum auf den Sattelknopf und lass es frei; es wird dann allein in die Höhle gehen. Du aber musst draußen stehen bleiben und darfst fünf Tage lang nicht von der Stelle weichen. Am sechsten Tag wird ein alter, ganz schwarz gekleideter Greis mit langem weißem Bart zu dir herauskommen, küsse ihm sogleich die Hand und berühre mit deinem Kopf den Saum seines Gewands und weine vor ihm, bis er dich fragt, was du willst. Du gibst ihm dann diesen Brief, den er, ohne ein Wort zu sagen, dir abnehmen und dich dann wieder allein lassen wird. Du musst nun abermals fünf Tage warten; kommt dann am sechsten Tag der Alte selbst wieder zu dir heraus, so wisse, dass dein Wunsch erfüllt wird; kommt aber einer seiner Söhne, so wisse, dass er dich umbringen will. Friede sei mit uns! Fürchtest du also um dein Leben, so begib dich nicht in diese Gefahr. Besteige lieber meinen Elefanten wieder, der soll dich zu meinen Nichten bringen, und diese werden dich mit den nötigen Lebensmitteln zur Rückkehr in deine Heimat versehen. Du kannst tun, was du willst, doch weißt du wohl, mein Sohn, dass, wer nicht viel wagt, auch nicht viel zu erwarten hat.«

Hassan erwiderte dem Alten: »Wie kann mich das Leben freuen, solange meine Gattin und meine Kinder fern von mir leben? Nie werde ich Ruhe finden; bei Allah, dem Allmächtigen, ich kehre nicht zurück, bis ich sie wiedergefunden oder der Tod mich ereilt hat.«

Der Alte sah wohl, dass Hassan von seinem Vorhaben nicht ablassen und jeder Gefahr trotzen wollte; indessen sagte er ihm doch noch: »Wisse, mein Sohn, die Inseln Wak-Wak bestehen aus sieben Inseln; auf den ersten sechs hausen mächtige Scharen von streitbaren Jungfrauen, die letzte aber ist von üblen Dschinns, Ifriten, abtrünnigen Geistern und Zauberern bewohnt, und bisher ist noch nie jemand zu ihnen gelangt und wieder zurückgekehrt. Darum beschwöre ich dich, mein Sohn, reise wieder zu den Deinigen zurück, denn deine Gattin ist die Tochter des Königs der sieben Inseln; wie willst du zu ihr kommen? Gehorche mir, mein Sohn, vielleicht gibt dir Allah eine bessere statt ihrer.« Aber Hassan erwiderte: »Und wenn man mich in Stücke risse, würde ich sie doch nur noch mehr lieben; ich will zu diesen Inseln gehen und nicht anders als mit meiner Gattin und meinen Kindern zurückkehren, so Allah, der Allgewaltige, es will.« Der Alte fragte zum letzten Mal: »Willst du durchaus dorthin gehen?« Hassan, dessen Herz daran hing, das Pferd zu besteigen, antwortete: »Ja, ich bitte dich um deine Hilfe und dein Gebet für mich, vielleicht wird mich Allah wieder mit den Meinigen vereinen.«

Noch einmal suchte der Alte Hassan zur Rückkehr zu bewegen, indem er ihm sagte: »Mein Sohn, du hast eine Mutter, erspare ihr die Schmerzen deines Untergangs!« Hassan schwor nochmals, er würde nie ohne seine Gattin und Kinder zurückkehren, lieber wolle er sterben.

Als der Alte sah, dass er entschlossen war, lieber zu sterben, als sein Vorhaben aufzugeben, wünschte er ihm Glück zur Reise, empfahl ihm noch einmal, was er tun sollte, und überreichte ihm den Brief, indem er ihm sagte, er habe ihn in diesem Brief seinem Lehrer und Meister, dem Scheich Abu Risch, dem Enkel des Iblis, empfohlen, dem Menschen und Schatten ergeben sind. Hassan nahm dann Abschied und ließ dem Pferd die Zügel, und es flog mit ihm schneller als der Blitz zehn Tage lang fort. Da sah Hassan einen großen Berg, schwarz wie die Nacht, der den ganzen Horizont von Osten bis Westen einnahm. Als er in die Nähe des Berges kam, fing sein Pferd an zu wiehern. Da kam eine unzählbare Menge Pferde, so zahlreich wie Regentropfen, herbeigeströmt, sodass Hassan sich sehr fürchtete. Aber sein Pferd eilte immer weiter ins Gebirge, bis es zu der Höhle kam, die ihm der Alte beschrieben hatte. Hassan stieg vor der Tür ab und hing die Zügel um den Sattelknopf; das Pferd trat in die Höhle, und Hassan blieb draußen stehen und dachte darüber nach, wie das wohl enden würde. So brachte er fünf Tage und fünf Nächte weinend, traurig und schlaflos zu. Er dachte an seine Trennung von seiner Heimat und den Seinigen und machte sich tausenderlei Gedanken.

Am sechsten Tag kam der alte schwarz gekleidete Scheich Abu Risch zu Hassan. Sobald dieser ihn sah und der ihm gemachten Schilderung nach erkannte, warf er sich ihm zu Füßen, legte den Saum seines Kleides auf seinen Kopf und weinte und jammerte. Der Alte fragte ihn:

»Was ist dein Begehr, mein Sohn?« Hassan antwortete: »Es ist in diesem Brief ausgedrückt«, und überreichte ihm das Schreiben. Der Alte nahm es ihm ab, sprach kein Wort und ging wieder in die Höhle zurück. Hassan blieb, wie ihm befohlen worden war, an der Tür stehen und weinte fünf Tage lang und war sehr betrübt über seine Einsamkeit. Am sechsten Morgen kehrte endlich der Alte weiß gekleidet zurück und gab Hassan ein Zeichen, auf dass er ihm folge; Hassan ging freudig mit ihm in die Höhle, denn schon ahnte er, dass sein Verlangen in Erfüllung gehen würde. Nach einer halben Tagesreise kamen sie an eine gewölbte, mit Edelsteinen besetzte Tür von Stahl. Der Alte öffnete und ging mit Hassan hinein. Sie durchschritten sieben Gänge und Räume, die mit goldgefasten Steinen gepflastert waren. Dann traten sie in einen großen Saal, mit Marmor belegt, in dessen Mitte ein Garten war, mit allerlei Bäumen, Blumen und Früchten bepflanzt; die Vögel sangen auf den Bäumen und priesen die Macht des Schöpfers. In jeder Ecke des Saales war ein Springbrunnen angebracht mit goldenen Löwen, aus deren Mäulern Wasser hervorsprudelte. Auf jeder Seite des Saales stand ein Diwan, auf dem ein Scheich saß mit vielen Büchern und goldenen Räucherpfannen und Weihrauch vor sich, und um jeden dieser Männer bildete sich ein Kreis von anderen Männern, die in den Büchern lasen. Hassan und sein Führer wurden ehrerbietig empfangen, und dieser gab den Scheichs ein Zeichen, dass sie ihre Umgebung entlassen möchten. Als dies geschehen war, setzten sie sich zu ihm und fragten ihn, wen er mitgebracht habe. Der Alte sagte hierauf zu Hassan: »Erzähle du ihnen selbst deine Geschichte von Anfang bis zu Ende.« Hassan erzählte weinend alles, was ihm widerfahren war. Als er geendet hatte, sagten die Männer: »Ist der es also, den Bahram der Magier in einer Kamelhaut von Adlern auf den Berg in den Wolken bringen ließ?« – »Ich bin derselbe«, wiederholte Hassan. Sie wandten sich nun an seinen Führer mit den Worten: »O Oberster aller Scheichs, wie ist er vom Berg heruntergekommen, auf den ihn Bahram brachte, und was hat er dort gesehen?« Der Alte sagte wieder zu Hassan: »Gib diesen Scheichs Auskunft über alles, was du weißt.« Als dies geschehen war, sagten die Scheichs, von Hassans Erzählung tief gerührt, zu ihrem Meister: »Bei Allah, dieser junge Mann ist zu bedauern.

Kannst du ihm nicht beistehen, dass er wieder zu seiner Gattin und seinen Kindern gelangt?« Der Meister antwortete: »Das ist eine schwere Sache; ihr wisst ja, wie schwierig es ist, zu den Inseln Wak-Wak zu gelangen. Ihr kennt ja die Macht des Beherrschers dieser Inseln; auch habe ich ihm geschworen, dass ich nie sein Land betreten noch irgendetwas gegen ihn unternehmen wolle. Wie kann ich ihn daher zur Prinzessin bringen?« Da sagten die Scheichs: »O Meister, dieser Mann ist unglücklich und will sich gern in jede Gefahr begeben, du musst ihm helfen, da er dir einen Brief von deinem Freund gebracht hat.«

Hassan küsste dem Meister die Füße, legte den Saum seines Kleides auf sein Haupt und rief schluchzend: »O Meister, vereinige mich mit meiner Gattin und meinen Kindern oder lass mich sterben!« Die Scheichs, welche an Hassans Schicksal den innigsten Anteil nahmen, sagten zu ihrem Meister: »O Herr, verscherze den himmlischen Lohn nicht, den du dir durch die Rettung dieses Fremdlings verdienen kannst; überdies ist er dir ja auch von deinem Freund empfohlen.«

»Nun, so wollen wir ihm beistehen und, so Allah will, alle unsere Kräfte für ihn verwenden«, rief endlich der Alte. Als Hassan diese Worte hörte, küsste er voller Freude dem Meister und den übrigen Scheichs die Füße. Der Meister nahm hierauf Tinte und Papier und schrieb einen Brief, siegelte ihn und überreichte ihn Hassan. Er gab ihm auch ein ledernes Beutelchen mit Weihrauch und sagte: »Gib wohl Acht auf dieses Beutelchen, und wenn du in Not bist, so nimm ein wenig Weihrauch heraus, gedenke meiner, und ich erscheine zu deiner Rettung.« Er befahl dann einem der Anwesenden, den fliegenden Geist Danesch herbei zu schaffen; diesen ließ der Meister nahe treten, sagte ihm etwas ins Ohr, worauf der Geist sprach: »Ich gehorche, Meister!« Dann wandte sich dieser zu Hassan und sagte ihm: »Mein Sohn, reise mit diesem fliegenden Geist, und wenn er dich gen Himmel hebt und du hörst, wie die Engel den Allmächtigen preisen, so sprich kein Wort, sonst geht ihr beide zugrunde. Am zweiten Tag deiner Reise wird er dich auf ein weißes Land niedersetzen, auf dem du zehn Tage lang zu wandern hast, bis du vor das Tor einer Stadt kommst, in die du einkehren musst. Du fragst dann nach dem Sultan, und wenn du zu ihm gelangst, so grüße ihn und überreiche ihm diesen Brief und merke dir wohl die Befehle dieses Sultans.« Hassan versprach zu gehorchen, nahm Abschied von den Scheichs, die ihn noch einmal dem Geist empfahlen, und dieser nahm ihn auf den linken Arm und flog einen Tag und eine Nacht so hoch mit ihm in die Luft, dass er die Lobpreisungen der Engel hörte. Am folgenden Morgen setzte er ihn auf ein weißes Land und verschwand wieder.

Hassan ging zehn Tage und zehn Nächte lang immer vorwärts, bis er an das Tor einer Stadt kam. Er ging in die Stadt und fragte nach dem Sultan, und als man ihn vor ihn führte, küsste er die Erde vor ihm und grüßte ihn. Der Sultan fragte ihn, was er wolle; da küsste Hassan den Brief, den er bei sich trug, und überreichte ihn dem Sultan. Sobald dieser ihn gelesen hatte, sagte er einem von seiner Umgebung: »Führe diesen jungen Mann in meinen Palast!« Dort bewirtete man ihn drei Tage lang, und die angesehensten Männer am Hofe leisteten ihm Gesellschaft und ließen sich von seinen Abenteuern und seiner wunderbaren Reise erzählen. Am vierten Tag kam ein Diener und führte ihn vor den Sultan; dieser sagte ihm: »Der Meister schreibt mir, du wolltest zu den Inseln Wak-Wak reisen; aber, mein Sohn, ich kann dich jetzt unmöglich dahin schicken, du müßtest viele Gefahren ausstehen und furchtbare, öde Wüsten durchwandern. Man nennt mich zwar den mächtigen Sultan Hasun, und meine Truppen füllen die ganze Erde aus, doch finde ich es jetzt nicht geraten, dich zu Land dahin zu befördern, weil eine große Armee an der Grenze lagert. Warte daher, bis demnächst ein Schiff von den Inseln Wak-Wak hier landet, da schicke ich dich über das Meer dahin und empfehle dich den Schiffsleuten als meinen Schwager. Wenn dich dann der Kapitän an Land setzt, so wirst du viele Hütten finden; geh nur in eine davon, bleib ruhig darin sitzen und sprich kein Wort bis zur Nacht. Siehst du dann Scharen von Jungfrauen sich in diese Hütten mit Waren begeben, so flehe die Eigentümerin der Hütte, in der du bist, um Schutz an. Gewährt sie ihn dir, so bist du am Ziel, denn sie bringt dich zu deiner Gattin und zu deinen Kindern; wenn nicht, so trauere über dein ohne Hoffnung verlorenes Leben. Wisse, mein Sohn, dass du dich in Lebensgefahr begibst, denn ich kann weiter nichts für dich tun. Doch stände die Hilfe des Allmächtigen dir nicht nahe, so hättest du gar nicht bis hierher gelangen können, und wäre deine Lebensfrist abgelaufen, so könnte dich nichts vor dem Herrn des Elefanten schützen, auch wärst du nicht in die erste Höhle gekommen und nicht zu meinem Meister.«

Hassan sagte hierauf zum Sultan: »O mächtiger Herr, wann werden die Schiffe von den Inseln Wak-Wak kommen?« – »In einem Monat«, erwiderte der Sultan. »Sie werden dann eine Weile hier bleiben, um ihre Handelsgeschäfte zu verrichten, dann kehren sie wieder zurück und kommen erst in einem Jahr wieder.« Hierauf ließ der Sultan Hassan wieder in sein Gemach bringen und ihm alles Nötige herbeischaffen. Hier blieb er einen Monat, bis die Schiffe ankamen; der Sultan ging dann mit ihm und einigen Kaufleuten den Schiffen entgegen, die sich in großer Zahl einstellten. Als sie sich nach einiger Zeit wieder zur Rückkehr anschickten, ließ der Sultan alles Nötige für Hassan vorbereiten, rief einen Schiffskapitän zu sich und sagte ihm: »Nimm diesen jungen Mann mit dir, ohne dass ihn jemand bemerkt, und bringe ihn zu den Inseln Wak-Wak; schiffe ihn nur dort aus, du brauchst dich nicht weiter um ihn zu kümmern.« Nun nahm Hassan Abschied vom Sultan und wünschte ihm ein langes Leben und immer währenden Sieg über seine Feinde. Der Kapitän sperrte ihn dann in eine Kiste, trug sie in einen Nachen und brachte sie aufs Schiff, sodass die Schiffsleute glaubten, sie enthalte Waren. Die Schiffe segelten bald ab, und nach einer Fahrt von zehn Tagen landeten sie glücklich an den Inseln Wak-Wak, wo der Kapitän Hassan an Land setzen ließ.

Da Hassan am Ufer viele Hütten errichtet fand, wie ihm Sultan Hasun gesagt hatte, verbarg er sich in einer von ihnen. Nach Sonnenuntergang kam eine Schar Jungfrauen, jede mit einem gezogenen Schwert in der Hand und ganz mit Eisen bepanzert. Nachdem sie die Waren, die die Schiffe gebracht, eine Weile besehen hatten, zerstreuten sie sich, und eine von ihnen kam in die Hütte, in der Hassan sich aufhielt. Dieser sagte mit leiser Stimme weinend zu ihr: »Schutz! Hilfe! Erbarme dich dessen, der fern von seiner Heimat, von seiner Frau und seinen Kindern ist und um ihretwillen keine Gefahr scheut. Allah wird sich auch deiner erbarmen und dir Schutz geben!« Als die Jungfrau diese im

Ton der größten Verzweiflung ausgesprochenen Worte hörte, sagte sie gerührt zu ihm: »Sei frohen Herzens, bleibe nur noch verborgen bis morgen Nacht; so Allah will, wird es dir gut gehen.« Am folgenden Morgen kamen die Nachen wieder an Land, und es wurde den Tag über viel gekauft und verkauft. Sobald dann die Nacht hereinbrach, kam das Mädchen, das Hassan um Schutz angefleht hatte, wieder in die Hütte, überreichte ihm einen Panzer, einen Helm, ein Schwert und eine Lanze und ging schnell wieder fort, aus Furcht, verraten zu werden. Hassan dachte wohl, sie habe diese Gegenstände für ihn gebracht; er setzte daher den Helm auf, legte das Panzerhemd an, umgürtete sich das Schwert, nahm die Lanze in die Hand und blieb vor der Hütte betend stehen. Während er so dastand, kamen auf einmal die Jungfrauenscharen mit Fackeln und Laternen an ihm vorüber; da folgte er ihnen zu einem Platz, auf dem viele Zelte aufgeschlagen standen, und trat mit einer alten Jungfrau in ein Zelt. Als diese ihre Rüstung und den Schleier abnahm, legte Hassan auch seine Waffen nieder und betrachtete die Alte, die das hässlichste Geschöpf auf der Welt war. »Wer bist du, und wie wagtest du es, zu mir hereinzukommen?« fragte Schawahi, denn dies war ihr Name, den unglücklichen Hassan mit drohender Stimme. Hassan fiel vor ihr nieder, legte sein Gesicht auf ihre Füße, weinte und jammerte und flehte sie um Gnade und Hilfe an.

Schawahi bemitleidete Hassan und versprach ihm ihren Schutz; dann sagte sie zu ihm: »Nie ist einem Menschen so etwas wie dir widerfahren, und stände dir nicht der Erhabene bei, so wärst du nicht mehr; doch nun beruhige dich, mein Sohn, und sei frohen Mutes. Du hast nichts mehr zu fürchten und wirst, so Allah will, dein Ziel erreichen, was es auch sei.«

Hierauf befahl die Alte, dass die Truppen am folgenden Tag ausrücken sollten und dass jede Zurückbleibende mit dem Tod bestraft werden sollte. Hassan schloss daraus, dass die Alte an der Spitze der Armee stand. Nachdem die Alte noch verschiedene andere Befehle erteilt hatte und der Morgen heranbrach, rückten die Truppen aus, aber die Alte blieb bei Hassan und sagte ihm: »Tritt näher, mein Sohn, und sage mir, warum du trotz aller Gefahren in dieses Land gekommen bist? Sage mir die Wahrheit und verbirg mir nichts! Du gehörst nun zu den Meinigen, stehst unter meinem Schutz, und wenn du aufrichtig bist, so helfe ich dir bei deinem Unternehmen, und sollte es mein Leben kosten. Fürchte nun gar nichts mehr, denn da du bei mir bist, so wird kein Mensch im ganzen Land dir etwas zuleide tun.«

Als Hassan der Alten hierauf seine ganze Geschichte von Anfang bis zu Ende erzählt hatte, schüttelte sie ihren Kopf und sagte: »Gepriesen sei Allah, der dich gerettet und zu mir geführt hat; wärst du einer anderen in die Hand gefallen, so hättest du gewiss den Tod erlitten. Aber dein Vorhaben ist wohlgefällig vor Allah, und deine wahre Liebe zu deiner Gattin und deinen Kindern wird dich ans Ziel deiner Wünsche führen. Ich will mein Möglichstes tun, dir zu helfen; doch, mein Sohn, deine Gattin ist nicht hier, sie wohnt auf der siebenten Insel Wak-Wak, und man hat von hier bis dahin sieben Monate lang Tag und Nacht zu reisen. Man kommt von hier aus zuerst in ein Land, welches das Land der Vögel genannt wird: Da schreien die Vögel und machen ein solches Geräusch mit ihren Flügeln, dass die Reisenden kein Wort mehr voneinander hören. Durch dieses Land hat man acht Tage zu reisen, dann kommt man in das Land der wilden Tiere: Dort lärmen Bären und Wölfe und Löwen auf eine solche Weise durcheinander, dass man ganz toll davon wird, und doch hat man zwanzig Tage lang in ihrer Mitte zu wandern. Hierauf kommt man in das Land der Schatten: Dort stoßen die Geister ein lautes Geschrei aus, und man sieht nichts als sprühende Funken, Lichtchen und Rauch, da kann man nichts mehr sehen noch hören. Da darf man keinesfalls den Kopf wenden, oder man ist des Todes, da muss der Reiter den Kopf auf den Sattelknopf legen und kann ihn drei Tage lang nicht aufheben. Dann kommt man an einen himmelhohen Berg und an einen Strom, der zu den Inseln Wak-Wak fließt. Nach einer Tagesreise erhebt sich ein anderer Berg, welcher Wak-Wak heißt, weil auf diesem Berg Bäume stehen, auf denen Köpfe wie Menschenköpfe wachsen und die bei Sonnenaufgang und -untergang rufen: ›Wak! Wak! Gepriesen sei der Schöpfer!‹ Bei der Armee des Beherrschers dieser Inseln, welche aus lauter Jungfrauen besteht, darf kein Mann sich sehen lassen. Ein Meeresarm trennt uns von dem Land, wo die männlichen Untertanen des Herrschers wohnen. Aber nicht nur über die Mädchen, sondern auch über eine unzählbare Menge von Ifriten, Dschinn und schwarzen Magiern gebietet dieser Sultan. Wenn du dich also fürchtest und nicht weiter mit uns gehen willst, so schicke ich jemanden mit dir ans Ufer und lasse dich wieder auf einem Schiff in dein Heimatland bringen.«

»O Herrin!«, rief Hassan aus, »ich werde nicht ablassen, solange ich lebe, bis ich meine Gattin und meine Kinder wiedergefunden habe.«

»Nun«, versetzte Schawahi, »so fasse Mut; so Allah will, bringen wir dich ans Ziel. Ich will sogleich der Königin Nachricht von dir geben und ihre Hilfe anrufen.« Hassan wünschte ihr viel Gutes, küsste ihre Hände und dankte für ihren zugesagten Beistand.

Schawahi ließ dann die Trommel rühren, die Armee brach auf. Hassan, in Nachdenken versunken, folgte der Alten, die sich viel Mühe gab, ihn zu trösten und zu ermutigen. So zogen sie nun durchs Land der Vögel, kamen dann ins Land der wilden Tiere und schließlich ins Tal der Schatten. Als sie nun an den himmelhohen Berg und den Strom kamen, der zu den Inseln Wak-Wak fließt, bat die Alte ihren Schützling, ihr doch seine Gattin deutlich zu beschreiben; vielleicht könnte sie ihm dann etwas Genaueres sagen. Hassan beschrieb nun seine Gattin, deren Bild noch mit aller Deutlichkeit vor seinen Augen stand; auch seine beiden Kinder beschrieb er, und die Sehnsucht nach ihnen bewegte sein Herz. Als er fertig war, sah er angstvoll in Schawahis Gesicht, ob er wohl Hoffnung schöpfen könnte. Die Alte sah ihn ernst an, senkte den Kopf für eine Weile, dann sah sie Hassan an und sagte: »Ich gehe durch dich zugrunde. O hätte ich dich nie gekannt, denn ich kenne nun deine Gattin; sie ist die jüngste Tochter des Beherrschers, der über sämtliche Inseln Wak-Wak gebietet! Öffne nur deine Augen, und schärfe deinen Verstand, und erwache aus deinem Schlaf, denn wenn diese deine Gattin war, so wirst du sie nie mehr wiedersehen; zwischen dir und ihr ist so weit wie vom Himmel bis zur Erde. Kehre nur bald um, sonst gehen wir beide zugrunde.«

Als Hassan dies hörte, weinte er, bis ihm die Sinne schwanden. Die Alte weinte neben ihm, bis er wieder zu sich kam. Dann sagte er: »O meine Herrin, wie soll ich jetzt umkehren, da ich nun einmal so weit gekommen bin? Ich hätte nie gedacht, dass du mich verlassen würdest!« Er klagte und jammerte so lange, bis Schawahi ihm schwor, sie wolle das Äußerste wagen, um ihn wieder in den Besitz seiner Gattin und seiner Kinder zu setzen.

Hassan fühlte sich wieder neu gestärkt und unterhielt sich den ganzen Tag mit der Alten. Des Abends trennten sich die Mädchen, ein Teil von ihnen ging in die Stadt, ein anderer in die Zelte, und Schawahi ging auch mit Hassan in die Stadt, führte ihn zu einem einsamen Platz, wo ihn niemand sehen konnte, damit man noch nichts von ihm erfahre, bediente ihn selbst und erzählte ihm von der Härte und Strenge des Herrschers, seines Schwiegervaters. Hassan bat sie nochmals, ihn nicht zu verlassen, da er doch einmal auf sie sein Vertrauen gesetzt habe. Sie fing an, ernstlich darüber nachzudenken, wie sie den jungen Mann zu seiner Gattin bringen könnte, da er sich doch von nichts abschrecken ließ und keine Gefahr scheute, um nur wieder zu ihr zu gelangen. Endlich beschloss sie, Hassans Angelegenheiten der Königin dieser Insel, welche Nur al-Huda hieß, vorzutragen. Diese war eine der sieben Schwestern von Hassans Gattin, welche auf einer anderen Insel die Oberherrschaft führte.

Schawahi konnte ohne Schwierigkeit zu Nur al-Huda ins Schloss gehen, denn sie war ehedem Erzieherin der Prinzessinnen gewesen und stand noch bei ihnen und bei ihrem Vater in großem Ansehen. Als Nur al-Huda die Alte sah, stand sie vor ihr auf, umarmte sie und fragte sie nach dem Anlass ihres Besuchs. Sie antwortete: »Bei Allah, o Königin der Zeit, ich habe eine Angelegenheit, in der du mir behilflich sein sollst, ich würde sie dir nicht mitteilen, wenn ich nicht so viel Vertrauen zu dir hätte.« – »Was ist dein Anliegen?«, fragte Nur al-Huda, »erzähle nur, kostete es mein Leben, so soll dir mein Beistand nicht fehlen; ich, mein Gut, meine Truppen, alles steht zu deiner Verfügung.« Die Alte erzählte ihr Hassans Geschichte von Anfang bis zu Ende. Sie zitterte aber wie ein schwacher Zweig bei stürmischem Wetter und rief: »Der Allmächtige bewahre mich vor der Strenge der Königin!«, als sie ihr gestand, dass sie Hassan am Ufer Schutz gewährt, ihn bewaffnet mit zur

Armee genommen und nun in der Stadt verborgen habe. Sie setzte auch zu ihrer Entschuldigung hinzu: »Sieh, meine Tochter, ich habe ihn vor deiner Strenge gewarnt; aber er sagte: ›Lieber will ich sterben, als ohne meine Gattin und Kinder leben.‹ Erbarme auch du dich seiner; denn wahrlich, er ist deiner Gnade wert!«

Als die Alte geendet hatte, geriet Nur al-Huda in heftigen Zorn und rief: »Du verruchte Alte, wer hat dir die Macht gegeben, uns einen Mann hierher zu bringen? Hast du je ein solches Beispiel erlebt? Bei meinem Haupt, wärst du nicht meine Erzieherin und Dienerin, ich würde dich gleich mit ihm umbringen lassen, dass deine Geschichte überall als Warnung diene. Doch geh jetzt und bring ihn schnell hierher, oder ich lasse dir den Kopf abschlagen.« Die Alte ging ängstlich bebend fort und wusste nicht, ob sie im Himmel oder auf der Erde war und dachte: »Das ist ein Unglück, das mir Allah, der Allgewaltige, zugeschickt hat!« Als sie zu Hassan kam, sagte sie zu ihm: »O du, dessen Lebensziel herangenaht, steh auf, die Königin will dich sprechen!« Auf dem Weg zum Schloss hörte Hassan nicht auf, Allah um Beistand anzuflehen, während die Alte ihn belehrte, wie er mit der Königin sprechen sollte. Im Schloss angelangt, warf sich Hassan vor die Königin, die verschleiert war, nieder, grüßte sie und sprach folgende Verse: »Lang daure dir ein überschwengliches Glück, so lange wie die Welt besteht; Gott vermehre stets deinen Ruhm und deine Macht und lasse alle deine Feinde vor dir zuschanden werden.«

Als Hassan diese Verse gesprochen hatte, gab die Königin der Alten durch einen Wink zu verstehen, sie möchte statt ihrer Hassan anreden. Da sagte die Alte: »Mein Sohn! Die Königin erwidert dir deinen Gruß und fragt dich, wie du heißt und wie deine Gattin und deine Kinder heißen?« Hassan antwortete: »O Königin der Zeit, dein Sklave heißt Hassan, von meinen Kindern heißt das eine Nasser und das andere Mansur, den Namen meiner Gattin aber weiß ich selbst nicht.« Hierauf fragte ihn die Königin: »Was hat deine Gattin gesagt, als sie mit ihren Kindern davonflog?« Hassan antwortete: »Sie hat meiner Mutter gesagt: ›Wenn dein Sohn mich wiedersehen will, so möge er zu mir auf die Inseln Wak-Wak kommen.‹« – »Dies beweist«, versetzte die Königin, »dass sie dich noch liebt. Wie kannst du glauben, sie sei dir für immer entflohen?« Hassan antwortete: »O Herrin, Zuflucht der Reichen und der Armen! Ich habe dir alles gesagt, wie es sich ereignet hat, und nichts verheimlicht; nun erflehe ich deinen Schutz. Bei Allah, habe Mitleid mit mir und verschmähe diese gute Tat und den Lohn des Allerbarmers nicht, hilf mir zur Vereinigung mit meiner Gattin und meinen Kindern.«

Nur al-Huda schüttelte lange den Kopf, endlich wandte sie ihn ernst Hassan zu und sagte: »Ich werde dir alle Mädchen von der Insel vorstellen und aus Mitleid dir deine Gattin wiedergeben, wenn du sie unter ihnen erkennst; findest du sie aber nicht, so lasse ich dich vor dem Tor meines Schlosses köpfen.« – »Gern«, rief Hassan aus, »nehme ich diese Bedingung an, Königin der Zeit.«

Nur al-Huda erteilte hierauf den Befehl, dass alle Mädchen ins Schloss kommen sollten; die Alte musste sie Hassan alle vorführen, bis zuletzt kein Mädchen mehr in der Stadt blieb, das Hassan nicht gesehen hätte. Die Königin fragte ihn dann: »Hast du deine Gattin gefunden?«, und als er: »Nein!« antwortete, geriet sie in heftigen Zorn und sagte zu der Alten: »Lass nun noch alle Mädchen aus dem Schloss herkommen, vielleicht findet er seine Gattin noch unter diesen.« Als auch diese ihm vorgestellt wurden und er seine Gattin nicht sah, zitterte die Königin Nur al-Huda vor Zorn und befahl den Leuten, die sie umgaben, Hassan wegzuschleppen und ihn zu enthaupten, damit ein andermal sich kein Fremder mehr erkühne, ihr Land zu betreten. Hassan wurde mit verbundenen Augen fortgeschleppt, und der Scharfrichter stand schon mit entblößtem Schwert da und erwartete nur den Wink der Königin, um ihn zu enthaupten; da trat die Alte hervor, ergriff die Schleppe der Königin, küsste die Erde vor ihr und sagte: »O Königin, bei der Erziehung, die ich dir gegeben habe, übereile dich nicht! Du weißt, in welche Gefahr dieser Bemitleidenswerte sich schon begeben und wie vielen Leiden und Schrecknissen er schon getrotzt hat, weil das Geschick des Himmels über ihn wachte. Nun ist er in dein Land gekommen, im Vertrauen auf deine Gerechtigkeitsliebe, und du willst ihn töten lassen? Alle Reisenden werden dich eine Feindin der Fremden und eine Mörderin nennen. Übrigens fällt er ja deinem Schwert anheim, wenn seine Gattin sich später nicht findet; du kannst ihn ja immer noch töten lassen. Verschone ihn um meinetweillen, denn ich habe ihm versprochen, ihn ans Ziel zu führen, weil ich auf deine Billigkeit und Gnade vertraute. Sieh nur, wie beredt er ist, wie er alle seine Gefühle in Versen auszudrücken weiß; seine Worte sind wie aneinander gereihte Perlen, und da er doch einmal hier ist und mit uns gegessen hat, so müssen wir ihn lieben und bedenken, was die Liebe und Zärtlichkeit gegenüber Frau und Kindern vermag. Du sollst indessen schuldlos an seinem Tode sein, wenn du ihm auch dein Antlitz zeigst; tust du das aber nicht, so lass mich nur mit ihm umbringen.« Die Königin sagte lächelnd: »Sollte ich etwa seine Gattin sein? Doch bringt ihn her!« Hassan wurde wieder zur Königin geführt, und als sie sich vor ihm entschleierte, stieß er einen lauten Schrei aus und fiel in Ohnmacht. Die Alte half ihm, bis er wieder zu sich kam; aber sobald er einen zweiten Blick auf die Königin warf, sank er wieder bewusstlos zu Boden.

Als Hassan sich erholt hatte, sah er der Königin wieder ins Gesicht und schrie so laut, dass fast das ganze Schloss zusammenstürzte. Auf die Frage der Alten, was dies bedeute, antwortete er: »Diese ist entweder selbst meine Gemahlin oder hat mit ihr die vollkommenste Ähnlichkeit.« Da sagte die Königin zur Erzieherin: »Der Mensch ist rasend, oder er lügt, denn wie würde er sonst sagen, ich sei seine Gattin?« – »Entschuldige ihn!«, rief die Alte, »er hat zu viel gelitten! Vielleicht weiß er nicht mehr, was er spricht!«

Dann sprach Hassan, wieder zur Königin sich wendend: »Nein, wahrlich, du bist es nicht.« Die Königin sagte lachend: »Fasse dich, lass deine Tollheit und Raserei; sieh mich recht an und erkläre dich deutlicher, vielleicht ist deine Hilfe nahe.« Hassan sagte: »O Glückseligkeit aller Könige, Zuflucht aller Reichen und Armen! Ich habe dich wohl betrachtet und gefunden, dass du meine Gattin bist oder ihr vollkommen gleichst, was willst du mehr von mir wissen?« – »Sage mir«, erwiderte die Königin, »worin hat deine Gattin Ähnlichkeit mit mir?« Hassan antwortete: »Sie hat deine leuchtende Stirn, die Röte deiner Wangen, deinen schlanken Wuchs, deine süßen Worte, deine schöne Gesichtsbildung, deine lieblichen Augen, deine blendend weiße Gesichtsfarbe.« Als die Königin dies hörte, lächelte sie; dann warf sie einen wohlgefälligen Blick auf Hassan und sagte zur Alten: »Führe Hassan wieder in seine Wohnung zurück, dort soll er gut bedient werden, bis ich über ihn im Klaren bin, denn ein Mann, der aus Liebe zu seiner Gattin so viel tut, verdient unsere Hilfe. Hast du ihn zurückgeführt, so komm schnell wieder zu mir, und so Allah, der Allwissende, will, wird alles zum Besten enden.« Die Alte ging hierauf mit Hassan in ihre Wohnung, wo er auf weitere Nachricht warten sollte. Dann kehrte sie wieder zur Königin zurück, die ihr befahl, sich zu bewaffnen und mit tausend Reitern sich zu ihrem Vater zu begeben, ihre jüngste Schwester zu grüßen und sie zu bitten, sie möchte den Kindern die Panzer anziehen, die ihnen ihre Tante geschenkt hat, und sie ihr schicken, denn sie sehne sich sehr nach ihnen, empfahl ihr aber, ja nichts von Hassan zu erwähnen. »Hast du einmal die Kinder bei dir«, fuhr die Königin fort, »so lade auch meine Schwester zu einem Besuch ein, eile du aber mit den Kindern voraus, sie mag langsam nachkommen. Nimm du auch einen anderen Weg als sie, reise Tag und Nacht, halte dich keinen Augenblick auf und kehre so bald als möglich mit den Kindern zu mir zurück. Hüte dich aber wohl, einem Menschen etwas von deinem Auftrag zu verraten; ich schwöre dir dafür den heiligsten Eid, dass, wenn meine Schwester seine Gattin ist, ich sie ihm wiedergebe, ist sie aber seine Gattin nicht, so lasse ich ihn umbringen. Ich will nun sehen, ob die Kinder Ähnlichkeit mit ihm haben oder nicht; übrigens weißt du, dass ich sie schon lange nicht mehr gesehen habe, und ich sehne mich in der Tat nach ihnen. Du hast gehört, wie Hassan sagte, sie habe vollkommene Ähnlichkeit mit mir, und Allah weiß, dass eine Frau, wie er sie beschrieben, keine andere als meine jüngste Schwester Manar al-Nisa sein kann.« Die Alte küsste die Erde vor ihr, gab Hassan Nachricht von dem Befehl der Königin, und dieser war ganz außer sich vor Freude. Hatte er doch nun die Hoffnung, seine Frau und seine Kinder wiederzusehen.

Die Alte rüstete sich dann, nahm tausend auserlesene Streiter mit, ging aufs Schiff und fuhr in drei Tagen zu der Insel, wo der König mit Manar al-Nisa wohnte. Sie ließ ihre Truppen vor der Stadt lagern und ging allein zur Prinzessin, grüßte und sagte ihr: »Die Königin ist böse, dass du sie so selten besuchst.« Manar al-Nisa ließ sogleich die Zelte zur Reise hervorholen und legte allerlei Geschenke für ihre Schwester zurecht. Auch der König, der von der Terrasse aus die Zelte vor der Stadt sah und hörte, dass Nur al-Huda ihre Schwester Manar al-Nisa zu sich eingeladen habe, ließ allerlei Kostbarkeiten aus seiner Schatzkammer holen, um sie ihr zu schicken. Er ließ auch seine Heerscharen zu ihrer Begleitung ausrücken, denn er hegte eine besondere Vorliebe für Manar al-Nisa. Jetzt hoffte auch die gute Alte für ihren Schützling Hassan wieder. Alles kam nun darauf an, dass Manar al-Nisa ihre beiden Kinder mit der Alten vorausschickte; und Schawahi hoffte, dass es ihr gelingen würde, Hassans Gattin dazu zu überreden. Waren erst einmal die Kinder fort, so würde die Mutter schon nachkommen. Als die Alte die Vorbereitungen zur Reise sah, erschien sie wieder bei Manar al-Nisa und küsste die Erde vor ihr, und auf ihre Frage, ob sie noch ein Anliegen habe, antwortete die Alte: »Deine Schwester bittet dich, deinen Kindern die Panzer anzulegen, die sie dir geschickt hat, und sie mir mitzugeben, dass ich ihr dadurch die freudige Botschaft von deiner Ankunft bringe.« Als Manar al-Nisa dies hörte, erblasste sie und sagte: »O Schawahi, mein Herz bebt vor Angst.« – »Fürchtest du für sie bei deiner Schwester?«, fragte Schawahi, »Allah bewahre dich vor einem solchen Gedanken! Er erhalte deinen Verstand! Doch ich zürne dir nicht; die Liebe ist immer argwöhnisch; aber gelobt sei der Allmächtige, du kennst meine Zärtlichkeit gegen Kinder, ich habe dich ja auch einst erzogen und alle deine Schwestern. Ich werde auf deine Kinder Acht geben und sie mit meinen Augen stets verfolgen, ich werde ihnen meine Wangen als Teppich unterlegen und sie in meinem Herzen aufbewahren, du brauchst sie mir nicht zu empfehlen; sei nur guten Muts und schicke sie deiner Schwester, ich werde höchstens ein oder zwei Tage vor dir ankommen.« Die Alte schwatzte noch lange so fort, bis Manar al-Nisa aus Furcht, ihre Schwester zu erzürnen, nachgab und trotz einer geheimen Ahnung ihr die Kinder überließ. Die Alte war sehr sorgsam mit den Kindern und reiste schnell mit ihnen fort und brachte sie ihrer Tante Nur al-Huda. Diese küsste sie, drückte sie an ihre Brust und setzte sich zwischen sie;

dann sagte sie zur Alten: »Bring jetzt Hassan her; ich verspreche ihm meinen Schutz, und er hat nichts von meinem Zorn zu befürchten, da er doch einmal mein Reich betreten und so viele Gefahren überstanden hat.« Die Alte sagte: »Ich will ihn holen, doch wenn er kommt und diese Kinder die seinigen nennt, so musst du sie ihm geben, wenn nicht, so musst du ihn ohne Schaden in seine Heimat zurückschicken.« Als die Königin dies hörte, rief sie zornig aus: »Woher kommt diese Liebe zu einem Fremdling, der es wagt, zu uns zu kommen und unsere Geheimnisse zu erforschen? Weißt du denn, ob dieser Hassan nicht ein Spion ist, der hier alles auskundschaftet und uns dann verrät? Alle Könige und Kaiser werden davon hören, alle Karawanen werden die Neuigkeit umhertragen und selbst alle Kaufleute werden sagen: ›Es ist jemand auf die Inseln Wak-Wak gekommen und hat das Land der Magier und Ifriten, der Vögel und der wilden Tiere glücklich durchreist.‹ Das geschehe nie! Ich schwöre bei dem, der die Himmel gebaut, die Erde ausgedehnt und alles geschaffen und gezählt hat, wenn dies nicht seine Kinder sind, so schlage ich ihm selbst den Kopf ab.«

Nur al-Huda schrie dann die Alte an und befahl zwanzig Mamelucken, mit ihr zu gehen und ihr sogleich den jungen Mann zu bringen, der sich in Schawahis Haus aufhalte. Die Alte wurde blass, ihre Schultern zitterten, alle ihre Gelenke waren gelähmt, und kaum hatte sie Kraft genug, mit den Mamelucken in ihr Haus zu gehen. Als Hassan sie erblickte, erhob er sich und grüßte sie, sie aber erwiderte seinen Gruß nicht, sondern sagte zu ihm: »Habe ich dich nicht genug gewarnt? Warum hast du mir kein Gehör geschenkt und mich mit in dein Elend gezogen? Nun geh, die treulose Verräterin will dich sprechen.«

Hassan stand zerknirscht auf und folgte, Allahs Hilfe anflehend, den Mamelucken. Als er zur Königin kam, sah er, wie sie mit seinen beiden Kindern, Nasser und Mansur, spielte.

So viel, was Nur al-Huda und Hassan angeht; was aber Manar al-Nisa betrifft, so wollte diese am folgenden Tag sich schon auf den Weg machen, als ein Wesir des Königs ihr sagte: »Der König grüßt dich und wünscht dich bei sich zu sehen.« Ihr Vater ließ sie, als sie mit dem Wesir vor ihm erschien, an seiner Seite sitzen und sagte zu ihr: »Wisse, meine

Tochter, ich habe diese Nacht einen Traum gehabt, der mich mit Sorge um dich erfüllt.«

»Was hast du im Traum gesehen?«, fragte die Prinzessin.

»Ich habe im Traum eine Schatzkammer gesehen, angefüllt mit Perlen und Edelsteinen, doch von allen Kostbarkeiten gefielen mir nur sieben Perlen. Von diesen sieben wählte ich die kleinste, die aber die schönste und klarste war; sobald ich aber, glücklich, sie zu besitzen, sie in die Hand nahm, da kam ein Vogel aus einem fremden Land vom Himmel heruntergestürzt, nahm mir die Perle weg und kehrte wieder dahin zurück, wo er hergekommen war. Dies machte mich so traurig, dass ich erwachte und noch wachend den Verlust der Perle bedauerte. Ich ließ daher die Traumdeuter rufen und erzählte ihnen meinen Traum. Sie sagten mir: ›Du wirst die jüngste deiner sieben Töchter verlieren, und zwar wird sie dir mit Gewalt entrissen werden.‹ Das bist du, meine Teuerste, und nun willst du zu deiner Schwester reisen; wer weiß, was dir zustoßen kann! Gehe also nicht, kehre wieder in dein Schloss zurück.«

Als Manar al-Nisa die Worte ihres Vaters hörte, klopfte ihr das Herz aus Angst um ihre Kinder, und sie sprach: »O edler König und mächtiger Herr! Nur al-Huda hat mich eingeladen und erwartet mich jede Stunde, denn sie hat mich schon seit vier Jahren nicht mehr gesehen; wenn ich nicht zu ihr reise, wird sie böse werden. Mache dir nur keine Sorgen um meinetwillen; das Höchste ist, dass ich einen Monat von hier abwesend sein werde, dann kehre ich, so Allah will, wieder. Wer erreicht denn dieses Land? Wer durchzieht die weiße Wüste, wer durchwandert die Inseln der Vögel, Tiere und Geister? Sei nur ruhig, niemand kann unser Land betreten.«

So redete sie weiter, bis ihr der König erlaubte, abzureisen, und ihr tausend Reiter zum Geleit mitgab, denen er befahl, auf sie zu warten und sie wieder zu ihm zurückzubringen. Dabei erteilte er ihnen auch den Befehl, die Prinzessin nur zwei Tage bei ihrer Schwester zu lassen. Manar al-Nisa nahm dann mit beklommenem, ahnungsvollem Herzen von ihrem Vater Abschied und reiste aus Sorge um ihre Kinder, ohne sich irgendwo aufzuhalten, drei Tage und drei Nächte durch. Folgendes hatte sich inzwischen mit Hassan, der zu Nur al-Huda geführt wurde, zugetragen. Sobald er seine Kinder sah, fiel er vor Freude bewusstlos nieder, aber auch in seinen Kindern regte sich die kindliche Liebe; sie entwischten ihrer Tante und liefen auf Hassan zu, und der Erhabene legte ihnen die Worte: »O Vater!« in den Mund. Die Alte und alle Anwesenden, bis zu Tränen gerührt, riefen: »Gelobt sei Allah, der Allerbarmer, der die Getrennten wiedervereinigt hat!«, und Hassan, wieder zum Bewusstsein zurückgekehrt, umarmte seine Söhne und drückte seine Freude in zierlichen Versen aus.

Als Nur al-Huda sich überzeugt hatte, dass Hassan der Vater dieser Kinder und Gatte ihrer Schwester war, zürnte sie ihrer Schwester sehr, und auch Hassan überhäufte sie mit Schmähungen. Dann sagte sie zu ihm: »Steh auf und rette schnell dein Leben, denn hätte ich nicht geschworen, dass dir nichts Schlimmes widerfahren dürfe, wenn deine Worte sich bestätigen, so wäre deinem Leben von meiner eigenen Hand schon ein Ende gesetzt.« Sie schrie dann die Alte so heftig an, dass sie zu Boden fiel, und sagte ihr: »Müsste ich nicht meinen Eid brechen, ich hätte dich mit ihm auf die schlimmste Weise umgebracht. Geh jetzt schnell in deine Heimat zurück«, sagte sie, wieder zu Hassan sich wendend, »denn ich schwöre, wenn ich dich wiedersehe, schlage ich dir und dem, der dich herbringt, den Kopf ab.« Sie ließ dann Hassan von ihren Sklavinnen wegführen. Hassans Verzweiflung war jetzt größer als je zuvor; er sah die Unmöglichkeit ein, länger auf diesen Inseln zu verweilen, und wusste auch nicht, auf welche Weise er seine Heimat wieder erreichen könnte. Wie ein Nachtwandler ging er vor ein Tor der Stadt und beklagte sein Schicksal.

Hassans Gattin, welche einige Tage nach dieser Begebenheit bei ihrer Schwester anlangte, fand ihre Kinder weinend und immer nach ihrem Vater rufend. Sie drückte ihre Kinder, selbst weinend, an ihr Herz und sagte höchst bestürzt zu ihnen: »Wie fällt euch jetzt euer Vater ein? Wüsste ich ihn noch am Leben, ich würde euch zu ihm führen.« Sie seufzte dann, vergoss viele Tränen der Reue über ihre Flucht und sprach folgende Verse: »O mein Freund! Trotz der Entfernung liebe ich dich doch noch immer; stets erblickt mein Auge dein Haus, und mein Herz ist voller Erinnerung an die vergangenen Tage.«

Da Nur al-Huda aus diesen Versen schloss, dass die alte Liebe sich wieder ihrer Schwester bemächtigt hatte, stand sie zornig auf und sagte: »Jetzt sehe ich erst, dass du in Wahrheit diesen hergelaufenen Mann geliebt hast. Konntest du denn keinem Prinzen, keinem Wesirssohn, keinem jungen Emir deine Liebe schenken? Ich lasse dich ins Gefängnis werfen und werde unserem Vater alles schreiben! Er entscheide!«

Nur al-Huda ließ sie dann in eine Grube werfen, in welcher Schlangen und Skorpione umherwimmelten; statt der goldenen Ringe ließ sie ihr eine schwere eiserne Kette anlegen, statt ihrer kostbaren Kleider Lumpen anziehen. Sogar ihren Kopfputz ließ sie ihr abnehmen. Nachdem sie eine Wache vor die Grube befohlen hatte, besah sie die Geschenke ihres Vaters und ihrer Schwester, nahm einen Teil davon heraus und legte das Übrige in ihre Schatzkammer. Hierauf schrieb sie ihrem Vater: »Wisse, dass deine Tochter einen Hergelaufenen zum Gemahl genommen und ihm auch zwei Kinder geschenkt hat. Sie, die Ehrvergessene, hatte die Absicht zu entfliehen; sie verdient nicht, länger zu leben. Darum habe ich, sobald ich ihre Absicht zu entfliehen kannte, sie einsperren lassen, bis ich dich um Rat gefragt habe, was mit ihr und ihren Kindern geschehen soll.«

Diesen Brief schickte sie mit den Truppen, die ihre Schwester zu ihr begleitet hatten, fort und befahl, ihr schnell wieder Antwort zu bringen. Sobald der König den Brief gelesen hatte, antwortete er darauf seiner Tochter: »Wenn das, was du mir schreibst, erwiesen ist, so verfahre mit Manar al-Nisa wie es dich gutdünkt. Ich überlasse dir diese Sache; entscheide, wie du willst. Friede sei mit uns!«

Hassan indessen ging zum Fluss hinunter, seine Kühle zu genießen. Da sah er zwei Knaben von den Söhnen der Magier und Weissager miteinander streiten; vor ihnen lag ein kupfernes Zepter, auf dem allerlei Talismane eingraviert waren und eine kleine lederne Mütze. Hassan trat zwischen sie und fragte, warum sie einander so schlügen? »O Herr«, sagte der Älteste, »da Allahs Wille dich hierher geführt hat, so richte du zwischen uns! Wir sind Zwillingsbrüder, unser Vater war einer der mächtigsten Magier dieses Landes; er hat diese Höhle hier bis zu seinem Tod bewohnt und hat uns dieses Zepter und diese Mütze hinterlassen. Nun will jeder von uns dieses Zepter haben; ich bin aber zuerst zur Welt gekommen, entscheide also!« Als Hassan dies hörte, sagte er: »Was ist wohl der Unterschied zwischen beiden? Das Zepter ist höchstens sechs kleine Silbermünzen wert und die Mütze nicht mehr als drei.« Da sagte der Jüngere: »O Herr, du kennst ihren Wert nicht.« – »Nun, worin besteht denn ihr Wert?«, fragte Hassan. Sie antworteten: »Es ist ein wunderbares Geheimnis darin verborgen; das Zepter und die Mütze sind so viel wert wie der ganze Ertrag der Inseln Wak-Wak zusammen.« – »Erklärt euch deutlicher«, sagte Hassan, und der ältere Bruder sprach: »Was die Mütze angeht, so macht sie jeden, der sie aufsetzt, unsichtbar; das Zepter aber verleiht dem, der es besitzt, die Oberherrschaft über die sieben Klassen der Geister, und sobald er damit auf den Boden schlägt, werden ihm alle Könige der Erde dienstbar.« Als Hassan dies hörte, beugte er eine Weile den Kopf zur Erde und dachte: »Wahrhaftig, ich bedaure diese Kinder, doch brauche ich jetzt diese Gegenstände eher als sie, um mich, meine Frau und meine Kinder aus der Hand dieser gewalttätigen Nur al-Huda und aus diesem furchtbaren Land zu befreien. Gewiss hat der Erhabene sie mir gesandt als Mittel meiner Rettung.« Er hob dann das Gesicht zu ihnen empor und sprach: »Ich will sehen: Wer von euch am schnellsten laufen kann, der soll das Zepter haben; wollt ihr meine Entscheidung gelten lassen?« Als sie einwilligten, nahm Hassan einen Stein und schleuderte ihn so weit, dass man ihn nicht mehr sah; während aber die zwei Kinder dadurch um die Wette liefen, setzte er die Mütze auf und nahm das Zepter in die Hand, um zu sehen, ob sie wirklich eine besondere Tugend besäßen. Die Kinder kamen zurück, aber der Kleinere, der mit dem Stein zu Hassan laufen wollte, fand keine Spur mehr von ihm; und einer fragte den anderen: »Wo ist unser Richter hingekommen?« Sie suchten lange und fanden ihn nicht, obwohl Hassan nicht von der Stelle gewichen war. Sie schalten dann einander und sagten: »Nun ist beides verloren, und wir haben weder Zepter noch Mütze; das hat unser Vater uns vorausgesagt.« Und hierauf kehrten sie wieder zur Stadt zurück. Auch Hassan, als er sich von der Eigenschaft der Mütze überzeugt hatte, ging wieder in die Stadt, ohne dass ihn jemand sah, und begab sich ins Schloss zu der Alten.

Hassan erzählte ihr nun von seinem Zusammentreffen mit den Kindern und zeigte ihr das Zepter und die Mütze. Sie freute sich sehr und sagte: »Gelobt sei Allah, der Allgewaltige, der tote Gebeine, wenn sie schon zu Staub geworden sind, wieder belebt! Es wäre um dich und deine Gattin geschehen gewesen! Nun kenne ich diese Kleinodien; der Mann, der sie gemacht hat, war mein Meister in der Zauberkunst und hat hundertfünfunddreißig Jahre gebraucht, bis er dieses Zepter und diese Mütze verfertigte. Höre nun, was ich dir sage: Setze die Mütze auf, nimm das Zepter in die Hand, geh zu deiner Gattin und befreie sie von ihren Ketten; schlage nur mit dem Zepter auf die Erde und sage: ›Erscheint, ihr Diener dieser Talismane!‹, und wenn dann einer von den Häuptern der Geister sich dir naht, so befiehl ihm, was du willst.« Hassan nahm dann Abschied von ihr, setzte die Mütze auf, nahm das Zepter in die Hand und ging zu dem Gefängnis seiner Gattin.

Als die Nacht herannahte und Manar al-Nisa von ihren Wächtern allein gelassen wurde, begab sich Hassan zu ihr und gab sich ihr und den Kindern mit leiser Stimme zu erkennen. Alle waren außer sich vor Freude; Hassan aber sprach: »Es ist keine Zeit zu reden«, band seine Gattin los, nahm seinen ältesten Sohn auf den Arm, gab den jüngsten seiner Gattin und empfahl sich dem Schutz Allahs, des Allmächtigen. Wie sie aber zum Schloss hinaus wollten, fanden sie das Tor von außen geschlossen, da gaben sie alle Hoffnung auf eine glückliche Flucht auf, und Hassan rief bestürzt: »Es gibt keinen Schutz und keine Macht außer bei Allah, dem Erhabenen!« Während er noch redete, sagte jemand von außen: »Bei Allah, ich öffne euch, wenn ihr mir meine Bitte gewährt!« Als sie von außen angeredet wurden, fürchteten sie sich noch mehr und wollten wieder in ihr Gemach zurückgehen. Da rief dieselbe Stimme wieder: »Warum antwortet ihr mir nicht?« Hassan erkannte jetzt die Stimme der Alten und rief ihr voller Freude zu: »Öffne nur, dein Wille geschehe!« Aber sie erwiderte: »Bei Allah, ich öffne nicht, oder ihr müsst mir schwören, dass ihr mich mit euch nehmen wollt, denn ich mag nicht länger bei dieser ruchlosen Königin bleiben. Ich will euer Schicksal teilen, mit euch gerettet werden oder umkommen.« Da schworen sie der Alten, dass sie sie mitnehmen wollten. Wie groß aber war ihr Erstaunen, als das Tor aufging und die Alte auf einem Löwen saß, den sie an einem Strick führte und zu ihnen sagte: »Folgt mir und fürchtet nichts! Ich habe vierzig Kapitel von der Zauberkunst auswendig gelernt. Das Geringste davon genügt mir, um vor Tagesanbruch diese Stadt in ein wogendes Meer und alle Mädchen, die darin sind, in Fische zu verwandeln. Doch wage ich es nicht, einen solchen Zauber zu gebrauchen, aus Furcht vor dem König; aber ihr sollt andere Wundertaten von mir sehen, kommt nur schnell!« Hassan und seine Gattin folgten der Alten zur Stadt hinaus. Da schlug Hassan mit seinem Zepter auf die Erde und sagte: »Ich beschwöre euch, ihr Diener dieser Talismane, erscheint und gehorcht meinem Willen!« Sogleich spaltete sich die Erde, und es traten sieben Geister hervor, so groß, dass ihre Füße den Boden berührten und ihre Köpfe die Wolken spalteten. Sie verbeugten sich dreimal vor Hassan und sagten: »Was beliebt unserem Herrn und Gebieter? Wir sind bereit, alles für dich zu tun; forderst du, dass wir die Meere austrocknen oder die Berge in Ebenen umgestalten?« Hassan fragte sie: »Wer seid ihr? Zu welchem Stamm und zu welcher Familie gehört ihr?« Sie antworteten ihm einstimmig: »Wir sind sieben Könige, jeder von uns gebietet über sieben Stämme Dschinn und Ifriten, die Berge und Wüsten und Meere bewohnen; du kannst uns befehlen, was du willst. Wir sind Sklaven dessen, der das Zepter besitzt, das du in der Hand hast.« Als Hassan dies hörte, freute er sich und sagte: »Zeigt mir eure Truppen und Hilfsgenossen!« – »O unser Herr!«, versetzten sie, »wir fürchten für dich und die, welche bei dir sind, denn unsere Gefolgschaft ist sehr zahlreich und hat allerlei Gestalt, Gesicht und Farbe. Die einen haben einen Kopf ohne Leib, die anderen einen Rumpf ohne Kopf, viele gleichen wilden, reißenden Tieren. Darum wollen wir dir nur die Anführer und Obersten der Truppen zeigen. Doch was willst du sonst von uns?« Hassan antwortete: »Ihr sollt mich, meine Kinder und diese fromme Frau sogleich nach Bagdad tragen.« Da fragten die Geister: »Auf welche Weise sollen wir dich dahin bringen?« Hassan antwortete: »Auf euren Rücken sollt ihr uns tragen und so schnell fliegen, dass wir vor Tagesanbruch in Bagdad eintreffen.« Die Geister senkten lange den Kopf, und als Hassan sie fragte, warum sie nicht antworteten, sagten sie: »O unser Herr und Gebieter, bei dem höchsten Namen, bei dem Bunde Salomons, des Propheten des einzigen Gottes, wir haben gelobt, niemals einen Menschen auf unserem Rücken zu tragen; aber wir wollen dir gesattelte Geisterpferde bringen, die euch schnell in eure Heimat bringen werden.« – »Wie weit ist es denn von hier nach Bagdad?«, fragte Hassan. »Sieben Jahre hat ein wackerer Reiter zu reisen«, antworteten die Geister. Hassan war sehr erstaunt und sagte: »Ich bin doch in weniger als einem Jahr hierher gekommen.« Sie versetzten: »Allah hat dir die Herzen seiner frommen Diener zugeneigt, sonst hättest du dieses Land nie erreicht, ja nicht einmal mit deinen Augen gesehen; weißt du, dass du mit dem Alten auf dem Kamel und auf dem fliegenden Pferd in drei Tagen eine Strecke von drei Jahren zurückgelegt hast, und dass der andere Alte mit dir in einem Tag einen ähnlichen Weg zurückgelegt hat? Und von Bagdad zum Palast der Mädchen hat man auch ein Jahr zu reisen; so hast du eine Entfernung von sieben Jahren.«

Als Hassan dies hörte, rief er: »Gepriesen sei Allah, der das Schwere leicht und das Ferne nahe macht und der mir in jeder Gefahr beigestanden hat.« Er fragte dann die Geister, wie viel Zeit er auf ihren Pferden benötigen werde, um nach Bagdad zu gelangen. Sie antworteten: »Weniger als ein Jahr; jedoch haben wir noch viel Schreckliches durchzumachen. Wir kommen durch wilde, wasserlose Wüsten, und ich fürchte, dass die Bewohner dieser Insel und der erzürnte mächtige König und seine Zauberer und Priester mit uns Krieg führen und euch wieder gefangen nehmen könnten; auch gegen uns wird man aufgebracht sein, weil wir eine königliche Prinzessin für einen gewöhnlichen Menschen entführen. Derjenige aber, der dich hierher führte, kann dich auch wieder in Frieden in dein Vaterland zurückbringen und mit den Deinigen vereinen, vertraue nur auf Allah, dem Allmächtigen.« Hassan dankte ihnen und bat sie, schnell die Pferde herbeizuschaffen. Da stampften sie die Erde mit den Füßen, bis sie sich spaltete, dann versanken sie eine Weile und kamen wieder herauf mit drei gesattelten und gezäumten Pferden. An jedem Sattel hing ein Packsack, der auf einer Seite Wasser und auf der anderen Proviant enthielt. Hassan bestieg ein Pferd und nahm einen seiner Söhne zu sich, seine Frau das zweite mit dem anderen Sohn, und die

Alte bestieg das dritte Pferd. Nachdem sie die ganze Nacht in der Ebene geblieben waren, kamen sie des Morgens ins Gebirge, und bald darauf mussten sie einen unterirdischen schmalen Weg einschlagen. Hier sah Hassan auf einmal einen Geist vor sich, so lang wie eine Rauchsäule. Als er dem Geist, dessen Füße in der Tiefe der Erde ruhten und dessen Haupt bis zu den Wolken reichte, gegenüberstand, verbeugte sich jener vor ihm und sagte: »Fürchte dich nicht vor mir, ich bin ein gläubiger Bewohner dieser Insel und glaube wie du an die Einheit Allahs. Ich habe von deiner Ankunft und von deiner ganzen Geschichte Nachricht erhalten, und da ich aus diesem Land weggehen und ein unbewohntes Land fern von hier aufsuchen will, um dort in der Einsamkeit zu Allah zu beten, so werde ich euch begleiten und euer Führer sein, bis ihr diese Insel verlasst.« Hassan nahm das Anerbieten dieses Geistes mit Dank an und hoffte, durch ihn aller weiteren Gefahr zu entgehen. So setzten sie einen ganzen Monat lang ihre Reise durch Berg und Tal fort. Am einunddreißigsten Tag erhob sich auf einmal eine Staubwolke hinter ihnen, die die ganze Atmosphäre verdunkelte. Hassan wurde ganz blass, als er den Staub sah und dazu noch ein furchtbares Schreien und Lärmen hörte, und die Alte rief ihm zu: »Mein Sohn, die Truppen von Wak-Wak haben uns eingeholt und werden sogleich Hand an uns legen; schlage die Erde mit deinem Zepter!« Als Hassan dies tat, erschienen die sieben Könige wieder, grüßten ihn und sagten: »Fürchte nichts! Besteige mit deiner Gattin und deinen Kindern diesen Berg, und lass uns hier unten. Wir wissen, dass ihr in der Wahrheit seid, eure Feinde aber im Irrtum leben; Allah wird uns den Sieg über sie verschaffen.« Hassan und die Seinigen stiegen dann von ihren Pferden ab und ließen sich von Geistern auf den Berg tragen. Dann kamen die Bewohner der Inseln Wak-Wak mit ihren Anführern in zwei Abteilungen herangezogen und stellten sich in Schlachtordnung auf. Nach einer kleinen Weile erschienen Hassans Schutzgeister mit ihren Scharen ihnen gegenüber, und der Kampf begann. Die Dschinn spien Feuer, dass der Rauch bis zum Himmel stieg, die Köpfe flogen von den Rümpfen herunter, das Blut floss in Strömen, das Getöse nahm stetig zu, die Kriegsflamme loderte hell auf, die Mutigen sprangen voran, die Feigen entflohen. Der Richter der Wahrheit entschied zwischen ihnen; die einen kamen um, die anderen wurden gerettet. So dauerte der Kampf den ganzen Tag an. Des Abends stiegen sie von ihren Pferden ab, und die Könige besuchten Hassan. Als dieser sie fragte, welchen Ausgang ihr Kampf mit der Königin Nur al-Huda genommen habe, antworteten sie: »Schon haben wir mehrere Tausende von ihren Kriegern erschlagen und gefangen, sei nur guten Mutes! Morgen wird unser Sieg vollständig werden.«

Die Geister verließen dann Hassan wieder und musterten ihre Scharen die ganze Nacht durch und priesen den Propheten Mohammed. Sobald der Morgenstern leuchtete, begann der Kampf wieder von neuem; man fiel sich mit Lanzen an, und die beiden Heere glichen zwei gegeneinander tobenden Meeren oder zwei hohen zusammenstoßenden Bergen. Erst gegen Abend waren die Truppen der Inseln Wak-Wak gänzlich geschlagen.

Nur wenigen gelang es zu entfliehen; die Königin selbst mit dem Vornehmsten des Reiches wurde gefangen genommen. Als der folgende Tag heranbrach, gingen die sieben Könige zu Hassan, verbeugten sich vor ihm und errichteten ihm einen goldenen Thron, mit Perlen und Edelsteinen verziert. Daneben errichteten sie einen Zweiten von Elfenbein für seine Gattin und endlich einen Dritten für die Alte. Dann führten sie ihnen die Gefangenen in Fesseln vor, unter ihnen auch die Königin Nur al-Huda. Als Hassans Gattin ihre Schwester in Ketten sah, brach sie in Tränen aus. Da fragte Nur al-Huda: »Wer ist der Mann, der uns besiegen und gefangen nehmen konnte?« Manar al-Nisa antwortete: »Der Mann, der unser aller Herr ist und der auch den Königen der Geister gebietet, die euch besiegt haben, ist mein Gatte; eine Mütze und ein Zepter haben ihm so viel Macht verliehen.« Als Nur al-Huda dies hörte, fiel sie vor ihrer Schwester nieder und weinte, bis diese, von Mitleid ergriffen, zu Hassan sagte: »Willst du denn meine Schwester umbringen lassen? Hat sie nicht dein Leben geschont?« Hassan erwiderte: »Waren die Misshandlungen, die du von ihr erlitten hast, für mich nicht schlimmer als der Tod?« – »Das alles«, entgegnete Manar al-Nisa, »war über mich verhängt. Übrigens denke an meinen Vater; der wird sich schon genug über meine Abreise grämen. Soll er auch noch meiner Schwester

Tod beweinen?« Hassan fügte sich endlich und ließ nicht nur seine Schwägerin, sondern auch alle übrigen Frauen frei. Manar al-Nisa umarmte dann ihre Schwester, weinte eine Weile mit ihr, setzte sich neben sie und erzählte ihr ihre ganze Geschichte mit Hassan. Nur al-Huda hörte ihr mit der größten Aufmerksamkeit zu, und als sie vernahm, wie viel Hassan gelitten, sagte sie: »Wenn deine Erzählung wahr ist, so hat dein Gatte Außerordentliches geleistet und ist deiner vollkommen würdig.« Sie versprach dann noch ihrer Schwester, ihre Sache bei dem König, ihrem Vater, zu vertreten. »Jetzt, da ich deinen vortrefflichen Gatten ganz kenne, bin ich nicht mehr in der mindesten Sorge um dich. Auch unsern Vater werde ich zu besänftigen wissen, damit er dir nicht länger zürne. Du hast edel an mir gehandelt, meine Schwester, und ich werde euch, dir und deinem Gatten, eure Großmut nie vergessen.«

Als die Alte das hörte, weinte sie, stieg von ihrem Thron und umarmte Nur al-Huda. Am folgenden Morgen nahmen sie Abschied voneinander. Hassan schlug mit dem Zepter auf die Erde und forderte zwei Pferde. Als seine Diener sie brachten, bestieg er das eine mit einem Sohn, seine Gattin das zweite mit dem anderen Sohn, und die Königin mit der Alten kehrte in ihre Heimat zurück. Nach einer Reise von einem Monat kam Hassan mit seiner Gattin vor eine Stadt, die von Bäumen und Flüssen umgeben war. Sie stiegen ab und wollten unter einem Baum lagern, als eine Schar Reiter auf sie zukam. Hassan ging ihnen entgegen, und siehe da, es war Sultan Hasun mit den angesehensten Bewohnern der Stadt. Nach gegenseitigen Bewillkommnungen stieg der Sultan ab, setzte sich zu Hassan, beglückwünschte ihn und ließ sich von ihm erzählen, was ihm seit ihrer Trennung widerfahren war. Als Hassan seine Geschichte beendet hatte, sagte Sultan Hasun: »Mein Sohn, noch nie ist jemand glücklich von den Inseln Wak-Wak zurückgekommen; gelobt sei Allah, der dich auf so wunderbare Weise gerettet hat.« Hassan und seine Gattin bestiegen dann auf Wunsch des Sultans ihre Pferde wieder und ritten mit ihm in die Stadt, wo sie drei Tage lang gastlich bewirtet wurden. Am vierten Tag bat Hassan den Sultan um die Erlaubnis, seine Reise wieder fortzusetzen; der Herrscher begleitete sie noch zehn Tagereisen weit, nahm dann Abschied und kehrte um. Hassan reiste mit seiner Gattin wieder einen ganzen Monat ununterbrochen fort, bis sie an eine große Höhle kamen; da sagte er seiner Gattin: »Warte hier ein wenig. Hier wohnt der große Meister Abu Risch, dem ich die Bekanntschaft mit Sultan Hasun verdanke.« Als Hassan in die Höhle gehen wollte, kam ihm Abu Risch bereits entgegen. Hassan stieg vom Pferd, grüßte ihn und küsste ihm die Hand. Abu Risch lud Hassan und seine Gattin in die Höhle ein und ließ sich von ihnen erzählen, was ihnen auf den Inseln Wak-Wak widerfahren war, und als er die Geschichte mit der Mütze und dem Zepter hörte, sagte er zu Hassan: »Ohne diese wärest du nicht glücklich davongekommen.« Während sie so im Gespräch vertieft waren, wurde an die Tür geklopft. Es war der alte Abd Alkadus, der Oheim der Mädchen, der auf seinem weißen Elefanten herangeritten war. Abu Risch freute sich über seine Ankunft und führte ihn auch in die Höhle. Als Hassan ihn erkannte, erhob er sich und grüßte ihn; dieser erwiderte seinen Gruß, und Hassan erzählte auf Verlangen des Abu Risch noch einmal seine ganze Geschichte. Abd Alkadus sagte dann zu Hassan: »Mein Sohn, du hast nun wieder deine Frau und deine Kinder und bedarfst des Zepters und der Mütze nicht mehr; bedenke nun, dass du durch unsere Hilfe zu den Inseln Wak-Wak gelangt bist, und überlasse mir das Zepter und Abu Risch die Mütze als Zeichen deiner Erkenntlichkeit.« Hassan, der Wohltaten dieser beiden Männer eingedenk, hatte nicht das Herz, ihnen etwas abzuschlagen; er versetzte jedoch: »Gern will ich euch dies gewähren, wenn aber mein Schwiegervater mich mit seinen Truppen verfolgt, womit rette ich mich dann?« Abd Alkadus erwiderte: »Sei ohne Furcht, wir schützen dich gegen ihn und gegen jeden anderen.« Hassan konnte sich nun nicht länger mehr weigern; er gab daher Abu Risch die Mütze und sagte zu Abd Alkadus: »Begleite mich nach Hause, und du erhältst dann das Zepter.« Der Alte nahm diesen Vorschlag freudig an und schenkte Hassan viel Geld und Edelsteine. Nach drei Tagen traf Abd Alkadus die nötigen Anstalten zur Reise. Hassan und seine Gattin bestiegen ihre Pferde und Abd Alkadus seinen weißen Elefanten, der aus der Wüste hertrabte, und nahmen Abschied von Abu Risch, der wieder in die Höhle zurückging. Nach einer langen Reise durch öde Wüsten kamen sie endlich wieder in bewohntes Land, und bald zeigte sich in der Ferne die Spitze des Berges in den Wolken. Da sagte der Alte zu Hassan: »Freue dich, du wirst diese Nacht schon im Palast meiner Nichten sein.« Hassan und seine Gattin waren außer sich vor Freude über diese Nachricht, und es vergingen nur wenige Stunden, da entdeckten sie das Schloss ihrer Freundinnen. Als sie in dessen Nähe kamen, traten die Mädchen zu ihnen heraus, und nach gegenseitiger Begrüßung sagte der Alte: »Nun, meine Nichten, hier bin ich wieder mit eurem Freund Hassan, der durch mich seine Gattin und seine Kinder wiedergefunden hat.« Die Mädchen umarmten Hassan, beglückwünschten ihn und gaben ihm zu Ehren ein großes Fest.

Von allen sieben Schwestern war indessen doch die jüngste über die günstige Lösung des Schicksals Hassans und über seine Anwesenheit am glücklichsten. Sie weinte lange vor Freude und ließ sich jede Einzelheit seiner Reiseabenteuer von ihm erzählen. Aber auch ihn beglückte das Wiedersehen mit seiner Freundin, die stets so innigen Anteil an ihm genommen hatte. Hassans Freundin wandte sich dann an Manar al-Nisa, umarmte sie, drückte sie und ihre Kinder an ihre Brust und sagte: »O Prinzessin, hattest du denn kein Mitleid in deinem Herzen, dass du mit den Kindern diesen Mann verlassen, ihm so viele Leiden verursachen und ihn in so große Gefahren stürzen konntest?« Manar al-Nisa antwortete lächelnd: »O meine Herrin, was sein soll, das geschieht; niemand kann seiner Bestimmung entfliehen. Es war einmal über meinen Gatten verhängt, er solle fremdes Brot essen und fremdes Wasser trinken und ganz fremde Menschen sehen; nun lass uns Allah für seine Rettung loben.« Hassan brachte noch zehn Tage mit allerlei Festlichkeiten und Belustigungen in dem Palast zu. Dann machte er sich reisefertig, und seine Freundin gab ihm viele Kostbarkeiten, Speisen und Getränke mit. Als die Stunde der Abreise herannahte, schenkte Hassan dem Alten das Zepter und nahm von ihm und den Mädchen Abschied, und nach einer siebzigtägigen Reise langte er wieder in Bagdad an. Seine Mutter hatte während seiner Abwesenheit nichts als geweint und getrauert und alle Freude am Leben verloren. Schon war jede Hoffnung, ihren Sohn wiederzusehen, aus ihrem Herzen geschwunden. Da hörte sie eines Abends an ihre Tür klopfen; sie öffnete, und als sie Hassan mit seiner Frau und seinen Kindern erblickte, fiel sie vor Freude in Ohnmacht. Hassan besprengte sie mit Essenzen, bis sie wieder zu sich kam, dann umarmte er sie und weinte. Auch Manar al-Nisa küsste und umarmte ihre Schwiegermutter. Diese fragte dann Hassan, warum er so lange weggeblieben sei, worauf er ihr alles, was ihm auf der Reise widerfahren war, erzählte. Als die Alte von dem Zepter und der Mütze hörte, sagte sie: »Mein Sohn, du warst leichtsinnig im Verschenken der Mütze und des Zepters, denn hättest du sie noch, so wäre ja die ganze Erde in der Länge und in der Breite dein Eigentum. Doch, gelobt sei Allah, der dich und deine Frau und Kinder gerettet hat.« Am folgenden Morgen zog Hassan ein reiches Gewand an, ging in den Basar und kaufte Sklaven und Sklavinnen, die feinsten Stoffe zu Kleidern, Edelsteine, Diwane und anderes Hausgerät, wie sie nur Kalifen selbst besitzen, und lebte mit seiner Mutter, seiner Gattin und seinen Kindern in Glück und Freude bis an seinen Tod.

Aladin und die Wunderlampe

In einer sehr reichen und großen Stadt Turkestans lebte ein Schneider namens Mustafa. Dieser Mustafa war sehr arm, und seine Arbeit warf ihm kaum so viel ab, dass er, seine Frau und ein Sohn, den Allah ihnen geschenkt hatte, davon leben konnten.

Die Erziehung dieses Sohnes, der Aladin hieß, war sehr vernachlässigt worden, sodass er allerhand böse Eigenschaften angenommen hatte. Er war boshaft, halsstarrig und ungehorsam gegen Vater und Mutter. Kaum war er ein wenig herangewachsen, so konnten ihn seine Eltern nicht mehr im Hause zurückhalten. Er ging schon am frühen Morgen aus und tat den ganzen Tag nichts, als auf den Straßen und öffentlichen Plätzen mit kleinen Tagedieben zu spielen, die jünger waren als er.

Als er in die Jahre gekommen war, wo er ein Handwerk erlernen sollte, nahm ihn sein Vater in seine Werkstatt und fing an, ihn in der Handhabung der Nadel zu unterrichten. Allein weder gute Worte noch Drohungen des Vaters vermochten den flatterhaften Sinn des Sohnes zu fesseln. Er konnte es nicht dahin bringen, dass er seine Gedanken beisammenhielt und emsig und ausdauernd bei der Arbeit blieb, wie er es wünschte. Kaum hatte Mustafa ihm den Rücken gekehrt, so entwischte Aladin und ließ sich den ganzen Tag nicht wieder sehen. Der Vater züchtigte ihn, aber Aladin war unverbesserlich, und Mustafa musste ihn mit großem Bedauern zuletzt seinem Müßiggang überlassen. Dies bereitete ihm großes Herzeleid, und der Kummer darüber, dass er seinen Sohn nicht zur Pflicht rufen konnte, zog ihm eine hartnäckige Krankheit zu, an der er nach einigen Monaten starb.

Da Aladins Mutter sah, dass ihr Sohn keine Miene machte, das Gewerbe des Vaters zu erlernen, so schloss sie die Werkstatt und machte das ganze Handwerkszeug zu Geld, um sowohl davon als von dem wenigen, was sie mit Baumwollspinnen erwarb, mit ihrem Sohn leben zu können.

Aladin, der jetzt nicht mehr durch die Furcht vor seinem Vater in Schranken gehalten wurde, kümmerte sich um nichts mehr, und er wurde immer liederlicher. Diesen Lebenswandel setzte er bis in sein fünfzehntes Jahr fort, ohne für irgendetwas anderes Sinn zu haben und ohne zu bedenken, was aus ihm einmal werden sollte.

Eines Tages, als er nach seiner Gewohnheit mit einem Haufen Gassenjungen auf einem freien Platz spielte, ging ein Fremder vorüber, der stehenblieb und ihn ansah. Dieser Fremde war ein berühmter Magier, und die Geschichtenschreiber, welche uns diese Erzählung aufbewahrt haben, nennen ihn den afrikanischen Magier.

Sei es nun, dass dieser Magier, der sich auf Gesichter verstand, in Aladins Gesicht alles bemerkte, was zur Ausführung des Planes, der ihn hierher geführt hatte, notwendig war, oder mochte er einen anderen Grund haben; genug, er erkundigte sich, ohne dass es jemand auffiel, nach Aladins Familie, seinem Stand und seinen Neigungen. Als er von allem, was er wünschte, unterrichtet war, ging er auf den Jungen zu, nahm ihn einige Schritte von seinen Kameraden beiseite und fragte ihn: »Mein Sohn, ist dein Vater nicht der Schneider Mustafa?«

»Ja, Herr«, antwortete Aladin, »aber er ist schon lange tot.«

Bei diesen Worten fiel der afrikanische Magier Aladin um den Hals, umarmte ihn und küsste ihn zu wiederholten Malen mit Tränen in den Augen und seufzte. Aladin bemerkte diese Tränen und fragte, warum er weine. »Ach, mein Sohn!«, rief der Afrikaner, »wie könnte ich mich da enthalten! Ich bin dein Oheim, und dein Vater war mein geliebter Bruder. Schon mehrere Jahre bin ich auf der Reise, und in dem Augenblick, als ich hier anlange voll Hoffnung, ihn wiederzusehen und durch meine Rückkehr zu erfreuen, sagst du mir, dass er tot ist! Ich versichere dir, dass es mich empfindlich schmerzt, mich des Trostes beraubt zu sehen, den ich erwartete. Was meine Betrübnis allein ein wenig mildern kann, ist, dass ich, sofern ich mich recht erinnere, seine Züge auf deinem Gesicht wiederfinde, und ich sehe, dass ich mich nicht getäuscht habe, als ich mich an dich wandte.«

Er fragte hierauf Aladin, indem er seinen Beutel herauszog, wo seine Mutter wohne. Aladin erteilte ihm sogleich Auskunft, und der Magier gab ihm eine Hand voll Kleingeld mit den Worten: »Mein Sohn, eile zu deiner Mutter, grüße sie von mir und sage ihr, dass ich, sofern es meine Zeit erlaubt, sie morgen besuchen werde, um mir den Trost zu verschaffen, den Ort zu sehen, wo mein lieber Bruder so lange gelebt und seine Tage beschlossen hat.«

Sobald der Afrikaner den Neffen, den er sich soeben selbst geschaffen, verlassen hatte, lief Aladin voll Freude über das Geld, das sein Oheim ihm geschenkt hatte, zu seiner Mutter. »Mütterchen«, sagte er gleich beim Eintreten, »ich bitte dich, sage mir, ob ich einen Oheim habe?« – »Nein, mein Sohn«, antwortete die Mutter, »du hast keinen Oheim, weder von Seiten deines seligen Vaters noch von der meinigen.« – »Und doch«, fuhr Aladin fort, »habe ich soeben einen Mann gesehen, der sich für meinen Oheim ausgab und versicherte, dass er der Bruder meines Vaters sei. Er hat sogar geweint und mich umarmt, als ich ihm sagte, dass mein Vater tot wäre. Zum Beweis, dass ich die Wahrheit sage«, fügte er hinzu, indem er das empfangene Geld zeigte, »sieh einmal, was er mir geschenkt hat. Er hat mir überdies aufgegeben, dich in seinem Namen zu grüßen und dir zu sagen, dass er, wenn er Zeit hat, morgen dir seine Aufwartung machen wird, um das Haus zu sehen, wo mein Vater gelebt hat und wo er gestorben ist.«

»Mein Sohn«, antwortete die Mutter, »es ist wahr, dein Vater hatte einen Bruder; aber er ist schon lange tot, und ich habe nie gehört, dass er noch einen anderen hätte.«

Damit wurde das Gespräch über den afrikanischen Magier abgebrochen.

Am nächsten Tag näherte sich dieser zum zweiten Mal Aladin, als er in der Stadt mit anderen Kindern spielte. Er umarmte ihn wie tags zuvor, und drückte ihm zwei Goldstücke in die Hand mit den Worten: »Mein Sohn, bringe dies deiner Mutter, sage ihr, ich werde sie am Abend besuchen und sie möge dafür etwas kaufen, damit wir zusammen speisen können. Zuvor aber sage mir, wie ich das Haus finden kann.« Aladin erklärte es ihm, und der Afrikaner ließ ihn gehen.

Aladin brachte die zwei Goldstücke seiner Mutter und sagte ihr, was sein Oheim vorhabe. Sie ging, um das Geld zu verwenden, kam mit guten Dingen zurück und, da es ihr an einem großen Teil der nötigen Tischgeräte fehlte, so entlieh sie das Nötigste von ihren Nachbarinnen. Sie brachte den ganzen Tag mit Vorbereitungen zu dem Mahl zu, und abends, als alles fertig war, sagte sie zu Aladin: »Mein Sohn, dein Oheim weiß vielleicht unser Haus nicht, gehe ihm entgegen, und führe ihn hierher.«

Obschon Aladin dem vermeintlichen Oheim das Haus beschrieben hatte, so wollte er sich dennoch eben aufmachen, als es an der Tür klopfte. Aladin öffnete und erkannte den Afrikaner, der mit mehreren Weinflaschen und den verschiedensten Früchten hereintrat. Der Magier begrüßte Aladins Mutter und bat sie, ihm die Stelle auf dem Sofa zu zeigen, wo sein Bruder Mustafa gewöhnlich gesessen habe. Sie zeigte sie ihm. Nun warf er sich sogleich zur Erde, küsste die Stelle mehrere Male und rief mit Tränen in den Augen: »Armer Bruder, wie unglücklich bin ich, dass ich nicht zeitig genug gekommen bin, um dich vor deinem Tod noch einmal zu umarmen!« So sehr ihn nun auch Aladins Mutter bat, so wollte er sich doch nicht auf diesen Platz setzen. »Nein«, sagte er, »ich werde mich wohl hüten, aber erlaube, dass ich mich gegenübersetze, damit ich, wenn mir auch das Vergnügen versagt ist, ihn persönlich als Vater einer mir so teuren Familie zu sehen, mir wenigstens einbilden kann, er sitze noch dort.« Aladins Mutter drang nun nicht weiter in ihn und ließ ihn Platz nehmen, wo er Lust hatte. Als der Magier sich da gesetzt hatte, wo es ihm am besten behagte, fing er ein Gespräch mit Aladins Mutter an: »Meine liebe Schwester«, sagte er zu ihr, »wundere dich nicht, dass du während der ganzen Zeit, als du mit meinem Bruder Mustafa seligen Angedenkens verheiratet warst, mich nie gesehen hast. Es sind schon vierzig Jahre, dass ich dieses Land, das sowohl meine als auch meines seligen Bruders Heimat ist, verlassen habe. Seitdem habe ich Reisen nach Indien, Persien, Arabien, Syrien und Ägypten gemacht, mich in den schönsten Städten dieser Länder aufgehalten und bin dann nach Afrika gegangen, wo ich einen längeren Aufenthalt nahm. Da es aber dem Menschen angeboren ist, sein Heimatland, seine Eltern und Jugendgespielen auch in der weitesten Ferne nie aus dem Gedächtnis zu verlieren, so hat auch mich ein so gewaltiges Verlangen ergriffen, mein Vaterland wiederzusehen und meinen geliebten Bruder zu umarmen, jetzt, da ich noch Kraft und Mut zu einer so langen Reise in mir fühle, dass ich ohne weiteren Aufschub meine Vorbereitungen traf und mich auf den Weg machte. Ich sage dir nichts von der Länge der Zeit, die ich dazu brauchte, noch von den Hindernissen, auf die ich stieß, noch von all den Beschwerden und Mühsalen, die ich überstehen musste, um hierher zu kommen. Ich sage dir bloß, dass mich auf allen meinen Reisen nichts so tief geschmerzt hat wie die Nachricht von dem Tod eines Bruders, den ich immer mit echt brüderlicher Freundschaft geliebt hatte. Ich bemerkte einige Züge von ihm auf dem Gesicht meines Neffen, deines Sohnes, und dies bewirkte, dass ich ihn aus all den übrigen Kindern, bei denen er war, herausfand. Er hat dir vielleicht erzählt, wie sehr die traurige Nachricht vom Tod meines Bruders mich ergriff. Ich tröste mich, ihn in seinem Sohn wiederzufinden, der so auffallende Ähnlichkeit mit ihm hat.«

Als der Afrikaner sah, dass Aladins Mutter bei der Erinnerung an ihren Mann gerührt wurde und aufs Neue in Schmerz versank, so brach er das Gespräch ab, wandte sich an Aladin und fragte ihn nach seinem Namen. »Ich heiße Aladin«, antwortete dieser. »Nun gut, Aladin«, fuhr der Magier fort, »womit beschäftigst du dich? Verstehst du auch ein Gewerbe?«

Bei dieser Frage schlug Aladin die Augen nieder und geriet in Verlegenheit. Seine Mutter aber nahm das Wort und sagte: »Aladin ist ein Taugenichts. Sein Vater hat, solange er lebte, alles Mögliche getan, um ihn sein Gewerbe zu lehren; doch er konnte seinen Zweck nicht erreichen, und seit er tot ist, streicht Aladin, trotz meiner täglichen Ermahnungen, die ganze Zeit auf den Straßen herum und spielt mit Kindern, wie du gesehen hast, ohne zu bedenken, dass er kein Kind mehr ist; wenn du ihn deshalb nicht beschämst und er sich diese Ermahnung nicht zunutze macht, so gebe ich alle Hoffnung auf, dass jemals etwas aus ihm wird. Er weiß, dass sein Vater kein Vermögen hinterlassen hat, und sieht selbst, dass ich mit meinem Baumwollspinnen den ganzen Tag über kaum das Brot für uns beide verdienen kann. Ich bin entschlossen, ihn bald fortzuschicken, dass er sich seine Unterkunft anderswo suchen soll.«

Als Aladins Mutter unter vielen Tränen so gesprochen hatte, sagte der afrikanische Magier zu dem Jungen: »Das ist nicht gut, mein Neffe; du musst daran denken, dir selbst weiterzuhelfen und deinen Lebensunterhalt zu verschaffen. Es gibt ja so viele Gewerbe auf der Welt; besinne dich einmal, ob nicht eines darunter ist, zu dem du mehr Neigung hast als zu den anderen. Vielleicht gefällt dir bloß das deines Vaters nicht, und du würdest dich besser zu einem anderen anschicken; verbirg mir deine Ansicht hierüber nicht, ich will ja bloß dein Bestes.« Als er sah, dass Aladin nicht antwortete, fuhr er fort: »Ist es dir überhaupt zuwider, ein Handwerk zu erlernen, und willst du ein angesehener Mann werden, so will ich für dich einen Laden mit kostbaren Stoffen und feinem Linnen einrichten; du kannst dann diese Sachen verkaufen, mit dem Geld, das du daraus erlöst, den Einkauf neuer Waren bestreiten und auf diese Art ein anständiges Unterkommen finden. Frage dich selbst und sage mir offen, was du denkst. Du wirst mich stets bereit finden, mein Versprechen zu halten.« Dies Anerbieten schmeichelte Aladin sehr, denn jedes Handwerk war ihm zuwider, umso mehr, da er bemerkt hatte, dass solche Kaufläden, von denen sein Oheim gesprochen hatte, immer hübsch und gut besucht und die Kaufleute gut gekleidet und sehr geachtet waren. Er erklärte daher dem Magier, dass seine Neigung nach dieser Seite mehr hingerichtet sei als nach jeder anderen und dass er ihm zeitlebens für die Wohltat danken würde, die er ihm erweisen wolle.

»Da dieses Gewerbe dir angenehm ist«, erwiderte der Afrikaner, »so werde ich dich morgen mitnehmen und dich so hübsch und reich kleiden lassen, wie es sich für einen der ersten Kaufleute in dieser Stadt geziemt; übermorgen wollen wir dann daran denken, einen solchen Laden zu errichten, wie ich ihn im Sinn habe.«

Aladins Mutter, die bis jetzt nicht geglaubt hatte, dass der Afrikaner der Bruder ihres Mannes sei, zweifelte nach solch glänzenden Versprechungen nicht mehr daran. Sie dankte ihm für seine gute Gesinnung, und nachdem sie Aladin ermahnt hatte, sich der Wohltaten, auf die sein Oheim ihn hoffen ließ, würdig zu zeigen, trug sie das Abendessen auf. Die Unterhaltung während des ganzen Mahles drehte sich immer um denselben Gegenstand, bis endlich der Magier bemerkte, dass die Nacht schon weit vorgerückt war. Er verabschiedete sich von Mutter und Sohn und ging nach Hause.

Am anderen Morgen fand sich der Magier wie versprochen bei der Witwe des Schneiders Mustafa wieder ein. Er nahm Aladin mit sich und führte ihn zu einem bedeutenden Kaufmann, der fertige Kleider von allen möglichen Stoffen und für Leute jeden Alters und Standes verkaufte. Von diesem ließ er sich mehrere zeigen, die Aladin passten, und nachdem er die, die ihm am besten gefielen, ausgesucht und die anderen, die nicht so schön waren, wie er wünschte, zurückgegeben hatte, sagte er zu Aladin: »Lieber Neffe, wähle dir unter all diesen Kleidern dasjenige aus, das dir am besten gefällt.« Aladin, der über die Freigebigkeit seines neuen Oheims hoch erfreut war, wählte eines, und der Magier kaufte es mit allem, was dazu gehörte, ohne zu feilschen.

Als Aladin sich von Kopf bis Fuß so prachtvoll gekleidet sah, dankte er seinem Oheim, so sehr man nur danken kann, und der Magier versprach ihm, ihn auch ferner nicht zu verlassen, sondern stets bei sich zu behalten. Wirklich führte er ihn in die besuchtesten Gegenden der Stadt, besonders in diejenigen, in denen sich die Geschäfte der reichen Kaufleute befanden, und in der Straße, in der die Läden mit den schönsten Stoffen und der feinsten Leinwand zu finden waren, sagte er zu Aladin: »Da du bald auch ein solcher Kaufmann sein wirst wie diese hier, so ist es gut, wenn du sie besuchst, damit sie dich kennen lernen.« Er zeigte ihm auch die schönsten und größten Moscheen und führte ihn in den Khan, wo die fremden Kaufleute wohnten, und an alle diejenigen Orte im Palast des Sultans, zu denen man freien Zutritt hatte. Endlich, nachdem sie die schönsten Gegenden der Stadt miteinander durchstreift hatten, kamen sie in den Khan, wo der Magier wohnte. Es waren dort einige Kaufleute, deren Bekanntschaft er seit seiner Ankunft gemacht und die er ausdrücklich eingeladen hatte, um sie gut zu bewirten und ihnen seinen angeblichen Neffen vorzustellen.

Das Gastmahl endete erst am späten Abend. Aladin wollte sich von seinem Oheim verabschieden, um nach Hause zurückzukehren; aber der Magier wollte ihn nicht alleine gehen lassen und geleitete ihn selbst zu seiner Mutter zurück. Als diese ihren Sohn in so schönen Kleidern erblickte, war sie außer sich vor Freude und wollte nicht aufhören, Segnungen über das Haupt des Oheims herabzurufen, der für ihren Sohn so viel Geld ausgegeben hatte. »Großmütiger Schwager«, sagte sie zu ihm, »ich weiß nicht, wie ich dir für deine Freigebigkeit danken soll; aber das weiß ich, dass mein Sohn die Wohltaten, die du ihm erweist, nicht verdient, und er würde ihrer ganz unwürdig sein, wenn er sich nicht dankbar zeigte und den guten Absichten, die du mit ihm hast, nicht entspräche. Ich für meine Person«, fügte sie hinzu, »danke dir von ganzem Herzen und wünsche dir ein recht langes Leben, um Zeuge von der Dankbarkeit meines Sohnes zu sein, der sie nicht besser an den Tag legen kann, als wenn er sich von deinen guten Ratschlägen leiten lässt.«

»Aladin ist ein guter Junge«, erwiderte der afrikanische Magier; »er hört auf mich, und ich glaube, wir können etwas Tüchtiges aus ihm machen. Es tut mir nur leid, dass ich mein Versprechen nicht schon morgen halten kann. Es ist nämlich Freitag, wo alle Läden geschlossen sind und man nicht daran denken kann, einen zu mieten und mit Waren zu versehen. Somit werden wir die Sache auf Samstag verschieben müssen. Übrigens werde ich ihn morgen wieder mitnehmen und in die Gärten spazieren führen, wo sich alle Welt gewöhnlich einfindet. Er hat vielleicht noch keinen Begriff von der Welt der Erwachsenen; bisher war er immer nur mit Kindern beisammen, jetzt muss er auch erwachsene Menschen sehen.« Der Magier verabschiedete sich von Mutter und Sohn und ging. Aladin aber, der schon über seine schönen Kleider höchst vergnügt war, freute sich jetzt im Voraus sehr auf den Spaziergang in die Umgebung der Stadt. In der Tat war er noch nie vor die Tore gekommen und hatte noch nie die Umgebung gesehen, die über die Maßen schön und anmutig war.

Am anderen Morgen stand Aladin in aller Frühe auf und kleidete sich an, um fertig zu sein, sobald sein Oheim ihn abholen würde. Als er ihn bemerkte, sagte er es seiner Mutter, nahm Abschied von ihr, schloss die Tür und eilte ihm entgegen.

Der Magier hieß Aladin aufs Freundlichste willkommen. »Wohlan, mein lieber Junge«, sagte er lächelnd zu ihm, »heute werde ich dir schöne Sachen zeigen.« Er führte ihn zu einem Tor hinaus, an großen und schönen Häusern oder vielmehr an prächtigen Palästen vorüber, von denen jeder einen sehr schönen Garten hatte, in den man frei eintreten durfte. Bei jedem Palast, an dem sie vorbeikamen, fragte er Aladin, ob er ihm gefiele, und Aladin, der ihm gewöhnlich zuvorkam, sagte, sobald er wieder einen anderen sah: »Ach, lieber Oheim, dieser ist noch viel schöner als alle bisherigen.« Sie gingen immer weiter, und der listige Magier, der dies nur tat, um den Plan, den er im Kopf hatte, ausführen zu können, ergriff die Gelegenheit, in einen dieser Gärten zu treten. Er setzte sich neben ein großes Becken, in welches durch einen bronzenen Löwenrachen kristallhelles Wasser sprudelte, und stellte sich ermüdet, damit Aladin ebenfalls ausruhen sollte. »Lieber Neffe«, sagte er zu ihm, »du wirst ebenso müde sein wie ich; lass uns hier ein wenig ausruhen, um neue Kräfte zu sammeln. Wir werden dann mehr Muße haben, unseren Spaziergang fortzusetzen.«

Als sie sich gesetzt hatten, zog der afrikanische Magier aus einem Beutel, der an seinem Gürtel befestigt war, Kuchen und Früchte hervor, die er als Mundvorrat mitgenommen hatte, und breitete sie auf dem Rand des Beckens aus. Während dieses kleinen Mahles ermahnte er seinen angeblichen Neffen, sich von dem Umgang mit Kindern fern zu halten, dagegen sich klugen und verständigen Männern anzuschließen, auf diese zu hören und aus ihren Unterhaltungen Nutzen zu ziehen. »Bald«, sagte er zu ihm, »wirst du ein Mann sein wie sie, und du kannst dich nicht früh genug daran gewöhnen, nach ihrem Beispiel verständige Reden zu führen.« Als sie die kleine Mahlzeit beendet hatten, standen sie auf und setzten ihren Spaziergang quer durch die Gärten fort. Unbemerkt führte der Magier Aladin ziemlich weit über die Gärten hinaus und durchwandelte mit ihm die Ebene, die ihn allmählich in die Nähe der Berge leitete.

Aladin, der in seinem Leben nie einen so weiten Weg gemacht hatte, fühlte sich durch diesen Marsch sehr ermüdet und sagte zu dem Magier: »Wohin gehen wir denn, lieber Oheim? Wir haben die Gärten schon weit hinter uns, und ich sehe nichts mehr als Berge. Wenn wir noch länger so weitergehen, so weiß ich nicht, ob ich noch Kräfte genug haben werde, um in die Stadt zurückzukehren.« – »Nur den Mut nicht verlieren«, antwortete der falsche Oheim, »ich will dir noch einen anderen Garten zeigen, der alle, die du bis jetzt gesehen hast, weit übertrifft; er ist nur ein paar Schritte weit von hier, und wenn wir einmal dort sind, so wirst du selbst sagen, dass es schade gewesen wäre, wenn du ihn nicht gesehen hättest, nachdem du ihm einmal so nahe gewesen bist.« Aladin ließ sich überreden, und der Magier führte ihn noch sehr weit, indem er ihn mit Geschichten unterhielt, um ihm den Weg weniger langweilig und die Ermüdung erträglicher zu machen.

Endlich gelangten sie zwischen zwei Berge von mittelmäßiger Höhe, die sich ziemlich glichen und nur durch ein sehr schmales Tal getrennt waren. Dies war die merkwürdige Stelle, wohin der Magier Aladin hatte bringen wollen, um einen großen Plan mit ihm auszuführen, dem zuliebe er von dem äußersten Ende Afrikas bis nach Turkestan gereist war.

»Wir sind jetzt an Ort und Stelle«, sagte er zu Aladin. »Ich werde dir hier außerordentliche Dinge zeigen, die allen übrigen Sterblichen unbekannt sind. Wenn du sie gesehen hast, so wirst du mir gewiss Dank dafür wissen, dass ich dich zum Zeugen so vieler Wunderdinge gemacht habe, die außer dir noch niemand gesehen hat. Während ich jetzt mit dem Stahl Feuer schlage, häufe du hier so viel trockenes Reisig zusammen, wie du nur auftreiben kannst, damit wir ein Feuer anmachen.«

Es gab hier so viel Reisig, dass Aladin bald einen großen Haufen beisammen hatte; der Magier machte nun das Feuer an, und in dem Augenblick, wo das Reisig aufloderte, warf er Räucherwerk hinein, das er schon in Bereitschaft hatte. Dicker Rauch stieg empor, den er bald auf diese, bald auf jene Seite wendete, indem er allerlei Zauberworte sprach, von denen Aladin nichts verstand.

In diesem Augenblick erbebte die Erde ein wenig, öffnete sich vor dem Magier und Aladin und ließ einen Stein sichtbar werden, der etwa anderthalb Fuß im Geviert hatte, ungefähr einen Fuß dick war, mit einem in der Mitte versiegelten Ring von Bronze, um ihn daran wegzuheben. Aladin erschrak über das, was vor seinen Augen vorging, und wollte die Flucht ergreifen. Doch seine Anwesenheit war bei dieser geheimnisvollen Handlung notwendig. Darum hielt ihn der Magier zurück, schalt ihn tüchtig und gab ihm eine so derbe Ohrfeige, dass er zu Boden fiel. Zitternd und mit Tränen in den Augen rief der arme Aladin: »Mein Oheim, was habe ich denn getan, dass du mich so grausam schlägst?« – »Ich habe meine Gründe dafür«, antwortete der Magier. »Ich bin dein Oheim, der jetzt Vaterstelle an dir vertritt, und du darfst mir in nichts widersprechen. Aber«, fügte er in etwas milderem Ton hinzu, »du brauchst dich nicht zu fürchten, mein Sohn; ich verlange bloß, dass du mir gehorchst, sofern du dich der großen Vorteile, die ich dir zudenke, würdig machen und sie benutzen willst.« Diese schönen Versprechungen beruhigten Aladin ein wenig, und als der Magier ihn wieder gut gestimmt sah, fuhr er fort: »Du hast gesehen, was ich durch die Kraft meines Räucherwerks und die Worte, die ich sprach, bewirkt habe. Vernimm jetzt, dass unter diesem Stein hier ein Schatz verborgen liegt, der für dich bestimmt ist und dich reicher machen wird als die größten Könige der Welt. Dies ist gewiss wahr, dass keinem Menschen auf der ganzen Welt außer dir erlaubt ist, diesen Stein anzurühren oder wegzuheben, um hier hineinzugelangen. Ja, ich selbst darf ihn nicht berühren oder auch nur einen Fuß in dieses Schatzgewölbe setzen, wenn es geöffnet sein wird. Deshalb musst du genau ausführen, was ich dir sage, ohne etwas zu versäumen. Die Sache ist sowohl für dich als für mich von großer Wichtigkeit.«

Aladin, immer noch voller Verwunderung über das, was er sah, und den Magier von einem Schatz reden hörend, der ihn für immer glücklich machen sollte, vergaß alles, was vorgefallen war. »Nun gut, lieber Oheim«, sagte er, indem er aufstand, »was soll ich tun? Befiehl nur, ich bin bereit zu gehorchen.« – »Es freut mich sehr, liebes Kind«, sagte der Afrikaner, wobei er ihn umarmte, »dass du dich hierzu entschlossen hast. Komm her, fasse diesen Ring an, und hebe den Stein in die Höhe.« – »Aber, Oheim«, erwiderte Aladin, »ich bin zu schwach, um ihn anzuheben, du musst mir dabei helfen.« – »Nein«, versetzte der Magier, »du bedarfst meiner Hilfe nicht, und wir könnten beide nichts ausrichten, wenn ich dir helfen würde. Du musst ihn ganz allein aufheben. Sprich nur den Namen deines Vaters und deines Großvaters, wenn du den Ring in die Hand nimmst, und hebe den Stein in die Höhe; du wirst sehen, dass er sich ohne Schwierigkeit dir fügen wird.« Aladin tat, wie der Magier ihm gesagt hatte, hob den Stein mit Leichtigkeit auf und legte ihn beiseite.

Als der Stein weggenommen war, erblickte Aladin eine drei bis vier Fuß tiefe Höhle mit einer kleinen Tür und Stufen, auf denen man noch weiter hinabsteigen konnte. »Mein Sohn«, sprach jetzt der Magier zu Aladin, »gib genau Acht auf das, was ich dir nunmehr sagen werde. Steig in diese Höhle hinab, und wenn du unten auf der letzten Stufe bist, so wirst du eine offene Tür finden, die dich in ein großes Gewölbe führen wird, das in drei große aneinander stoßende Säle abgeteilt ist. In jedem wirst du rechts und links vier bronzene Vasen, gefüllt mit Gold und Silber, stehen sehen; aber hüte dich wohl, sie anzurühren. Ehe du in den ersten Saal trittst, hebe dein Gewand hoch und schließe es eng um deinen Leib. Wenn du drinnen bist, so geh, ohne dich aufzuhalten, zum zweiten und von da ab ebenfalls ohne stillzustehen in den dritten. Vor allen Dingen hüte dich, den Wänden zu nahe zu kommen oder sie auch nur mit deiner Kleidung zu berühren; denn falls du sie berührtest, würdest du auf der Stelle sterben. Deswegen habe ich dir gesagt, dass du dein Gewand knapp an dich halten sollst. Am Ende des dritten Saals ist eine Tür, die dich in einen mit schönen und reich beladenen Obstbäumen bepflanzten Garten führen wird. Gehe nur immer geradeaus, und quer durch den Garten wird dich ein Weg zu einer Treppe von fünfzig Stufen führen, auf denen du zu einer Terrasse emporsteigen kannst. Sobald du oben auf der Terrasse bist, wirst du eine Nische vor dir sehen und in der Nische eine brennende Lampe. Diese Lampe nimm, lösche sie aus, schütte den Docht samt dem Öl auf den Boden, stecke sie dann vorn in dein Kleid und bring sie mir. Gelüstet es dich nun nach den Früchten im Garten, so kannst du davon abpflücken, so viel du willst; dies ist dir nicht verboten.«

So sprechend zog der afrikanische Magier einen Ring von seinem Finger und steckte ihn an einen Finger Aladins. Dies, sagte er zu ihm, sei ein Talisman gegen alles Unglück, das ihm aber nicht begegnen könnte, wenn er nur seine Vorschriften genau befolgte. »So gehe denn, mein Sohn«, fügte er hinzu, »steige mutig hinab; dann haben wir beide für unser ganzes Leben Reichtümer genug.«

Aladin hüpfte leichtfüßig in die Höhle hinein und stieg die Stufen hinab. Er fand die drei Säle, die ihm der afrikanische Magier beschrieben hatte, und durchquerte sie umso behutsamer, weil er zu sterben fürchtete, falls er nicht alles, was ihm vorgeschrieben war, aufs Genaueste beachtete. Ohne zu verweilen, durcheilte er den Garten, stieg die Terrasse hinan, nahm die brennende Lampe aus der Nische, schüttete Docht und Öl auf den Boden, steckte die Lampe in sein Gewand und lief die Terrasse wieder hinab. Im Garten verweilte er im Betrachten der Früchte, die er vorher bloß im Vorübergehen gesehen hatte. Die Bäume dieses Gartens trugen alle ganz außerordentliche Früchte, und zwar jeder verschiedenfarbige. Da gab es weiße, hell leuchtende und wie Kristall durchsichtige; rote, teils dunkel, teils hell; grüne, blaue, violette, gelbliche und so von allen möglichen Farben. Die weißen waren Perlen, die hell leuchtenden und durchsichtigen Diamanten, die dunkelroten Rubine, die grünen Smaragde, die blauen Türkise, die violetten Amethyste und die gelblichen Saphire. Und diese Früchte waren alle so groß und vollkommen, dass man auf der ganzen Welt nichts Ähnliches sehen konnte. Aladin, der ihren Wert nicht kannte, wurde vom Anblick dieser Früchte, die nicht nach seinem Geschmack waren, nicht froh. Feigen, Trauben und andere edle Obstarten, die in Turkestan alltäglich sind, wären ihm lieber gewesen. Er war aber auch noch nicht in dem Alter, wo man sich auf Dergleichen versteht, und so bildete er sich ein, diese Früchte seien bloß buntes Glas und hätten keinen weiteren Wert. Dennoch machten ihm die Mannigfaltigkeit der schönen Farben und die außerordentliche Größe und Schönheit jeder Frucht Lust, von jeder Sorte einige zu pflücken. Er nahm daher von jeder Farbe etliche, füllte damit seine beiden Taschen und zwei ganz neue Beutel, die der Magier zugleich mit dem Gewand, das er ihm geschenkt, gekauft hatte, damit er lauter neue Sachen hätte; und da die beiden Beutel in seinen Taschen, die schon ganz voll waren, keinen Platz mehr hatten, so band er sie auf jeder Seite an seinen Gürtel. Nachdem er sich so, ohne es zu wissen, mit Reichtümern beladen hatte, trat Aladin schnell seinen Rückzug durch die drei Säle an, um den afrikanischen Magier nicht zu lange warten zu lassen; er durcheilte die Räume mit derselben Vorsicht wie das erste Mal, stieg da wieder hinauf, wo er hinabgestiegen war, und zeigte sich am Eingang der Höhle, wo der Magier ihn mit Ungeduld erwartete. Sobald ihn Aladin erblickte, rief er ihm zu: »Lieber Oheim, ich bitte dich, reich mir die Hand und hilf mir heraus.«

»Mein Sohn«, antwortete der Magier, »gib mir zuvor die Lampe, sie könnte dir hinderlich sein.«

»Verzeih, lieber Oheim«, sagte Aladin, »sie hindert mich nicht; ich werde sie dir geben, sobald ich oben bin.« Der Afrikaner bestand darauf, dass Aladin ihm die Lampe übergeben solle, ehe er ihn aus der Höhle herauszöge, und Aladin, der die Lampe mit all den Früchten, die er zu sich gesteckt, verpackt hatte, weigerte sich, sie ihm zu geben, bevor er aus der Höhle war. Da geriet der Magier vor Ärger über die Widerspenstigkeit des Jungen in schreckliche Wut, warf etwas von seinem Räucherwerk in das Feuer, das er sorgfältig unterhalten hatte, und kaum hatte er zwei Zauberworte gesprochen, als der Stein, welcher als Deckel zur Eingangsöffnung der Höhle diente, sich von selbst wieder einschließlich der Erde darüber an seine Stelle rückte, sodass alles wieder in denselben Zustand versetzt wurde wie vor der Ankunft des afrikanischen Magiers und Aladins.

Der finstere Afrikaner war in der Tat kein Bruder des Schneiders Mustafa, für den er sich ausgegeben hatte, und somit auch nicht Aladins Oheim. Er stammte in Wirklichkeit aus dem fernen Mauretanien und hatte sich dort lange Zeit mit der Zauberei beschäftigt. So war er endlich auf die Entdeckung gekommen, dass es eine Wunderlampe auf der Welt gäbe, deren Besitz ihn mächtiger als alle Könige der Erde machen würde, falls er ihrer habhaft werden könnte. Er hatte auch herausgefunden, dass diese Lampe sich an einem unterirdischen Ort mitten in Turkestan befand, und zwar in der Gegend und mit all den Umständen, die uns bereits bekannt sind. Im festen Glauben an die Wahrheit seiner Entdeckung war er, wie gesagt, von dem äußersten Ende Afrikas fortgereist und nach langer beschwerlicher Wanderung in die Stadt gekommen, die in der Nähe seines Schatzes lag. Aber obwohl sich die Lampe ganz gewiss an dem bewussten Ort befand, so war es ihm doch nicht gestattet, sie selbst zu holen oder persönlich in das unterirdische Gewölbe einzutreten, wo sie zu finden war. Es musste ein anderer hinabsteigen, sie abholen und ihm aushändigen. Deshalb hatte er sich an Aladin gewandt, den er für einen einfältigen jungen Burschen und daher für sehr geeignet hielt, ihm den erforderlichen Dienst zu leisten; dabei war er fest entschlossen, sobald er die Lampe in Händen haben würde, die letzte schon erwähnte Räucherung zu tun, die zwei Zauberworte auszusprechen, welche die bereits angeführte Wirkung haben sollten, und so den armen Aladin seiner Habsucht und seiner Bosheit aufzuopfern, um an ihm keinen Zeugen zu haben. Die Ohrfeige, die er Aladin gab und das Ansehen, das er sich ihm gegenüber angemaßt hatte, sollten diesen bloß daran gewöhnen, ihn zu fürchten und ihm aufs Genaueste zu gehorchen, damit er ihm die kostbare Zauberlampe sogleich übergäbe, sobald er sie forderte. Allerdings erfolgte gerade das Gegenteil von dem, was er beabsichtigt hatte. Als der afrikanische Magier seine großen und schönen Hoffnungen auf immer gescheitert sah, blieb ihm nichts anderes übrig, als nach Afrika zurückzukehren, was er denn auch noch am gleichen Tage tat. Er machte einen Umweg, um die Stadt nicht mehr zu betreten, die er mit Aladin verlassen hatte; denn er musste wirklich befürchten, dass er mehreren Leuten da auffallen könnte, die ihn mit diesem Jungen hatten gehen sehen, wenn er jetzt ohne ihn zurückkäme.

Aladin, der nach so vielen Zuvorkommenheiten und Geschenken auf diese Bosheit seines angeblichen Oheims keineswegs gefasst war, befand sich in einer Bestürzung, die sich leichter denken als mit Worten beschreiben lässt. Als er sich so lebendig begraben sah, rief er tausendmal seinen Oheim mit Namen und erklärte, dass er ihm die Lampe ja gern geben wolle – aber sein Rufen war vergeblich. Er konnte nicht mehr gehört werden und musste also in schwarzer Finsternis verharren. Endlich, nachdem er seine Tränen getrocknet hatte, stieg er wieder die Treppe der Höhle hinab, um in den Garten, durch den er bereits gekommen war, und ins helle Tageslicht zu gelangen. Aber die Mauer, die sich ihm durch Magie geöffnet hatte, hatte sich inzwischen durch einen neuen Zauber wieder geschlossen und zusammengefügt. Er tappte mehrmals rechts und links vorwärts, ohne einen Durchlass zu finden. Nun fing er aufs Neue an, zu schreien und zu weinen, und setzte sich endlich auf die Stufen der Höhle, ohne Hoffnung, jemals das Tageslicht wiederzusehen, sondern im Gegenteil mit der traurigen Gewissheit, aus der Finsternis, in der er sich jetzt befand, in die eines nahen Todes versetzt zu werden.

Zwei Tage blieb Aladin in diesem Zustand, ohne zu essen und zu trinken. Endlich am dritten, da er seinen Tod als unvermeidlich ansah, hob er die Hände empor und rief den Allerhöchsten an. Während er so die Hände gefaltet hatte, rieb er, ohne es zu merken, an dem Ring, den ihm der afrikanische Magier an den Finger gesteckt hatte und dessen Zauberkraft er noch nicht kannte. Alsbald stieg vor ihm ein Geist von ungeheurer Größe und fürchterlichem Ansehen, der mit seinem Kopf das oberste Gewölbe berührte, aus der Erde hervor und sprach folgende Worte zu Aladin: »Was willst du? Ich bin bereit, dir zu gehorchen als dein Sklave und als Sklave aller derer, die den Ring am Finger haben, sowohl ich als auch die anderen Sklaven des Ringes.«

Zu jeder anderen Zeit und bei jeder anderen Gelegenheit wäre Aladin, der an der gleichen Erscheinungen nicht gewöhnt war, bei dem Anblick einer so außerordentlichen Gestalt von Schreck ergriffen worden, sodass er die Sprache verloren hätte. Jetzt aber, da er einzig und allein mit der Gefahr beschäftigt war, in der er schwebte, antwortete er ohne Zögern: »Wer du auch sein magst, hilf mir weg von diesem Ort, wenn dies in deiner Macht steht.« Kaum hatte er diese Worte gesprochen, als sich die Erde öffnete und er sich außerhalb der Höhle befand, genau an der Stelle, wohin der Magier ihn geführt hatte.

Man wird es nicht sonderbar finden, dass Aladin, der so lange in der tiefen Finsternis geblieben war, am Anfang das Tageslicht kaum ertragen konnte. Erst nach und nach gewöhnte er sich daran, und als er um sich blickte, war er sehr überrascht, keine Öffnung in der Erde zu sehen; es war ihm unbegreiflich, auf welche Art er auf einmal aus ihrem Schoß hervorgekommen war. Nur an dem Fleck, wo das Reisig verbrannt worden war, erkannte er die Stelle wieder, unter der sich die Höhle befand. Als er sich danach zur Stadt hinwandte, erblickte er sie mitten in den sie umgebenden Gärten und erkannte auch den Weg, auf dem ihn der afrikanische Magier hergeführt hatte. So gelangte er zur Stadt und schleppte sich mit vieler Mühe bis in seine Wohnung. Als er ins Zimmer seiner Mutter trat, fiel er aus Freude über das Wiedersehen und geschwächt durch das dreitägige Fasten in eine Ohnmacht, die einige Zeit andauerte. Bald erholte er sich, und seine ersten Worte waren: »Liebe Mutter, vor allen Dingen bitte ich dich, gib mir zu essen; ich habe seit drei Tagen nichts über die Lippen gebracht.« Seine Mutter brachte ihm, was sie gerade hatte und setzte es ihm vor. Als er fertig war, erzählte er der Mutter ausführlich alle seine Erlebnisse mit dem vermeintlichen Oheim. Zugleich zog er die Wunderlampe aus seinem Gewand und zeigte sie seiner Mutter, ebenso die durchsichtigen und farbigen Früchte, die er auf dem Rückweg im Garten abgepflückt hatte. Er gab ihr auch die zwei vollen Beutel, aus denen sie sich aber wenig machte. Gleichwohl waren diese Früchte Edelsteine, deren sonnenheller Glanz beim Schein der Lampe, welche das Zimmer erhellte, auf ihren großen Wert hätte aufmerksam machen sollen; aber Aladins Mutter verstand sich auf dergleichen Sachen ebensowenig wie ihr Sohn. Als er seine Erzählung beendet hatte, fühlte er erst, wie erschöpft und müde er war. Er legte sich zur Ruhe, schlief die ganze Nacht fest und erwachte am anderen Morgen erst sehr spät. Er stand auf, und das Erste, was er zu seiner Mutter sagte, war, dass er Hunger habe und sie ihm kein größeres Vergnügen machen könnte, als wenn sie ihm ein Frühstück gäbe. »Ach, lieber Sohn«, antwortete sie, »ich habe auch nicht einen einzigen Bissen Brot; du hast gestern Abend das Wenige, welches noch zu Hause war, aufgegessen. Aber gedulde dich einen Augenblick, so werde ich dir bald etwas bringen. Ich habe etwas Baumwolle gesponnen. Diese will ich verkaufen, um Brot und einiges zum Mittagessen anzuschaffen.« – »Liebe Mutter«, erwiderte Aladin, »hebe deine Baumwolle für ein andermal auf und gib mir die Lampe, die ich gestern mitbrachte. Ich will sie verkaufen, und vielleicht bekomme ich dafür so viel, dass wir Frühstück und Mittagessen und am Ende gar noch etwas für den Abend bestreiten können.«

Aladins Mutter holte die Lampe und sagte zu ihrem Sohn: »Da hast du sie, sie ist aber sehr schmutzig. Ich will sie ein wenig putzen, dann wird sie schon nach etwas mehr aussehen.« Sie nahm Wasser und feinen Sand, um sie blank zu machen, aber kaum hatte sie angefangen, die Lampe zu reiben, als augenblicklich in Gegenwart ihres Sohnes ein scheußlicher Geist von riesenhafter Gestalt vor ihr erschien und mit einer Donnerstimme zu ihr sprach: »Was willst du? Ich bin bereit, dir zu gehorchen als dein Sklave und als Sklave aller derer, welche die Lampe in der Hand haben, sowohl ich als auch die anderen Sklaven der Lampe.«

Aladins Mutter war nicht imstande zu antworten. Ihr Auge vermochte die abscheuliche und schreckliche Gestalt des Geistes nicht zu ertragen, und sie war gleich bei seinen ersten Worten vor Angst in Ohnmacht gefallen.

Aladin dagegen, der schon in der Höhle eine ähnliche Erscheinung gehabt hatte, ergriff, ohne die Besinnung zu verlieren, schnell die Lampe und antwortete statt seiner Mutter mit festem Ton: »Ich habe Hunger, bring mir etwas zu essen.« Der Geist verschwand und kam kurz darauf wieder mit einem großen silbernen Becken auf dem Kopf zurück, worin sich zwölf verdeckte Schüsseln aus dem gleichen Metall voll der köstlichsten Speisen, dazu sechs Brote vom weißesten Mehl befanden; in der Hand trug er noch zwei Flaschen des köstlichsten Weines sowie zwei silberne Schalen. Er stellte alles zusammen ab und verschwand sogleich wieder.

Dies geschah in so kurzer Zeit, dass Aladins Mutter sich noch nicht von ihrer Ohnmacht erholt hatte, als der Geist zum zweiten Mal verschwand. Aladin, der bereits, aber ohne Erfolg, angefangen hatte, ihr Wasser ins Gesicht zu spritzen, wollte dies eben wiederholen, da kam sie augenblicklich wieder zu sich. »Liebe Mutter«, sagte Aladin zu ihr, »es ist weiter nichts, steh auf und iss, hier sind Dinge genug, um dein Herz zu stärken und zugleich meinen großen Hunger zu stillen. Wir wollen diese guten Speisen nicht kalt werden lassen, sondern essen.«

Aladins Mutter war außerordentlich erstaunt, als sie das große Becken, die zwölf Schüsseln, die sechs Brote, die zwei Flaschen und die zwei Schalen erblickte und dabei den köstlichen Duft einatmete, der aus all den Platten emporstieg. »Mein Sohn«, sagte sie zu Aladin, »woher kommt all dieser Überfluss, und wem haben wir für ein so reiches Geschenk zu danken? Sollte vielleicht der Sultan von unserer Armut gehört und sich unser erbarmt haben?« – »Liebe Mutter«, antwortete Aladin, »wir wollen uns jetzt zu Tisch setzen und essen; deine Frage werde ich beantworten, wenn wir gefrühstückt haben.« Sie setzten sich zu Tisch und speisten mit umso größerem Appetit, als beide, Mutter und Sohn, sich nie an einer so wohl ausgestatteten Tafel befunden hatten.

Während der Mahlzeit konnte Aladins Mutter nicht aufhören, das Becken und die Schüsseln zu betrachten und zu bewundern, obgleich sie nicht recht wusste, ob sie aus Silber oder einem anderen Metall gefertigt waren; so ungewöhnlich war für sie der Anblick von dergleichen Dingen. Nachdem die Mahlzeit beendet war, blieb ihnen noch so viel übrig, dass sie nicht nur ein Abendessen, sondern auch noch am folgenden Tag zwei tüchtige Mahlzeiten halten konnten.

Als Aladins Mutter abgetragen und das Fleisch, das unberührt geblieben war, aufgehoben hatte, setzte sie sich zu ihrem Sohn auf das Sofa und sagte zu ihm: »Aladin, ich erwarte jetzt von dir, dass du meine Neugierde befriedigst und mir alles erzählst.« Aladin schilderte ihr daraufhin alles, was während ihrer Ohnmacht zwischen dem Geist und ihm vorgegangen war.

Aladins Mutter geriet in große Verwunderung über die Erzählung ihres Sohnes und die Erscheinung des Geistes. »Aber, mein Sohn«, fragte sie, »was willst du denn eigentlich sagen mit deinen Geistern? Solange ich auf der Welt bin, habe ich nie erzählen hören, dass jemand von allen meinen Bekannten einen Geist gesehen hätte. Durch welchen Zufall ist dieser garstige Geist zu mir gekommen? Warum hat er sich an mich gewandt und nicht an dich, da er dir doch schon in der Schatzhöhle einmal erschienen war?«

»Liebe Mutter«, erwiderte Aladin, »der Geist, der dir erschien, ist nicht derselbe, der mir erschien. Sie haben zwar einige Ähnlichkeit in Bezug auf ihre Riesengröße, aber an Gesichtsbildung und Kleidung sind sie gänzlich voneinander verschieden und gehören auch verschiedenen Herren an. Du wirst dich noch erinnern, dass derjenige, den ich sah, sich der Sklave des Rings nannte, den ich am Finger habe, während der soeben Erschienene sagte, er sei Sklave der Lampe, die du in der Hand hattest; doch ich glaube nicht, dass du es gehört hast, denn, wie mich dünkt, fielst du sogleich in Ohnmacht, als er zu reden anfing.«

»Wie!«, rief Aladins Mutter, »also deine Lampe ist schuld, dass dieser verwünschte Geist sich an mich gewandt hat statt an dich? Ach, lieber Sohn, schaffe sie mir sogleich aus den Augen und hebe sie auf, wo du willst, ich mag sie nicht mehr anrühren. Eher lasse ich sie wegwerfen oder verkaufen, als dass ich Gefahr laufe, vor Angst zu sterben, wenn ich sie berühre. Folge mir und lege auch den Ring ab. Man soll keinen Verkehr mit Geistern haben; es sind Teufel – und unser Prophet hat es gesagt.«

»Mit deiner Erlaubnis, liebe Mutter«, antwortete Aladin, »werde ich mich jetzt wohl hüten, eine Lampe, die uns beiden so nützlich werden kann, zu verkaufen, wie ich soeben noch im Sinn hatte. Siehst du denn nicht, was sie uns erst vor einigen Augenblicken verschafft hat? Der Geist der Lampe soll uns jetzt fortwährend unseren Lebensunterhalt besorgen. Du kannst dir wie ich leicht denken, dass mein falscher Oheim sich nicht ohne Grund so viel Mühe gegeben und eine so weite und beschwerliche Reise unternommen hat, da er nach dem Besitz dieser Wunderlampe trachtete, die er allem Gold und Silber, das er in den Sälen wusste, vorgezogen hatte. Er kannte den Wert und die herrlichen Eigenschaften dieser Lampe zu gut, um sich von dem übrigen reichen Schatz noch etwas zu wünschen. Da nun der Zufall uns ihre geheime Kraft offenbart hat, so wollen wir den möglichst vorteilhaften Gebrauch davon machen, aber ohne Aufsehen zu erregen, damit unsere Nachbarn nicht neidisch und eifersüchtig werden. Ich will sie dir übrigens gern aus den Augen schaffen und an einem Ort aufheben, wo ich sie finden kann, wenn ich sie brauche, da du so große Angst vor den Geistern hast. Auch den Ring wegzuwerfen kann ich mich unmöglich entschließen. Ohne diesen Ring hättest du mich nie wieder gesehen, und ohne ihn würde ich jetzt entweder nicht mehr oder höchstens noch für einige Augenblicke leben. Du wirst mir daher erlauben, dass ich ihn behalte und immer mit großer Behutsamkeit am Finger trage. Wer weiß, ob mir nicht irgendeinmal eine andere Gefahr zustößt, die wir beide nicht voraussehen können, und aus der er mich vielleicht befreit?« Da Aladins Bemerkung sehr vernünftig schien, so wusste seine Mutter nichts mehr einzuwenden. »Lieber Sohn«, sagte sie zu ihm, »du kannst handeln, wie du es für gut hältst; ich für meinen Teil mag mit Geistern nichts weiter mehr zu tun haben.«

Am anderen Tag nach dem Abendessen war von den herrlichen Speisen, die der Geist gebracht hatte, nichts mehr übrig; Aladin, der nicht so lange warten wollte, bis der Hunger ihn drängte, nahm daher am dritten Morgen eine der silbernen Schüsseln unter seine Kleider und ging aus, um sie zu verkaufen. Er wandte sich an einen Juden, der ihm begegnete, nahm ihn beiseite, zeigte ihm die Schüssel und fragte, ob er sie kaufen wolle.

Der Jude, ein schlauer und verschmitzter Bursche, nahm die Schüssel, untersuchte sie, und da er erkannte, dass sie aus echtem Silber war, fragte er Aladin, was er dafür verlange. Aladin, der ihren Wert nicht kannte und nie mit solchen Waren Handel getrieben hatte, sagte ihm bloß, er werde wohl am besten wissen, was die Schüssel wert sei, und er verlasse sich hierin ganz auf seine Ehrlichkeit. Der Jude geriet wirklich in Verlegenheit über die Offenherzigkeit Aladins. Da er nicht wusste, ob Aladin den Wert seiner Ware wirklich kannte oder nicht, zog er ein Goldstück aus seinem Beutel, das höchstens den zweiundsiebzigsten Teil vom wahren Wert der Schüssel betrug, und bot es ihm an. Aladin nahm das Goldstück mit großer Freudigkeit, und sobald er es in der Hand hatte, lief er so schnell davon, dass der Jude ihn nicht mehr einholen konnte. Auf dem Heimweg blieb Aladin vor einem Bäckerladen stehen, kaufte einen Vorrat an Brot und bezahlte ihn mit dem Goldstück, das der Bäcker ihm wechselte. Als er nach Hause kam, gab er das übrige Geld seiner Mutter, die zum Basar ging, um für sie beide die nötigen Lebensmittel für einige Tage einzukaufen.

So lebten sie eine Zeit lang fort, und Aladin verkaufte alle zwölf Schüsseln, eine nach der anderen, sowie das Geld im Hause ausgegangen war.

Solange die Goldstücke reichten, wurden sie für die täglichen Ausgaben der Hauswirtschaft verwendet. Aladin hatte inzwischen, obschon er ans Müßiggehen gewöhnt war, seit seinem Abenteuer mit dem afrikanischen Magier nicht mehr mit den jungen Leuten seines Alters gespielt. Er brachte seine Tage mit Spazierengehen zu oder unterhielt sich mit älteren Leuten, deren Bekanntschaft er gemacht hatte.

Oft blieb er auch bei den Läden der großen Kaufleute stehen und horchte aufmerksam auf die Gespräche vornehmer Männer, die sich hier eine Zeit lang aufhielten oder sich hierher bestellt hatten, und diese Gespräche gaben ihm allmählich einigen Anstrich von Weltgewandtheit.

Als von den zehn Goldstücken nichts mehr übrig war, nahm Aladin seine Zuflucht zur Lampe. Er nahm sie in die Hand und rieb sie ebenso, wie es seine Mutter getan hatte. Sogleich erschien ihm wieder derselbe Geist, der sich schon einmal gezeigt hatte; da aber Aladin die Lampe sanfter gerieben hatte als seine Mutter, so sprach er diesmal in einem milderen Ton dieselben Worte wie damals: »Was willst du? Ich bin bereit, dir zu gehorchen als dein Sklave und als Sklave aller derer, welche die Lampe in der Hand haben, sowohl ich als auch die anderen Sklaven der Lampe.« Aladin antwortete ihm: »Mich hungert, bringe mir zu essen.« Der Geist verschwand und erschien in einigen Augenblicken wieder mit einem ähnlichen Tafelzeug wie das erste Mal, stellte es ab und verschwand wieder.

Aladins Mutter war, da sie von dem Vorhaben ihres Sohnes wusste, absichtlich ausgegangen, um bei der Erscheinung des Geistes nicht zu Hause zu sein. Sie kam bald darauf zurück, und als sie die Tafel so wohl besetzt sah, staunte sie über die wunderbare Wirkung der Lampe beinahe ebenso wie das erste Mal. Aladin und seine Mutter setzten sich zu Tisch, und nach dem Mahl blieb ihnen noch so viel übrig, dass sie die beiden folgenden Tage behaglich davon leben konnten.

Als Aladin sah, dass weder Brot noch Lebensmittel noch Geld mehr zu Hause war, nahm er eine silberne Schüssel und suchte den Juden, den er kannte, auf, um sie zu verkaufen. Auf dem Wege zu ihm kam er an dem Laden eines Goldschmieds vorüber, der durch sein Alter ehrwürdig und zugleich ein ehrlicher und rechtschaffener Mann war. Der Goldschmied bemerkte ihn und rief ihm zu, er möge hereintreten. »Mein Sohn«, sagte er zu ihm, »ich habe dich schon mehrere Male mit derselben Ware wie jetzt vorbeigehen, den und den Juden aufsuchen und bald darauf mit leeren Händen zurückkommen sehen. Wenn du mir zeigen willst, was du jetzt in der Hand hast, und es dir feil ist, so will ich dir den wahren Wert getreulich ausbezahlen, falls ich es brauchen kann; wenn nicht, so will ich dich an andere Kaufleute weisen, die dich nicht betrügen werden.«

In der Hoffnung, noch mehr Geld für seine Schüssel zu bekommen, zog Aladin sie sogleich unter seinem Gewand hervor und zeigte sie dem Goldschmied. Der Greis, der auf den ersten Blick erkannte, dass sie aus feinstem Silber war, fragte ihn, ob er wohl schon ähnliche an den Juden verkauft und was er von ihm dafür erhalten habe. Aladin gestand offenherzig, dass er schon zwölf Schüsseln verkauft und der Jude ihm für jede ein einziges Goldstück bezahlt habe. »Ha, der Spitzbube!«, rief der Goldschmied. »Mein Sohn«, fügte er hinzu, »was geschehen ist, ist geschehen, und man muss nicht mehr daran denken; aber wenn ich dir jetzt den wahren Wert deiner Schüssel aufzeige, die aus feinstem Silber ist, das nur von uns verarbeitet wird, so wirst du einsehen, wie sehr der Jude dich betrogen hat.«

Der Goldschmied nahm die Waage, wog die Schüssel, und nachdem er Aladin auseinander gesetzt hatte, was ein Gewicht Silber sei, welchen Wert und welche Unterabteilungen es habe, machte er ihm begreiflich, dass die Schüssel zweiundsiebzig Goldstücke wert sei, die er ihm sogleich ausbezahlte. »Da hast du«, sagte er, »den wahren Betrag deiner Schüssel. Wenn du noch daran zweifelst, so kannst du dich nach Belieben an jeden anderen Goldschmied wenden, und wenn dir einer sagt, dass sie mehr wert sei, so bin ich bereit, dir das Doppelte dafür zu bezahlen.«

Aladin dankte dem Goldschmied sehr für den guten Rat, den er ihm gegeben hatte und aus dem er bereits einen so großen Nutzen zog. In der Folge verkaufte er auch die übrigen Schüsseln sowie das Becken nur noch an ihn und erhielt für alle den vollen Wert. Obwohl nun Aladin und seine Mutter eine unversiegbare Geldquelle an ihrer Lampe hatten, durch die sie sich nach Herzenswunsch mit Geld versehen konnten, sobald es ihnen ausging, so lebten sie dennoch fortwährend ebenso mäßig wie zuvor, nur dass Aladin einiges auf die Seite legte, um anständig auftreten zu können und verschiedene Dinge für ihre kleine Wirtschaft anzuschaffen. Seine Mutter dagegen verwendete auf ihre Kleider nichts, als was ihr das Baumwollspinnen einbrachte. Bei dieser einfachen Lebensweise kann man sich leicht denken, dass die Goldstücke, die Aladin für seine zwölf Schüsseln und das Becken von dem Goldschmied erhalten hatte, lange ausreichten. So lebten sie denn mehrere Jahre lang von dem guten Gebrauch, den Aladin von Zeit zu Zeit von seiner Lampe machte.

In dieser Zwischenzeit hatte Aladin sich vollends ausgebildet und allmählich die Manieren der feinen Weltleute angenommen. Namentlich durch die Juwelenhändler kam er von der falschen Vorstellung ab, dass es sich bei den durchsichtigen Früchten, die er in dem Garten, wo die Lampe stand, gepflückt hatte, bloß um buntes Glas handle; er erfuhr hier, dass es sehr kostbare Edelsteine waren. Da er täglich in diesen Läden sah, wie alle Arten solcher Edelsteine gekauft und verkauft wurden, lernte er sie nach ihrem Wert kennen und schätzen, und da er nirgends so schöne und große bemerkte wie die seinigen, so begriff er wohl, dass er statt der Glasscherben, die er für Nichtigkeiten gehalten hatte, einen Schatz von unschätzbarem Wert besaß. Er war jedoch klug genug, niemandem etwas davon zu sagen, selbst seiner Mutter nicht, und ohne Zweifel verdankte er diesem Stillschweigen das hohe Glück, zu dem wir ihn in der Folge emporsteigen sehen werden.

Eines Tages, als er in der Stadt spazieren ging, hörte Aladin mit lauter Stimme einen Befehl des Sultans ausrufen, dass jedermann seinen Laden und seine Haustür schließen und sich ins Innere seiner Wohnung zurückziehen solle, bis die Prinzessin Badr el-Budur, die Tochter des Sultans, die sich baden wollte, vorübergegangen und wieder zurückgekehrt sein würde.

Dieser öffentliche Aufruf erweckte in Aladin den Wunsch, die Prinzessin ohne Schleier zu sehen. Er musste sich zu diesem Zweck in das Haus eines Bekannten begeben und dort hinter ein Gitterfenster stellen.

Aladin brauchte nicht lange zu warten; die Prinzessin erschien, und er betrachtete sie, ohne gesehen zu werden. Sie kam in Begleitung einer großen Anzahl ihrer Frauen. Aladin wurde von ihrer unvergleichlichen Schönheit so bezaubert und geblendet, dass er fast außer sich geriet. Aber wie konnte er daran denken, der Gemahl dieser Prinzessin zu werden, er, der arme Sohn eines einfachen Schneiders? Er sann hin und her, ob es nicht doch Mittel und Wege gäbe, der Schwiegersohn des Sultans zu werden; aber so sehr er auch nachdachte, es schien ihm unmöglich. Er verabschiedete sich zerstreut von seinem Bekannten und irrte noch lange in der Stadt umher.

Als er endlich nach Hause kam, konnte er seine Verwirrung und Unruhe nicht verbergen. Seine Mutter war sehr erstaunt, ihn gegen seine Gewohnheit so traurig und nachdenklich zu sehen, und fragte ihn, ob ihm etwas Unangenehmes begegnet sei oder ob er sich unwohl befinde. Aladin aber gab keine Antwort, sondern setzte sich nachlässig auf das Sofa, wo er unverändert in derselben Stellung blieb, fortwährend damit beschäftigt, sich das reizende Bild der Prinzessin zu vergegenwärtigen. Seine Mutter bereitete das Abendessen zu und drang nicht weiter in ihn. Gleich nach dem Essen ging Aladin schlafen, und erst am anderen Morgen offenbarte er sich seiner Mutter. »Liebe Mutter«, sagte er, »ich war gestern nicht krank und bin es auch heute nicht; ich habe aber gestern die Prinzessin Badr el-Budur ohne Schleier gesehen und beabsichtige, sie zu heiraten.«

Aladins Mutter glaubte, ihr Sohn habe den Verstand verloren, und brach in lautes Gelächter aus. Aladin wollte weiterreden, aber sie ließ ihn nicht zu Wort kommen und sagte zu ihm: »Wahrhaftig, mein Sohn, ich kann nicht umhin, dir zu sagen, dass sich dein Verstand trübt, und wenn du deinen Entschluss auch ausführen wolltest, so sehe ich nicht ein, durch wen du es wagen könntest, deine Bitte vortragen zu lassen.« – »Durch niemand anders als durch dich selbst«, antwortete der Sohn ohne Bedenken. »Durch mich!«, rief die Mutter voll Erstaunen und Überraschung, »und an den Sultan? Oh, ich werde mich wohl hüten, mich in ein Unternehmen solcher Art einzulassen. Und wer bist du denn, mein Sohn«, fuhr sie fort, »dass du die Kühnheit haben dürftest, deine Gedanken zur Tochter deines Sultans zu erheben? Hast du vergessen, dass du der Sohn eines der geringsten Schneider seiner Hauptstadt und auch von mütterlicher Seite nicht von höherer Abkunft bist? Weißt du denn nicht, dass die Sultane ihre Töchter selbst Sultanssöhnen verweigern, die keine Hoffnung haben, einst zur Regierung zu gelangen?«

»Liebe Mutter«, antwortete Aladin, »ich habe dir bereits gesagt, dass ich alles überdacht habe, was du mir soeben gesagt hast, und ebenso sehe ich alles voraus, was du etwa noch hinzufügen könntest. Weder deine Reden noch deine Vorstellungen werden mich von meinem Entschluss abbringen. Ich habe dir gesagt, dass ich durch deine Vermittlung um die Hand der Prinzessin Badr el-Budur anhalten will; es ist dies die einzige Gefälligkeit, um die ich dich mit aller schuldigen Ehrerbietung bitte, und du kannst sie mir nicht abschlagen, wenn du mich nicht sterben sehen willst.«

Aladins Mutter versuchte alles, um ihrem Sohn den Gedanken an die Prinzessin aus dem Kopf zu schlagen; schließlich, als sie auch damit keinen Erfolg hatte, fragte sie ihn, ob er denn ein Geschenk aufweisen könnte, das des großen Herrschers würdig wäre und ohne das sie überhaupt nicht zu ihm gehen könnte.

Aladin antwortete mit einigem Nachdenken: »Du sagst mir, es sei nicht Brauch, ohne ein Geschenk in der Hand vor dem Sultan zu erscheinen, und ich hätte nichts, was seiner würdig wäre. Ich teile deine Meinung in Beziehung auf das Geschenk und gestehe, dass ich nicht daran gedacht hatte; was aber deine Behauptung betrifft, dass ich nichts besitze, was ihm überreicht werden könnte, so glaube ich doch, liebe Mutter, dass die Sachen, die ich aus der unterirdischen Höhle, wo mir der sichere Tod drohte, mitgebracht habe, dem Sultan gewiss viel Vergnügen machen würden. Ich spreche nämlich von den Steinen in den zwei Beuteln und im Gürtel, die wir beide anfangs für farbige Gläser hielten; jetzt sind mir die Augen aufgegangen, und ich sage dir, liebe Mutter, dass es Juwelen von unschätzbarem Wert sind, die nur großen Königen gebühren. In den Läden der Juweliere habe ich mich von ihrem Wert überzeugt, und du kannst mir aufs Wort glauben, dass alle, die ich bei diesen Kaufherren gesehen habe, mit den unseren durchaus keinen Vergleich aushalten, weder in Beziehung auf Größe noch auf Schönheit, und doch verkaufen sie diese um ungeheure Summen. Wir können zwar allerdings den wahren Wert der unsrigen nicht angeben, aber dem mag sein, wie ihm wolle, so viel verstehe ich doch, um überzeugt zu sein, dass das Geschenk dem Sultan die größte Freude machen muss. Du hast da eine ziemlich große Truhe, die gerade dazu passt; bringe sie einmal her und lass uns sehen, welche Wirkung sie haben, wenn wir sie nach ihren verschiedenen Farben ordnen.«

Die Mutter brachte die Truhe, und Aladin nahm die Edelsteine aus den beiden Beuteln heraus und legte sie in der schönsten Ordnung hinein. Die Wirkung, die sie durch die Mannigfaltigkeit ihrer Farben und ihren strahlenden Glanz bei hellem Tageslicht hervorriefen, war so groß, dass Mutter und Sohn beinahe davon geblendet wurden und sich über die Maßen wunderten, denn sie hatten sie bisher nur beim Lampenschein betrachtet. Aladin zwar hatte sie auf den Bäumen gesehen, wo sie ihm als Früchte erschienen, die einen herrlichen Anblick darstellten; doch er war damals noch ein Kind gewesen und hatte diese Edelsteine nur als Spielzeug betrachtet und sie nur aus diesem Grund ohne Wissen um ihren Wert mitgenommen.

Nachdem sie die Schönheit des Geschenks eine Weile betrachtet hatten, ergriff Aladin wieder das Wort und sagte: »Du hast jetzt keine Ausrede mehr, liebe Mutter, und kannst dich nicht damit entschuldigen, dass wir kein passendes Geschenk anzubieten hätten. Hier ist eines, das dir gewiss einen freundlichen Empfang verschaffen wird.«

Aber trotz aller Überredungskünste des Sohnes ließ sich die Mutter doch nicht davon überzeugen, dass ihr Unternehmen gelingen werde. »Mein Sohn«, sagte sie zu Aladin, »wenn mich der Sultan so günstig aufnimmt, wie ich es aus Liebe zu dir wünsche; wenn er auch den Vorschlag, den ich ihm machen soll, ruhig anhört, aber sich dann einfallen lässt, nach deinem Vermögen und Stande zu fragen – und danach wird er sich vor allem erkundigen wollen –, sage mir, was soll ich ihm dann antworten?«

»Liebe Mutter«, antwortete Aladin, »wir wollen uns nicht im Voraus über eine Sache bekümmern, die vielleicht gar nicht vorkommen wird. Wir müssen jetzt abwarten, wie der Sultan dich empfängt und was für eine Antwort er dir gibt. Wenn er dann wirklich über das, was du sagst, Auskunft haben will, so werde ich mich schon auf eine Antwort besinnen, und ich glaube zuversichtlich, dass die Lampe, die uns schon seit einigen Jahren ernährt, mich in der Not nicht verlassen wird.«

Aladins Mutter wusste hierauf nichts zu erwidern, denn sie dachte, dass die Lampe, von der er sprach, auch noch weit größere Wunder bewirken könnte.

Aladins Mutter tat daraufhin alles, was ihr Sohn wünschte. Sie nahm die mit Edelsteinen gefüllte Truhe und hüllte sie in doppelte Leinwand, um die Last bequemer tragen zu können. Endlich ging sie zur großen Freude Aladins fort und nahm ihren Weg zum Palast des Sultans. Der Großwesir, die übrigen Wesire und die angesehensten Herren vom Hofe waren bereits hineingegangen, als sie ans Tor kam. Die Zahl derer, die beim Diwan [Regierung] etwas zu suchen hatten, war sehr groß. Man öffnete, und sie ging mit ihnen in den Diwan. Dies war ein über die Maßen schöner, tiefer und geräumiger Saal und hatte einen großen, prächtigen Eingang; sie stellte sich so, dass sie den Sultan gerade gegenüber, den Großwesir aber und die übrigen Herren, die im

Rate saßen, rechts und links hatte. Man rief die verschiedenen Parteien eine nach der anderen vor in der Ordnung, wie sie ihre Bittschriften eingereicht hatten, und ihre Angelegenheiten wurden vorgetragen, verhandelt und entschieden bis zur Stunde, wo der Diwan wie gewöhnlich, geschlossen wurde. Dann stand der Sultan auf, entließ die Versammlung und ging in seine Gemächer zurück, wohin ihm der Großwesir folgte. Die übrigen Wesire und Mitglieder des Staatsrates begaben sich nach Hause, ebenso die, welche wegen Privatangelegenheiten erschienen waren; die einen gaben sich vergnügt, dass sie ihren Prozess gewonnen hatten, die anderen unzufrieden, weil gegen sie entschieden worden war, und noch andere in der Hoffnung, dass ihre Sache in einer anderen Sitzung behandelt werde.

Als Aladins Mutter sah, dass der Sultan aufstand und fortging, so schloss sie daraus, dass er an diesem Tag nicht wieder erscheinen werde, und ging, wie die anderen alle, nach Hause. Aladin, der sie mit dem für den Sultan bestimmten Geschenk zurückkommen sah, wusste anfangs nicht, was er davon halten sollte. Er fürchtete eine schlimme Botschaft und hatte kaum Kraft genug, den Mund zu öffnen und sie zu fragen, welche Nachricht sie bringe. Die gute Frau, die nie einen Fuß in den Palast des Sultan gesetzt und keine Ahnung von dem hatte, was dort Brauch war, machte der Verlegenheit ihres Sohnes ein Ende, indem sie mit aller Treuherzigkeit und Aufrichtigkeit zu ihm sprach: »Mein Sohn, ich habe den Sultan gesehen und bin fest überzeugt, dass er mich ebenfalls gesehen hat. Ich stand gerade vor ihm, und niemand hinderte mich, ihn zu sehen, doch er war so sehr mit denen beschäftigt, die zu seiner Rechten und Linken saßen, dass ich Mitleid mit ihm hatte, als ich die Mühe und Geduld sah, mit der er sie anhörte. Dies dauerte so lange, dass er, glaube ich, zuletzt Langeweile bekam, denn er stand auf einmal ganz unerwartet auf und ging schnell weg, ohne eine Menge anderer Leute anzuhören, die noch mit ihm sprechen wollten. Ich war sehr froh darüber, denn ich fing wirklich an, die Geduld zu verlieren und war von dem langen Stehen außerordentlich müde. Einstweilen ist noch nichts verdorben. Ich werde morgen wieder zu ihm gehen; der Sultan ist vielleicht dann nicht so beschäftigt.«

So heftig auch das Feuer der Liebe in Aladins Brust brannte, so musste er sich doch mit dieser Entschuldigung zufrieden geben. Er hatte wenigstens die Genugtuung, dass seine Mutter bereits den schwersten Schritt getan und dem Anblick des Sultans standgehalten hatte, und so konnte er hoffen, dass sie, wie die anderen, die in ihrer Gegenwart mit ihm gesprochen hatten, nicht zögern werde, sich ihres Auftrags zu entledigen, sobald der günstige Augenblick zum Sprechen komme.

Am anderen Morgen ging Aladins Mutter wieder ebenso früh mit ihrem Geschenk zum Palast des Sultans, doch sie machte diesen Gang vergeblich, denn sie fand die Tür des Diwans verschlossen und erfuhr, dass nur alle zwei Tage Audienz gewährt werde und sie am folgenden Tage wiederkommen müsse. Sie kehrte nun um und brachte diese Nachricht ihrem Sohn, der somit aufs Neue Geduld fassen musste. Noch sechsmal hintereinander ging sie an den bestimmten Tagen in den Palast, aber immer mit ebenso wenig Erfolg, und vielleicht wäre sie noch hundertmal vergebens gelaufen, wenn nicht der Sultan, der sie bei jeder Sitzung sich gegenüber sah, endlich aufmerksam auf sie geworden wäre.

An diesem Tag endlich sagte der Sultan, als er nach aufgehobener Sitzung in seine Gemächer zurückgekehrt war, zu seinem Großwesir: »Schon seit einiger Zeit bemerke ich eine gewisse Frau, die regelmäßig jeden Tag, an dem ich Sitzung halte, kommt und etwas in Leinwand eingehüllt in der Hand hat. Sie bleibt von Anfang bis zum Ende der Sitzung stehen und zwar immer mir gegenüber. Weißt du wohl, was ihr Begehr ist?« Der Großwesir, der es so wenig wusste wie der Sultan, wollte jedoch keine Antwort schuldig bleiben. »Herr«, sagte er, »es ist dir wohl bekannt, dass die Frauen oft über geringfügige Sachen Klage führen. Diese da kommt offenbar, um sich bei dir zu beschweren, dass man vielleicht schlechtes Mehl an sie verkauft oder ihr sonst ein Unrecht zugefügt hat, das von ebenso wenig Belang ist.« Der Sultan war mit dieser Antwort nicht zufrieden und sagte: »Wenn diese Frau bei der nächsten Sitzung wieder erscheint, so vergiss nicht, sie rufen zu lassen, auf dass ich sie höre.« Der Großwesir küsste seine Hand und legte sie auf seinen Kopf zum Zeichen, dass er bereit sei, ihn sich abschlagen zu lassen, wenn er diesen Befehl nicht erfüllte.

Aladins Mutter war schon so sehr daran gewöhnt, im Diwan vor dem Sultan zu erscheinen, dass sie ihre Mühe für nichts achtete, wenn sie nur ihrem Sohn zeigen konnte, wie sehr sie es sich angelegen sein ließ, für ihn alles zu tun, was in ihren Kräften stand. Sie ging also am Sitzungstag wieder in den Palast und stellte sich wie gewöhnlich am Eingang des Diwans dem Sultan gegenüber.

Der Großwesir hatte seinen Vortrag noch nicht begonnen, als der Sultan Aladins Mutter bemerkte. Diese lange Geduld, von der er sich selbst überzeugt hatte, rührte ihn. »Damit du es nicht vergisst«, sagte er zum Großwesir, »dort steht wieder die Frau, von der ich dir neulich gesagt habe, dass ich sie anhören möchte.« Sogleich zeigte der Großwesir die Frau dem Obersten der Türsteher, der zu seinen Befehlen bereitstand, und befahl ihm, sie näher heranzuführen.

Der Oberste der Türsteher kam zu Aladins Mutter und gab ihr ein Zeichen; sie folgte ihm bis an den Fuß des prächtigen Throns, wo er sie verließ, um sich wieder neben den Großwesir zu stellen.

Aladins Mutter befolgte das Beispiel der vielen anderen, die sie mit dem Sultan hatte sprechen sehen: Sie warf sich zu Boden, berührte mit ihrer Stirn den Teppich, der die Stufen des Throns bedeckte, und blieb in dieser Stellung, bis der Sultan ihr befahl, aufzustehen. Als sie aufgestanden war, sprach er zu ihr: »Gute Frau, ich sehe dich schon lange Zeit in meinen Diwan kommen und von Anfang bis Ende am Eingang stehen. Welche Angelegenheit führt dich her?«

Aladins Mutter warf sich, als sie diese Worte hörte, zum zweiten Mal zu Boden, und nachdem sie wieder aufgestanden war, sagte sie: »Erhabenster aller Herrscher, bevor ich dir die außerordentliche und fast unglaubliche Sache erzähle, die mich vor deinen hohen Thron führt, bitte ich dich, mir die Kühnheit, ja ich möchte sagen, die Unverschämtheit des Anliegens zu verzeihen, das ich dir vortragen will. Es ist so ungewöhnlich, dass ich zittere und bebe und große Scheu trage, es meinem Sultan vorzubringen.« Um ihr volle Freiheit zu geben, befahl der Sultan allen Anwesenden, sich aus dem Diwan zu entfernen und sie mit dem Großwesir allein zu lassen; dann sagte er zu ihr, sie könne jetzt ohne Furcht sprechen.

Aladins Mutter begnügte sich nicht mit der Güte des Sultans, der ihr die Verlegenheit, vor der ganzen Versammlung sprechen zu müssen, erspart hatte; sie wollte sich auch noch vor seinem Zorn sicherstellen, den sie bei einem so seltsamen Antrag fürchten musste. »Großer Herrscher der Gläubigen«, sagte sie, aufs Neue das Wort ergreifend, »ich wage auch noch, dich zu bitten, dass du mir, falls du mein Gesuch im Mindesten anstößig oder beleidigend finden solltest, im Voraus deine Verzeihung und Gnade zusicherst.«

»Was es auch sein mag«, erwiderte der Sultan, »ich verzeihe es dir schon jetzt, und es soll dir nicht das geringste Leid zustoßen. Sprich offen und ohne Scheu!«

Nachdem Aladins Mutter alle diese Vorsichtsmaßregeln ergriffen hatte, weil sie den ganzen Zorn des Sultans für ihren Antrag fürchtete, erzählte sie ihm treuherzig, bei welcher Gelegenheit Aladin die Prinzessin Badr el-Budur gesehen, welche heftige Liebe ihm dieser Anblick eingeflößt, welche Äußerungen er darüber gemacht und wie sie alles getan habe, um ihn von seiner Leidenschaft abzubringen, die sowohl für den Sultan als für seine Tochter im höchsten Grade beleidigend sei. »Aber«, fuhr sie fort, »statt diese Ermahnungen zu beherzigen und die Frechheit seines Verlangens einzusehen, beharrte mein Sohn unerschütterlich auf der Sache und drohte mir sogar, irgendeine Handlung der Verzweiflung zu begehen, wenn ich mich weigern würde, zu dir zu gehen und für ihn um die Prinzessin anzuhalten. Dennoch hat es mich sehr große Überwindung gekostet, bis ich ihm diesen Gefallen erwies, und ich bitte dich noch einmal, dass du nicht allein mir, sondern auch meinem Sohn Aladin verzeihen mögest, der den verwegenen Gedanken gehabt hat, nach einer so hohen Verbindung zu trachten.«

Der Sultan hörte den ganzen Vortrag mit viel Mühe und Güte an, ohne im Mindesten Zorn oder Unwillen zu verraten oder auch nur die Sache spöttisch aufzunehmen. Ehe er aber der guten Frau antwortete, fragte er sie, was sie denn in ihrem leinenen Tuch eingehüllt habe. Sogleich nahm sie die Truhe, stellte sie an den Fuß des Throns, und nachdem sie sich niedergeworfen hatte, enthüllt sie diese und überreichte sie dem Sultan.

Es ist unmöglich, die Überraschung und das Erstaunen des Sultans zu beschreiben, als er in dieser Truhe so viele ansehnliche, kostbare, vollkommene und glänzende Edelsteine erblickte, und zwar alle von einer Größe, wie er sie niemals gesehen hatte. Seine Verwunderung war so groß, dass er eine Weile ganz unbeweglich dasaß. Endlich, als er sich wieder gesammelt hatte, empfing er das Geschenk aus den Händen der Frau und rief außer sich vor Freude: »Ach, wie schön, wie herrlich!« Nachdem er die Edelsteine alle einen nach dem anderen in die Hand genommen, bewundert und entsprechend ihren hervorstechendsten Eigenschaften gepriesen hatte, wandte er sich zu seinem Großwesir, zeigte ihm die Truhe und sagte zu ihm: »Sieh einmal an, und du wirst gestehen müssen, dass man auf der ganzen Welt nichts Kostbareres und Vollkommeneres finden kann.« Der Wesir war ebenfalls ganz bezaubert. »Ja nun«, fuhr der Sultan fort, »was sagst du zu diesem Geschenk? Ist es der Prinzessin, meiner Tochter, nicht würdig, und kann ich sie um diesen Preis nicht dem Mann geben, der um sie anhalten lässt?«

Diese Worte versetzten den Großwesir in peinliche Unruhe. Der Sultan hatte ihm nämlich vor einiger Zeit zu verstehen gegeben, dass er die Prinzessin seinem Sohn zu geben gedenke. Nun aber fürchtete er, und nicht ohne Grund, der Sultan könnte, durch dieses reiche und außerordentliche Geschenk geblendet, sich anders entschließen. Er näherte sich ihm daher und flüsterte ihm ins Ohr: »Herr, ich muss gestehen, dass das Geschenk der Prinzessin würdig ist. Allein, ich bitte dich, mir drei Monate Frist zu gönnen, bevor du dich entscheidest. Ich hoffe, dass mein Sohn, auf den du früher deine Augen zu werfen geruhtest, noch vor dieser Zeit ihr ein weit kostbareres Geschenk machen kann als dieser Aladin, den du gar nicht kennst.« So sehr nun auch der Sultan überzeugt war, dass der Großwesir unmöglich seinen Sohn in die Lage versetzen konnte, der Prinzessin ein Geschenk von gleichem Wert zu machen, so hörte er dennoch auf ihn und bewilligte ihm diesen Wunsch. Er wandte sich also zu Aladins Mutter und sagte zu ihr: »Geh nach Hause, gute Frau, und melde deinem Sohn, dass ich den Vorschlag, den du mir in seinem Namen gemacht hast, genehmige, dass ich aber die Prinzessin, meine Tochter, unmöglich verheiraten kann, bis ich ihr eine Ausstattung besorgt habe, die erst in drei Monaten fertig wird. Komm also um diese Zeit wieder.«

Aladins Mutter ging mit umso größerer Freude nach Hause, als sie es am Anfang wegen ihres Standes für unmöglich gehalten hatte, Zutritt beim Sultan zu erlangen, und nun war ihr statt einer beschämenden abschlägigen Antwort, die sie erwarten musste, ein so günstiger Bescheid zuteil geworden. Als Aladin seine Mutter zurückkommen sah, schloss er aus zwei Gegebenheiten auf eine gute Botschaft: erstens, weil sie früher als gewöhnlich kam, und zweitens, weil ihr Gesicht vor Freude glänzte. »Ach, meine Mutter!«, rief er ihr entgegen, »darf ich hoffen, oder soll ich aus Verzweiflung sterben?« Sie legte ihren Schleier ab, setzte sich neben ihn auf das Sofa und sagte dann zu ihm: »Lieber Sohn, um dich nicht lange in Ungewissheit zu lassen, will ich dir gleich im Voraus sagen, dass du nicht ans Sterben zu denken brauchst, sondern im Gegenteil alle Ursache hast, guten Muts zu sein.« Hierauf erzählte sie ihm alles, was ihr widerfahren war.

Als Aladin diese Nachricht hörte, hielt er sich für den glücklichsten aller Sterblichen. Er dankte seiner Mutter für die viele Mühe, die sie sich in dieser Angelegenheit gegeben habe, deren glücklicher Erfolg für seine Ruhe so wichtig sei. Und obwohl ihm bei seinem ungeduldigen Verlangen nach dem Gegenstand seiner Liebe drei Monate entsetzlich lang schienen, so nahm er sich doch vor, mit Geduld zu warten.

Endlich waren die drei Monate verstrichen, die der Sultan als Frist für seine Vermählung mit der Prinzessin Badr el-Budur festgesetzt hatte. Er hatte sorgfältig jeden Tag gezählt, und als sie vorüber waren, schickte er gleich am anderen Morgen seine Mutter in den Palast, um den Sultan an sein Wort zu erinnern.

Aladins Mutter ging zum Palast, wie ihr Sohn ihr gesagt hatte, und stellte sich am Eingang des Diwans wieder an denselben Platz wie früher. Kaum hatte der Sultan einen Blick auf sie geworfen, so erkannte er sie auch wieder und erinnerte sich an alles. Der Großwesir warf einen Blick zum Eingang des Diwans und erkannte ebenfalls Aladins Mutter. Sogleich rief er den Obersten der Türsteher, zeigte sie ihm und befahl ihm, sie vortreten zu lassen.

Aladins Mutter näherte sich dem Fuß des Throns und warf sich der Sitte gemäß nieder. Als sie wieder aufgestanden war, fragte der Sultan, was sie wünsche. »Großer Herrscher«, antwortete sie, »ich erscheine zum zweiten Mal vor deinem Angesicht, um dir im Namen meines Sohnes Aladin zu sagen, dass die drei Monate verstrichen sind, auf die du ihn mit der Bitte, die ich dir vorzutragen die Ehre hatte, vertröstet hast. Ich bitte demütig, dass du dich der Sache erinnern mögest.«

Der Sultan hatte diese Frist von drei Monaten das erste Mal nur deshalb angesetzt, weil er glaubte, es werde dann keine Rede mehr von einer Heirat sein. Diese Mahnung an sein Versprechen setzte ihn jetzt in Verlegenheit. Um sich in der Sache nicht zu übereilen, zog er seinen Großwesir zu Rate und offenbarte ihm seine Abneigung, die Prinzessin mit einem Unbekannten zu vermählen, der offenbar von ganz niedriger Abkunft sein musste.

Der Großwesir zögerte nicht, dem Sultan seine Gedanken hierüber zu sagen. »Herr«, antwortete er ihm, »es scheint mir, dass es ein unfehlbares Mittel gibt, diese unpassende Heirat zu hintertreiben, ohne dass Aladin, selbst wenn er dir bekannt wäre, sich deswegen beklagen könnte: Du darfst nur einen so hohen Preis für die Prinzessin festsetzen, dass seine Reichtümer, wenn sie auch noch so groß sind, nicht ausreichen. Auf diese Art wirst du ihn von seiner kühnen und verwegenen Bewerbung abbringen, die er offenbar nicht gehörig überlegt hat.«

Der Sultan billigte den Rat des Großwesirs. Er wandte sich an Aladins Mutter und sagte nach einigem Nachdenken zu ihr: »Gute Frau, ein Sultan muss immer sein gegebenes Wort halten, und ich bin bereit, mein Versprechen zu erfüllen und deinen Sohn mit der Hand meiner Tochter zu beglücken. Da ich sie aber nicht vermählen kann, ohne zu wissen, welche Vorteile sie sich davon versprechen darf, so melde deinem Sohn, ich werde mein Versprechen erfüllen, sobald er mir vierzig große Becken aus gediegenem Gold, von oben bis unten mit dergleichen Kostbarkeiten, wie du sie mir schon einmal in seinem Namen gebracht hast, angefüllt, durch vierzig schwarze Sklaven zuschickt, die von weiteren vierzig weißen Sklaven geführt sein müssen. Dies sind die Bedingungen, unter denen ich bereit bin, ihm die Prinzessin, meine Tochter, zu geben. Gehe nun, gute Frau, und bring mir bald wieder Antwort.«

Aladins Mutter warf sich abermals vor dem Thron des Sultans nieder und entfernte sich. Unterwegs lachte sie in ihrem Herzen über das närrische Verlangen ihres Sohnes.

Sie erzählte bei ihrer Heimkunft ihrem Sohn sehr ausführlich alles, was der Sultan ihr gesagt hatte, und nannte ihm die Bedingungen, unter denen er in die Verbindung der Prinzessin, seiner Tochter, mit ihm einwilligen würde. »Mein Sohn«, sagte sie zuletzt, »der Sultan erwartet eine Antwort, aber unter uns gesagt«, fuhr sie lächelnd fort, »ich glaube, er wird lange warten müssen.«

»Nicht so lange, liebe Mutter, wie du glaubst«, antwortete Aladin, »und der Sultan ist gewaltig im Irrtum, wenn er meint, durch seine ungeheueren Forderungen könne er mich außerstande setzen, an die Prinzessin zu denken. Ich hatte ganz andere unüberwindliche Schwierigkeiten erwartet oder wenigstens einen weit höheren Preis für meine unvergleichliche Prinzessin. Jetzt aber bin ich wohl zufrieden, denn was er verlangt, ist eine Kleinigkeit gegen das, was ich ihm für ihren Besitz bieten könnte. Während ich nun daran denken werde, ihn zu befriedigen, besorge du ein Mittagessen für uns, und lass mich nur gewähren.«

Sobald seine Mutter zum Einkaufen gegangen war, nahm Aladin die Lampe und rieb sie. Sogleich erschien der Geist, fragte, was er zu befehlen habe, und sagte, dass er bereit sei, ihn zu bedienen. Aladin sprach zu ihm: »Der Sultan gibt mir die Prinzessin, seine Tochter, zur Frau. Zuvor aber verlangt er von mir vierzig große Becken aus gediegenem Gold, bis zum Rand gefüllt mit den Früchten des Gartens, in dem ich die Lampe geholt habe, deren Sklave du bist. Ferner verlangt er, dass diese vierzig goldenen Becken von ebenso vielen schwarzen Sklaven getragen werden sollen, vor denen vierzig weiße Sklaven hergehen müssen. Gehe und schaffe mir baldmöglichst dieses Geschenk zur Stelle, damit ich es dem Sultan schicken kann, ehe er die Sitzung des Diwans aufhebt.« Der Geist sagte, sein Befehl solle unverzüglich vollzogen werden, und verschwand.

Eine kleine Weile darauf ließ sich der Geist wieder sehen, begleitet von vierzig schwarzen Sklaven, deren jeder ein schweres Becken aus gediegenem Gold, angefüllt mit Perlen, Diamanten, Rubinen und Smaragden, welche die dem Sultan bereits geschenkten an Größe und Schönheit weit übertrafen, auf dem Kopf trug. Jedes Becken war mit schwer gewirktem Brokat überdeckt. Diese Sklaven, sowohl die weißen als auch die schwarzen mit den goldenen Becken, erfüllten fast das ganze Haus, das ziemlich klein war, und den kleinen Hof davor und ein Gärtchen dahinter. Der Geist fragte Aladin, ob er zufrieden sei und ob er ihm sonst noch etwas zu befehlen habe. Aladin antwortete, er verlange nichts mehr, und der Geist verschwand.

Als Aladins Mutter vom Markt zurückkam, wunderte sie sich sehr, als sie so viele Leute und Kostbarkeiten sah. Nachdem sie die Nahrungsmittel, die sie mitbrachte, auf den Tisch gelegt hatte, wollte sie den Schleier, der ihr Gesicht verhüllte, ablegen, aber Aladin ließ es nicht zu. »Liebe Mutter«, sprach er zu ihr, »wir haben jetzt keine Zeit zu verlieren. Es ist von großer Wichtigkeit, dass du, noch ehe der Sultan den Diwan schließt, in den Palast zurückkehrst und das verlangte Geschenk nebst der Morgengabe für die Prinzessin hinbringst, damit er aus meiner Eile und Pünktlichkeit das brennende und aufrichtige Verlangen ermessen kann, womit ich nach der Ehre trachte, sein Schwiegersohn zu werden.«

Ohne die Antwort seiner Mutter abzuwarten, öffnete Aladin die Tür zur Straße und ließ alle seine Sklaven paarweise, immer einen weißen mit einem schwarzen, der ein goldenes Becken auf dem Kopf trug, zusammen hinaus. Als nun seine Mutter hinter dem letzten Sklaven her ebenfalls draußen war, verschloss er die Tür und blieb ruhig zu Hause, in der süßen Hoffnung, der Sultan werde ihm endlich nach diesem Geschenk, das er selbst gefordert hatte, seine Tochter geben. Kaum war der erste weiße Sklave vor Aladins Haus, als alle Vorübergehenden, die ihn bemerkten, stehen blieben, und ehe noch sämtliche achtzig Sklaven, die weißen und schwarzen, draußen waren, wimmelte die Straße von einer großen Menge Volkes, das von allen Seiten herbeiströmte, um dieses prachtvolle und außerordentliche Schauspiel anzusehen. Die Straßen waren so mit Menschen angefüllt, dass jeder an dem Platz wo er war, stehen bleiben musste.

Da man durch mehrere Straßen wandern musste, um zu dem Palast zu gelangen, so konnte ein großer Teil der Stadt den prachtvollen Aufzug sehen. Endlich langte der erste von den achtzig Sklaven an der Pforte des ersten Schlosshofes an. Die Pförtner, die sich bei Annäherung dieses wundervollen Zuges in zwei Reihen aufgestellt hatten, hielten ihn für einen König, so reich und prachtvoll war er gekleidet, und näherten sich ihm, um den Saum seines Kleides zu küssen. Der Sklave aber, den der Geist vorher seine Rolle gelehrt hatte, ließ es nicht zu und sagte feierlich zu ihm: »Wir sind bloß Sklaven; unser Herr wird erscheinen, sobald es Zeit ist.«

So kam der erste Sklave an der Spitze des ganzen Zuges in den zweiten Hof, der sehr geräumig war und wo sich der Hofstaat des Sultans während der Sitzung des Diwans aufgestellt hatte. Die Anführer jeder einzelnen Truppe waren zwar sehr prachtvoll gekleidet, aber ihr Anblick wurde übertroffen von den achtzig Sklaven, die Aladins Geschenk brachten und selbst dazu gehörten. Im ganzen Hofstaat des Sultans gab es nichts so Herrliches und Glänzendes zu sehen, und alle Pracht der ihn umgebenden Würdenträger war Staub im Vergleich zu dem, was sich jetzt seinen Blicken bot. Da man dem Sultan den Zug und die Ankunft dieser Sklaven gemeldet hatte, so hatte er Befehl gegeben, sie eintreten zu lassen. Als sie erschienen, fanden sie den Eingang zum Diwan offen und zogen in schönster Ordnung, ein Teil zur Rechten, der andere zur Linken, hinein. Nachdem sie alle drin waren und vor dem Tor des Sultans einen großen Halbkreis gebildet hatten, stellten die schwarzen Sklaven die Becken, die sie trugen, auf den Teppich, dann warfen sie sich alle miteinander nieder und berührten ihn mit ihrer Stirn. Die weißen Sklaven taten dasselbe zur gleichen Zeit. Hierauf standen sie alle zusammen wieder auf, und die schwarzen enthüllten dabei sehr geschickt die vor ihnen stehenden Becken, worauf sie alle mit gekreuzten Armen und großer Ehrerbietung stehen blieben.

Inzwischen nahte Aladins Mutter dem Fuß des Throns, warf sich davor nieder und sprach zu dem Sultan: »Herr, mein Sohn Aladin weiß recht wohl, dass das Geschenk, das er dir schickt, weit unter dem steht, was deine Tochter Badr el-Budur verdient. Dennoch hofft er, du werdest es huldreich annehmen und auch die Prinzessin werde es nicht verschmähen; er hofft dies umso zuversichtlicher, da er sich bemüht hat, der Bedingung, die du ihm vorgeschrieben hast, nachzukommen.«

Der Sultan war nicht imstande, die Begrüßung der Mutter Aladins aufmerksam anzuhören. Schon beim ersten Blick auf die vierzig goldenen Becken, die bis zum Rand mit den strahlendsten, glänzendsten und kostbarsten Edelsteinen angefüllt waren, und auf die achtzig Sklaven, die man wegen ihres edlen Anstands des Reichtums und der außergewöhnlichen Pracht ihres Anzugs für Könige halten konnte, war er so überrascht worden, dass er sich von seinem Staunen nicht erholen konnte. Statt also den Gruß von Aladins Mutter zu erwidern, wandte er sich an den Großwesir, der ebenso wenig begreifen konnte, woher so viele Reichtümer gekommen sein sollten. »Nun, Wesir«, sagte er laut zu ihm, »was denkst du von dem, wer es auch sein mag, der mir ein so reiches und außerordentliches Geschenk schickt, ohne dass wir beide ihn kennen? Hältst du ihn für unwürdig, meine Tochter zu heiraten?«

So schmerzlich es nun auch für den Großwesir war zu sehen, dass ein Unbekannter den Vorzug vor seinem Sohn erhalten und der Schwiegersohn des Sultans werden sollte, so wagte er es doch nicht, seine Ansicht zu verbergen. Es war zu augenscheinlich, dass Aladins Geschenk mehr als hinreichend war, um ihn dieser hohen Ehre würdig zu machen. Er antwortete also dem Sultan ganz nach seinem Sinn. Des Sultans Würdenträger, die der Sitzung beiwohnten, gaben durch ihre Beifallsbezeigungen zu erkennen, dass sie ebenso dachten wie der Großwesir.

Der Sultan verschob jetzt die Sache nicht länger und erkundigte sich nicht einmal, ob Aladin auch die übrigen erforderlichen Eigenschaften besitze, um sein Schwiegersohn werden zu können. Schon der Anblick dieser unermesslichen Reichtümer und die Schnelligkeit, mit der Aladin sein Verlangen erfüllt hatte, ohne in den ungeheuren Bedingungen, die ihm vorgeschrieben wurden, die mindeste Schwierigkeit zu finden, war ihm Beweis genug, dass ihm nichts zu einem vollendeten Mann fehlen könne, wie er ihn sich wünschte. Um daher Aladins Mutter vollkommen zu befriedigen, sagte er zu ihr: »Gehe jetzt, gute Frau, und sage deinem Sohn, dass ich ihn erwarte und mit offenen Armen aufnehmen werde; je schneller er kommen wird, um die Prinzessin, meine Tochter, aus meiner Hand zu empfangen, je mehr wird er mir Vergnügen machen.«

Hoch erfreut, ihren Sohn wider alles Erwarten auf einer so hohen Stufe des Glücks zu erblicken, eilte Aladins Mutter nach Hause; der Sultan aber schloss die Sitzung für heute, erhob sich von seinem Thron und befahl, dass die Diener der Prinzessin die goldenen Becken nehmen und zu den Zimmern ihrer Gebieterin tragen sollten, wohin er selbst ging, um sie mit Muße näher zu betrachten. Dieser Befehl wurde sogleich vollzogen.

Auch die achtzig weißen und schwarzen Sklaven wurden nicht vergessen. Man ließ sie ins Innere des Palastes treten, und bald darauf befahl der Sultan, der der Prinzessin Badr el-Budur von ihrer Pracht berichtet hatte, sie vor ihren Gemächern aufzustellen, damit sie alles durch die Gitterfenster betrachten und sich überzeugen könne, dass er in seiner Erzählung nicht nur nichts übertrieben, sondern sogar weit weniger gesagt habe, als wirklich wahr sei.

Inzwischen kam Aladins Mutter mit einem Gesicht, das ihre gute Botschaft im Voraus verkündete, nach Hause. »Mein Sohn«, sagte sie zu ihm, »du hast alle Ursache, zufrieden zu sein: Gegen meine Erwartung sind alle deine Wünsche in Erfüllung gegangen! Ich will dich nicht lange im Ungewissen lassen: Der Sultan hat mit der Zustimmung des ganzen Hofes erklärt, dass du würdig seist, seine Tochter Badr el-Budur zu besitzen. Er erwartet dich, um dich zu umarmen und den Ehebund zu schließen. Bereite dich auf die Zusammenkunft würdig genug vor, damit sie der hohen Meinung, die er bereits von dir gefasst hat, entspreche. Nach den Wundern, die ich bisher von dir gesehen habe, bin ich fest überzeugt, dass du es an nichts fehlen lassen wirst. Ich darf aber nicht vergessen, dir zu sagen, dass der Sultan dich mit Ungeduld erwartet; verliere also keine Zeit, dich zu ihm zu begeben.«

Aladin, der über diese Nachricht hoch erfreut und einzig und allein mit dem Gegenstand beschäftigt war, der ihn bezaubert hatte, gab seiner Mutter eine kurze Antwort und ging in sein Zimmer. Er nahm die Lampe, die ihm bisher in allen Nöten und bei allen seinen Wünschen so hilfreich gewesen war, und kaum hatte er sie gerieben, als der Geist durch sein unverzügliches Erscheinen seinen fortdauernden Gehorsam an den Tag legte. »Geist«, sagte Aladin zu ihm, »ich habe dich gerufen, damit du mir sogleich ein Bad bereiten sollst, und sobald ich es genommen habe, will ich, dass du mir die reichste und prachtvollste Kleidung bringst, die jemals ein König getragen hat.« Kaum hatte er dies gesprochen, als der Geist alles, was ihm geheißen war, im Nu erfüllte. Als er fertig war, fragte ihn der Geist, ob er noch was zu befehlen habe. »Ja«, antwortete Aladin, »ich erwarte auf der Stelle von dir, dass du mir ein Pferd herführst, dessen Schönheit und Schnelligkeit das kostbarste im Stall des Sultans übertrifft. Auch verlange ich, dass du mir zugleich zwanzig Sklaven herbeischaffst, die ebenso reich und schmuck gekleidet sein müssen wie die, welche das Geschenk trugen, denn sie sollen mir zur Seite und als mein Gefolge einhergehen, und noch zwanzig andere der Art, die in zwei Reihen vor mir herziehen sollen. Auch meiner Mutter bringe sechs Sklavinnen zu ihrer Bedienung, die alle wenigstens ebenso reich gekleidet sein müssen wie die Sklavinnen der Prinzessin Badr el-Budur und von denen jede eine vollständige Ausstattung auf dem Kopf tragen soll, die so prächtig und stattlich sein muss, als wäre sie für die Sultanin selbst. Ferner brauche ich zehntausend Goldstücke in zehn Beuteln. Das war es, was ich dir noch zu befehlen hatte; geh und spute dich.«

Sobald Aladin dem Geist die Befehle erteilt hatte, verschwand dieser und erschien bald wieder mit dem Gewünschten, das er Aladin übergab.

Aladin nahm von den zehn Beuteln nur vier, die er seiner Mutter gab, damit sie sich deren in Notfällen bedienen sollte. Die sechs anderen ließ er in den Händen der Sklaven, die sie trugen mit dem Befehl, sie zu behalten und während ihres Zuges durch die Straßen zum Palast des Sultans handvollweise das Gold unter das Volk zu werfen. Er befahl ihnen auch, sie sollten mit den Übrigen dicht vor ihm, drei zur Rechten und drei zur Linken, einhergehen. Endlich übergab er seiner Mutter die sechs Sklavinnen und sagte ihr, sie gehörten ihr und sie könnte als Gebieterin über sie verfügen; auch die Kleider, die sie trügen, seien für ihren Gebrauch bestimmt.

Als Aladin alle seine Angelegenheiten geordnet hatte, entließ er den Geist mit der Erklärung, dass er ihn rufen werde, sobald er seiner bedürfe, worauf dieser augenblicklich verschwand.

Aladin stieg nun unverzüglich zu Pferde und setzte sich mit seinem Zug in der schon angezeigten Ordnung in Bewegung. Die Straßen, durch die er kam, füllten sich fast augenblicklich mit einer unübersehbaren Volksmenge an, von deren Beifalls-, Bewunderungs- und Segensrufen die Luft widerhallte, besonders als die sechs Sklaven, welche die Beutel trugen, Goldstücke rechts und links in die Menge warfen. Der Beifallsruf kam jedoch nicht von dem Pöbel her, der sich drängte, stieß und niederbückte, um Goldstücke aufzulesen, sondern von den wohlhabenderen Zuschauern, die sich nicht enthalten konnten, der Freigebigkeit Aladins öffentlich das verdiente Lob zu spenden. Nicht nur die, die sich erinnerten, ihn noch in seinen Jünglingsjahren, mit den Gassenbuben spielend, gesehen zu haben, erkannten ihn nicht mehr, sondern auch solche, die ihn noch vor kurzem gesehen hatten; so sehr hatten sich seine Gesichtszüge verändert. Dies kam daher, dass die Lampe unter anderen Eigenschaften auch die hatte, den Besitzern allmählich alle Vollkommenheiten zu verleihen, die dem Rang, zu dem sie durch weisen Gebrauch gelangten, angemessen waren.

Endlich erreichte Aladin den Palast, wo alles zu seinem Empfang bereit war. Als er vor das zweite Tor kam, wollte er, der Sitte gemäß, nach der sich selbst der Großwesir, Heerführer und Satrapen richteten, absteigen, aber der Oberste Türsteher, der ihn auf Befehl des Sultans dort erwartete, ließ es nicht zu und begleitete ihn bis zu dem großen Versammlungs- oder Audienzsaal, wo er ihm absteigen half, obwohl Aladin sich sehr dagegen sträubte und es nicht dulden wollte. Er konnte es aber nicht verhindern. Inzwischen bildeten die Türsteher am Eingang des Saales eine doppelte Reihe. Ihr Oberster ging zur Linken Aladins und führte ihn mitten durch sie hindurch bis zum Thron des Sultans.

Als der Sultan Aladin erblickte, war er ebenso überrascht durch seine reiche und prachtvolle Kleidung, wie er sie selbst nie getragen hatte, als auch besonders durch seinen edlen Anstand, seinen herrlichen Wuchs und seine würdevolle Haltung, die er umso weniger erwartet hatte, als sie sich von der schlichten Kleidung seiner Mutter unterschied. Seine Verwunderung und Überraschung hinderte ihn indes nicht, aufzustehen und zwei oder drei Stufen des Thrones herabzusteigen, damit Aladin sich nicht zu seinen Füßen niederwerfen musste und er ihn freundschaftlich umarmen konnte. Nach der hergebrachten Sitte wollte sich Aladin vor ihm zu Boden werfen, doch der Sultan hielt ihn mit eigener Hand zurück und nötigte ihn, heraufzusteigen und sich zwischen ihn und den Großwesir zu setzen.

Hierauf nahm Aladin das Wort und sprach: »Herr, ich nehme die Ehre, die du mir erweist, an, weil es dir in deiner Gnade beliebt, sie mir zuteil werden zu lassen; erlaube mir aber, dir zu sagen, dass ich nicht vergessen habe, dass ich dein Sklave bin, dass ich die Größe deiner Macht kenne und wohl weiß, wie tief meine Herkunft mich unter den Glanz und die Herrlichkeit des hohen Ranges stellt, in welchem du stehst. Wenn ich durch irgendetwas einen günstigen Empfang verdient haben sollte, so gestehe ich, dass ich ihn nur jener durch einen reinen Zufall veranlassten Kühnheit verdanke, die mich bewog, meine Augen, Gedanken und Wünsche zu der herrlichen Prinzessin zu erheben, die der Gegenstand meiner Sehnsucht ist. Ich bitte dich für diese Verwegenheit um Verzeihung, großmächtiger Herrscher, aber ich kann nicht verhehlen, dass ich vor Schmerz sterben würde, wenn ich die Hoffnung aufgeben müsste, meinen Wunsch erfüllt zu sehen.«

»Mein Sohn«, antwortete der Sultan, indem er ihn abermals umarmte, »du würdest mir Unrecht tun, wenn du auch nur einen Augenblick an der Aufrichtigkeit meines Versprechens zweifeln würdest. Dein Leben ist mir fortan zu teuer, als dass ich es nicht durch Darbietung des Heilmittels, worüber ich verfügen kann, zu erhalten suchen sollte. Ich ziehe das Vergnügen, dich zu sehen und zu hören, allen meinen und deinen Schätzen vor.«

Nun führte der Sultan Aladin in einen prachtvollen Saal, wo ein herrliches Festmahl aufgetragen wurde. Der Sultan speiste ganz allein mit Aladin. Der Großwesir und die Würdenträger des Hofes standen ihnen, jeder nach seinem Rang und seiner Würde, während der Mahlzeit zur Seite.

Nach dem Mahl ließ der Sultan den obersten Richter seiner Hauptstadt rufen und befahl ihm, sogleich den Ehevertrag zwischen der Prinzessin Badr el-Budur, seiner Tochter, und Aladin zu entwerfen und aufzusetzen. Während dieser Zeit unterhielt sich der Sultan mit Aladin über mehrere weniger wichtige Dinge in Gegenwart des Großwesirs und der hohen Würdenträger, die alle den glänzenden Verstand, die große Gewandtheit in Rede und Ausdruck und die feinen und sinnreichen Bemerkungen, womit der Jüngling die Unterhaltung würzte, nicht genug bewundern konnten.

Als der Richter den Vertrag mit allen erforderlichen Förmlichkeiten vollendet hatte, fragte der Sultan Aladin, ob er im Palast bleiben und die Hochzeit noch heute feiern wolle. »Herr«, antwortete Aladin, »so brennend auch mein Verlangen ist, deine Gnade und Huld in ihrem ganzen Umfang zu genießen, so bitte ich doch, dass du mir so lange noch Frist gestattest, bis ich einen Palast habe erbauen lassen, um die Prinzessin ihrem Rang und ihrer Würde gemäß zu empfangen. Ich erbitte mir hierzu einen angemessenen Platz vor dem deinigen aus, damit ich recht nahe bin, um dir meine Aufwartung machen zu können. Ich werde nichts unterlassen und dafür sorgen, dass er in möglichst kurzer Zeit vollendet wird.« – »Mein Sohn«, sagte der Sultan, »wähle dir jeden Bauplatz aus, den du für passend hältst; vor meinem Palast ist leerer Raum genug, und ich selbst habe schon daran gedacht, ihn ausfüllen zu lassen. Aber bedenke, dass ich je eher, je lieber dich mit meiner Tochter vermählt zu sehen wünsche, um das Maß meiner Freude voll zu machen.« Bei diesen Worten umarmte er Aladin abermals, und dieser verabschiedete sich vom Sultan mit so feinem Anstand, wie wenn er von jeher am Hof gewesen und dort erzogen worden wäre.

Aladin stieg nun wieder zu Pferde und kehrte in demselben Zuge, wie er gekommen war, durch dieselbe Volksmasse und unter dem Beifalljauchzen der Menge, die ihm Glück und Segen wünschte, nach Hause zurück. Kaum war er abgestiegen, so nahm er die Lampe und rief den Geist wie gewöhnlich. Der Geist ließ nicht lange auf sich warten, sondern erschien sogleich und bot seine Dienste an. »Geist«, sprach Aladin zu ihm, »ich habe alle Ursache, deine Pünktlichkeit zu rühmen; du hast bisher alle Befehle, die ich dir mit Hilfe dieser Lampe, deiner Herrin, gegeben habe, pünktlich erfüllt. Heute aber handelt es sich darum, dass du aus Liebe zu ihr womöglich noch mehr Eifer und Gehorsam an den Tag legen sollst als bisher. Ich verlange nämlich, dass du mir in möglichst kurzer Zeit gegenüber vom Palast des Sultans, jedoch in angemessener Entfernung davon, einen Palast erbauen lässt, der würdig ist, die Prinzessin Badr el-Budur, meine Gemahlin, aufzunehmen. Die Wahl der Materialien, nämlich Porphyr oder Jaspis, Achat oder Lapislazuli oder auch den feinstgeaderten Marmor sowie die übrige Einrichtung des Baues überlasse ich ganz dir; doch erwarte ich, dass du mir oben hinein einen großen Saal mit einer Kuppel und vier gleichen Seiten baust, dessen Wände aus wechselnden Schichten von echtem Gold und Silber ausgeführt sein müssen, mit vierundzwanzig Fenstern, sechs auf jeder Seite, deren Vergitterung kunstreich und ebenmäßig mit Diamanten, Rubinen und Smaragden geschmückt sein muss, sodass dergleichen noch nie auf der Welt gesehen worden ist. Ferner will ich, dass sich bei dem Palast ein Vorhof, ein Hof und ein Garten befindet, vor allen Dingen aber muss an einer Stelle, die du mir bezeichnen wirst, eine Schatzkammer, gefüllt mit gemünztem Gold und Silber, vorhanden sein, und außerdem sollen mehrere Küchen, Speisekammern, Magazine und Gerätekammern, voll der kostbarsten Geräte für jede Jahreszeit und der Pracht des Palastes angemessen, zur Verfügung stehen; dann noch Ställe voll der schönsten Pferde und der gehörigen Anzahl Stallmeister und Stallknechte. Auch versteht es sich von selbst, dass du auch noch für hinlängliche Dienerschaft für die Küche und den übrigen Haushalt sowie für die entsprechende Anzahl Sklavinnen zur Bedienung der Prinzessin zu sorgen hast. Du wirst jetzt begreifen, was mein Wunsch ist; geh und komm wieder, wenn du alles vollbracht hast.«

Die Sonne ging eben unter, als Aladin dem Geist wegen der Erbauung des Palastes, den er sich ausgesonnen hatte, seine Aufträge gab. Am anderen Morgen stand Aladin, den die Liebe zur Prinzessin nicht ruhig schlafen ließ, in aller Frühe auf, und sogleich erschien auch der Geist. »Herr«, sprach er zu ihm, »dein Palast ist fertig; komm und sieh, ob du damit zufrieden bist.« Aladin fand alles so weit über seiner Erwartung, dass er sich nicht genug wundern konnte. Der Geist führte ihn überall herum, und überall fand er Reichtum, Schönheit und Pracht.

Nachdem Aladin den ganzen Palast von oben bis unten, von Zimmer zu Zimmer und von Gemach zu Gemach, besonders auch den Saal mit den vierundzwanzig Fenstern gemustert und darin mehr Pracht und Herrlichkeit, als er je gehofft, sowie alle nur erdenklichen Bequemlichkeiten angetroffen hatte, sprach er zu dem Geist: »Geist, es kann niemand zufriedener sein, als ich es bin, und es wäre sehr unrecht von mir, wenn ich mich im Mindesten beklagen wollte. Bloß etwas fehlt noch, wovon ich dir nichts gesagt habe, weil ich nicht daran dachte. Ich wünschte nämlich von dem Palasttor des Sultans an bis zum Eingang der Zimmer, die in diesem Palast für die Prinzessin bestimmt sind, einen Teppich vom schönsten Samt ausgebreitet zu haben, damit sie darauf gehen kann, wenn sie aus dem Palast des Sultans kommt.« – »Ich komme augenblicklich wieder«, sprach der Geist und verschwand. Eine kleine Weile danach sah Aladin mit großem Erstaunen seinen Wunsch erfüllt, ohne dass er wusste, wie es zugegangen war. Der Geist erschien dann wieder und trug Aladin in seine Wohnung zurück, während eben die Palastpforte des Sultans geöffnet wurde.

Die Pförtner des Palastes, die das Tor öffneten und nach der Seite hin, wo jetzt Aladins Prachtgebäude stand, immer eine freie Aussicht gehabt hatten, waren sehr überrascht, als sie diese Aussicht verbaut und von dorther bis an die Palastpforte des Sultans einen Samtteppich ausgebreitet sahen. Anfangs konnten sie sich nicht denken, was es sein sollte; aber ihr Erstaunen wuchs, als sie ganz deutlich den herrlichen Palast Aladins sahen. Die Nachricht von diesem merkwürdigen Wunder verbreitete sich wie ein Lauffeuer im ganzen Palast. Der Großwesir, der sich gleich nach Öffnung der Pforte im Palast einfand, war ebenso überrascht wie alle anderen und teilte die Tatsache sogleich dem Sultan mit, erklärte sie aber für ein Werk Schwarzer Magie. »Wesir«, antwortete der Sultan, »warum soll es denn ein Werk der Magie sein? Du weißt so gut wie ich, dass es der Palast ist, den Aladin dank der Erlaubnis, die ich ihm in deiner Gegenwart gab, als Wohnung für die Prinzessin, meine Tochter, hat erbauen lassen. Nach den Proben, die er uns von seinem

Reichtum gegeben hat, ist es durchaus nicht so befremdlich, dass er diesen Palast in so kurzer Zeit vollendet hat. Er hat uns damit überraschen und zeigen wollen, dass man mit genügend Gold über Nacht Wunder tun kann. Gestehe nur, dass bei dir etwas wie Eifersucht im Spiel ist, wenn du von Schwarzer Magie sprichst.« Inzwischen wurde es Zeit, in die Ratsversammlung zu gehen, und sie brachen das Gespräch ab.

Als Aladin in seine Wohnung zurückgebracht worden war und den Geist entlassen hatte, fand er seine Mutter bereits in eines der herrlichsten Prachtgewänder gekleidet, die ihr der Geist gebracht hatte. Er veranlasste sie nun, um die Zeit, wo der Sultan gewöhnlich aus der Ratsversammlung kam, in Begleitung der Sklavinnen, die der Geist ihr gebracht hatte, zum Palast zu gehen. Wenn sie den Sultan sähe, sollte sie ihm sagen, sie komme, um die Ehre zu haben, die Prinzessin am Abend zu ihrem Palast zu begleiten. Aladin selbst stieg nun zu Pferde, verließ sein Vaterhaus, um nie wieder zurückzukehren, vergaß aber die Wunderlampe nicht, die ihm so wertvolle Dienste geleistet hatte.

Gegen Abend wurde die Prinzessin mit der größten Feierlichkeit zu Aladins Palast geleitet, wo die Hochzeit mit unbeschreiblicher Pracht gefeiert wurde. Eine ganze Woche lang fand Fest auf Fest statt; vor dem Palast standen zwei Fontänen, aus denen roter und weißer Wein sprudelte; im Freien waren überdies hundert Tafeln gedeckt, an denen das Volk ununterbrochen mit den herrlichsten Gerichten bewirtet wurde; und in Erinnerung an seine Kinderzeit hatte Aladin für die armen Knaben und Mädchen der Stadt die wohlschmeckendsten Kuchen und Torten backen lassen, von denen sie so viel essen durften, wie sie nur wollten.

Nun führte Aladin ein Leben voller Glanz und Herrlichkeit. Er hatte seine Zeit so eingeteilt, dass er jede Woche wenigstens einmal auf die Jagd ging, bald in die nächste Umgebung der Stadt, bald auch in weitere Ferne, und immer zeigte er sich auf den Straßen und auf den Dörfern so freigebig wie kein anderer. Dieses großmütige Benehmen bewirkte, dass das ganze Volk ihn mit Segenswünschen überhäufte und zuletzt nicht höher schwor als bei seinem Haupt. Ja, man kann, ohne den Sultan, dem er sehr regelmäßig den Hof machte, in den Schatten zu stellen, wohl sagen, dass Aladin sich durch seine Leutseligkeit und Freigebigkeit die Zuneigung des ganzen Volkes erworben hatte und im Allgemeinen mehr geliebt wurde als der Sultan selbst. Mit allen diesen schönen Eigenschaften verband er eine Tapferkeit und einen Eifer für das Wohl des Staates, den man nicht genug loben konnte. Beweise davon gab er bei Gelegenheiten eines Aufruhrs an den Grenzen des Reichs. Kaum hatte er erfahren, dass der Sultan ein Heer ausrüstete, um ihn niederzuschlagen, so bat er ihn, ihm den Oberbefehl zu übergeben und erhielt ihn auch ohne Mühe. Sobald er nun an der Spitze des Heeres stand, führte er es so schnell und mit solchem Eifer ins Feld, dass der Sultan die Niederlage, Bestrafung und Zerstreuung der Aufrührer eher vernahm als seine Ankunft beim Heere. Diese Tat, die seinen Namen im ganzen Reich berühmt machte, verdarb doch sein Herz nicht; er kehrte zwar sieggekrönt zurück, blieb aber immer noch so mild und leutselig wie zuvor.

Aladin hatte bereits mehrere Jahre auf diese Art gelebt, als der Magier, der ihn wider Wissen und Willen in die Lage versetzt hatte, sich so hoch aufzuschwingen, in Mauretanien, wohin er zurückgekehrt war, sich seiner erinnerte. Obwohl er bisher in dem festen Glauben gelebt hatte, Aladin müsse in dem unterirdischen Gewölbe zugrunde gegangen sein, so bekam er doch auf einmal Lust, genau zu erfahren, welches Ende er genommen habe. Kaum hatte der Afrikaner durch seine Schwarze Magie die Entdeckung gemacht, dass Aladin sich so hoch hinauf geschwungen habe, so stieg ihm das Blut ins Gesicht. Voller Wut sagte er zu sich: »Dieser elende Schneiderssohn hat also das Geheimnis und die Wunderkraft der Lampe entdeckt; ich hielt seinen Tod für gewiss, und nun genießt er die Frucht meiner langwierigen Arbeiten und Nachtwachen! Aber eher will ich untergehen, als ihn noch länger in seinem Glück lassen.« Er hatte seinen Entschluss schnell gefasst, bestieg gleich am anderen Morgen einen Berberhengst, den er im Stall hatte, und machte sich auf den Weg. So kam er von Stadt zu Stadt und von Land zu Land, ohne sich unterwegs länger aufzuhalten, als sein Pferd zum Ausruhen brauchte, bis nach Turkestan und bald auch in die Hauptstadt des Sultans, dessen Tochter Aladin geheiratet hatte. Er stieg in einem Khan ab und mietete sich ein. Hier blieb er den noch übrigen Teil des Tages und die folgende Nacht, um sich von den Beschwerden der Reise zu erholen. Am anderen Morgen wünschte der verschlagene Magier vor allem zu erfahren, was man von Aladin sprach. Als er nun durch die Stadt spazierte, trat er in ein sehr berühmtes und von vornehmen Leuten besuchtes Haus, wo man zusammenkam, um ein gewisses warmes Getränk zu genießen, das er noch von seiner ersten Reise her kannte. Kaum hatte er Platz genommen, als man ihm eine Schale von diesem Getränk einschenkte und überreichte. Während er trank, horchte er rechts und links und hörte, dass man von Aladins Palast sprach. Als er ausgetrunken hatte, näherte er sich einem von denen, die sich darüber unterhielten und nahm den Augenblick wahr, um ihn zur Seite zu nehmen und ihn zu fragen, was denn das für ein Palast sei, von dem man so rühmend spreche. »Woher bist denn du, Freund?«, erwiderte der Angeredete. »Du musst erst seit kurzem hier sein, wenn du den Palast des Prinzen Aladin noch nicht gesehen oder wenigstens noch nicht einmal davon hast reden hören.« Man nannte nämlich Aladin immer so, seitdem er die Prinzessin Badr el-Budur geheiratet hatte. »Ich sage nicht«, fuhr der Mann fort, »dass er eins von den Wunderwerken der Welt ist, sondern ich behaupte vielmehr, dass er das einzige Wunder auf der Welt ist; denn gewiss hat man noch nie etwas so Großes, so Kostbares, so Prachtvolles gesehen. Du musst von sehr weit her kommen, wenn du noch nichts davon gehört hast, denn nach meiner Meinung muss man auf der ganzen Welt davon sprechen, seit er erbaut ist. Sieh ihn einmal selbst an und urteile, ob ich dir nicht die Wahrheit berichtet habe.« – »Verzeihe meine Unwissenheit«, antwortete der afrikanische Magier, »ich bin erst gestern hier angelangt und komme in der Tat von so weit her, ich kann sagen, vom äußersten Ende des Maghrebs, dass sein Ruf noch nicht bis dahin gedrungen war, als ich abreiste. Da ich wegen des dringenden Geschäfts, das mich hierher führt, auf meiner Reise kein anderes Ziel vor Augen hatte, als möglichst bald anzukommen, ohne mich unterwegs aufzuhalten oder irgendeine Bekanntschaft anzuknüpfen, so erfuhr ich von der Sache nichts weiter, als was du mir eben gesagt hast. Nun will ich nicht unterlassen, ihn selbst zu sehen; ja, meine Neugierde ist so groß, dass ich sie sogleich befriedigen wollte, wenn du nur die Güte hättest, mir den Weg zu zeigen.«

Derjenige, an den sich der Magier aus Mauretanien gewandt hatte, machte sich ein Vergnügen daraus, ihm den Weg zu Aladins Palast zu beschreiben, und der Afrikaner stand nun sogleich auf und ging dahin. Als er angekommen war und den Palast von allen Seiten genau betrachtet hatte, zweifelte er nicht mehr daran, dass Aladin sich der Lampe bedient haben müsse, um ihn erbauen zu lassen. Voll Ärger über das Glück und die Größe Aladins, der sich nicht viel von dem Sultan unterschied, kehrte er zu dem Khan zurück, in dem er abgestiegen war.

Nun brauchte er nur noch zu wissen, wo die Lampe war, und um dies zu entdecken, musste der Magier seine Schwarze Magie zu Hilfe nehmen. Bei seinen Beschwörungen erkannte er, dass sich die Lampe in Aladins Palast befand, und er war außer sich vor Freude über eine solch wichtige Entdeckung. »Ich muss sie bekommen, diese Lampe«, sagte er, »und alles will ich daransetzen, auch mein Leben, um sie ihm zu entreißen und ihn wieder in das bescheidene Dasein hinabzustoßen, aus dem er so hoch emporgestiegen ist!«

Das Unglück wollte, dass Aladin damals gerade für acht Tage auf die Jagd gegangen und seit drei Tagen fort war; der Mauretanier erfuhr dies auf folgende Weise. Sobald er durch seine finstere Kunst die Entdeckung gemacht hatte, wo die Lampe war, ging er zum Aufseher des Khans unter dem Vorwand, sich mit ihm unterhalten zu wollen, und er hatte sehr nahe liegende Gründe dazu, sodass er nicht weit auszuholen brauchte. Er erzählte ihm, dass er Aladins Palast gesehen habe, und nachdem er in den übertriebensten Ausdrücken alles gepriesen hatte, was ihm daran am bewundernswürdigsten vorgekommen und was überhaupt jedermann am merkwürdigsten fand, setzte er hinzu: »Meine Neugierde erstreckt sich noch weiter, und ich werde mich nicht zufrieden geben, bevor ich den Herrn dieses wundervollen Gebäudes selbst gesehen habe.« – »Das wird dir nicht schwer werden«, antwortete der Aufseher des Khans, »denn solange er in der Stadt ist, gibt er fast jeden Tag Gelegenheit dazu; aber seit drei Tagen ist er auf eine große Jagd ausgezogen, die acht Tage dauern soll.«

Mehr verlangte der Magier nicht zu wissen; er nahm Abschied von dem Mann und sagte zu sich: »Der Augenblick ist günstig, ich darf ihn nicht verpassen.« Hierauf ging er in den Laden eines Mannes, der Lampen herstellte, und sagte zu diesem: »Meister, ich muss zwölf kupferne Lampen haben; kannst du sie mir liefern?« Der Lampenverkäufer antwortete, es fehlten ihm zwar noch einige, wenn er sich aber bis morgen gedulden wolle, so könne er ihm ein volles Dutzend zu jeder beliebigen Stunde liefern. Der verschlagene Mauretanier war zufrieden und empfahl ihm, sie müssten recht hübsch und blank sein; nachdem er ihm noch eine gute Bezahlung versprochen hatte, ging er in seinen Khan zurück.

Am anderen Tag wurde das Dutzend Lampen dem ränkevollen Magier abgeliefert, der ohne zu feilschen den verlangten Preis dafür bezahlte. Er legte sie in einen Korb, mit dem er sich zu diesem Zweck versehen hatte, ging zu Aladins Palast und fing, als er in der Nähe war, an zu rufen: »Wer will alte Lampen gegen neue eintauschen?« Als die kleinen Kinder, die auf dem Platz spielten, dies hörten, liefen sie herbei und sammelten sich mit lautem Hohngelächter um ihn, denn sie hielten ihn für einen Narren. Auch die Vorübergehenden lachten über seine Dummheit, wofür sie es hielten. »Bei diesem Mann«, sagten sie, »muss es im Kopf nicht richtig sein, sonst könnte er nicht neue Lampen für alte anbieten.« Der Afrikaner ließ sich weder durch den Spott der Kinder noch durch das, was die älteren Leute von ihm sagten, irre machen, sondern fuhr fort, seine Ware auszurufen und laut zu schreien: »Wer will alte Lampen gegen neue eintauschen?« Er wiederholte dies so oft, auf dem Platz vor dem Palast und in dessen Nähe auf- und abgehend, dass die Prinzessin Badr el-Budur, die gerade in dem Saal mit den vierundzwanzig Fenstern war, die Stimme des Mannes hörte. Da sie aber wegen des Geschreis der Kinder, die ihm nachfolgten und deren Zahl sich mit jedem Augenblick vermehrte, nicht verstand, was er ausrief, so schickte sie eine ihrer Sklavinnen, die ihr am nächsten stand, hinab, um zu sehen, was der Lärm bedeuten solle.

Die Sklavin kam bald wieder mit lautem Lachen in den Saal. Sie lachte so herzlich, dass die Prinzessin bei ihrem Anblick ebenfalls lachen musste. »Nun, du Närrin«, sagte sie endlich, »willst du mir nicht sagen, warum du so lachst?« – »Herrin«, antwortete die Sklavin, immerfort lachend, »wie könnte man auch anders, wenn man einen Narren sieht, der einen Korb voll schöner, ganz neuer Lampen am Arm hat, aber sie nicht verkaufen, sondern nur gegen alte tauschen will! Der Lärm aber, den du hörst, kommt von den Kindern her, die ihn verhöhnen und in so großer Menge umgeben, dass er kaum von der Stelle kommen kann.«

Nach diesem Bericht nahm eine andere Sklavin das Wort und sagte: »Da von alten Lampen die Rede ist, so weiß ich nicht, ob die Prinzessin schon bemerkt hat, dass hier auf dem Kranzgesims eine solche steht. Der Eigentümer wird es wohl nicht übel nehmen, wenn er statt der alten eine neue findet. Wenn es der Prinzessin genehm ist, so kann sie sich den Spaß machen zu erproben, ob dieser Narr wirklich verrückt genug ist, eine neue Lampe für eine alte zu geben, ohne etwas dafür zu verlangen.«

Die Lampe, von der die Sklavin sprach, war nun aber die Wunderlampe, die Aladin zu seiner Größe verholfen hatte, und er selbst hatte sie, bevor er auf die Jagd ging, auf das Kranzgesims gestellt, um sie nicht zu verlieren; eine Vorsichtsmaßregel, die er jedes Mal anwandte, wenn er zu jagdlicher Zerstreuung auszog. Aber weder die Sklavinnen noch die Diener noch die Prinzessin selbst hatten sie jemals während seiner Abwesenheit bemerkt; außer der Zeit, wo er auf der Jagd war, trug er sie stets bei sich. Man wird nun sagen, diese Vorsicht Aladins sei berechtigt gewesen, aber er hätte seine Lampe wenigstens einschließen sollen. Dies ist freilich wahr, doch dergleichen Versehen sind allezeit begangen worden, werden noch täglich begangen und auch in Zukunft begangen werden.

Badr el-Budur, die von dem hohen Wert der Lampe nichts wusste und sich nicht denken konnte, dass es für Aladin, der nie davon sprach, von so hoher Wichtigkeit sein könne, sie unberührt zu lassen und aufzubewahren, ging auf den Vorschlag ein und befahl einem Diener, sie zu nehmen und umzutauschen. Der Diener gehorchte, ging die Treppe hinab, und kaum war er aus dem Tor des Palastes, als er den als Lampenhändler verkleideten Magier bemerkte. Er rief ihn, und als dieser zu ihm kam, zeigte er ihm die alte Lampe und sagte: »Gib mir eine neue Lampe für diese da.«

Der Mauretanier zweifelte nicht, dass dies die Lampe sei, die er suchte; denn da alles Geschirr in Aladins Palast von Gold oder Silber war, so konnte es darin nicht wohl noch eine andere solche geben. Er nahm sie dem Diener schnell aus der Hand, schob sie sorgfältig in sein Gewand und überreichte ihm dann seinen Korb, damit er nach Belieben eine auswählen konnte. Der Diener suchte eine aus, verließ den falschen Lampenhändler und brachte der Prinzessin die neue Lampe. Kaum aber war der Tausch geschehen, als auch schon die Kinder auf dem Platz ein lautes Geschrei erhoben und sich über die Dummheit des Magiers lustig machten.

Der aber ließ sie schreien, solange sie wollten. Ohne sich länger in der Nähe von Aladins Palast aufzuhalten, machte er sich ohne weiteres Aufsehen aus dem Staub und schrie auch nicht mehr, dass er alte Lampen gegen neue eintauschen wolle. Er begehrte jetzt keine andere mehr als die, die er schon hatte, und da er schwieg, so gingen auch die Kinder auseinander und ließen ihn ziehen.

Sobald er den Platz zwischen den beiden Palästen verlassen hatte, entschlüpfte er durch ein wenig benutztes Stadttor und entwich zu einem öden Ort in der Wüste. Der Magier brachte den Rest des Tages hier zu bis ein Uhr nachts, wo die Finsternis am größten war. Jetzt zog er die Lampe aus seinem Gewand und rieb sie. Auf dies hin erschien der Geist sogleich. »Was willst du?«, fragte er ihn. »Ich bin bereit, dir zu gehorchen als dein Sklave und als Sklave aller, welche die Lampe in der Hand haben; sowohl ich als auch die anderen Sklaven der Lampe.« – »Ich befehle dir«, antwortete der Magier, »dass du augenblicklich den Palast, den du oder die anderen Sklaven der Lampe in der Stadt erbaut haben, so, wie er ist, mit allen seinen lebenden Bewohnern entführst und zugleich mit mir nach Mauretanien versetzt.« Ohne etwas zu antworten, schaffte der Geist mit Hilfe der übrigen der Lampe dienstbaren Geister in sehr kurzer Zeit sowohl ihn selbst als auch den ganzen Palast in die westliche Gegend Afrikas. Wir wollen indes den Mauretanier und den Palast samt der Prinzessin in Afrika lassen und nur von dem Erstaunen des Sultans reden.

Als der Sultan sich erhoben hatte, ging er wie gewöhnlich zu seinem offenen Erker, um sich das Vergnügen zu machen, Aladins Palast zu betrachten und zu bewundern. Er richtete seinen Blick nach der Seite hin, wo er diesen Palast zu sehen gewohnt war, erblickte aber nur einen leeren Platz. Anfangs glaubte er, er täusche sich und rieb sich die Augen, aber er sah so wenig wie das erste Mal, obgleich das Wetter sehr heiter, der Himmel rein und die Morgenröte bereits aufgestiegen war, sodass man alles recht deutlich sehen konnte. Er blickte rechts und links durch die beiden Öffnungen und sah noch immer nichts. Sein Erstaunen darüber war so groß, dass er lange wie angewurzelt auf derselben Stelle stehen blieb, den Blick starr auf die Stelle gerichtet, wo der Palast bisher gestanden hatte, aber jetzt nicht mehr zu sehen war. Es war ihm unmöglich zu begreifen, wie ein so großer und ansehnlicher Palast wie der Aladins, den er seit jenem Tag, als er die Erlaubnis zu seiner Errichtung gab, tagtäglich und erst gestern noch gesehen hatte, auf einmal ganz spurlos verschwunden sein solle. »Ich kann mich nicht täuschen«, sprach er zu sich, »er stand auf dem Platz dort. Wäre er eingestürzt, so müssten sich doch noch Trümmer davon zeigen, und hätte die Erde ihn verschlungen, so müsste man wenigstens eine Spur sehen.« Es ging über seine Verstandeskräfte zu enträtseln, wie dies zugegangen sei, und so fest er auch überzeugt war, dass der Palast nicht mehr da stand, so wartete er doch noch einige Zeit, um sich zu überzeugen, ob er sich nicht täusche. Endlich entfernte er sich und ging, nachdem er noch einmal zurückgeblickt hatte, in seine Gemächer zurück. Dann ließ er in aller Eile den Großwesir rufen und setzte sich nieder, während sein Geist von so verschiedenartigen Gedanken bestürmt wurde, dass er nicht wusste, was er tun sollte.

Der Großwesir ließ nicht lange auf sich warten. Er kam in solcher Eile, dass weder er noch seine Leute im Vorbeigehen bemerkten, dass Aladins Palast nicht mehr an seiner Stelle stand. Selbst die Pförtner hatten es nicht bemerkt, als sie die Tore des Palastes öffneten. Der Großwesir redete den Sultan an: »Herr, die Eile, mit der man mich gerufen hat, lässt mich darauf schließen, dass irgendetwas Außerordentliches vorgefallen sein muss, denn du weißt ja wohl, dass heute Ratssitzung ist und ich mich meiner Pflicht gemäß ohnehin in einigen Augenblicken eingestellt hätte.« – »Ja«, antwortete der Sultan, »es hat sich wirklich etwas sehr Außerordentliches zugetragen, und du wirst es selbst gestehen müssen. Sprich, wo ist der Palast Aladins?« – »Der Palast Aladins?«, erwiderte der Großwesir sehr erstaunt, »ich ging soeben daran vorbei, und mir schien, er stand an seinem alten Platz. So gewaltige Gebäude wie dieses ändern ihren Standort nicht so leicht.« – »Sieh einmal zum Fenster hinaus«, entgegnete der Sultan, »und sag mir dann, ob du ihn gesehen hast.«

Der Großwesir begab sich in den offenen Erker, und es ging ihm wie dem Sultan. Als er sich völlig versichert hatte, dass Aladins Palast nicht mehr dort stand und auch nicht die mindeste Spur davon zu sehen war, trat er wieder vor den Sultan. »Nun, hast du Aladins Palast gesehen?«, fragte ihn dieser. »Herr«, antwortete der Großwesir, »du erinnerst dich vielleicht, dass ich die Ehre hatte, dir zu sagen, der Palast, den du mit seinen unermesslichen Reichtümern so sehr bewundertest, könne bloß ein Werk Schwarzer Magie und eines Zauberers sein; doch du wolltest nicht auf mich hören.«

Der Sultan, der dies nicht leugnen konnte, geriet in einen umso größeren Zorn, als offenbar wurde, dass er sich damals geirrt hatte. »Wo ist er«, rief er, »dieser Betrüger, dieser Schurke? Ich lasse ihm den Kopf abschlagen.« – »Herr«, antwortete der Großwesir, »er hat sich vor einigen Tagen von dir verabschiedet. Man muss ihn fragen lassen, wo sein Palast hingekommen ist, denn er allein kann es wissen.« – »Das wäre zu viel Schonung für ihn«, entgegnete der Sultan; »geh und schicke dreißig meiner Reiter dorthin, dass sie ihn in Ketten vor mich führen.« Der Großwesir überbrachte den Befehl des Sultans und unterrichtete ihren Anführer, wie sie sich zu benehmen hätten, damit er ihnen nicht entwischen könne. Sie gingen ab und trafen Aladin fünf oder sechs Stunden von der Stadt auf dem Heimweg. Der Anführer ritt auf ihn zu und sagte ihm, der Sultan habe großes Verlangen, ihn wiederzusehen, und deshalb habe er sie geschickt, um es ihm zu melden und ihn nach Hause zu begleiten.

Aladin hatte nicht die entfernteste Ahnung von dem wahren Grund, der diese Abteilung der Leibwache des Sultans veranlasste, zu ihm zu kommen, und ritt getrost weiter. Als er aber noch eine halbe Stunde von der Stadt entfernt war, umringte ihn die Reiterschar, und deren Anführer ergriff das Wort und sprach zu ihm: »Prinz Aladin, mit großem Bedauern haben wir dir zu erklären, dass wir vom Sultan Befehl haben, dich zu verhaften und als Hochverräter vor ihn zu führen; wir bitten dich, es nicht übel aufzunehmen, wenn wir jetzt unsere Pflicht erfüllen, und uns zu verzeihen.«

Aladin war äußerst überrascht über diese Erklärung, denn er fühlte sich unschuldig. Er fragte den Anführer, ob er wisse, wessen Verbrechens er angeklagt sei; dieser aber antwortete, weder er noch seine Leute wüssten davon.

Da Aladin sah, dass seine Leute viel schwächer waren als die Reiterschar und ihn sogar verließen, so stieg er vom Pferd und sagte: »Hier bin ich, vollzieht euren Befehl. Übrigens kann ich versichern, dass ich mir keines Verbrechens bewusst bin, weder gegen die Person des Sultans noch gegen den Staat.« Man warf ihm sogleich eine sehr dicke und lange Kette um den Hals und band ihn damit auch mitten um den Körper, sodass er die Arme nicht mehr frei hatte. Der Anführer begab sich nun wieder an die Spitze des Zuges, einer der Reiter aber fasste das Ende der Kette und führte so, hinter dem Anführer herreitend, Aladin, der zu Fuß folgen musste, mit fort. So wurde er in die Stadt gebracht.

Als die Reiter in die Vorstadt kamen und man sah, wie Aladin als Staatsverbrecher dahergeführt wurde, glaubte jedermann, es werde ihn den Kopf kosten. Da er aber allgemein beliebt war, so ergriffen die einen Säbel und andere Waffen, und die, welche keine hatten, bewaffneten sich mit Steinen und folgten den Reitern. Einige von den hintersten schwenkten um und machten Miene, sie auseinander zu sprengen, aber die Volksmenge wurde so groß, dass die Reiter es für geratener hielten, sich keinen Ärger anmerken zu lassen, und sich glücklich schätzten, wenn sie nur den Palast des Sultans erreichten, ohne dass Aladin ihnen entrissen wurde.

Aladin wurde sofort vor den Sultan geführt, der ihn mit dem Großwesir auf dem Balkon erwartete. Sobald er ihn sah, befahl er dem Scharfrichter, der ebenfalls herbestellt worden war, ihm den Kopf abzuschlagen, ohne dass er ihn anhören wollte.

Der Scharfrichter bemächtigte sich Aladins und nahm ihm die Kette, die er um den Hals und Leib hatte, ab. Er hieß ihn niederknien, zog sein Schwert, holte weit aus, ließ es dreimal in der Luft blitzen und schickte sich an, den Todesstreich zu führen, indem er nur noch auf ein Zeichen des Sultans wartete, um Aladin den Kopf abzuschlagen.

In diesem Augenblick bemerkte der Großwesir, dass das Volk die Reiter überwältigt hatte und in den Palasthof eingedrungen war, ja sogar, dass einige die Mauern des Palastes an mehreren Stellen mit Leitern erstiegen und bereits anfingen, sie niederzureißen, um eine Bresche zu schaffen. Er sagte daher zum Sultan, ehe er das Zeichen gab: »Herr, ich bitte dich, dass du den Schritt, den du zu tun im Begriffe bist, reichlich überlegen mögest. Du läufst Gefahr, deinen Palast erstürmt zu sehen, und wenn dies Unglück geschähe, so könnte es unübersehbare Folgen haben.« – »Mein Palast erstürmt!«, versetzte der Sultan. »Wer darf sich dessen unterfangen?« – »Herr«, antwortete der Großwesir, »wirf nur einen Blick auf die Mauern des Palastes und auf den Platz, so wirst du dich von der Wahrheit meiner Worte überzeugen.«

Als der Sultan die heftige Erregung des Volkes erkannte, erschrak er dermaßen, dass er augenblicklich dem Scharfrichter den Befehl gab, sein Schwert wegzustecken, die Binde von Aladins Augen wegzunehmen und ihn freizulassen. Zugleich befahl er, seinen Trabanten auszurufen, dass er Aladin Gnade gewähre und jedermann sich nun entfernen möge.

Als nun diejenigen, die bereits die Mauern des Palastes erklettert hatten, sahen, was vorging, so gaben sie ihr Vorhaben auf. Sie stiegen schnell wieder herab, und hoch erfreut, einem Mann, den sie wahrhaft liebten, das Leben gerettet zu haben, teilten sie diese Nachricht allen Umstehenden mit. Sie verbreitete sich von Mund zu Mund in der ganzen Volksmenge, die sich auf dem Platz vor dem Palast gesammelt hatte, und die Leibwächter des Sultans bestätigten sie auch. Als nun das Volk sah, dass der Sultan Aladin Gerechtigkeit widerfahren ließ und ihn begnadigte, so legte sich der Zorn, der Aufruhr endete, und es ging einer nach dem anderen nach Hause.

Sobald Aladin sich dem Henker entronnen sah, schaute er zu dem Balkon hinauf, und als er den Sultan bemerkte, so rief er ihm in flehendem Ton zu: »Herr, ich bitte dich, mir zu der bereits erwiesenen Gnade noch eine neue zu schenken und mich wissen zu lassen, was mein Verbrechen ist.« – »Was es ist, du Schurke!«, erwiderte der Sultan. »Weißt du es noch nicht? Komm einmal hier herauf, so will ich dir es zeigen.«

Aladin ging hinauf und trat vor den Sultan. »Folge mir«, sagte dieser zu ihm und ging vor ihm her, ohne ihn anzusehen. Er führte ihn an den offenen Erker, und als er an der Tür war, sagte er zu ihm: »Geh hinein, du musst doch wissen, wo dein Palast stand; sieh dich jetzt hier nach allen Seiten um und sage, was daraus geworden ist.«

Aladin schaute hin und erblickte nichts. Er sah wohl den ganzen Platz, den sein Palast sonst eingenommen hatte, da er aber nicht begreifen konnte, wie er hätte verschwinden sollen, so bestürzte ihn dieses seltsame und überraschende Ereignis so sehr, dass er dem Sultan kein einziges Wort erwidern konnte.

Der Sultan wiederholte voll Ungeduld die Frage: »Sag mir, wo der Palast und meine Tochter sind?« Endlich brach Aladin das Schweigen und sagte: »Herr, ich sehe wohl und gestehe es ein, dass der Palast, den ich erbauen ließ, nicht mehr auf seinem Platz steht; ich sehe, dass er verschwunden ist, kann dir aber nicht sagen, wo er sein könnte. Nur so viel kann ich versichern, dass ich mit diesem Ereignis nichts zu tun habe.«

»Mir liegt nichts daran, was aus deinem Palast geworden ist«, antwortete der Sultan. »Meine Tochter ist mir millionenmal wichtiger. Du musst sie mir zurückgeben, sonst lasse ich dir ohne weitere Rücksichten den Kopf abschlagen.«

»Herr«, antwortete Aladin, »ich flehe dich an, dass du mir vierzig Tage Frist gewährst, um meine Maßregeln zu treffen, und gelingt es mir in dieser Zeit nicht, so gebe ich dir mein Wort, dass ich selbst meinen Kopf zu den Füßen deines Throns niederlegen will, damit du nach Belieben darüber verfügen magst.« – »Ich bewillige dir diese Frist von vierzig Tagen«, erwiderte der Sultan; »aber glaube ja nicht, dass du meine Gnade missbrauchen und meinem Zorn entfliehen könntest. In welchem Winkel der Erde du auch sein magst, ich werde dich zu finden wissen.«

Aladin entfernte sich in großer Niedergeschlagenheit und in einem wahrhaft Mitleid erregendem Zustand. Er durchschritt mit gesenktem

Haupt die Höfe des Palastes und war so beschämt, dass er es nicht wagte, die Augen aufzuschlagen. Die vornehmsten Hofbeamten, von denen er keinen einzigen beleidigt hatte und die einst seine Freunde waren, vermieden es jetzt, sich ihm zu nähern oder ihm eine Zufluchtsstätte anzubieten; nein, sie kehrten ihm den Rücken, damit sie ihn nicht sehen mussten und er sie nicht erkennen sollte. Aber wenn sie sich ihm auch genähert hätten, um ihm Trost zuzusprechen oder ihre Dienste anzubieten, so hätten sie Aladin kaum mehr erkannt – kannte er sich doch selbst nicht mehr und war seines Verstandes nicht mehr mächtig. Das bewies er auch, sobald er zum Palast hinausgetreten war, denn ohne zu bedenken, was er tat, ging er von Tür zu Tür und fragte alle Leute, die ihm begegneten, ob sie seinen Palast nicht gesehen hätten und ihm keine Nachricht davon geben könnten.

Solche Fragen brachten jedermann zu der Meinung, Aladin habe seinen Verstand verloren. Einige lachten bloß darüber, aber die Vernünftigeren und besonders diejenigen, die in freundschaftlicher Verbindung oder sonst in einer Beziehung zu ihm gestanden hatten, wurden von wahrhaftem Mitleid ergriffen. Er blieb drei Tage in der Stadt, indem er sich bald nach dieser, bald nach jener Seite hin wandte und nichts aß, als was ihm mitleidige Menschen reichten, im Übrigen aber keinen Entschluss fasste.

Endlich, da er in diesem elenden Zustand nicht länger in einer Stadt verweilen wollte, wo er früher als vornehmer Herr aufgetreten war, verließ er sie und schlug den Weg über Land ein. Er vermied die großen Heerstraßen, und nachdem er in schrecklicher Ungewissheit einige Landstriche durchirrt hatte, kam er bei Anbruch der Nacht an das Ufer eines Flusses. Hier fasste er einen verzweifelten Gedanken: »Wo soll ich jetzt meinen Palast suchen?« sagte er zu sich. »In welcher Provinz, in welchem Land, in welchem Teil der Welt werde ich ihn und meine viel geliebte Prinzessin wiederfinden, die der Sultan von mir fordert? Das wird mir nie gelingen, deshalb ist es besser, ich befreie mich von all diesen Mühseligkeiten, die zu nichts führen würden, und von dem bitteren Kummer, der mein Herz zerfrisst.« Schon hatte er den Entschluss gefasst, sich in den Fluss zu werfen, doch glaubte er als guter und frommer Muselman, dieses nicht eher tun zu können, als bis er sein Gebet verrichtet hatte. Als er sich nun dazu anschicken wollte, näherte er sich dem Rand des Wassers, um sich der Landessitte gemäß die Hände und das Gesicht zu waschen. Da aber die Stelle etwas abschüssig und nass war, so glitt er aus und wäre in den Fluss gefallen, wenn er sich nicht noch an einem kleinen Felsstück festgehalten hätte, das etwa zwei Zoll hoch hervorragte. Glücklicherweise hatte er noch den Ring, den der afrikanische Magier ihm an den Finger gesteckt hatte, ehe er in das unterirdische Gewölbe hinabstieg, um die kostbare Lampe zu holen, die ihm jetzt wieder entrissen worden war. Dieser Ring rieb sich ziemlich stark an dem Felsen, als sich Aladin daran fest hielt, und augenblicklich stand derselbe Geist vor ihm, der ihm in dem unterirdischen Gewölbe erschienen war, in dem der afrikanische Magier ihn eingesperrt hatte. »Was willst du?«, fragte der Geist. »Ich bin bereit, dir zu gehorchen als dein Sklave und als Sklave aller derer, die den Ring am Finger haben, sowohl ich als auch die anderen Sklaven des Ringes.« Aladin, der in seiner verzweifelten Lage durch diese Erscheinung angenehm überrascht war, antwortete: »Geist, rette mir zum zweiten Mal das Leben und zeige mir, wo der Palast ist, den ich erbauen ließ, oder sorge dafür, dass er unverzüglich wieder an seinen alten Platz zurückgeschafft wird.« – »Was du hier verlangst«, antwortete der Geist, »liegt nicht in meiner Macht, ich bin bloß Sklave des Ringes, wende dich deshalb an den Sklaven der Lampe.« – »Wenn dem so ist«, versetzte Aladin, »so befehle ich dir kraft des Ringes, versetze mich sogleich an den Ort, an dem mein Palast steht, sei es auch, wo es wolle, und bringe mich unter die Fenster der Prinzessin Badr el-Budur.« Kaum hatte er diese Worte gesprochen, als der Geist ihn aufhob und in das äußerste Afrika mitten auf eine große Wiese trug, auf der der Palast nicht weit von einer großen Stadt stand; er setzte ihn dicht unter den Fenstern der Prinzessin nieder und ließ ihn dann allein. All das war das Werk eines Augenblicks.

Es war inzwischen dunkel geworden, aber Aladin erkannte recht gut seinen Palast und die Zimmer der Prinzessin. Da es schon Nacht und im Palast alles ruhig war, so ging er etwas abseits und setzte sich unter einen Baum. Aladin hatte seit fünf oder sechs Tagen kein Auge mehr geschlossen, und so überwältigte ihn zuletzt der Schlaf, und er schlummerte an einem Baumstamm ein. Als die Morgenröte anbrach, wurde Aladin sehr angenehm geweckt durch den Gesang der Vögel, die teils auf dem Baum, unter dem er lag, teils auch auf den dick belaubten Bäumen im Garten seines Palastes die Nacht zugebracht hatten. Er richtete sogleich seinen Blick auf dieses bewundernswürdige Gebäude und fühlte eine unaussprechliche Freude, dass er jetzt Hoffnung habe, wieder Herr des Palastes zu werden und aufs Neue seine teure Prinzessin Badr el-Budur zu besitzen. Er stand auf und näherte sich den Zimmern der Prinzessin. Dann ging er unter ihren Fenstern eine Weile spazieren und wartete, bis sie erwachen würde und sich sehen ließe. Inzwischen dachte er darüber nach, woher wohl die Ursache seines Unglücks gekommen sein könnte, und nachdem er sich lange hin und her besonnen hatte, zweifelte er nicht mehr daran, sein ganzes Missgeschick könne nur davon herrühren, dass er seine Lampe aus den Augen verloren habe. Er machte sich nun Vorwürfe wegen seiner Nachlässigkeit und weil er nicht ausreichend Sorge dafür getragen habe, sie keinen Augenblick unbewacht zu lassen. Was ihn noch ratloser machte, war, dass er sich nicht vorstellen konnte, wer wohl auf sein Glück eifersüchtig sei. Dies wäre ihm zwar klar geworden, wenn er gewusst hätte, dass er und sein Palast sich in Mauretanien im äußersten Afrika befanden; aber der dienstbare Geist des Ringes hatte es ihm nicht gesagt, und er hatte ihn auch nicht danach gefragt. Sonst hätte ihn schon der Name dieses Landes sogleich an den Magier, seinen geschworenen Feind, erinnert.

Badr el-Budur stand an diesem Tag früher als gewöhnlich auf, seit sie durch die Tücke des Magiers nach Mauretanien entführt worden war. Als sie angekleidet war, sah eine ihrer Frauen zufällig durchs Gitterfenster, bemerkte Aladin und verkündete es sogleich ihrer Gebieterin. Die Prinzessin, die diese Nachricht nicht glauben konnte, lief schnell ans Fenster, bemerkte Aladin ebenfalls und öffnete das Gitter. Bei dem Geräusch, das dadurch entstand, hob Aladin den Kopf in die Höhe, erkannte sie und begrüßte sie mit einer Miene, auf der überschwängliche Freude sich abspiegelte. »Um keine Zeit zu verlieren«, sagte die Prinzessin zu ihm, »habe ich dir die geheime Türe öffnen lassen, geh dort hindurch und komme herauf.« Nach diesen Worten schloss sie das Fenster wieder.

Die geheime Tür befand sich unter den Zimmern der Prinzessin. Aladin fand sie offen und ging rasch die Treppe hinauf. Es ist unmöglich, die Freude zu beschreiben, die beide empfanden, als sie sich nach einer Trennung, die sie ewig geglaubt hatten, endlich wiedersahen. Als sich Aladin einigermaßen gefasst hatte, nahm er das Wort und sprach: »Prinzessin, bevor wir von irgendetwas anderem sprechen, beschwöre ich dich im Namen Allahs, des Erhabenen, sage mir, was ist aus einer alten Lampe geworden, die ich, bevor ich auf die Jagd ging, in dem Saal mit den vierundzwanzig Fenstern auf das Gesims gestellt hatte?«

»Ach, teurer Gemahl«, antwortete die Prinzessin, »ich habe mir's wohl gedacht, dass unser beiderseitiges Unglück von dieser Lampe herkommt, und was mich untröstlich macht, ist, dass ich selbst daran schuld bin.« »Prinzessin«, erwiderte Aladin, »miss dir die Schuld nicht bei, sie ist ganz auf meiner Seite, denn ich hätte die Lampe sorgsamer aufbewahren sollen. Jetzt aber lass uns nur daran denken, den Schaden wiedergutzumachen; deshalb tu mir den Gefallen und erzähle mir genau, wie die Sache zugegangen und in wessen Hände die Lampe geraten ist.«

Badr el-Budur erzählte hierauf Aiadin alles. Sie berichtete, unter welchen Umständen sie die alte Lampe gegen die neue ausgetauscht, wie sie in der folgenden Nacht die Versetzung des Palastes bemerkt und sich am anderen Morgen in einem unbekannten Land befunden habe, wo sie jetzt seien und das Afrika heiße. Letzteres hatte sie aus dem Mund des Schurken selbst erfahren, der sie durch seine Zauberkunst hierher versetzt hatte.

»Prinzessin«, unterbrach sie Aladin, »du hast mir den Schurken deutlich genug bezeichnet, indem du mir sagtest, dass ich gegenwärtig mit dir in Afrika bin. Er ist der verabscheuungswürdigste aller Menschen, doch ist jetzt weder die Zeit noch der Ort, dir seine Schlechtigkeiten ausführlicher zu erzählen, und ich bitte dich nur, mir zu sagen, was er mit der Lampe angefangen und wo er sie aufbewahrt hat.« – »Er trägt sie wohl verwahrt in seinem Gewand«, erwiderte die Prinzessin, »ich kann dies mit Bestimmtheit sagen, da er sie in meiner Gegenwart herausgezogen und enthüllt hat, um sich damit mir gegenüber zu brüsten.«

»Geliebte meines Herzens«, sagte hierauf Aladin, »werde nicht unwillig, wenn ich dich durch vieles Fragen ermüde, aber es ist für dich und mich von gleicher Wichtigkeit. Um auf das zu kommen, was mich besonders berührt, so beschwöre ich dich, mir zu sagen, wie dieser schlechte und treulose Mensch dich behandelt hat.« – »Seit ich hier bin«, antwortete die Prinzessin, »hat er sich mir nur einmal am Tage gezeigt, und alle seine Reden, die er in meiner Gegenwart zu führen pflegt, zielen dahin, dass ich mein Wort, das ich dir gegeben habe, brechen und ihn zum Gemahl nehmen soll. Dabei gibt er mir zu verstehen, dass ich nimmermehr hoffen dürfe, dich je wiederzusehen, denn du seist nicht mehr am Leben, und der Sultan, mein Vater, habe dir den Kopf abschlagen lassen. Zu seiner Rechtfertigung fügt er hinzu, du seist ein Undankbarer, der sein ganzes Glück ihm zu verdanken habe, und noch tausend Sachen, auf die ich überhaupt nicht achte.«

»Prinzessin«, unterbrach sie Aladin, »ich hege die Zuversicht, dass du mit Recht nichts mehr zu fürchten brauchst, und ich glaube, ein Mittel gefunden zu haben, uns beide von unserem gemeinschaftlichen Feind zu befreien. Zu diesem Unterfangen muss ich indessen jedoch in die Stadt gehen. Ich werde gegen Mittag zurückkommen, um dir dann meinen Plan mitzuteilen und was du zu dessen Gelingen beizutragen hast. Doch sage ich dir im Voraus, wundere dich nicht, wenn du mich in einer anderen Kleidung zurückkommen siehst, und gib Befehl, dass man mich an der geheimen Tür, wenn ich klopfe, nicht lange warten lässt.« Die Prinzessin versprach, man werde ihn an der Tür erwarten und ihm schnell öffnen.

Als Aladin wieder zum Palast hinausgegangen war, sah er sich nach allen Seiten um und bemerkte einen Bauern, der sein Feld aufsuchte.

Da der Bauer vom Palast ziemlich weit entfernt war, so lief Aladin schnell, um ihn einzuholen, und machte ihm den Vorschlag, die Kleider mit ihm zu wechseln, worauf der Bauer schließlich auch einging. Der Umtausch geschah hinter einem Gebüsch, und als sie sich getrennt hatten, schlug Aladin den Weg zur Stadt ein. Sobald er angekommen war, ging er auf der Straße, die durch das Tor führte, weiter und suchte dann die besuchtesten Straßen auf, bis er zum Basar kam, wo Kaufleute und Handwerker jeder Art ihre besonderen Gassen hatten. Er kam nun in die Gasse der Materialienhändler, ging in den größten und bestausgestatteten Laden und fragte den Kaufmann, ob er nicht ein gewisses Pulver habe, das er ihm nannte. Der Kaufmann, der aus Aladins Kleidung schloss, er müsse arm sein und werde nicht Geld genug haben, um ihn zu bezahlen, antwortete, er habe zwar dieses Pulver, aber es sei sehr teuer. Aladin zog seinen Beutel aus der Tasche, ließ einige Goldstücke sehen und verlangte dann eine bestimmte Menge von dem Pulver. Der Kaufmann wog so viel ab, wickelte es ein, übergab es Aladin und forderte ein Goldstück dafür. Aladin händigte es ihm aus, und ohne sich in der Stadt länger aufzuhalten, als nötig war, kehrte er zu seinem Palast zurück. Er brauchte an der geheimen Tür nicht lange zu warten; sie wurde ihm sogleich geöffnet, und so ging er ins Gemach der Prinzessin hinauf. »Geliebte«, sprach er zu ihr, »da du so großen Widerwillen gegen deinen Entführer hast, so wird es dir vielleicht schwer werden, den Rat zu befolgen, den ich dir jetzt gebe. Bedenke aber, dass du dich notwendigerweise verstellen und dir einige Gewalt antun musst, wenn du dich von seinen Nachstellungen befreien und dem Sultan, deinem Vater und meinem Herrn, die Freude machen willst, dich wiederzusehen. Befolge also meinen Rat«, fuhr Aladin fort, »schmücke dich sogleich mit deinen schönsten Kleidern, und wenn der schurkische Magier kommt, so empfange ihn aufs Freundlichste. Du darfst dir aber keinen Zwang und keine Befangenheit anmerken lassen, sondern musst ihm ein heiteres Gesicht zeigen, sodass er daraus schließen muss, wenn je noch ein Wölkchen Trübsinn zurückgeblieben sei, so werde auch dieses mit der Zeit schon schwinden. Im Gespräch gib ihm dann zu erkennen, dass du dir alle Mühe gäbest, mich zu vergessen, und um ihn vollkommen von deiner Aufrichtigkeit zu überzeugen, lade ihn zum Abendessen ein und drücke den Wunsch aus, den besten Wein seines Landes einmal zu kosten. Er wird dann sogleich weggehen, um dir welchen zu holen. Während du nun auf seine Rückkehr wartest und die Tafel ausrichten lässt, so schütte in einen der Becher, der dem deinigen gleicht, dieses Pulver hier, stelle ihn sodann auf die Seite und befiehl derjenigen von deinen Frauen, die das Schenkamt versieht, sie soll ihn dir auf ein verabredetes Zeichen voll Wein bringen und sich ja in Acht nehmen, dass es zu keiner Verwechslung kommt. Denn, Geliebte, dieses Pulver ist ein tödlich wirkendes Gift, vor dem es keine Rettung gibt. Wenn dann der Magier zurückkommt und ihr beide bei Tisch sitzt und nach Herzenslust gegessen und getrunken habt, so lass den Becher mit dem Pulver bringen und vertausche deinen Becher mit dem seinigen. Er wird dies als eine so hohe Gunst ansehen, dass er es nicht ablehnen, sondern den Becher bis auf den Grund austrinken wird; kaum aber wird er ihn geleert haben, so wirst du ihn rücklings hinsinken sehen. Dann ist der Augenblick gekommen, in dem ich dich retten und den tückischen Magier bestrafen kann.«

Es geschah alles so, wie Aladin es wünschte. Als der Magier zusammengesunken war, trat Aladin in den Saal. Er verschloss die Tür, näherte sich dem entseelten Leichnam des Magiers, öffnete dessen Gewand und zog die Lampe heraus, die noch so verhüllt war, wie die Prinzessin es ihm beschrieben hatte. Er enthüllte sie und rieb daran, und alsbald erschien der Geist mit seinem üblichen Gruß. »Geist«, sagte Aladin zu ihm, »ich habe dich gerufen, um dir im Namen der Lampe zu befehlen, dass du diesen Palast wieder zurücktragen lässt, und zwar an denselben Ort und dieselbe Stelle, von wo er entfernt wurde.« Der Geist gab durch ein Kopfnicken zu verstehen, dass er gehorchen werde und verschwand. Die Versetzung ging wirklich vor sich, und man spürte sie nur an zwei sehr leichten Erschütterungen: die eine, als der Palast emporgehoben, und die andere, als er gegenüber dem Palast des Sultans wieder niedergelassen wurde, was alles in wenigen Augenblicken geschehen war.

Seit der Entführung des Palastes und der Prinzessin Badr el-Budur war der Sultan untröstlich, weil er sie für immer verloren glaubte. Mehrere Male am Tag ging er zum offenen Erker seines Palastes hinauf, um seinen Tränen freien Lauf zu lassen und sich immer tiefer in seine Betrübnis zu versenken durch den Gedanken, dass er das, was ihm so wohl gefallen hatte, nie wiedersehen werde und das Liebste, was er auf der Welt besessen, auf immer verloren habe. Auch an dem Morgen, an dem Aladins Palast wieder an seinen alten Platz gebracht worden war, hatte sich die Morgenröte kaum am Himmel gezeigt, als der Sultan wieder in den Erker ging. Er war so in sich gekehrt und so erfüllt von seinem Schmerz, dass er seine Augen traurig nach der Seite hinwendete, wo er nur den leeren Raum und keinen Palast mehr zu erblicken vermeinte. Als er nun auf einmal diese Leere ausgefüllt sah, hielt es er für einen Nebel. Endlich aber, nachdem er es aufmerksamer betrachtet hatte, erkannte er, dass es ganz unzweifelhaft Aladins Palast war. Freude und Fröhlichkeit bemächtigten sich jetzt seines Herzens nach langem Kummer und Gram. Er kehrte eilig in seine Gemächer zurück und befahl, man solle ihm ein Pferd satteln und vorführen. Er schwang sich hinauf, ritt fort, und es war ihm, als könne er nicht schnell genug bei Aladins Palast angelangen.

Aladin, der dies vorausgesehen hatte, war gegen Tagesanbruch aufgestanden, hatte eines seiner prächtigsten Gewänder angelegt und sich sodann in den Saal mit den vierundzwanzig Fenstern begeben, von wo aus er den Sultan kommen sah. Er eilte hinab und kam noch gerade zur rechten Zeit, um ihn unten an der Haupttreppe zu empfangen und ihm vom Pferd absteigen zu helfen. »Aladin«, sprach der Sultan zu ihm, »ich kann mit dir nicht sprechen, bevor ich meine Tochter gesehen und umarmt habe.«

Aladin führte den Sultan in das Zimmer seiner Tochter, die eben mit dem Ankleiden fertig geworden war, denn Aladin hatte sie beim Aufstehen daran erinnert, dass sie sich nunmehr in der Hauptstadt des Sultans, ihres Vaters, und gegenüber dessen Palast befinde. Der Sultan umarmte sie mehrere Male, während ihm die hellen Freudentränen über die Wangen liefen, und die Prinzessin ihrerseits bewies ihm auf alle mögliche Art, wie hoch erfreut sie war, ihn wiederzusehen.

Der Sultan war eine Zeit lang ganz sprachlos vor Rührung, dass er seine geliebte Tochter, die er schon so lange als verloren beweint, wiedergefunden hatte, und auch die Prinzessin vergoss viele Tränen vor Freude, dass sie den Sultan, ihren Vater, wiedersah. Dann aber mussten ihm Aladin und die Prinzessin alle ihre Erlebnisse auf das Genaueste erzählen. Zu seiner größten Verwunderung erhielt er nunmehr Kunde von der Wunderlampe und dem heimtückischen Magier aus dem fernen Afrika. Um sich vollends zu überzeugen, ging der Sultan hinauf, und als er den Magier tot daliegen sah, umarmte er Aladin mit viel Zärtlichkeit und sagte zu ihm: »Mein Sohn, halte mir mein Betragen gegen dich zugute; bloß meine Vaterliebe hat mich dazu veranlasst, und du musst mir den Jähzorn, zu dem ich mich hinreißen ließ, verzeihen.« – »Herr«, erwiderte Aladin, »ich habe nicht die mindeste Ursache, mich über dich zu beklagen, denn du hast getan, was du tun musstest. Dieser Schändliche, dieser Auswurf der Menschheit war die einzige Ursache, dass ich deine Gnade verlor. Wenn du einmal Muße haben wirst, so werde ich dir von einer anderen Bosheit erzählen, die er mir angetan und die nicht minder groß ist als seine letzte, vor der mich des Erhabenen Gnade behütet hat.« – »Ich werde mir diese Muße ausdrücklich dazu nehmen«, antwortete der Sultan, »und zwar recht bald. Jetzt aber lass uns nur daran denken, fröhlich zu sein, auch sorge dafür, dass dieser verhasste Magier fortgeschafft wird.«

Aladin ließ den Leichnam des Mauretaniers wegbringen und in den Fluss werfen. Der Sultan aber gab Befehl, durch Trommeln, Pauken, Trompeten und andere Instrumente das Zeichen zur allgemeinen öffentlichen Freude zu geben und ließ ein zehntägiges Freudenfest ankündigen, um die Rückkehr seiner Tochter Badr el-Budur und Aladins zu feiern.

So entging denn Aladin zum zweiten Mal einer Todesgefahr, der er beinahe erliegen musste; doch es war noch nicht die letzte, und er musste noch eine dritte, ebenso gefährliche Prüfung bestehen, die wir hier noch erzählen wollen. Der Mauretanier hatte noch einen jüngeren Bruder, der in der Schwarzen Magie nicht minder geschickt war als er, und man konnte sogar sagen, dass er ihn an Bosheit noch übertraf. Da sie nicht immer beisammen oder in derselben Stadt lebten und der eine sich manchmal im Osten befand, während sich der andere im Westen aufhielt, so unterließen sie es nicht, mit Hilfe ihrer üblen Kunst alle Jahre einmal zu ermitteln, in welchem Teil der Welt jeder von ihnen lebe, wie er sich befinde und ob er nicht vielleicht die Hilfe des anderen benötige.

Kurze Zeit, nachdem der afrikanische Magier in der Unternehmung gegen Aladins Glück den Tod gefunden hatte, wollte sein jüngerer Bruder, der seit Jahr und Tag keine Nachrichten von ihm erhalten hatte und sich nicht in Afrika, sondern in einem sehr entlegenen Land aufhielt, erfahren, an welchem Ort der Erde sein älterer Bruder lebe, wie er sich befinde und was er treibe. Wie sein Bruder hatte er überall, wo er ging und stand, die Gerätschaften seiner finsteren Kunst bei sich. Damit fand er, dass sein Bruder nicht mehr auf der Welt war, dass er vergiftet worden und plötzlich gestorben sei, dass dies im fernen Turkestan geschehen war, und endlich, dass der, der ihn vergiftete, ein Mann niedriger Abkunft sei, der eine Tochter des Sultans geheiratet habe.

Als er auf diese Art vom traurigen Ende seines Bruders erfahren hatte, verlor er keine Zeit mit nutzlosem Jammern, das seinen Bruder doch nicht ins Leben zurückgerufen hätte, sondern beschloss augenblicklich, seinen Tod zu rächen, stieg zu Pferde und machte sich auf den Weg. Nach langer Reise kam er endlich, nachdem er sich unterwegs nirgends aufgehalten hatte, unter unglaublichen Beschwerden nach Turkestan und bald darauf in die Hauptstadt. Da er wusste, dass er sich nicht getäuscht und dieses Reich mit keinem anderen verwechselt habe, so blieb er in dieser Hauptstadt und nahm dort Wohnung. Am Tag nach seiner Ankunft ging er aus und spazierte in der Stadt herum, nicht um ihre Schönheiten zu betrachten, die ihm höchst gleichgültig waren, sondern um sogleich auf Maßregeln zur Ausführung seines verderblichen Planes zu denken; er ging daher an die besuchtesten Orte und lauschte begierig auf alles, was man sprach. An einem dieser Orte hörte er gar merkwürdige Dinge erzählen von den Wundertaten einer von der Welt abgeschiedenen Frau mit Namen Fatima. Da er nun glaubte, diese Frau könne ihm bei seinem Vorhaben vielleicht irgendwie behilflich sein, nahm er einen von der Gesellschaft beiseite und bat ihn um nähere Auskunft über die heilige Frau und über die Art von Wundern, die sie verrichte.

»Wie!«, sagte der Angeredete zu ihm, »du hast diese Frau noch nie gesehen und auch nicht von ihr sprechen hören? Sie ist durch ihr Fasten, ihre strenge Lebensweise und das Beispiel, das sie gibt, Gegenstand der allgemeinen Bewunderung in der ganzen Stadt. Außer montags und freitags geht sie nie aus ihrer kleinen Einsiedelei heraus, und an den Tagen, wo sie sich in der Stadt sehen lässt, tut sie unendlich viel Gutes. Sie heilt auch jeden, der mit Kopfschmerzen behaftet ist, durch Auflegen ihrer Hände.« Der Magier verlangte nichts mehr zu wissen, sondern fragte nur noch, in welchem Teil der Stadt die Einsiedelei der heiligen Frau wäre. Der Mann beschrieb ihm genau die Stelle; der Magier aber, nachdem er diese Erkundigung eingezogen und den ruchlosen Plan, von dem wir bald sprechen werden, gefasst und entworfen hatte, beobachtete, um seiner Sache noch gewisser zu sein, gleich am ersten Tag, an dem Fatima ausging, all ihre Schritte und verlor sie nicht aus dem Auge bis zum Abend.

Gegen Mitternacht bezahlte der Magier dem Wirt seine kleine Zeche und ging geradewegs zur Einsiedelei Fatimas. Er öffnete ohne Mühe die unverschlossene Tür, trat ein und machte sie ganz leise wieder zu; drinnen erblickte er bei hellem Mondschein Fatima, die auf einem mit einer ärmlichen Matte überdeckten Sofa schlief. Er näherte sich ihr, zog einen Dolch, den er an seiner Seite trug, und weckte sie.

Als die arme Fatima die Augen aufschlug, erschrak sie über die Maßen beim Anblick eines Mannes, der im Begriff war, sie zu erdolchen. Der Eindringling setzte ihr den Dolch auf die Brust, machte Miene zuzustoßen und sagte zu ihr: »Wenn du schreist oder nur das mindeste Geräusch machst, so bist du des Todes; steh jetzt auf und tue, was ich dir sagen werde.«

Fatima, die sich in ihren Kleidern niedergelegt hatte, stand zitternd und bebend auf. »Fürchte dich nicht«, sagte der Magier zu ihr, »ich verlange bloß dein Kleid; gib es mir und nimm dafür das meinige.« Sie vertauschten ihre Kleider, und nachdem der Magier das Kleid Fatimas angezogen hatte, sagte er zu ihr: »Jetzt färbe mir das Gesicht wie das deinige, und zwar so, dass ich dir ähnlich sehe und die Farbe nicht verwischt.«

Fatima hieß ihn in ihre Zelle treten, zündete ihre Lampe an, nahm einen Pinsel und einen gewissen Saft, rieb ihm damit das Gesicht ein und versicherte ihm dann, die Farbe werde nicht abgehen und sein Gesicht sei jetzt durchaus ganz wie das ihrige. Der Magier fand alles nach

Wunsch, hielt aber der guten Fatima gegenüber den Schwur nicht, den er ihr so feierlich geleistet hatte. Da man aber Blutspuren sehen würde, wenn er sie erstäche, so erwürgte er sie und schleppte ihren Leichnam an den Füßen zu einer Zisterne und warf ihn da hinein.

Am anderen Morgen ging er, obgleich dies kein gewöhnlicher Ausgangstag für die heilige Frau war, dennoch aus, denn er glaubte, es würde ihn niemand deswegen fragen, und wenn man ihn fragte, so würde er schon zu antworten wissen. Da er sich bei seiner Ankunft vor allen Dingen nach Aladins Palast erkundigt hatte und da er dort seine Rolle spielen wollte, so nahm er sogleich seinen Weg dahin. Jedermann hielt ihn für die heilige Frau, und so wurde er bald von einer großen Menschenmenge umringt. So kam er endlich auf den Platz vor Aladins Palast, wo sich noch mehr Volk versammelt hatte, sodass es große Mühe kostete, sich ihm zu nähern. Die Stärksten und Eifrigsten drängten sich mit Gewalt durch das Gewühl, dass man es in dem Saal mit den vierundzwanzig Fenstern, wo Badr el-Budur saß, hören konnte.

Die Prinzessin fragte, was der Lärm bedeuten solle, und da es ihr niemand sagen konnte, befahl sie, nachzusehen und ihr Bericht abzustatten. Eine ihrer Frauen meldete ihr, der Lärm komme von der Volksmenge her, die die heilige Frau umgebe, um sich durch Händeauflegen das Kopfweh vertreiben zu lassen.

Die Prinzessin, die schon lange Zeit viel Gutes von der heiligen Frau gehört, sie aber noch nicht gesehen hatte, wurde neugierig, ihre Bekanntschaft zu machen und mit ihr zu sprechen. Sie ließ also die vermeintliche Fatima zu sich heraufbitten; und diese folgte augenblicklich dem Gebot der Prinzessin.

Als der verkleidete Magier in den Saal mit den vierundzwanzig Fenstern eintrat und die Prinzessin bemerkte, begann er mit einem Gebet, das eine lange Reihe von Wünschen für ihr Wohlbefinden, ihr Glück und die Erfüllung alles dessen, was sie nur begehren könnte, enthielt. Hierauf entfaltete er all seine trügerische und heuchlerische Beredsamkeit, um sich ins Herz der Prinzessin einzuschleichen, was ihm auch umso leichter gelang, als die Prinzessin in ihrer natürlichen Gutherzigkeit die Überzeugung hatte, alle Leute müssten ebenso gut sein wie sie.

Als die falsche Fatima ihre lange Anrede vollendet hatte, sagte die Prinzessin zu ihr: »Meine gute Mutter, ich danke dir für deine schönen Gebete, ich habe großes Vertrauen und hoffe, dass Allah sie erhören wird. Komm näher und setze dich zu mir.« Die vermeintliche Fatima setzte sich mit heuchlerischer Bescheidenheit. Hierauf ergriff die Prinzessin wieder das Wort und sagte: »Meine gute Mutter, ich bitte dich um etwas, das du mir bewilligen musst und nicht abschlagen darfst, nämlich darum, dass du bei mir bleibst, mir die Geschichte deines Lebens erzählst und mich durch dein Beispiel lehrst, wie ich Allah, dem Erhabenen, dienen soll.«

»Prinzessin«, sagte hierauf die angebliche Fatima, »ich bitte dich, verlange nichts von mir, worin ich nicht einwilligen kann, weil ich sonst von meinen Gebeten und frommen Übungen abkäme.« – »Das darf dich nicht beunruhigen«, erwiderte die Prinzessin, »ich habe mehrere Zimmer, die nicht bewohnt sind; wähle dir eines aus, das dir am besten zusagt, dann kannst du deine Übungen darin ebenso ruhig verrichten wie in deiner Einsiedelei. Steh auf und komm mit mir, ich will dir meine Zimmer zeigen, damit du darunter wählen kannst.«

Die falsche Fatima folgte der Prinzessin und wählte unter ihren Zimmern, die sämtlich prächtig ausgestattet waren, dasjenige, das am wenigsten schön war, indem sie mit heuchlerischem Ton sagte, es sei noch viel zu gut für sie, und sie wähle es bloß der Prinzessin zu Gefallen.

Die Prinzessin wollte den als Fatima verkleideten Schurken in den Saal mit den vierundzwanzig Fenstern zurückführen, damit er bei ihr zu Mittag speisen sollte. Da er aber beim Essen sein bis jetzt immer noch verschleiertes Gesicht hätte enthüllen müssen und da er fürchtete, die Prinzessin könnte merken, dass er nicht Fatima sei, für die sie ihn hielt, so bat er sie so inständig, ihm dies zu erlassen, indem er bloß Brot und trockene Früchte esse, und ihm zu erlauben, seine kleine Mahlzeit auf seinem Zimmer zu sich zu nehmen, dass sie es ihm bewilligte. »Meine gute Mutter«, sagte sie zu ihm, »es steht ganz in deinem Belieben, du kannst tun, als wenn du in deiner Einsiedelei wärest. Ich will dir zu essen bringen lassen; aber vergiss nicht, dass ich dich zurückerwarte, sobald du deine Mahlzeit eingenommen hast.«

Die Prinzessin speiste zu Mittag, und die falsche Fatima unterließ nicht, sich wieder bei ihr zu melden, sobald sie ihr durch einen Diener hatte sagen lassen, dass sie von der Tafel aufgestanden sei. »Meine gute Mutter«, sagte die Prinzessin zu ihr, »ich bin hoch erfreut, eine heilige Frau wie dich bei mir zu haben, die diesem Palast Segen bringen wird. Wie gefällt dir denn der Palast? Ehe ich dir aber Zimmer für Zimmer zeige, so sage mir vor allem, was hältst du von diesem Saal?«

»Prinzessin«, erwiderte die falsche Fatima mit viel Verstellung, »verzeih, dass ich mir so viel Freiheit herausnehme. Meine Meinung, wenn dir etwas daran liegen könnte, wäre nämlich, dass, wenn oben von der Mitte dieser Kuppel ein Roch-Ei herabhinge, dieser Saal in allen vier Teilen der Welt seinesgleichen nicht haben und der Palast ein Wunder der Welt sein würde.«

»Meine gute Mutter«, fragte die Prinzessin, »was für ein Vogel ist denn der Roch, und woher könnte man wohl ein Ei von ihm bekommen?« – »Prinzessin«, antwortete die falsche Fatima, »es ist dies ein Vogel von bewundernswürdiger Größe, der auf der höchsten Spitze des Kaukasus wohnt; der Baumeister dieses Palastes wird dir schon ein solches Ei verschaffen.« Die Prinzessin dankte der angeblichen Fatima für ihren, wie sie glaubte, guten Rat, und unterhielt sich mit ihr noch über eine Menge anderer Dinge; doch vergaß sie das Roch-Ei nicht und nahm sich vor, mit Aladin darüber zu sprechen, sobald er von der Jagd zurückgekehrt sein würde. Er war nämlich seit sechs Tagen fort, und der Magier, der dies genau wusste, hatte seine Abwesenheit benützen wollen. Aladin kam noch am selben Tag abends zurück, als die falsche Fatima sich soeben von der Prinzessin verabschiedet und auf ihr Zimmer begeben hatte. Er ging sogleich ins Zimmer der Prinzessin, die soeben dahin zurückgekehrt war, begrüßte und umarmte sie; doch es schien ihm, als ob sie ihn etwas kühl empfinge. »Teure Prinzessin«, sagte er zu ihr, »ich finde dich nicht so heiter wie sonst. Ist in meiner Abwesenheit etwas vorgekommen, das dir missfallen und Verdruss oder Missvergnügen verursacht hätte? Ich beschwöre dich bei dem Erhabenen, verbirg es nicht vor mir, denn ich werde alles tun, um deinen Wunsch zu erfüllen, wenn es in meiner Macht steht.« – »Es ist nur eine Kleinigkeit«, antwortete die

Prinzessin, »und die Sache kümmert mich so wenig, dass es mir unbegreiflich ist, wie du auf meinem Gesicht hast etwas bemerken können. Da du jedoch wider mein Erwarten eine Veränderung wahrgenommen hast, so will ich dir die Ursache davon mitteilen, obgleich sie nicht von Bedeutung ist.«

»Ich hatte«, fuhr die Prinzessin fort, »wie du auch bisher immer geglaubt, unser Palast sei der herrlichste, prachtvollste und vollkommenste auf der ganzen Welt. Doch muss ich dir jetzt sagen, was mir bei genauerer Besichtigung des Saales mit den vierundzwanzig Fenstern für ein Gedanke gekommen ist. Meinst du nicht auch, dass nichts zu wünschen übrig bleiben würde, wenn mitten im Kuppelgewölbe ein Roch-Ei hinge?« – »Prinzessin«, antwortete Aladin, »sobald du findest, dass noch ein Roch-Ei daran fehlt, so finde ich diesen Fehler auch, und aus dem Eifer, womit ich diesem Mangel abhelfen werde, sollst du dich überzeugen, dass es nichts gibt, was ich nicht dir zuliebe tun würde.«

Aladin verließ augenblicklich Badr el-Budur, ging in den Saal mit den vierundzwanzig Fenstern, zog die Lampe, die er nunmehr überall, wo er ging und stand, bei sich trug, aus seinem Gewand hervor und rieb sie. Sogleich erschien auch der Geist. »Geist«, sprach Aladin zu ihm, »es fehlt dieser Kuppel noch ein Roch-Ei, das mitten in ihrer Vertiefung hängen muss. Ich befehle dir nun im Namen der Lampe, die ich in der Hand halte, dass du diesem Mangel abhilfst.«

Kaum hatte Aladin diese Worte ausgesprochen, als der Geist ein so lautes und entsetzliches Geschrei erhob, dass der Saal davon erbebte und auch Aladin taumelte, sodass er beinahe zu Boden stürzte. »Wie! Elender!«, sagte der Geist in einem Ton zu ihm, der auch dem unerschrockensten Manne Furcht eingeflößt haben würde. »Ist es dir nicht genug, was meine Gefährten und ich dir zuliebe alles getan haben? Musst du auch noch mit einer Undankbarkeit, die ihresgleichen nicht hat, befehlen, dass ich dir meinen Meister bringen und mitten in diesem Kuppelgewölbe aufhängen soll? Dieser Frevel verdiente, dass du samt deiner Frau und deinem Palast auf der Stelle in Staub und Asche verwandelt würdest. Zu deinem Glück bist du jedoch nicht selbst auf diesen Gedanken gekommen, und der Wunsch geht nicht unmittelbar von dir aus. Du musst nämlich wissen, dass er von dem Bruder des mauretanischen Magiers, deines Feindes, herkommt, den du vertilgt hast, wie er es verdiente. Er befindet sich in deinem Palast, verkleidet als Fatima, die er ermordet hat, und er hat deiner Frau das verderbliche Verlangen eingegeben, das du gegen mich geäußert hast. Seine Absicht ist, dich umzubringen, sei daher wohl auf der Hut.« Mit diesen Worten verschwand er.

Aladin vergaß keines von den letzten Worten des Geistes. Er hatte von Fatima reden hören und wusste recht gut, wie sie dem allgemeinen Glauben zufolge das Kopfweh heilte. Er ging zum Zimmer der Prinzessin zurück, und ohne ein Wort von dem zu sagen, was ihm soeben begegnet war, setzte er sich, stützte seine Stirn auf die Hand und sagte, es habe ihn plötzlich ein heftiges Kopfweh befallen. Die Prinzessin befahl sogleich, Fatima zu rufen, und während sie geholt wurde, erzählte sie Aladin, wie sie in den Palast gekommen sei und wie sie ihr darin ein Zimmer hergerichtet habe.

Die falsche Fatima kam, und sobald sie da war, sagte Aladin zu ihr: »Komm her, meine gute Mutter. Es freut mich, dich zu sehen, du bist gerade zu meinem Glück hierher gekommen. Ich bin soeben von einem abscheulichen Kopfweh überfallen worden, und im Vertrauen auf deine Gebete bitte ich dich um Hilfe, denn ich hoffe, dass du eine Wohltat, die du schon so vielen mit dieser Krankheit Behafteten erwiesen hast, auch mir nicht abschlagen wirst.« Mit diesen Worten stand er auf und bückte den Kopf; die falsche Fatima näherte sich ihm, indem sie zugleich mit der Hand nach einem Dolch griff, den sie unter ihrem Kleid am Gürtel stecken hatte. Aladin aber, der sie genau beobachtete, fiel ihr in die Hand und durchbohrte sie mit ihrem eigenen Dolch, sodass sie tot zu Boden fiel.

»Mein teurer Gemahl, was hast du getan!«, rief die Prinzessin voll Angst, »du hast die heilige Frau getötet!« – »Nein, geliebte Prinzessin«, antwortete Aladin mit großer Ruhe, »ich habe nicht Fatima getötet, sondern einen Schurken, der mich ermordet hätte, wenn ich ihm nicht zuvorgekommen wäre. Dieser Bösewicht, den du hier siehst«, fuhr er fort, indem er ihn enthüllte, »hat die wahre Fatima erwürgt und sich in ihre Kleider gesteckt, um mich zu erdolchen; mit einem Wort, er war der

Bruder deines verfluchten Räubers.« Aladin erzählte ihr dann, auf welche Art er diese Umstände erfahren hatte, und ließ darauf den Leichnam wegschaffen.

Auf diese Art wurde also Aladin von der Verfolgung der beiden Magier befreit. Wenige Jahre darauf starb der Sultan in hohem Alter. Da er keine männlichen Nachkommen hinterließ, so folgte ihm Badr el-Budur als gesetzmäßige Erbin auf dem Thron nach und teilte ihre Herrschaft mit Aladin. Sie regierten miteinander viele Jahre und hinterließen eine berühmte Nachkommenschaft.

Die Geschichte vom Kaufmann und dem Geist

Man erzählt, es sei einmal ein reicher, wohlhabender Mann gewesen, der viele Güter, Sklaven, Bedienstete, Weiber und Kinder besaß und in allen Ländern Waren und Schulden ausstehen hatte. Dieser bestieg einst ein Tier, nachdem er einen Quersack mit Lebensmitteln gefüllt hatte, und reiste nach Allahs Willen viele Tage und Nächte. Allah hatte ihm eine glückliche Reise bestimmt, und er erreichte das erwünschte Land, wickelte seine Geschäfte dort ab und trat die Rückreise in seine Heimat und zu seiner Familie an. Als er am dritten oder vierten Tag auf der Reise war, wurde ihm sehr heiß, und als die Hitze immer heftiger wurde, sah er einen Garten vor sich, in dem er Schatten zu finden hoffte. Er stellte sich unter einen Nussbaum, neben dem eine Wasserquelle sprudelte, setzte sich daneben, band sein Tier fest, nahm einige Datteln aus dem Quersack, aß und warf die Dattelkerne nach rechts und links, bis er satt war; dann stand er auf, wusch sich und betete. Nachdem er dies getan hatte, kam auf einmal ein alter Geist auf ihn zu. Seine Füße waren auf der Erde und sein Kopf in den Wolken; er hatte ein Schwert in der Hand, ging auf den Kaufmann los, blieb dann vor ihm stehen und schrie ihm zu: »Steh auf, dass ich dich mit diesem Schwert umbringe, wie du mein Kind umbrachtest!« Als der Kaufmann die Worte des Geistes hörte und ihn ansah, erschrak er sehr und sprach: »O Herr! Für welches Vergehen willst du mich umbringen?« Der Geist antwortete: »Ich will dich umbringen, wie du meinen Sohn umgebracht hast.« Der Kaufmann fragte: »Wer hat denn dieses getan?« Und der Geist antwortete: »Du.« Da sprach der Kaufmann: »Ich habe ihn nicht umgebracht! Wo, wann und wie soll ich ihn denn getötet haben?«

Da entgegnete der Geist: »Hast du nicht hier gesessen und Datteln aus deinem Sack genommen, die Datteln gegessen und die Kerne nach rechts und links geworfen?« – »Es ist wahr, dies habe ich getan«, antwortete der Kaufmann. »Nun«, versetzte der Geist, »auf diese Weise hast du meinen Sohn getötet; denn während du aßest und die Kerne wegwarfst, ging mein Sohn vorüber; es traf ihn ein Kern und tötete ihn. Und spricht nicht das Gesetz: Wer tötet, soll wieder getötet werden?« Der Kaufmann sagte: »Ich gehöre Allah und wende mich zu ihm; es gibt keine Macht und keinen Schutz außer beim Erhabenen. Wenn ich wirklich dein Kind getötet habe, so habe ich es ungern getan; du sollst mir also wohl verzeihen.« Aber der Geist antwortete: »Keineswegs. Du musst umgebracht werden!« Hierauf ergriff er ihn, streckte ihn auf den Boden hin und hob schon das Schwert, ihn zu töten; da weinte der Kaufmann und schrie nach seiner Familie, seiner Frau und seinen Kindern. Er glaubte schon zu sterben und vergoss so viele Tränen, dass seine Kleider davon nass wurden, und sagte: »Es gibt nur bei dem Erhabenen Macht und Schutz!« Hierauf sprach er folgende Verse: »Die Zeit besteht aus zwei Tagen: Der eine gewährt Sicherheit, der andere bringt Gefahren. Das Leben besteht aus zwei Teilen: Der eine ist klar, der andere trübe. Siehst du nicht, wenn Sturmwinde toben, wie sie nur die Wipfel der Bäume erschüttern? Wie manches grün und dürr ist auf der Erde, und doch wird nur das, was Früchte hat, mit Steinen beworfen. Im Himmel sind zahllose Sterne, und nur Sonne und Mond verlieren zuweilen ihr Licht. Du hast eine gute Meinung von den Tagen, wenn sie schön sind, und berechnest nicht, was das Schicksal noch bringt. Die Nächte haben dich in Ruhe gelassen, und du ließest dich durch sie täuschen; während die Nacht am klarsten scheint, kommt aber das Unglück herbei.« Als der Kaufmann diese Verse gesprochen und sich satt geweint hatte, sagte der Geist abermals: »Jetzt muss ich dich umbringen.« Da flehte der Kaufmann: »Kann es nicht anders sein?« – »So muss es geschehen«, antwortete der Geist und hob wieder das Schwert, um ihn zu töten. Da sagte der Kaufmann: »Willst du mir nicht Zeit lassen, bis ich von meiner Familie, von meiner Frau und meinen Kindern Abschied genommen, bis ich mein Erbe unter ihnen verteilt und ihnen meinen letzten Willen bekannt gemacht habe? Wenn alles dies geschehen ist, will ich zu dir zurückkehren, und dann kannst du mich töten.« Der Geist antwortete hierauf: »Ich fürchte, wenn ich dich gehen lasse, dass du nicht mehr wiederkehren wirst.« Da sagte der Kaufmann: »Ich schwöre dir einen Eid und nehme den Herrn des Himmels und der Erde zum Zeugen, dass ich wieder zu dir kommen werde.« Nun sagte der Geist: »Was für eine Frist begehrst du?« – »Ich fordere ein Jahr«, erwiderte der Kaufmann, »bis ich von meinen Kindern und meiner Familie Abschied genommen und mich von dem mir anvertrauten Gut befreit habe; zu Anfang des nächsten Jahres komme ich dann wieder.« Als er nun so geschworen und ihn der Geist losgelassen hatte, bestieg er sein Tier wieder, machte sich mit traurigem Herzen auf den Weg und reiste in einem fort, bis er in seine Heimat kam. Als er seine Kinder und seine Frau sah, fing er an, viele Tränen zu vergießen und war höchst betrübt und niedergeschlagen. Seine Angehörigen wunderten sich über ihn, und seine Frau fragte ihn, was ihm fehle und warum er so weine und so niedergeschlagen sei, während sie sich doch alle über seine Ankunft freuten. »Wie soll ich nicht jammern«, antwortete er, »da ich nur noch ein Jahr und nicht mehr zu leben habe.« Hierauf erzählte er ihnen, was ihm auf der Reise mit dem Geist widerfahren war und wie er ihm geschworen habe, dass er nach einem Jahr wiederkehren werde, um sich von ihm töten zu lassen. Als sie dies vernahmen, weinten sie alle. Die Frau schlug sich ins Gesicht und riss sich die Haare aus, die Töchter stießen ein Jammergeschrei aus, und die Söhne, groß und klein, schrien laut. Alles trauerte, die Kinder weinten den ganzen Tag um ihren Vater herum, und sie nahmen gegenseitig Abschied voneinander. Am folgenden Tag fing der Kaufmann an, sein Erbteil unter ihnen zu verteilen und sein Testament zu machen; er regelte alles mit den Leuten, denen er etwas schuldig war, gab große Geschenke und Almosen und holte Leute, die den Koran für ihn lesen mussten. Dann ließ er Zeugen und Gerichtsschreiber kommen, schenkte seinen Sklaven und Sklavinnen die Freiheit, gab den erwachsenen Kindern ihren Teil von seinem Vermögen, machte ein Testament für den Teil der Kleinen und gab seiner Frau, was ihr zustand. So war er beschäftigt, bis das Jahr verstrichen war und nur noch so viel davon übrig blieb, wie er zur Reise brauchte. Dann wusch er sich, betete, nahm sein Totengewand und sagte seiner Frau und seinen Kindern Lebewohl. Diese schrien und weinten alle zusammen, und auch er vergoss viele Tränen und sprach zu ihnen: »Bei meinem Haupt und bei meinen Augen, dies ist ein Beschluss des Allwissenden, es ist sein Urteil und seine Bestimmung. Der Mensch ist eben nur zum Tode geschaffen.« Jetzt nahm er zum letzten Mal Abschied, bestieg sein Tier, reiste Tag und Nacht, bis er zu dem Garten gelangte. Es war gerade ein Jahr verstrichen. Er setzte sich an den Ort, wo er die Datteln gegessen hatte, und erwartete mit traurigem Herzen und weinenden Augen den Geist. Während er so dasaß, kam ein alter Mann mit einer Gazelle an einer Kette auf ihn zu und grüßte ihn. Der Kaufmann erwiderte seinen Gruß, und der Alte fragte ihn, was er hier tue an diesem Orte der Dschinn und Ifriten; denn dieser Garten sei von Dämonen bewohnt, und es gehe keinem gut, der darin verweile. Der Kaufmann erzählte ihm seine ganze Geschichte mit dem Geist von Anfang bis Ende. Der Alte wunderte sich sehr, als er hörte, dass er hier seinen Tod erwarte, und sagte: »Du musst ein Mann von großer Redlichkeit sein.« Hierauf setzte er sich neben ihn und sprach: »Ich werde nicht von hier weichen, bis ich sehe, wie es dir mit dem Geist ergehen wird.« Sie blieben nun beisammen sitzen und unterhielten sich miteinander.

Während der Kaufmann sich mit dem Alten unterhielt, kam noch ein alter Mann mit zwei schwarzen Hündinnen dazu. Er grüßte sie, und die beiden erwiderten seinen Gruß; dann fragte er, was sie hier täten, und der Alte mit der Gazelle erzählte jenem die Geschichte des Kaufmanns mit dem Geist, dem er geschworen habe, wiederzukommen, und den er nun erwarte, um von ihm getötet zu werden. »Ich kam nur zufällig hierher«, setzte er hinzu, »aber ich schwor, nicht von hier zu weichen, bis ich sehe, was sich zwischen ihm und dem Geist ereignen wird.« Als der Mann mit den Hündinnen dies hörte, wunderte er sich besonders darüber, dass der Kaufmann seinen Eid so treu gehalten hatte, und sagte: »Auch ich kann diesen Ort nicht verlassen, bis ich weiß, was sich zwischen dem Kaufmann und dem Geist zutragen wird.« Während sie so im Gespräch waren, kam noch ein alter Mann mit einem mageren Maultier; nach gegenseitigem Gruß fragte dieser: »Was tut ihr hier, und warum ist der Kaufmann so traurig und niedergeschlagen?« Die beiden Alten erzählten ihm nun die Geschichte und sagten ihm auch, dass sie hier warten wollten, um zu sehen, wie es ihm mit dem Geist ergehen werde. Als der Alte dies hörte, sagte er: »Auch ich will nicht von hier weichen, bis ich sehe, was sich mit diesem Mann und dem Geist ereignen wird.« Er setzte sich daraufhin zu ihnen, und sie unterhielten sich eine kleine Weile. Da kam auf einmal eine große Staubwolke aus der Wüste hergezogen, und der Geist erschien mit dem blanken Schwert in der Hand und ging auf sie zu, ohne sie zu grüßen. Als er bei ihnen war, zog er den Kaufmann an der linken Hand in die Höhe und sprach: »Steh auf, dass ich dich töte!« Der Kaufmann weinte, und die drei Alten weinten auch und jammerten laut.

Als der Geist den Kaufmann töten wollte, ging der erste Alte mit der Gazelle auf jenen zu, küsste ihm Hände und Füße und sprach: »O König der Geister, wenn ich dir erzähle, was mir mit dieser Gazelle widerfahren ist, und du meine Erzählung noch wunderbarer findest als das, was dir mit dem Kaufmann zustieß, wirst du mir zuliebe ihm ein Drittel seiner Schuld vergeben?« – »Recht gern«, entgegnete der Geist. Und der Alte erzählte:

Die Geschichte des ersten Greises mit der Gazelle

»Wisse, o Geist, dass diese Gazelle die Tochter meines Oheims ist; sie ist mein eigen Fleisch und Blut und von Kindheit an meine Frau, denn sie war erst zehn Jahre alt, als ich sie heiratete, und ist folglich erst bei mir mannbar geworden. Ich lebte dreißig Jahre mit ihr, ohne mit einem Erben beglückt zu werden; doch hatte ich während dieser ganzen Zeit ihr immer viel Gutes erwiesen und sie geehrt. Aber ich kaufte noch eine Sklavin, die mir einen Knaben gebar, schön wie der Mond. Jetzt wurde meine erste Frau eifersüchtig. Als mein Sohn zwölf Jahre alt war, musste ich eine Reise unternehmen; ich empfahl ihn meiner Frau aufs Angelegentlichste, ihn und seine Mutter. Ein Jahr blieb ich aus. Während meiner Abwesenheit hatte meine Frau die Zauberkunst gelernt; sie nahm meinen Sohn und verzauberte ihn in ein Kalb, ließ meinen Hirten kommen, übergab ihm das Kalb und sagte: ›Lass dieses Kalb mit den Stieren weiden.‹ Dann verzauberte sie die Mutter in eine Kuh und übergab sie ebenfalls dem Hirten. Als ich nun bei der Rückkehr meine Frau nach dem Sohn und seiner Mutter fragte, sagte sie mir, die Mutter sei gestorben und der Sohn vor zwei Monaten davongelaufen; sie aber habe seither nichts mehr von ihm gehört.

Als ich diese Worte vernahm, entbrannte mein Herz wegen meines Sohnes und bekümmerte sich um die Mutter. Ich stellte ein ganzes Jahr Nachforschungen nach meinem Sohn an. Nun kam der große Bairam. Ich schickte zum Hirten und ließ ihm sagen, er möge mir eine fette Kuh bringen, damit ich das Fest feiern könne. Er brachte mir meine verzauberte Frau. Als ich sie nun binden ließ und sie schlachten wollte, weinte und seufzte sie, und die Tränen liefen ihr über die Wangen herunter. Ich war darüber sehr erstaunt, blieb gerührt vor ihr stehen und sagte zum Hirten: ›Bring mir eine andere.‹ Da sagte meines Oheims Tochter: ›Schlachte nur diese, denn er hat keine bessere und fettere. Wir wollen sie daher am Festtag verzehren.‹ Ich ging wieder auf sie zu, um sie zu schlachten, aber sie brüllte wieder. Ich blieb vor ihr stehen und sagte hierauf zum Hirten: ›Schlachte du sie statt meiner.‹ Er schlachtete sie und zog ihr die Haut ab, aber da fand er weder Fleisch noch Fett, es war nichts an ihr als Haut und Knochen. Ich bereute es, sie geschlachtet zu haben, und sagte zu dem Hirten: ›Nimm du sie, oder gib sie, wem du willst, und suche mir ein fettes Kalb heraus.‹ Er nahm die Kuh und ging fort; ich weiß nicht, was er mit ihr getan hat. Dann kam er wieder und brachte mir meinen Sohn, die Seele meines Herzens, in der Gestalt eines fetten Kalbes. Als mein Sohn mich sah, zerriss er das Seil, das an seinem Kopf befestigt war, sprang auf mich zu und legte seinen Kopf auf meine Füße. Ich wunderte mich darüber, war gerührt und bemitleidete dank einer geheimen göttlichen Kraft mein eigenes Blut. Mein Innerstes kam in Bewegung, als ich die Tränen des Kalbes, meines Sohnes, sah, wie sie über seine Wangen herabflossen und wie es dabei mit seinen Vorderfüßen die Erde scharrte; ich ließ es nun los und sprach zu dem Hirten: ›Lass dieses Kalb in der Herde, pflege es gut und bring mir ein anderes!‹ Da schrie meines Oheims Tochter, diese Gazelle hier: ›Schlachte kein anderes als dieses Kalb!‹ Ich erzürnte und sagte: ›Ich habe dir schon gehorcht, als ich die Kuh schlachtete, und es hat uns nichts genützt. Nun werde ich dir aber bei diesem Kalb kein Gehör schenken und es nicht schlachten.‹ Sie drang aber in mich und sprach: ›Dieses Kalb muss geschlachtet werden.‹ Sie nahm dann ein Messer und ließ das Kalb binden. Ich nahm ihr aber das Messer aus der Hand und wollte selbst mein Kind schlachten, da schluchzte und weinte es, legte seinen Kopf auf meine Füße, streckte die Zunge heraus, gleichsam um mir ein Zeichen zu geben. Ich aber wandte mich von ihm ab und ließ es los, denn mein Herz war zu gerührt. Hierauf sprach ich zu meiner Gemahlin: ›Ich empfehle dir dieses Kalb!‹ Sie gab sich zufrieden, als ich ihr versprach, es zum nächsten Fest zu schlachten, und sie willigte ein, jetzt ein anderes zu töten. So verging diese Nacht. Am folgenden Morgen, als es hell geworden war, kam der Hirte zu mir, ohne dass meine Frau etwas merkte, und sagte: ›Herr, ich habe dir ein gute Nachricht zu bringen. Wirst du mir deshalb wohl ein Geschenk machen?‹ – ›Du sollst eines haben‹, erwiderte ich, ›erzähle nur!‹ Da sagte er wieder: ›Ich habe eine Tochter, die zaubern kann und Beschwörungen gelernt hat. Als ich gestern mit dem Kalb, das du freigelassen hast, nach Hause kam, um es mit den anderen jungen Stieren weiden zu lassen, betrachtete meine Tochter das Tier und weinte und lachte. Ich fragte sie, warum sie so weine und lache. Und sie antwortete mir, dass dieses Kalb der Sohn unseres Herrn sei. Er sei von der Gemahlin seines Vaters verzaubert worden, darum lache sie. Weinen müsste sie über seine Mutter, die sein Vater geschlachtet habe. Ich konnte kaum die Morgenröte erwarten, um dir diese gute Nachricht vom Leben deines Kindes zu bringen.‹

Als ich, o Geist, das hörte, schrie ich laut und fiel in Ohnmacht. Nachdem ich wieder zu mir gekommen war, ging ich mit dem Hirten in dessen Haus, lief zu meinem Sohn, warf mich über ihn, umarmte ihn und weinte. Er wandte seinen Kopf zu mir. Aus seinen Augen flossen Tränen, und er streckte seine Zunge heraus, gleichsam um mich auf seinen Zustand aufmerksam zu machen. Ich wandte mich hierauf zur Tochter des Hirten und sagte zu ihr: ›Wenn du ihn wieder vom Zauber befreien kannst, so schenke ich dir mein Vieh und alles, was ich sonst besitze.‹ Sie beteuerte mir, dass sie weder nach meinem Vieh noch nach meinem anderen Besitztum gelüste. ›Nur unter zwei Bedingungen‹, sprach sie, ›will ich deinen Sohn befreien: Erstens musst du mich mit ihm verheiraten, und zweitens musst du mir erlauben, die zu verzaubern, die ihn in diesen Zustand versetzt hat, denn sonst werde ich immer ihre Bosheit und ihre Ränke gegen ihn zu befürchten haben.‹ Ich erwiderte: ›Gut, ich gebe dir und meinem Sohn noch mein Vermögen obendrein; ebenso gebe ich dir volle Macht über die Tochter meines Oheims, die so gegen meinen Sohn gehandelt und mich überredet hat, seine Mutter zu schlachten. Ich will sie dir herbringen; du magst mit ihr verfahren, wie du willst.‹ Sie antwortete: ›Ich will ihr nur das zu kosten geben, womit sie andere speiste.‹ Hierauf füllte sie eine Schüssel mit Wasser, sprach den Zauber darüber, beugte sich dann zu meinem Sohn und sagte: ›Du Kalb, bist du ein Geschöpf des Allgewaltigen, Allmächtigen, so bleibe unverändert, bist du aber treulos verzaubert, so verlasse diese Gestalt und nimm mit Erlaubnis des Schöpfers der Welt wieder eine menschliche an!‹ Sie besprengte ihn dann mit dem Wasser aus der Schüssel, und er wurde wieder ein Mensch wie früher; es dauerte aber nicht lange, da fiel ich ohnmächtig neben ihm hin. Als ich wieder zu mir gekommen war, erzählte er, was die Tochter meines Oheims, diese Gazelle hier, ihm und seiner Mutter angetan hatte. Ich sagte zu ihm: ›Nun, mein Sohn, Allah hat uns ein Wesen gesandt, das für dich, deine Mutter und mich an ihr Rache nehmen wird.‹ Hierauf verheiratete ich meinen Sohn mit der Tochter des Hirten, die schön war wie der Vollmond, dabei sehr geschickt, gelehrt und kenntnisreich, viele Dichter gelesen und allerlei Magie erlernt hatte. Sie verzauberte die Tochter meines Oheims hier in eine Gazelle und sagte: ›Dir zuliebe habe ich sie in eine schöne Gestalt verzaubert, damit ihr Anblick dir nicht zum Abscheu werde.‹ Und sie blieb Jahre und Monate bei uns; dann starb die Frau meines Sohnes, die Tochter des Hirten, und mein Sohn reiste in das Land des jungen Mannes, mit dem dir dieses Abenteuer widerfahren ist. Ich ging nun, um meinen Sohn zu besuchen, und nahm die Tochter meines Oheims, diese Gazelle hier, mit mir, und so kam ich hierher zu euch. Dies ist meine Geschichte; ist sie nicht sonderbar und wundervoll?« – »Nun«, antwortete der Geist, »ich schenke dir den Dritten Teil seiner Schuld.«

Hierauf kam der zweite Alte, der mit den beiden schwarzen Hunden, und sprach: »Auch ich will dir erzählen, was mir mit meinen Brüdern, diesen beiden Hunden, widerfahren ist; du wirst sehen, dass meine Erzählung noch wunderbarer und unglaublicher als die dieses Mannes ist. Wirst du, wenn ich sie dir erzähle, mir auch ein Drittel seiner Schuld schenken?« – »Ja, das werde ich«, antwortete der Geist.

Die Geschichte des zweiten Greises mit den beiden Hunden

Hierauf sprach der zweite Alte mit den beiden Hunden: »Folgendes ist meine Geschichte, o Geist: Diese zwei Hunde sind meine zwei Brüder; wir waren, als unser Vater starb, drei Brüder. Er hinterließ uns dreitausend Denare; ich eröffnete einen Laden und kaufte und verkaufte, ebenso meine Geschwister. Es dauerte nicht lange, da verkaufte mein ältester Bruder, einer dieser Hunde, alles, was er im Laden hatte, für tausend Denare, kaufte verschiedene Waren mit diesem Geld ein und reiste weg; er blieb ein volles Jahr aus. Eines Tages, als ich in meinem Laden saß, stand er bettelnd vor mir. Ich sagte: ›Allah helfe dir!‹ Da sprach er weinend: ›Kennst du mich nicht mehr?‹ Ich betrachtete ihn näher und sah, dass es mein Bruder war; ich hieß ihn willkommen, trat mit ihm in den Laden, fragte ihn, wie es ihm ginge, und er antwortete mir: ›Frage mich nicht, denn es ist mir schlecht ergangen; alles Geld ist dahin.‹ Ich brachte ihn dann ins Bad, gab ihm eines meiner Gewänder anzuziehen und nahm ihn zu mir. Als ich nun meine Rechnungen über mein Geschäft in Ordnung brachte und fand, dass mein Kapital von tausend Denaren sich verdoppelt hatte, so teilte ich es mit meinem Bruder und sagte zu ihm: ›Nun denke dir, du seist gar nicht fort gewesen.‹ Er nahm das Geld voller Freude und eröffnete wieder einen Laden.

So lebte ich viele Tage und Nächte; da verkaufte mein zweiter Bruder, der andere Hund hier, auch, was er hatte, sammelte sein Vermögen ein und wollte ebenfalls eine Reise machen. Wir rieten ihm ab; er bestand aber darauf, reiste mit einer Karawane fort und blieb ein volles Jahr aus. Dann kam er in demselben Zustand wieder zu mir wie sein älterer Bruder. Ich sagte zu ihm: ›Wie, mein Bruder, habe ich dir nicht von deiner Reise abgeraten?‹ Er erwiderte weinend: ›Mein Bruder, es war so meine Bestimmung; nun bin ich arm, ich besitze keinen Dirham. Ich bin nackt und habe kein Hemd.‹ Ich nahm ihn dann, o Geist, mit mir ins Bad, gab ihm eins von meinen neuen Gewändern anzuziehen und ging mit ihm in meinen Laden, wo wir aßen und tranken. Dann sprach ich zu ihm: ›Ich will nun wie alljährlich die Rechnungen schließen, und was ich gewonnen habe, will ich mit dir teilen.‹ Hierauf, o Geist, machte ich die Rechnung von meinem Geschäft und fand zweitausend Denare. Ich dankte dem Erhabenen, gab tausend Denare meinem Bruder und behielt tausend für mich, und mein Bruder eröffnete aufs Neue einen Laden. So lebten wir einige Zeit, da kamen meine Brüder zu mir und wollten, dass ich mit ihnen reise; ich weigerte mich und sprach zu ihnen: ›Was habt ihr bei euren Reisen gewonnen, sodass auch ich einen Gewinn erwarten könnte?‹ Ich lieh ihnen kein Gehör, und wir blieben wieder in unseren Läden und trieben Handel. Sie aber schlugen mir alle Jahre von neuem vor, mit ihnen zu reisen. Ich wollte nie einwilligen, bis zum sechsten Jahr, da sagte ich zu ihnen: ›Seht, meine Brüder, ich will wohl mit euch reisen, doch will ich zuerst sehen, was ihr an Vermögen habt.‹ Als ich suchte, fand ich nichts bei ihnen, denn sie hatten durch ihr Prassen alles verschwendet. Ich sagte ihnen kein Wort, machte die Rechnung von dem, was ich an Geld und Waren im Laden hatte, und fand sechstausend Denare. Dies freute mich, und nachdem ich zwei Teile daraus gemacht hatte, sagte ich zu beiden: ›Hier sind dreitausend Denare für euch und für mich, dass wir damit handeln.‹ Ich vergrub darauf die übrigen dreitausend Denare für den Fall, dass es mir ginge, wie es meinen Brüdern gegangen war, damit ich wieder dreitausend Denare fände, um einen Laden eröffnen zu können. Es waren beide zufrieden; ich gab jedem tausend Denare und behielt tausend für mich. Wir kauften die nötigen Waren ein, bereiteten uns zur Reise vor, heuerten ein Schiff und reisten, auf Allah vertrauend, Tag und Nacht und Nacht und Tag. – Ich reiste nun einen Monat lang auf dem Meer mit meinen Brüdern, da kamen wir vor eine große Stadt; wir gingen hinein, verkauften unsere Waren so gut, dass wir an einem Denar zehn gewannen. Damit kauften wir andere Waren ein und wollten abreisen; da fand ich am Ufer des Meeres ein Mädchen in zerrissenen Kleidern. Es küsste meine Hand und sagte: ›Mein Herr, tu mir einen Gefallen, du wirst dafür belohnt werden. Der Schöpfer wird mir wohl die Mittel verschaffen, dir deine Wohltat zu vergelten.‹ Ich sagte zu ihr: ›Gut, ich will dir einen Gefallen erweisen, ohne dass du mich dafür zu belohnen brauchst.‹ Sie sprach hierauf: ›Heirate mich, schenke mir Kleider und nimm mich mit dir als deine Frau; schon besitzt du mein Herz, sei daher wohltätig gegen mich, ich werde dich dafür belohnen. Lass dich nur von meinem armseligen Zustand nicht abschrecken.‹ Als ich dies hörte, bekam ich nach Allahs Eingebung Mitleid mit ihr, und ich nahm sie mit aufs Schiff. Wir reisten so Tag und Nacht; ich liebte sie immer mehr, denn sie war schön wie der Vollmond am Himmel. Ich war stets um sie und vergaß durch sie ganz meine beiden Brüder. Diese aber waren neidisch und gönnten mir mein Glück nicht. Sie hatten auch Verlangen nach meinem Vermögen, daher sprachen sie davon, mich umzubringen, denn der Böse hatte ihnen diese Tat eingegeben. Als ich nun in einer Nacht mit meiner Frau fest schlief, nahmen sie uns beide und warfen uns ins Meer. Aber meine Frau verwandelte sich sogleich in einen Geist und trug mich auf eine Insel. Als Allah es Tag werden ließ, sprach sie zu mir: ›Nun, mein Gatte, habe ich dich belohnt, indem ich dich vom Tode befreite. Wisse, dass ich zu den guten Geistern gehöre, die alles im Namen des Allerhöchsten tun. Als ich dich am Ufer des Meeres gesehen hatte, liebte ich dich sogleich und ging zu dir in dem Zustand, in dem du mich sahst, erklärte dir meine Liebe, und du nahmst mich auf; jetzt aber muss ich deine Brüder umbringen.‹ Als sie so zu mir sprach, war ich über ihre Handlungsweise sehr erstaunt; ich dankte ihr und bat, sie solle meine Brüder nicht umbringen, sonst würde auch ich sterben. Ich erzählte ihr daraufhin alles, was mir schon mit ihnen widerfahren war. Als sie meine Erzählung angehört hatte, erzürnte sie sich heftig gegen sie und sagte: ›Sogleich soll ihr Schiff untergehen, damit sie umkommen.‹ Ich bat sie, dass sie dies nicht tun möge. ›Es gibt einen Spruch‹, sagte ich. ›Er lautet: Vergelte Böses mit Gutem! Es sind ja doch meine Brüder!‹ Hierauf drang ich in sie und mäßigte ihren Zorn; sie hob mich in die Lüfte und flog mit mir so hoch, dass man uns nicht mehr sehen konnte. Dann ließ sie mich auf das Dach meines Hauses nieder. Ich ging ins Haus, grub die dreitausend Denare aus der Erde und öffnete meinen Laden wieder. Als ich abends, nachdem mich alle Leute des Basars gegrüßt hatten, in mein Haus zurückkehrte, fand ich diese beiden Hunde dort angebunden. Als sie mich sahen, seufzten sie, hingen sich an mich und vergossen Tränen; ich erschrak darüber und wusste nicht, was vorgefallen war. Da kam meine Frau und sprach: ›Mein Herr, hier sind deine Brüder.‹ Ich fragte sie, wer dies mit ihnen getan habe. Sie antwortete: ›Ich habe es über sie verhängt, und erst in zehn Jahren werden sie frei werden.‹ Danach verließ sie mich, nachdem sie mir ihren Wohnort angegeben hatte. Nun sind die zehn Jahre verstrichen, und ich machte mich mit ihnen auf den Weg, damit sie erlöst werden. Hier fand ich nun diesen Mann und diesen Greis mit der Gazelle. Ich erkundigte mich nach dem Zustand des jungen Mannes, und er erzählte mir, was ihm mit dir widerfahren war. Ich beschloss, nicht von hier zu weichen, bis ich sehe, was unser Herr, der Geist, dem Mann tun wird. Dies ist meine Erzählung, ist sie nicht wunderbar?« Da sprach der Geist: »Ich schenke dir das zweite Drittel seiner Schuld.«

Der dritte Greis trat nun vor und sprach: »O du Geist, mein Herr! Du wirst mich wohl nicht betrüben und mir auch ein Drittel seiner Schuld schenken, wenn ich dir meine Geschichte mit diesem Maultier erzählt haben werde, die noch befremdender als die Geschichte dieser beiden ist.« – »Erzähle«, versetzte der Geist, und der Greis begann:

Die Geschichte des dritten Greises mit dem Maulesel

»Höre, o Geist, diese Mauleselin war meine Gemahlin. Ich machte einst eine Reise und war ein volles Jahr von ihr getrennt. Nach Abschluss meiner Geschäfte kam ich eines Abends wieder nach Hause zurück. Als ich ins Zimmer trat, fand ich einen schwarzen Sklaven bei ihr; sie unterhielten sich miteinander, warfen sich verliebte Blicke zu, scherzten und küssten und neckten einander. Als sie mich sah, kam sie mir mit einem Becher voll Wasser entgegen, sprach einige Worte darüber, besprengte mich damit und sagte: ›Verlasse deine Gestalt und nimm die eines Hundes an.‹

Sogleich verwandelte ich mich in einen Hund, und sie jagte mich aus dem Haus. Ich lief bis zu dem Laden eines Metzgers; dort fraß ich die Knochen, die unter seinem Tisch lagen. Als der Metzger mich sah, nahm er mich zu sich, und als seine Tochter mich betrachtete, bedeckte sie ihr Gesicht vor mir und sagte zu ihrem Vater: ›Warum bringst du einen fremden Mann zu uns herein?‹ Ihr Vater fragte: ›Wo ist ein Mann?‹ – ›Diesen Hund‹, antwortete sie, ›hat seine Frau verzaubert; doch ich kann ihn befreien.‹ Als ihr Vater dies hörte, sprach er zu ihr: ›Bei Allah, meine Tochter! Befreie ihn; du wirst damit eine gute Tat ausüben.‹ Die Tochter des Metzgers stand nun auf, nahm einen Becher voll Wasser, murmelte etwas vor sich hin, bespritzte mich mit dem Wasser ein wenig und sagte dann zu mir: ›Kehre wieder in deine frühere Gestalt zurück mit der Erlaubnis des Erhabenen.‹ Als ich nun wieder meine frühere Gestalt angenommen hatte, küsste ich ihre Hände und sprach: ›Ich beschwöre dich bei dem Allerhabenen, verzaubere meine Frau, so wie sie mich verzaubert hat.‹ Hierauf gab sie mir ein wenig von jenem Wasser und sagte: ›Wenn sie schläft, so besprenge sie damit und sprich sie dann mit einem Namen an, der dir gefällt. Sie wird die Gestalt annehmen, die du wähltest.‹ Ich nahm das Wasser, ging zu meiner Frau, fand sie tief schlafend, bespritzte sie mit dem Wasser und sagte dann: ›Verlasse deine Gestalt und nimm die einer Mauleselin an!‹ Sogleich wurde sie eine Mauleselin; und sie ist's, die du hier mit eigenen Augen siehst, o Sultan und Oberhaupt der Könige der Geister.« Der Greis fragte die Mauleselin noch, ob dies alles wahr sei. Sie nickte bejahend mit dem Kopf. »Dies«, sprach der Greis, »ist die Erzählung von dem, was mir widerfahren ist.«

Der Geist wunderte sich sehr darüber, schüttelte sich vor Freude und sagte: »Nun, Greis, ich schenke dir das noch übrige Drittel der Schuld dieses Mannes und lasse ihn frei.«

Der Kaufmann ging hierauf zu den drei Greisen, dankte ihnen für ihre Güte, und sie wünschten ihm Glück zu seiner Rettung, nahmen Abschied von ihm und trennten sich. Jeder ging darauf seines Weges; der Kaufmann kehrte in sein Land zurück, und seine Frau und Kinder freuten sich sehr, als sie ihn wiederkommen sahen, und er lebte glücklich mit ihnen, bis ihn der Tod erreichte.

Die Geschichte der Wesire

In der Stadt Kanim Madud residierte in grauer Vorzeit ein König, der Asad Bacht hieß. Sein Reich dehnte sich von den Grenzen Indiens bis an das Meer und nach Sebestan aus. Er hatte zehn Wesire, die das Reich verwalteten, und er selbst war ein verständiger und wohl unterrichteter Mann. Eines Tages ging er mit einiger Begleitung auf die Jagd, da sah er einen Diener zu Pferd, der einen Maulesel am Zaum führte, der ein seidenes Zelt trug, das mit Gold durchwirkt war, und einen Gurt, der mit Perlen und Edelsteinen verziert war. Der König trennte sich von seinem Gefolge und ging auf die Reiter zu, die dem Zelt folgten, und fragte sie, wem dieses Zelt gehöre. Einer der Diener, der den König nicht erkannte, antwortete: »Das Zelt gehört dem Wesir Isfahend, der seine Tochter, die darin ist, dem König Sad Schah zur Gattin geben will.« Während der Diener so sprach, hob die Braut, die Bahrdjur hieß, den Vorhang vom Zelt weg, um zu sehen, wer mit dem Sklaven spreche. Der König erblickte sie und fand sie so schön und wohl gestaltet, dass er, von Liebe entbrannt, dem Diener sagte: »Kehre mit deinem Maulesel um; ich bin der König Asad Bacht und will selbst deine Herrin heiraten. Ihrem Vater wird es lieb sein, denn er ist ja mein Wesir.« Der Diener sagte: »O König, Allah erhalte dich lange! Lass mich ihrem Vater, meinem Herrn, Nachricht davon geben; du kannst sie dann mit seiner Einwilligung nehmen. Es ziemt dir doch nicht, sie ohne sein Wissen zu heiraten; das würde ihn kränken.« Aber der König sagte: »Ich habe keine Geduld, so lange zu warten, bis du zu ihrem Vater gehst und wiederkehrst. Es wird keine Schande für ihren Vater sein, wenn ich sie heirate.« – »O mein Herr!«, rief der Diener nochmals. »Was man übereilt, bringt wenig Segen; stürze dich durch deine Übereilung in keine Gefahr. Ich weiß, dein Vorgehen wird ihren Vater beleidigen und die Sache wird nicht gut enden.« Der König sagte aber: »Isfahend ist mein Untertan wie jeder andere. Wenig liegt mir daran, ob er zufrieden ist oder nicht.« Er ergriff hierauf die Zügel des Maulesel, führte Bahrdjur in seinen Palast und heiratete sie. Der Diener kehrte mit den Reitern zu ihrem Vater zurück und sagte ihm: »O Herr, du bist nun so viele Jahre ein treuer Diener des Königs, und doch hat er deine Tochter ohne deine Einwilligung zu sich genommen.« Als der Wesir dies hörte, geriet er in heftigen Zorn, versammelte seine Truppen und sagte zu ihnen: »Solange der König sich mit seinen Frauen begnügte, hatten wir keinen Kummer. Nun gelüstet es ihn nach unserem Harem; wir müssen daher einen Ort suchen, an dem unsere Frauen sicher sind.« Dann schrieb er dem König, um ihn desto sicherer zu hintergehen: »Ich bin ein Sklave deiner Sklaven; meine Tochter ist deine Sklavin. Der Erhabene schenke dir ein langes, freudiges Leben! Ich war bisher immer deinem Dienste treu und zur Verteidigung deines Landes gegen alle Feinde gerüstet; nun werde ich aber noch wachsamer sein, da ich gewissermaßen, seitdem du meine Tochter geheiratet hast, auch Anteil daran habe.« Diesen Brief sandte der Wesir durch einen Boten mit vielen Geschenken ab. Der König freute sich sehr darüber und überließ sich ganz dem Vergnügen und Wohlleben.

Nach einiger Zeit kam der Großwesir zum König und sagte: »Wisse, o König, Isfahend ist dein Feind geworden, weil ihm dein Verhalten gegenüber seiner Tochter missfallen hat. Freue dich nur nicht über seine Botschaft, und traue seinen süßen Worten nicht.« Der König achtete auf diese Worte; nach einiger Zeit nahm er aber die Sache leicht und fuhr fort, unbesorgt zu leben. Der Wesir Isfahend aber ließ ein Schreiben an alle Fürsten ergehen, in dem er sie von der Handlungsweise des Königs ihm gegenüber in Kenntnis setzte und auf die Gefahr, die einer jeden Familie drohe, aufmerksam machte. Da versammelten sie sich bei Isfahend und beschlossen, den König umzubringen. Sie zogen an der Spitze ihrer Truppen gegen den König, und er ahnte nichts, bis schon das Kriegsgeschrei die Stadt füllte. Da sagte er zu seiner Gattin Bahrdjur: »Was ist zu tun?« Sie antwortete: »Tu, was du für gut hältst, ich gehorche in allem.« Da ließ sich der König seine zwei besten Pferde bringen, versah sie mit so viel Gold, wie er konnte, floh in der Nacht mit seiner Gattin in die Wüste Kirman und ließ Isfahend als Herrn der Stadt und des Throns zurück. Der flüchtige König musste aber bald anhalten und in einer Höhle die Entbindung seiner Gattin abwarten. Zwar erleichterte ihr Allah die Geburt eines Sohnes, schön wie der Mond, den sie alsbald in ein seidenes, goldbesticktes Kleid einwickelte und die Nacht hindurch nährte. Des Morgens sagte aber der König: »Wir können uns hier nicht länger mit dem Jungen aufhalten, wir können ihn auch nicht mit uns schleppen; das Beste ist daher, wir lassen ihn hier. Allah kann ihm wohl jemanden schicken, der ihn aufnimmt und erzieht.« Sie weinten dann heftig, legten den Knaben neben eine Quelle, ließen einen Beutel mit tausend Denaren bei ihm zurück, bestiegen ihre Pferde und setzten ihre Flucht fort. Nun wollte die Bestimmung, dass gerade eine Räuberbande in der Nähe dieses Berges eine Karawane ausplünderte und in dieser Höhle ihre Beute unter sich teilte. Als die Räuber den Knaben im seidenen Gewand und das Gold neben ihm liegen sahen, riefen sie: »Allah sei gepriesen! Durch welches Verbrechen mag wohl dieses Kind hierher gekommen sein?«

Die Räuber verteilten das Gold unter sich, und ihr Hauptmann nahm den Knaben als seinen Sohn an, gab ihm Milch und Datteln, bis er nach Hause kam, dann beschaffte er ihm eine Amme. Der König und die Königin setzten indessen ihre Flucht fort, bis sie zum Herrscher von Persien kamen, der sie sehr gut aufnahm und ihnen viel Gold und Truppen schenkte. Nachdem Asad Bacht einige Tage bei ihm ausgeruht hatte, machte er sich mit den Truppen zu seiner Residenz auf, schlug die Armee Isfahends und bemächtigte sich wieder seines Throns. Als er wieder die Ruhe hergestellt hatte, schickte er Boten ins Gebirge, um sein Kind zu holen. Sie kamen aber zurück und sagten dem König, sie hätten es nicht finden können.

Der Prinz wurde inzwischen bei den Räubern erzogen, die ihn auf allen ihren Raubzügen mit sich nahmen. Eines Tages zogen sie gegen eine Karawane in Sebestan. Da diese aber eine überaus reiche Ladung und zahlreiches tapferes Geleit bei sich hatte, auch wegen der Unsicherheit dieser Gegend nach allen Seiten Wachen aufstellte, war sie beim Nahen der Räuber schon zur Gegenwehr gerüstet. Der Kampf war heftig, doch zuletzt siegte die Karawane; ein Teil der Räuber fiel, einige entflohen, und der junge Prinz wurde gefangen genommen. Als die Kaufleute den Jungen betrachteten, der so schön wie der Mond aussah, fragten sie ihn: »Wer ist dein Vater, und wie bist du zu diesen Dieben gekommen?« Er antwortete: »Ich bin der Sohn des Räuberhauptmanns.« Die Kaufleute führten den Gefangenen vor den König Asad Bacht, seinen Vater, und erzählten ihm den ganzen Vorfall mit den Räubern.

Der König sagte, er wolle ihn behalten, worauf die Kaufleute erwiderten: »O König der Zeit! Der Allmächtige hat ihn dir geschenkt, wir alle sind ja deine Sklaven.« Der König entließ sie dann, nahm den Jungen zu den vielen anderen in seinen Palast, und da er nach einiger Zeit viel Bildung, Verstand und Kenntnisse bei ihm wahrnahm, vertraute er ihm seine Schätze an, die bisher die Wesire verwaltet hatten, und erteilte Befehle, dass nichts ohne diesen Jüngling geschehe. So vergingen zwei Jahre, in denen der König nichts als Gutes und Treues von seinem Sohn sah; er liebte ihn daher immer mehr und konnte nicht mehr ohne ihn sein.

Als die Wesire, die früher nach Belieben mit dem Schatz umgehen konnten, sich durch den Jungen verdrängt sahen, wurden sie eifersüchtig und trachteten nach Mitteln, ihm die Gunst des Königs zu entziehen. Sie konnten lange keine Gelegenheit finden, bis das Schicksal es wollte, dass der Junge Wein trank, sich daran berauschte und, ohne es zu wissen, in das Schlafgemach der Königin lief. Hier warf er sich auf das Bett und schlief bis abends. Da kam eine Sklavin und brachte, wie gewöhnlich, allerlei Früchte und Getränke für den König und die Königin. Der Junge lag da auf seinem Rücken, ohne in seiner Trunkenheit zu wissen, wo er war, und die Sklavin glaubte, es sei der König, denn niemand wusste etwas von dem Jungen. Sie legte die Weihrauchpfanne neben das Bett, schloss die Tür und ging wieder fort. Bald darauf kamen der König und die Königin aus dem Speisesaal, und als der Herrscher den Jungen im Schlafgemach fand, sagte er zu seiner Gattin: »Was tut der hier; der ist gewiss nur deinetwegen hierher gekommen.« Die Königin erwiderte: »Ich weiß nichts von ihm.« Inzwischen erwachte der Jüngling, und als er den König erblickte, sprang er auf und verbeugte sich vor ihm. Der König schrie ihn an: »Du treuloser Mensch von schlechter Abkunft, was hat dich hierher gebracht?« Er ließ sogleich den Jungen in den Kerker werfen und die Königin in ein anderes Gefängnis sperren, und am folgenden Morgen setzte er sich auf seinen Thron, ließ den Großwesir kommen und sagte zu ihm: »Weißt du, was der Räuberjunge getan hat? Er ist in meinen Palast gekommen und hat auf meinem Bett geschlafen, und ich fürchte, er steht in einem sündhaften Verhältnis zu der Königin; was ist nun dein Rat?« Der Wesir sprach: »Allah erhalte dich lange! Was konntest du von diesem Jungen erwarten? Ist er nicht von schlechter Abkunft? Sohn eines Räubers, der immer wieder in seine frühere Schlechtigkeit zurückfällt? Wer eine junge Schlange erzieht, kann nur von ihr gebissen werden. Deine Gattin mag wohl unschuldig sein. Sie war stets ein Muster der Tugend und Keuschheit. Wenn mir der König erlaubt, so gehe ich zu ihr und frage sie aus, um die Wahrheit zu erforschen.« Als der König es erlaubte, ging der Wesir zu ihr und sagte ihr: »Ich komme zu dir, einer großen Schandtat willen. Sage mir nun die Wahrheit: Wie ist der Junge in dein Schlafgemach gekommen?« Sie antwortete: »Ich weiß es nicht«, und schwor, dass ihr alles selbst ein Rätsel wäre. Als der Wesir merkte, dass sie unschuldig war, sagte er: »Ich will dir erklären, wie du dich vor dem König rechtfertigen kannst. Sage ihm, wenn er von diesem Vorfall spricht, der Junge habe dich in deinem Gemach gesehen und dir geschrieben, er wolle dir hundert von den wertvollsten Perlen geben, wenn du ihm eine Zusammenkunft gestattest. Du aber lachtest über diesen Vorschlag und schlugst ihm seine Bitte ab; er sei aber wiedergekehrt und habe gesagt, wenn du ihn nicht erhörtest, so komme er einmal betrunken in dein Schlafzimmer, dass der König ihn sehe; er werde ihn dann umbringen, aber auch du würdest zu Schaden kommen und deinen guten Ruf verlieren. Erzähle dies dem König«, fuhr der Wesir fort, »ich gehe voraus, um es ihm zu melden.« Die Königin nahm den Rat des Wesirs an und versprach ihm, seine Aussage zu bestätigen. Der Wesir kehrte zum König zurück und sagte: »Dieser Junge verdient die höchste Strafe wegen seines Undanks nach all dem Guten, das ihm erwiesen worden ist; doch ein bitterer Kern kann nie süß werden. Ich bin nun überzeugt«, fuhr er fort, »dass die Königin unschuldig ist.« Hierauf erzählte er dem König, was er die Königin geheißen hatte. Als der Herrscher das hörte, zerriss er seine Kleider und ließ den Jungen rufen; eine Menge Leute drängte sich herbei, um zu sehen, was der König beschließen werde. Auch der Scharfrichter wurde schon bestellt. Der König sprach mit Heftigkeit, der Junge aber gelassen. Der Herrscher sprach: »Ich habe dich mit meinem Geld gekauft und über alle meine Großen erhoben und zum Schatzmeister gemacht. Wie konntest du meine Ehre schänden und mich in meinem Palast hintergehen?« Der Junge erwiderte: »O König, ich habe nichts mit Absicht getan und bin ohne meinen Willen in dein Schlafgemach gekommen. Mein unglückseliges Geschick trieb mich dahin; mein Stern verließ mich auf einmal. Ich habe mich immer vor allem Unschicklichen gehütet, doch niemand vermag etwas gegen ein feindliches Schicksal. Mir geht es wie dem Kaufmann, der auch trotz all seiner Bemühungen doch dem Schicksal unterlag.« Der König fragte: »Was ist das für eine Geschichte?«, und der Junge erzählte:

Die Geschichte des vom Schicksal verfolgten Kaufmanns

»Einst lebte ein Kaufmann, der einige Jahre lang viel Glück im Handel hatte und mit seinem Geld großen Gewinn machte. Auf einmal misslangen ihm seine Unternehmungen. Da dachte er bei sich: ›Ich bin ein reicher Mann, was soll ich mich länger wegen unsicheren Gewinns auf Reisen quälen. Ich will jetzt ausruhen und nur noch in meinem Hause Handel treiben.‹

Es war Sommerzeit, als der Kaufmann diesen Entschluss fasste; er kaufte Weizen für die Hälfte seines Geldes, den er im Winter mit viel Gewinn wieder zu verkaufen hoffte. Als aber der Winter kam, war der Weizen um die Hälfte billiger, als der Kaufmann ihn im Sommer gekauft hatte. Er betrübte sich sehr darüber und ließ ihn bis zum nächsten Jahr liegen, aber der Preis des Weizens sank immer mehr.

Da sagte ihm einer seiner Freunde: ›Du hast kein Glück mit diesem Weizen, darum verkaufe ihn.‹ Er erwiderte: ›Ich habe lang genug gute Geschäfte gemacht, ich darf wohl auch einmal an etwas Verlust haben; doch bei Allah, und wenn ich ihn zehn Jahre behalten müsste, ich würde ihn nicht ohne Gewinn verkaufen.‹ Und in seinem Ärger ließ er die Tür des Magazins zumauern. Aber die göttliche Bestimmung wollte, dass es so heftig regnete, dass der Regen vom Dach auf den Speicher, in dem der Weizen lag, herabtropfte, sodass er faulte und der Kaufmann den Trägern noch fünfhundert Drachmen geben musste, um ihn zur Stadt hinaus zu bringen. Da sagte ihm sein Freund: ›Wie oft habe ich dir gesagt, du hast kein Glück mit diesem Weizen; warum liehst du mir kein Gehör? Nun gehe zum Sterndeuter und frage ihn nach deinem Stern.‹ Als der Kaufmann zum Sterndeuter kam, sagte ihm dieser: ›Dein Stern ist schlecht, du darfst gar nichts unternehmen, denn alles wird dir misslingen.‹ Der Kaufmann hörte aber nicht auf den Sterndeuter und dachte: ›Wenn ich wieder großen Handel treibe, so fürchte ich nichts.‹ Er nahm dann die noch übrige Hälfte des Vermögens, von dem er inzwischen auch drei Jahre gelebt hatte, baute ein Schiff, trug alles, was er besaß, darauf und fragte die Kaufleute, an welchen Waren man am meisten gewinnen könnte und wo man sie am besten verkaufe. Die Kaufleute nannten ihm ein fernes Land, wo man an einer Drachme hundert verdienen könne. Er segelte mit seinem Schiff dahin, aber auf einmal erhob sich ein Sturm, das Schiff ging unter, und mit Mühe rettete sich der Kaufmann auf einem Brett, das der Wind ans Ufer in der Nähe einer Stadt trieb. Der Kaufmann, obwohl er alles verloren hatte, dankte doch dem Erhabenen dafür, dass er am Leben war, und ging in die Stadt. Hier erzählte er einem alten Mann das Unglück, das ihn auf dem Meer ereilt hatte. Der Alte bedauerte ihn sehr, ließ sogleich Speisen für ihn bringen und sagte ihm: ›Bleibe bei mir als mein Geschäftsführer, ich bezahle dir jeden Tag fünf Drachmen.‹ – ›Allah belohne dich dafür‹, erwiderte der unglückliche Kaufmann.

Der Kaufmann blieb bei dem Alten, besorgte für ihn alle Feldarbeiten und erhielt nach und nach die Oberaufsicht über dessen gesamte Wirtschaft. Als er nach der Ernte die Frucht gesammelt, gedroschen und gereinigt hatte, dachte er: ›Ich glaube nicht, dass der Alte mir meinen Lohn bezahlen wird; das Beste ist daher, ich nehme von dieser Frucht, was mir gebührt, und will er mir später meinen Lohn geben, so erstatte ich ihm zurück, was ich genommen habe.‹ Er nahm daher so viel Frucht, wie sein Lohn ausmachte, verbarg sie und brachte die übrige dem Alten und maß sie ihm vor. Der Alte sagte zu ihm: ›Komm und nimm deinen Lohn, kaufe dir dafür Kleider und was du sonst brauchst, und wenn du zehn Jahre bei mir bleiben willst, so sollst du immer denselben Lohn haben.‹ Da dachte der Kaufmann: ›Es war doch nicht schön von mir, ohne die Erlaubnis meines Herrn mir Frucht zu nehmen.‹ Er ging daher, um sie wieder zu holen, aber er fand sie nicht mehr. Er kehrte betrübt zum Alten zurück, und als dieser ihn fragte, was ihm widerfahren war, sagte er ihm: ›Ich habe geglaubt, du würdest mir meinen Lohn nicht geben, und daher so viel Frucht verborgen, wie mein Lohn ausmacht. Da du mich aber nun gehörig bezahlen wolltest, so wollte ich die verborgene Frucht wieder holen, fand sie aber nicht mehr; gewiss hat sie jemand gestohlen.‹ Der Alte war böse, als er dies hörte, und sagte: ›Es lässt sich nichts gegen ein schlimmes Geschick tun. Siehe, ich hätte dir deinen Lohn gegeben; da du aber, von deinem bösen Stern geleitet, eine so schlimme Meinung von mir hegtest, so sollst du gar nichts haben und auch sogleich mein Haus verlassen.‹

Der Kaufmann ging weinend fort und kam bei Perlenfischern vorüber, die ihn fragten, warum er so betrübt wäre, worauf er ihnen seine ganze Geschichte von Anfang bis zu Ende erzählte. Die Perlenfischer, die ihn in seinen glücklichen Jahren gekannt hatten, fühlten tiefes Mitleid mit ihm und sagten ihm: ›Bleibe bei uns, wir wollen auf dein Glück untertauchen, und was wir heraufbringen, wollen wir teilen.‹ Sie tauchten unter und brachten zehn große Perlmuscheln herauf, von denen jede zwei große Perlen in sich schloss. Erfreut über diesen Fund, riefen sie: ›Bei Allah, dein Glücksstern geht wieder auf!‹ Sie gaben ihm dann die zehn Perlen und sagten: ›Verkaufe zwei davon, handle mit deren Erlös und verwahre die übrigen für die Not.‹ Der Kaufmann nahm die Perlen, nähte acht davon in seine Kleidung ein und steckte die übrigen beiden in seinen Mund. Aber ein Dieb hatte ihm zugesehen und benachrichtigte seine Gesellen davon; diese überfielen ihn und nahmen ihm sein Gewand weg. Der Kaufmann tröstete sich indessen mit den beiden Perlen, die ihm noch blieben.

Er ging dann in die Stadt und nahm die zwei Perlen aus dem Mund, um sie zu verkaufen. Da wollte das Schicksal, dass einem Juwelier in der Stadt zehn Perlen gestohlen wurden, gerade wie die des Kaufmanns. Als daher der Juwelier diese zwei Perlen in den Händen des Maklers sah, fragte er ihn, wem sie gehören. Der Makler antwortete, auf den Kaufmann hindeutend: ›Diesem Mann.‹ Als der Juwelier den Kaufmann sah, dessen Äußeres so arm und elend war, schöpfte er Verdacht und fragte ihn: ›Wo sind die übrigen acht Perlen?‹ Der Kaufmann, der glaubte, er frage ihn nach den Perlen, die in seinem Gewand eingenäht waren, antwortete: ›Sie sind mir gestohlen worden.‹ Der Juwelier, welcher nicht mehr zweifeln konnte, dass dieser Kaufmann seine zehn Perlen gestohlen hatte, ergriff ihn, führte ihn zum Polizeiobersten und sagte diesem: ›Hier ist der Dieb, der mir die zehn Perlen gestohlen hat. Ich habe noch zwei davon bei ihm gefunden, und er hat selbst eingestanden, dass ihm die übrigen acht entwendet wurden.‹ Der Polizeioberst, dem schon vorher dieser Diebstahl angezeigt worden war, ließ den Kaufmann prügeln und einsperren. Schon schmachtete er ein ganzes Jahr im Gefängnis, als endlich durch die göttliche Fügung der Polizeioberst auch einen der Perlenfischer in dasselbe Gefängnis sperren ließ. Der Kaufmann erkannte ihn und erzählte ihm, wie unglücklich er durch seine Perlen geworden war. Als daher der Perlenfischer das Gefängnis verließ, erzählte er die Geschichte des Kaufmanns dem Sultan, und dieser, von der Unschuld des Kaufmanns überzeugt, bemitleidete ihn, ließ ihn in Freiheit setzen, wies ihm eine Wohnung neben dem Palast an und bestimmte ihm ein ansehnliches Jahrgeld. Der Kaufmann vergaß bald alle seine Leiden und dachte: ›Nun ist das Glück wiedergekehrt, ich werde unter dem Schutz dieses Sultans meine übrige Lebenszeit in Ruhe zubringen.‹ Aber eines Tages trieb ihn seine Neugierde an ein Fenster, das mit Erde und Steinen zugemauert war. Er riss es ein, um zu sehen, was dahinter ist, und siehe da, das Fenster ging in den Harem des Sultans. Als er das sah, fuhr er erschrocken zurück und holte frische Erde, um es wieder zu schließen; aber ein Eunuche sah ihn und benachrichtigte schnell den Sultan davon. Der Sultan kam, und als er das Fenster aufgebrochen fand, war er sehr aufgebracht gegen den Kaufmann und sagte ihm: ›Ist das der Lohn für meine Wohltaten? Was hast du nach meinem Harem zu sehen?‹ Der Sultan ließ ihm hierauf die Augen ausstechen, und der Kaufmann, seine beiden Augen in die Hand nehmend, rief verzweifelt: ›Wie lange noch, o verdammtes Schicksal, verfolgst du mich! Zuerst hattest du es nur mit meinem Geld zu tun, und jetzt gehst du mir gar an den Leib. Ich sehe wohl, dass all mein Bemühen vergebens ist, wenn Allah mir nicht beisteht.‹«

»Auch mir, großer König«, sagte der Junge, »geht es wie diesem Mann; solange das Glück mir günstig war, gelang mir alles. Nun hat es mich verlassen, und alles geht verkehrt.« Als der Junge so sprach, legte sich der Zorn des Königs ein wenig, er ließ ihn ins Gefängnis zurückführen und sagte zu den Wesiren: »Der Tag ist bald zu Ende, wir wollen mit der Hinrichtung bis morgen warten.«

Am folgenden Tag trat der zweite Wesir, der Bahrun hieß, vor und verdammte ebenfalls das Verhalten des Angeklagten. Der König ließ den Jungen kommen und sagte: »Wehe dir! Ich werde dir den schlimmsten Tod geben lassen, denn dein Verbrechen ist abscheulich; meine Leute sollen eine Warnung durch dich erhalten.« Der Junge sagte: »O König, übereile dich nicht, denn ein reifliches Bedenken ist die sicherste Stütze einer guten Regierung. Wer nicht die Folgen einer Handlung überlegt, dem geht es wie einem gewissen Kaufmann; wer aber alles voraussieht, der wird glücklich wie der Sohn jenes Kaufmanns.« Da der König die Geschichte dieser beiden Kaufleute hören wollte, begann der Junge:

Die Geschichte des Kaufmanns und seines Sohnes

»O König, einmal musste ein sehr reicher Kaufmann während der Schwangerschaft seiner Frau eine Reise machen. Er ging zu ihr, stellte ihr die Notwendigkeit seiner Reise vor, versprach ihr, vor ihrer Niederkunft zurückzukehren, und nahm Abschied von ihr. Da kam er auf seinen Reisen zu einem König, der einen guten Minister suchte, um das Land zu regieren. Der König fand den Kaufmann so gebildet, klug und kenntnisreich, dass er ihn zu seinem Minister ernannte und ihm viel Gutes erwies. Nach einiger Zeit hielt der Kaufmann um Erlaubnis an, wieder in seine Heimat zurückzureisen, aber der König wollte ihn nicht entlassen. Dann bat er nur um Erlaubnis, seine Familie zu besuchen, und versprach wiederzukommen; dies gestattete ihm der König und schenkte ihm noch einen Beutel mit tausend Denaren. Der Kaufmann bestieg ein Schiff und trat seine Rückreise an. Am gleichen Tag aber schiffte sich auch seine Gattin ein, die den Aufenthalt ihres Mannes erfahren hatte, um sich mit dem Zwillingspaar, das sie in seiner Abwesenheit geboren hatte, zu ihm zu begeben. Das Schiff, auf dem sich die Mutter mit ihren Kindern befand, landete gerade auf einer Insel, als das, auf dem der Kaufmann war, von der entgegengesetzten Seite ankam. Da sagte die Frau zu ihren Kindern: ›Dieses Schiff kommt aus dem Land, in dem euer Vater wohnt. Geht ans Ufer und erkundigt euch nach ihm.‹ Sie gingen ans Ufer und machten viel Geräusch in der Nähe des Schiffs ihres Vaters. Ihr Vater schlief gerade im Schiff und fuhr erschrocken auf bei dem Geschrei der Kinder; er stand auf, um sie schweigen zu machen, da fiel ihm sein Beutel zwischen die Waren, und er konnte ihn nicht mehr finden. Er schlug sich ins Gesicht, fasste die Jungen und sagte ihnen: ›Ihr habt mir den Beutel gestohlen, ihr habt nur hier gespielt, um mich zu bestehlen; es war niemand außer euch da.‹ Er nahm dann einen Stock und prügelte sie. Die Kinder weinten, und die Matrosen versammelten sich um sie und sagten: ›Alle Kinder dieser Insel sind Diebe.‹ Nun war der Kaufmann so aufgebracht, dass er schwor, sie ins Wasser zu werfen, wenn sie den Beutel nicht herausgäben. Nachdem der Kaufmann geschworen hatte, nahm er die Kinder und befestigte sie an einem Bund Zuckerrohr und warf sie ins Wasser. Als die Kinder lange nicht zu ihrer Mutter zurückkehrten, kam sie in die Nähe des Schiffs, um sie zu suchen, und da sie sie nirgendwo sah, erkundigte sie sich nach ihnen bei den Matrosen und beschrieb deren Alter und Aussehen. Die Matrosen sahen bald ein, dass diese Frau die Mutter der Kinder sei, die ins Wasser geworfen worden waren, und erzählten ihr, was ihren Kindern widerfahren war. Die Frau schrie: ›Wie schade um eure Herrlichkeit, o meine Kinder! Wo ist das Auge eures Vaters, dass es euch sehe?‹ Da fragte sie einer der Schiffsleute: ›Wessen Gattin bist du?‹ Sie antwortete: ›Ich bin die Gattin des Kaufmanns, zu dem ich eben reisen wollte, als dieses Unglück mich traf.‹ Als der Kaufmann dies hörte, umarmte er sie. Dann stand er auf, zerriss seine Kleider, schlug sich auf den Kopf und rief: ›Bei Allah, ich habe selbst meine Kinder getötet. Das ist die Strafe dessen, der die Folgen einer Handlung nicht bedenkt und übereilt handelt.‹ Er weilte dann eine Weile im Schiff mit seiner Gattin, dann sagte er: ›Bei Allah, ich werde keine Freude mehr am Leben haben, bis ich weiß, was aus meinen Kindern geworden ist.‹ Er schwamm im Wasser herum, fand sie aber nicht mehr, denn ein heftiger Wind hatte sie ans andere Ufer getrieben. Eines dieser Kinder war von Freunden des Königs aufgenommen worden, bei dem sein Vater gewohnt hatte. Als das Kind dem König gebracht wurde, gefiel es ihm so sehr, dass er es an Kindes Statt annahm und als seinen eigenen Sohn ausgab, den er aus zärtlicher Liebe bis jetzt verborgen habe. Alle Welt freute sich darüber, und der König bestimmte ihn zu seinem Nachfolger und Erben.

Nach einigen Jahren starb der König, und sein Adoptivsohn bestieg den Thron ohne Widerspruch. Seine Eltern hatten lange die Inseln durchsucht, um ihn und seinen Bruder wiederzufinden, konnten aber keine Spur von ihnen auffinden; nachdem sie alle Hoffnung, ihre Kinder wiederzusehen, verloren hatten, ließen sie sich auf einer Insel nieder. Eines Tages, als der Kaufmann auf den Markt ging, sah er einen Makler mit einem Jungen an der Hand, den er verkaufen wollte. Da dachte er bei sich: ›Ich will diesen Jungen kaufen und mich durch ihn über den Verlust meiner Kinder trösten.‹ Er bezahlte dem Makler den geforderten Preis und führte den Jungen nach Hause. Als seine Frau ihn sah, schrie sie: ›Bei Allah, das ist mein Sohn!‹ Vater und Mutter freuten sich sehr und fragten ihn nach seinem Bruder; er sagte: ›Das Meer hat uns getrennt, ich weiß nicht, wo es ihn hingetrieben hat.‹

Mehrere Jahre nach dem unerwarteten Wiederfinden seines Sohnes ließ der Kaufmann ein Schiff mit kostbaren Waren beladen und schickte seinen Sohn damit in die Residenz seines Bruders, denn auch die Insel, die sie bewohnten, gehörte ihm. Als der König hörte, es sei ein fremder Kaufmann mit Waren angekommen, ließ er ihn rufen. Er erkannte seinen Bruder nicht, doch fühlte er sich mächtig zu ihm hingezogen und sagte zu ihm: ›Ich wünschte, dass du bei mir bliebst. Ich will dich groß machen und dir geben, was du nur begehrst.‹ Der junge Kaufmann blieb einige Zeit bei seinem Bruder, und als er sah, dass dieser sich gar nicht mehr von ihm trennen wollte, benachrichtigte er seine Eltern davon und bat sie, zu ihm zu kommen. Bald nach ihrer Ankunft kam einmal der König betrunken nach Hause. Da dachte der junge Kaufmann: ›Der König verdient wohl durch seine vielen mir erwiesenen Wohltaten, dass ich ihn selbst diese Nacht bewache.‹ Er stellte sich daher mit gezogenem Schwert an die Tür des königlichen Gemachs. Ein junger Mann, der ihn längst schon wegen des Ansehens beim König beneidete, sah ihn in dieser Stellung und fragte ihn, warum er so mit gezogenem Schwert dastehe. ›Ich will den König selbst bewachen, weil er mir so viel Gutes erwiesen‹, erwiderte ihm der junge Kaufmann.

Als der neidische Jüngling aber am folgenden Morgen diese Begebenheit seinen Freunden erzählte, sagten sie: ›Das ist eine gute Gelegenheit, dem fremden Kaufmann die Gunst des Königs zu entziehen und uns Ruhe vor ihm zu schaffen.‹ Sie gingen hierauf zum König und sagten ihm, sie wünschten, ihm einen Rat zu geben, und auf die Frage des Königs, was es wäre, antworteten sie: ›Der junge Kaufmann, dem du dich so genähert und den du über alle deine Günstlinge erhoben hast, hat gestern vor unseren Augen mit gezogenem Schwert auf dich losrennen wollen, um dich zu töten.‹ Als der König dies hörte, wurde er blass und sagte: ›Könnt ihr das beweisen?‹ – ›Willst du den besten Beweis von der Wahrheit unserer Aussage haben‹, antworteten die Verleumder, ›so stelle dich diese Nacht wieder betrunken und lege dich nieder, da wirst du dich mit deinen eigenen Augen überzeugen.‹ Sie gingen hierauf zu dem jungen Kaufmann und sagten ihm: ›Wisse, der König hat dich deiner gestrigen Tat willen sehr gelobt, und er wird dich dafür aufs Glänzendste belohnen.‹ In der folgenden Nacht befolgte der König den Rat der bösen Jünglinge, und als er den Kaufmannssohn mit gezogenem Schwert kommen sah, fürchtete er sich vor ihm, ließ ihn festnehmen und sagte zu ihm: ›Ist das der Lohn für meine dir erwiesenen Wohltaten? Du hast mir näher als irgendjemand gestanden, und nun verfährst du so schlimm gegen mich?‹ Zwei Jünglinge fragten sogleich den König, ob sie ihm den Kopf abschlagen sollten. Aber der König antwortete: ›Einen Menschen umbringen ist eine sehr leichte Sache, aber auch eine sehr ernste; wir können leicht den Lebendigen töten, aber dem Toten nicht mehr das Leben wiedergeben. Darum will ich diesen Verbrecher einstweilen nur einsperren lassen, seinen Kopf kann ich immer noch haben.‹ Hierauf verließ sie der König, widmete sich seiner Tagesarbeit, ging dann auf die Jagd, kehrte zur Stadt zurück und dachte nicht mehr an den Eingesperrten. Da kamen die Feinde des Kaufmannssohns zum König und sagten: ›Wenn du diesen Verbrecher nicht bestrafst, so werden alle jungen Leute nach deinem Reich lüstern werden.‹ Diese Worte erweckten den Zorn des Königs, er ließ den Angeklagten wieder vor sich führen und den Scharfrichter holen, um ihm den Kopf abschlagen zu lassen. Schon hatte man dem Jüngling die Augen zugebunden, und der Scharfrichter stand ihm zu Häupten und sagte: ›Wenn du es erlaubst, o König, so schlage ich zu.‹ Aber der König erwiderte: ›Halte ein! Ich will noch darüber nachdenken, ich kann ihn immer noch töten lassen; führt ihn wieder ins Gefängnis zurück!‹ Inzwischen hatte der Vater des jungen Kaufmanns von dem Schicksal seines Sohnes Nachricht erhalten. Er eilte sogleich zum König und überreichte ihm ein Schreiben, das folgende Worte enthielt: ›Habe Mitleid mit mir, Allah wird sich auch deiner erbarmen! Übereile dich nicht, wo es ein Menschenleben gilt, denn ich habe aus Übereilung einen Sohn ins Wasser geworfen, den ich nie mehr wiedergefunden. Glaubst du, dass er den Tod verdient, so töte mich statt seiner.‹

Er fiel dann vor dem König nieder und weinte. Der König forderte ihn auf, die Geschichte seines ertrunkenen Sohnes ausführlich zu erzählen, und als er geendet hatte, stieß der König ein lautes Geschrei aus, stieg vom Thron herunter, umarmte seinen Vater und seinen Bruder und sagte: ›Bei Allah, du bist mein Vater, dieser Jüngling ist mein Bruder und deine Gattin ist unsere Mutter. Seht ihr‹, sagte er zu den Leuten, die um ihn versammelt waren, ›wie gut ich daran getan habe, mich mit meinem Hinrichtungsbefehl nicht zu übereilen‹, und alle Leute bewunderten seine Einsicht und Überlegung. Dann sagte er, zu seinem Vater sich wendend: ›Hättest du damals auf der Insel nicht so rasch gehandelt, so hättest du dir in dieser ganzen Zeit viel Reue und Trauer erspart.‹ Der König ließ dann auch seine Mutter kommen, und ein glückliches Leben in der Mitte seiner Verwandten war der Lohn seiner Bedachtsamkeit.«

»Darum«, sagte der Jüngling zum König, »übereile auch du meinen Tod nicht, du könntest ihn zu spät bereuen, denn nichts ist schlimmer, als die Folgen einer Tat nicht zu bedenken.« Als der König das hörte, ließ er den Jüngling ins Gefängnis zurückführen und beschloss, noch einige Zeit über ihn nachzudenken.

Am dritten Tag kam der dritte Wesir zum König und sagte: »O König, verschiebe die Bestrafung dieses Jünglings nicht länger, denn schon sprechen alle Leute von seiner Schandtat. Lass ihn schnell umbringen, dass keine Rede mehr von ihm sei. Man soll nicht sagen: Der König hat jemanden auf dem Bett seiner Gattin gefunden und ihm verziehen.« Diese Worte des Wesirs reizten den Zorn des Königs wieder. Er ließ den Jungen gefesselt vorführen und sagte zu ihm: »Du bist ein Mensch von schlechter Herkunft. Du hast mich entehrt, darum will ich dich aus der Welt schaffen.« Der Junge sagte: »O König, gebrauche Geduld in allen deinen Handlungen, so wirst du alle deine Wünsche erlangen; Allah führt immer durch Geduld zum Glück. So ist Abu Saber durch Geduld von der Grube auf den Thron gestiegen.« – »Was ist das für eine Geschichte?«, fragte der König, und der Jüngling begann:

Die Geschichte des Gutsbesitzers Abu Saber

»Einst lebte in einer kleinen Stadt ein Gutsbesitzer mit Namen Abu Saber, der große Viehherden besaß und eine schöne Frau hatte, die ihm zwei Kinder gebar. Da kam einmal ein Löwe und riss eine Menge Vieh. Die Gutsbesitzerin sagte zu ihrem Gatten: ›Sieh, dieser Löwe hat unser bestes Vieh zugrunde gerichtet; verfolge ihn mit deinen Leuten und versuche, ihn zu töten, dass wir Ruhe bekommen.‹ Er aber antwortete: ›Habe Geduld, meine Frau, denn Geduld bringt ein gutes Ende. Dieser Löwe ist doch ein schädliches Tier, Allah wird ihn schon verderben; lass uns nur in Geduld abwarten, jeder Übeltäter stürzt sich zuletzt selbst ins Verderben.‹

Eines Tages ging der König mit großem Gefolge auf die Jagd, begegnete dem Löwen und setzte ihm nach, bis er ihn tötete. Als Abu Saber dies hörte, sagte er zu seiner Gattin: ›Habe ich dir nicht gesagt, der Übeltäter stürzt schon von selbst? Hätte ich den Löwen zu erlegen gesucht, wäre es mir vielleicht nicht gelungen: Das ist der Lohn der Geduld.‹

Einige Zeit darauf, als in dem Städtchen, das Abu Saber bewohnte, jemand ermordet wurde, ließ der Sultan das ganze Städtchen plündern, und Abu Saber verlor dadurch auch den größten Teil seines Vermögens. Da sagte seine Gattin zu ihm: ›Die Umgebung des Sultans kennt dich als einen braven Mann. Schreibe dem Sultan, er wird dir gewiss dein Gut zurückgeben lassen.‹ Er aber antwortete: ›Meine Frau! Habe ich dir nicht gesagt: Wer Unrecht begeht, wird schon bestraft werden? Nun hat der Sultan eine Gewalttat ausgeübt und unschuldigen Leuten ihr Gut geraubt. Du wirst sehen, wie er bald das seinige verliert.‹ Dies hörte einer seiner Nachbarn, der ihn schon längst beneidete. Er gab dem Sultan davon Kunde, und dieser ließ dem Gutsbesitzer alles, was ihm noch übrig geblieben war, wegnehmen und ihn mit seiner Gattin aus dem Städtchen treiben. Als sie hierauf in eine Wüste flohen, sagte die Frau zu ihrem Mann: ›Das alles kommt von deiner Schwäche und Saumseligkeit.‹ Er aber versetzte: ›Habe nur Geduld, sie führt sicher zu einem guten

Ende.‹ Kaum waren sie einige Schritte weitergegangen, da kamen Räuber und zogen ihnen ihre Kleider aus, nahmen, was sie auf dem Leib hatten, und raubten ihnen auch ihre Kinder. Die Frau sagte weinend: ›Lass einmal deinen Gleichmut. Komm, wir wollen den Räubern nachlaufen; vielleicht werden sie uns bemitleiden und uns unsere Kinder zurückgeben.‹ Abu Saber antwortete: ›Habe nur Geduld! Wer etwas Böses tut, dem wird auch wieder Böses vergolten. Wenn ich ihnen folgte, könnte leicht einer von ihnen sein Schwert ziehen und mich töten. Darum Geduld; diese führt zu einem guten Ende.‹

Sie gingen dann fort, bis sie in die Nähe eines Städtchens im Land Kirman kamen. Da ließen sie sich am Ufer eines Flusses nieder, und Abu Saber sagte zu seiner Frau: ›Bleibe du hier, ich will einstweilen ins Städtchen gehen, um eine Wohnung zu mieten.‹ Als er fort war, kam ein Reiter, um sein Pferd im Fluss zu tränken; diesem gefiel Abu Sabers Gattin so sehr, dass er zu ihr sagte: ›Komm, reite mit mir weg! Ich will dich heiraten und glücklich machen.‹ Sie antwortete: ›Allah erhalte dich! Ich habe einen Gatten.‹ Da zog er sein Schwert und sagte: ›Wenn du mir nicht folgst, so bringe ich dich um.‹ Als sie dies sah, schrieb sie mit den Fingern in den Sand: ›Abu Saber! Du hattest immer Geduld, bis du dein Vermögen, deine Kinder und deine Gattin verloren, die dir noch teurer als alles war. Nun wirst du immer in Trauer leben und sehen, wohin dich deine Geduld geführt hat.‹ Der Reiter setzte sie dann hinter sich aufs Pferd und ritt mit ihr davon. Als Abu Saber zurückkam, war sie schon weit weg, und als er las, was sie geschrieben hatte, gab er sie für verloren; er weinte eine Weile, sagte aber bald zu sich: ›Abu Saber, du musst auch jetzt noch Geduld haben, es gibt vielleicht noch ein härteres Unglück als das deinige.‹ Er ging dann traurig vor sich hin, bis er von Handwerksleuten, die am königlichen Palast Frondienst leisten mussten, angehalten wurde. Diese sagten zu ihm: ›Du musst hier mitarbeiten, sonst wirst du für immer eingesperrt.‹ Abu Saber arbeitete nun einen ganzen Monat wie ein Tagelöhner und erhielt jeden Tag einen Laib Brot. Eines Tages fiel ein Arbeiter von einer Leiter herunter und brach sich ein Bein. Abu Saber hörte ihn weinen und sagte zu ihm: ›Habe Geduld und schrei nicht, du wirst umso eher wieder Ruhe finden;

verliere nur die Geduld nicht, denn mit ihr kann man aus der tiefsten Grube auf den Thron steigen.‹ Der König, der am Fenster saß und diese Rede hörte, geriet in Zorn über Abu Saber und ließ ihn in eine tiefe Grube werfen, die im Palast war, und sagte zu ihm: ›Du Verrückter! Wir wollen einmal sehen, wie du aus der Grube auf den Thron steigst.‹ Diese Worte wiederholte der König jeden Tag vor der Grube, in die er ihm zwei kleine Laibe Brot werfen ließ. Abu Saber schwieg und ertrug sein Unglück mit Geduld. In der Grube, wo er schmachtete, war früher ein Bruder des Königs eingesperrt, der schon längst tot war, den man aber im Land noch lebendig glaubte. Die Partei des Verstorbenen war durch dessen vermeintliche lange Gefangenschaft gegen den König aufgebracht, er war als grausamer Tyrann verschrien und wurde in einem Volksaufstand ermordet. Nun holte man Abu Saber, den man für des Königs Bruder hielt, aus der Grube. Niemand erkannte den Irrtum, weil beide einander sehr ähnlich waren und des Königs Bruder gar zu lange im Gefängnis von niemanden besucht werden durfte, und so wurde Abu Saber zum König ausgerufen.

Abu Saber dachte: ›Das ist der Lohn der Geduld.‹ Ohne ein Wort zu sagen, setzte er sich auf den Thron, zog königliche Kleider an und regierte mit so viel Gerechtigkeit und Einsicht, dass man ihn lieb gewann und ihm gern gehorchte; auch sein Heer wurde immer stärker. Bald danach wurde der Sultan, der ihn einst ausgeplündert hatte, von einem seiner Feinde überfallen und vom Thron gestürzt. Der vertriebene Herrscher kam zu Abu Saber, den er nicht mehr kannte, lobte seine Tugenden und flehte ihn um Schutz und Hilfe an. Abu Saber aber, der sich seiner noch erinnerte, dachte: ›Das ist der Lohn der Geduld. Nun hat ihn Allah in meine Hand gegeben.‹ Und er gab seinen Leuten Befehl, den Sultan mit den Seinigen bis auf ihre Gewänder auszuplündern und aus dem Land zu treiben. Abu Sabers Leute sahen dies mit Erstaunen und dachten: ›Das ist nicht königlich gehandelt; ein fremder Herrscher fleht seinen Schutz an, und er lässt ihn ausplündern.‹ Aber sie mussten schweigen. Nach einiger Zeit hörte der König, es hielten sich Räuber im Lande auf; er ließ ihnen nachsetzen, und als man sie ihm gefangen brachte, sah er, dass es die Räuber waren, die ihn ausgeplündert und seine Kinder weggeführt hatten. Er fragte sie: ›Wo sind die zwei Knaben, die ihr einst in der Wüste geraubt habt?‹ Sie antworteten: ›Wir haben sie bei uns und wollen sie unserem Herrn, dem König, als seine Sklaven vorstellen; wir wollen auch alles Geld hergeben, das wir gesammelt haben, das Räuberhandwerk aufgeben und bei deinen Truppen als Soldaten dienen.‹ Der König aber schenkte ihnen kein Gehör, sondern nahm ihnen ihr Geld und die zwei Knaben weg, an denen er große Freude hatte, und ließ sie dann hinrichten. Da sagten die Soldaten des Königs einer zum andern: ›Der ist noch grausamer als sein Bruder. Die Diebe bringen ihm zwei Knaben und wollen Buße tun, und er lässt sie umbringen und ausplündern; das ist eine große Gewalttat.‹

Nach einiger Zeit kam ein Reiter mit seiner Frau vor dem König und klagte seine Gefährtin des Ungehorsams an; der König erkannte seine Frau, nahm sie dem Reiter weg und ließ ihn umbringen. Als der König hierauf hörte, dass ihn seine Truppen für einen Tyrannen hielten, sagte er in Gegenwart seiner Wesire und des ganzen Hofes: ›Beim Erhabenen! Ich bin nicht des Königs Bruder, sondern der König ließ mich eines einzigen Wortes willen in seines Bruders Gefängnis sperren; ich bin Abu Saber, und Allah hat mir durch Geduld den Thron geschenkt. Der Sultan, der bei mir Schutz suchte und den ich ausplündern ließ, hat mir früher all mein Gut weggenommen und mich ungerechterweise verbannt. Ich habe ihm also Gleiches mit Gleichem vergolten. Die Diebe, die von Buße sprachen, konnte ich nicht erhören. Sie haben mich auf dem Weg bis auf meine Kleider ausgezogen und mir auch meine beiden Knaben weggenommen, die ihr für Sklaven hieltet. Auch ihnen habe ich gerechte Strafe widerfahren lassen. Den Reiter ließ ich endlich umbringen, weil die Frau, gegen die er klagte, meine Gattin ist, die er mit Gewalt entführt und die mir nun der Erhabene zurückgegeben hat. So habe ich immer Gerechtigkeit geübt, während ihr, nach dem bloßen Schein urteilend, mich für einen Tyrannen hieltet.‹

Diese Worte des Königs setzten seine Zuhörer in Erstaunen, sie fielen vor ihm nieder, liebten ihn noch mehr als zuvor, entschuldigten sich bei ihm und bewunderten die göttliche Fügung, die Abu Saber zum Lohn für seine Geduld aus der Grube auf den Thron erhoben und den früheren König vom Thron in den Abgrund gestürzt hatte. Abu Saber ging dann zu seiner Gattin und sagte zu ihr: ›Nun, wie hast du die Frucht der Geduld gefunden? Siehst du nun, wie süß sie ist, während die der Übereilung bitter schmeckt? Der Mensch mag Böses oder Gutes tun, es wird ihm immer später wieder vergolten.‹«

»Darum, o König«, sagte der gefesselte Jüngling, »habe auch du jetzt so viel Geduld wie möglich; Geduld ist eine Tugend der Edlen und ziemt besonders einem König.« Als der König dies hörte, legte sich sein Zorn, er ließ den Jüngling wieder ins Gefängnis zurückführen und hob die Versammlung auf.

Am vierten Tag kam der vierte Wesir, der Suschad hieß, verbeugte sich vor dem König und sagte: »O König, lass dich durch die Reden des Jünglings nicht täuschen, denn er spricht nicht die Wahrheit. Solange er lebt, werden alle Leute von dieser Geschichte sprechen, und du selbst wirst sie nie vergessen können.« Der König sagte: »Bei Allah, du hast Recht. Ich will ihn vor meinen Augen umbringen lassen.« Der Gefangene wurde wieder vor den König geführt, und dieser sagte ihm: »Wehe dir! Glaubst du, mein Herz durch deine Erzählungen einzuschläfern und durch deine Reden immer mehr Zeit zu gewinnen? Heute lass ich dich umbringen, ich will dich nun einmal los sein.« Der Jüngling sagte: »O König, du bist Herr, mich umzubringen, wann du willst, doch Übereilung ziemt nur gemeinen Menschen, edle Männer aber haben Geduld. Hast du mich umgebracht, so bereust du es, und willst du mich dann wieder lebendig machen, so kannst du es nicht. Wer sich übereilt, dem geht es wie dem Prinzen Bahsad.« Der König fragte: »Was ist das für eine Geschichte?«, und der Jüngling antwortete:

Die Geschichte des Prinzen Bahsad

»O Herr! Es war vor alter Zeit ein König, der einen Sohn hatte, dem keiner seiner Zeitgenossen an Schönheit glich. Er liebte die Geselligkeit und verkehrte viel mit Kaufleuten. Einst war der Prinz in Gesellschaft und hörte, wie jemand sagte, er sei der schönste Mensch seiner Zeit. Hierauf sagte ein anderer: ›Die Tochter des Königs von ... ist schöner als er.‹ Sobald der Prinz dies hörte, verlor er den Verstand. Sein Herz pochte heftig, er rief den Fremden zu sich und bat ihn um den Namen der Prinzessin, deren Schönheit er so über die seinige erhoben hatte. Als der Fremde ihn nannte, wurde der Prinz ganz blass, und sein Herz beschäftigte sich nur noch mit der Prinzessin. Der König, der davon unterrichtet wurde, sagte zu ihm: ›Mein Sohn! Du kannst das Mädchen, das du liebst, erlangen; habe nur Geduld, ihr Vater wird sie dir gern zur Gattin geben, wenn ich um sie anhalte.‹ Der Prinz sagte: ›Ich habe keine Geduld.‹ Der König schickte sogleich zu dem Vater der Schönen und hielt bei ihm um die Hand seiner Tochter an. Dieser forderte hunderttausend Denare als Morgengabe. Als aber der König das Geld, das er in seinem Schatz hatte, zusammenzählte, da fehlte noch einiges an den hunderttausend Denaren; er sagte daher zu seinem Sohn: ›Habe Geduld, bis ich das fehlende Geld zusammenbringe, dann schicke ich es deinem Schwiegervater und lasse deine Geliebte holen.‹ Aber der Prinz geriet in heftigen Zorn und sagte: ›Ich warte nicht länger!‹, nahm Schwert und Lanze, bestieg sein Pferd und wurde zum Straßenräuber. Eines Tages fiel er aber eine starke Karawane an, wurde überwunden, gefangen und gefesselt vor den König jenes Landes geführt. Als der König den schönen Jüngling sah, sagte er zu ihm: ›Du siehst nicht wie ein Räuber aus; gestehe mir die Wahrheit, Junge! Wer bist du?‹ Der Prinz schämte sich aber, die Wahrheit zu sagen und wollte lieber sterben. Da sagte der König zu seinen Räten: ›Wir wollen uns mit diesem Jungen nicht übereilen, denn Übereilung bringt Reue; es genüge uns, ihn einstweilen in Haft zu nehmen.‹ Inzwischen wurde Bahsad in seinem Land vermißt, und sein Vater schickte Boten überallhin, um ihn zu suchen.

Als auch bei dem König, der ihn gefangen hielt, nach ihm gefragt wurde, rief er: ›Gelobt sei Allah, dass ich nicht voreilig war.‹ Er ließ sogleich Bahsad rufen und sagte zu ihm: ›Warum wolltest du dich selbst in den Abgrund stürzen?‹ Er antwortete: ›Aus Furcht vor der Schande.‹ – ›Fürchtest du dich so sehr vor der Schande‹, versetzte der König, ›so hättest du dich nicht so übereilen sollen; hast du nicht gewusst, dass Übereilung Reue bringt? Auch ich würde es jetzt bereuen, wenn ich mich übereilt hätte.‹ Er schenkte ihm dann ein Ehrengewand und versprach ihm das Fehlende zur Morgengabe; er schickte auch sogleich zum Vater des Prinzen, um ihn vom Wohle seines Sohnes zu unterrichten, und redete Bahsad zu, selbst wieder zu seinem Vater zurückzukehren. Aber Bahsad sagte: ›König, vollende deine Wohltat und schicke mich gleich zu meiner Braut, denn das wird lange dauern, bis ich nach Hause komme und mein Vater ihr einen Boten schickt und dieser wieder zurückkehrt.‹ Der König wunderte sich über die Ungeduld des Prinzen und sagte lächelnd: ›Ich fürchte sehr, deine Übereilung könnte dich straucheln machen und dem Ziel deiner Wünsche entrücken.‹ Dennoch gab er ihm ein Empfehlungsschreiben an den Vater des Mädchens. Als der Prinz zum König kam und das Schreiben überreichte, machte ihm der König mit den Großen seines Reiches einen Gegenbesuch und erwies ihm viel Ehre. Der König ließ auch dem Empfehlungsschreiben des Königs und dem Wunsche des Vaters gemäß die Vorkehrung zur Hochzeit beschleunigen. Am Hochzeitstag war der Prinz aber so ungeduldig, seine Braut unverschleiert zu sehen, dass er durch ein Loch sah, das in der Wand war, die ihn von seiner Braut trennte. Dies bemerkte seine Schwiegermutter, und es missfiel ihr so sehr, dass sie sich von einem Diener zwei eiserne Stangen bringen ließ, und, als der Jüngling wieder ans Loch kam, ihm die Augen damit ausstieß. Der Jüngling stieß ein jämmerliches Geschrei aus, fiel in Ohnmacht – und alle Freude war in Trauer verwandelt.«

»Du siehst, o König«, sagte der Gefesselte, »was das Ende der Übereilung ist; die Ungeduld dieses Prinzen hat ihm lange Reue zugezogen; ebenso bereute nachher seine Schwiegermutter ihre unbesonnene Tat, als es zu spät war. Darum, o König, lass mich nicht zu schnell umbringen. Du kannst mich ja immer noch töten lassen.« Als der König dies hörte, legte sich sein Zorn wieder, und er ließ den Jüngling ins Gefängnis zurückführen.

Am fünften Tag kam der fünfte Wesir, der Djahbur hieß, verbeugte sich vor dem König und sagte: »O König, deine Ehre erfordert, dass, wenn jemand in deine Wohnung blickt, du ihm sogleich die Augen ausstechen lässt. Was musst du erst dem tun, den du mitten in deinem Zimmer auf deinem Bett gefunden hast, in der Absicht, deinen Harem zu entehren, noch dazu, wenn es ein Mensch von niederer Herkunft ist? Tilge diese Schmach durch seinen Tod; wir raten dir dazu aus Sorge um das Reich und aus Liebe zu dir. Dieser Mensch verdient keine Stunde mehr zu leben.« Diese Worte reizten des Königs Zorn, er ließ den Jüngling wieder vor sich führen und sagte zu ihm: »Wehe dir! Du hast ein großes Verbrechen begangen, du lebst schon zu lange. Ich lasse dich jetzt umbringen, denn solange du lebst, haben wir keine Ruhe.« Der Jüngling sagte: »O König, bei Allah, ich bin unschuldig. Darum wünsche ich zu leben, denn nur der Unschuldige kann trotz aller Strafen sich doch aufrecht erhalten; der Schuldige aber nimmt, auch wenn er noch lange lebt, doch zuletzt ein trauriges Ende. Das lehrt uns die Geschichte des Königs Dadbin und seines Wesirs.« Der König wünschte diese Geschichte zu hören, und der Jüngling begann:

Die Geschichte des Königs Dadbin

»O König! Einst regierte ein König im Lande Tabaristan, der Dadbin hieß; er hatte zwei Wesire: der eine nannte sich Surchan, der andere Kardan. Surchan hatte eine Tochter, die Arwa hieß und das schönste und tugendhafteste Mädchen ihrer Zeit war. Sie fastete viel und weihte ihre ganze Zeit der Andacht. Bald hörte auch König Dadbin von ihren Reizen und Tugenden, sodass sein Herz für sie eingenommen wurde und er seinen Wesir rufen ließ und ihm sagte, er wünschte seine Tochter zu heiraten. Der Wesir erwiderte: ›König, erlaube mir, den Willen Arwas zu erfragen; wenn sie deine Gattin werden will, so habe ich nichts dagegen.‹ Der König sagte: ›Eile nur!‹ Der Wesir ging hierauf zu seiner Tochter und sagte ihr: ›Der König hat bei mir um dich angehalten, willst du ihm deine Hand reichen?‹ Sie antwortete: ›Mein Vater, ich habe keine Lust zu heiraten, und willst du mir je einen Gatten geben, so gib mir einen, der unter mir steht, damit er nicht stolz auf mich herabsehe und sich noch anderen Frauen zuwende; verheirate mich ja nicht mit einem, der höher steht als ich und mich wie eine Sklavin behandeln könnte.‹ Der Wesir kehrte zum König zurück und brachte ihm die Antwort seiner Tochter. Aber diese Antwort vermehrte nur noch die Leidenschaft des Königs, und er sagte zu dem Wesir: ›Gibst du mir sie nicht gutwillig, so nehme ich sie mit Gewalt!‹ Der Wesir ging wieder zu seiner Tochter und hinterbrachte ihr des Königs Worte. Da aber Arwa in ihrer Weigerung verharrte und der König immer heftiger wurde und dem Wesir mit Gewalt drohte, eilte dieser schnell nach Hause und entfloh mit seiner Tochter. Als der König dies hörte, schickte er Truppen aus, um ihn abzufangen, und stellte sich selbst an ihre Spitze. Er holte bald den Wesir ein, tötete ihn mit einem Hammer, nahm die Tochter mit Gewalt in sein Schloss und heiratete sie. Arwa ertrug ihr Unglück mit Geduld und Ergebung in Allahs Willen und hörte nicht auf, zu beten und zu fasten. Nach einiger Zeit, als der König eine Reise unternehmen musste, ließ er den Wesir Kardan kommen und sagte zu ihm: ›Ich vertraue dir meine Gattin, die Tochter des Wesirs Surchan, an; gib wohl Acht auf sie und bewache sie mit deinen eigenen Augen, denn ich habe auf der Welt nichts Teureres als sie.‹ Kardan fühlte sich durch dieses Vertrauen sehr geehrt und erklärte sich bereit, des Königs Befehle zu vollziehen.

Als der König abgereist war, dachte der Wesir: ›Ich muss doch einmal die Frau sehen, die der König so sehr liebt.‹ Er verbarg sich an einem Ort, an dem er sie unbemerkt sehen konnte, und fand sie so unaussprechlich schön, dass er vor Liebe ganz außer sich war. Seiner selbst nicht mehr Herr, schrieb er ihr: ›Oh, habe doch Mitleid mit mir, deine Liebe tötet mich.‹ Sie antwortete ihm aber: ›Ich bin ein dir anvertrautes Gut. Missbrauche das Vertrauen des Königs nicht, setze dein Inneres nicht mit dem Äußeren in Widerspruch, begnüge dich mit deiner gesetzmäßigen Frau und besiege deine sündhafte Leidenschaft, sonst mache ich dich vor allen Menschen zunichte.‹ Als dem Wesir kein Zweifel an der Tugend der Königin mehr blieb, bereute er seine Kühnheit und fürchtete sich vor dem König. Er beschloss daher, Arwa durch List zu verderben, um nicht selbst beim König angeklagt zu werden. Sobald dieser von der Reise zurückkehrte und den Wesir nach den Angelegenheiten seines Reiches fragte, antwortete dieser: ›Es steht alles gut, nur etwas Schlimmes habe ich entdeckt, das ich gern dem König zu verschweigen wünschte; doch fürchte ich, ein anderer könnte mir zuvorkommen und ich dem König dann als ein treuloser Ratgeber und Vertrauter erscheinen.‹ Der König sagte: ›Sprich nur, du bist mein treuer, aufrichtiger Ratgeber; ich habe vollen Glauben an alles, was du mir berichtest.‹ Da sagte der Wesir: ›König, die Frau, die du so von ganzem Herzen liebst und die so viel von Religion und vom Fasten redet und Gebete spricht, ist eine Heuchlerin und eine Betrügerin.‹

Der König fragte erschrocken: ›Was hat sich ereignet?‹ Worauf der Wesir antwortete: ›Wisse, dass, nachdem du eine Weile abwesend warst, jemand zu mir kam und sagte, ich solle ihm folgen, denn er wolle mir etwas zeigen. Er führte mich an die Tür des königlichen Schlafgemaches, und ich sah, wie deine Gattin neben dem Sklaven ihres Vaters saß, und schloss aus ihrer Vertraulichkeit, was keiner Erwähnung bedarf. Das ist's, mein Herr, was ich dir zu hinterbringen hatte.‹ Der König sprang zornig auf und sagte zu einem seiner Diener: ›Geh in das Gemach der Königin, und bring sie um.‹ Aber der Diener erwiderte: ›König, lass deine Gattin nicht auf solche Weise sterben, lass sie lieber von einem Diener auf ein Kamel laden und in eine abgelegene Wüste bringen; ist sie schuldig, so wird Allah sie verderben, ist sie unschuldig, so wird er sie retten, und der König hat sich nicht an ihr versündigt. Bedenke, dass dir diese Frau so teuer war, dass du ihren Vater aus Liebe zu ihr getötet hast.‹ Der König stimmte dem Schlossverwalter zu und befahl einem seiner Sklaven, die Königin auf einem Kamel ohne Lebensmittel in eine abgelegene Wüste zu führen und sie dann ihrem Schicksal zu überlassen. Der Sklave vollzog des Königs Befehl und ließ Arwa ohne Speise und Wasser in der Wüste. Als diese sich ganz verlassen sah, bestieg sie einen Hügel, legte einige Steine zurecht, stellte sich darauf und betete zu Allah.

Um diese Zeit hatte ein Kameltreiber des Königs Chosru Kamele verloren und der König ihm gedroht, wenn er sie nicht fände, würde er ihn umbringen lassen. Der Kameltreiber suchte daher überall und drang tief in die Wüste ein, bis er an die Stelle kam, an der die Königin betete. Er wartete, bis sie ihr Gebet vollendet hatte, dann näherte er sich ihr, grüßte sie und fragte: ›Wer bist du?‹ Sie antwortete: ›Eine Sklavin Allahs.‹ – ›Und was tust du an diesem entlegenen Ort?‹ – ›Ich bete zu Allah.‹ Der Kameltreiber fand sie so schön, dass er nicht umhin konnte, ihr zu sagen: ›Höre, willst du mich heiraten? Ich werde dich mit Liebe und Zärtlichkeit behandeln und in deinem Gebet dir beistehen.‹ Sie antwortete aber: ›Ich will nicht heiraten, ich will allein mit meinem Herrn in seinem Dienst leben; willst du mir aber eine Gnade erweisen und mir in meinem Gebet beistehen, so führe mich an einen Platz, wo es Wasser gibt.‹ Der Kameltreiber führte sie an einen Bach und setzte seinen Weg fort; aber kaum war er einige Schritte weitergegangen, da fand er durch ihren Segen seine Kamele wieder. Als er zum König zurückkehrte und dieser ihn fragte, ob er die Kamele wiedergefunden habe, erzählte er ihm von dieser Frau und sprach so viel von ihrer Schönheit und Anmut, dass der König für sie eingenommen wurde und selbst mit wenigen Leuten zu ihr ritt. Sobald er sie sah, war er entzückt von ihren Reizen, denn er fand sie noch viel schöner, als sie ihm geschildert worden war. Er näherte sich ihr und sagte: ›Ich bin der große König Chosru. Willst du mich zum Gatten?‹ Sie antwortete: ›Ich lebe hier in dieser Wüste, von den Menschen getrennt. Was willst du von mir?‹ Er antwortete: ›Ich muss dich heiraten, und wenn du mir nicht folgen willst, so werde ich hier bei dir wohnen und zu Allah mit dir beten.‹ Er ließ dann sogleich ein Zelt für sie aufschlagen und ein anderes für sich, dem ihrigen gegenüber, und ließ ihr Speisen reichen. Da dachte sie: ›Dieser Mann ist ein König, ich darf ihn nicht von seinen Untertanen und seinem Reich trennen.‹ Sie ließ ihm daher durch die Dienerin, die ihr zu essen brachte, sagen, er möge doch zu seinen Frauen zurückkehren, sie wolle lieber allein zu Allah beten. Als die Dienerin dieses dem König übermittelte, ließ er ihr sagen, er habe keine Freude mehr an seinem Königreich. Er wolle auch diese Wüste bewohnen und mit ihr zu Allah beten. Arwa, von den ernsten Absichten den Königs überzeugt, konnte ihm nicht länger widerstehen; sie sagte daher zu ihm: ›Ich will, deinem Wunsche gemäß, deine Gattin werden, doch unter der Bedingung, dass du König Dadbin, dessen Wesir und den Schlossverwalter kommen lässt; ich werde in deiner Gegenwart auf eine Weise mit ihnen sprechen, dass du mich gewiss noch mehr lieben wirst.‹ Auf Chosrus dringende Fragen erzählte sie ihm dann ihre ganze Geschichte vom Anfang bis zu Ende, und seine Liebe zu ihr wurde noch größer, und er sagte ihr zu, was sie begehrte.

Chosru ließ Arwa dann in einer Sänfte zum Schloss bringen, heiratete sie und verlieh ihr den höchsten Rang in seinem Harem. Bald danach schickte er eine zahlreiche Armee zu Dadbin und ließ ihn, seinen Wesir und den Schlossverwalter holen, ohne ihnen zu sagen, was er von ihnen wolle; für Arwa ließ er vor dem großen Sitzungssaal ein Zelt aufschlagen, das mit einem Vorhang bedeckt war, und als Dadbin und sein Wesir neben Chosru Platz nahmen, hob Arwa den Vorhang ihres Zeltes auf und sagte: ›Kardan, steh auf! Du verdienst nicht, in der Nähe eines Mannes, wie es der mächtige König Chosru ist, zu sitzen.‹ Als der Wesir Kardan dies hörte, zitterte er am ganzen Körper und stand voller Angst auf. Da sagte sie zu ihm: ›Ich beschwöre dich bei dem, der dich hierher gebracht hat, sprich die Wahrheit: Was hat dich dazu bewogen, mich zu verleumden und mich von meinem Hause und meinem Gatten zu trennen? Hier helfen keine Lügen mehr.‹ Der Wesir, der jetzt Arwa an ihrer Stimme erkannte, dachte, dass hier nur die Wahrheit nutzen könne; er beugte daher den Kopf zur Erde und sagte weinend: ›Wer ein Unrecht begeht, dem wird es wieder vergolten, wenn es auch lange ansteht. Bei Allah, ich habe schwer gesündigt. Furcht, Leidenschaft und ein schweres Verhängnis, dem ich nicht entgehen konnte, haben mich dazu veranlasst; diese Frau ist rein und unschuldig.‹ Als der König Dadbin dies hörte, schlug er sich ins Gesicht und sagte zu Kardan: ›Allah töte dich, wenn du ungerechterweise mich von meiner Gattin geschieden hast.‹ Aber Chosru sagte: ›Allah wird dich verderben, du hast es durch deine Übereilung verdient. Hättest du dich besonnen und ihre Schuld geprüft, so wäre es dir leicht gewesen, die Lüge von der Wahrheit zu unterscheiden. Dieser Wesir wollte deinen Untergang; wo blieben aber dein Verstand und deine Besonnenheit?‹

Chosru fragte dann Arwa, welche Strafe er über die Angeklagten verhängen sollte. Sie antwortete: ›Urteile nach Allahs Ausspruch: Der Mörder soll wieder getötet werden, und dem Übeltäter soll wie dem Wohltäter Gleiches mit Gleichem vergolten werden.‹ Sie ließ dann den König Dadbin mit einem Hammer totschlagen und sagte: ›Das ist für den Mord an meinem Vater.‹ Den Wesir Kardan aber ließ sie auf ein Kamel laden und in die Wüste führen, in der sie einst ausgesetzt worden war, und sagte zu ihm: ›Bist du schuldig, so wirst du in der Wüste vor Hunger und Durst umkommen, bist du unschuldig, so kannst du ebenso gut wie ich gerettet werden.‹ Dem Schlossverwalter aber, der den Rat gegeben hatte, sie in die Wüste zu führen, schenkte sie ein kostbares Gewand und sagte zu ihm: ›Ein Mann wie du verdient in der Nähe von Königen angesehen zu leben, denn du hast gut und wahr gesprochen.‹ Kaum hatte sie das gesagt, da ernannte ihn Chosru zum Statthalter über eine seiner Provinzen.«

»Du siehst, mächtiger König«, sagte der Jüngling, »dass, wer Gutes übt, auch wieder Gutes findet, und dass der Unschuldige kein böses Ende zu fürchten hat. Auch ich bin unschuldig; darum hoffe ich, dass dir Allah die Wahrheit zeigen und mir gegen meine Feinde und Verleumder den Sieg verschaffen wird.« Als der König dies hörte, legte sich sein Zorn; er ließ den Jüngling ins Gefängnis zurückführen und sagte: »Wir wollen warten bis morgen.«

Am sechsten Tag waren die Wesire außer sich vor Ärger darüber, dass sie noch immer ihr Ziel nicht erreicht hatten; sie fingen auch an, für sich selbst zu fürchten. Drei von ihnen gingen daher zum König, verbeugten sich vor ihm und sprachen: »O König, wir sagen aus Liebe zu dir und deinem Reich: Du hast diesen Jüngling schon zu lange leben lassen. Wir wissen nicht, was du dabei gewinnst, ein Tag nach dem anderen geht vorüber, und das Gerede und die entehrenden Vermutungen nehmen immer zu; darum lass ihn endlich umbringen.« Als der König dies hörte, sagte er: »Bei Allah, ihr habt Recht und sprecht wahr.« Er ließ den Jüngling wieder vorführen und sagte: »Wie lange soll ich noch über dich nachdenken? Ich sehe keine Hilfe für dich, alle meine Räte dürsten nach deinem Blut.« Der Jüngling aber versetzte: »Ich erwarte Hilfe von Allah, nicht von seinen Geschöpfen; und steht er mir bei, so kann mir niemand schaden. Ich fürchte auch niemanden, denn mein ganzer Sinn ist mit ihm. Wer von Menschen Hilfe erwartet, dem geht es wie dem König Bacht Saman.« Als der König die Geschichte Samans hören wollte, erzählte der Jüngling:

Die Geschichte des Bacht Saman

»Einst lebte ein König, Bacht Saman geheißen, der seine größte Freude an Essen, Trinken und anderen sinnlichen Genüssen hatte. Da rückte einmal der Feind gegen die Grenzen seines Landes vor und bedrohte es mit einem Überfall. Als einer seiner Freunde ihm dies meldete und ihn aufforderte, auf der Hut zu sein, sagte er: ›Ich habe viel Geld, Soldaten und Waffen, ich fürchte nichts.‹ Da sagten seine Freunde: ›Vertraue lieber auf Allah, der hilft dir eher als deine Waffen, deine Soldaten und dein Geld.‹ Er schenkte aber seinen Ratgebern kein Gehör, wurde vom Feind überfallen, besiegt und in die Flucht getrieben, denn sein Vertrauen auf Dinge außer Allah half ihm nichts. Bacht Saman flüchtete nun zu einem anderen König und sagte zu ihm: ›Ich komme zu dir und hänge mich an den Saum deines Kleides und flehe deine Hilfe gegen meine Feinde an.‹ Dieser König gab ihm so viel Geld und Truppen, dass er dachte: ›Nun habe ich wieder eine große Armee, ich werde gewiss meinen Feind besiegen.‹ Er setzte aber nicht hinzu: mit Allahs Hilfe; darum kam ihm auch sein Feind entgegen, trieb ihn abermals in die Flucht, schlug seine Truppen, nahm ihm sein Geld und verfolgte ihn bis ans Meer. Als Bacht Saman übers Meer setzte, fand er eine große Stadt mit einer festen Zitadelle; er fragte, wem diese Stadt gehöre, und man antwortete ihm: ›Dem König Chadidan.‹ Bacht Saman ging in den Palast des Königs, gab sich für einen Krieger aus und forderte Dienst beim König. Dieser empfing ihn freundlich und reihte ihn in seine Leibwache ein, doch sehnte sich Bacht Saman stets nach seinem Land zurück. Einst traf es sich, dass König Chadidan einen Feind zu bekriegen hatte. Da ernannte er Bacht Saman zum Anführer der Truppen. Als sie aber ihre Reihen gebildet hatten, stellte sich König Chadidan selbst an ihre Spitze mit einer Lanze in der Hand und kämpfte mutig, bis sich der Krieg für ihn entschied und das feindliche Heer die Flucht ergriff. Als Chadidan siegreich mit den Seinigen zurückkehrte, sagte Bacht Saman zu ihm: ›Herr, ich wundere mich, wie du, Herr dieser zahlreichen Truppen, doch selbst fechten und dich solcher Gefahr aussetzen konntest.‹ Chadidan antwortete: ›Du gibst dich für einen erfahrenen Krieger aus und glaubst, der Sieg hänge von der Zahl der Truppen ab?‹ Bacht Saman erwiderte: ›Allerdings glaube ich das.‹ Da versetzte Chadidan: ›Du irrst in deinem Glauben; wehe dem, der nicht auf Allah vertraut! Von ihm allein kommt der Sieg! Das Heer ist nur ein Gegenstand der Zierde und dient zur Vermehrung der Ehrfurcht vor dem König. Auch ich glaubte ehemals, der Sieg hänge von der Zahl der Truppen ab, da zog mir einst ein Feind entgegen mit achthundert Mann. Ich hatte ihm achthunderttausend Mann entgegenzustellen und fürchtete ihn daher nicht, aber mein Feind vertraute auch Allah und brachte mir eine harte Niederlage bei. Ich musste mich in eine Höhle flüchten, wo ich einen Einsiedler traf; ich wandte mich an diesen und klagte ihm mein Leid. Da fragte er mich, ob ich wisse, warum ich geschlagen worden sei. Ich verneinte. Da sagte er, es sei geschehen, weil ich mich auf meine zahlreichen Truppen und nicht auf Allah verlassen hätte, während doch er allein mir nützen oder schaden könne; darum solle ich mich ihm zuwenden, und kein Feind würde mir widerstehen!

Ich ging in mich‹, fuhr Chadidan fort, ›und bekehrte mich nach der Weisung dieses Einsiedlers. Nach einiger Zeit sagte mir dieser, ich solle mit den Truppen, die mir noch geblieben seien, den Feinden wieder entgegengehen, und wenn ihr Sinn nicht mehr mit Allah sei, so würde ich sie besiegen, und wenn ich auch allein gegen sie kämpfte. Als ich die Worte des Einsiedlers hörte, vertraute ich auf Allah, versammelte die Truppen, die ich noch übrig hatte, und überfiel den Feind plötzlich in der Nacht. Der Feind, der die geringe Anzahl meiner Leute nicht kannte, entfloh auf die schmählichste Weise, und ich wurde durch die Macht Allahs wieder König in meinem Lande, und nun setze ich im Krieg mein Vertrauen nur auf Allah.‹ Als Bacht Saman dies hörte, sagte er: ›Gepriesen sei Allah! Sieh, du hast mir da meine eigene Geschichte erzählt. Ich bin der König Bacht Saman, dem dies alles selbst widerfuhr. Ich wende mich nun der Pforte des Erhabenen zu und bekehre mich zu ihm.‹ Bacht Saman ging hierauf ins Gebirge und betete lange zu Allah. Eines Nachts sagte ihm jemand im Traum: ›Allah hat deine Buße angenommen. Er wird dir gegen deine Feinde beistehen.‹ Als Bacht Saman erwachte, machte er sich auf den Weg in seine Heimat. Da traf er einige Leute aus der Umgebung des Königs, die ihm sagten: ›Kehre wieder um, denn wir sehen, dass du hier fremd bist. Dein Leben schwebt in großer Gefahr, weil der König dieses Landes alle Fremden umbringen lässt, aus Furcht vor dem König Bacht Saman.‹ – ›Ich fürchte nur Allah‹, versetzte Bacht Saman, ›ohne seinen Willen kann euer König mir nichts anhaben.‹ – ›Aber‹, erwiderten sie, ›er hat viele Truppen und hält sich für unüberwindlich.‹ Bacht Saman ließ sich nicht abschrecken und dachte sich: ›Ich vertraue auf Allah. So der Allmächtige will, werde ich den Feind besiegen.‹ Er sagte dann zu den Leuten: ›Kennt ihr mich nicht?‹ Sie antworteten: ›Nein, bei Allah!‹

Da sagte er zu ihnen: ›Ich bin König Bacht Saman.‹ Als sie dies hörten und ihn wiedererkannten, stiegen sie von ihren Pferden ab und küssten aus Ehrfurcht seine Steigbügel und sagten zu ihm: ›König, wie kannst du dich in solche Gefahr begeben?‹ Er antwortete: ›Mir ist leicht zumute, denn ich vertraue auf Allahs Schutz, der genügt mir.‹ Die Leute sagten zu ihm: ›Das genügt dir, aber auch wir werden uns dir gegenüber verhalten, wie es unsere Pflicht erfordert. Lass deinen Mut nicht sinken; du kannst über unser Vermögen und unser Leben verfügen, und da wir dem König am nächsten stehen, so können wir dich mit uns nehmen und im Stillen wieder Freunde für dich werben, denn alle Leute sind dir zugetan.‹ Sie nahmen dann Bacht Saman in ihre Mitte, führten ihn in die Stadt und verbargen ihn.

Hierauf teilten sie Bacht Samans Rückkehr einigen höheren Beamten mit, die früher seine Freunde waren. Bald wurde ein geheimer Bund gegen den König geschlossen, dessen Mitglieder den König töteten und Bacht Saman wieder an seine Stelle setzten. Allah gab diesem Glück in allen seinen Unternehmungen, denn er war gerecht gegen seine Untertanen und lebte im Gehorsam des Allerhabenen.«

»Du siehst, o König«, sagte der Jüngling, »dass, wer einen reinen Sinn hat und auf Allah vertraut, nie verderben wird. Auch ich habe keine andere Hilfe zu erwarten als von ihm, dessen Urteil ich mich gern unterwerfe, weil er meine Unschuld kennt.« Des Königs Zorn legte sich wieder, und er ließ den Jüngling ins Gefängnis zurückführen.

Am siebten Tag kam der siebte Wesir, der Bihkamal hieß, verbeugte sich vor dem König und sprach: »O König, was nützt dein langes Zaudern mit diesem Jüngling? Man unterhält sich von nichts anderem mehr als von dir und von ihm; warum lässt du ihn so lange nicht umbringen?« Der König, hierdurch aufs Neue gereizt, ließ den Jüngling wieder vor sich führen und sagte zu ihm: »Wehe dir! Bei Allah, dieses Mal entgehst du mir nicht mehr, du hast meine Ehre verletzt, ich kann dir nie verzeihen.« Der Jüngling sprach: »O König, nur bei großen Vergehen ist Verzeihung groß, je schwerer das Verbrechen, umso ruhmvoller die Gnade, es ziemt wohl einem mächtigen König, wie du bist, einem Jüngling meinesgleichen zu verzeihen. Allah, der übrigens meine Unschuld kennt, hat uns geboten, einander zu verzeihen. Wer einem Feind, den er umbringen könnte, das Leben schenkt, hat dasselbe Verdienst, als hätte er einen Toten wieder lebendig gemacht; wer sich anderer erbarmt, der findet wieder Erbarmen wie der König Bihkerd.« Der König fragte: »Was war denn mit diesem Bihkerd?« Da erzählte der Jüngling:

Die Geschichte des Königs Bihkerd

»Es war einmal ein König, Bihkerd geheißen, der viel Geld und viele Truppen hatte, aber mit Grausamkeit das kleinste Vergehen bestrafte und niemals verzieh. Einst ging er auf die Jagd und wurde von dem Pfeil eines seiner Jungen am Ohr verletzt. Der König fragte sogleich: ›Wer hat diesen Pfeil abgeschossen?‹ Man brachte den Jungen, der Jatru hieß, herbei, und der König gab den Befehl, ihn zu töten. Jatru fiel vor dem König nieder und sagte: ›Erlasse mir, o König, die Strafe für eine nicht absichtlich begangene Schuld. Nachsicht ist die schönste Tugend, Großmut kann dem Menschen später selbst zugute kommen und wird ihm gewiss bei Allah als ein reicher Schatz aufbewahrt; darum tu mir nichts zuleide. Allah wird auch jedes Übel von dir abwenden.‹ Dem König gefielen diese Worte so sehr, dass er erstmals in seinem Leben verzieh. Er hatte es aber auch nicht zu bereuen, denn Jatru war ein Prinz, der eines Vergehens willen von zu Hause entflohen war und bei König Bihkerd Dienst genommen hatte. Bald nach diesem Ereignis wurde er von jemandem erkannt, der seinem Vater Nachricht von ihm gab. Dieser schrieb seinem Sohn einen Brief, in dem er ihm das Herz leicht machte und ihn zurückzukommen bat. Der Prinz kehrte zu seinem Vater zurück, der ihm freudig entgegenkam und ihn wieder wie zuvor väterlich liebte.

Um diese Zeit setzte sich einmal der König Bihkerd in einen Nachen, um zu fischen; da kam ein Sturm und warf den Nachen um und trieb den König, der sich noch an einem Brett festhielt, an das jenseitige Meeresufer in das Land, in dem Jatrus Vater König war. Gegen Abend erreichte er die Tore der Hauptstadt und brachte, da sie schon geschlossen waren, die Nacht auf einer Grabstelle zu. Als des Morgens die Leute in die Stadt gingen, sahen sie einen Ermordeten in der Nähe der Grabstelle liegen, der in der Nacht erschlagen worden war, und da sie Bihkerd für den Mörder hielten, ergriffen sie ihn und klagten ihn beim König an, worauf ihn der König einsperren ließ. Als Bihkerd im Gefängnis war, dachte er: ›Das alles widerfährt mir wegen meiner vielen Verbrechen; ich habe viele Leute ungerechterweise töten lassen, und nun erhalte ich meinen Lohn dafür.‹ Während er aber in solchen Gedanken versunken war, kam ein Vogel und setzte sich auf die Seitenwand des Gefängnisses. Bihkerd, aus großer Leidenschaft für die Jagd, nahm einen Stein und schleuderte ihn nach dem Vogel. Aber der Stein traf den Prinzen, der im Hof vor dem Gefängnis Ball spielte, und riss ihm das Ohr ab. Sobald man sah, wo der Stein hergekommen war, ergriff man Bihkerd und führte ihn vor den Prinzen.

Bihkerd sollte auf Befehl des Prinzen hingerichtet werden; man riss ihm schon den Turban vom Haupt und wollte ihm die Augen zubinden, da sah der Prinz, dass er nur ein Ohr hatte und sagte zu ihm: ›Wärst du nicht ein schlechter Mensch, so hätte man dir nicht dein Ohr abgeschnitten.‹ Bihkerd erwiderte: ›Bei Allah, mein Ohr ist mir auf der Jagd abgeschossen worden, und ich habe dem verziehen, der seinen Pfeil gegen mich abgeschossen hat.‹ Der Prinz sah ihm hierauf ins Gesicht, erkannte ihn und rief: ›Du bist der König Bihkerd. Wie bist du hierher gekommen?‹ Bihkerd erzählte ihm seine Geschichte, die alle Anwesenden in Erstaunen setzte. Der Prinz küsste und umarmte ihn dann, ließ ihn sitzen und sagte zu seinem Vater: ›Das ist der König, der mir verzieh, als ich ihm sein Ohr abgeschossen hatte, darum will ich jetzt auch ihm verzeihen.‹ Dann sagte er zu Bihkerd: ›Siehst du, wie deine Großmut dir zuletzt zugute kam?‹ Jatru schenkte ihm dann Geld und prächtige Gewänder und ließ ihn wieder in seine Heimat zurückbringen.«

»Wisse, o König«, sagte der Jüngling, »dass nichts schöner ist als Vergebung. Die Gnade, die du erteilst, häuft sich für dich zu einem kostbaren Schatz auf.«

Als der König diese Geschichte hörte, legte sich sein Zorn; er ließ den Jüngling wieder ins Gefängnis zurückführen und sagte: »Wir wollen überlegen bis morgen.«

Am achten Tag versammelten sich alle Wesire und sagten: »Was fangen wir mit diesem Jüngling an, der uns durch seine Reden besiegt? Es ist wohl zu befürchten, dass er sich rettet und uns alle stürzt.« Sie gingen darum zum König und sagten, sich vor ihm verbeugend: »O König, hüte dich wohl, dich von der List dieses Jünglings betören zu lassen! Hörtest du, was wir hören, du würdest ihn keinen Tag länger leben lassen und nimmer dich an seinen Reden kehren. Sind wir nicht deine Wesire, die für deine Erhaltung sorgen? Wen willst du anhören, wenn du uns zehn Wesiren kein Gehör schenkst? Wir alle bezeugen, dass dieser Jüngling ein Übeltäter ist und dass er mit schlimmer Absicht in dein Gemach kam, um dein Heiligtum zu entehren; willst du ihn nicht umbringen, so verbanne ihn wenigstens aus dem Land, damit das Gerede der Leute aufhört.«

Die Rede der Wesire brachte den König wieder auf; er ließ den Jüngling rufen, und als er erschien, riefen alle Wesire einstimmig: »Du Schurke, willst du durch List und Betrug dein Leben retten und den König mit deinen Reden hintergehen? Glaubst du, dass man ein so großes Verbrechen wie das deinige verzeihen könne?« Da sagte der König: »Man hole den Scharfrichter, um ihn zu töten!« Aber die Wesire sprangen einer nach dem anderen vor, und jeder rief: »Ich will ihn selbst töten!« Da sagte der Jüngling: »Einsichtsvoller König, beobachte einmal die Leidenschaftlichkeit deiner Wesire und entscheide, ob sie mich beneiden oder nicht; glaube sicher, sie wollen uns nur trennen, damit sie wie früher wieder stehlen können. Bedenke einmal, sie zeugen alle gegen mich, aber wie können sie bezeugen, was sie nicht gesehen haben? Das ist nichts als Neid und Groll. Du wirst sehen, wenn du mich umbringen lässt, so wirst du es bereuen wie Ilan Schah, der auch so neidische Wesire hatte.« – »Was war das für eine Geschichte?«, fragte der König. Da erzählte der Jüngling:

Die Geschichte des Ilan Schah und Abu Tamam

»O König, einst lebte ein reicher, tugendhafter und verständiger Mann in einem Land, das ein böser, gewalttätiger König beherrschte. Dieser Mann, der Abu Tamam hieß, hatte so viel unter der Grausamkeit des Königs zu leiden, dass er endlich den Entschluss fasste, seine Heimat zu verlassen und sich unter den Schutz eines gerechten Regenten zu begeben.

Abu Tamam wählte zu seinem Aufenthaltsort die Residenz Ilan Schahs, ließ sich dort ein Schloss bauen und all sein Gold dorthin bringen. Als Ilan Schah von ihm hörte, ließ er ihn zu sich bitten und sagte zu ihm: ›Ich habe vernommen, dass du dich bei uns niederzulassen wünschst, auch hat man mir deinen Verstand, deine Tugend und Freigebigkeit gerühmt; darum sei willkommen, betrachte dieses Land als das deinige. Alles, was du benötigst, steht zu deinen Befehlen. Ich bitte dich nur, in meiner Nähe zu leben und in meinem Rate zu sitzen.‹ Abu Tamam verbeugte sich vor Ilan Schah und sagte: › König, ich werde dir mit meinem Gut und mit meinem Leben dienen; doch erlaube mir, nicht in deiner Nähe zu leben, denn ich fürchte, der Neid wird mir Feinde schaffen.‹ Abu Tamam beschenkte hierauf den König und war voller Ehrerbietung gegen ihn, und der Herrscher entdeckte bald so viele Tugenden an ihm, dass er ihn sehr lieb gewann und ihm die wichtigsten Regierungsangelegenheiten anvertraute. Die drei Wesire, die bisher alles in Händen hatten und Tag und Nacht bei Ilan Schah waren, zogen sich zurück, und Abu Tamam allein genügte dem König.

Aber die Wesire sagten zueinander: ›Was beginnen wir jetzt, da der König sich ganz Abu Tamam zuwendet und uns zur Seite setzt? Lasst uns beraten, wie wir diesen Fremdling am sichersten aus der Nähe des Königs verbannen.‹ Jeder machte einen Vorschlag; da sagte einer: ›Der König der Türken hat eine Tochter, deren Schönheit weltberühmt ist; wer aber um sie anhält, der wird von ihrem Vater umgebracht. Da nun unser König dies nicht weiß, so wollen wir zu ihm gehen und ihm so viel von dieser Prinzessin erzählen, bis er für sie eingenommen wird;

dann raten wir ihm, Abu Tamam als Gesandten zu ihrem Vater zu schicken. Dieser wird Abu Tamam töten lassen, und so schaffen wir uns Ruhe vor ihm.‹

Die Wesire gingen eines Tages zum König, als Abu Tamam bei ihm war, und erzählten ihm so viel Schönes von der Prinzessin, dass er sie lieb gewann und sagte: ›Wir wollen jemanden zu ihrem Vater schicken, der um sie anhalte; wer soll unser Gesandter sein?‹ Die Wesire antworteten: »Niemand eignet sich besser für diese Unterhandlung als der kluge und gebildete Abu Tamam.‹ Der König sagte: ›Ihr habt Recht, Abu Tamam passt am besten dafür.‹ Er wandte sich dann zu diesem und fragte ihn, ob er um die türkische Prinzessin für ihn anhalten wolle. Und als Abu Tamam sich dazu bereit erklärte, ließ der König alles, was zur Reise notwendig war, herrichten, und gab ihm viele Geschenke und ein Schreiben an den König von Turkistan mit. Abu Tamam erreichte glücklich die Hauptstadt Turkistans, und sobald der König von Turkistan von seiner Ankunft unterrichtet war, schickte er ihm einen Diener entgegen, wies ihm eine prächtige Wohnung an, in der man ihn drei Tage lang bewirtete. Am vierten Tag ließ der König Abu Tamam zu sich rufen. Abu Tamam verbeugte sich ehrfurchtsvoll und überreichte dem König die Geschenke und den Brief Ilan Schahs. Als der König den Brief gelesen hatte, sagte er: ›Wir wollen sehen; geh einmal zu meiner Tochter und unterhalte dich mit ihr.‹ Die Prinzessin, die schon vorher von Abu Tamams Besuch wusste, hatte ihren Saal mit den schönsten goldenen und silbernen Gefäßen ausgeschmückt, sich auf einen goldenen Thron gesetzt und den schönsten königlichen Schmuck angelegt.

Als Abu Tamam in ihr Zimmer trat, dachte er bei sich: ›Die Weisen haben gesagt, wer seinen Blick niederschlägt, den trifft nichts Böses; wer seine Hand zurückzieht, dem wird sie nicht abgenommen; und wer seine Zunge bewahrt, hat nichts Schlimmes zu befürchten.‹ Er blieb daher ruhig auf dem Boden sitzen und hob kein Auge. Da sagte die Prinzessin: ›Abu Tamam, hebe doch deinen Kopf in die Höhe, sieh mich an und sprich mit mir!‹ Er sprach aber kein Wort und hob seinen Kopf nicht. Sie sagte dann: ›Hat man dich nicht hierher gesandt, um mich zu sehen und mit mir zu sprechen?‹ Aber Abu Tamam gab keinen Laut von sich. Sie sagte ihm dann: ›Greife nach diesen Perlen und Edelsteinen, nach diesem Gold und Silber, das um dich herliegt!‹ Aber Abu Tamam rührte seine Hand nicht. Als die Prinzessin dies sah, sagte sie: ›Man hat mir einen blinden, tauben, einfältigen Gesandten geschickt.‹ Sie entließ Abu Tamam und meldete es ihrem Vater. Dieser ließ Abu Tamam wieder zu sich rufen und sagte zu ihm: ›Warum hast du meine Tochter nicht angesehen, da du doch nur um ihretwillen gekommen bist?‹ Er antwortete: ›Ich habe sie zur Genüge gesehen.‹ Der König fragte dann wieder: ›Warum hast du nichts von den Edelsteinen und anderen Kostbarkeiten genommen, die du gesehen hast?‹ Er antwortete: ›Es ziemt sich nicht für mich, nach Dingen zu greifen, die mir nicht gehören.‹ Als der König dies hörte, gewann er ihn sehr lieb, schenkte ihm ein kostbares Kleid und sagte zu ihm: ›Komm und sieh einmal in diesen Brunnen.‹ Abu Tamam sah einen Brunnen, ganz gefüllt mit Menschenköpfen. Da sagte der König: ›Das sind die Köpfe der Gesandten, die ich, weil sie keine Bildung besaßen, umbringen ließ. Ich dachte, wenn der Gesandte so ungebildet ist, so muss der, der ihn sendet, noch ungebildeter sein, denn der Gesandte ist gleichsam die Zunge dessen, der ihn absendet, und gleicht ihm an Bildung, und den mag ich nicht als Schwiegersohn. Du aber hast durch deine Bescheidenheit unser Herz gewonnen, darum soll auch dein Herr meine Tochter haben.‹

Abu Tamam erhielt vom König der Türken viele Geschenke und ein Schreiben an Ilan Schah, in dem er ihm die Hand der Prinzessin zusagte. Ilan Schah war außer sich vor Freude, als Abu Tamam zurückkehrte und ihm die Geschenke und den Brief des Königs der Türken überreichte, denen er bald seine schöne Prinzessin nachfolgen ließ. Diese fand Ilan Schah über alle Erwartung reizend, und er achtete und liebte Abu Tamam noch mehr als früher. Dies vermehrte den Neid und den Zorn der Wesire, die untereinander sagten: ›Wenn wir nicht eine andere List gegen Abu Tamam ersinnen, so sterben wir vor Ärger.‹ Nach einer langen Beratung gingen sie zu zwei Jungen, die immer um den König waren und während seines Schlafs ihm zu Häupten standen, schenkten jedem von ihnen tausend Denare und sagten: ›Nehmt dieses Geld für euch und leistet uns einen Dienst dafür.‹ Die Jungen fragten:

›Was ist euer Begehren?‹ – ›Dieser Abu Tamam‹, antworteten die Wesire, ›hat uns von unserem Amt verdrängt, und geht das noch lange so fort, wird er uns ganz aus der Nähe des Königs verstoßen. Wir wünschen daher, dass, wenn der König sich niederlegt, einer von euch dem anderen sagt, dass der König sich Abu Tamam ganz hingegeben habe und der Verdammte es doch schlecht mit ihm meine. Der andere fragt dann, worin Abu Tamams Schlechtigkeit bestehe. Darauf erwidere der Erste, dass er die Ehre des Königs schände, indem er überall erzähle, der König von Turkistan habe alle Gesandten, die bei ihm um seine Tocher anhielten, umbringen lassen, und nur ihm das Leben geschenkt, weil seine Tochter ihn liebte, und darum habe sie auch eingewilligt, König Ilan Schah ihre Hand zu geben. Der eine fragt dann wieder, ob das gewiss sei. Und der andere antwortet, das sei jedem bekannt, nur fürchte man sich, dem König so etwas zu sagen. Man wisse, dass, so oft der König auf die Jagd ginge oder eine Reise mache, Abu Tamam die Königin besuche und allein bei ihr bleibe.‹ Die Jungen versprachen den Wesiren ihren Beistand, und eines Nachts, als der König sich zur Ruhe begab, aber noch nicht eingeschlafen war, sagten sie, was die Wesire ihnen aufgetragen hatten. Der König dachte, als er ihr Gespräch hörte: ›Diese Knaben verfolgen gewiss keine schlimme Absicht; wenn sie das nicht von jemandem gehört hätten, so würden sie es nicht sagen.‹ Er geriet daher in so heftigen Zorn, dass er gleich am folgenden Morgen Abu Tamam rufen ließ und ihm, als er allein bei ihm war, sagte: ›Was verdient ein Mann, der die Ehre seines Herrn schändet?‹ Abu Tamam antwortete: ›Der verdient, dass auch die seinige nicht geschont werde.‹ Dann fragte der König wieder: ›Und was verdient der, der in den Palast des Königs kommt und treulos gegen ihn handelt?‹ Abu Tamam antwortete: ›Er verdient, nicht länger zu leben.‹

Der König spie Abu Tamam ins Gesicht und sagte: ›Du hast beides getan‹, stieß ihm einen Dolch in den Leib und ließ ihn in einen Brunnen werfen, der im königlichen Palast war. Nachdem er ihn aber getötet hatte, fühlte er schwere Reue, wurde sehr traurig und missvergnügt, und wenn ihn jemand nach der Ursache seiner Verstimmung fragte, schwieg er, und aus Liebe zu seiner Gattin sagte er auch ihr den wahren Grund nicht. Die Wesire aber freuten sich sehr über den Tod Abu Tamams und dachten wohl, dass des Königs Trauer seiner Reue entspringe. Der König belauschte nun häufig in der Nacht seine Jungen, um zu hören, was sie ferner von seiner Gattin sagen würden. Als er eines Nachts heimlich vor der Tür ihres Zimmers stand, da sah er, wie sie viel Gold vor sich hinlegten, damit spielten und einer von ihnen sagte: ›Wehe uns, was nützt uns dieses Gold? Wir verraten uns doch, wenn wir etwas dafür kaufen. Es hat uns nur zu einem Verbrechen geführt, denn wir sind die Mörder Abu Tamams.‹ Darauf versetzte der andere: ›Hätten wir gewusst, dass ihn der König so schnell umbringen lassen würde, so wäre keine solche Anklage unseren Lippen entschlüpft.‹

Als der König das hörte, verlor er seine Fassung, stürzte auf sie zu und sagte: ›Wehe euch, was habt ihr getan? Erzählt!‹ Sie riefen: ›König, Gnade!‹ Der König sagte: ›Allah und ich, wir begnadigen euch, wenn ihr mir die Wahrheit gesteht.‹

Da verbeugten sie sich vor ihm und sagten: ›Bei Allah, o König, die Wesire haben uns dieses Geld gegeben und uns gebeten, wir möchten Abu Tamam verleumden, damit du ihn tötest; alles, was wir gesagt haben, ist uns von den Wesiren eingegeben worden.‹ Als der König das hörte, riss er sich fast den Bart aus und biss sich fast die Finger ab, aus Reue über seine Übereilung.

Ilan Schah ließ dann die Wesire kommen und sagte zu ihnen: ›Ihr gottlosen Wesire! Glaubtet ihr, Allah würde eure Schandtat nicht sehen? Nun soll das Unglück euch treffen. wisst ihr nicht, dass, wer seinen Nächsten eine Grube gräbt, selbst hineinstürzt? Ihr sollt von mir die Strafe dieser Welt erhalten, und morgen wird euch Allah noch in jener Welt verdammen!‹ Er ließ ihnen dann vor seinen Augen den Kopf abschlagen, ging zu seiner Gattin und klagte sich selbst des Unrechts an, das er Abu Tamam angetan hatte. Die Königin und der ganze Hof trauerten um Abu Tamam, den der König aus dem Brunnen holen und dem er im Palast ein Grabmahl errichten ließ.«

»Du siehst, o glückseliger König«, sagte der Jüngling, »was Neid und Bosheit vermögen und wie Allah die List der Wesire zu ihrem eigenen Unheil enden ließ; ich hoffe, dass Allah mir auch über die, die mein

Ansehen beim König beneiden, den Sieg verschaffen und dem König die Wahrheit offenbaren wird. Ich fürchte gar nicht für mein Leben, sondern nur für die Reue des Königs, wenn er sich von meiner Unschuld zu spät überzeugt haben wird. Ich würde schweigen, wenn ich mir einer Schuld bewusst wäre.« Diese Worte machten einen tiefen Eindruck auf den König; er beugte den Kopf eine Weile zur Erde und ließ den Jüngling wieder ins Gefängnis zurückführen.

Am neunten Tag sagten die Wesire zueinander: »Der Jüngling macht uns viel zu schaffen So oft der König ihn umbringen lassen will, bezwingt er ihn mit einer Erzählung; was fangen wir an, um ihn endlich einmal aus dem Weg zu räumen?« Endlich kamen sie überein, sie wollten sich an die Königin wenden. Sie gingen zu ihr und sagten: »Du weißt nicht, in welcher Lage du dich befindest. Dein Einschließen nützt dir nichts; der König isst und trinkt und geht, wie immer, seinem Vergnügen nach und vergisst ganz, dass die Leute deine Liebe zu diesem Jüngling in Liedern mit Musikbegleitung zum Gegenstand ihres Spottes machen. Solange er am Leben bleibt, wird das Gerede nicht aufhören, sondern immer zunehmen.« Die Königin erwiderte: »Bei Allah, ihr habt meinen Zorn gegen ihn erregt; aber was soll ich tun?« – »Geh zum König«, versetzten die Wesire, »weine vor ihm und sage: Die Frauen kommen zu mir und erzählen mir, wie man in der ganzen Stadt von mir spricht; was hast du davon, diesen Jüngling leben zu lassen? Willst du ihn nicht töten, so töte mich, damit einmal das Gerede aufhört!« Die Königin machte sich auf, zerriss ihre Kleider und ging zum König, als die Wesire zugegen waren, warf sich vor ihm hin und sagte: »O König, fürchtest du die Schande nicht? Es ziemt Königen gar nicht, so wenig eifersüchtig gegen ihre Frauen zu sein. Du kümmerst dich um nichts, und die ganze Stadt, Männer und Frauen, machen sich über uns lustig. Entweder töte den Jüngling, dass das Gerede aufhört, oder wenn du dich dazu nicht entschließen kannst, so töte mich!« Der König geriet in heftigen Zorn und sagte: »Ich sehe, dass es keine Ruhe gibt, wenn ich ihn leben lasse; ich will ihn heute umbringen, geh nur in dein Gemach und sei zufrieden.« Er ließ dann den Jüngling rufen, und als er erschien, riefen ihm die Wesire zu: »Wehe dir, dein Tod ist nahe, die Erde sehnt sich danach, deinen Leib zu verzehren.« Der Jüngling aber entgegnete: »Der Tod ist nicht in euren Worten und nicht in eurem Neid, er ist ein auf der Stirn geschriebenes Urteil; steht er auf meiner Stirn, so wird er eintreffen, da hilft keine Vorsicht und kein Bemühen, wie es uns die Geschichte des Königs Ibrahim und seines Sohnes lehrt.« – »Was war das für eine Geschichte?«, fragte der König. Da erzählte der Jüngling:

Die Geschichte des Sultans Ibrahim und seines Sohnes

»O König, es war einmal ein Sultan, der Ibrahim hieß, und dem andere Könige Untertan waren. Er war aber doch betrübt, denn er hatte keinen Sohn und fürchtete, sein Reich könnte einem Fremden zufallen. Er kaufte stets neue Sklavinnen, bis ihm endlich ein Sohn geboren wurde, worüber er sich so sehr freute, dass er einen jeden, der ihn zu beglückwünschen kam, reichlich beschenkte. Als aber die Sterndeuter ihre Berechnungen machten, um den Stern des Prinzen zu finden, erschraken sie und wurden ganz blass. Da sagte der Sultan zu ihnen: ›Ihr habt nichts zu fürchten; offenbart mir nur die Wahrheit, wie sie sich auch gestalten mag.‹ Sie erwiderten: ›Wir haben gesehen, dass er im siebten Jahr in Gefahr sein wird, von einem Löwen zerrissen zu werden; entgeht er dieser Gefahr aber, so wird noch etwas Schlimmeres eintreffen.‹ – ›Was denn?‹, fragte der Sultan. Sie antworteten: ›Wir werden es nicht sagen, bis du es befiehlst und uns nochmals verbürgst, dass wir nichts zu fürchten haben.‹ Als der Sultan darauf bestand, alles wissen zu wollen, fuhren sie fort: ›Wenn er dem Löwen entkommt, wirst du durch deinen Sohn ums Leben kommen.‹ Der Sultan erblasste und erschrak einen Augenblick, dann dachte er: ›Ich werde schon dafür sorgen, dass weder ein Löwe meinen Sohn zerreißt noch er mich umbringt; die Sterndeuter lügen immer.‹ Aber er konnte sich doch die Worte der Sterndeuter nicht ganz aus dem Kopf schlagen und führte ein trübes Leben. Er ließ aus Vorsicht in einem Berg eine große Höhle mit vielen Gemächern graben, füllte sie mit allen nötigen Speisen und Kleidern und anderen Gegenständen, leitete Wasser vom Berg hinunter und ließ den Prinzen mit seiner Amme dahin bringen. Jeden Monat ging der Sultan mit einem Seil zur Höhle und zog seinen Sohn daran herauf, küsste und drückte ihn und spielte eine Weile mit ihm. Dann ließ er ihn wieder hinab und beschloss, so fortzufahren, bis die sieben Jahre vorüber sein würden. Als aber die Zeit kam, in der das Urteil auf der Stirn geschrieben stand – es fehlten nur noch zehn Tage an den sieben Jahren –, da führte die Bestimmung Jäger auf diesen Berg, die einen Löwen verfolgten, der, als er sich von allen Seiten umringt sah, in die Höhle sprang. Als die Amme den Löwen sah, entfloh sie in ein Nebenzimmer; der Löwe ging auf den Prinzen los und verwundete ihn an der Schulter, lief dann ins Zimmer, in dem die Amme war, und zerriss sie, den Prinzen aber ließ er ohnmächtig liegen. Als die Jäger den Löwen in der Höhle wussten, stellten sie sich an deren Öffnung; da hörten sie das Geschrei der Amme und des Prinzen. Nach einer Weile aber war alles still, sodass sie dachten: ›Der Löwe hat sie getötet.‹ Sie blieben aber doch vor der Höhle stehen, und so oft der Löwe hinaufklettern wollte, warfen sie mit Steinen nach ihm, bis sie ihn zu Boden sinken sahen; dann stieg einer hinunter und tötete ihn. Da fand der Jäger den verwundeten Prinzen und im Nebenzimmer die tote Amme, an der sich der Löwe schon sattgefressen hatte. Er sah auch die verschiedenen Vorräte, die in der Höhle waren, benachrichtigte seine Gefährten davon und reichte sie ihnen hinauf; zuletzt nahm er auch den Prinzen aus der Höhle und trug ihn in sein Haus, pflegte seine Wunde und behielt ihn bei sich, denn er wusste nicht, wem er angehörte. Der Prinz konnte auf seine Fragen auch nicht antworten, weil er noch ganz klein war, als er in die Höhle getragen worden war. Der Jäger gewann bald den Prinzen sehr lieb und nahm ihn als sein Kind an, führte ihn mit sich auf die Jagd und lehrte ihn reiten. Der Prinz war in seinem zwölften Jahr schon ein wackerer Jäger, ging aber dabei auch auf Straßenraub aus. Dann schloss er sich bald einer Räuberbande an, die in der Nacht eine bewaffnete Karawane überfiel. Es wurde lange gekämpft, aber die Karawane siegte endlich und erschlug viele Räuber, und auch der Prinz fiel verwundet zu Boden. Als er des Morgens die Augen öffnete und alle seine Kameraden tot fand, wollte er sich aufmachen und entfliehen. Da begegnete ihm ein Mann, der einen Schatz suchte, und fragte ihn, wohin er wolle. Als ihm der Prinz erzählte, was ihm widerfahren war, sagte der Mann: ›Sei nur zufrieden. Dein Glücksstern ist aufgegangen, denn Allah bringt dir Hilfe durch mich. Ich habe einen reichen Schatz; komm mit und hilf mir, ich will dir so viel Geld geben, dass du dein ganzes Leben genug daran haben sollst.‹ Er nahm ihn dann mit in sein Haus und pflegte seine Wunde, bis er wieder ganz hergestellt war.

Sobald der Prinz genesen war, ließ der Mann zwei Kamele mit allerlei Proviant beladen und machte sich mit dem Prinzen auf den Weg, bis sie an einen hohen Berg kamen. Da zog der Mann ein Buch hervor und las darin, grub dann ungefähr fünf Schuh tief in den Berg, bis er auf einen großen Stein stieß; diesen hob er weg, und es zeigte sich die Öffnung einer Höhle. Er wartete ein wenig, bis der Dunst herausgestiegen war, dann band er dem Prinzen einen Strick um die Hüften und ließ ihn hinunter mit einer brennenden Kerze in der Hand. Als der Prinz in der Höhle war, ließ der Mann einen Korb mit einem Strick hinunter, der Prinz füllte ihn mit Gold, und der Alte zog ihn hinauf, leerte ihn, reichte ihn dann dem Prinzen wieder, bis er genug hatte und die Lasttiere beladen waren. Als aber dann der Prinz wieder einen Strick erwartete, um daran hinaufgezogen zu werden, legte der Mann einen großen Stein vor die Öffnung der Höhle und ging fort. Der Prinz wusste nicht, was er anfangen sollte, und dachte: ›Was ist das für ein bitterer Tod; ich bin der ersten Grube und den Dieben entronnen, und nun muss ich hier den Hungertod erleiden.‹

Während er so verzweifelt dastand, hörte er das Rauschen eines Wassers; er ging dem Geräusch nach, und je näher er kam, umso stärker wurde das Rauschen. Da dachte er: ›Hier fließt ein mächtiger Strom. Sterben muss ich doch hier, ob morgen oder heute. Ich will mich lieber in dies Wasser stürzen, als in der Höhle vor Hunger umkommen.‹ Er warf sich hierauf ins Wasser, und es trug ihn unter der Erde fort in ein tiefes Tal, wo es als großer Strom aus der Erde trat, und der Prinz befand sich wieder auf der Oberfläche der Erde.

Er schwamm ans Ufer, dankte Allah für seine Rettung und ging in diesem Tal vor sich hin, bis er in ein Städtchen kam, das unter seines Vaters Herrschaft stand. Mit Erstaunen hörten die Bewohner dieses Städtchens, auf welch wunderbarem Weg ein Fremder bei ihnen angelangt war. Ein jeder begab sich zu ihm und ließ sich von ihm erzählen und bot ihm sein Haus an, sodass der Prinz gern in diesem Städtchen blieb.

Das ist's, was den Prinzen angeht; was aber seinen Vater betrifft, so war dieser wie gewöhnlich nach einem Monat wieder zur Höhle gereist. Als er aber die Amme rief und keine Antwort erhielt, ließ er einen Mann hinunter, und dieser berichtete dem Sultan, wie es in der Höhle aussah. Der Herrscher schlug sich ins Gesicht, weinte heftig und ging selbst in die Höhle, um alles zu sehen; und als er die Amme zerrissen neben einem toten Löwen fand, seinen Sohn aber nirgends sah, ging er wieder nach Hause und sagte den Sterndeutern, sie hätten ihm die Wahrheit prophezeit; ein Löwe habe den Prinzen gefressen. ›So war es über ihn verhängt‹, versetzten die Sterndeuter, ›und nun ist dein Leben außer Gefahr, denn wäre er dem Löwen entronnen, so müsstest du, bei Allah, durch ihn umkommen.‹ Der Sultan tröstete sich hierdurch und dachte bald nicht mehr an seinen Sohn. Als aber Allah seinen unwiderruflichen Befehl vollzogen haben wollte, ging der Prinz, der in jenem Städtchen geblieben war, auf Straßenraub aus und machte mit seiner Bande die Straßen so unsicher, dass man den Schutz des Sultans gegen ihn anrief. Dieser zog mit seinen Truppen aus und umzingelte die Räuber. Aber diese verteidigten sich, und der Prinz schoss einen Pfeil auf den Sultan ab, der ihn beinahe tödlich verwundete. Schließlich wurde jedoch der Prinz mit seiner ganzen Bande gefangen und vor den Sultan geführt. Als man diesen fragte, wie man mit den Räubern verfahren solle, antwortete er: ›Ich bin jetzt zu leidend, um ein Urteil zu fällen, ruft mir die Sterndeuter.‹ Als sie erschienen, sagte der Sultan zu ihnen: ›Ihr habt mir prophezeit, ich würde durch meinen Sohn umkommen; wie kommt's, dass ich nun auf diese Weise sterbe?‹ Sie antworteten: ›Unsere von Allah uns eingegebene Wissenschaft trügt nicht; wer weiß, ob nicht dein eigener Sohn dich verwundet hat?‹ Als der Sultan dies hörte, ließ er die Räuber vor sich kommen und sagte zu ihnen: ›Gesteht mir die Wahrheit; wer von euch hat den Pfeil abgeschossen, der mich getroffen hat?‹ Sie antworteten: ›Dieser Junge da‹, und deuteten auf den Prinzen. Der Sultan sagte zu diesem: ›Erzähle mir, wer du bist und wer dein Vater war. Ich begnadige dann dich und alle deine Kameraden.‹ Der Prinz antwortete: ›Mein Herr, ich kenne meinen Vater nicht. Ich weiß nur, dass er mich in eine Höhle mit einer Amme gesperrt hat. Eines Tages fiel ein Löwe über uns her, verwundete mich an der Schulter und zerriss die Amme. Allah schickte mir aber jemanden, der mich aus der Höhle befreite und als Jäger und Räuber erzog.‹ Um den Sultan von der Wahrheit seiner Aussage zu überzeugen, entblößte der Prinz seine Schulter, an der noch der Biss des Löwen zu sehen war. Der Sultan ließ seine Freunde, die Sterndeuter und alle seine Offiziere zusammenkommen und sagte zu ihnen: ›Wisset, dass, was Allah einem auf die Stirn geschrieben hat – es sei ein Glück oder Unglück –, von niemandem geändert werden kann. Alle meine Vorsicht war vergebens, denn dieser Jüngling hier ist mein Sohn; er musste erleiden, was ihm vorbestimmt war, und auch mich traf, was über mich verhängt war. Ich danke Allah, dass ich durch meinen Sohn und nicht durch einen Fremden falle und dass mein Reich in die Hand meines Sohnes übergeht.‹ Er drückte dann seinen Sohn an sich, umarmte und küsste ihn und sagte: ›Mein Sohn, ich habe dich aus Vorsicht gegen die Bestimmung in jene Höhle gebracht, aber meine Vorsicht war vergebens.‹ Er nahm dann seine Krone und setzte sie ihm auf den Kopf, und alle Anwesenden huldigten dem Prinzen. Dann empfahl ihm der Sultan, gerecht gegen seine Untertanen zu sein, und starb noch in derselben Nacht.«

»So weiß auch ich«, sagte der Jüngling zum König, »dass, was Allah auf meine Stirn geschrieben hat, eintreffen muss, und alle meine Worte vermögen nichts dagegen; will aber Allah mich retten, so verschafft er mir den Sieg gegen die Wesire, wenn sie sich auch noch so große Mühe geben, mich zu verderben.« Als der König dies hörte, blieb er wieder unentschlossen und ließ den Jüngling abermals ins Gefängnis zurückbringen.

Am zehnten Tag, der ein Festtag war, an dem alle Leute dem König ihre Glückwünsche darbrachten, gingen die Wesire zu einigen Häuptern der Stadt und sagten zu ihnen: »Wenn ihr heute dem König eure Aufwartung macht, so sagt zu ihm: ›König, du hast einen lobenswerten Lebenswandel und bist gerecht gegen alle deine Untertanen, aber warum lässt du den verworfenen Jüngling leben, der nach so vielen empfangenen Wohltaten doch so verwerflich und seiner Herkunft gemäß gehandelt hat? Wie lange willst du ihn noch wegen seiner listigen Reden in deinem Palast eingesperrt lassen? Du weißt nicht, was die Leute sagen; wir bitten dich, bringe ihn um und schaffe dir Ruhe vor ihm.‹« Die Häupter der Stadt versprachen den Wesiren ihren Beistand und gingen mit den übrigen Leuten zum König, verbeugten sich vor ihm und gratulierten ihm. Während aber alle Leute gleich nach dem Gruß weggingen, blieben diese sitzen. Als der König merkte, dass sie ihm etwas mitzuteilen hatten, sagte er zu ihnen in Gegenwart der Wesire: »Tragt mir eure Angelegenheit vor.« Da sprachen sie, wie die Wesire es gewünscht hatten, und die Wesire unterstützten noch ihre Worte. Aber der König antwortete: »Ich zweifle nicht, dass ihr diesen Rat aus Liebe zu mir erteilt, doch wisst ihr, dass ich, wenn ich wollte, mächtig genug wäre, die Hälfte meines Volks hinrichten zu lassen, um wie viel mehr einen jungen Mann, der in einem Gefängnis schmachtet und ein Verbrechen begangen hat, das den Tod verdient. Ich verschiebe nur seine Hinrichtung, weil ich stärkere Beweise seiner Schuld haben möchte, um mein Gewissen zu beruhigen und das Vertrauen meiner Untertanen zu erhalten; wenn ich ihn auch heute verschone, so entgeht mir sein Tod doch morgen nicht.« Er ließ den Jüngling wieder rufen und sagte ihm: »Wehe dir! Wie lange werden mich die Leute noch um deinetwillen tadeln? Sogar die Häupter der Stadt machen mir Vorwürfe, dass ich dich so lange leben lasse, drum will ich heute dein Blut vergießen, um dem Gerede ein Ende zu machen.« Der Jüngling sagte: »O König, bei Allah! Wenn die Leute in der Stadt von mir sprechen, so sind nur die bösen Wesire daran schuld, die ihnen abscheuliche Dinge aus dem königlichen Palast erzählen; Allah wird ihre List gegen sie selbst wenden. Was aber deine Drohung, mich zu töten, angeht, so stehe ich ja in deiner Macht. Du brauchst dir meinen Tod gar nicht so zu Herzen zu nehmen; ich bin ja wie der Spatz in der Hand eines Jägers, den er nach Willen schlachten oder freilassen kann. Das Aufschieben meines Todes geschieht aber nicht durch dich, sondern durch den, der über mein Leben gebietet; wollte der Allwissende meinen Tod, es stünde nicht in deiner Macht, ihn nur um eine Stunde zu verhindern. Der Mensch kann kein Unheil, das ihm bestimmt ist, von sich abwenden. Gepriesen sei Allah, der Herr der Welt und allen Lebens!«

Daraufhin neigte der König sein Haupt, umarmte den Jüngling, küsste ihn und schenkte ihm die Freiheit. Denn er hatte erkannt, was zu tun war.

So hatte Allah die Einsicht in des Königs Herz gesenkt und ihm Weisheit und Güte verliehen.

Von weither blies der Samum und wirbelte den Sand durch die Luft. Über allem aber schien die Sonne und schenkte ihr Licht den Guten und Bösen gleichermaßen. Denn das Licht war nichts anderes als das alles verstehende Lächeln Allahs – des gütigen Erbarmers der Welt.

Die Parabeln

Es war vor alten Zeiten ein Pfau, der mit seiner Gefährtin einen Wald, in dem sich auch viele andere Tiere aufhielten, am Ufer des Meeres bewohnte. Des Nachts verbargen sie sich daher in einem der Bäume aus Furcht vor den wilden Tieren, und am Tag flogen sie umher, um Nahrung zu suchen. Sie lebten lange so fort, bis ihnen einmal der Gedanke kam, einen anderen Wohnort zu suchen, wo sie sicherer und ruhiger leben könnten. Da kamen sie auf eine fruchtbare Insel, die reich an Bäumen und Gewässern war, ließen sich da nieder und aßen und tranken.

Auf einmal kam eine Ente zu ihnen, welche ängstlich aussah und furchtbar zitterte. Der Pfau dachte: »Der muss wohl Schlimmes widerfahren sein.« Er stieg von seinem Baum hinunter, grüßte sie und bat sie, ihm zu erzählen, was ihr begegnet war. Nachdem sie seinen Gruß erwidert hatte, sagte sie: »Schütze mich gegen die Menschen und sei selbst auf deiner Hut! Gelobt sei der Allmächtige, der mich von meiner Angst erlöst und mich zu euch geführt hat. Wie sehr habe ich mich nach eurer Nähe gesehnt; lass nur auch dein Weibchen heruntersteigen, dass es hört, was mir zugestoßen ist.«

Das Weibchen kam auch herunter, begrüßte die Ente und sagte zu ihr: »Sei nur ohne Furcht. Woher soll ein Mensch auf diese Insel mitten im tobenden Meer kommen? Sei nur ganz ruhig, es kann niemand zu uns gelangen; erzähle mir, was dir zugestoßen ist und warum du die Menschen so fürchtest!« Da begann die Ente: »Wisse, o Pfau, ich bringe nun mein ganzes Leben schon in Sicherheit auf dieser Insel zu und wusste von nichts Bösem. Eines Nachts erschien mir im Traum ein Mensch, der sich mit mir unterhielt; darauf hörte ich eine Stimme, die mir zurief: ›Ente, hüte dich vor dem Sohne Adams, lass dich nicht verführen durch seine süßen Worte, denn du hast nur Unglück von ihm zu erwarten, weil er gar zu listig ist. Nimm dich wohl in Acht, denn wisse, dass er durch List die größten Meeresungeheuer zu fangen versteht, mit seiner Flinte die Vögel aus der Luft holt und den Elefanten in eine Grube stürzt. Niemand ist vor der List der Menschen sicher, kein Fisch, kein Vogel, kein wildes und kein zahmes Tier.‹

Nachdem ich das gehört hatte, erwachte ich voller Angst und Furcht, und ich konnte, teure Schwester, mich den ganzen Tag nicht fassen und hatte keine Lust, weder zu essen noch zu trinken; so sehr setzte mich die Bosheit des Menschen in Schrecken. So lief ich unruhig umher, bis ich zur Höhle eines jungen gelben Löwen kam. Dieser freute sich über alle Maßen, als er mich ankommen sah, denn meine Farbe und schöne Gestalt gefielen ihm sehr gut; er hieß mich in seine Nähe kommen und fragte mich nach meinem Namen und Geschlecht. Ich sagte: ›Ich heiße Ente und gehöre zum Geschlecht der Vögel.‹ Ich fragte ihn, warum er so lange da bleibe. Er antwortete: ›Mein Vater, der Löwe, der warnt mich schon so lange vor den Menschen. Nun sah ich diese Nacht im Traum einen Menschen, mit dem ich mich sehr gut unterhielt; zwar hörte ich eine Stimme, die mich vor ihm warnte, aber er gefiel mir so gut, dass ich, weil ich weiß, dass zuweilen Menschen hier vorüberkommen, hier warte, denn ich möchte gar zu gern einen Menschen sehen.‹ Als der Löwe geendet hatte, sagte ich ihm: ›Sei auf der Hut, und suche dem Menschen auszuweichen, dessen List allmächtig ist! Ich warnte ihn dann so lange, bis er sich endlich entschloss, mit mir wegzugehen. Als wir eine Weile miteinander umherliefen, sahen wir eine große Staubwolke, die immer näher kam, und endlich entdeckten wir einen umherirrenden Esel, der bald stampfte, bald in die Höhe sprang, bald schrie. Der Löwe rief ihn zu sich, und der Esel näherte sich ihm ehrfurchtsvoll und küsste die Erde vor ihm. Da sagte der Löwe: ›Wie heißt du, närrisches Tier, und wieso kommst du hierher und was springst du so?‹ Der Esel antwortete: › Prinz! Ich heiße Esel und komme hierher aus Furcht vor den Menschen. Denn der Mensch ist ein Unheil von den allergrößten, ein wahres Verderben der Tiere.‹ – ›Fürchtest du, dass ein Mensch dich tötet oder zerreißt?‹ – ›Bei Allah, o Prinz, ich fürchte weder, von ihm getötet, noch, zerrissen zu werden; aber er gebraucht Listen, um auf mir zu reiten und mich zu beladen. Da hat er etwas, das er Decke nennt; das legt er auf meinen Rücken. Dann hat er so ein Leder, das er Gurt nennt, und damit umgürtet er mich. Dann hat er etwas zum Sitzen, von ihm Sattel genannt, und einen Riemen, den er unter meinen Schweif legt; er steckt mir auch ein Stück Eisen, das er Zaum nennt, in das Maul, und er macht einen Stachelstock, mit dem er mich antreibt, so muss ich dann laufen und tragen über meine Kräfte. Strauchle ich, so schmäht er mich, schreie ich, so flucht er, und gehe ich ein wenig zu langsam, so schlägt er mir die Rippen auf, und wenn ich alt werde, so macht er mir einen groben, hölzernen Sattel und übergibt mich den Wasserträgern, die mich mit Wasserschläuchen und großen Krügen beladen. So lebe ich bei den Menschen in Mühsal, Elend und Erniedrigung, bis ich sterbe. Dann wirft man mich auf einen Schutthaufen den Hunden zur Speise hin. Gibt es wohl eine größere Qual als die meinige?‹ Als ich«, fuhr die Ente fort, »diese Worte des Esels hörte, ergriff mich ein furchtbarer Schauder und eine noch größere Furcht vor den Menschen, und ich sagte zum Löwen: ›Bei Allah, der Esel hat Ursache, den Menschen zu fürchten.‹ Er fragte dann den Esel, wo er hingehe. ›Prinz!‹, antwortete der Esel, ›ich fliehe von hier, so schnell ich kann, denn ich habe vor Sonnenuntergang in der Ferne einen Menschen erblickt.‹ Während dieses Gesprächs, als gerade der Esel wieder von uns Abschied nehmen wollte, entdeckten wir eine dichte Staubwolke, und der Esel schrie laut auf. Auf einmal trat aus dem Staub ein schönes weißes Pferd hervor, das scheu und schüchtern umherlief. Als es in die Nähe des Löwen kam, empfing er es mit Achtung und fragte: ›Wie ist dein Name, verehrtes Tier, und warum irrst du so umher?‹ Das Pferd antwortete: ›Herr der Tiere, man nennt mich Pferd, und ich bin hier auf der Flucht vor Menschen.‹ Der Löwe rief ganz erstaunt: ›Bei Allah, wunderbar! Was sagst du mir da; das ist eine Schande für dich, du bist ja so stark, so groß und so mächtig, und doch fürchtest du dich vor den Menschen? Ich wünschte sehr, einem Menschen zu begegnen. Ich hoffe, mich an seinem Fleisch zu sättigen und an seinem Blut meinen Durst zu stillen, um dieser schwachen, zitternden Ente Ruhe zu verschaffen; nun aber zerschneiden mir deine Worte das Herz. Du machst mir Bang durch deinen Schrecken und nimmst mir die Lust, mich mit ihm zu messen; du bist doch viel größer und siehst stärker aus als ich. Ich dachte, dass du mit einem Tritt deiner Hufe einen Menschen töten könntest.‹ Das Pferd lachte und sagte: ›Hüte dich wohl vor den Menschen, und lass dich nicht durch sein unbedeutendes Aussehen täuschen. O Prinz, mir helfen weder Stärke noch Größe; der Mensch macht aus List und Bosheit etwas, das man Pfahl nennt, und etwas, das Strick heißt, aus Palmfasern mit Filz geflochten und stark gedreht. Den Pfahl befestigt er in dem Boden, und mit dem Strick bindet er meine Fesseln an. Mit einem anderen Strick, der in der Höhe an einen Pfosten gebunden wird, zieht er meinen Kopf aufwärts, und so muss ich wie gekreuzigt auf den Füßen stehen und kann nicht liegen und nicht schlafen. Frage nur nicht, o Prinz, nach allem, was ich in meiner Jugend erdulden musste. Und wenn ich alt werde und mager, so verkauft er mich einem Müller, bei dem ich, im Kreise umhergehend, Weizen und Gerste mahlen muss, bei Tag und bei

Nacht; und bin ich auch dazu nicht mehr tauglich, so werde ich geschlachtet. Meine Haut und mein Schwanz werden dem Siebmacher verkauft, mein Fett wird geschmolzen, und mein Fleisch wird auf allen Straßen ausgeschrien, und wenn es sich nicht gut verkauft, so mischt es der Metzger mit Esel- und Mauleselfleisch und kocht es mit Essig, um den schlechten Geruch zu vertreiben.‹

Als der Löwe das hörte, wurde er noch ergrimmter, und er fragte das Pferd, wann es einen Menschen gesehen habe. Es antwortete: ›Gegen Mittag sah ich einen Menschen, der meinen Spuren folgte.‹ Während des Gesprächs entdeckten wir auf einmal wieder eine mächtige Staubwolke in der Ferne, und es kam ein Kamel daraus hervor, das zitternd und bebend umhertrabte, bis es näher kam. Der Löwe hielt es für einen Menschen und wollte schon darauf losspringen; da sagte ich ihm: ›Prinz, das ist kein Mensch, das ist ein Kamel, das auch vor den Menschen zu fliehen scheint, ebenso wie wir.‹ Während ich dies dem Löwen sagte, trat das Kamel zu uns, verbeugte sich vor dem Löwen und grüßte ihn. Der Löwe erwiderte seinen Gruß und fragte es, warum es hierher gekommen sei. Es antwortete: ›Ich fliehe vor dem Menschen.‹ – ›Wie‹, versetzte der Löwe, ›ein Tier von so großer Gestalt, so lang und so breit, fürchtet den Menschen? Bei Allah, mit einem Tritt kannst du ihn ja umbringen.‹ – › Prinz!‹, antwortete das Kamel, ›der Mensch ist so klug und so schlau und so fein, dass nur der Tod ihm beikommen kann. Da zieht er mir einen Ring durch die Nase, woran eine Schnur befestigt wird, und wirft mir ein Halfter um den Kopf und übergibt mich seinem jüngsten Kind, das trotz meiner Größe und Stärke mich hinführt, wohin es will. Dann legt er mir die schwersten Lasten auf, unternimmt mit mir die größten Reisen und gebraucht mich zu den schwersten Arbeiten, sodass ich weder bei Tag noch bei Nacht Ruhe finde. Und wenn ich alt werde und gebrechlich, duldet er mich nicht mehr in seiner Gesellschaft, sondern verkauft mich dem Metzger am Siegestor in Alkahira. Dieser schlachtet mich, verkauft meine Haut dem Gerber und mein Fleisch den Wirten. Ich kann dir gar nicht alles sagen, o Prinz, was ich stets vom Menschen ertragen muss.‹ Der Löwe fragte dann das Kamel, wann es den Menschen verlassen hatte. Es antwortete: ›Gegen Sonnenuntergang, und ich denke, er wird bald hier sein. Schütze dich vor ihm und lass mich weiterfliehen in die Wüsten und Einöden.‹ Der Löwe sagte: ›Bleibe nur noch ein wenig. Du sollst sehen, wie ich ihm die Knochen zermalme, wie ich ihn zerreiße, wie ich dich von seinem Fleisch nähre und mit seinem Blut tränke.‹ Aber das Kamel rief: ›Bewahre Allah, o Prinz, dass ich länger säume. Ich bin sogar um deinetwillen in großer Angst, wenn ein Mensch sich deiner Wohnung nähert.‹ Auf einmal bemerkten wir wieder eine Staubwolke, und es trat ein kleiner, magerer Greis hervor, der in einem Korb allerlei Schreinerhandwerkszeug auf der Schulter, einen Baumzweig und acht Bretter auf dem Kopf trug und kleine Kinder an der Hand führte. Ich fiel vor Furcht auf den Boden, als ich ihn herankommen sah, der Löwe aber trat ihm in den Weg, schüttelte seinen Schwanz und bereitete seine Pranken zum Kampf vor.

Der Mensch trat ihm freundlich entgegen, verbeugte sich vor ihm, lächelte ihm zu und sprach mit süßer Zunge: ›Erhabener und mächtiger König! Der Erhabene schenke dir einen süßen Abend, vermehre deine Kraft und deinen Ruhm, verbreite deine Herrschaft und deine Macht, unterwerfe dir alle deine Feinde und weise dir das Paradies zur Wohnung an. Gewähre mir deinen Schutz und steh mir bei; ich kann nur bei dir Hilfe finden.‹

Der Löwe, gerührt von dem Flehen und Weinen des Schreiners, sagte zu ihm: ›Ich verspreche dir meinen Schutz; sage mir, wer dir Gewalt angetan hat und wer du bist, denn ich habe in meinem Leben kein Tier deinesgleichen gesehen, so schön an Gestalt und mit so beredter Zunge; wie heißt du denn und wer misshandelt dich? Der Schreiner antwortete: ›Herr der Tiere! Ich heiße Schreiner und fürchte mich sehr vor dem Menschen, der morgen Früh schon hier eintreffen wird.‹ Als der Löwe dies hörte, wurde das Licht zur Dunkelheit vor ihm, er knurrte und schnaubte, Funken sprühten aus seinen Augen, und er schrie: ›Bei Allah, ich werde die ganze Nacht hier wachend zubringen.‹ Dann bat er den Schreiner, er möge ihm, da er doch mit seinen kurzen Füßen nicht mit wilden Tieren Schritt halten könne, sagen, wo er hingehe. Der Schreiner antwortete: ›Ich gehe jetzt zum Luchs, dem Wesir deines Vaters, dem mächtigen, reißenden Tier, dem Herrn der Klauen und Zähne, der auch gehört hat, dass Menschen in seine Nähe kommen würden, und daher aus Furcht mich rufen ließ, damit ich ihm zum Schutz aus diesen Brettern ein Haus baue.‹ Der junge Löwe beneidete den Luchs und sagte zum Schreiner: ›Bei Allah! Ich lasse dich nicht von der Stelle, bis du mir zuerst ein Haus baust; nachher kannst du zum Luchs gehen.‹ Der Schreiner sagte, er müsse zuerst zum Luchs und wolle nach vollendeter Arbeit zu ihm zurückkehren; aber der junge Löwe drang in ihn, sprang auf ihn zu und fasste ihn zum Scherz mit der Tatze. Da fiel der Schreiner mit dem Korb auf den Boden und alle Werkzeuge lagen auf der Erde verstreut. Der Löwe sagte dann lachend: ›Wie schwach bist du, du armer Schreiner; bei Allah, deine Furcht vor dem Menschen ist zu entschuldigen, denn du hast gar keine Kraft.‹ Der Schreiner war sehr aufgebracht, doch verbarg er aus Furcht vor dem Löwen seinen Groll, stand wieder auf und sagte lächelnd: ›Gut, ich will dir ein Haus bauen.‹ Er nahm dann die Bretter, die er bei sich hatte, und nagelte sie zusammen wie eine Kiste, und brachte eine große Öffnung an. Als er damit fertig war, sagte er zum Löwen: ›Mein Herr, geh einmal in dieses Haus, dass ich dein Maß nehme.‹ Der Löwe ging hinein, vor Freude ganz außer sich. Da aber die Kiste für ihn etwas eng war, sagte ihm der Schreiner, er müsse niederknien, dies tat der Löwe, bis nur noch sein Schweif heraushing; aber auch diesen drückte der Schreiner in die Kiste, dann legte er schnell den Deckel auf die Öffnung und nagelte sie zu. Der Löwe brüllte: ›Was ist das für ein enges Haus? Lass mich heraus!‹ Der Schreiner antwortete lachend: ›Aus dieser Kiste kommst du in deinem Leben nicht mehr heraus. Es bleibt dir gar kein Weg zur Rettung offen, du bleibst nun im Käfig, du abscheulichstes aller Tiere; nun liegst du in der Schlinge, die du so sehr gefürchtet hast. Die Bestimmung wollte es so durch mich, da hilft keine Vorsicht.‹ Als der Löwe diese Worte vernahm, merkte er, dass der Schreiner ein Sohn Adams war, vor dem man ihn im Wachsein und im Traum gewarnt hatte. Ich fing nun an«, fuhr die Ente fort, »auch für mich ängstlich zu werden, darum entfernte ich mich ein wenig, aber ich war noch Augenzeuge davon, wie der Mensch ein großes Loch in der Nähe der Kiste, in die er den Löwen gesperrt hatte, grub, die Kiste in die Grube warf, Holz darauf legte und es anzündete. Als ich dies sah, entfloh ich schnell und befinde mich nun schon seit zwei Tagen auf der Flucht vor den Menschen.«

Der Pfau war sehr erstaunt über diese wunderbare Erzählung der Ente und sagte zu ihr: »O meine Schwester, hier sind wir sicher vor den Menschen, wir befinden uns ja auf einer Insel, die von keinem Menschen betreten wird; wir wohnen schon lange in bester Ruhe hier, bleib also bei uns, bis uns der Erhabene auf andere Weise vor unseren Feinden Ruhe schafft. Was willst du länger so umherziehen? Ist etwas über unser Haupt beschlossen, so wird es uns überall erreichen; denn, ist unsere Todesstunde nahe, wer kann uns gegen sie schützen? Und niemand stirbt, bis seine Zeit abgelaufen ist.«

Während sie so miteinander sprachen, erhob sich wieder eine Staubwolke; die Ente sprang ins Meer und schrie: »Vorsicht! Vorsicht! Lass mich dem Unheil entfliehen!« Auf einmal legte sich der Staub, und es kam ein Reh herbeigesprungen. Da sagte der Pfau zur Ente: »O meine Schwester, kehre nur zurück. Das, wovor du dich fürchtest, ist ja ein Reh, das uns gewiss nichts zuleide tut, es nährt sich ja nur von Pflanzen und gehört zu den vierfüßigen Tieren, wie du zu den Vögeln. Sei also ruhig und mach dir keine Sorgen, denn Sorgen machen den Körper mager.« Das Reh hatte inzwischen den Schatten des Baumes gesucht, wo der Pfau und die Ente sich aufhielten, und als es sie sah, grüßte es sie und sagte: »Ich habe in meinem Leben keine so fruchtbare Insel gesehen; wie angenehm ist es, hier zu wohnen. Ich wünschte sehr, euch Gesellschaft leisten zu dürfen.« Die Ente und der Pfau näherten sich ihm freundlich, grüßten es und sagten, sie hätten sich schon lange nach einer so netten Gesellschaft gesehnt; sie schlossen bald ein Freundschaftsbündnis und schworen sich Treue, aßen, tranken und wohnten vergnügt beisammen, bis eines Tages ein Schiff an der Insel vorbeikam, das auf dem Meer umherirrte. Die Schiffsleute wählten diese Insel als Ankerplatz, gingen an Land und durchstreiften die Insel. Als sie den Baum sahen, unter dem das Reh, der Pfau und die Ente versammelt waren, liefen sie darauf zu; aber der Pfau entfloh schnell auf den Baum, das Reh suchte das Weite, nur die Ente, die bald vorwärts, bald rückwärts ging, wurde gefangen und trotz all ihrer Vorsicht aufs Schiff geschleppt und geschlachtet. Als der Pfau sah, was mit der Ente geschehen war, wollte er die Insel verlassen, denn er rief aus: »Ich sehe überall nur Unheil; wie schön hätte ich in Freundschaft mit dieser Ente gelebt, wenn nicht das Schiff dazwischengekommen wäre!« Er flog dann umher, bis er wieder das flüchtige Reh traf; dies wünschte ihm Glück zu seinem Entkommen und erkundigte sich nach der Ente. »Meine teure Freundin«, sagte der Pfau, »ist gefangen worden. Darum verlasse ich auch diese Insel, die mir wegen des Unglücks der Ente verhasst geworden.« Er weinte dann eine Weile und sprach folgenden Vers:

»Der Tag der Trennung hat mein Herz gebrochen,
Allah breche auch dem Trennungstag das Herz!
Wenn nur noch ein Tag der Vereinigung wiederkehrte,
dass ich ihm berichte, was der Trennungstag getan.«

Das Reh war sehr betrübt, doch bewog es den Pfau, noch einige Zeit auf der Insel zu bleiben, und sie wohnten vergnügt und sicher beisammen und hatten keinen anderen Kummer als den Verlust der Ente. Eines Tages sagte das Reh zum Pfau: »Du siehst, dass wir unseren Verlust nur den Menschen zu verdanken haben, die aus dem Schiff gestiegen sind. Sei also stets auf der Hut gegen ihre List.« Aber der Pfau erwiderte: »Ich weiß ganz bestimmt, dass nur die Vernachlässigung des göttlichen Lobes die Ente ins Verderben gestürzt hat, denn jedes Geschöpf ist verpflichtet, Allah zu preisen, und wer dies unterlässt, wird dafür bestraft.« Das Reh dankte dem Pfau für diese Ermahnung und fing an, den ganzen Tag den Schöpfer zu loben und immer zu rufen: »Gepriesen sei der Richter, der Herr der Kraft und der Macht!«

Auch erzählt man: Vor alten Zeiten wohnte ein Einsiedler allein auf einem Berg, wo er kein anderes lebendiges Wesen als ein Paar Tauben bei sich hatte, mit denen er sehr befreundet war, deren Lebensweise er kannte und deren Lobpreisungen er deutlich vernahm. Dieser Einsiedler teilte seine Nahrung mit den Tauben, die sich bald vermehrten, weil er oft für die Verbreitung ihrer Nachkommen betete. Solange der Einsiedler lebte, hörten die Tauben nicht auf, Allah zu preisen und zu rufen: »Gepriesen sei der Schöpfer, der jedem Geschöpf seinen Lebensunterhalt angewiesen hat, gepriesen sei der Erbauer des Himmels und der Gründer der Erde!« Als aber Allah den Einsiedler zu sich nahm und die Tauben nicht mehr an ihr himmlisches Lob erinnert wurden, da hatte auch bald ihr Wohlstand ein Ende. Sie wurden getrennt und zerstreut in Städten und Flecken, auf Bergen und in Ebenen.

So wird auch erzählt: Es wohnte einst auf einem Berg ein sehr verständiger, religiöser und tugendhafter Hirt, der von der Milch und Wolle seiner Herde lebte. Der Berg, den er bewohnte, war sehr waldig und beherbergte viele wilde Tiere, doch konnten sie weder dem Hirten noch seiner Herde etwas zuleide tun; er lebte daher in größter Sicherheit und Sorglosigkeit auf diesem Berg, kümmerte sich nicht um weltliche Angelegenheiten und war nur in der Verehrung selig. Einst wurde er sehr krank, sodass er seine Höhle nicht mehr verlassen konnte; seine Herde ging inzwischen jeden Tag auf die Weide und kehrte abends zur Höhle zurück. Aber Allah wollte den Einsiedler prüfen; er schickte ihm daher einen Engel in Gestalt einer sehr schönen Frau, die sich zu ihm setzte. Als der Einsiedler sie sah, zitterte sein ganzer Körper, und er sagte ihr: »Was ruft dich hierher? Was haben wir miteinander gemein, dass du zu mir kommst?« Sie antwortete: »O Mensch, siehst du nicht, wie reizend und schön ich bin und welchen Wohlgeruch ich verbreite? Weißt du nicht, wie sehr du weiblicher Pflege bedarfst? Warum willst du mich denn verstoßen? Was schadet dir meine Gesellschaft, da mir doch deine Nähe so teuer ist, dass ich dir alles gewähren und gar nichts versagen will? Wir haben ja hier niemanden zu fürchten, wir sind ja allein, und du wohnst ja so einsam auf diesem Berg, dass es dir nur erwünscht sein kann, ein weibliches Wesen bei dir zu haben, das dich bedient; du wirst auch sehen, dass du durch meine Nähe gewiss bald wieder gesund wirst, und wirst es tief bereuen, so lange abgesondert von Frauen gelebt zu haben; komm zu mir und folge meinem Rat.« Der Hirte antwortete: »Verlass mich, du trügerisches Weib! Ich mag deine Nähe und deine

Liebe nicht; wer sich hier seiner Leidenschaft hingibt, dem bleibt jene Welt verschlossen. Nur wer hier allen Freuden entsagt, dem werden diejenigen des Paradieses zuteil; wehe dem, der durch deine Nähe in Versuchung kommt und sich von deinen Liebkosungen täuschen lässt.« Darauf erwiderte der Engel: »O Frauenfeind, der du vom rechten Weg abirrst; sieh mich nur an und ergötze dich an meinen Reizen, wie schon andere weise Männer es vor dir getan haben, die besser und erfahrener als du waren. Lass ab von deinem Eigensinn, du wirst es sonst bereuen.« Aber der Hirte versetzte: »Du bist ein trügerisches Weib, ich werde weiterhin in meiner Enthaltsamkeit leben und Allah zu Hilfe rufen gegen jede Gemeinschaft von deiner Seite. Wie manchen Frommen magst du schon verführt haben, den dann ewiges Unheil traf. Lass mich also, du verworfenes Weib!« Er warf dann seinen Mantel um sein Gesicht, dass er sie nicht mehr sah, und betete zum Allerhabenen.

Als der Engel die unerschütterliche Frömmigkeit des Hirten sah, zog er sich zurück und stieg wieder in den Himmel. In der Nähe des Einsiedlers war ein Ort, an dem auch ein sehr frommer Mann wohnte. Dieser hörte nachts im Traum eine Stimme, die ihm zurief: »Auf dem Berg in deiner Nähe hält sich ein Einsiedler auf, besuche ihn und tue, was er dir sagt.«

Am folgenden Morgen machte er sich auf den Weg, um ihn aufzusuchen; des Mittags ließ er sich unter einem Baum neben einer Quelle nieder, um ein wenig auszuruhen. Da kamen viele wilde Tiere und Vögel, um an der Quelle zu trinken. Sie flohen aber und kehrten wieder um, als sie den frommen Mann sahen. Da dachte er: »Mein Aufenthalt hier verscheucht die Tiere und die Vögel, ich will ihnen nicht länger im Weg sein.« Er stand daher auf und machte sich Vorwürfe, diese Tiere und Vögel, die doch auch Geschöpfe Allahs wie er seien, von der Quelle vertrieben zu haben, und ging gebeugt fort, bis er zum Hirten kam. Dieser bewillkommnete und umarmte ihn und fragte, was ihn hierher gebracht habe, an einen Ort, der von keinem Menschen sonst betreten werde. Der Fremde antwortete: »Eine Stimme hat mir im Traum deinen Ort bezeichnet und mir befohlen, zu dir zu wandern und dich zu grüßen.« Der Hirte freute sich mit dem Fremden, nahm ihn gut auf und lebte in seiner Gesellschaft, bis der Tod sie trennte; so belohnte ihn Allah für seine Enthaltsamkeit und Selbstbeherrschung.

Ein Rabe und eine Katze, die lange in bestem Einverständnis lebten, unterhielten sich eines Tages unter einem Baum miteinander; da kam auf einmal ein Tiger auf den Baum zu. Der Rabe flog gleich auf den Wipfel des Baumes, aber die Katze wusste nicht, wie sie sich retten sollte. Da fragte sie den Raben, ob er ein Rettungsmittel wisse. Er antwortete: »In der Gefahr kann nur Freundschaft erprobt werden.« Er flog sogleich vom Baum weg auf einen Weideplatz, der in der Nähe war und wo Hirten mit ihren Hunden sich herumtrieben. Er ließ sich auf den Boden nieder, sodass seine Flügel die Erde berührten, und fing an zu lärmen und einem der Hunde die Flügel ins Gesicht zu schlagen und sich dann wieder ein wenig zu erheben. Der Hund folgte ihm, und auch der Hirt kam mit den anderen Hunden nach; so lockte sie der Rabe, immer ganz nahe an der Erde fliegend, bis zu dem Baum hin, wo der Tiger war. Als die Hunde den Tiger sahen, vergaßen sie den Raben und sprangen auf den Tiger los, der die Flucht ergreifen musste und so in seiner Hoffnung, die Katze zu fressen, getäuscht wurde. Auf diese Weise wurde die Katze durch die List ihres Freundes, des Raben, gerettet. So siehst du, o Leser, was wahre Freundschaft vermag.

Die Geschichte des trägen Abu Mohammed

Harun al-Raschid saß einst auf seinem Thron, da brachte ein Diener eine goldene Krone, mit allerlei Edelsteinen verziert, küsste die Erde vor ihm und sagte: »Mein Herr, die Gebieterin Subeida verbeugt sich vor dir und lässt dir sagen, dass, wie dir wohl bekannt, sie eine goldene

Krone bestellt habe, und nun bedarf sie eines großen Steines für deren Spitze, denn sie hat in ihren Schatzkammern keinen passenden finden können.« Der Kalif befahl seinen Kammerherren, einen großen Edelstein zu suchen; sie konnten aber keinen finden, der für Subeidas Krone groß genug gewesen wäre. Als sie dies dem Kalifen berichteten, rief er bestürzt aus: »Wie, ich bin Kalif und besitze keinen Edelstein für Subeidas Krone? Wehe euch! Sucht auch bei den Juwelieren!« Diese sagten aber den Kammerherren: »Der Kalif findet einen solchen Edelstein nur bei einem Mann aus Basra, der Abu Mohammed, der Müßiggänger, genannt wird.« Masrur wurde sogleich mit einem Schreiben zum Statthalter von Basra gesandt, worin der Kalif ihn aufforderte, ihm Abu Mohammed zu schicken. Sobald der Statthalter von Basra das Schreiben des Kalifen gelesen hatte, schickte er mehrere aus seinem Gefolge mit Masrur zu Abu Mohammed. Masrur klopfte an dessen Tür und sagte dem Diener, der herauskam: »Melde deinem Herrn, der Fürst der Gläubigen lasse ihn zu sich rufen.«

Sobald der Diener dies seinem Herrn berichtete, kam dieser heraus und verbeugte sich vor Masrur und den Dienern des Kalifen und sagte: »Ich bin bereit zu gehorchen; kommt nur herein!« Masrur weigerte sich lange, indem er sagte: »Wir müssen eilen, denn der Fürst der Gläubigen erwartet uns.« Aber Abu Mohammed drang in ihn, ihm in sein Haus zu folgen, bis er das Nötige zur Reise vorbereitet habe. Als Masrur eingetreten war, befahl Abu Mohammed einem Diener, ihn ins Bad zu führen, das im Hause war. Masrur trat in ein Bad, dessen Wände und marmorner Boden mit Gold und Silber verziert waren und dessen Wasser mit Rosenwasser gemischt war. Mehrere Sklaven bedienten ihn aufs Sorgfältigste und brachten ihm, als er aus dem Bad kam, seidene Kleider, mit Gold durchwirkt. Als er dann ins Schloss zurückgeführt wurde, das mit seidenen Vorhängen und golddurchwirkten Diwanen ausgestattet war, bewillkommnete ihn Abu Mohammed und bat ihn, sich an seine Seite zu setzen. Die Diener brachten sogleich auf seinen Befehl einen gedeckten Tisch, der Masrur in ein so großes Erstaunen setzte, dass er ausrief: »Bei Allah, einen solchen Tisch habe ich bei dem Fürsten der Gläubigen nicht gesehen!« Die köstlichsten Speisen wurden in vergoldeten chinesischen Gefäßen aufgetragen. Masrur ließ sich alles wohl schmecken, und am Abend erhielten er und seine Gesellschafter jeder tausend Denare. Am folgenden Morgen reichte man ihm grüne Kleider, mit Gold durchwirkt, und Abu Mohammed erwies ihm wieder so viel Ehre, dass er sich bereden ließ, die Abreise noch um einen Tag zu verschieben. Am dritten Morgen aber richteten die Diener ein Maultier her und legten ihm einen mit allerlei Edelsteinen besetzten goldenen Sattel auf. Da dachte Masrur: »Der Kalif wird sich gewiss wundern, wenn ein Mann in einem solchen Aufzug ihn besucht, und ihn fragen, woher ihm so viele Reichtümer zufließen.« Masrur und Abu Mohammed nahmen dann vom Statthalter Abschied, reisten von Basra nach Bagdad und begaben sich zum Kalifen. Abu Mohammed grüßte den Kalifen und sagte: »Ich habe als ergebener Diener einige Geschenke mitgebracht; wenn du es erlaubst, so lasse ich sie hertragen.« Als der Kalif einen zustimmenden Wink gab, ließ Abu Mohammed eine Kiste bringen, worin goldene Bäume waren mit Blättern aus Smaragden und Früchten aus Rubinen und weißen Perlen sowie anderen Geschenken.

Er ließ dann eine zweite Kiste hertragen, in der sich ein seidenes, golddurchwirktes Zelt befand, reich mit Perlen, Rubinen und Smaragden besetzt. Die Pfeiler des Zeltes waren aus indischem Aloeholz, der Saum des Zeltes war mit Diamanten und Smaragden verziert. Abu Mohammed sagte, dem Kalifen die Geschenke hinreichend: »Glaube nicht, dass ich dir diese Geschenke aus Furcht bringe, sondern weil ich dachte, sie ziemen dem Fürsten der Gläubigen besser als einem gewöhnlichen Mann; wenn es dir beliebt, so zeige ich dir, dass ich ebenso mächtig wie reich bin.« Der Kalif sagte: »Tue dies, wir wollen sehen.« Da bewegte Mohammed seine Lippen und hob sie gegen die Zinnen des Hauses, und sie neigten sich sogleich zu ihm herunter; dann ließ er sie wieder an ihren Platz treten. Er winkte hierauf mit den Augen, und es erschienen Gemächer mit verschlossenen Türen; Abu Mohammed redete sie an, und Vogelstimmen antworteten ihm. Der Kalif sagte erstaunt: »Wie kamst du zu all diesem? Man nennt dich doch nur den trägen Abu Mohammed? Ich habe auch gehört, dein Vater sei Schröpfer in einem Bad gewesen und habe dir nichts hinterlassen.«

Abu Mohammed antwortete: »Höre meine Geschichte, o Fürst der Gläubigen! Mein Vater war allerdings Schröpfer in einem Bad, und ich war in meiner Jugend der trägste Mensch auf Erden. Meine Trägheit war so groß, dass, wenn ich an einem Ort lag und die Sonne mich beschien, ich die Mühe scheute, aus der Sonne in den Schatten zu gehen. So lebte ich fünfzehn Jahre lang, bis mein Vater starb. Er hinterließ mir gar nichts, und meine Mutter musste mich bedienen und mir zu essen und zu trinken bringen, ich aber blieb stets auf einem Fleck liegen. Eines Tages kam meine Mutter zu mir mit fünf Drachmen Silber in der Hand und sagte: ›Mein Sohn, ich habe gehört, Scheich Abu Muzfir reist nach China – das ist ein guter Mann, der die Armen sehr liebt. Stehe nun auf! Wir wollen ihm einiges Geld bringen und ihn bitten, dass er uns dafür etwas in China kauft, woran wir mit Allahs Gnade einiges gewinnen.‹ Ich weigerte mich aufzustehen; da schwor sie, dass, wenn ich nicht mitkäme, sie mich nicht mehr besuchen und mir nicht mehr zu essen und zu trinken geben würde, sodass ich vor Hunger sterben müsste. Da ich wusste, dass meine Mutter wegen meiner ihr bekannten Trägheit so geschworen hatte, sagte ich ihr: ›Nun, so setze mich aufrecht!‹ Nachdem sie mich aufgehoben hatte, sagte ich zu ihr: ›Zieh mir meine Kleider an‹, und sie tat es. So ging ich dann stolpernd fort bis ans Ufer des Stroms; da grüßten wir Scheich Abu Muzfir, und ich sagte ihm: ›Mein Herr, nimm dies Geld und kaufe dafür etwas in China, vielleicht wird mir Allah Gewinn daran gewähren.‹ Abu Muzfir fragte seine Gefährten, ob sie mich kannten? Sie sagten: ›Ja, er ist unter dem Namen Abu Mohammed der Träge bekannt, doch haben wir ihn nie ausgehen sehen.‹ Abu Muzfir nahm das Geld und reiste im Namen Allahs mit seinen Gefährten nach China. Er vollendete in drei Tagen seine Geschäfte und schickte sich schon zur Rückkehr an, da sagte er seinen Gefährten: ›Haltet ein, ich habe den Auftrag des trägen Abu Mohammed vergessen. Kommt zurück, dass wir etwas für ihn kaufen.‹ Seine Gefährten beschworen ihn bei Allah, nicht zurückzukehren und an die große und gefahrvolle Reise zu denken; aber er bestand darauf, wieder an Land zu gehen, bis sie sich erboten, ihm das Geld des Trägen mehrfach zu verdoppeln. Sie reisten dann weiter und kamen an eine vielbewohnte Insel, ankerten dort, gingen mit ihren Waren an Land und tauschten andere Gegenstände dafür ein. Als sie wieder aufs Schiff zurückkehren wollten, sah Abu Muzfir einen Mann mit vielen Affen vor sich, unter denen sich einer befand, dem alle Haare ausgerissen waren; er sah auch, dass, so oft der Hüter das Auge von seiner Herde wegwandte, alle Affen über denjenigen mit den ausgerissenen Haaren herfielen und ihn misshandelten. Abu Muzfir bedauerte diesen Affen und sagte zu dessen Hüter: ›Ich habe fünf Drachmen bei mir, die einem Waisen gehören, verkaufe mir ihn dafür.‹ Der Hüter antwortete: ›Ich verkaufe dir ihn, Allah segne dich!‹ Abu Muzfir gab das Geld her, ließ den Affen im Schiff anbinden und reiste mit seinen Gefährten zu einer anderen Insel, wo sie wieder ankerten. Da kamen die Taucher, die Perlen und Edelsteine aus dem Meer holten, um dafür Waren zu kaufen. Als der Affe sie untertauchen sah, machte er sich los und stürzte sich auch ins Meer. Abu Muzfir schrie: ›Es gibt keinen Schutz und keine Macht außer bei Allah, dem Erhabenen! Der Affe, der dem armen Waisen gehörte, ist verloren.‹ Als aber die Taucher wieder heraufkamen, stieg auch der Affe empor und trug viele Edelsteine in den Händen, die er vor Abu Muzfir hinwarf. Dieser erstaunte sehr und sagte: ›Hinter diesem Affen muss ein großes Geheimnis stecken.‹ Sie reisten dann weiter zur Insel Zing, die von Schwarzen bewohnt ist, die Menschenfleisch essen. Sobald die Schwarzen das Schiff sahen, kamen sie in Nachen heran, legten alle Leute, die auf dem Schiff waren, in Ketten und führten sie zu ihrem König. Dieser ließ einen Teil der Leute schlachten und ihr Fleisch verzehren, worüber die übrigen heftig weinten. In der Nacht kam aber der Affe und befreite Abu Muzfir. Als die anderen Kaufleute dies sahen, sagten sie: ›Vielleicht können wir nun durch dich befreit werden.‹

Abu Muzfir sagte: ›Ich verdanke meine Befreiung dem Affen des Trägen, wofür ich ihm tausend Denare bestimme; wollt ihr das Gleiche tun?‹ Die Kaufleute riefen einstimmig: ›Wir geben ebenso viel.‹ Der Affe befreite hierauf einen nach dem anderen; sie gingen zusammen auf das Schiff, das sie unbeschädigt wiederfanden, und reisten nach Bagdad. Sobald Abu Muzfir seine Freunde wiedersah, erkundigte er sich nach dem trägen Abu Mohammed; und während ich im Schlafe erwachte, kam meine Mutter zu mir und sagte: ›Steh auf! Abu Muzfir ist zurückgekehrt.‹ Ich sagte: ›Hebe mich auf, wenn Allah beschlossen hat, dass ich an das Ufer des Stroms gehen soll.‹ Als sie mich aufrichtete, ging ich, über den Saum meines Kleides stolpernd, zu Abu Muzfir. Er sagte: ›Willkommen sei mir der, dessen Geld durch Allahs Willen mich und meine Gefährten gerettet hat; nimm diesen Affen, den ich für dich gekauft habe, und erwarte mich bei deiner Mutter!« Ich ging damit zu meiner Mutter und sagte: ›Bei Allah, das ist eine kostbare Ware. So oft ich mich schlafen lege, weckst du mich, damit ich Handel treibe. Sieh nun einmal mit eigenen Augen diese Ware an!‹ Kaum hatte ich mich niedergelassen, da kam Abu Muzfir mit seinen Sklaven und bat mich, mit ihm in sein Haus zu gehen. Hier ließ er von seinen Sklaven das Geld herbeiholen und sagte: ›Allah hat dir durch deine fünf Drachmen reichen Segen gespendet‹, gab mir dann die Schlüssel zu zwei Kisten und befahl seinen Sklaven, sie hinter mir her in mein Haus zu tragen. Meine Mutter freute sich sehr, als ich mit dem Geld nach Hause kam, und bat mich, nunmehr meine Trägheit aufzugeben. Der Affe saß stets neben mir auf dem Diwan, wenn ich aß oder trank; aber vom Morgen bis Mittag blieb er aus und kam dann wieder mit einem Beutel von tausend Denaren. Ich wurde sehr reich, kaufte viele Güter, baute Gärten an und verschaffte mir viele Sklaven. Eines Tages, als der Affe neben mir saß, sah er sich oft um, nach rechts und links; ich dachte: ›Was mag wohl die Ursache davon sein?‹ Da ließ Allah den Affen in einer klaren Sprache mir zurufen: ›Abu Mohammed!‹ Als ich ihn sprechen hörte, wollte ich davonlaufen; er rief mir aber zu: ›Fürchte dich nicht, ich bin kein Affe, sondern ein widerspenstiger Geist; ich kam zu dir, weil du so elend warst. Nun aber weißt du gar nicht, wie reich du bist; ich wünsche nur noch, dass du ein Mädchen heiratest, so schön wie der Mond.‹ Ich fragte: ›Wie soll das zugehen?‹ Er antwortete: ›Morgen früh zieh kostbare Kleider an, lass deinem Maultier einen goldenen Sattel auflegen, reite auf den Markt der Getreidehändler und frage nach dem Laden des Scherifen, setze dich zu ihm und halte um seine Tochter an. Entgegnet er dir, du habest weder Geld noch Adel, so gib ihm tausend Denare; fordert er mehr, so biete so viel, bis er nach deinem Geld lüstern wird.‹ Ich versprach dem Affen zu gehorchen. Am folgenden Morgen begab ich mich, wie er es wünschte, von zehn Mamelucken begleitet, in den Laden des Scherifen.

Als der Scherif mich fragte, was ich von ihm wolle, antwortete ich: ›Ich wünsche, deine Tochter zu heiraten.‹ Da sagte er: ›Du bist von gewöhnlicher Herkunft und hast kein Vermögen.‹ Ich überreichte ihm aber einen Beutel mit tausend Denaren und sagte: ›Hier sind mein Adel und meine Abkunft; der Prophet Allahs hat gesagt: Geld ist der beste Adel; und ein Dichter hat gesagt: ›Wenn ein reicher Mann die Unwahrheit äußert, so sagt man: Du hast recht, es ist wahr; spricht aber ein Armer die Wahrheit, so wird er ein Lügner genannt. Überall verschafft Geld den Menschen Ehre und Schönheit; es dient als Zunge dem, der sprechen will, und als Pfeil dem, der Krieg zu führen wünscht.‹

Der Scherif verbeugte sich und sagte: ›Wenn es denn sein soll, so fordere ich nur noch zweitausend Denare mehr.‹ Ich erwiderte: ›Recht gern‹, und schickte die Mamelucken fort, um das übrige Geld zu holen. Der Scherif stand auf, ließ den Laden schließen, nahm mehrere Freunde vom Markt mit nach Hause, schrieb den Ehekontrakt und sagte zu mir: ›In zehn Tagen kannst du die Ehe vollziehen.‹ Ich ging vergnügt nach Hause und erzählte dem Affen, als ich allein bei ihm war, vom Resultat meines Besuchs beim Scherif, und er bezeugte mir seine Zufriedenheit damit.

Als die zur Hochzeit festgesetzte Zeit kam, sagte der Affe: ›Ich muss dich nun um etwas bitten, ehe deine Gattin zu dir kommt; gewährst du mir's, so sollst du haben, was du willst.‹ Da ich ihm die Erfüllung seines Wunsches zusagte, fuhr er fort: ›Im oberen Teil des Gemachs, in dem du mit der Tochter des Scherifen die Hochzeitsnacht feiern wirst, ist eine Schatzkammer mit einem Messingring an der Tür. Nimm die Schlüssel, die unter dem Ring liegen, und öffne die Tür; da findest du eine eiserne Kiste mit vier Fahnen an den Ecken, auf die allerlei Talismane gemalt sind; du wirst in der Kiste eine Messingschüssel voll Gold und einen weißen Hahn mit gespaltenem Kamm sehen und daneben elf Schlangen. Nimm schnell das Messer, das neben der Kiste liegt, schlachte den Hahn, zerschneide die Fahnen, leere die Kiste aus, und geh wieder zu deiner Braut. Das ist mein Wunsch.‹ Ich versprach, ihm zu gehorchen, ging zur Hochzeit und fühlte mich höchst glücklich, als ich mit meiner Braut allein war, denn sie war eine erlesene Schönheit. Um Mitternacht, als meine Braut schlief, nahm ich die vom Affen bezeichneten Schlüssel und öffnete die Schatzkammer, dann ergriff ich das Messer, schlachtete den Hahn, zerriss die Fahnen und warf die Kiste um.

Da erwachte meine Frau, und als sie den Hahn geschlachtet und die Kiste umgestürzt sah, schrie sie: ›Es gibt keinen Schutz und keine Macht außer bei Allah, dem Erhabenen! Nun hat mich der widerspenstige Geist in seiner Gewalt!‹ Und kaum hatte sie diese Worte gesagt, so wurde sie weggeschleppt. Sie stieß ein so lautes Geschrei aus, dass der Scherif herbeigelaufen kam und sagte: ›Abu Mohammed, ist das unser Lohn? Handelst du so gegen uns? Schon sechs Jahre will ein böser Geist meine Tochter entführen, und ich hielt ihn durch meine Talismane davon ab. Nun hast du nichts mehr hier zu schaffen, geh nur deines Weges!‹

Ich ging nach Hause und suchte den Affen, fand aber keine Spur von ihm; da dachte ich, gewiss ist er der widerspenstige Geist, und nur darum riet er mir, die Talismane zu zerstören, die ihn aus der Nähe meiner Gattin verbannten. Ich zerriss meine Kleider, schlug mir ins Gesicht und fand die Erde zu eng für mich. Den ganzen Tag lief ich in der Wüste herum, ohne zu wissen wohin. Des Abends sah ich zwei Schlangen, eine braune und eine weiße, die miteinander kämpften; da hob ich einen Stein auf und tötete die braune Schlange, welche die bösere war. Hierauf verschwand die weiße Schlange, kam dann mit zehn anderen Schlangen wieder, welche die tote Schlange zerrissen, bis nichts als der Kopf an ihr blieb, und dann wieder weggingen. Bald darauf hörte ich, ohne jemanden zu sehen, folgenden Vers sprechen: ›Fürchte das Schicksal und seine Tücke nicht, Allah wird dir schon wieder Glück und Freude bringen.‹

Diese Worte machten einen tiefen Eindruck auf mich; und alsbald hörte ich hinter mir eine Stimme, die folgenden Vers sprach: ›Muselman, der du den Koran gelesen hast, freue dich, du bist nun in Sicherheit; fürchte keinen Satan mehr, denn wir sind ein rechtgläubiges Volk.‹

Ich sagte: ›Bei dem, den du anbetest, sprich, wer bist du?‹ Da verwandelte sich die Stimme in eine menschliche Gestalt und sprach: ›Fürchte nichts! Wir sind rechtgläubige Geister. Du kannst, da du uns Gutes erwiesen hast, von uns fordern, was du begehrst.‹ Ich erwiderte: ›Mir ist das größte Unglück widerfahren.‹ Sie versetzte: ›Ich glaube, du bist der träge Abu Mohammed.‹ Ich sagte: ›Der bin ich.‹ – ›Nun‹, versetzte sie, ›ich bin der Bruder der weißen Schlange, deren Feind du getötet hast. Wir sind vier Geschwister, dir alle zu Dank verpflichtet, und wir werden dir behilflich sein, dass du deine Gattin wieder erhältst, welche der böse Geist, der als Affe bei dir war, entführt hat.‹

Auf den Ruf des Geistes sammelte sich eine ganze Herde Geister um ihn, die er nach dem Aufenthaltsort des Affen befragte. Da sagte einer: ›Ich weiß, dass er sich in der kupfernen Stadt aufhält, wo nie die Sonne scheint.‹ – ›So mach dich auf, Abu Mohammed!‹, sagte der Geist, ›einer unserer Sklaven wird dich dorthin tragen und dir sagen, wie du dich deiner Frau bemächtigen kannst. Doch der Sklave ist ein widerspenstiger Geist, du darfst den Namen Allahs nicht vor ihm aussprechen, sonst entflieht er, und du bist verloren.‹ Ein Sklave nahm mich sogleich auf den Rücken und flog mit mir so hoch hinauf, dass mir die Sterne wie Berge vorkamen und hörte, wie die Engel im Himmel Allah priesen. Ich unterhielt mich auch gut mit dem Sklaven, der mir alles Wunderbare in der Luft zeigte, und der Name Allahs kam mir nicht über die Lippen.

Auf einmal kam ein Mann im grünen Gewand mit schwarzen Haarlocken, leuchtendem Gesicht und einem blitzenden Schwert in der Hand auf mich zu und sagte: ›Abu Mohammed, sprich: Es gibt keinen Gott außer Allah, sonst erschlage ich dich mit diesem Schwert.‹ Schon zerriss es mir das Herz, dass ich Gottes Namen nicht erwähnen sollte, ich rief daher: ›Es gibt keinen Gott außer Allah.‹ Da schlug der Mann den Sklaven mit dem Schwert, er zerfiel und wurde zu einem Haufen Asche, ich aber fiel in ein mächtig tobendes Meer. Zu meinem Glück segelte ein Schiff mit fünf Menschen darin an mir vorüber, das mich aufnahm, aber ich verstand die Sprache dieser Leute nicht. Sie fuhren den ganzen Tag fort; gegen Abend warfen sie das Netz aus und fingen einen Fisch, von dem sie mir ein Stück gebraten zu essen gaben. Am folgenden Tag kamen wir in eine Stadt; ich wurde vor den König geführt, der mir Geschenke machte und mich zum Wesir ernannte. Ich fragte nach dem Namen dieser Stadt und man sagte mir: ›Sie heißt Hunad und gehört zu China.‹ Der König ließ mir dann die Stadt, zeigen, deren ältere Bewohner, weil sie ungläubig waren, in Stein verwandelt wurden, und ich bewunderte die vielen Obstbäume, die so herrliche Früchte trugen.

Als ich einen Monat in dieser Stadt zugebracht hatte und am Ufer eines Flusses stand, kam ein Reiter auf mich zu und fragte mich: ›Bist du der träge Abu Mohammed?‹ Als ich seine Frage bejahte, sagte er: ›Fürchte nichts! Du warst unser Wohltäter, und ich bin der Bruder der Schlange, die du gerettet hast. Du befindest dich nicht weit von dem Ort, wo sich deine Frau aufhält.‹ Er zog dann seine Kleider aus und reichte sie mir, ließ mich hinter ihm auf dem Pferd sitzen und ritt mit mir in eine Wüste. ›Hier‹, sagte er, ›steige jetzt ab und geh zwischen diesen beiden Bergen weiter, da wirst du die kupferne Stadt sehen; geh aber nicht hinein, bis ich zurückkehre und dir sage, was du tun sollst.‹ Ich ging bis dicht vor die Stadt und bewunderte ihre Mauern aus Eisen und Kupfer, fand aber kein Tor, obwohl ich die ganze Stadt umkreiste. Auf einmal kam der Reiter wieder und gab mir ein mit Talismanen beschriebenes Schwert, das mich unsichtbar machte. Als er mich hierauf wieder verließ, vernahm ich ein großes Geschrei und sah eine Menge Leute, welche die Augen auf der Brust hatten. Sie fragten mich, wie ich hierher gekommen sei. Als ich ihnen die Wahrheit erzählte, sagten sie: ›Wir sind Freunde der Schlange. Deine Braut ist in dieser Stadt, doch wissen wir nicht, was der böse Geist mit ihr getan hat. Steige nur in den Strom, den du vor dir siehst, und folge ihm in die Stadt.‹ Ich warf mich ins Wasser, das durch einen unterirdischen Kanal in die Stadt floss, und als ich unter einem seidenen Baldachin wieder heraufkam, sah ich meine Frau auf einem goldenen Thron sitzen. Sie grüßte mich und fragte, wie ich hierher gekommen sei; nachdem ich ihr alles erzählt hatte, sagte sie:

›Wisse, der verruchte Geist hat mir aus heftiger Liebe gestanden, wie man ihm beikommen kann; er hat mir eine Säule gezeigt, in der ein Adler mit allerlei Talismanen eingegraben sein soll. Wer den nimmt, kann alle Geister beherrschen und die ganze Stadt zugrunde richten. Nimm also diesen Adler, und die Geister werden alle deine Befehle vollziehen.‹

Ich tat, wie sie mir befahl, und als die Geister mich fragten, was ich wünsche, sagte ich: ›Legt den widerspenstigen Geist, der diese Frau entführt hat, in Ketten.‹ Als dies geschehen war, entließ ich sie, indem ich ihnen sagte: ›Wenn ich eurer bedarf, so rufe ich euch wieder.‹ Ich begab mich dann mit meiner Frau wieder auf den unterirdischen Kanal, bis ich zu den Geistern kam, die mir den Weg gezeigt hatten. Diese führten uns ans Meer, wo ein Schiff wartete; wir reisten mit günstigem Wind nach Basra zurück, und der Sherif freute sich nicht wenig, als meine Frau wieder zu ihm zurückkehrte. In meinem Hause angelangt, beräucherte ich den Adler mit Moschus, da erschienen viele Geister und fragten, was ich wünschte. Ich befahl ihnen, alle Schätze aus der kupfernen Stadt herzubringen: Gold, Silber und Edelsteine. Als dies geschehen war, befahl ich ihnen, mir den Affen zu bringen. Sie schleppten ihn nach einer Weile im erbärmlichsten Zustand zu mir her, und ich sagte zu ihm: ›Weil du treulos zu mir warst, du Verruchter, sollst du nun auf ewige Zeiten in eine kupferne, mit Blei versiegelte Flasche gesperrt werden!‹ Ich lebe nun höchst vergnügt mit meiner Gattin, und so oft ich Geld oder sonst etwas brauche, wende ich mich an meine Geister, die mir alles sogleich bringen. So viel, o Fürst der Gläubigen, verdanke ich der Güte Allahs.«

Der Kalif war höchst erstaunt über diese Erzählung und machte Abu Mohammed kostbare Gegengeschenke.

Die Geschichte des Schah Suleiman, seiner Söhne, seiner Nichte und ihrer Kinder

Einst lebte ein verständiger, tugendhafter König, der Suleiman Schah hieß. Er hatte eine Nichte bei sich, Tochter eines früh verstorbenen Bruders, die er sehr sorgsam erziehen ließ, denn sie hatte viel Verstand und andere gute Eigenschaften und war auch von auserlesener Schönheit. Suleiman Schah hatte schon in Gedanken seine Nichte einem seiner Söhne bestimmt, aber der andere hatte sich auch vorgenommen, sie zur Frau zu nehmen. Der älteste Prinz hieß Bahlawan, der jüngere Malik Schah und die Nichte Schah Chatun. Eines Tages besuchte der König seine Nichte, küsste sie und sagte zu ihr: »Ich habe deinen seligen Vater so sehr geliebt, dass du mir teurer als ein eigenes Kind bist; ich will dich nun mit einem meiner Söhne vermählen und ihn dann zu meinem Thronerben einsetzen; du kennst beide Söhne, du bist ja mit ihnen erzogen worden, wähle also einen davon!« Schah Chatun stand auf, küsste dem König die Hand und sagte: »O mein Herr, ich bin deine Sklavin, du bist mein Gebieter; tu was du willst, dein Wille steht höher als der meinige, und wenn es dir lieb ist, so bleibe ich am liebsten mein ganzes Leben bei dir, um dich zu bedienen.« Der König war sehr zufrieden mit dieser Antwort seiner Nichte, machte ihr kostbare Geschenke, bestimmte seinen jüngeren Sohn, den er zärtlicher als den älteren liebte, zu ihrem Gatten und ernannte ihn auch zu seinem Thronerben und ließ ihm huldigen. Als Bahlawan hörte, dass sein jüngerer Bruder ihm vorgezogen worden war, fühlte er sich so sehr gekränkt, dass er ganz von Neid und Groll erfüllt wurde; doch verbarg er sorgfältig den Hass, den er deshalb seinem Bruder gegenüber hegte. Als aber Schah Chatun nach einem Jahr einen Sohn, schön wie der leuchtende Mond, gebar, kannten der Neid und die Eifersucht Bahlawans keine Grenzen mehr. Eines Nachts kam er in den Palast seines Vaters und ging am Zimmer seines Bruders vorüber. Da sah er die Amme an der Tür schlafen, und vor ihr war das Bett, auf dem der Kleine lag; er blieb dort stehen und bewunderte das strahlende Gesicht seines Neffen. Da spiegelte ihm Satan den Gedanken vor: Warum gehört das Kind nicht mir? Mir gebührte doch seine Mutter und die Krone eher als meinem Bruder. Dieser Gedanke brachte ihn so sehr auf, dass er einen Dolch aus der Tasche zog und dem Kind in den Hals stach, bis er es tot glaubte. Er ging dann ins Schlafzimmer seines Bruders und sah ihn an der Seite seiner Frau schlafen; da dachte er zuerst daran, auch sie zu töten, dann sagte er aber zu sich: »Wenn ich ihn ersteche, so gehört seine Frau mir.« Er stürzte auf ihn los, schnitt ihm den Hals ab und lief in Verzweiflung zum Zimmer seines Vaters, um auch diesen zu ermorden; da er aber nicht zu ihm gelangen konnte, verließ er den Palast und verbarg sich in der Stadt bis zum folgenden Tag. Dann flüchtete er sich auf eines der Schlösser seines Vaters und befestigte es. Als die Amme am folgenden Morgen das Kind säugen wollte und es im Blut schwimmend fand, schrie sie, dass alle Leute im Schloss erwachten. Der König selbst lief zu ihr und fiel in Ohnmacht, als er seinen Sohn und sein Enkelchen so entsetzlich zugerichtet sah. Als man aber das Kind näher untersuchte, fand man die Kehle noch ganz; auch gab es bald wieder Lebenszeichen von sich, sodass man die Wunde wieder zunähen konnte.

Sobald der König zu sich kam, fragte er nach seinem Sohn Bahlawan, und als er hörte, Bahlawan sei entflohen, zweifelte er nicht mehr, dass sein eigener Sohn dieses Verbrechen begangen hatte, und dies vermehrte noch die Bestürzung des Königs und des ganzen Hofes. Der König besorgte dann das Leichengewand seines Sohnes, ließ ihn ehrenvoll bestatten und große Trauer halten, seinen Enkel aber ließ er bei sich erziehen, gewann ihn immer lieber, und sein einziger Wunsch war, Allah möge ihn erhalten und einst an Stelle seines Vaters auf den Thron setzen; auch alle Bewohner der Hauptstadt waren für dieses Kind, das, wie sein Vater, Malik Schah hieß, eingenommen und hofften, er werde einst in die Fußstapfen seines Vaters und seines Großvaters treten. Bahlawan, der sich inzwischen in seiner Festung immer mehr verstärkt hatte, blieb nichts mehr übrig, als seinen Vater zu bekriegen. Er wandte sich deshalb an den griechischen Kaiser und bat ihn um Hilfe gegen seinen Vater. Der Kaiser war ihm gewogen und schickte ihm viele Truppen. Als aber sein Vater dies hörte, schrieb er dem Kaiser: »Erhabener und mächtiger Sultan, stehe doch einem Übeltäter nicht bei. Bahlawan ist mein Sohn und hat nach vielen anderen Schandtaten auch noch seinen Bruder und seinen Neffen in der Wiege ermordet!« Er sagte ihm aber nichts davon, dass das Kind noch am Leben war. Als der Kaiser dieses Schreiben erhielt, ließ er Suleiman Schah sagen: »Wenn du willst, o König, so schneide ich Bahlawan den Kopf ab und schicke ihn dir.« Suleiman Schah antwortete ihm aber: »Ich will den Tod meines Sohnes nicht, seine Strafe wird ihn schon treffen, wenn nicht heute, so morgen.« Hierauf fand ein Briefwechsel zwischen beiden statt, und sie beschenkten sich gegenseitig. Bald danach wurde dem Kaiser Schah Chatun so reizend geschildert, dass er bei ihrem Onkel um sie anhalten ließ. Da dieser dem Kaiser nichts verweigern konnte, ging er zu seiner Nichte und sagte zu ihr: »O meine Tochter, der Kaiser von Griechenland lässt um dich anhalten. Was soll ich ihm antworten?« Sie sagte weinend: »O König, wie hast du das Herz, mir so etwas anzutragen? Wie soll ich nach meinem Vetter einen anderen Mann heiraten?« Aber Suleiman Schah versetzte: »Meine Tochter, es ist freilich wie du sagst; doch wir müssen an die Zukunft denken. Ich bin ein alter Mann und sehe meinen Tod sehr nahe; ich fürchte für dich und für dein Kind, von dem der Kaiser glaubt, Bahlawan habe es ermordet. Da nun der Kaiser um dich anhält, so können wir ihm keine abschlägige Antwort geben, denn wir müssen uns durch ihn eine feste Stütze schaffen.« Da Schah Chatun kein Wort mehr entgegnete, schrieb Suleiman Schah dem Kaiser, er sei bereit, ihm zu gehorchen, und schickte ihm bald danach seine Nichte. Der Kaiser fand sie über alle Beschreibung schön, liebte sie sehr und erhob sie über alle seine Frauen. Schah Chatuns Herz hing aber immer an ihrem Sohn, doch sie konnte dem Kaiser nichts davon sagen.

Malik Schah wurde indessen von seinem Großvater mit viel Zärtlichkeit behandelt und in einem Alter von zehn Jahren von ihm zum Thronerben ernannt. Als aber bald darauf Suleiman Schah starb, zettelte Bahlawan mit einem Teil der Truppen eine Verschwörung an. Sie brachten ihn heimlich in die Residenz und huldigten ihm als rechtmäßigem König; doch sie sagten ihm: »Wir geben dir den Thron. Du darfst aber deinen Neffen nicht töten, denn er ist uns von seinem Vater und seinem Großvater anvertraut worden.« Bahlawan willigte ein und ließ seinen Neffen in ein unterirdisches Gewölbe sperren. Als Schah Chatun davon Nachricht erhielt, war sie sehr bestürzt, doch musste sie um ihres Onkels willen schweigen und sich in den Willen Allahs ergeben.

Bahlawan blieb also unangefochten im Besitz seiner geraubten Herrschaft, und Malik Schah schmachtete vier Jahre im Gefängnis, sodass er ganz entstellt wurde. Als ihn aber Allah aus dem Gefängnis befreien wollte, sagten einige gute Wesire zu Bahlawan in Anwesenheit aller Großen des Reiches: »O König! Allah hat dir deinen Willen erfüllt, du regierst in Ruhe an deines Vaters Stelle. Bedenke nun, was hat dein Neffe verbrochen, dass er, seitdem er die Welt erblickt hat, aller Freude beraubt ist? Durch welche Schuld hat er so viel Qual verdient? Andere waren schuldig, und die hat Allah in deine Gewalt gegeben, aber dieses arme Kind ist unschuldig.« Bahlawan erwiderte: »Ihr habt Recht, aber ich fürchte, er könnte etwas gegen mich unternehmen, denn ich weiß, dass viele Leute ihm gewogen sind.« Die Wesire versetzten: »O König! Was kann der schwache Junge tun? Welche Macht hat er? Übrigens, wenn du ihn hier fürchtest, so schicke ihn an irgendeine Grenze des Landes.« – »Euer Rat ist gut«, versetzte der König, »ich will ihn als Anführer der Truppen an die Grenze schicken.« Der König hatte nämlich gerade einen Krieg mit sehr hartnäckigen Feinden zu führen und hoffte, dass sein Neffe im Krieg umkommen werde. Er ließ ihn also zur Freude aller aus dem Gefängnis holen, schenkte ihm ein Ehrenkleid und schickte ihn mit vielen Truppen gegen den Feind, mit dem sich bisher niemand hatte messen können. Als Malik Schah mit seinen Truppen an der Grenze war, wurden sie in der Nacht überfallen; die einen entflohen, die anderen wurden gefangen. Unter diesen war auch Malik Schah, der mit einigen Gefährten in eine Grube geworfen wurde, in der er ein ganzes Jahr zubringen musste. Am Anfang des folgenden Jahres wurde er nach der dortigen Sitte mit den übrigen Gefangenen aus dem Kerker geholt und von einer Zitadelle hinabgestürzt. Alle seine Gefährten blieben tot liegen, bis sie wilde Tiere fraßen und der Wind alles zerstreute. Malik Schah aber, dessen Leben der Himmel bewachte, fiel auf die Füße und kam nach einer Ohnmacht von vierundzwanzig Stunden wieder zu sich. Als er sich gerettet sah, dankte er Allah und machte sich auf, ohne zu wissen wohin, und nährte sich von Baumblättern; am Tage verbarg er sich, und in der Nacht ging er wieder weiter, bis er endlich in eine bewohnte Gegend kam und Menschen fand, denen er seine Geschichte erzählte. Als die Leute hörten, dass er von einer Zitadelle herabgeworfen und doch von Allah gerettet worden war, bemitleideten sie ihn und gaben ihm zu essen und zu trinken. Er fragte sie nach dem Weg, der in die Stadt seines Onkels führt, ohne ihnen jedoch zu sagen, dass Bahlawan sein Onkel sei. Man zeigte ihm den Weg, und er ging unerkannt bis in die Nähe der Stadt, wo er hungrig, nackt und blass anlangte. Als er sich vor dem Stadttor niedersetzte, kamen einige aus der Umgebung seines Oheims von der Jagd zurück und wollten neben ihm ausruhen und ihre Pferde tränken. Malik Schah ging auf sie zu und fragte sie im Laufe des Gesprächs, ob Bahlawan ein guter König sei. Sie sagten lachend: »Was hast du fremder Bettler dich um den König zu kümmern?« Malik Schah antwortete: »Er ist mein Onkel.« – »Es scheint, du bist toll«, sagten die Leute erstaunt. »Wir wissen nur von einem Neffen des Königs, der im Kerker war, dann in den Krieg gegen Ungläubige gesandt und von diesen getötet wurde.« – »Eben dieser Neffe bin ich«, versetzte Malik Schah, »die Ungläubigen haben mich nicht getötet, sondern nur von einer Zitadelle herabgestürzt.« Als sie ihn näher betrachteten, erkannten sie ihn wieder, standen vor ihm auf, küssten ihm die Hände voller Freude und sagten: »O unser Herr, du bist Sohn eines Königs und verdienst, selbst König zu sein; wir wünschen von Herzen deine Erhaltung, da Allah die verbrecherischen Absichten deines Onkel zunichte gemacht hat, der, nur um dich zu verderben, dich an einen Ort sandte, von dem niemand zurückkehrt. Wir beschwören dich daher, stürze dich nicht wieder in die Gewalt deines Feindes, rette dein Leben und geh nicht wieder zu deinem Onkel; entfliehe von hier, so schnell du kannst, denn fällst du ihm wieder in die Hand, so wird er dich keine Stunde leben lassen.« Malik Schah dankte ihnen und fragte sie, wohin er sich wenden solle. Sie rieten ihm, nach Griechenland zu seiner Mutter zu gehen. Er entgegnete aber: »Meine Mutter hat, als der Kaiser bei meinem Großvater um sie anhielt, ihm nichts von mir gesagt, nun mag ich sie nicht zur Lügnerin machen.« Sie sagten: »Du hast Recht, doch wir meinen es gut mit dir, und solltest du dienen müssen, so ist es für dich besser als hierzubleiben.« Die Leute schenkten ihm dann einiges Geld, Kleider und Lebensmittel und begleiteten ihn, bis er fern von der Stadt und in Sicherheit war. Malik Schah reiste dann weiter, bis er das Gebiet seines Onkels im Rücken hatte und in ein griechisches Städtchen kam, wo er bei einem Gutsbesitzer als Tagelöhner arbeitete.

Schah Chatun, die inzwischen nichts mehr von ihrem Sohn gehört hatte, wurde jeden Tag besorgter um ihn. Ihre Unruhe nahm in einem solchen Grade zu, dass sie nicht mehr schlafen konnte, und da sie vor ihrem Gatten schweigen musste, wandte sie sich an einen alten, klugen Diener, den ihr Onkel ihr mitgegeben hatte, und sagte zu ihm, als sie eines Tages allein mit ihm war: »Treuer Diener von meiner Kindheit an, kannst du mir keine Kunde von meinem Sohn verschaffen, da ich selbst ihn doch vor niemandem erwähnen darf?« – »Meine Herrin, da du das Leben deines Sohnes am Anfang verheimlicht hast, so darfst du auch jetzt, stünde selbst dein Sohn hier vor dir, nichts eingestehen, sonst würdest du alle Achtung beim König verlieren, und er würde dir nichts mehr glauben.« Die Königin sagte: »Du hast Recht, doch möchte ich nur wissen, ob mein Sohn noch lebt. Ich wollte ihn nicht sehen, auch wenn er in unserer Nähe Schafe hütete.« – »Und wie soll ich das erfahren?«, fragte der Diener. Die Königin erwiderte: »Nimm so viel Geld, wie du willst, aus meinem Schatz; als Vorwand zu deiner Abreise werde ich meinem Gatten sagen, ich habe noch aus der Zeit meiner ersten Ehe Geld in meiner Heimat verborgen, von dem niemand weiß als du.« Sie ging sogleich zum Kaiser und sagte ihm, was sie beschlossen hatte, und der Kaiser erlaubte dem Diener abzureisen. Dieser verkleidete sich als Kaufmann und ging in die Stadt, wo Bahlawan residierte, um Malik Schah nachzuspüren; dort sagte man ihm, der Prinz sei eingesperrt gewesen, dann habe ihn sein Onkel an die Grenze geschickt, wo er umgebracht worden sei. Als der Diener dies hörte, erschrak er sehr und wusste nicht, was er tun sollte. Eines Tages erkannte einer der Reiter, welche dem jungen Malik Schah begegnet waren und ihn beschenkt und gekleidet hatten, den Diener in Kaufmannstracht und fragte ihn nach dem Grund für seine Anwesenheit. Der Diener antwortete: »Ich bin gekommen, um Waren zu verkaufen.« Da sagte der Reiter: »Ich will dir ein Geheimnis offenbaren, wirst du es bewahren?« – »Gewiss«, antwortete der Diener. Da sagte der Reiter: »Wisse, dass ich mit einigen Freunden dem jungen Malik Schah in der Nähe dieses Wassers begegnet bin; wir haben ihm Lebensmittel, Geld und Kleider gegeben und ihn nach Griechenland in die Nähe seiner Mutter geschickt, weil wir fürchteten, sein Onkel möchte ihn umbringen lassen.« Als der Diener dies hörte, wurde er ganz blass und rief: »Gnade!« Der Reiter sagte: »Du hast von mir nichts zu fürchten, und wärst du auch gekommen, den Prinzen zu suchen.« Der Diener gestand hierauf, dass Schah Chatun ihn geschickt, um sich nach ihrem Sohn zu erkundigen, weil sie keine Ruhe und keinen Schlaf mehr aus Sorge um ihn finden konnte. Da sagte der Reiter: »Gehe ruhig fort, du findest ihn an der Grenze Griechenlands.« Der Diener dankte ihm und machte sich wieder auf den Rückweg, um Malik Schah aufzusuchen, und der Reiter begleitete ihn bis an die Stelle, wo er Malik Schah verlassen hatte. Diesen Weg verfolgte der Diener; er fragte überall nach dem Jungen und beschrieb ihn nach der Schilderung des Reiters, bis er endlich in das Städtchen kam, in dem Malik Schah sich aufhielt.

Der Diener fragte auch hier nach dem Jungen, aber niemand konnte ihm Auskunft geben; nun wusste er nicht, was er tun sollte. Schon wollte er wieder abreisen und hatte bereits sein Pferd bestiegen, als er Vieh, mit einem Strick angebunden, sah, und einen Jüngling, der mit dem Strick in der Hand daneben schlief. Es fiel ihm jedoch nicht ein, dass es Malik Schah sein könnte. Dann blieb er aber stehen und dachte: Wenn der Prinz, den ich suche, schon so groß wie dieser Bursche geworden ist, der hier schläft, wie soll ich ihn erkennen? O welche Qual, einen Menschen aufzusuchen, den ich, wenn er auch vor mir stünde, nicht erkennen würde. Er stieg dann vom Pferd und ging auf den Schlafenden zu, setzte sich neben ihn, betrachtete ihn und dachte: Wer weiß, ob nicht dieser Jüngling Malik Schah ist. Er hustete dann und rief: »Bursche!« Der Prinz erwachte und setzte sich aufrecht. Da fragte ihn der Diener: »Wer ist dein Vater in diesem Städtchen, und wo wohnst du?« Der Junge antwortete verlegen: »Ich bin ein Fremder.« Da fragte der Diener: »Wo bist du her? Wer war dein Vater?« Als der Prinz seinen Geburtsort nannte und auf die weiteren Fragen des Dieners seine ganze Lebensgeschichte erzählte, umarmte ihn der Diener, küsste ihn und sagte ihm, seine Mutter habe ihn geschickt, um ihn zu suchen, ohne dass der Kaiser etwas davon wisse; sie wolle sich überzeugen, dass er sich wohl befinde, wenn sie ihn auch nicht sehen könne. Er kaufte ihm dann ein Pferd, und sie ritten zusammen bis in den Bezirk der Hauptstadt. Da kamen Räuber, nahmen ihnen alles weg, fesselten sie, warfen sie in eine Grube, abgelegen von der Straße, und gingen fort, um sie da sterben zu lassen, wie sie es schon mit vielen anderen vor ihnen getan hatten. Der Diener weinte heftig, und als der Prinz ihm sagte, alle Tränen könnten hier nichts nützen, versetzte er: »Ich weine nicht aus Furcht vor dem Tod, sondern nur aus Mitleid mit dir und deiner Mutter; ich muss verzweifeln, wenn ich denke, dass du nach so vielen überstandenen Gefahren noch einen so schmählichen Tod sterben musst.« Aber der Prinz sagte: »Was mir widerfahren ist, war über mich verhängt und musste vollzogen werden, und ist jetzt meine Todesstunde gekommen, so kann sie niemand verschieben.«

Nachdem sie in dieser Grube zwei Tage und zwei Nächte in der grässlichsten Hungersqual zugebracht hatten, geschah es nach dem Willen und der Allmacht Allahs, dass der Kaiser mit seinen Leuten auf der Jagd ein Tier verfolgte, das sie vor dieser Grube einholten. Als ein Jäger am Rand der Grube abstieg, um es zu schlachten, da hörte er ein leises Seufzen aus der Tiefe; er blieb stehen, bis die ganze Jagdpartie beisammen war, und sagte es dem Kaiser. Dieser ließ einen Diener hinabsteigen, der Malik Schah und den alten Diener, beide ohnmächtig, heraufbrachte. Man löste ihre Fesseln und gab ihnen Wein, bis sie wieder zu sich kamen. Als der Kaiser den Diener seiner Gattin erkannte, fragte er ihn erstaunt: »Was ist dir geschehen, und wie kommst du hierher?« Der Diener antwortete: »Ich ging und holte das Geld meiner Herrin, auf einmal wurde ich, als ich der Karawane voraneilte, von Räubern überfallen, die uns das Geld wegnahmen und uns in die Grube warfen, wo wir, wie viele andere vor uns, sterben sollten; da schickte dich Allah aus Erbarmen zu uns hierher.«

Der Kaiser und sein Gefolge dankten Allah, dass er sie hierher geführt hatte, dann fragte er den Diener: »Wer ist denn der Junge, der hier bei dir ist?« Der Diener antwortete: »Es ist der Sohn unserer alten Amme; seine Mutter bat mich, ihn mitzunehmen, und da er viel Verstand und Geschicklichkeit besitzt, nahm ich ihn gern als Diener des Kaisers mit.« Der Kaiser fragte ihn dann nach Bahlawan und seinem Verhalten gegen seine Untertanen, worauf der Diener ihm erzählte, dass alle Leute mit ihm unzufrieden wären. Der Kaiser ging dann zu seiner Gattin und meldete ihr die Rückkehr ihres Dieners mit einem Jungen aus ihrer Heimat und erzählte ihr von dem Unglück, das sie auf dem Weg gehabt hatten. Schah Chatun war außer sich und wollte einen lauten Schrei ausstoßen, unterdrückte ihn jedoch. Da sagte der Kaiser: »Was hast du? Bedauerst du das Geld, das dem Diener geraubt wurde, oder bemitleidest du den Diener?« Sie antwortete: »Es ist nichts, bei deinem Haupt, o Kaiser! Du weißt ja, die Frauen haben ein schwaches Herz.« Dann kam der Diener zu ihr und erzählte ihr alles, was ihrem Sohn seit ihrer Vermählung mit dem Kaiser widerfahren war. Schah Chatun weinte lange über die harten Leiden, die ihr Sohn zu ertragen gehabt hatte, dann fragte sie den Diener: »Was hast du dem Kaiser gesagt, als er den Prinzen sah und dich nach ihm fragte?« Er antwortete: »Ich habe ihm gesagt, er sei der Sohn einer Amme, den wir als Kind verlassen hätten und der nun dem Kaiser dienen solle.«

Sie war zufrieden mit dieser Antwort und befahl dann dem Diener, den Prinzen gut zu bedienen. Auch der Kaiser überhäufte den Diener mit Wohltaten und wies dem Prinzen ein ansehnliches Gehalt an. Dieser ging im Palast ein und aus, diente dem Kaiser und stieg immer höher im Ansehen. Schah Chatun begnügte sich, ihren Sohn durch das Fenstergitter zu sehen, da sie ihn doch nicht sprechen konnte. Eines Tages aber, als sie fast vor Sehnsucht starb, erwartete sie ihn an der Tür ihres Gemachs, drückte ihn an ihre Brust und küsste ihn auf die Wangen. In diesem Augenblick ging der Schlossverwalter am Harem vorüber und sah mit Erstaunen, wie der Jüngling eine Dame umarmte. Er blieb betroffen stehen und fragte, wer dieses Gemach bewohne, und als man ihm die Kaiserin nannte, fuhr er erschrocken zurück, als hätte ihn der Donner getroffen. Da begegnete ihm der Kaiser und fragte ihn, warum er so zittere? Der Schlossverwalter antwortete: »O Kaiser! Gibt es etwas

Schrecklicheres, als das, was ich eben gesehen habe?« – »Was hast du gesehen?« – »Ich habe den Jüngling gesehen, den der alte Diener aus Griechenland mitgebracht hat, und mich überzeugt, dass er nur wegen der Kaiserin hierher gekommen ist; ich bin eben an der Tür ihres Gemachs vorübergegangen, da erwartete sie ihn, umarmte ihn und küsste ihn auf die Wangen.« Als der Kaiser dies hörte, geriet er vor Wut ganz außer sich und riss sich fast den Bart aus; dann ergriff er sogleich den Prinzen und den alten Diener und ließ sie in einen Kerker werfen, der im Palast war. Er ging dann zu seiner Gattin und sagte zu ihr: »Bei Allah, du hast dich schön betragen, du Tochter der Tugendhaften, um die Könige warben und die ihres guten Rufes willen für eine kostbare Perle galt. Allah verdamme die, deren Inneres nicht wie ihr Äußeres ist; wie kannst du dir mit einem so abscheulichen Herzen ein reines Aussehen geben? Ich will aber an dir und diesem Taugenichts der Welt ein Beispiel geben. Nun weiß ich, dass du den Diener nur wegschicktest, um den Jüngling hierher zu bringen. Du wolltest mich mit unerhörter Frechheit hintergehen. Nun sollst du aber sehen, wie ich gegen euch verfahre.« Mit diesen Worten spie er ihr ins Gesicht und ging weg. Schah Chatun sagte kein Wort, denn sie wusste wohl, dass ihr der Kaiser in diesem Augenblick doch nicht glauben würde, und setzte ihr Vertrauen auf Allah, der das Offenbare und das Verborgene kennt und gegen dessen Willen die Todesstunde weder verschoben noch vorgerückt werden kann.

Der Kaiser war mehrere Tage höchst bestürzt; er konnte weder essen noch trinken noch schlafen und wusste nicht, was er tun sollte. »Bringe ich den Jungen und den Diener um«, dachte er, »so bin ich ungerecht, denn die Kaiserin, die den Alten geschickt hat, um den Jungen zu holen, ist schuldiger als beide. Alle drei umzubringen, gibt aber mein Herz nicht zu; ich will mich daher nicht übereilen und die Sache noch bedenken, ehe ich ihren Tod bereue.« Nun hatte der Kaiser eine sehr verständige Amme. Sie fand ihn ganz verändert, wagte es aber nicht, zu ihm zu gehen, sondern suchte Schah Chatun auf. Als sie diese in noch größerer Bestürzung fand, fragte sie, was ihr zugestoßen sei. Die Kaiserin gestand nichts, aber die Amme schmeichelte ihr so lange und schwor ihr, sie wolle das Geheimnis niemandem mitteilen, dass endlich die Kaiserin ihr die ganze Geschichte mit ihrem Sohn, von Anfang bis zu Ende, erzählte. Da sagte die Amme, sich vor ihr verbeugend: »Diese Sache ist ja gar nicht schwierig.« Aber die Kaiserin versetzte: »Bei Allah, meine Mutter, ich will lieber mit meinem Sohn sterben als etwas sagen, das man doch nicht glauben würde; jedermann wird sagen: ›Sie gibt ein Märchen vor, um die Schande von sich zu wälzen.‹ Für mich gibt's kein anderes Mittel außer Geduld.« Die Alte hatte Wohlgefallen an diesen verständigen Worten und sagte zu Schah Chatun: »Es ist, wie du sagst; doch hoffe ich, Allah wird die Wahrheit bekannt machen; habe nur Geduld, ich nehme mich der Sache an und gehe sogleich zum Kaiser, um zu hören, was er sagt.«

Als die Amme zum Kaiser kam, fand sie ihn betrübt, den Kopf zwischen den Knien, dasitzen; sie setzte sich zu ihm und sagte nach anderen süßen Worten: »Mein Sohn, dein Schmerz verwundet mein Herz; seit einiger Zeit reitest du gar nicht mehr aus und bist immer düster. Warum bist du denn so leidend?« Der Kaiser antwortete: »O meine Mutter, wegen meiner verruchten Gattin, von der ich eine so gute Meinung hatte und die nun so gegen mich verfahren ist«, worauf er ihr die ganze Geschichte erzählte. Da sagte die Alte: »Und eine schwache Frau macht dir so viel Kummer?« – »Ich denke nach«, versetzte der Kaiser, »welchen Tod ich über sie verhängen soll, um der Welt ein Beispiel zu geben.« Da sagte sie: »Mein Sohn, übereile nichts, denn Übereilung bringt Reue, du kannst sie ja immer noch umbringen; ergründe erst die Sache wohl, dann tue, was du willst.« Der Kaiser erwiderte: »Hier bedarf's keiner anderen Beweise. Schah Chatun hat ja selbst den Alten fortgeschickt, um den Jungen zu holen.« Da sagte die Alte: »Ich weiß ein sicheres Mittel, wodurch sie alles gestehen wird, was in ihrem Herzen vorgeht.«

»Wie wolltest du das?«, fragte der Kaiser. Die Alte antwortete: »Ich bringe dir das Herz eines Wiedehopfs, das legst du deiner Gattin auf die Brust, wenn sie schläft, fragst sie dann, was du wissen willst, und sie wird dir die Wahrheit sagen.« Der Kaiser sagte erfreut: »Das will ich tun, aber sage niemandem etwas davon.« Die Alte ging dann zur Kaiserin und sagte zu ihr: »Ich habe dein Anliegen besorgt. Der Kaiser wird diese Nacht zu dir kommen. Stelle dich dann, als schliefst du, und antworte schlafend auf alles, was er dich fragt.« Hierauf verließ die Alte die Kaiserin wieder, holte das Herz eines Wiedehopfs und brachte es dem Kaiser. Dieser erwartete mit Ungeduld die Nacht, dann ging er zur Kaiserin. Als er sie eingeschlafen glaubte, setzte er sich neben sie, legte das Herz des Wiedehopfs auf ihre Brust und wartete eine Weile, um sich von ihrem Schlaf zu überzeugen. Dann sagte er: »Schah Chatun, war das mein Lohn von dir?« – »Was habe ich verbrochen?«, fragte die Kaiserin. Er erwiderte: »Gibt es denn ein größeres Verbrechen, als das deinige? Schicktest du nicht nach einem geliebten fremden Jüngling und wurdest mir untreu?« – »Ich kenne keine Leidenschaft, es sind unter deinen Dienern schönere, als er ist, und ich gelüste nach keinem.« – »Und warum hast du ihn umarmt und geküsst?« – »Er ist mein Sohn, ein Stück meines Herzens; aus mütterlicher Liebe zu ihm habe ich ihn umarmt und geküsst.«

Als der Kaiser dies hörte, geriet er in große Verwirrung und sagte zu ihr: »Kannst du beweisen, dass er dein Sohn ist? Ich habe doch noch einen Brief von deinem Onkel, in dem er schreibt, dein Sohn sei getötet worden?« – »Allerdings, aber die Kehle war nicht durchschnitten, mein Onkel ließ die Wunde wieder zunähen und meinen Sohn bei sich erziehen, denn seine Todesstunde war noch nicht gekommen.« Als der Kaiser das hörte, sagte er: »Dieser Beweis genügt mir.« Er ließ sogleich den Prinzen und den Diener holen und untersuchte den Hals des Prinzen beim Schein einer Wachskerze; da sah er einen Schnitt von einem Ohr zum anderen, der zwar wieder geschlossen war, doch entdeckte er, wie eine Naht sich darüber hinzog. Hierauf fiel der Kaiser vor Allah nieder und dankte ihm, dass er diesen Jungen aus so vielen Gefahren befreit, und freute sich sehr, dass er ihn nicht im Zorn getötet hatte, was er nachher hätte bereuen müssen. Der Prinz aber wurde nur gerettet, weil seine Todesstunde noch nicht gekommen war.

Die Geschichte von Ali Chwadscha und dem Kaufmann aus Bagdad

Unter der Regierung des Kalifen Harun al-Raschid lebte in der Stadt Bagdad ein Kaufmann mit Namen Ali Chwadscha, der einen kleinen Vorrat von Waren hatte, mit dem er Kauf und Verkauf trieb, wodurch er sich ein notdürftiges Brot verdiente, indem er allein und ohne Familie im Hause seiner Väter lebte. Es traf sich nun, dass er drei Nächte hintereinander im Traum einen verehrungswürdigen Scheich sah, der zu ihm sprach: »Du bist verpflichtet, eine Pilgerfahrt nach Mekka zu machen. Warum verharrst du versunken in achtlosem Schlummer und machst dich nicht auf, wie es dir geziemt?« Als er diese Worte vernahm, erschrak er so heftig und wurde von so starker Furcht erfasst, dass er Laden und Waren und seinen ganzen Besitz verkaufte und mit dem festen Entschluss, das heilige Haus Allahs, des Erhabenen, zu besuchen, sein Haus vermietete und sich einer Karawane anschloss, die nach Mekka, der erlauchten Stadt, zog. Bevor er jedoch seine Geburtsstätte verließ, legte er tausend Goldstücke, die er für seine Reise nicht brauchte, in einen irdenen Krug und deckte sie mit Oliven zu, worauf er die Öffnung verschloss und den Krug zu einem Kaufmann, mit dem er seit Jahren befreundet war, trug und sprach: »Vielleicht hast du vernommen, mein Bruder, dass ich mit einer Karawane nach Mekka, der heiligen Stadt, ziehen will. Ich bringe dir daher einen Krug Oliven und bitte dich, ihn mir bis zu meiner Rückkehr zu verwahren.« Der Kaufmann erhob sich sofort und sagte zu Ali Chwadscha, indem er ihm den Schlüssel seines Warenlagers überreichte: »Hier, nimm den Schlüssel, öffne den Speicher und stelle den Krug, wohin du willst; wenn du zurückkehrst, sollst du ihn finden, wie du ihn verlassen hast.« Ali Chwadscha richtete sich nach den Worten seines Freundes und, die Tür wieder verschließend, übergab er den Schlüssel seinem Besitzer. Alsdann lud er sein Reisegut auf ein Dromedar und bestieg ein zweites Tier, worauf er mit der Karawane zog. Sie gelangten schließlich nach Mekka, der erlauchten Stadt, und es war gerade der Monat Dhu'l-Hidschdscha [Wallfahrtsmonat] in dem Myriaden von Moslems die Pilgerfahrt vollziehen und vor der Kaaba beten und sich niederwerfen. Nachdem er die Rundprozession um das heilige Haus gemacht und alle Riten und Pilgerzeremonien erfüllt hatte, machte er einen Laden zum Verkauf von Waren auf.

Zufällig schritten zwei Kaufleute jene Straße entlang und erblickten in Ali Chwadschas Laden die feinen Stoffe und Waren, worauf sie an diesen großen Gefallen fanden und ihre Schönheit und Vorzüglichkeit rühmten, wobei der eine zum anderen sagte: »Dieser Mann bringt sehr seltene und kostbare Waren hierher. In Kairo, der Hauptstadt von Ägypten, würde er ihren vollen Wert bezahlt erhalten und bei weitem mehr als auf den Basaren dieser Stadt.« Als Ali Chwadscha Kairo erwähnen hörte, erfasste ihn eine heiße Sehnsucht, die berühmte Residenz zu besuchen, sodass er seine Absicht, nach Bagdad heimzukehren, aufgab und nach Ägypten zu reisen beschloss. Er reiste mit einer Karawane, und als er in Kairo anlangte, gefielen ihm sowohl das Land als auch die Stadt, und er erzielte durch den Verkauf seiner Ware hohen Gewinn. Alsdann kaufte er andere Güter und Stoffe und beabsichtigte, nach Damaskus zu ziehen, doch hielt er sich einen vollen Monat in Kairo auf und besuchte die Moscheen und heiligen Stätten, worauf er die Mauern der Stadt verließ und sich mit der Besichtigung vieler berühmter Städte vergnügte, die einige Tagesreisen von der Residenz entfernt an den Ufern des Nils liegen. Nachdem er dann Kairo Lebewohl gesagt hatte, gelangte er nach Jerusalem, dem geheiligten Haus, und betete im Tempel der Kinder Israels, den die Moslems wieder erbaut hatten. Zur rechten Zeit traf er in Damaskus ein und bemerkte, dass die Stadt wohl gebaut und reich bevölkert war, die Felder und Wiesen mit Quellen und Kanälen bewässert und dass die Gärten in einer Überfülle von Früchten und Blumen prangten. Inmitten solcher Wonnen dachte Ali Chwadscha kaum noch an Bagdad; indessen setzte er seinen Weg weiter fort durch Aleppo, Mossul und Schiras. In allen diesen Städten, besonders aber in Schiras, verweilte er einige Zeit, bis er schließlich nach einer Reise von siebenjähriger Dauer wieder in Bagdad eintraf.

In Bagdad hatte nun der Kaufmann, dem Ali Chwadscha den Topf mit Oliven anvertraut hatte, während der langen sieben Jahre nie mehr an

Ali Chwadscha noch an seinen Topf gedacht, bis eines Tages, als er mit seiner Frau beim Abendessen saß, die Rede auch auf Oliven kam, worauf sie zu ihm sagte: »Ich möchte jetzt gern einige zum Essen haben.« Er versetzte: »Da du gerade davon sprichst, fällt mir ein, dass Ali Chwadscha mir vor sieben Jahren, als er auf Pilgerfahrt nach Mekka ging, einen Krug Oliven anvertraute, der noch im Warenlager steht. Wer weiß, wo er weilt und was ihm widerfahren ist? Ein Mann, der jüngst mit der Pilgerkarawane heimkehrte, brachte mir die Nachricht, dass Ali Chwadscha Mekka verlassen hätte, um nach Ägypten zu reisen. Allah, der Erhabene, allein weiß, ob er noch lebt oder gestorben ist. Wenn indessen seine Oliven noch in gutem Zustand sind, so will ich einige holen, damit wir sie kosten; gib mir daher eine Schüssel und eine Lampe, damit ich einige Oliven hole.« Seine Frau, ein ehrenwertes, aufrichtiges Weib, versetzte: »Allah soll verhüten, dass du so eine gemeine Tat begehst und dein Wort und Gelöbnis brichst! Wer kann es wissen? Du hast von niemandem eine sichere Nachricht von seinem Tod. Vielleicht kehrt er von Ägypten morgen oder übermogen gesund und wohlbehalten heim. Dann wirst du, wenn du ihm nicht das dir anvertraute Gut unbeschädigt wiedergeben kannst, beschämt über deinen Treuebruch vor ihm dastehen, und wir sind entehrt vor deinem Freund. Ich für meinen Teil will meine Hände von solcher Gemeinheit rein haben und die Oliven nicht kosten, wo sie überdies nach siebenjähriger Aufbewahrung gar nicht mehr schmackhaft sein können. Ich flehe dich an, gib diese üble Absicht auf.«

In solcher Weise protestierte die Frau des Kaufmanns gegen sein Vorhaben und bat ihn, Ali Chwadschas Oliven nicht anzutasten, bis er sich schämte und für den Augenblick die Sache auf sich beruhen ließ. Eines Tages jedoch beschloss er in seinem Starrsinn und seiner Untreue, sein Vorhaben auszuführen und ging mit einer Schüssel in der Hand zu seinem Warenlager. Zufällig begegnete er seiner Frau, die zu ihm sagte: »Ich bin in dieser üblen Handlung nicht mit dir; es wird dir sicherlich übel ergehen, wenn du solch eine Tat begehst.« Er hörte sie, doch achtete er nicht auf ihre Werte, sondern ging in das Warenlager, öffnete den Krug, in dem er die Oliven verdorben und weiß von Schimmel überzogen fand. Als er jedoch den Krug umstülpte und etwas von seinem Inhalt in die Schüssel schüttete, sah er mit den Früchten ein Goldstück aus dem Krug fallen. Da wurde er von Habgier erfasst und schüttete den ganzen Inhalt in einen anderen Krug, wobei er zu seinem Staunen bemerkte, dass die untere Hälfte lauter Goldstücke enthielt. Er hob die Oliven und Goldstücke auf und verschloss den Krug wieder, worauf er zu seiner Frau zurückkehrte und zu ihr sagte: »Du hast Recht gehabt, ich prüfte den Krug und fand die Früchte verschimmelt und verfault. Ich tat sie deshalb wieder in den Krug und ließ sie, wie sie waren.« In der folgenden Nacht vermochte der Kaufmann bei dem Gedanken, wie er das Gold an sich bringen könnte, kein Auge zu schließen, und am anderen Morgen nahm er alle Goldstücke heraus, kaufte im Basar frische Oliven, mit denen er den Krug füllte, worauf er seine Öffnung verschloss und ihn an seinen alten Platz stellte.

Nun traf es sich, dass Ali Chwadscha durch Allahs Barmherzigkeit am Ende des Monats gesund und wohlbehalten in Bagdad wieder eintraf. Sein erster Gang führte zu seinem alten Freund, dem Kaufmann, der ihn mit geheuchelter Freude begrüßte und ihm um den Hals fiel, obwohl er in großer Unruhe und Verlegenheit war, wie die Sache enden werde. Nach Begrüßungen und großer Freude auf beiden Seiten sprach Ali Chwadscha mit dem Kaufmann über Geschäfte und bat ihn, ihm seinen Krug mit Oliven, den er ihm anvertraut hatte, wieder zurückzugeben. Der Kaufmann erwiderte: »O mein Freund, ich weiß nicht, wohin du deinen Olivenkrug stelltest; hier ist der Schlüssel, geh hinunter ins Warenlager und nimm, was dir gehört.« Dies tat Ali Chwadscha und holte den Krug aus dem Magazin, worauf er sich von seinem Freund verabschiedete und nach Hause eilte. Als er jedoch den Krug öffnete und die Goldstücke nicht fand, war er bestürzt und klagte laut vor Kummer. Dann kehrte er zu dem Kaufmann zurück und sagte zu ihm: »O mein Freund, Allah, der Allgegenwärtige, Allsehende, ist mein Zeuge, dass ich, als ich die Pilgerfahrt nach Mekka, der Erlauchten, antrat, tausend Goldstücke in dem Krug ließ, und nun finde ich sie nicht. Wenn du sie in der Verlegenheit gebraucht hast, so macht es nichts aus, da du sie mir, sobald du es kannst, zurückgeben wirst.« Der Kaufmann erwiderte, indem er sich stellte, als ob er ihn bemitleidete: »O mein guter

Freund, du stelltest den Krug mit deiner eigenen Hand ins Magazin. Ich wusste nicht, dass du etwas anderes als Oliven in ihm hattest; wie du ihn verließest, fandest du ihn wieder und trugst ihn nach Hause, und nun klagst du mich des Diebstahls an. Es kommt mir höchst seltsam und sonderbar vor, dass du solche Anklage wider mich erhebst. Als du fortgingst, erwähntest du nichts von dem Gold im Krug, sondern sagtest, er wäre voll Oliven, wie du ihn jetzt fandest. Hättest du Gold in ihm gehabt, du würdest es sicherlich wieder darin gefunden haben.«

Hierauf bat ihn Ali Chwadscha inständigst und sagte: »Die tausend Goldstücke waren all mein Hab und Gut, das ich in mühevollen Jahren erwarb. Ich bitte dich, erbarme dich meiner, und gib mir das Geld wieder.« Der Kaufmann versetzte jedoch in hellem Zorn: »O mein Freund, du bist ein feiner Gesell; von Ehrbarkeit zu reden und solche falsche und erlogene Anklage wider mich zu erheben. Pack dich fort und komm mir nicht wieder ins Haus, denn ich weiß jetzt, dass du ein Lügner und Betrüger bist.«

Als die Leute im Viertel diesen Streit zwischen Ali Chwadscha und dem Kaufmann vernahmen, kamen sie in großer Menge zum Laden herbeigeströmt und erhitzten sich für die Sache, und so wurde der Vorfall allem Volk in Bagdad, reich und arm, bekannt, wie ein gewisser Ali Chwadscha tausend Goldstücke in einen Krug Oliven verborgen und sie einem anderen Kaufmann vor der Pilgerfahrt nach Mekka anvertraut hatte, worauf der arme Mann nach siebenjähriger Abwesenheit zurückgekehrt war, der Reiche aber nunmehr seine Worte bestritt und einen Eid zu schwören bereit war, dass er ein Unterpfand der Art nicht empfangen hätte. Schließlich, als nichts anderes half, sah sich Ali Chwadscha gezwungen, die Sache vor den Kadi zu bringen und die tausend Goldstücke von seinem falschen Freund zu verlangen. Der Kadi fragte ihn: »Was für Zeugen hast du, die für dich einstehen können?« Der Kläger versetzte: »O Kadi, ich fürchtete mich, zu jemandem von der Sache zu sprechen, damit nicht alle mein Geheimnis erführen. Allah, der Erhabene, ist mein einziger Zeuge. Dieser Kaufmann war mein Freund, und ich glaubte nicht, dass er sich ehr- und treulos erweisen würde.« Da sagte der Kadi: »Dann muss ich den Kaufmann holen lassen und hören, was er unter seinem Eid aussagt.« Als nun der Angeklagte kam, ließ man ihn bei allem, was ihm heilig war, mit aufgehobenen Händen in der Richtung nach der Kaaba schwören, und er rief: »Ich schwöre, dass ich nichts von irgendwelchen Goldstücken, die Ali Chwadscha gehören, weiß.« Da erklärte ihn der Kadi für unschuldig und entließ ihn aus dem Gerichtshof, worauf Ali Chwadscha betrübten Herzens heimkehrte und zu sich sprach: »Wehe, was ist das für ein Spruch, der wider mich gefällt ist, dass ich mein Geld verlieren soll und meine gerechte Sache für ungerecht erklärt wird! Das Sprichwort ist wahr, das da lautet: ›Wer vor einem Schurken Klage führt, verliert den Rest.‹« Am nächsten Tag brachte er seinen Fall zu Papier, und als der Kalif Harun al-Raschid auf seinem Weg zum Freitagsgebet war, warf er sich vor ihm nieder und überreichte ihm das Schriftstück. Der Fürst der Gläubigen las sein Gesuch, und als er in den Fall Einsicht genommen hatte, erteilte er Befehl und sprach: »Bringt mir morgen den Kläger und den Beklagten in die Audienzhalle, und tragt mir die Sache vor, denn ich will sie selbst untersuchen.«

In der Nacht aber verkleidete sich der Fürst der Gläubigen wie gewohnt und streifte durch die Straßen, Gassen und Plätze Bagdads, begleitet von seinem Wesir Djafar und dem Schwertträger seiner Rache Masrur, um zu sehen, was sich in der Stadt zutrug. Gleich nachdem er seinen Palast verlassen hatte, gelangte er auf einen offenen Platz im Basar, wo er Kinder beim Spiel lärmen hörte und in einer geringen Entfernung etwa zehn bis zwölf Knaben sich im Mondschein vergnügen sah; da blieb er stehen, um ihrem Spiel zuzuschauen. Mit einem Mal sagte ein hübscher Knabe von schönem Aussehen zu den anderen Buben: »Lasst uns jetzt Kadi spielen; ich will der Kadi sein, einer von euch sei Ali Chwadscha und ein anderer der Kaufmann, dem er die tausend Goldstücke vor seiner Pilgerfahrt als Unterpfand anvertraute. Kommt vor mich, und ein jeder führe seine Sache.« Als der Kalif Ali Chwadschas Namen hörte, erinnerte er sich an das Bittgesuch, das ihm vorgelegt worden war, um Gerechtigkeit gegen den Kaufmann zu erlangen, und er beschloss zu warten, um zu sehen, wie der Knabe die Rolle des Kadis spielen und welchen Spruch er fällen würde. Er überwachte deshalb den Vorgang mit scharfem Interesse, indem er zu sich sprach: »Dieser Fall hat in der Tat so großes Aufsehen in der Stadt erregt, dass selbst die Kinder davon vernommen haben und ihn in ihren Spielen aufführen.« Nun traten die beiden Knaben, welche die Rolle des Klägers Ali Chwadscha und des Kaufmanns, der des Diebstahls angeklagt war, übernommen hatten, vor und stellten sich vor den Knaben, der als Kadi in Pomp und Würde dasaß. Dann fragte der Kadi: »O Ali Chwadscha, welche Klage führst du gegen diesen Kaufmann?«, worauf der Kläger seine Klage ausführlich vortrug. Dann wandte sich der Kadi zu dem Knaben, der die Rolle des Kaufmanns spielte, und sprach: »Was antwortest du auf diese Klage, und warum gabst du die Goldstücke nicht zurück?« Der Angeklagte antwortete so, wie es der wirkliche Beklagte getan hatte, und leugnete die ihm zur Last gelegte Tat vor dem Kadi ab, indem er sich zum Eid bereit erklärte. Der Knabe, der den Kadi spielte, erklärte jedoch: »Bevor du einen Eid schwörst, dass du das Geld nicht genommen hast, möchte ich mir selber den Krug Oliven ansehen, den der Kläger in deine Obhut gab.« Hierauf wandte er sich zu dem Knaben, der die Rolle Ali Chwadschas spielte und sagte: »Geh fort und bring mir unverzüglich den Krug, damit ich ihn untersuchen kann.« Als das Gefäß gebracht worden war, sagte der Kadi zu den beiden Streitführenden: »Schaut her und erklärt mir, ob dies derselbe Krug ist, den du, Kläger, bei dem Beklagten ließest?« Beide bejahten es. Alsdann sagte der Kadi: »Öffne nun den Krug und bring mir etwas von seinem Inhalt, damit ich sehe, in welchem Zustand sich die Oliven gegenwärtig befinden.« Nachdem sie dies getan hatten, kostete er die Früchte und rief: »Wie kommt dies? Ich finde, sie schmecken frisch, und ihr Zustand ist vorzüglich. Sicherlich würden die Oliven im Verlauf von sieben Jahren schimmelig geworden und verfault sein. Bringt mir zwei Ölhändler aus der Stadt her, um ihre Meinung über die Oliven abzugeben.« Hierauf übernahmen zwei andere Knaben die befohlenen Rollen und traten in den Gerichtshof vor den Kadi, der sie fragte: »Seid ihr nach euerem Gewerbe Ölhändler?« Sie erwiderten: »Wir sind es, und dies war seit vielen Geschlechtern unser Beruf, und durch den Verkauf von Oliven verdienen wir unser täglich Brot.« Alsdann sprach der Kadi: »Gebt mir Auskunft: Wie lange bleiben Oliven frisch und schmackhaft?« Sie versetzten: »O mein Herr, so sorgfältig, wie wir sie auch aufbewahren mögen, nach dem dritten Jahr verändern sie den Geschmack und die Farbe und sind nicht länger genießbar, sondern nur gut zum Wegwerfen.« Hierauf sagte der Kadi: »Prüft mir nun die Oliven, die sich in diesem Krug befinden, und sagt mir, wie alt sie sind, in welchem Zustand sie sich befinden und wie sie schmecken.« Da nahmen die beiden Knaben, welche die Rolle der Ölhändler spielten, einige Oliven aus dem Krug und kosteten sie, worauf sie erklärten: »O Kadi, diese Oliven sind in gutem Zustand und haben den vollen Geschmack.« Der Kadi versetzte: »Ihr irrt euch, denn es ist sieben Jahre her, dass sie Ali Chwadscha in den Krug legte, als er sich auf die Pilgerfahrt begab.« Sie erwiderten jedoch: »Sprich, was du willst, diese Oliven sind von der diesjährigen Ernte, und in ganz Bagdad gibt es keinen einzigen Ölhändler, der nicht einer Meinung mit uns sein würde.« Hierauf ließ der Kadi den Angeklagten die Oliven kosten, und er musste gleichfalls einräumen, dass es sich so verhielt, wie die Ölhändler es angegeben hatten. Da sprach der Kadi zu dem Angeklagten: »Es ist klar, dass du ein Schurke und Schuft bist und eine Tat begangen hast, für die du den Galgen verdienst.«

Als die Buben diesen Richterspruch vernahmen, sprangen sie umher und klatschten in heller Lust in die Hände, worauf sie den Knaben, der die Rolle des Kaufmanns von Bagdad gespielt hatte, festnahmen und ihn zur Exekution abführten.

Harun al-Raschid fand ausnehmenden Gefallen an diesem Scharfsinn des Knaben, der die Rolle des Kadis gespielt hatte, und befahl seinem Wesir Djafar: »Merke dir wohl den Knaben, der den Kadi darstellte, und sieh zu, dass du ihn mir morgen bringst. Er soll in meiner Gegenwart im vollsten Ernst die Sache so führen, wie wir sie im Spiel vorgehen sahen. Lass ebenfalls den Kadi der Stadt kommen, damit er von diesem Kind Recht sprechen lernt. Ebenso lass Ali Chwadscha den Krug Oliven mitbringen und halte zwei Ölhändler aus der Stadt in Bereitschaft.« In dieser Weise erteilte der Fürst der Gläubigen seinem Wesir unterwegs Befehl und kehrte in seinen Palast zurück.

Am anderen Morgen begab sich Djafar in jenes Stadtviertel, wo die Kinder das Richterspiel gespielt hatten, und fragte den Lehrer, wo sich seine Schüler befänden, worauf dieser ihm erwiderte: »Sie sind alle nach Hause gegangen.« Da besuchte der Wesir die Häuser, die ihm gezeigt wurden, und befahl, ihm die Kleinen vorzuführen. Als sie vor ihn gebracht wurden, fragte er sie: »Wer von euch hat gestern im Spiel die Rolle des Kadis gespielt und in der Sache Ali Chwadschas das Urteil gefällt?« Der älteste der Buben versetzte: »Ich war's, o Wesir.« Und er wurde bleich, da er den Grund der Frage nicht wusste. Der Wesir erwiderte: »Folge mir, der Fürst der Gläubigen bedarf deiner.« Die Mutter des Knaben erschrak hierüber gewaltig und weinte. Djafar tröstete sie jedoch, indem er zu ihr sagte: »O meine Herrin, sei unbesorgt und beunruhige dich nicht. Dein Sohn wird, so Allah will, wohlbehalten zu dir zurückkehren, und ich glaube, der Kalif wird sehr gütig gegen ihn sein.« Als die Frau diese Worte von dem Wesir vernahm, beruhigte sich ihr Herz wieder, und sie zog dem Knaben seinen besten Anzug an und schickte ihn mit dem Wesir fort, der ihn an der Hand fasste und in die Audienzhalle des Fürsten der Gläubigen führte, und auch alle anderen, ihm von seinem Herrn erteilten Befehle ausführte. Nachdem sich der Fürst der Gläubigen auf den Gerichtsstuhl gesetzt hatte, ließ er den Knaben auf einem Sitz an seiner Seite Platz nehmen, und sobald die streitenden Parteien vor ihm erschienen, befahl er sowohl Ali Chwadscha als auch dem Kaufmann, ihre Sache in Gegenwart des Knaben vorzutragen, der den Spruch fällen sollte. Da trugen Kläger und Beklagter von neuem ihren Fall mit allen Einzelheiten dem Knaben vor; und als der Angeklagte die Anklage schroff ableugnete und seine Aussage eidlich mit hoch gehobenen Händen und mit dem Gesicht in Richtung Kaaba gewandt erhärten wollte, kam ihm der junge Kadi zuvor und sprach: »Genug! Schwöre nicht eher, als bis es dir befohlen wird. Lass zuerst den Krug mit Oliven vor den Gerichtshof bringen.« Der Krug wurde alsbald gebracht und vor ihn gestellt, worauf der Knabe ihn öffnen ließ; dann kostete er eine Olive und gab ebenfalls den beiden Ölhändlern, die vor Gericht befohlen waren, zu kosten, damit sie sich über das Alter der Früchte äußerten und aussagten, ob ihr Geschmack gut oder schlecht wäre. Sie taten wie geheißen und versetzten: »Der Geschmack dieser Oliven hat sich nicht geändert, und sie sind von der diesjährigen Ernte.« Der Knabe entgegnete: »Mir scheint es, ihr irrt euch, denn Ali Chwadscha legte die Oliven sieben Jahre zuvor in den Krug; wie könnten demnach die Früchte aus diesem Jahr in den Krug gelangt sein?« Sie erwiderten jedoch: »Es verhält sich so, wie wir es sagen; wenn du unseren Worten nicht glaubst, so lass unverzüglich andere Ölhändler kommen und erkundige dich bei ihnen, dann wirst du sehen, ob wir die Wahrheit sprechen oder nicht.« Als nun der Kaufmann von Bagdad sah, dass er nicht länger seine Unschuld behaupten konnte, gestand er, dass er die Goldstücke herausgenommen und den Krug mit frischen Oliven gefüllt hatte. Als der Knabe dieses Geständnis vernahm, sprach er zum Fürsten der Gläubigen: »Huldreicher Herrscher, in der vergangenen Nacht entschieden wir diese Sache im Spiel, du aber hast allein die Macht, die Strafe zu verhängen. Ich habe die Sache in deiner Gegenwart entschieden, und ich bitte dich gehorsamst, jenen Kaufmann gemäß dem koranischen Recht zu bestrafen und Ali Chwadscha seine tausend Goldstücke wieder zurückgeben zu lassen, denn sein Recht auf sie ist erwiesen.«

Hierauf befahl der Kalif den Kaufmann aus Bagdad fortzuführen und zu henken, nachdem er angegeben hatte, wo er die tausend Goldstücke verborgen hatte, damit sie ihrem rechtmäßigen Eigentümer Ali Chwadscha wiedererstattet würden. Alsdann wandte er sich zu dem Kadi, der die Sache voreilig entschieden hatte, und befahl ihm, von dem Knaben zu lernen, seine Pflicht eifriger und gewissenhafter zu erfüllen. Dann umarmte der Fürst der Gläubigen den Knaben und befahl dem Wesir, ihm aus dem königlichen Schatz tausend Goldstücke zu geben und ihn wohlbehalten nach Hause zu seinen Eltern zu geleiten. Später aber, als der Knabe zum Mann herangewachsen war, machte ihn der Fürst der Gläubigen zu einem seiner Tischgenossen und förderte sein Wohlergehen und zeichnete ihn stets mit den höchsten Ehren aus.

Die Geschichte von der Messingstadt

Als der Fürst der Gläubigen Abdalmalik, der Sohn Marwans, eines Tages von den Großen des Reiches umgeben war, kam die Rede auf Geschichten alter Völker und ihre mächtigen Kaiser. Da sagte einer der Anwesenden: »Keinem Sterblichen wurde je so viel verliehen wie Salomon, dem Sohn Davids; denn er gebot über Menschen und Geister, über Vögel und vierfüßige Tiere. Der Allmächtige befahl sogar dem Wind, ihm seinen Teppich einen Monat lang auf der Hin- und auf der Rückreise zu tragen; er gab ihm auch einen Siegelring, mit dem er Eisen, Blei, Stein und Kupfer versiegeln konnte, kurz: Er gab ihm alles.« Da sagte Abdalmalik: »Es ist wahr; zürnte er gegen Geister, so sperrte er sie in kupferne Büchsen ein, goss Blei darauf, siegelte sie mit seinem Ring zu und warf sie ins Meer.« Hierauf erhob sich Taleb, ein berühmter Schwarzkünstler und hoch gestellter Mann, der Bücher hatte, die ihn Schätze aus der Erde zu ziehen lehrten, und sprach: »O Fürst der Gläubigen! Allah erhalte dein Reich und erhebe deinen Rang in beiden Welten! Mein Vater erzählte mir, einst habe mein Großvater sich eingeschifft, um zur Insel Sizilien zu fahren; da gefiel es Allah, einen Sturmwind herbeizuführen, der das Schiff vom Weg ablenkte und es erst nach einem Monat an einen hohen Berg trieb, den niemand kannte. Die Seeleute wussten nicht, wo sie waren, und fanden am Ufer Leute von wunderbarer Gestalt, die sie nicht verstanden. Nur der König dieses Landes verstand Arabisch, obgleich er kein Fremder war. Dieser kam ans Ufer, begrüßte sie und sagte: ›Ihr habt euch gewiss verirrt, denn euer Schiff ist das erste, das hier landet; doch fürchtet nichts, ihr sollt wieder glücklich in eure Heimat zurückkehren.‹ Der König bewirtete sie dann drei Tage lang mit Vögeln und Fischen. Am vierten Tag führte er sie zu den Fischern spazieren; da sahen sie, wie einer sein Netz auswarf und eine kupferne Flasche heraufbrachte, die mit Salomons Siegel versiegelt war. Der Fischer brach der Flasche den Hals ab und öffnete das Siegel; da stieg blauer Rauch heraus und verwandelte sich in der Luft in die hässlichste Gestalt der Welt und rief: ›Gnade, Gnade, o Prophet Allahs. Ich will nichts mehr dergleichen tun.‹ Mein Urgroßvater ging dann zum König und fragte ihn, was das wäre. Da sagte er: ›Es ist ein rebellischer Geist, der wegen seines Ungehorsams gegen Salomon eingesperrt und ins Meer geworfen wurde. Als er jetzt herauskam, glaubte er, Salomon lebe noch und habe ihm verziehen; darum rief er: ›Gnade, Gnade, o Prophet Allahs!‹« Abdalmalik war sehr erstaunt über diese Erzählung und sagte: »Es gibt keinen Gott außer Allah; der hat Salomon ein großes Reich gegeben. Könnte ich nur einmal mit meinen Augen solche salomonischen Flaschen sehen; sie würden jedem zur Belehrung und zur Warnung dienen.« Da sagte Taleb: »Diese Büchsen finden sich in der Messingstadt. Wenn du solche zu haben wünscht, so schreibe Musa, deinem Statthalter über den Westen und Andalusien, er möge einige seiner Leute mit Lebensmitteln und Wasser dahin schicken und dir ohne Säumen einige von dort bringen lassen.« Der Kalif ließ sogleich einen Schreiber rufen und an den Emir Musa schreiben. Er gab dann Taleb den Brief und sagte zu ihm: »Ich wünsche, dass du selbst den Brief überbringst.« Taleb antwortete: »Ich gehorche Allah und dem Fürsten der Gläubigen.« Er ließ sich Geld, Lebensmittel und ein Reittier geben und reiste von Damaskus zur Hauptstadt von Ägypten. Dort verweilte er einige Zeit bei guter Bewirtung, begab sich dann nach Oberägypten, wo der Emir Musa sich aufhielt. Als dieser von der Ankunft Talebs hörte, ging er zu ihm, hieß ihn willkommen und ließ ihn aufs Beste bewirten. Taleb überreichte ihm dann den Brief des Kalifen, und als dieser ihn gelesen hatte, sagte er: »Ich gehorche Allah und dem Fürsten der Gläubigen«, ließ sogleich einige Reisende kommen und sagte zu ihnen: »Der Kalif schreibt mir, ich solle ihm salomonische Flaschen verschaffen; wie fange ich das an?« Die Reisenden antworteten: »Wende dich an Abdul Kadus, der wird dir den Ort angeben, wo sie liegen, denn er ist viel gereist, zu Wasser und zu Land. Er ist der beste Führer und Ratgeber, kennt alle Wüsten und ihre Bewohner und alle Meere und ist schon mancher Gefahr glücklich entgangen.« Musa schickte nach ihm, und es erschien ein alter Mann, dem die Jahre schon hart zugesetzt hatten und dem man ansah, dass er schon die wunderbarsten Dinge erlebt hatte. Musa unterrichtete ihn von dem Brief des Kalifen und sagte: »Da ich dieses Land wenig kenne und gehört habe, es sei niemand so weit gereist wie du, so bitte ich dich, mit uns zu gehen und uns zu helfen, den Willen des Kalifen zu erfüllen. Du sollst dich, so Allah will, nicht umsonst bemühen.« Abdul Kadus erwiderte: »Ich gehorche Allah und dem Fürsten der Gläubigen; doch, mein Herr, die Messingstadt liegt fern von hier; wir haben einen weiten Weg zu machen und begegnen vielen Gefahren auf der Reise.« Da fragte Musa: »Wie lange müssen wir ausbleiben?« Der Alte antwortete: »Wir brauchen zwei Jahre hin und ebenso viel zurück, und du bist ein Mann, der für Allah gegen Ungläubige kämpft. Du darfst also durch eine so lange Abwesenheit das Land nicht dem Feind preisgeben; darum ernenne einen Stellvertreter, der in deiner Abwesenheit die Feinde bekämpft und das Land verwaltet. Übrigens weiß ja der, dessen Leben nicht in seiner Gewalt steht, auch nicht, wie bald er dem Tod anheimfällt.«

Musa ließ sogleich seinen Sohn Harun rufen, der ein guter und in der Regierungskunst erfahrener Mann war, und übertrug ihm die Statthalterschaft Ägyptens; dann ließ er die Truppen zusammenkommen und empfahl ihnen, seinem Sohn wie ihm selbst in allem Gehorsam zu leisten. Als dies geschehen war, sagte der Alte zu Musa: »Lass tausend Kamele mit Wasser beladen und wieder tausend mit Lebensmitteln und ebenso viele mit irdenen Krügen.« – »Wozu diese?«, fragte Musa erstaunt. Der Alte antwortete: »Wir haben vierzig Tage durch die große Wüste von Kaiman zu gehen, wo es wenig Wasser gibt und man keine Menschen sieht; dort weht ein heftiger Samum, der die Schläuche austrocknet, weshalb das Wasser nur in Krügen aufbewahrt werden kann.« Musa schickte nach Alexandrien und ließ von dort viele Krüge holen. Er nahm dann seinen Wesir zu sich, ließ zweitausend gepanzerte Reiter neben den Kamelen herreiten, und der Alte ritt als Führer voran. Ihre Reise war sehr beschwerlich, sie zogen bald durch bewohntes, bald durch unbewohntes Land, und häufig führte der Weg durch wilde, gefährliche, wasserlose Wüsten oder über hohe Berge. So zogen sie ein Jahr lang umher. Eines Morgens waren sie vom Weg abgekommen; der Führer wusste nicht mehr, wo er war, und rief: »Es gibt keinen Schutz und keine Macht außer bei Allah, dem Erhabenen! Bei dem

Herrn der Kaaba, ich habe mich in der dunklen Nacht verirrt und befinde mich nun in einem Land, das ich heute zum ersten Mal sehe.« Da sagte Musa: »So führe uns wieder zur Stelle zurück, wo wir vom Weg abgekommen sind.« Als der Alte sagte, er könne sie nicht mehr finden, rief Musa: »So lass uns nur weitergehen, vielleicht wird uns Allah durch seine Macht leiten.« Sie zogen nun bis zur Zeit des Mittaggebetes weiter und kamen in ein schönes ebenes Land, so flach wie das Meer, wenn es ganz ruhig ist. Bald sahen sie in der Ferne etwas Hohes und Schwarzes. Sie gingen etwas näher und fanden ein Gebäude, so hoch und so fest wie ein Berg, ganz aus schwarzen Steinen gebaut, mit großen Altanen und einem chinesischen eisernen Tor. Niemand wusste, wofür er dieses Riesengebäude halten sollte, das tausend Schritte im Umfang hatte und dessen hohe Bleikuppel in der Ferne sich wie eine Rauchsäule ausnahm. Da sagte der Führer: »Wir wollen dieses Gebäude näher ansehen.« Als er aber näher kam, erkannte er es und rief: »Es gibt keinen Gott außer Allah, und Mohammed ist sein Prophet.« Da sagte Musa: »Ich sehe, du preist Allah; hast du uns eine frohe Botschaft mitzuteilen?« Der Alte antwortete: »Freue dich, denn Allah hat uns aus den schrecklichsten Wüsten befreit. Wisse, mein Vater hat mir einmal von seinem Großvater erzählt, er sei in diesem Land gewesen und nach langen Irrwegen zu diesem Schloss gekommen, und von da in die Messingstadt. Wir haben von hier aus bis zum Ort unserer Bestimmung nur noch zwei Monate zu reisen; wir müssen immer dem Rand der Wüste folgen, finden aber viele Wohnungen, Brunnen und Bäche, die Alexander der Zweihörnige eroberte, als er sich nach Westen wandte. Die meisten Brunnen auf unserem Weg hat er graben lassen.« Musa dankte für diese freudige Nachricht und sagte: »Komm, lass uns jetzt die Wunder dieses Schlosses sehen!« Sie gingen auf das Tor zu und fanden darüber folgende Inschrift: »Die Überbleibsel ihrer Werke verkünden uns, dass auch wir ihnen folgen müssen. O Wanderer, der du vor dieser Wohnung stehst, willst du die Geschichte eines Volkes kennen lernen, das sich von seinen Reichtümern trennen musste, so geh ins Schloss und forsche nach den Begebenheiten derjenigen, die dort im Staube wohnen.«

Musa weinte über diese Verse und sagte: »Es gibt keinen Gott außer Allah, der ewig fortdauert.« Er kam dann an ein anderes Tor, auf dem folgende Inschrift zu lesen war: »So manches Volk hat vor uralter Zeit hier gelebt und ist wieder verschwunden! Wären die Menschen verständig, so würden sie einsehen, wie die Zeit mit anderen verfährt, und es sich zur Warnung dienen lassen; sie haben Schätze gesammelt, die sie wieder anderen überlassen mussten, während sie selbst nach allem Abmühen ins enge Grab stiegen. Wie manche Freude wurde ihnen zuteil, wie viel haben sie genossen, während sie sich jetzt im Staube auflösen.«

Diese Inschrift machte auf Musa einen tiefen Eindruck; die ganze Welt erschien ihm nichtig und das irdische Leben kaum beachtenswert. »Ich bin Allahs«, rief er, »und zu ihm kehren wir alle wieder; es gibt keinen Schutz und keine Macht außer bei Allah, dem Erhabenen! Er hat uns zu etwas Großem in der Zukunft geschaffen; diese Welt hat aber für mich nicht mehr den Wert eines Mückenflügels. Alle Könige müssen einmal sterben, und die Armen haben nach dem Tod mehr zu erwarten. Gepriesen sei Allah, der Ewigdauernde.« Er ging dann ins Schloss und bewunderte ungestört dessen schöne Bauart mit ungeheuren Räumen, in denen kein Mensch zu sehen war. Als er in den Hof kam, wo sich eine Kuppel erhob, fand er vierhundert Gräber. Er näherte sich einem von ihnen, das einen großen Grabstein von weißem Marmor hatte, auf dem folgende Verse eingegraben waren: »Wie oft bin ich gleich dir stehen geblieben, um Inschriften auf Grabsteinen zu lesen; wie lange habe ich gegessen und getrunken und Sängerinnen angehört; wie viele feste Schlösser habe ich erobert und seine Schönen mir zugeeignet; auch ich, o Wanderer, habe vor dir über das Schicksal nachgedacht, und es war mir, als fragte man schon nach mir, und es hieß: Er ist tot. Drum, o Wanderer, sorge für deine Seele, ehe du zu den Toten niedersteigst.«

Musa weinte und war sehr gerührt. Er näherte sich dann der Kuppel und sah acht hölzerne Pforten, mit goldenen und silbernen Nägeln beschlagen. Über der Hauptpforte standen folgende Verse geschrieben: »Nicht aus Freigebigkeit hinterließ ich anderen meine Güter, sondern der Tod, der unter den Menschen umherzieht, zwang mich dazu. Lange freute ich mich mit meinem Gut und beschützte es wie ein reißender

Löwe. Ich war stets voller Sorgen, gab aus Geiz kein Senfkörnchen von dem Meinigen her, und hätte man mich ins Feuer geworfen. Da kam bald der über mich verhängte Tod, und es lag nicht in meiner Macht, ihn abzuwenden. Nichts halfen mir meine gesammelten Truppen; kein Freund und kein Nachbar konnte mich retten. Mein ganzes Leben war eine Täuschung, ich lebte bald in Wohlstand, bald in Not, stets den Tod vor Augen. Kaum füllen sich deine Beutel mit Denaren, so gehören sie schon einem anderen, und es kommen Kameltreiber und Totengräber. Dann kommt der Tag des Gerichts, und du trittst vor Allah allein und nur mit Sünden schwer beladen. Drum, o Wanderer, lass dich nicht vom Glanz der Welt verblenden und bedenke, wie sie es deinen Freunden und Nachbarn gemacht.«

Musa war so bewegt, dass er in Ohnmacht fiel; als er wieder zu sich kam, ging er in die Kuppel und sah ein großes Grabmal mit einem eisernen chinesischen Grabstein, auf dem Folgendes zu lesen war: »Im Namen Allahs, des Einzigen, Mächtigen, Ewigdauernden, der allein bleibt, während alle seine Diener vergehen müssen. O Wanderer, der du hierher kommst, lerne von dem, was du hier über die Schicksale der Welt erfährst. Lass dich nicht vom Glanz der Welt verführen, sie ist trügerisch gleich dem Traum eines Schlafenden oder einem Trugbild, dem der Wanderer sich vergebens nähert, um seinen Durst zu löschen. Auch ich setzte mein Vertrauen auf diese Welt und wurde von ihr verraten. Ich war Herr von viertausend Jungfrauen, so schön wie der Mond, und sie gebaren mir tausend Söhne, stark und mutig wie Löwen. Ich lebte tausend Jahre und sammelte Schätze, wie kein König der Erde sie je besaß; ich glaubte, das würde ewig fortdauern. Aber der Zerstörer aller Freuden, der Verwüster aller Wohnungen, der Kinder zu Waisen macht, weder den Armen verschont noch vor den Befehlen des Königs sich fürchtet, ereilte auch mich in meinem Schloss, und als ich die Vergänglichkeit sah, ließ ich diese Verse als Belehrung für Verständige aufschreiben. Ich hatte ein Heer von zehntausend Reitern, alle tapfere Helden, mit langen Panzern, schneidenden Schwertern, schrecklichen Lanzen und edlen Rossen; als die Bestimmung Allahs, des Herrn der Welten, eintraf, fragte ich meine Krieger, ob sie das Schicksal von mir abwenden könnten, und als sie dies nicht vermochten, ergab ich mich der Fügung, die mir den Tod gab und mich in dieses Grab versenkte. Ich bin Kusch, der Sohn Kanans, Sohn Schaddads, Sohn des älteren Ad.«

Dann kamen folgende Verse: »Wer wird einst im Wechsel der Zeiten meiner noch gedenken, und ich bin doch der Sohn Schaddads, der die Welt beherrschte mit allen Menschen, die darauf sind; alle Könige der Erde beugten sich vor meinen Waffen, und alle ihre Bewohner fürchteten meine Macht. Wenn ich ausritt, sah ich eine Million Zügel, und unzählbare Schätze füllten meine Paläste; doch endlich kam der Tod, der alle Menschen trennt, und ich stieg aus meiner Herrlichkeit in die niedrigste Wohnung. Da hätte ich gern für einen Augenblick Leben mein ganzes Vermögen hingegeben, aber Allah wollte diesen Tausch nicht, und so liege ich hier einsam, getrennt von den Freunden. Drum, o Wanderer, sorge für deine Seele vor dem Tode und stelle dich sicher gegen die Tücke des Schicksals!«

Musa wurde auch von diesen Versen so ergriffen, dass ihm das Leben zur Last war. Hierauf kamen sie an einen gelben Stein mit Füßen aus Zypressenholz, worauf geschrieben war: »An diesem Tisch haben tausend Könige gespeist, die auf dem rechten Auge blind waren, und tausend, die auf dem linken Auge blind waren, und tausend, die zwei gesunde Augen hatten; alle sind aus der Welt geschieden und wohnen jetzt in Gräbern.«

Nachdem Musa von allem, was er gelesen, eine Abschrift hatte anfertigen lassen, reisten sie wieder weiter, und nach drei Tagen kamen sie an einen hohen Hügel, auf dem ein kupferner Reiter auf einem kupfernen Pferd saß; er hatte eine lange, glänzende Lanze in der Hand, auf deren Spitze Folgendes mit lateinischen Buchstaben geschrieben war: »O Wanderer, der du hierher kommst, wenn du den Weg zur Messingstadt nicht weißt, so reibe den Reiter, er wird sich herumdrehen. Wende dich dann nach der Seite, nach welcher er die Spitze der Lanze richtet.« Musa rieb den Reiter, er drehte sich herum, und sie schlugen die Richtung ein, in die seine Lanze zeigte, und fanden sich bald auf ebenem Wege. Nach drei Tagen kamen sie auf einen hohen Berg, auf dem sie eine große lange Säule sahen; als sie darauf zugingen, fanden sie eine Statue aus schwarzem Stein, die einen Menschen darstellte, der bis zu den Achseln in der Säule steckte. Er hatte zwei große Flügel, zwei Hände wie die Tatzen eines Löwen mit eisernen Krallen, einen Haarschopf mitten auf dem Kopf wie ein Roßschweif, zwei Augen, die in der Länge gespalten waren und Feuer sprühten, und aus der Stirn stach noch ein drittes hässliches dunkelrotes Auge hervor wie das eines Luchses. Diese Gestalt rief in einem fort: »Gepriesen sei der, welcher diese lange harte Pein über mich verhängt hat!« Musa bat den Alten, diese Gestalt einmal zu fragen, wer sie sei und warum sie sich in diesem Zustand befände. Der Alte sagte: »Ich fürchte mich vor ihr.« Musa versetzte: »Der hat genug mit sich selbst zu tun, um dir etwas anzuhaben.« Der Alte ging auf sie zu und fragte: »Wer bist du? Wie heißt du? Wer hat dich hierher gebracht?« Da antwortete sie: »Ich bin ein böser Geist und heiße Dasmusch, werde gepeinigt und bleibe hier gebannt bis zum Tag der Auferstehung durch die höchste Gewalt Allahs. Der Anlass aber, warum ich an diese Säule gebannt bin, ist folgender: Iblis, den Allah verdammen möge, hatte einen Götzen aus roten Korallen, der mir anvertraut war. Diesen Götzen betete einer der Könige des Meeres an, der über Millionen bewaffneter Menschen und Millionen Geister gebot. Ich verführte aus dem Leib des Götzen hervor die Leute, und die gehorchten mir und erkannten die Herrschaft Suleimans, des Propheten Allahs, nicht an. Dieser König hatte eine Tochter, die Tag und Nacht den mir anvertrauten Götzen anbetete und so schön war, dass man selbst Salomon auf sie aufmerksam machte. Dieser schickte zu ihrem Vater, ließ um sie anhalten und befahl ihm auch, den Götzen zu zerbrechen und den einzigen Gott und seinen Propheten Suleiman anzuerkennen. ›Tust du dies‹, ließ ihm Salomon sagen, ›so geht es dir gut, wenn nicht, so bereite dich auf den Tod vor, denn ich werde dich mit Truppen überfallen, welche die ganze Erde ausfüllen, und du wirst gleich dem gestrigen Tag werden, der nie mehr wiederkehrt.‹ Als der König diesen Brief las, warf er ihn zornig weg und sagte zu seinen Wesiren: ›Was soll ich Salomon, dem Sohn Davids, antworten, der einen Boten herschickt, meine Tochter als Gattin verlangt und mir befiehlt, meinen Götzen zu zerbrechen und seinen Glauben anzunehmen?‹ Die Wesire antworteten: ›Großer König und mächtiger Herr! Was kann Salomon dir tun? Du bist ebenso groß und noch mächtiger als er. Du hast über eine Million Krieger zu gebieten und wohnst auf diesem großen Meer, wo er gar nicht zu dir gelangen kann und wo Menschen und Geister für dich kämpfen; übrigens berate dich mit deinem Herrn, dem Götzen, und befiehlt er dir, Salomon entgegenzuziehen, so tue es!‹ Der König stand auf und ging zum Götzen, brachte ihm ein Opfer, fiel vor ihm nieder und sprach: ›Herr, ich bitte dich um deinen Schutz, König Salomon will dich zerbrechen. O Herr, gebiete uns, dein Befehl wird vollzogen, denn wir kennen deine Macht.‹ Ich verbarg mich nun, weil ich Salomons Macht nicht kannte, in dem Leib des Götzen und sagte: ›Ich fürchte mich nicht vor Salomon; wenn er Lust hat, soll er mich nur bekriegen, ich werde ihm mit Schwert und Lanze das Leben nehmen.‹ Meine Antwort gab dem König Mut genug, um Salomon den Krieg zu erklären; er spie dessen Gesandten ins Gesicht und gab ihm folgende beleidigende Antwort: ›Sage Salomon, sein Herz habe ihm Lug und Trug vorgespiegelt; er möge seine ganze Macht aufbieten. Wenn er nicht zu mir kommt, so komme ich zu ihm.‹ Als der Bote Salomons diese Antwort überbrachte, glühte er vor Zorn, und sein Entschluss stand fest. Er sammelte alsbald Menschen und Geister und Vögel und wilde Tiere, befahl dann dem Löwen, dem König der vierfüßigen Tiere, alle reißenden Tiere aus den Wüsten und Einöden zu versammeln. Er rief dann den Adler, den König der Vögel, und befahl ihm, alle Raubvögel zusammenkommen zu lassen. Seinem Wesir Damuriat erteilte er den Befehl, alle Geister und Teufel und widerspenstigen Dämonen zu rufen, und Asaf, den Sohn Berachjas, beauftragte er, alle menschlichen Truppen zusammenzubringen. Als alles in unzählbarer Menge sich eingestellt hatte, setzte sich Salomon mit seinen Scharen auf seinen Teppich; die Vögel flogen über ihm, und die Menschen und Geister gingen vor ihm her. Als der ganze Zug am Ufer des Meeres anlangte, stieg Salomon vom Teppich herunter und schickte einen Boten zum König der Insel, der ihm sagen sollte: ›Hier ist nun Salomon, der Prophet Allahs, gehorche ihm, zerbrich deinen Götzen, gib ihm deine Tochter zur Frau und rufe mit allen Bewohnern des Landes aus: Es gibt keinen Gott außer Allah, dem Erhabenen, und Salomon ist sein Prophet! Wenn nicht, so verteidige dich gegen seinen Angriff. Glaube aber nicht, dass dich das Meer gegen ihn schützt, denn er befiehlt dem Wind, ihn zu dir zu tragen, und erscheint mitten auf deiner Insel, um dich zu verderben.‹ Als der Gesandte dem König Salomons Botschaft überbrachte, antwortete er: ›Sage Salomon, ich ziehe ihm morgen entgegen und hoffe, ihn zu treffen.‹ Der Bote kehrte wieder zu Salomon zurück, der sich hierauf zur Schlacht rüstete. Sobald der Gesandte sich entfernt hatte, ließ mich der König rufen und gebot mir, alle unter mir stehenden Truppen zu versammeln. Ich gehorchte, brachte eine Million Menschen und ebenso viele Geister zusammen; auch der König zog alle seine Leute zusammen, und es kam eine Zahl heraus, die nur Allah kennt. Salomon aber stellte wilde Tiere zur Rechten und zur Linken seiner Truppen auf und befahl den Vögeln in der Luft, über ihren Köpfen zu fliegen, dem Feind, sobald er einen Angriff versuche, mit den Flügeln ins Gesicht zu schlagen und ihm mit den Schnäbeln die Augen auszupicken. Er selbst schwebte auf seinem vom Wind getragenen Teppich in der Luft, er setzte Damuriat über den rechten Flügel der Menschen und Asaf über den linken, die Könige der Menschen stellte er zur Rechten und die Könige der Geister zur Linken, und die wilden Tiere und Vipern schickte er voraus. Dennoch traten wir ihnen entgegen und kämpften zwei Tage; am dritten Tag aber brach nach der Bestimmung das Verderben über uns herein.

Ich stellte mich an die Spitze der ersten Reihe unserer Truppen und forderte zum Zweikampf heraus. Da trat mir Damuriat, der Wesir Salomons, wie ein großer feuerspeiender Berg mit seiner schrecklichen Macht entgegen und schoss einen feurigen Pfeil gegen mich ab, aber ich wich ihm aus und schleuderte einen feurigen Pfeil gegen ihn, der ihn traf. Aber sein Pfeil machte meine Flamme unschädlich, und er schrie so laut, dass ich glaubte, die Berge wankten, und der Himmel stürzte über mir zusammen. Auf seinen Befehl griffen uns dann seine Truppen an, und das Handgemenge wurde allgemein unter furchtbarem Getöse; die Erde zitterte, Flammen sprühten, Rauch stieg gen Himmel, Köpfe fielen, fliegende Geister kämpften in der Luft, wilde Tiere auf der Erde. Ich selbst focht immer gegen Damuriat, der mich so sehr in die Enge trieb und mir so hart zusetzte, dass ich die Flucht ergriff, und sogleich zerstreuten sich auch alle meine Truppen. Aber Salomon rief den Seinigen zu: ›Nehmt sie mit ihrem ruchlosen König gefangen!‹ Da stürzten wilde Tiere zur Rechten und zur Linken über uns her; Vögel pickten uns die Augen aus und schlugen uns ihre Flügel ins Gesicht, Schlangen bissen uns und unsere Pferde, sodass kein einziger von den Unsrigen entkam. Zwar floh ich noch drei Monate lang vor Damuriat, aber zuletzt sank ich erschöpft zu Boden und wurde von ihm eingeholt. Als er mich gefangen nahm, sagte ich zu ihm: ›Bei dem, der dich erhoben und mich erniedrigt hat, lass mich leben, und führe mich zu Salomon.‹ Aber Salomon nahm mich sehr schlecht auf, ließ sich diese Säule bringen, höhlte sie aus, steckte mich hinein und legte sein Siegel darauf. Damuriat trug mich dann hierher und setzte einen mächtigen König über mich, um mich zu bewachen, und so muss ich hier in schwerer Pein bis zum Auferstehungstag gefangen bleiben.«

Höchst erstaunt über diese schreckliche Gestalt, rief Musa aus: »Es gibt keinen Gott außer Allah, dem Erhabenen, der Salomon ein großes Reich geschenkt hat.« Der Alte sagte zum Geist: »Erlaubst du mir, dich etwas zu fragen?« Der Geist antwortete: »Frage nur, was du willst.« Da fragte der Alte: »Gibt es hier Geister, in kupferne Flaschen von Salomons Zeit her eingesperrt?«

»Jawohl«, erwiderte der Geist, »im Meer Karkar. Dort wohnen Leute, die noch von Noah abstammen; dorthin kam die Sintflut nicht, denn diese Gegend ist von der ganzen übrigen Erde abgeschieden.«

Der Alte ließ sich dann noch den Weg zur Messingstadt und dem Ort, an dem die kupfernen Flaschen liegen, näher angeben und zog mit Musa und seinen Begleitern weiter. Nach einer kurzen Strecke sahen sie etwas Schwarzes in der Ferne, von zwei einander gegenüber lodernden Flammen umgeben. Als Musa fragte, was das wäre, antwortete der Alte: »Freue dich, Fürst, das ist die Messingstadt, so ist sie in meinem Schatzbuch beschrieben; denn sie ist aus schwarzen Steinen gebaut und hat zwei Schlösser aus spanischem Messing, die wie zwei einander gegenüberstehende Feuer aussehen, und daher hat sie auch ihren Namen.« Sie gingen nun auf die Stadt zu, die mächtige Gebäude enthielt und schön angelegt war, von sehr festen, achtzig Ellen hohen Mauern mit fünfundzwanzig Toren umgeben. Aber diese Tore konnten nur von innen geöffnet werden; Musa war daher in der größten Verlegenheit und wusste keinen Rat, wie man in die Stadt eindringen und ihre Wunder sehen könne, und der Alte sagte zu ihm, dass es so in dem Schatzbuch beschrieben sei. Nach einigem Nachdenken befahl er einem seiner Offiziere, um die Stadt herumzureiten und zu sehen, ob sich nicht ein zugänglicher Ort finde. Dieser bestieg sein Kamel, nahm Wasser und Lebensmittel mit, und nach zwei Tagen hatte er den Kreis um die Stadt vollendet, berichtete aber, sie sei wie aus einem Stück gegossen. Er habe auch keine Öffnung gefunden, die es möglich machte, hineinzukommen.

Musa fragte ihn dann, ob er gar nichts von der Stadt gesehen habe. »Tapferer Fürst«, antwortete der Offizier, »es müssen Wunderwerke in den Mauern, vor denen wir hier stehen, verborgen sein; ich bin ganz erstaunt über die Festigkeit dieser Stadt, über ihre schönen Gebäude und hohen Türme.« Musa stieg dann mit dem Alten auf den höchsten Berg, der vor der Stadt lag, und von hier aus sahen sie die schönste Stadt vor sich liegen, die man finden konnte; hohe Häuser, feste Schlösser, fließende Bäche, schön angelegte Straßen. Ihr Auge entdeckte aber weder einen Menschen noch ein Haustier; Nachteulen hausten darin mit anderen Vögeln, aber sie war sicher vor jedem Wechsel der Zeit. Die Wohnungen beklagten die Bevölkerung, die sie einst umschlossen, und die Schlösser beweinten die, welche sie gebaut hatten. Musa wunderte sich über den traurigen Zustand dieser Stadt und rief: »Gepriesen sei Allah, der die Launen des Schicksals nicht zu befürchten hat und den die Zeit nicht ändert.« Unter solchen Betrachtungen sah Musa an der Seite des Berges, der der Stadt gegenüberlag, sieben marmorne Tafeln, auf denen allerlei Ermahnungen eingegraben waren. Musa bat den Alten, diese Inschriften zu lesen, und dieser näherte sich der ersten Tafel und las folgende Inschrift: »O Mensch, warum bedenkst du nicht, was vor dir war? Deine Jahre, Monate und Tage haben dich es vergessen lassen. Weißt du nicht, dass der Todeskelch dich erwartet und dass du bald von der Welt scheiden musst? Darum sorge für deine Seele, ehe du ins Grab sinkst. Wo sind die Könige, welche Länder besessen, Menschen unterjocht, Schlösser gebaut und Truppen angeführt haben? Der Tod hat sie überfallen, der alles Vereinte trennt. Ihre Wohnungen stehen nun leer; die Könige sind aus geräumigen Schlössern ins enge Grab gestiegen.«

Dann las er noch folgende Verse: »Wo sind die mächtigen Kaiser mit allen ihren Leuten? Gegen ihren Willen mussten sie sie räumen, als der Herr des Himmels sie heimsuchte, und nichts halfen ihnen all ihre Schätze.« Musa ward tief ergriffen, und Tränen flossen auf seine Wangen herab; er ließ sich dann Tinte geben, schrieb den Text der Tafel ab und ging zur zweiten, die folgende Inschrift hatte: »O Mensch, welche Hoffnungen täuschen dich? Was lenkt dich von dem Gedanken an den Tod ab? Weißt du nicht, dass niemand in dieser Welt bleibt? Wo sind denn die Könige, die so viele Länder besaßen? Wo sind die, welche den Irak bevölkert haben? Wo ist der Erbauer Isfahans? Wo ist der Herr von Chorassan? Der Todesbote hat ihnen zugerufen, und sie mussten antworten. Der Verkündiger der Vergänglichkeit hat sie angesprochen, und sie verschwanden; ihre festen Schlösser schützten sie nicht, und alles, was sie gezählt und aufgehäuft hatten, konnte das Übel nicht von ihnen abwenden. »

Zuletzt las er noch folgende Verse: »Wo sind die großen Kaiser und ihre Reiche? Sie haben die Erde verlassen, als wären sie nie gewesen. Sie haben aus Furcht vor dem Zerstörer der Freuden viele Truppen gesammelt, dann mussten sie doch beschämt von dannen weichen.«

Musa weinte heftig und rief: »Bei Allah, wir sind zu etwas Großem geschaffen!« Er hielt auch diese Verse fest und ging zur dritten Tafel, auf der geschrieben war: »O Erdensohn, du lebst in Zerstreuungen, und wendest dich ab vom Befehl deines Herrn; ein Tag nach dem anderen vergeht von deinem Leben, und du kehrst dich nicht daran. Sammle dir doch Vorrat für den Auferstehungstag, und bereite dich vor, deinem Herrn Rede zu stehen!«

Auf dieser Tafel standen noch folgende Verse: »Wo sind die Mächtigen, die so viele Länder bebauten und immer ruchloser und gewalttätiger wurden? Alle Bewohner der Erde, Inder, Abessinier, Mohren und Nubier fielen dem Tod anheim, sobald sie übermütig wurden, und alle ihre Schlösser konnten ihnen nicht helfen.«

Musa gefiel auch diese Inschrift so sehr, dass er sie abschrieb; er stellte sich dann vor die vierte Tafel, die folgende Inschrift hatte: »O Mensch, wie lange glaubst du, dass dein Herr dir noch zusieht, wenn du immer tiefer ins Meer deiner Leidenschaften untertauchst? Jeder Tag bringt dir des Allmächtigen Güte, jeden Tag sollte dein Dank zu ihm hinaufsteigen. Statt dessen beschäftigst du dich mit eitlen Dingen. Oh, schäme dich doch vor dem, der alles sieht, und erfülle des Teufels Wünsche nicht! Mir ist, als frage man schon nach dir – und es heißt: Er ist gestorben voller Reue über seine Vernachlässigung der göttlichen Gebote.« Am unteren Rand der Tafel standen noch folgende Verse: »Wo sind die, die hier feste Grundpfeiler gelegt und hohe Gebäude darauf errichtet haben? Wo sind die, welche diese festen Burgen bewohnt haben? Sie sind alle verschwunden, sie ruhen im Grab bis zum Tag, an dem jedes Geheimnis offenbart wird. Allah, der allein Ehrwürdige, ist unvergänglich.«

Musa fiel vor großem Staunen in Ohnmacht; als er wieder zu sich kam, schrieb er auch diesen Text ab und näherte sich der fünften Tafel, auf der geschrieben stand: »O Menschensohn, was leitet dich ab von dem Gehorsam gegen den Allmächtigen, der dich als Kind gepflegt und erzogen hat? Wie kannst du seine Huld vergessen, während er immer gnädig auf dich herabsieht und seine schützende Hand über dich ausbreitet? Du entgehst doch einer Stunde nicht, die bitterer ist als Geduld und heißer als brennende Kohlen; bereite dich auf diese Stunde vor, denn wer kann ihre Bitterkeit mildern und ihre Glut löschen? Gedenke der Völker und Jahrhunderte, die vor dir waren, und lerne daraus, ehe du untergehst!«

Am Rand der Tafel waren noch folgende Verse eingegraben: »Wo sind die alten Könige der Erde? Dahin sind sie mit ihrem ganzen Besitz. Einst ritten sie an der Spitze von Armeen, welche die ganze Erde ausfüllten, bekämpften mächtige Herrscher, besiegten und vernichteten unzählbare Heerscharen; aber unerwartet kam der Befehl des Herrn des Himmels, und nach dem glanzvollsten Leben war Verwesung ihr Ende.«

Nachdem Musa auch diese Inschrift abgeschrieben hatte, näherte er sich der sechsten Tafel, worauf zu lesen war: »O Menschensohn! Glaube nicht, dass dein Heil ewig dauert; der Tod schwebt immerfort über deinem Haupt. Wo sind deine Väter? Wo deine Brüder und Freunde? Alle sind ins Grab gestiegen, als hätten sie nie gegessen oder getrunken, und vor den erhabenen Herrn getreten und empfangen nun den Lohn für ihre Taten. Sorge daher für deine Seele, ehe du ins Grab sinkst!«

Die Inschrift schloss mit folgenden Versen: »Wo sind die Könige der Franken? Wo sind die, welche in Tanger thronten? Nur ihre Werke bleiben ewig in einem Buch aufgezeichnet, das der Einzige als unauslöschliche Beweise aufbewahrt.«

Als Musa diese Verse gelesen und abgeschrieben hatte, rief er: »Es gibt keinen Gott außer Allah! Wie groß war der Tod dieser Leute!« Er näherte sich dann der siebten Tafel, worauf geschrieben war: »Gepriesen sei der, der über alle seine Geschöpfe den Tod verhängt, der selbst aber ewig lebt und niemals stirbt. O Menschensohn, lass dich von deinen vergnügten Tagen, Stunden und Augenblicken nicht irreleiten! Wisse, dass der Tod dir immer näher rückt und gleichsam auf deinen Schultern sitzt, jeden Augenblick bereit, dich zu überfallen. Schon ist mir, als sähe ich dich deines süßen und angenehmen Lebens beraubt; drum horche auf meine Rede, und vertraue nur dem höchsten Herrn! Wisse, in dieser Welt ist kein Bleiben, sie gleicht einem Spinngewebe, alles vergeht darin! Wo ist der Gründer und Erbauer der Stadt Amid? Wo ist der, dem die Stadt Farikein ihr Dasein verdankt? Nach all ihrer Herrlichkeit sind sie ins Grab gestiegen, und so werden auch wir einst vergehen, denn nur der Allerhabene allein bleibt ewig.«

Emir Musa bewunderte diese Inschrift und schrieb sie ab, stieg dann wieder vom Berg hinab und sagte zu den Führern und den anderen Leuten, die ihn umgaben: »Wie fangen wir es an, um in diese Stadt zu kommen, ihre Wunder zu sehen und ihre Schätze zu nehmen?« Der Führer antwortete: »O Fürst, wenn du in die Stadt willst, so müssen wir eine lange Leiter machen, um über die Mauer zu steigen, vielleicht können wir dann, so Allah will, die Tore öffnen.« Musa fand diesen Rat gut und befahl sogleich seinen Leuten, Holz zu schneiden, und sie arbeiteten fünf Tage lang an einer langen Leiter, die bis zur Mauer hinaufreichte. Da sagte Musa: »Allahs Segen sei mit euch! Wer von euch will über die Mauer steigen und uns die Tore öffnen?« Einer von ihnen antwortete: »Ich will hinaufsteigen und euch öffnen.« Als er ganz droben war und einen Blick in die Stadt warf, schrie er mit lauter Stimme: »Bei

Allah, wie schön!«, dann schlug er die Hände zusammen und sprang hinunter, brach sich den Hals und starb sogleich. Musa rief erschrocken: »Bei Allah! Der Mann ist tot!« Hierauf erhob sich ein anderer und sagte: »O Fürst, der Mann war gewiss rasend, und darum ist er umgekommen; ich will auf die Mauer steigen und euch die Tore öffnen.« Musa erwiderte: »Tue das, Allah segne dich! Doch hüte dich, so davonzufliegen wie dein Gefährte.« Der Mann stieg auf die Mauer, und als er droben war, lachte er laut und rief: »Schön! Schön!« Dann schlug er die Hände zusammen, sprang hinab und fiel tot hin. Da rief Musa: »Es gibt keinen Schutz und keine Macht außer bei Allah, dem Erhabenen! Dies geschah nun dem Verständigen und Einsichtsvollen; fahren wir so fort, so gehen wir alle zugrunde, ohne dass der Wunsch des Fürsten der Gläubigen erfüllt wird. Was mögen wohl diese Männer gesehen haben, dass sie sich in den Abgrund stürzten?« Nun stieg doch noch ein dritter Mann auf die Mauer, stürzte aber ebenfalls hinab. Da sagte der Alte: »Hier kann niemand helfen als ich. Der Erfahrene handelt anders als der Unerfahrene.« – »Ja, bei Allah!«, rief Musa, »nur du darfst noch hinaufsteigen, und fliegst auch du davon, so ziehen wir weg und wollen nichts mehr von dieser Stadt sehen.« Der Alte stieg mit den Worten: »Im Namen Allahs, des Barmherzigen«, auf die Leiter, und als er oben war, lachte er und rief: »Schön, bei Allah, schön!« Er setzte sich dann ein wenig, stand wieder auf und sagte: »O Fürst, fürchte nichts; durch seinen barmherzigen Namen hat Allah die List der Teufel von dir gewandt.« Musa fragte: »Was siehst du?« Er antwortete: »Ich sehe zehn Jungfrauen, schön wie der Mond. Sie haben Haare, Mund und Hals wie Huris, sie rauben dem Besonnensten den Verstand und laden jeden, der sie ansieht, ein, zu ihnen zu kommen. Dem oben Stehenden scheint es dann, als wäre Wasser unten, und auch ich hatte schon im Sinn, hinunterzuspringen. Da verbannte ich aber den Zauber durch den Namen Allahs, und nun sehe ich unsere Gefährten tot vor mir liegen.« Hierauf rief der Alte noch einmal: »Im Namen Allahs, des Barmherzigen!«, und ging bis zu zwei kupfernen, nach den Regeln der Kunst angelegten Türmen mit zwei goldenen Toren, an denen aber weder Schloss noch Riegel zu sehen war.

Mitten am Tor war ein kupferner Reiter ausgehauen, der seine Hand ausstreckte. In deren Mitte war geschrieben: »O Wanderer, der du hierher kommst, willst du dieses Tor öffnen, so reibe zwölfmal den Nagel an meiner Brust, und sogleich wird sich dir das Tor mit der Erlaubnis des Erhabenen öffnen.« Als der Alte dies tat, drehte sich der Reiter wie der Blitz herum, und das Tor öffnete sich; er stieg dann hinunter und kam in einen unterirdischen Gang, der zum Stadttor führte; aber auch dieses war mit Ketten und Schlössern verriegelt, viele Leichen lagen umher und allerlei Fahnen und Kriegsgerät. Da dachte der Alte: »Gewiss hat einer dieser Männer die Schlüssel zum Tor.« Er näherte sich ihnen daher und suchte, bis er den steinalten Torwächter fand, dem die Schlüssel zu Häupten lagen. Der Alte nahm die Schlüssel, räumte das Kriegsgerät weg und öffnete das Tor ganz allein, trotz seiner Höhe und Größe. Beim Öffnen des Tores vernahmen die Leute, die außen standen, ein Geräusch wie ein Donnern; freudig priesen die Leute Allah, sprangen dem Alten entgegen und wollten mit ihm in die Stadt gehen. Er aber sagte: »Nur ein Teil von euch komme mit mir, der übrige bleibe draußen stehen.« Als der Alte hierauf an der Spitze der Hälfte seiner Leute die Straßen und die Märkte der Stadt durchzog, bewunderten sie die schönen Häuser, Schlösser und Bäche, die in der Stadt zu sehen waren, und staunten über die vielen Leichen, die in den Straßen lagen. Auf dem Markt der Geldwechsler fanden sie alle Gerätschaften geordnet, aufgehängte Waagen, Gold und Juwelen, die niemand bewachte und niemand wegnahm. Nur Leichen lagen dabei, die schon in Verwesung übergegangen waren, und nur noch Knochen waren übrig geblieben, als Warnung für Verständige. Sie kamen dann auf den Markt der Spezereihändler und sahen die Läden voll von dem feinsten Moschus, von Ambra, Aloe und Kampfer in Gefäßen von Elfenbein, Ebenholz, spanischem Messing und anderen Metallen, die so kostbar wie Gold waren und deren Eigentümer tot umherlagen.

Dann gelangten sie an das königliche Schloss, das ganz unbewacht war; hier hingen Schwerter, mit Gold verziert, und daneben lagen tote Männer und Jünglinge, Schlosshüter und Adjutanten, deren Haut schon wie gedörrtes Fleisch aussah und die man für Schlafende hielt.

Musa blieb erstaunt vor ihnen stehen und pries Allah. Auf dem offenen Tor des Schlosses stand mit goldenen und Azurbuchstaben geschrieben: ›Sei aufmerksam, o Mensch und achte auf das, was du hier siehst, und bedenke dein Ende, ehe du vergehst; betrachte diese Leute, die plötzlich verschieden und nun für all ihr Bemühen im Staube liegen. Schicke dir einen reichen Vorrat an heilbringenden Taten voraus, denn alle Bewohner dieser Erde müssen einst von hinnen. Diese Männer haben viele Gebäude errichtet und viele Güter gesammelt, die ihnen nichts halfen, als die Todesstunde kam. Sie sind vom Gipfel des Ruhms in die Tiefe des Grabes gestiegen. Wehe! Dann rief man ihnen in ihrem Grabe zu: ›Wo sind die Kronen und die Throne und aller Schmuck? Wo sind die verschleierten Gesichter, die einst als Muster der Schönheit galten?‹

Und das Grab antwortet: ›Die Rose ist auf ihren Wangen verblichen, und, nachdem sie die besten Leckerbissen verzehrt haben, werden sie nun selbst ein Raub der Würmer.« Musa weinte und fiel in Ohnmacht, und als er wieder zu sich kam, schrieb er die Verse ab; dann ging er ins Innere des Schlosses. Da fand er vierzig einander gegenüberliegende sehr hohe Säle, voll mit Gold, Silber, Perlen und Edelsteinen. Im vordersten Saal stand ein Thron aus Elfenbein, mit Rubinen verziert und mit dem reinsten Gold belegt. Daneben erhob sich eine goldene Säule, auf deren Spitze ein Vogel stand mit einer Perle im Schnabel, die wie ein Stern leuchtete. Auf dem Thron saß ein Mädchen, so schön wie die leuchtende Sonne. Sie war in ein Kleid gehüllt, das ganz aus Edelsteinen bestand, und sie hatte eine Perlenschnur um den Hals, die das Reich eines Kaisers wert war. Dieses Mädchen sah Musa mit Gazellenaugen an, und sowohl ihr Blick als der Glanz ihres Angesichts und die Schwärze ihrer Haare machten den tiefsten Eindruck auf ihn. Als er sie aber grüßte und sie seinen Gruß nicht erwiderte, sagte der Alte: »Dieses Mädchen ist tot; ihre Augen wurden herausgenommen, und Quecksilber ist an ihre Stelle gegossen worden, sodass man, sooft sie ein Lufthauch anweht, glaubt, sie bewegen sich.« Musas Blick fiel dann auf zwei Statuen, die vor dem Mädchen standen; die eine war weiß, die andere schwarz, die eine hatte ein Schwert in der Hand, die andere eine Lanze.

Zwischen den beiden Statuen lag eine goldene Tafel auf den Stufen des Thrones mit einer silbernen Inschrift. Musa fand folgendes darauf: »Im Namen Allahs, des Ewigdauernden, des Einzigen und Mächtigen, der allein durch die Dauer ausgezeichnet ist, während alle seine Diener vergehen, der den Tag und die Nacht leitet! O Wanderer, der du hierher kommst, denke nach über das, was du hier siehst vom Wechsel der Zeiten, lass dich nicht verblenden von der Welt, sie ist trügerisch und treulos gegen ihre Anhänger. Ich habe mich auf sie verlassen und mich ihr ganz hingegeben, und doch, wie du siehst, hat sie mich verraten, so wie alle älteren Völker und vergangene Jahrhunderte; wenn du mich nicht kennst, so will ich dir sagen, wer ich war. Ich bin Königin Tadmora, Tochter von Königen, die so viele Länder beherrschten und so viele Menschen unterjochten. Ich habe das größte Reich auf Erden besessen, ich war gerecht in meinen Urteilen und mild gegen meine Untertanen, aber auf einmal suchte mich und mein Volk der Tod heim. Es vergingen nämlich viele Jahre, und kein Tropfen Regen fiel vom Himmel, und nichts Grünes wuchs auf der Erde. Nachdem wir unseren Vorrat aufgezehrt hatten, suchten wir uns Nahrung aus anderen Ländern zu verschaffen; aber die Leute, die gegangen waren, um Lebensmittel zu holen, sagten, wenn sie sie mit Perlen aufgewogen und aufgemessen hätten, so wäre es ihnen auch nicht möglich gewesen, etwas herbeizuschaffen. Als uns nun keine Hoffnung mehr blieb, ergaben wir uns der Bestimmung und schlossen die Tore der Stadt. Wer nun herkommt, der nehme von diesen Gütern, so viel er will. Nur lasse er mir, was ich an meinem Körper an Kostbarkeiten trage. Er fürchte Allah und entblöße mich nicht und lasse mir meine Ausstattung, dann wird euch auch Allah nicht mit Teuerung und Hungersnot heimsuchen.«

Musa weinte heftig, schrieb alles ab, und sagte zu seinen Freunden: »Schafft Kamele herbei, und beladet sie mit allen diesen Gütern.« Da sagte der Wesir: »Sollen wir wirklich das, was dieses Mädchen besitzt, zurücklassen? Wir wollen es lieber dem Fürsten der Gläubigen bringen.« Musa antwortete: »Hast du das Verbot auf der Tafel nicht gelesen?« Der Wesir erwiderte: »Und darum sollen wir diese kostbaren Perlen und Edelsteine hier lassen? Dieses Mädchen ist doch tot. Was tut sie mit diesem irdischen Schmuck? Ein baumwollenes Kleid genügt ihr. Nimmst du ihn nicht, so nehme ich ihn und bringe ihn dem Fürsten der Gläubigen.« Mit diesen Worten stieg er zu ihr hinauf; als er aber zwischen den beiden Statuen stand, schlug ihm die mit dem Schwert den Kopf ab und die mit der Lanze spaltete ihm den Rücken. Da sagte Musa: »Allah habe kein Mitleid mit deiner Seele! Warum warst du auch so habgierig!«

Nachdem hierauf Musas Leute ihre Kamele mit Gold und Edelsteinen und anderen Kostbarkeiten beladen hatten, verließen sie die Stadt und reisten am Ufer des Meeres einen ganzen Monat lang, bis sie an einen hohen Berg kamen, in dem viele Höhlen ausgegraben waren. Auf dem Berg standen zahlreiche schwarze Menschen, in Häute gekleidet, die kein Wort sprachen. Als sie Musas Truppen sahen, flüchteten sie mit ihren Frauen und Kindern in ihre Höhlen und sahen schüchtern zu Musa und seinen Leuten heraus.

Musa fragte den Alten: »Wer sind diese Leute?« Er erwiderte: »Es sind Leute, die das besitzen, was du suchst.« Musa stieg vor dem Berg ab, und kaum hatte er sich in sein Zelt begeben, da kam der König der Schwarzen, der die gleiche Sprache redete, und grüßte ihn und seine Leute und fragte sie: »Wer seid ihr? Was wollt ihr? Was hat euch hierher geführt?« Musa antwortete: »Der Fürst der Gläubigen, Abdalmalik, der Sohn Marwans, hat von unserem Herrn Salomon, dem Sohn Davids, gehört und von dem großen Reich, das ihm der Erhabene geschenkt hat; er hat auch vernommen, wie Salomon über Geister, Tiere und Vögel regierte und die Widerspenstigen in kupferne Flaschen einsperrte, die er versiegelt in den Abgrund des Meeres warf, dessen Wellen die Ufer eures Landes bespülen. Der Fürst der Gläubigen hat uns daher hierher geschickt, um solche Flaschen zu suchen; und wir bitten dich nun, o König, uns behilflich zu sein, dass wir den Befehl des Fürsten der Gläubigen vollziehen können.« Der König versprach ihnen seinen Beistand und führte sie in die für Gäste bestimmte Wohnung, ließ alles Nötige dahin bringen und erwies ihnen viel Ehre. Musa fragte dann den König: »Welchen Glauben habt ihr, und was betet ihr an?« Er antwortete: »Wir beten zu Allah und glauben an Mohammed, der am Ende der Zeit wieder erscheinen wird.« Musa fragte »Wer hat euch dies gelehrt? Ich sehe doch keinen Menschen bei euch.« Er antwortete: »An jedem Donnerstag steigt eine Feuersäule zum Himmel auf, und wir sehen einen Mann auf dem Wasser gehen, der ruft: ›Ihr Söhne der Tiefe, bekennt, dass es keinen Gott gibt als Allah, den Erhabenen, der keinen Gefährten hat, und dass Mohammed sein Diener und Gesandter ist.‹ Wir beschworen ihn dann bei dem, zu dem wir beten, er möge uns sagen, wer Mohammed sei, und er antwortete: ›Mohammed ist ein Prophet, der in späterer Zeit erscheinen und alle Religionen vernichten und den Dienst des himmlischen Richters herstellen wird. Ich fragte ihn dann: ›Wer ist Allah, den du so beschreibst?‹ Er antwortete: ›Sein Thron ist im Himmel und seine Herrschaft auf Erden; er ist einzig und mächtig.‹ Dieser Mann lehrte uns die Grundpfeiler des Islam und das Gebet und das Fasten.«

Musa freute sich sehr, als er vernahm, dass diese Bergbewohner Muselmanen waren. Er blieb drei Tage in der ihm angewiesenen Wohnung, dann ließ er Taucher kommen und sagte zu ihnen, er wünsche einige der salomonischen Flaschen. Sie tauchten ins Meer, brachten drei kupferne Flaschen herauf und überreichten sie Musa mit vielen anderen kostbaren Geschenken.

Musa trat dann mit den Seinigen den Rückweg nach Bagdad an, und als sie in der Nähe der Stadt waren, kamen ihnen deren vornehmste Bewohner entgegen. Musa erzählte dem Fürsten der Gläubigen die Wunder, die er auf seinem Weg gesehen hatte wie auch die Geschichte des Wesirs, der wegen seiner Gier nach dem Gewand des Mädchens getötet worden war, und überreichte dem Herrscher die Flaschen und die Geschenke des Königs der Schwarzen, worüber sich der Fürst der Gläubi gen sehr wunderte. Als er eine dieser Flaschen öffnete, stieg ein Rauch zum Himmel, der sich zu einem sehr hässlichen Geist gestaltete, der schrie: »Gnade, o Prophet Allahs, ich will nicht mehr so sein.« Der Kalif sagte: »Kehre wieder auf deinen Platz zurück.« Der Geist ging wieder in die Flasche. Der Kalif versiegelte sie, ließ sie in seine Schatzkammer bringen und rief: »Wahrlich, dem Suleiman ist eine große Herrschaft verliehen worden.« Das ist's, was von der Geschichte der Messingstadt uns zugekommen ist. Aber nur Allah ist allwissend!

Die Geschichte des Prinzen Seif Almuluk und der Tochter des Geisterkönigs

Man erzählt, o glückseligster und einsichtsvollster König, wie einmal in der Hauptstadt Ägyptens ein König war, der Assem, der Sohn Safwans, hieß; er war gerecht, edel und ehrfurchtgebietend, besaß viele Länder und Schlösser, viele Festungen und Truppen. Sein Wesir hieß Fares, der Sohn Salechs; sie kannten jedoch nicht Allah, sondern beteten die Sonne an. Dieser König lebte hundertachtzig Jahre, wurde daher im hohen Alter sehr schwach und kränklich, hatte kein Kind, weder einen Sohn noch eine Tochter; dies betrübte ihn Tag und Nacht. Nun wird erzählt, dass er einst auf seinem Thron saß, wie gewöhnlich von aufwartenden Wesiren und Großen des Reiches und Mamelucken umgeben. So oft jemand mit Kindern hereintrat, die neben ihrem Vater Platz nahmen, wurde er traurig, denn er dachte dabei: »Ein jeder ist glücklich und vergnügt mit seinen Kindern, und nur ich habe keines. Wenn ich sterbe, so werde ich mein Reich, meinen Thron, meine Pferde, meine Diener und meine Schätze Fremden hinterlassen müssen, und niemand wird mehr meiner mit Liebe erwähnen, ja, man wird gar meines Namens nicht mehr gedenken.« Diese betrüblichen Gedanken beschlichen das Gemüt des Königs, sobald Leute mit ihren Kindern an ihm vorübergingen. Er musste weinen, stieg vom Thron herab, setzte sich auf die Erde und jammerte. Als der Wesir und die übrigen Anwesenden dies sahen, fürchteten sie um ihr Leben. Sodann riefen die Großen des Reiches und die Djausch [bewaffnete Bediente]: »Geht alle nach Hause und bleibt ruhig, bis der König sich von seinem jetzigen Zustand erholen wird.« Alle entfernten sich, nur der Wesir blieb beim König.

Als der König wieder zu sich kam, küsste der Wesir die Erde vor ihm und sagte: »O König der Zeit, was bedeutet dieses Weinen und dieses Seufzen? Sage mir, welcher König der Erde hat dir Unrecht getan? Oder welcher Herr von Festungen und Schlössern? Oder welcher Große des Reiches? Sage mir, wer hat sich deinen Befehlen widersetzt, dass wir uns gegen ihn aufmachen und ihm das Herz aus seinem Leibe reißen?« Der

König antwortete nicht und hob auch seinen Kopf nicht. Der Wesir küsste dann die Erde wieder und sagte: »O Herr, ich bin doch wie dein Sohn und dein Sklave, ich habe dich auf meinen Armen getragen; wenn ich deinen Zustand, deinen Gram und deinen Schmerz nicht kennen darf, wer soll ihn dann kennen? Wer kann meine Stelle bei dir vertreten? Sage mir, warum du weinst und so traurig bist.« Aber der König sprach kein Wort, öffnete seinen Mund nicht und hob den Kopf nicht, sondern weinte immerfort; der Wesir sah ihm eine Weile zu, dann sprach er: »O König, wenn du mir nicht sagst, was dir geschehen ist, so bringe ich mich um und stoße mir lieber dies Schwert ins Herz, als dass ich dich länger so betrübt sehe.« Der König hob endlich seinen Kopf, trocknete seine Tränen und sagte: »O verständiger und wohl ratender Wesir, überlasse mich meinem Gram und meinem Schmerz! Ich habe wohl genug an dem, was mich getroffen hat.« Der Wesir versetzte: »Sag mir, warum du weinst, vielleicht kann dir durch mich geholfen werden.« Da sprach der König: »O Wesir, ich weine nicht um Geld noch um ein Königreich. Aber ich bin nun ein alter Mann geworden, schon hundert Jahre sind an mir vorübergegangen, und ich habe weder Sohn noch Tochter! Und wenn ich sterbe, wird mein Name mit mir begraben werden und jede Spur von mir verschwinden! Fremde werden meinen Thron und mein Reich übernehmen, und niemand wird meiner mehr gedenken.« Da sagte der Wesir Fares: »O Herr, ich bin hundert Jahre älter als du; auch ich habe kein Kind und lebe deswegen Tag und Nacht in Gram dahin; doch was können wir beide tun?« Der König antwortete: »O Wesir, weißt du dafür gar kein Mittel und keine Hilfe?« Darauf der Wesir: »Wisse, ich habe gehört, im Lande Saba sei ein König, der Salomon, Sohn Davids heiße, von dem behauptet wird, er sei ein Prophet. Er ist ein sehr mächtiger König, der den Himmel, die Menschen, die Vögel, die Tiere, die Luft und die Geister beherrscht; er versteht die Sprache der Vögel wie die der Völker; er fordert alle auf zum Glauben an seinen Herrn. Wir wollen ihm daher in deinem Namen, großmächtiger König, einen Gesandten schicken und von ihm fordern, was du wünschst. Ist sein Glaube der wahre, so wird sein Gott mächtig genug sein, um dir und mir einen Sohn oder eine Tochter zu bescheren; wir werden uns dann zu seinem Glauben bekehren und seinen Gott anbeten. Wenn nicht, so müssen wir eben Geduld haben und andere Mittel ersinnen.«

Der König sprach: »Dein Rat ist der beste, und deine Rede tut meinem Herzen wohl; doch wo findet sich ein Bote für eine so wichtige Angelegenheit? Denn das ist kein geringer König, und es ist eine ernste Sache, vor ihm zu erscheinen, und ich möchte nicht, dass ein anderer als du zu ihm ginge, denn du bist alt und erfahren; ich wünsche daher, dass du diese Mühe auf dich nähmest, da du doch in der gleichen Not bist wie ich. Reise du zu ihm und suche Hilfe, vielleicht wird sie uns durch dich zuteil.«

Der Wesir sagte: »Dein Wille ist mir Gebot! Doch jetzt erhebe dich, besteige deinen Thron, und versammle die Fürsten, die Großen des Reiches, die Truppen und dein Volk vor dir, denn sie sind alle mit unruhigem Herzen von dir gegangen; ich will aber dann nicht länger zögern, zu dem fremden König zu reisen.« Der König erhob sich sogleich, setzte sich auf den Thron, und der Wesir befahl dem obersten Kammerherrn: »Sage den Leuten, sie könnten wie gewöhnlich ihre Aufwartung machen.« Da kamen nun die Offiziere der Truppen und die Großen des Reiches; es wurden Tische für sie gedeckt, sie aßen und tranken und verließen, als die Audienz vorüber war, den König. Der Wesir entfernte sich dann auch, ging in sein Haus und traf seine Reisevorbereitungen. Dann kehrte er wieder zum König zurück, der ihm seine Schatzkammer öffnen und kostbarste Gegenstände übergeben ließ. Er empfahl ihm dann noch, vor Salomon mit Würde zu erscheinen, ihn ja zuerst zu grüßen und in seiner Gegenwart nicht zu viel zu sprechen. Dann sagte er: »Trag ihm deine Angelegenheit vor, und sagt er dir seine Hilfe zu, so ist's schon gut. Kehre dann schnell zurück, denn ich erwarte dich!« Der Wesir küsste die Hand des Königs und reiste fort mit den Geschenken Tag und Nacht, bis er in das Land Saba kam und nur noch vierzehn Tagereisen von der Hauptstadt entfernt war. Da offenbarte Allah Salomon, dem Sohn Davids: »Der König von Ägypten schickt dir seinen Wesir mit vielen Geschenken. Sende du nun deinen Wesir Asaf, den Sohn Berachjas, ihm entgegen, und wenn der Gesandte vor dir erscheint, so frage ihn: ›Hat dich nicht dein König hergesandt?‹ Dann lade sie ein, den wahren Glauben anzunehmen.«

Salomon befahl sogleich seinem Wesir Asaf, Sohn des Berachjas, reichen Proviant mitzunehmen und dem Wesir aus Ägypten entgegenzueilen. Asaf machte sich reisefertig und ging dem Wesir entgegen; er grüßte ihn, nahm ihn gut auf, ließ große Mahlzeiten für ihn herrichten und sprach: »Willkommen sind mir solche Gäste wie ihr! Lasst euch nur wohl sein, und wisset, dass eurem Anliegen willfahrt werden wird.« Da sagte der Wesir Fares: »Wer hat euch das gesagt?« Asaf antwortete: »Unser Prophet Salomon – Friede sei mit ihm!« Da fragte Fares: »Und wer hat es eurem Herrn Salomon gesagt?« – »Der Herr des Himmels und der Erde!« antwortete Asaf. Da sagte der Wesir Fares: »Wahrlich, das muss ein mächtiger Gott sein!«

Asaf fragte nun: »Und was für einen Gott betet ihr denn an?« Fares antwortete: »Wir beten die Sonne vor allen anderen Gestirnen an; doch kann sie gewiss nicht Gott sein, denn sie geht ja unter, während Gott über alles wacht.« Sie reisten dann langsam fort, bis sie zur Residenz kamen. Da befahl Salomon allen wilden Tieren, sich nach ihren verschiedenen Gattungen in Reihen aufzustellen; dann erschienen noch mehrere Abteilungen Geister in den verschiedensten und furchtbarsten Gestalten und stellten sich gleichfalls in Reihen, ebenso die Vögel, die in den mannigfaltigsten Sprachen und Dialekten redeten. Als die Ägypter dahin kamen, fürchteten sie sich und wagten nicht weiterzugehen. Asaf aber sprach zu ihnen: »Geht nur und fürchtet euch nicht, denn alle diese sind Diener Salomons, des Sohnes Davids, Friede sei mit ihm! Und es wird euch niemand etwas zuleide tun.«

Asaf mit seinem ganzen Gefolge ging voraus, die anderen folgten ihnen furchtsam nach in die Stadt, wo sie in ein für fremde Gäste bestimmtes Haus geführt wurden; man erwies ihnen drei Tage lang viel Ehre. Festlichkeiten und Mahlzeiten wurden ihretwegen veranstaltet. Nach drei Tagen stellte sie Asaf König Salomon vor. Als sie in den Saal traten, wollten sie die Erde vor ihm küssen, aber Salomon ließ das nicht zu und sagte: »Nur vor dem Erhabenen, dem Schöpfer des Himmels und der Erde, ziemt es sich, dass man sich verbeugt; denn«, fuhr er fort,

»die Erde gehört Allah, und wir alle sind seine Sklaven. Wer sich von euch setzen will, der setze sich; wer stehen bleiben will, der bleibe stehen! Aber niemand setze sich zu meiner Bedienung.‹ Der Wesir Fares setzte sich dann mit einigen seiner Vertrauten, und nur einige jüngere Diener blieben zu seiner Bedienung stehen. Kaum saßen sie, so wurde der Tisch bedeckt und jedermann aß; dann sprach Salomon zu dem Wesir von Ägypten, er möge ihm nur die Angelegenheit, wegen der er diese beschwerliche Reise unternommen habe, ohne Furcht vortragen, damit sie ins Reine gebracht werde. »Doch«, fuhr er fort, »ich will es dir selbst sagen, Wesir! König Assem ist schon sehr alt, und der Erhabene hat ihm kein Kind beschert, was ihn Tag und Nacht bekümmert und grämt. So saß er auch einst auf seinem Thron, da kamen die Wesire, die Fürsten und die Großen seines Reiches, und jeder hatte ein Kind oder auch mehrere bei sich, die dem König ihre Aufwartung machten. Nun dachte der König im Übermaß der Trauer: Wer wird wohl nach meinem Tod über mein Reich und meine Untertanen herrschen? Gewiss nur ein Fremder, und ich werde vergessen sein, als wäre ich nie gewesen. – Er blieb in solchen Gedanken versunken, bis aus seinen Augen Ströme von Tränen flossen. Da bedeckte er sein Gesicht mit einem Tuch, stieg vom Thron herab und schrie laut, und nur der Erhabene wusste, was er im Herzen fühlte. Dann hießen seine Kammerherrn und die Djausch die Leute weggehen, indem sie ihnen sagten: ›Geht eures Weges, denn der Sultan ist krank.‹ Darauf gingen alle fort. Du allein bliebst beim König, küsstest die Erde vor ihm und fragtest ihn, warum er so weine, aber er antwortete nicht.‹ Und so erzählte ihm Salomon alles, was zwischen dem König und dem Wesir vorgefallen war, das zu wiederholen aber überflüssig wäre.

Nachdem König Salomon geendet hatte, sprach der Wesir Fares: »O Prophet Gottes, das ist alles wirklich wahr; als ich aber mit dem König von dieser Sache sprach, war niemand anwesend. Wer kann dir wohl das alles berichtet haben?« Salomon antwortete: »Der Herr, der da weiß, was offenbar und verborgen ist.« Da sagte der Wesir: »O Prophet Gottes, das muss ein großer, mächtiger Herr sein.« Und hierauf wurden der Wesir und alle Leute, die mit ihm waren, Muselmanen.

Da sagte Salomon, der Sohn Davids: »Hast du nicht die und die Geschenke bei dir?« Der Wesir antwortete: »Ja!« Da sagte Salomon: »Ich nehme alles an und schenke es dir.« Dann fuhr er fort: »Geh jetzt, Wesir! Ruhe dich diese Nacht aus, denn du bist noch müde von der Reise. Morgen, so Allah will, wird alles gut gehen, deine Angelegenheit wird bestens besorgt werden nach dem Willen des Herrn des Himmels und dessen, der das Licht nach der Dunkelheit schuf.« Der Wesir ging dann in seine Wohnung und dachte die ganze Nacht über König Salomon nach. Als der Morgen anbrach, stand er auf und ging zu Salomon, der zu ihm sprach: »Wenn du zu König Assem kommst und ihr beide zusammen seid, so nehmt Bogen, Pfeil und Schwert und geht zu einem bestimmten Ort, dort findet ihr einen Baum, den ihr besteigen sollt; ihr werdet dann zwei Schlangen unter dem Baum hervorkriechen sehen. Die eine wird einen Kopf haben so groß wie eine Kuh, die andere den Kopf eines Geistes, beide aber werden goldene Ketten um den Hals tragen; sobald ihr diese Schlangen seht, werft die Pfeile nach ihnen und tötet sie. Dann schneidet Fleisch von der Länge einer Spanne aus ihren Köpfen und ebenso viel von ihren Schwänzen; aus dem übrigen Fleisch lasst Gebackenes machen und gebt es euren Frauen zu essen. Dann schlaft jene Nacht bei ihnen, und sie werden mit Erlaubnis des Erhabenen mit zwei Söhnen schwanger werden.« Der Prophet Salomon ließ hierauf einen Siegelring, ein Schwert und eine Schachtel, in der zwei mit Gold verzierte Kleider lagen, herbeibringen und sprach: »Wesir, wenn die Kinder groß sind, so gebt jedem eines davon!« Er fügte hinzu: »Nun, Wesir, der Erhabene wird euren Wünschen willfahren. Du hast nicht nötig, länger hier zu bleiben, reise mit dem Segen Allahs, denn König Assem erwartet deine Ankunft Tag und Nacht, und seine Augen sind stets auf den Weg gerichtet, den du kommen sollst.« Der Wesir Fares nahm von Salomon Abschied und reiste vergnügt ab, weil er seine Angelegenheiten so gut erledigt hatte. Er reiste Tag und Nacht, bis er in die Nähe der Hauptstadt seines Königs kam; da schickte er einige seiner Diener voraus, um dem König seine Ankunft zu melden. Als der Herrscher diese Nachricht empfing, freute er sich mit den Vornehmsten seines Reiches sehr darüber und zog dem Wesir entgegen. Als sie einander begegneten, stieg der Wesir vom Pferd, küsste Hand und Fuß des Königs und benachrichtigte ihn sogleich, dass sein Wunsch auf die beste Weise in Erfüllung gehen werde; dann schlug er ihm den wahren Glauben vor, den auch König Assem mit allen Großen seines Reichs und sämtlichen Bewohnern seines Landes annahm, neben allen Fremden, die sich darin aufhielten. König Assem war sehr erfreut und sagte zum Wesir: »Geh jetzt nach Hause, nimm ein Bad und ruhe dich eine Woche aus; dann komm wieder zu mir, damit ich dir meine Befehle erteilen kann.«

Der Wesir küsste die Erde, ging mit seinem Gefolge und seinen Dienern nach Hause und ruhte dort acht volle Tage von den Beschwerden der Reise aus; nach dieser Zeit trat er wieder seinen Dienst an und erzählte dem König alles, was sich zwischen ihm und König Salomon zugetragen hatte. Er sagte dann zu dem König: »Komm jetzt allein mit mir und lass uns zusammen gehen!« Sie nahmen Bogen und Pfeil und bestiegen den Baum, den Salomon beschrieben hatte; sie blieben dort ruhig bis nach Mittag. Da krochen zwei Schlangen unter dem Baum hervor. Als der König sie sah, gefielen sie ihm sehr, und er sagte: »O Wesir, diese Schlangen haben goldene Ketten, das ist wunderbar! Wir wollen sie fangen, in einen Käfig sperren und uns an ihnen ergötzen.« Aber der Wesir antwortete: »Allah hat sie zu einem anderen Zweck geschaffen; schieße du einen Pfeil zu der einen, ich werde ein Gleiches mit der anderen tun.« Sie stiegen vom Baum herunter und töteten die Schlangen; sie schnitten eine Spanne groß vom Kopf und ebenso viel vom Schwanz, nahmen das übrige Fleisch und gingen damit in den Palast des Königs. Hier ließen sie den Koch kommen und sagten zu ihm: »Lass dieses Fleisch gut backen und bring sogleich zwei Schüsseln davon her; beeile dich!« Der Koch nahm das Fleisch und röstete es in Fett und allerlei Gewürzen und stellte es in zwei Schüsseln vor dem König auf. Dieser nahm eine Schüssel davon und gab daraus seiner Frau zu essen, und der Wesir nahm die andere und gab sie der seinigen. Beide wohnten mit dem Willen und der Macht des Erhabenen in jener Nacht ihren Frauen bei. Der König brachte nun drei Monate lang in größter Spannung und Unruhe zu und dachte: Wird es wohl wahr werden oder nicht? Seine Frau aber, die eines Tages ruhig dasaß, fühlte plötzlich, wie sich das Kind in ihrem Leib bewegte; sie ließ einen ihrer ältesten Diener kommen und sagte zu ihm: »Lauf schnell zum König und sage ihm, wo er auch sein mag, dass deine Herrin gesegneten Leibes ist, denn schon bewegt sich das Kind darin.« Der Diener lief freudig zum König, der allein und betrübt dasaß, das Gesicht auf die Hand gestützt und darüber nachsann, ob wohl die Speise bei seiner Frau die gehoffte Wirkung haben werde oder nicht. Der Diener küsste die Erde vor ihm und sagte: »Ich bringe dir gute Nachricht, Herr! Meine Gebieterin ist gesegneten Leibes, das Kind bewegt sich darin, sie hat schon Schmerzen und sieht blass aus.« Als der König dies hörte, sprang er vor Freude auf, küsste die Hand des Dieners und seinen Kopf und machte ihm ein Geschenk. Er sagte dann zu den Großen seines Reiches, die dazukamen: »Wenn ihr mich liebt, so erweist ihm Gutes und schenkt ihm Geld, Edelsteine und Rubine, Maulesel und Pferde, Güter und Gärten.« Sie schenkten dem Diener Unzählbares. Zur nämlichen Zeit trat der Wesir herein und sagte: »O Herr, ich saß allein zu Hause und dachte über die Wirkung der Speise nach, die ich meiner Frau vorgesetzt hatte. Da kam ein Diener zu mir und kündigte mir an, meine Frau spüre nun, dass sie gesegneten Leibes sei, denn das Kind habe sich schon darin bewegt, sie fühle Schmerzen und sehe blass aus. Vor Freude schenkte ich ihm alle Kleider, die ich an mir hatte, dazu noch tausend Denare und ernannte ihn zum ersten aller meiner Diener.«

Der König sprach dann zum Wesir: »Da der Erhabene, gepriesen sei er, uns so gnädig war und uns aus der Finsternis zum Licht geführt hat, so will ich auch allen Leuten eine Freude machen.« Der Wesir sagte: »Befehle nur, was du tun willst!« Da sprach der König: »Geh und lass alle Verbrecher aus dem Gefängnis, befreie auch die, auf denen Schulden lasten; wer aber von nun an noch ein Verbrechen begeht, dem lasse ich den Kopf abschlagen und ihn bestrafen, wie er es verdient. Ich will auch dem Volk die Abgaben auf drei Jahre erlassen. Sodann lass rings um die Stadt Herde mit Töpfen aufstellen, auf denen die Köche Tag und Nacht kochen sollen, und alle Leute aus der Stadt und Umgegend sollen essen und trinken und es sich wohl sein lassen. Sodann soll die

Stadt festlich geschmückt werden, und die Läden sollen bei Nacht wie bei Tage offen bleiben. Geh nun, Wesir, und tue, was ich befohlen habe, sonst lasse ich dir den Kopf abschlagen!« Der Wesir ging und führte die Befehle des Königs aus. Alle Schlösser und Festungen des Landes wurden prachtvoll geschmückt. Jedermann zog seine kostbarsten Kleider an, und das Volk aß und trank und spielte und ließ es sich wohl sein. Als nun die Zeit der Niederkunft herannahte, da ließ König Assem alle Gelehrten und Sterndeuter, die Häupter des Volks, die Schreiber und andere kommen, und sie warteten nun, bis eine Perle in eine Tasse geworfen wurde, denn das hatten die Sterndeuter als Hinweis auf die Niederkunft mit den Hebammen und den Dienern verabredet. Als die Zeit herannahte, wurde das Zeichen gegeben; der Knabe, der zur Welt kam, glich dem aufgehenden Mond. Da fingen nun alle an, ihre Berechnungen zu machen über die Zeit der Schwangerschaft und die Geburt und trugen es in die Chronik ein. Dann standen sie auf, küssten die Erde und sagten zu König Assem: »Der Stern dieses Kindes ist ein glücklicher, und die Zeit seiner Geburt ist eine gesegnete, doch wird ihm in seiner Jugend manches zustoßen, das wir dem König nicht gern mitteilen.« Der König sprach: »Redet und fürchtet euch nicht!« Sie fuhren dann fort: »O Herr, er wird dieses Land verlassen und in die Fremde reisen, wird Schiffburch erleiden und in Gefangenschaft geraten und viele Not und Gefahr auszustehen haben; doch wird er zuletzt alles überwinden und am Ziel anlangen. Die Tage seines übrigen Lebens werden angenehm sein, er wird seinen Feinden Trotz bieten und über Länder und Völker herrschen.« Als der König die Worte der Sterndeuter hörte, sprach er: »Ihr weissagt so Schlimmes nicht, denn was der Erhabene über den Menschen bestimmt, das muss geschehen, und der Mensch kann nichts daran ändern. Der Allmächtige sei gepriesen, denn er wird uns, bis mein Sohn seine Prüfungszeit der Leiden antritt, tausend Freuden an ihm erleben lassen.« Er dachte weiter nicht mehr an das, was sie gesagt hatten, beschenkte sie reichlich, und sie verließen den Hof. Da kam der Wesir Fares voller Freude zum König und sagte, nachdem er die Erde vor ihm geküsst hatte: »Herr! Soeben ist meine Frau mit einem Sohn, leuchtend wie der Mond, niedergekommen.« Der König erwiderte: »O Wesir, bring deine Frau und deinen Sohn hierher, damit er mit dem meinigen im Schloss erzogen werde.«

Der Wesir brachte seine Frau und seinen Sohn ins Schloß; die Ammen trugen die Kinder sieben Tage lang herum. Dann legten sie sie auf ein Polster, brachten sie vor den König und fragten ihn, welche Namen er ihnen geben wolle. Er aber sprach: »Gebt ihr einen Namen!« Sie versetzten: »Niemand anders als der König darf bestimmen, wie die Kinder heißen sollen.« Der aber sagte: »Nennt meinen Sohn Seif Almuluk [Schwert der Könige], wie mein Großvater hieß, und den Sohn des Wesirs Said [der Glückliche]!« Er beschenkte dann die Ammen und sagte ihnen: »Gebt gut auf die Kinder Acht und umsorgt sie.«

Die Ammen erzogen die Kinder, bis sie fünf Jahre alt waren, dann übergaben sie sie einem Gelehrten, der sie im Schreiben und im Koran unterrichtete, bis sie zehn Jahre alt wurden; dann lehrte man sie Reiten, Schießen, Fechten, Ball spielen und alle Ritterkünste, bis sie fünfzehn Jahre alt waren und alle anderen ihres Alters an ritterlicher Gewandtheit und Geschicklichkeit übertrafen. Jeder von ihnen konnte allein gegen tausend Reiter kämpfen und ihnen widerstehen. König Assem sah ihnen oft zu und freute sich ihrer, bis sie fünfundzwanzig Jahre alt wurden. Da ließ der König den Wesir Fares allein zu sich kommen und sagte zu ihm: »O Wesir, mir ist etwas eingefallen, weshalb ich dich zu Rate ziehen möchte.« Der Wesir antwortete: »Tue, was dir dein Herz sagt, denn der Segen kommt aus deinem Munde.« Da sagte der König: »Da ich nun ein ganz alter Mann bin, möchte ich die Last meiner Regierung ablegen und sie meinen Sohn Seif Almuluk übergeben, denn er ist ein guter Jüngling, vollkommen in allen Rittertugenden und verständig. Ich aber werde den Rest meiner Tage in der Zurückgezogenheit mit Gebeten zubringen. Was sagst du dazu?« Der Wesir erwiderte: »König, was du sprichst, ist Segen bringend. Ich werde deinem Beispiel folgen und das Wesirat meinem Sohn Said übergeben, der auch ein guter, kenntnisreicher und einsichtsvoller Jüngling ist; so werden dann zwei junge Leute beisammen sein, denen wir raten werden, um sie auf den Pfad des Guten, der Gerechtigkeit und Wohltätigkeit zu leiten.« Der König aber sprach zum Wesir: »Stell die Briefe aus, halte die Boten bereit nach allen

Ländern, Provinzen, Schlössern und Festungen, die uns unterstehen. Die Verwalter sollen sich alle an einem Tag auf der Rennbahn der Gerechtigkeit versammeln.« Der Wesir ging sogleich und schrieb allen Befehlshabern, Verwaltern und Schlosshauptleuten, sich mit ihren Untergebenen in einem Monat am genannten Ort zu versammeln.

Der König befahl dann, den großen Gang mitten auf der Rennbahn mit Teppichen zu belegen, die Rennbahn selbst aber mit den kostbarsten Stoffen auszuschmücken; es wurde auch der große Thron dorthin geschafft, auf welchem der König nur an den Festtagen zu sitzen pflegte; dies alles geschah sogleich. Es versammelten sich dann die Leute aus allen Orten und waren besorgt über das, was der König von ihnen begehren würde. Dann erschienen die Kammerherrn und Adjutanten und die Leibwache des Königs und die Großen des Reiches, und sie riefen unter die Leute: »Im Namen des Erhabenen! Naht euch zur Audienz!« Darauf kamen die Richter, die Gutsbesitzer, die Fürsten und die Wesire, traten in den Gang und machten wie gewöhnlich jeder nach seinem Rang dem König ihre Aufwartung. Der König setzte sich auf seinen Thron, die Mehrzahl der Leute aber blieb stehen, bis alle versammelt waren. Dann befahl der Herrscher, die Tafeln aufzustellen, und sogleich wurden Tafeln, mit den auserlesensten Leckerbissen und Getränken besetzt, herangebracht. Die Versammelten aßen und tranken und beteten für den König; dann befahl dieser seinen Kammerherrn, sie sollten niemanden sich entfernen lassen, bis jeder des Königs Worte vernommen habe. Man hob dann den Vorhang auf, und der Herrscher sprach: »Wer mich liebt, der verweile und höre meine Worte!« Alle setzten sich ruhig, und ihre Furcht verschwand. Er stand dann auf und beschwor alle Anwesenden, sitzen zu bleiben, und sprach: »Wesire und Große des Reiches, Hohe und Niedere, Anwesende und Abwesende! Ihr wisst, dass ich mein Reich von meinen Vätern und Ahnen ererbt habe.« Sie antworteten einstimmig: »O König, es ist wahr, wir alle wissen es!« Dann fuhr der König fort: »Wir alle beteten die Sonne und den Mond an, bis uns der Allmächtige den wahren Glauben schenkte und uns von unserem Irrtum erlöste und zum Islam führte. Nun wisset, dass ich sehr alt und schwach geworden bin; ich will daher von nun an meine Zeit zurückgezogen dem Gebet widmen und Allah für vergangene Sünden um Verzeihung bitten. Ihr kennt wohl meinen hier anwesenden Sohn Seif Almuluk und wisst, dass er ein guter, kenntnisreicher, beredsamer, edler, geschickter, verständiger, gelehrter, tugendhafter und gerechter Jüngling ist; ich will ihm nun sogleich mein Reich übergeben, damit er Sultan werde. Was sagt ihr dazu?«

Es standen alle auf, küssten die Erde und antworteten: »Wir sind bereit zu gehorchen, König und Beschützer! Selbst wenn du einen deiner Sklaven über uns setzen wolltest, würden wir ihm gehorchen, umso mehr, da du uns deinen Sohn Seif Almuluk zum Herrscher gibst, den wir bei unserem Haupte und unseren Augen gern als unsern König annehmen.« Der König stieg darauf von seinem Thron herunter und sagte den Fürsten und allen Anwesenden, indem er seinen Sohn auf den Thron setzte: »Seht hier euren König!« Er nahm dann auch die goldene Krone von seinem Haupt, setzte sie seinem Sohn auf, umgürtete ihn mit dem Reichsgürtel und setzte sich, während sein Sohn auf dem großen Thron saß, auf einen goldenen Sessel neben ihn. Die Richter, die Wesire, die Fürsten, die Großen des Reiches und alle Anwesenden küssten die Erde vor ihm und riefen aus: »O König, du verdienst, König zu sein, mehr als jeder andere.« Die Djausch beteten für sein Glück und seinen Ruhm und streuten Gold, Edelsteine und Rubine über die Köpfe der Leute aus; der König machte viele Geschenke, verlieh Ehrenkleider und übte Gerechtigkeit.

Der Wesir Fares wandte sich hierauf an die Fürsten und Großen und sprach: »O ihr alle hier Anwesenden! Ihr wisst, dass ich Wesir war schon zu der Zeit, noch ehe König Assem regierte und es noch in diesem Augenblicke bin, in dem er der Regierung entsagt, um sie seinem Sohn zu übergeben. Ich will nun auch das Wesirat zugunsten meines Sohnes Said niederlegen; was sagt ihr dazu?« – »Niemand verdient mehr als dein Sohn Said, König Seif Almuluks Wesir zu werden, denn sie passen gut zusammen.« Hierauf nahm der Wesir Fares den Turban von seinem Haupt und setzte ihn seinem Sohn auf; dann legte er das Tintenfass des Wesirats vor seinem Sohn hin. Die Djausch riefen aus: »Gesegnet! Gesegnet! Er verdient es! Er verdient es!« Hierauf standen der Wesir und

König Assem auf, öffneten ihre Schatztruhen und machten den Fürsten, Wesiren und Großen des Reiches viele Geschenke. Die Leute blieben eine Woche beisammen, dann reiste jeder in seine Provinz zurück. König Assem ging aber mit seinem Sohn und dem neuen Wesir ins Schloss; hier ließ er den Schatzmeister holen, auch den Siegelring, das Schwert, das Kästchen und den Bogen bringen und sagte: »Jeder von euch beiden nehme hiervon, wozu er Lust hat!«

Seif Almuluk streckte zuerst die Hand nach dem Siegelring aus; Said nahm das Schwert; hierauf griff Seif Almuluk nach dem Kästchen und Said nach dem Bogen. Sie küssten des Königs Hand und gingen nach Hause. Seif Almuluk legte das Kästchen, ohne zu sehen, was darin war, auf den Thron, der zugleich sein Ruheplatz war; Said nahm an seiner Seite Platz.

Um Mitternacht erwachte Seif Almuluk, erinnerte sich an das Kästchen und war neugierig, seinen Inhalt zu sehen. Er stand daher auf, ergriff eine der Kerzen, die in der Nähe brannte, und trat in einen Nebensaal, damit Said nichts merke, steckte dann die Kerze in einen Leuchter, öffnete das Kästchen und fand darin ein wundersames Kleid. Als er es auseinander breitete, sah er innen am Rücken ein Bild mit Gold gemalt, das ein Mädchen darstellte. Sobald er dieses sah, war er nicht mehr Herr seines Verstandes. Er verliebte sich in das Bild, küsste wie ein Rasender das Kleid und fiel ohnmächtig zu Boden, dann weinte und klagte er und sprach folgende Verse: »Hätte ich früher die Macht der Liebe gekannt, so wäre ich weniger unvorsichtig gewesen; nun habe ich mich in ihre Arme geworfen und bin ihr Gefangener.«

Seif Almuluk schlug sich ins Gesicht, weinte und jammerte so lange, bis endlich der Wesir Said davon erwachte. Als dieser Seif Almuluk nicht an seiner Seite fand und nur eine Kerze brennen sah, dachte er: »Wo mag Seif Almuluk wohl hingegangen sein?« Er stand auf und ging im ganzen Palast umher, um ihn zu suchen, bis er ihn endlich fand. Erstaunt darüber, dass er so außer sich war, fragte er ihn: »Was ist dir begegnet, mein Bruder? Lass es mich wissen.« Aber der hörte ihn nicht an, hob nicht einmal seinen Kopf, sondern weinte immerfort und jammerte entsetzlich.

Said drang immer weiter in ihn, verbeugte sich und sprach: »Mein König, ich bin dein Wesir und Freund. Wir sind zusammen aufgewachsen. Wenn du mir nicht dein Herz eröffnest, wer wird dann noch Anteil an deinem Schicksal nehmen?« Saids Bitten und Flehen war jedoch vergebens; Seif Almuluk hörte nicht auf zu schluchzen und sprach kein Wort; endlich ergriff Said die Kerze, eilte damit in einen anderen Saal, legte die Klinge seines Schwertes an seine Brust und sprach zu Seif Almuluk: »Freund, wenn du mir nicht erzählst, was dir widerfahren ist, so bringe ich mich ums Leben, denn ich ertrage es nicht länger, dich in diesem Zustand zu sehen.«

Seif Almuluk hob endlich den Kopf in die Höhe und sprach: »Freund, ich schäme mich, dir die Ursache meiner Leiden zu nennen!« Said aber antwortete: »Ich beschwöre dich bei Allah, dem Herrn aller Herren, dem Befreier aller Unterdrückten, der Ursache aller Ursachen, bei dem Einzigen, dem Freigebigen – sage mir, was dir widerfahren ist, und schäme dich nicht, denn ich bin ja dein Sklave, dein Wesir und dein Ratgeber!« Da sagte Seif Almuluk: »Komm und sieh dieses Bildnis!« Als Said es sah, betrachtete er es eine Weile und entdeckte über dem Kopf der Dargestellten die Inschrift: »Das ist das Bild der Badial Djamal [Wunder der Schönheit], Tochter Sahais, Sohn Schahruchs, des obersten Königs der gläubigen Geister, welche die Insel Babel im Garten Irem bewohnen.«

Als Said dies gelesen hatte, sprach er: »König und Freund, weißt du, was dieses Biid hier bedeutet?« Seif Almuluk antwortete: »Bei Allah, Freund, ich weiß es nicht.« Da versetzte Said: »Komm und lies mit Aufmerksamkeit.« Seif Almuluk las, was auf der Krone, die dieses Bild trug, geschrieben stand, und schrie aus dem Innersten seines Herzens: »Wehe! Wehe!« Endlich sagte er: »Mein Freund, wenn diese Gestalt wirklich vorhanden ist und irgendwo auf der Erde gefunden werden kann, so will ich sie unaufhörlich suchen, bis ich mein Ziel erreiche.« Said erwiderte: »Weine nur nicht, mein Freund! Geh, besteige deinen Thron und lass die Leute dir ihre Aufwartung machen, und wenn der Tag leuchtet, so rufe alle zusammen, die Derwische und andere, die fremde Länder gesehen haben, und frage sie, wo die Insel Babel im Garten Irem liegt;

vielleicht wird einer von ihnen mit dem Segen und der Hilfe Allahs darüber Auskunft geben können.«

Seif Almuluk bestieg, als die Sonne höher stand, seinen Thron; seine Seele aber war unruhig. Hierauf nahten sich die Fürsten, Wesire und Großen des Reiches. Als die Versammlung vollzählig war, sagte Seif Almuluk zum Wesir: »Sage ihnen, ihr König sei unpässlich, sie möchten sich zurückziehen.« Als König Assem dies hörte, war er tief betrübt, ließ Ärzte und Sterndeuter kommen, ging mit diesen zu seinem Sohn und ließ ihm Arzneien verschreiben und Amulette verordnen. Er befahl auch Räucherungen mit Moschus und Ambra; Seif Almuluk ging es jedoch nicht besser.

Als aber die Krankheit drei Monate lang anhielt, sprach König Assem höchst erzürnt zu den Ärzten und übrigen Anwesenden: »Wehe euch, ihr Hunde, wenn ihr nicht imstande seid, meinen Sohn zu heilen, so werde ich euch sogleich umbringen lassen.« Da sagte der Oberste unter ihnen: »Großer König und Herr. Wir vernachlässigen nichts, um selbst Fremde zu heilen. Wie sollten wir uns nicht alle Mühe geben, deinem Sohn, unserem König, zur Gesundheit zu verhelfen. Aber die Krankheit deines Sohnes sitzt tief, wenn du willst, so nennen wir sie dir.« Da sprach der König: »Sagt mir, was ihr von der Krankheit meines Sohnes wisst!« Der Oberste der Ärzte antwortete: »Dein Sohn ist rasend verliebt!« Der König fragte zornig: »Woher wisst ihr, dass mein Sohn verliebt ist, und wie ist er es geworden?« Der Oberste antwortete: »Frage seinen Freund, den Wesir, der kennt seinen Zustand.‹ König Assem ging sogleich allein in sein Zimmer, ließ den Wesir Said kommen und sagte zu ihm: »Berichte mir die Wahrheit! Was für eine Krankheit hat deinen Freund befallen?« Said antwortete: »Ich weiß es nicht.« Da sprach König Assem zum Scharfrichter: »Ergreife Said, binde ihm die Augen zu und schlage ihm den Kopf ab!« Said fürchtete um sein Leben und sagte: »Herr, gib mir Sicherheit!« Der König antwortete: »Sprich, und sie sei dir gewährt!« Da sagte Said: »Dein Sohn liebt die Tochter des Königs der Geister.« Assem fragte: »Wo hat mein Sohn die Tochter des Königs der Geister gesehen?« Said erwiderte: »Im Gewand, das uns Salomon, der Sohn Davids, schenkte.«

Der König stand sogleich auf, ging zu seinem Sohn und sprach zu ihm: »Mein Sohn, was quält dich so, und was ist das für ein Bild, das du so liebst? Sage es mir!« Seif Almuluk antwortete: »Ich hatte mich geschämt, dir zu sagen, was ich auf dem Herzen habe; da du es aber weißt, so sieh, was zu tun ist.« Sein Vater versetzte: »Welche Mittel gibt es gegen die Tochter des Königs der Geister? Selbst Salomon, der Sohn Davids, würde hier nichts vermögen. Doch steh auf und fasse Mut! Reite, geh auf die Jagd, besuche die Rennbahn, spiele Ball, iss und trink und vertreibe so den Gram aus deinem Herzen. Ich will dir an ihrer Stelle hundert Prinzessinnen verschaffen! Was willst du mit der Tochter eines Königs der Geister, die kein menschliches Wesen ist?« Aber der Sohn sagte: »Bei Allah, mein Vater, ich kann nicht von ihr lassen und eine andere zur Frau nehmen.« Da versetzte der Vater: »Aber was ist da zu machen, mein Sohn?« Dieser antwortete: »Lass alle Kaufleute und Reisenden kommen. Wir wollen uns bei ihnen nach dem Garten lrem und der Insel Babel erkundigen.«

Der König ließ alle Kaufleute, Schiffskapitäne, andere Reisende und die Derwische rufen und fragte sie nach dem Garten lrem und der Insel Babel; aber keiner von allen war jemals dort gewesen und konnte darüber Auskunft geben. Zuletzt sagte einer von ihnen: »O Herrscher, wenn du diese Insel und diesen Garten kennen lernen willst, so geh nach China. Das ist ein großes, sicheres Land, das Kostbarkeiten aller Art enthält und von Menschen aus allen möglichen Stämmen bewohnt ist; nur von ihnen kannst du vielleicht über die Insel und den Garten etwas erfahren und dadurch dein Ziel erreichen.« Da sagte Seif Almuluk: »O mein Vater, rüste mir ein Schiff nach China aus!« König Assem antwortete: »Bleibe du auf dem königlichen Thron sitzen und herrsche über deine Untertanen; ich will statt deiner diese Reise nach China machen und mich nach der Insel Babel und dem Garten Irem erkundigen.« Aber sein Sohn sagte: »O mein Vater, das ist meine Sache; nur ich kann danach fragen. Was schadet es, wenn du mir zu reisen erlaubst? Kann ich dann eine Spur auffinden, gut, ist dies nicht der Fall, so verringert sich vielleicht auf der Reise und in der Fremde mein Gram, und wenn ich am Leben bleibe, so kehre ich unbeschädigt wieder zu dir zurück.«

Da sah König Assem kein anderes Mittel, als dem Willen seines Sohnes nachzugeben; er erlaubte ihm daher abzureisen, ließ ihm vierzig Schiffe ausrüsten, gab ihm tausend Sklaven zur Begleitung, auch Geld und Schätze, Lebensmittel und die nötigen Kriegsgeräte und sprach zu ihm: »Mein Sohn, reise in Glück und Frieden!« Beim Abschied umarmte er ihn noch aufs Herzlichste und entließ ihn mit den Worten: »Geh, ich vertraue dich dem Erhabenen an, der nichts ihm Übergebenes verlässt!«

Seif Almuluk nahm also von seinem Vater und seiner Mutter Abschied, nahm seinen Freund Said als Begleiter mit, und sie ritten zusammen zu den Schiffen, die bald darauf, mit Proviant, Waffen und Truppen wohl versehen, die Anker lichteten; so segelten sie dahin, bis sie nach China kamen.

Als die Einwohner Chinas hörten, dass vierzig Kriegsschiffe angelegt hatten, glaubten sie, es wären Feinde, die sie belagern und mit ihnen Krieg führen wollten; sie schlossen die Tore der Stadt und hielten die Kriegsmaschinen bereit. Als Seif Almuluk dies vernahm, ließ er zwei seiner vertrautesten Mamelucken kommen und sagte zu ihnen: »Geht zum König in die Stadt, bringt ihm meinen Gruß, und sagt ihm, dass König Seif Almuluk, Sohn des Königs Assem von Ägypten, als Gast kommt, um einige Zeit sein Land zu bereisen. Er wird dann wieder nach Hause zurückkehren und kommt nicht als Feind, um Krieg zu führen. Wenn der König ihn aufnimmt, so wird er zu ihm kommen, wenn nicht, so kehrt er um und wird weder ihn noch die Bewohner deiner Stadt beunruhigen.« Als die Mamelucken Seif Almuluks zu der Stadt kamen, sagten sie deren Bewohnern: »Wir sind Gesandte König Seif Almuluks!« Man öffnete ihnen die Tore und führte sie zum König, der Schah Faghfur hieß und König Assem früher gekannt hatte. Als er die Worte Seif Almuluks hörte, machte er den Gesandten Geschenke, ließ die Tore öffnen und ging selbst mit den Vornehmsten des Reiches dem König entgegen. Vor Seif Almuluk angekommen, umarmte er diesen und sprach: »Willkommen in meinen Reich; ich bin dein Sklave und der deines Vaters! Meine Stadt liegt vor dir, gebiete über alles!« Er ließ dann Geschenke und Proviant herbeibringen und führte Seif Almuluk und seinen Wesir Said mit den Ersten des Reiches und vielen Truppen unter

Trommel- und Paukenschall in seine Stadt, und Seif Almuluk genoss mit den Seinigen vierzig Tage lang die größte Gastfreundschaft. Dann sagte Schah Faghfur: »Nun, Sohn meines Freundes, wie geht es dir, und wie gefällt dir mein Land?« Seif Almuluk antwortete: »Dank deiner Gnade, o König! Es gefiel mir alles.« Da fragte der König: »Du siehst dich gewiss in unserem Lande noch etwas um und hast irgendein Anliegen?« Seif Almuluk sagte: »Meine Geschichte ist wunderbar; ich liebe das Bild der Badial Djamal!« Bei diesen Worten flossen Tränen aus seinen Augen, und er schluchzte heftig. Dies rührte das Herz des Königs von China, und er sprach: »Was ist zu tun, Seif Almuluk?« Dieser antwortete: »Ich wünschte, du ließest alle Reisenden, deine Schiffskapitäne und alle Derwische zusammenkommen, damit ich von ihnen etwas über diese wunderschöne Gestalt erfahre.«

Der König ließ sogleich seine Kammerherrn und Scharfrichter kommen und durch sie ausrufen, dass alle Schiffskapitäne, alle Derwische und Reisenden auf die Rennbahn kommen sollten und niemand zurückbleiben dürfe. Seif Almuluk fragte dann nach der Insel Babel und dem Garten Irem, aber niemand antwortete, sodass Seif Almuluk keinen Rat mehr wusste. Dann sagte einer der Schiffskapitäne: »Glückseliger König, wenn du darüber Auskunft wünschst, so musst du dich nach den Ländern und Inseln in der Nähe von Indien wenden. Dort wird man es schon wissen.« Seif Almuluk ließ sogleich die Schiffe segelfertig machen und süßes Wasser, Lebensmittel und was sie sonst benötigten mitnehmen. Er und sein Freund Said bestiegen ihre Pferde, nahmen vom König Abschied und kehrten auf ihr Schiff zurück. Sie reisten vier Monate lang mit günstigem Wind. Aber eines Tages erhob sich ein großer Sturm, es regnete und hagelte stark, und die Wellen des Meeres tobten; sie brachten zehn Tage in der größten Furcht zu. Endlich kam ein so heftiger Windstoß gegen die Schiffe, dass alle untergingen. Seif Almuluk rettete sich mit einigen Mamelucken auf ein kleines Schiff. Sturm und Wellen legten sich, und dann ging strahlend die Sonne wieder auf. Seif Almuluk öffnete die Augen und sah nichts mehr von der ganzen Flotte; er erblickte nichts als Himmel und Wasser und das kleine Schiff, auf dem er sich befand.

Seif Almuluk fragte dann seine Leute: »Wo sind alle meine Schiffe? Wo ist mein Freund Said?« Sie antworteten ihm: »O Herrscher, es ist nichts mehr von deinen Schiffen übrig. Sie sind alle untergegangen und zur Speise der Fische geworden!« Seif Almuiuk sprang in seinem Schmerz auf, schrie, schlug sich ins Gesicht und wollte sich ins Meer stürzen. Seine Mamelucken hielten ihn aber zurück und sagten: »O Herrscher, was nützt das? Du hast dir das selbst zugezogen. Hättest du deinem Vater gehorcht, so wäre dir das nicht widerfahren; doch war das alles längst vorherbestimmt, und gleiches Schicksal musste dich mit den übrigen Menschen heimsuchen. Schon bei deiner Geburt haben die Sterndeuter gesagt: Du wirst in große Gefahr kommen; es bleibt dir nichts weiter übrig, als geduldig auszuharren, bis der Erhabene dich aus dieser Not befreit.« Da sprach Seif Almuiuk (und es geschieht zur Ehre Allahs und dessen, der das sagt): »Es gibt keinen Schutz und keine Macht außer bei Allah, dem Erhabenen! Niemand kann seinen Beschlüssen entgehen!« Und er bereute, was er getan hatte. Er ließ sich dann Speisen reichen und aß. Das Schiff wurde immer vom Wind hin und her getrieben, und sie wussten nicht, wohin sie steuerten. Die Lebensmittel und das Wasser fingen an, ihnen zu fehlen, als sich ihnen durch die Macht des Erhabenen eine nicht zu weit davon gelegene Insel zeigte. Da sie hungrig waren, ließen sie nur einen Mann auf dem Schiff zur Bewachung zurück, und die übrigen aßen Früchte, die sie auf der Insel fanden. Dort aber saß ein Mann mit einem schmalen Gesicht, mit einem weißen Körper und von wunderbarem Aussehen zwischen den Fruchtbäumen; er rief einen Mamelucken bei seinem Namen und sagte zu ihm: »Iss nicht von diesen unreifen Früchten! Komm zu mir, ich will dir gute, reife Früchte geben!«

Der Mameluck glaubte, es wäre einer der Schiffbrüchigen, und freute sich sehr. Als er aber in seine Nähe kam, da sprang der Verfluchte auf seine Schultern, schlang den einen Fuß um seinen Hals und den anderen um seinen Rücken und sagte: »Lauf jetzt nur, du wirst mich nicht mehr los, du bist nun mein Tragesel!« Der Mameluck schrie und jammerte, und sein Herr mit all den Seinigen rettete sich schnell auf das Schiff. Der Fremde folgte ihnen zum Ufer und sagte: »Woher kommt ihr und wohin geht ihr? Kommt zu uns, wir wollen euch zu essen und zu trinken geben; ihr könnt unsere Esel werden, und wir reiten auf euren Rücken.« Als sie dies hörten, ruderten sie schnell vom Ufer weg und entfernten sich im Vertrauen auf Allah, den Erhabenen. So brachten sie einen Monat zu, bis sie wieder eine Insel entdeckten; sie gingen dort in einen Wald, ohne einen Weg zu wissen. Es fanden sich da Früchte, von denen sie aßen; da schimmerte ihnen aus der Ferne etwas entgegen, und sie gingen darauf zu. Als sie sich näherten, war es wie eine Säule, die der Länge nach dalag; einer von ihnen trat mit dem Fuß darauf und sagte: »Was mag dies sein?« Da erwachte die Säule, richtete sich auf, und sieh da, es war ein Mann mit langen Ohren und mit gespaltenen Augen. Seine Züge waren nicht sichtbar, denn als er schlief, hatte er ein Ohr unter dem Kopf und deckte das Gesicht mit dem anderen zu. Er ergriff einen Mamelucken, und dieser schrie: »Mein König, fliehe von dieser Insel, sie ist von Werwölfen bewohnt, die Menschen fressen; mich werden sie bald gefressen haben!« Als Seif Almuluk diese Worte hörte, floh er mit seinen übrigen Begleitern auf das Schiff, ohne Früchte mitzunehmen. So brachten sie wieder mehrere Tage zu, da entdeckten sie abermals eine Insel; als sie dort landeten, fanden sie einen hohen Berg, bestiegen ihn und sahen einen Wald mit vielen Bäumen, auf denen sich Früchte befanden, von denen sie aßen.

Da kamen auf einmal nackte Menschen zwischen den Bäumen hervor, deren jeder fünfzig Ellen lang war. Ihre Vorderzähne waren wie die eines Elefanten und wuchsen ihnen zum Mund heraus. Einer von ihnen saß auf einem schwarzen Stück Filz auf einem Felsen, ihn umringten viele Schwarze, welche in seinem Dienste standen; diese fingen Seif Almuluk und seine Mamelucken ein, brachten sie zu dem Sitzenden, legten sie vor ihn hin und sprachen: »König, wir haben diese Vögel zwischen den Bäumen gefunden.« Da der König gerade hungrig war, ließ er zwei Mamelucken schlachten und aß sie. Als Seif Almuluk dies sah, fürchtete er sich, weinte, und ihm bangte um sein Leben. Als sie der König weinen hörte, sagte er: »Diese Vögel haben eine schöne Stimme; macht jedem einen Käfig, sperrt sie hinein und hängt sie über meinem Kopf auf, damit ich ihre Stimmen hören kann!«

Sie taten, wie er gesagt hatte, und so wurden Seif Almuluk und die Mamelucken in Käfige gesperrt, und man gab ihnen zu essen und zu trinken. Bald weinten sie, bald sangen sie, sodass der König der Schwarzen an ihrer Stimme Freude hatte. Vier Jahre brachten sie in den Käfigen zu. Der König aber hatte eine Tochter, die auf einer anderen Insel verheiratet war; als diese hörte, dass ihr Vater Vögel mit einer lieblichen Stimme besitze, schickte sie Leute zu ihm und ließ ihn um diese Vögel bitten. Ihr Vater schickte ihr Seif Almuluk mit drei anderen Mamelucken in vier Käfigen. Als die Prinzessin sie sah, gefielen sie ihr sehr, und sie ließ sie über ihrem Bett aufhängen.

Seif Almuluk konnte nicht begreifen, wie ihm geschah, er war sehr traurig über die Lage, in der er sich befand, dachte an das frühere Glück und weinte; die drei Mamelucken weinten mit ihm, die Prinzessin aber glaubte, sie sängen. Sie pflegte sonst all denen, die sie aus Ägypten und anderen Ländern besuchten, einen hohen Rang in ihrem Reich zu geben. Allah aber hatte bestimmt, dass, als sie Seif Almuluk näher betrachtete, ihr seine Schönheit, sein Wuchs und sein Ebenmaß gefielen; sie ließ ihn daher mit seinen Gefährten frei, erwies ihnen viel Ehre, ließ ihnen zu essen und zu trinken geben und tat ihnen viel Gutes. Als sie eines Tages allein mit Seif Almuluk war, bat sie ihn, ihr seine Liebe zu schenken; aber Seif Almuluk weigerte sich und sagte: »O meine Herrin, ich bin ein fremder Jüngling, der unglücklich liebt und nur am geliebten Gegenstand Freude finden kann.« Alle Versuche der Prinzessin, ihn zu gewinnen, schlugen fehl. Als sie dies endlich müde war, zürnte sie ihm und den Mamelucken und zwang sie, ihr zu dienen; so ging es vier Jahre fort. Seif Almuluk war dieses Zustands sehr überdrüssig und ließ die Prinzessin bitten, sie frei ziehen zu lassen und ihre bitteren Qualen zu erleichtern. Die Prinzessin ließ ihn zu sich kommen und wiederholte ihre Liebeserklärung, aber Seif Almuluk schenkte ihr kein Gehör. Endlich sagte sie zu ihm: »So geh und hole Holz!«, und so blieb alles mit ihm und seinen Mamelucken wie vorher. Die Bewohner der Insel kannten sie als Vögel der Prinzessin, und niemand gab ihnen ein böses Wort; die Prinzessin aber war ruhig, denn sie wusste, dass sie keine Mittel finden würden, sich von dieser Insel zu retten. Seif Almuluk und seine Mamelucken konnten ohne Wache frei umhergehen und blieben oft mehrere Tage vom Hause weg, um Holz auf der Insel zu sammeln; dann brachten sie es in die Küche der Prinzessin. So lebten sie zehn Jahre lang. Da saß eines Tages Seif Almuluk am Ufer des Meeres und dachte an die Umstände, unter denen er und seine Mamelucken lebten; er dachte an seinen Vater, an seine Mutter und an seine Familie, an sein Königreich, an die Herrlichkeit, in der er früher gelebt hatte, und Tränen rollten über seine Wangen. Er erinnerte sich auch an seinen Freund Said, und dies vermehrte noch seine Tränen und seinen Jammer. Seine Mamelucken sagten zu ihm: »O Herrscher, wie lange weinst du noch, und was nützt dieses Weinen? Ist nicht alles dies auf die Stirn des Menschen geschrieben? Ist nicht alles nach der göttlichen Bestimmung eingetroffen? Schreibt nicht die himmlische Feder, was Allah beschlossen hat? Es bleibt uns nichts übrig, als Geduld zu haben. Vielleicht wird Allah, der dieses über uns verhängt hat, auch wieder helfen.« Seif Almuluk sagte: »O meine Brüder! Was können wir tun, um uns von der Macht dieser Verruchten zu befreien? Es bleibt uns nichts übrig, als die Rettung von Allah zu erwarten. Wir könnten jedoch entfliehen, um diese Qual zu beenden.« Sie antworteten: »O Herrscher, wo wir auch landen wollen, verfolgen uns Werwölfe, welche die Menschen fressen; wir können ihnen nicht entgehen. Sie werden uns fressen oder zur Prinzessin zurückbringen, und sie wird uns dann zürnen.« Seif Almuluk sagte: »Ich will eine Rettung versuchen, und Allah, der Allmächtige, wird uns helfen.« Sie sagten: »Was willst du tun?« Er antwortete: »Wir wollen lange Bäume spalten und aus ihren Rinden Seile machen, damit die Bretter zusammenbinden und ein Floß bauen, es ins Meer werfen und mit Früchten beladen, dann Ruder schnitzen und unsere Ketten mit der Axt entzweischlagen; der Erhabene wird uns wohl helfen, er ist ja über alles mächtig; vielleicht treibt uns der Wind nach China, und wir kommen von dieser tyrannischen Prinzessin los.«

Die Mamelucken freuten sich über die Worte und sagten: »Dein Rat ist gut!« Sie fingen sogleich an, Holz zu fällen und ein Floß zu bauen; in einem Monat war alles fertig. Da ließen sie das Floß ins Meer gleiten und beluden es mit Früchten, ohne dass jemand etwas davon wusste.

Dann nahm einer die Axt und befreite sie von ihren Ketten; dann bestiegen sie das Floß und brachten vier Monate auf dem Meer zu, ohne zu wissen, wohin sie das Floß tragen würde. Nun aber ging ihnen ihr Proviant aus, und sie litten großen Hunger. Auf einmal fing das Meer an zu schäumen und zu toben und hohe Wellen zu schlagen; ein furchtbares Krokodil stieg aus dem Grund des Meeres auf, ergriff einen Mameluck und verschlang ihn. Seif Almuluk blieb jetzt nur noch mit zwei Mamelucken übrig, mit denen er so schnell wie möglich ruderte, um sich von dem Ungeheuer zu entfernen; so ruderten sie immer fort, bis sie eines Tages auf einer Insel einen hohen Berg sahen. Sie freuten sich sehr darüber, ruderten tapfer darauf zu, und je näher sie kamen, desto größer war ihr Freude; aber auf einmal tobte das Meer wieder, und abermals stieg ein Krokodil aus dessen Tiefen auf und verschlang die beiden Mamelucken. Seif Almuluk entkam ganz allein auf die Insel; er bestieg den Berg, setzte sich darauf und wartete, bis jemand vorübergehen würde. Die Einsamkeit erinnerte ihn wieder an seine Heimat und die Trennung von seinem Land, und er weinte. Dann ging er ins Gebüsch und aß Früchte; da kamen über zwanzig Affen, von denen jeder größer als ein Maulesel war, zwischen den Bäumen hervor, umgaben Seif Almuluk von allen Seiten und zogen ihn mit sich, bis sie zu einem hohen, festen Schloss kamen, das allerlei Kostbarkeiten enthielt. Es war aus Gold und Silber gebaut, und eine Menge von Edelsteinen waren darin zu sehen, deren Pracht nie beschrieben werden kann.

In diesem Schloss aber war, außer einem schlanken, bartlosen Jüngling, niemand. Seif Almuluk hatte großes Gefallen an ihm; auch er gefiel diesem Jüngling, der, sobald er ihn sah, fragte: »Was willst du? Wie heißt du? Woher bist du? Wie bist du hierher gekommen? Erzähle mir deine Geschichte und verbirg mir nichts.« Seif Almuluk sagte zu ihm: »Bei Allah! Mein Bleiben hier ist nur kurz, ich kann nirgends lange verweilen, bis ich mein Ziel erreicht habe.« Der Jüngling fragte noch einmal: »Was ist deine Absicht? Wie heißt du, und woher bist du?« Seif Almuluk antwortete: »Ich bin aus Ägypten, heiße Seif Almuluk, und mein Vater ist König Assem, der Sohn Safwans.« Und er erzählte ihm alles von Anfang bis zu Ende, was zu wiederholen überflüssig wäre.

Der Jüngling stand auf, bot Seif Almuluk seine Dienste an und sprach: »O Herrscher! Ich habe doch in Ägypten gehört, du seist nach China gereist?« Seif Almuluk antwortete: »Man hat dir die Wahrheit gesagt. Ich bin nach China gereist, von da hatten wir vier Monate lang glückliche Fahrt nach Indien, bis ein Sturm kam und alle Schiffe zertrümmerte. Ich blieb allein mit den Mamelucken in einem kleinen Schiff übrig; wir bestanden dann noch viele Gefahren, bis ich zuletzt allein übrig blieb und hier landete.« Der Jüngling sagte: »O Prinz, du hast nun in der Fremde genug gelitten, bleib jetzt bei mir und unterhalte mich, und wenn ich sterbe, kannst du über diese Länder herrschen. Niemand weiß, wie lang und wie breit diese Insel ist; man braucht viele Tage, um sie zu durchwandern. Die Affen, welche du gesehen hast, sind sehr geschickt, und du findest hier, was du nur wünschen kannst.«

Seif Almuluk wiederholte, er könne an keinem Ort bleiben, ehe er sein Vorhaben ausgeführt habe. Er werde die ganze Welt bereisen, und entweder würde ihm Allah seinen Wunsch erfüllen, oder ihn irgendwo den Tod finden lassen. Der Jüngling gab hierauf den Affen ein Zeichen, und sie entfernten sich auf eine Weile, kamen jedoch gleich darauf mit seidenen Tüchern umgürtet zurück, deckten den Tisch und brachten mehr als hundert goldene und silberne Schüsseln und Platten mit allen möglichen Speisen und blieben stehen, wie es bei Königen Sitte ist. Der Jüngling machte ihnen ein Zeichen, und sie setzten sich; nur der, der zu bedienen hatte, blieb stehen, und der Jüngling, Seif Almuluk und die Vornehmsten unter den Affen aßen. Dann wurde die Tafel aufgehoben, und man brachte eine goldene Kanne und ein Waschbecken mit Rosenwasser und Moschus, womit sie ihre Hände wuschen. Zuletzt wurden Weine, süße Speisen und eingemachte Früchte aufgetragen; sie tranken, belustigten sich und ließen sich's wohl sein. Die Affen fingen an zu tanzen und zu spielen, sodass Seif Almuluk sehr erstaunt war über alles, was er hier sah, und darüber alles Ungemach vergaß, das ihm widerfahren war. Als es Nacht war, zündeten sie Wachskerzen an und steckten sie auf goldene, mit Edelsteinen verzierte Leuchter; dann brachten sie allerlei frische und getrocknete Früchte. Später begab sich Seif Almuluk in einen großen Saal zur Ruhe, wo ihm ein Lager bereitet worden war.

Am anderen Morgen stand der Jüngling vor Sonnenaufgang auf, weckte Seif Almuluk und sagte zu ihm: »Strecke deinen Kopf zum Fenster hinaus, und gib Acht auf das, was du draußen siehst!« Als Seif Almuluk den Kopf hinausstreckte, sah er das ganze Land voller Affen, eine so große Menge, wie nur Allah, der Erhabene, sie zu zählen vermochte. Da sagte Seif Almuluk: »Warum versammeln sich diese Affen hier?« Der Jüngling erwiderte: »Jeden Samstag kommen sämtliche Affen, die auf der Insel sind, zwei, drei Tagereisen weit her und versammeln sich an diesem Ort, bis ich aus dem Schlaf erwache und den Kopf zum Fenster hin ausstrecke. Sobald sie mich sehen, küssen sie die Erde und bieten mir ihre Dienste an, dann geht jeder wieder seinem Geschäft nach.« Als nun die Affen den Jüngling am offenen Fenster erblickten, verbeugten sie sich vor ihm und gingen an ihre Arbeit. Seif Almuluk blieb einen ganzen Monat bei diesem Jüngling, dann nahm er Abschied von ihm und reiste weiter. Der Jüngling gab ihm etwa zweihundert Affen zu seiner Bedienung mit, die ihn sieben Tage lang begleiteten, bis er die Grenze des Landes erreichte, dann nahmen sie Abschied von ihm und kehrten in ihre Heimat zurück.

Seif Almuluk reiste nun allein über Berg und Hügel und durch Wüste und Fruchtland vier Monate lang. Einen Tag hungerte er, einen anderen hatte er wieder vollauf zu essen, und dann musste er sich vom Gras der Wüste ernähren. Er bereute es, den Jüngling verlassen zu haben, und schon wollte er wieder umkehren, da sah er in der Ferne etwas Schwarzes schimmern. Er dachte: »Hier ist ein Obdach oder ein Baum, ich will einmal sehen, was es ist.« Er ging darauf zu und sah ein hohes Schloss. Es war das, welches Japhet, der Sohn Noahs, gebaut hatte, und das im heiligen Buch mit den Worten erwähnt ist: »Ein festes Schloss und ein verlassener Brunnen.« Er setzte sich vor die Tür des Schlosses und dachte: »Gehört es wohl Menschen oder Geistern?« So saß er eine Weile davor, sah jedoch niemanden weder aus- noch eingehen, stand dann auf und ging im Vertrauen auf Allah ins Schloss hinein; er zählte sieben Gänge darin, sah aber keinen Menschen. Am Ende des siebten Ganges befand sich eine Tür, vor der ein Vorhang hing; den hob er auf und trat in einen großen Saal mit seidenen Teppichen auf dem Boden. Mitten im Saal stand ein goldener Thron, auf dem ein Mädchen saß, schön wie der leuchtende Mond; es hatte königliche Kleider an und war geschmückt wie eine Braut in der Hochzeitsnacht. Vor dem Thron stand eine Tafel, darauf vierzig Schüsseln mit den köstlichsten Speisen. Als Seif Almuluk das Mädchen sah, ging er auf es zu und grüßte es; es erwiderte seinen Gruß und fragte ihn: »Bist du ein Mensch oder ein Geist?« Er antwortete: »Ich gehöre zu den besten der Menschen; ich bin ein Königssohn und selbst König!« Hierauf sprach es: »Nimm zuerst etwas von den Speisen zu dir, dann erzähle mir, wie du hierher gekommen bist.« Seif Almuluk setzte sich an die Tafel, denn er war hungrig, und aß, bis er satt war; hierauf streckte er die Hand aus und trank. Als er hinlänglich gesättigt war, setzte er sich auf den Thron neben das Mädchen. Das Mädchen fragte ihn: »Wer bist du, und woher kommst du? Wie heißt du, und wer hat dich hierher gebracht?« Seif Almuluk sagte: »Meine Geschichte ist sehr lang.« Es versetzte: »Sage mir nur, woher du bist und was du hier tun willst.« Er erwiderte: »Erzähle mir auch, wer dich hierher gebracht hat und warum du ganz allein hier wohnst.« Das Mädchen sprach: »Mein Name ist Dawlet Chatun. Ich bin die Tochter des Königs von Indien, der in der Stadt Serendib wohnt und einen großen, schönen Garten besitzt; es gibt in ganz Indien keinen schöneren mit einem so großen Teich. Eines Tages ging ich mit meinen Sklavinnen in diesen Garten; wir entkleideten uns und stiegen in den Teich, neckten einander und waren lustig und heiter. Da kam auf einmal etwas, das einer Wolke glich, über mich, riss mich aus der Mitte meiner Sklavinnen und trug mich hinweg zwischen Himmel und Erde, wo es zu mir sprach: ›Dawlet Chatun, fürchte nichts! Beruhige dein Herz!‹ Es flog dann eine Weile mit mir, und ich wusste nichts mehr von mir selbst, bis es mich in diesem Schloss niedersetzte und sich in einen schönen Jüngling verwandelte. Der fragte mich: ›Kennst du mich?‹ Ich antwortete: ›Herr, ich kenne dich nicht!‹ Hierauf sagte er: ›Ich bin der Sohn des blauen Königs der Geister; mein Vater wohnt an den Ufern des roten Meeres und herrscht über sechshunderttausend Geister. Ich flog auf meinem Weg an dem Ort vorbei, an dem du dich badetest, verliebte mich in dich und deine Gestalt, darum ließ ich mich zu dir hinunter und entführte dich aus der Mitte deiner Sklavinnen und brachte dich in dieses feste Schloss hierher, das ich bewohne. In dieses Schloss kommt nie jemand, weder ein Mensch noch ein Geist, und von hier bis Indien hat man hundertzwanzig Jahre zu reisen; du kannst in deinem Leben das Land deines Vaters und deiner Mutter nicht wiedersehen. Bleibe also hier bei mir, und sei guten Mutes. Ich erscheine dir, sooft du es wünschst.‹ Dann umarmte und küsste er mich und sagte zu mir: ›Setz dich und fürchte nichts!‹ Er ließ mich nun eine Weile allein, kam dann wieder mit diesem Tisch und den Teppichen, die du hier siehst. Jedes Mal am Dienstag kommt er wieder, bleibt bis Freitagnachmittag bei mir und hält sich dann wieder bis Dienstag fern. Wir essen und trinken miteinander, er küsst und umarmt mich. Mein Vater ist König und heißt Tadj Aimuiuk [Krone der Könige]. Er weiß nichts von meinem Schicksal und hat noch keine Spur von mir entdeckt. Und dies ist meine Geschichte; erzähle du mir nun die deinige!«

Seif Almuluk sagte: »Meine Geschichte ist lang, ich fürchte, der Geist könnte, ehe ich sie dir ganz erzählt habe, wiederkehren.« Die Prinzessin sagte: »Heute ist Freitag, er hat mich soeben verlassen und wird vor Dienstag nicht wiederkehren; setz dich also, sei ganz ruhig, und erzähle mir von Anfang bis zu Ende, wie du hierher gekommen bist.«

Seif Almuluk erzählte ihr seine Geschichte, bis er den Namen Badial Djamal nannte. Da schwammen ihre Augen in Tränen, und sie sagte: »So heißt meine Schwester! O meine Schwester Badial Djamal! Weh über jene Zeit! Gedenkst du denn meiner nicht mehr? Fragst du nicht mehr: ›Wo ist meine Schwester Dawlet Chatun?‹« Sie weinte eine Weile und grämte sich darüber, dass Badial Djamal ihrer nicht gedachte. Da sprach Seif Almuluk: »O Dawlet Chatun! Badian Djamal ist ein Geist, und du bist ein menschliches Wesen. Wie kannst du ihre Schwester sein?« Sie antwortete: »Sie ist meine Milchschwester! An dem Tage, an dem meine Mutter mich im Garten gebar, wurde auch Badial Djamal in einem anderen Teil unseres Gartens geboren. Ihre Mutter schickte zu der meinigen, um einige Speisen und das nötige Weißzeug holen zu lassen. Die sandte ihr, was sie verlangte, und lud Mutter und Tochter zu sich ein. Beide kamen nun zu meiner Mutter, die Badial Djamal nährte.

Die Mutter Badial Djamals blieb so zwei Monate lang in unserem Garten; dann reiste sie wieder in ihre Heimat, übergab aber vorher meiner Mutter etwas und sagte zu ihr: ›Wenn du mich nötig hast, so komme ich zu dir in den Garten.‹

Badial Djamal kam nun jedes Jahr mit ihrer Mutter und blieb einige Zeit bei uns, dann kehrte sie wieder in ihre Heimat zurück. Wäre ich bei meiner Mutter, o Seif Almuluk, und hätte ich dich in unserem Lande kennen gelernt, und wir wären wie früher vereint gewesen, so würde ich schon Mittel gefunden haben, sie zu überlisten und deinen Wunsch zu erfüllen. Doch jetzt bin ich fern von meinem Vaterland, und sie wissen nichts von mir, denn wüssten sie es, sie könnten mich schon von hier befreien; doch muss die Sache dem Erhabenen überlassen werden! Was also soll ich tun?« Seif Almuluk sagte: »Mach dich auf, ich will mit dir fliehen!« Sie versetzte aber: »Wo können wir hingehen? Bei Allah! Wenn du auch die Strecke eines Jahres hier zurückgelegt hast, so wird dich dieser Verruchte doch augenblicklich erreichen und dich und mich umbringen.« Da sagte Seif Almuluk: »So will ich mich hier irgendwo verbergen, und wenn er an mir vorübergeht, ihn mit einem Schwert töten.« Da antwortete Dawlet Chatun: »Du kannst ihm nicht eher etwas anhaben, bis du seinen Geist vernichtet hast.« Seif Almuluk fragte: »Und wo ist sein Geist?« Sie antwortete: »Ich habe oft danach gefragt, aber er wollte mir es nicht sagen, bis ich eines Tages in ihn drang, worüber er böse war und mir sagte: ›Wie lange wirst du noch nach meinem Geist fragen? Was hast du mit meinem Geist zu schaffen?‹ Meine Antwort war: ›Bleibt mir außer dir noch sonst jemand übrig? Befinde ich mich wohl für mein ganzes Leben? Meine Seele liebt ja die deinige, und wenn ich nicht für dein Leben wache und es in das Schwarze meines Auges setze, was soll aus dem meinigen werden, wenn du nicht mehr bist? Lass mich nun deinen Geist kennen, damit ich ihn wie dieses Auge hier bewahre!‹ Hierauf sagte er zu mir: ›Seit meiner Geburt haben mir die Sterndeuter gesagt, mein Geist werde durch die Hand eines menschlichen Prinzen vernichtet werden. Darum nahm ich ihn, legte ihn in den Kropf eines Sperlings, sperrte diesen in eine Büchse und die Büchse in sieben Schachteln, die Schachteln in sieben Kisten, die Kisten in einen marmornen Behälter, und diesen vergrub ich an der Küste dieses Meeres, das von jedem Land entfernt ist und wohin kein Mensch kommen kann. Ich wiederhole dir aber, sage es niemandem, es bleibe ein Geheimnis zwischen dir und mir!‹ Ich antwortete ihm: ›Wer kommt denn zu mir oder sieht mich außer dir, dass ich's ihm sagen sollte?‹ Dann fuhr ich fort: ›Bei Allah, du hast deinen Geist an einen vortrefflichen Ort gelegt, wohin außer dir niemand gelangen kann, denn wie sollte jener Mensch oder irgendjemand diesen entdecken können?‹ Hierauf antwortete er: ›Der Prinz soll einen von Salomons Ringen am Finger haben; wenn er diesen auf das Wasser legt und seine Hand darüber hält und die Seele jenes Geistes anruft, so soll, wie mir die Sterndeuter sagten, der marmorne Sarg sich von selbst in die Höhe heben und samt den Kisten und Kasten in Stücke gehen. Mit diesem Zeichen wird der Sperling aus der Büchse hervorkommen und alsdann erwürgt werden. Ich aber muss dann sterben.«

Seif Almuluk sagte: »Ich bin jener Prinz, und hier ist Salomons Ring an meinem Finger; folge mir an das Meeresufer, damit wir sehen können, ob der Geist die Wahrheit sprach oder nicht!« Sie machten sich auf und gingen zusammen ans Meer. Dawlet Chatun blieb am Ufer stehen, Seif Almuluk aber legte den Ring aufs Wasser und sagte: »Bei den Namen, die auf diesem Ring sind, Geist des Sohnes des blauen Königs, komm hervor!«

Sogleich fing das Meer an zu toben, und der Behälter kam herauf; Seif Almuluk schlug ihn gegen einen Stein, dass er zerbrach, dann zerschmetterte er die Kisten und Schachteln, nahm den Sperling aus der Büchse und würgte ihn; darauf ging er mit der Prinzessin zurück ins Schloss und setzte sich neben sie auf den Thron. Während sie so dasaßen, stieg Staub auf, und es erschien eine ungeheure Gestalt, die sprach: »O Prinz! Lass mich leben und schenke mir die Freiheit! Ich werde dir zur Erfüllung deines Wunsches verhelfen.« Dawlet Chatun aber sagte zu Seif Almuluk: »Was zögerst du? Töte den Sperling, sonst wird der Verruchte auf uns eindringen, dir ihn wegnehmen und dich und mich umbringen!« Seif Almuluk erwürgte daraufhin den Sperling; der Geist aber stürzte vor der Tür des Schlosses nieder und wurde zu einem Haufen schwarzen Staubes. Dawlet Chatun sagte: »Nun wären wir von der Gewalt dieses Verruchten befreit, was aber fangen wir jetzt an?« Seif Almuluk sagte: »Wir müssen auf Allah vertrauen, der uns so heimgesucht hat. Er wird uns leiten und unsere Rettung herbeiführen.« Dann raffte er sich auf, hob mehrere Türen des Schlosses aus, zog von den Vorhängen die Schnüre ab, die aus feinstem Hanf mit Baumfasern zusammengeflochten waren, band damit die Türen zusammen und machte mit Hilfe Dawlet Chatuns eine Art Floß daraus; dann schleppten sie es ins Meer und befestigten es an Pfählen. Als dies geschehen war, kehrten sie ins Schloss zurück und trugen die goldenen Schüsseln und silbernen Platten, die Juwelen und die Edelsteine auf das Floß und bestiegen es im Vertrauen auf Allah. Zwei Stücke Holz dienten ihnen als Ruder. Sie banden das Seil los und ruderten mit dem Floß mitten ins Meer, ohne zu wissen, wohin sie sich wenden sollten. Der Wind trieb das Floß vier Monate umher, bis schließlich die Lebensmittel zu Ende waren. Sooft Dawlet Chatun schlief, saß Seif Almuluk hinter ihr, und wenn dieser schlief, saß sie hinter ihm, und ein Schwert lag zwischen ihnen. Eines Nachts, als Seif Almuluk schlief und Dawlet Chatun wachte, bemerkte sie, wie das Floß sich dem Land näherte und in einen Hafen einlief, in dem viele Schiffe lagen; als sie zu diesen hinsah, hörte sie, wie ein Mann, der oberste Schiffskapitän, mit einigen Matrosen sprach, woraus sie schloss, dass sie nun in ein bewohntes Land und in eine Stadt gekommen waren. Sie freute sich sehr, weckte Seif Almuluk aus dem Schlafe und sagte zu ihm: »Steh auf, frage den Schiffskapitän, der am Meer steht, wie dieser Ort heißt und was das für ein Hafen ist.« Seif Almuluk stand freudig auf und fragte: »Freund, wie heißen diese Stadt und dieser Hafen?« Der Kapitän antwortete: »Du Lügengesicht, du Einfaltsbart, wenn du diese Stadt und diesen Hafen nicht kennst, wie bist du hierher gekommen?« Seif Almuluk antwortete: »Ich bin ein Fremder, der mit anderen Reisenden auf einem Schiff war, das Schiffbruch erlitt und unterging. Ich allein habe mich auf einem Brett, das ich bestiegen, hierher gerettet; darum fragte ich dich. Fragen ist doch keine Schande!« Der Mann antwortete: »Diese Stadt heißt die Bewohnte, und dieser Hafen heißt Der-zwischen-zwei-Meeren.«

Als Dawlet Chatun dies hörte, freute sie sich und sagte: »O Seif Almuluk, höre die gute Botschaft: Die Hilfe ist nahe, denn der König dieser Stadt ist mein Oheim und heißt Ali Almuluk [der höchste König]. Frage den Kapitän, ob es nicht so ist!« Da fragte ihn Seif Almuluk: »Heißt nicht der König dieser Stadt Ali Almuluk?« Der Kapitän antwortete ganz zornig: »Wie wunderlich bist du! Zuerst sagst du, du seiest niemals hierher gekommen, seiest ein Fremder. Woher weißt du nun, wie ihr König heißt?«

Als Dawlet Chatun den Kapitän so sprechen hörte, erkannte sie ihn; er hieß Muin Arriasah [Helfer der Oberherrschaft]. Sie sprach zu Seif Almuluk: »Sage zu ihm: ›Komm Muin Arriasah, deine Herrin will dich sprechen!«

Seif Almuluk sprach diese Worte aus, worüber der Kapitän, als er das hörte, in den heftigsten Zorn geriet und sagte: »Du Hund, du Dieb! Du bist gewiss ein Spion! Woher kennst du mich?« »Er rief dann einem Matrosen zu: »Gib mir einen Eschenstock, damit ich zu diesem Unreinen gehe und ihm den Schädel einschlage, weil er so verrückt schwatzt!« Man gab dem Kapitän einen Stock, womit er drohend auf das Floß zuging, als er auf einmal ein herrliches, wunderbares Geschöpf darauf erblickte; sein Verstand kam in Verwirrung, endlich bemerkte er, dass es ein Mädchen, strahlend wie die Sonne, war. Er fragte Seif Almuluk: »Was hast du da für ein Mädchen bei dir?« Er antwortete: »Sie heißt Dawlet Chatun.« Da fiel der Kapitän in Ohnmacht, als er ihre Stimme erkannte; denn er wusste, dass es die Stimme der Nichte seines Königs war. Als er wieder zu sich gekommen war, bestieg er sein Pferd, ritt in die Stadt zum königlichen Schloss und sagte zum Diener: »Melde dem König, Muin Arriasah habe eine gute Botschaft zu überbringen, die ihn erfreuen werde.« Als der Diener dies meldete, gab der König dem Kapitän die Erlaubnis hereinzukommen. Muin Arriasah ging hinein, küsste die Erde und sagte: »König, ich bringe dir die Nachricht, dass deine Nichte Dawlet Chatun soeben ganz wohl auf einem Floß in Gesellschaft eines jungen Mannes, der schön ist wie der Mond in der vierzehnten Nacht, in den Hafen eingelaufen ist.« Als der König dies vernahm, freute er sich sehr, machte dem Kapitän reiche Geschenke und ließ die Stadt wegen der glücklichen Ankunft seiner Nichte festlich schmücken. Kaum waren sie in der Stadt angekommen, so schickte der König Boten zu seinem Bruder Tadj Almuluk, der sogleich zu seiner Tochter kam und einige Zeit mit ihr bei seinem Bruder blieb; dann nahm er seine Tochter und Seif Almuluk mit sich, und sie reisten zusammen nach Serendib, dem Land ihres Vaters. Dawlet Chatun sah ihre Mutter wieder und hatte große Freude an ihr. Alle Trauer war vorüber, und es wurden alle möglichen Festlichkeiten begangen. Der König erwies Seif Almuluk viel Ehre und sprach zu ihm: »Du hast mir und meiner Tochter so viel Gutes erwiesen, dass ich dich nie genug dafür belohnen kann; nur der Herr der Welten kann es dir vergelten. Mein Wunsch ist, dass du an meiner Stelle den Thron besteigst und über Indien herrschst; ich schenke dir mein Reich, meine Schätze, meine Diener und alles, was ich besitze.« Seif Almuluk verbeugte sich, küsste dankbar die Erde vor ihm und sagte: »O König der Erde, es sei, als habe ich alles von dir angenommen und es dir dann wieder zurückgegeben, denn, Herr, ich strebe weder nach einem Königreich noch nach Herrschermacht. Mein einziger Wunsch vor Allah ist, dass er mich zu meinem Ziel gelangen lasse.« Der König sprach dann zu seinen Leuten: »Alle meine Schätze gehören Seif Almuluk, gebt ihm, was er verlangt, ohne mich deshalb zu befragen!« Seif Almuluk sagte: »Ich möchte mich einmal in der Stadt umsehen auf den Plätzen und Märkten.«

Als der König dies hörte, ließ er Pferde satteln, und Seif Almuluk ritt in die Stadt und durchzog die Basare. Er sah dort einen jungen Mann mit einem Kleid in der Hand, das er um fünfzehn Denare ausrief. Er fand ihn seinem Freund Said sehr ähnlich, ja, er war es in der Tat; nur erkannte ihn Seif Almuluk nicht gleich, weil seine Züge durch die lange Trennung und die große Reise verändert waren. Er rief seinen Mamelucken zu »Ergreift diesen jungen Mann, führt ihn ins Schloss und bewahrt ihn dort auf, bis ich von meinem Spazierritt zurückkehre!« Diese glaubten, er habe gesagt: »Führt ihn ins Gefängnis!«, und dachten, es wird wohl ein ihm entflohener Mameluck sein. Sie ergriffen ihn daher, führten ihn ins Gefängnis, fesselten und verließen ihn. Als Seif Almuluk vom Spazierritt ins Schloss zurückkehrte, dachte er nicht mehr an

Said. Und die Mamelucken, die ihn festgenommen hatten, erinnerten ihn auch nicht an diesen, sodass Said im Gefängnis blieb und mit den übrigen Gefangenen zur Zwangsarbeit geschickt wurde. Said machte sich über diese schändliche Behandlung Gedanken.

Seif Almuluk gab sich unterdessen allerlei Zerstreuungen hin, bis er sich eines Tages an Said erinnerte und die Mamelucken fragte: »Wo ist der, den ihr mit euch genommen habt?« Sie antworteten: »Hast du uns nicht geheißen, ihn ins Gefängnis zu führen?« Seif Almuluk versetzte: »Mein Wille war bloß, dass ihr ihn ins Schloss bringt.« Es wurden sogleich einige Kammerherrn und Emire abgeschickt, die Said gefesselt vor Seif Almuluk brachten. Dieser fragte ihn: »Junger Mann, aus welchem Land bist du?« Er antwortete: »Ich bin aus Ägypten und heiße Said, Sohn des Wesirs Fares.« Als Seif Almuluk dies hörte, sprang er vom Thron herunter, fiel Said um den Hals und weinte heftig vor Freude. Dann sagte er: »O mein Bruder! O Said, du lebst, und ich sehe dich wieder; ich bin dein Bruder Seif Almuluk, Sohn des Königs Assem!« Sie hielten sich eine Weile umschlungen und weinten, die Mamelucken aber sahen erstaunt zu. Dann ließ Seif Almuluk Said ins Bad bringen und ihm kostbare Kleider anlegen. Als dies geschehen war, führte man ihn in den Diwan zu seinem Bruder, der ihn neben sich auf den Thron sitzen ließ, und Said freute sich sehr des Wiedersehens. Sie unterhielten sich über ihre Abenteuer. Seif Almuluk erzählte alles, was ihm zugestoßen war, von Anfang bis zu Ende. Dann sprach Said: »O mein Bruder, als das Schiff unterging, bestieg ich mit einigen Mamelucken ein Brett, auf dem wir einen vollen Monat umhertrieben. Dann warf uns der Sturm nach dem Willen des Erhabenen auf eine Insel. Wir stiegen hungrig an Land, gingen zwischen den Bäumen herum und aßen von ihren Früchten. Da fiel auf einmal eine Volksmenge gleich Teufeln über uns her; sie stiegen auf unsere Schultern und sagten: ›Lauft nur zu, ihr seid nun unsere Esel!‹ Ich sagte zu dem, der mich bestieg: ›Wer bist du, und warum reitest du auf mir?‹ Er schlang den einen Fuß um meinen Hals, drückte mich so sehr, dass ich fast starb und stieß mich so heftig mit dem anderen Fuß in den Rücken, dass ich glaubte, er breche mich mittendurch; ich fiel zur Erde auf mein Gesicht, denn ich hatte vor Hunger und Müdigkeit von der Reise keine Kraft mehr. Als er merkte, dass ich hungrig war, nahm er mich an der Hand, führte mich unter einen Baum, der viele Früchte hatte, und sagte zu mir: ›Iss von diesen Früchten!‹ Ich aß, bis ich satt war, und ging wieder unter Zwang weiter. Ich war aber nur ein paar Schritte weitergegangen, da stieg er wieder auf meine Schultern, und ich musste bald gehen, bald laufen; er aber lachte und sprach: ›Ich habe in meinem Leben kein so gutes Lasttier gehabt.‹ So blieben wir mehrere Jahre lang bei ihnen. Eines Tages sahen wir viele Weinberge mit Trauben; wir sammelten davon, füllten eine Grube damit und traten die Beeren mit den Füßen; dann schien die Sonne darauf, und es wurde Wein daraus. Wir tranken so viel davon, bis wir berauscht waren und unsere Gesichter ganz rot wurden. Da fingen wir an zu singen, zu springen und zu tanzen. Sie fragten: ›Was habt ihr, dass ihr so rot seid, so singt und tanzt?‹ Wir antworteten: ›Was habt ihr danach zu fragen? Was wollt ihr von uns?‹ Sie versetzten: ›Sagt es uns! Wir wollen es sehen!‹ Wir erwiderten: ›Das ist der Wein.‹ Sie sagten: ›Gebt uns davon zu trinken!‹ Wir aber antworteten: ›Es sind keine Trauben mehr da.‹

Da führten sie uns in ein Tal, wir wissen nicht wie lang noch wie breit, weder wo es anfängt, noch wo es endet, ganz voll mit Reben, von denen jede Traube einen Zentner schwer und leicht zu pflücken war. Sie sagten: ›Sammelt von diesen!‹ Wir sammelten viele davon, füllten damit einen Zuber, größer als ein Teich, traten sie mit Füßen und ließen sie so einen ganzen Monat lang gären, bis sie zu Wein geworden waren. Dann sagten wir ihnen: ›Nun ist der Wein bereit. Woraus wollt ihr trinken?‹ Sie antworteten: ›Wir hatten Esel, wie ihr seid, die, als sie alt wurden, starben. Wir aßen ihr Fleisch; noch haben wir aber ihre Schädel. Gebt uns daraus zu trinken!‹

Sie führten uns dann in Höhlen, in denen viele Menschengebeine lagen; wir nahmen einige Schädel, gaben ihnen daraus zu trinken und dachten: ›Nicht genug, dass sie auf uns reiten, sie fressen uns auch noch nach unserem Tode.‹ Wir sagten zueinander: ›Es gibt keinen Schutz und keine Macht außer bei Allah, dem Erhabenen!‹

Wir füllten nun einen Menschenschädel mit Wein und reichten ihn ihnen. Nachdem sie ihn ausgetrunken hatten, riefen sie aus: ›Das ist bitter.‹ Wir erwiderten: ›Warum sagt ihr das? Wer so spricht und nicht wenigstens zehnmal so viel trinkt, der muss noch am gleichen Tag sterben.‹ Sie fürchteten sich vor dem Tod und sagten: ›So gebt uns noch mehr zu trinken!‹ So tranken sie, bis der Wein ihnen schmeckte und sie betäubt waren, verlangten aber immer mehr. Zuletzt wurden sie so berauscht, dass sie sich nicht mehr auf uns festhalten konnten. Als wir dies merkten, liefen wir so lange in der Hitze und in der frischen Luft herum, bis sie der Schlaf überfiel und sie sich niederlegen wollten. Wir aber sagten: ›Lasst uns immerzu laufen‹, und wir liefen mit ihnen so lange, bis sie auf unseren Schultern einschliefen und ihre Füße ganz locker um unseren Hals hingen. Wir luden sie alsdann ab, legten sie auf den Boden, sammelten viel Holz von Weinreben, legten es um sie herum und bedeckten sie damit. Dann zündeten wir es an und blieben in der Ferne stehen, um zuzusehen. In einem Augenblick flammte das Holz hoch auf; sie verbrannten alle und wurden zu einem Haufen Asche, und keiner von ihnen entkam. Wir dankten Allah für unsere Rettung, verließen die Insel, gingen ans Meeresufer und trennten uns voneinander. Ich ging mit zwei Mamelucken in einen großen Wald, wo wir Früchte aßen. Da kam eine große Gestalt mit langem Kinn, langen Ohren und Augen wie Fackeln; sie hatte eine große Herde vor sich, die sie weidete. Als sie uns sah, hieß sie uns willkommen, freute sich mit uns und sagte: ›Kommt zu mir, ich will euch eins von diesen Schafen schlachten und braten und es euch zu essen geben.‹ Wir sagten: ›Wo wohnst du denn?‹ Der Riese antwortete: ›In einer Höhle, deren Öffnung ihr finden werdet, sowie ihr um den Berg dieser Insel herumgeht. Geht nur hin, dort findet ihr viele Gäste, die euch gleichen!‹ Wir glaubten, er sage die Wahrheit und gehöre zu den aufrichtigen Menschen; wir suchten daher die Höhle auf.

Als wir hineinkamen, sahen wir Menschen darin, die uns glichen, sie waren aber alle blind. Als wir uns zu ihnen gesellten, sagte einer von ihnen: ›Ich bin krank.‹ Ein anderer sprach: ›Ich bin schwach.‹ Wir befragten sie, und sie antworteten: ›Auch ihr kommt, unser Los zu teilen! Wie seid ihr in die Gewalt dieses Verruchten gekommen? Es gibt keinen Schutz und keine Macht außer bei Allah, dem Erhabenen! Das ist ein Werwolf, der die Menschen frisst.‹ Wir fragten: ›Wie hat er euch blind gemacht?‹

Sie antworteten: ›Auch euch wird er sogleich mit einem Becher Milch blind machen. Er wird euch sagen, dass ihr diese Milch trinken sollt, bis er euch das Fleisch brate und es euch bringe; sowie ihr dann die Milch trinken werdet, wird das Licht eurer Augen erlöschen.‹ Ich dachte: ›Hier kann ich nur durch List entkommen.‹ Ich grub eine Vertiefung in den Boden, und nach einer Weile kam der Verruchte zur Tür herein mit drei Bechern Milch. Er reichte mir einen davon und denen, die mit mir gekommen waren, und sagte, wir sollten diese Milch nehmen und einstweilen trinken, bis er das Fleisch brate. Ich nahm den Becher, führte ihn an den Mund und goss ihn in die Vertiefung, fuhr dann mit den Händen an die Augen, schrie, dass ich meine Augen verloren hätte, und weinte; er aber lachte und sagte, dass ich nun auch wie diese geworden sei, die sich in der Höhle befänden; denn der Verruchte glaubte, auch ich sei nun blind, wie es meine beiden Begleiter wirklich geworden waren. Der Verruchte stand dann auf, schloss die Tür der Höhle und befühlte meine Rippen; da er mich aber sehr mager und abgezehrt fand, wandte er sich zu einem anderen, der fetter war, schlachtete drei Schafe, zog ihnen das Fell ab, brachte einen Spieß, an dem er sie zusammen briet, und aß sie; zuletzt nahm er einen Schlauch Wein, trank ihn aus, legte sich aufs Gesicht und schnarchte. Als ich dies sah, dachte ich: ›Wie kann ich ihn umbringen?‹ In dem Augenblick bemerkte ich zwei eiserne Spieße am Feuer, die davon glühend wie feurige Kohlen waren. Ich machte mich auf, nahm die beiden Spieße vom Feuer und stieß mit aller Kraft in die Augen des Riesen. Aus Liebe zum Leben sprang er schnell auf und wollte mich festhalten, ich aber entfloh mitten in die Höhle. Er lief mir nach; am Ende wusste ich nicht, wie ich ihm entrinnen sollte, denn die Höhle war mit einem Stein verschlossen; da fragte ich die anwesenden Blinden: ›Was soll ich gegen diesen Verruchten anfangen?‹ Einer von ihnen erwiderte: ›Spring auf dies Fenster, dort findest du ein kupfernes Schwert; nimm es, und wir wollen dir dann sagen, was du damit tun sollst. Schlag ihn nur damit auf die Mitte des Leibes, so wird er sogleich sterben.‹ Ich sprang, gestärkt durch die Macht und Größe Allahs, aufs Fenster, nahm das Schwert, sprang wieder hinunter und ging auf ihn zu. Das Verfolgen hatte ihn jedoch sehr ermüdet. Da er keine Augen mehr hatte, so wollte er die Blinden töten. Ich schlug ihn mit dem Schwert, und er fiel in zwei Stücke gespalten auf den Boden. Er schrie laut auf und rief: ›Mann, töte mich ganz, gib mir noch einen Hieb!‹ Ich wollte ihm noch einen Schlag auf den Hals geben, als mir der Mann, der mir das Rettungsmittel angegeben hatte, zurief: ›Schlage ihn nicht mehr, sonst kehrt er ins Leben zurück und wird uns alle umbringen!‹

Ich befolgte den Rat dieses Mannes, und der Verruchte starb bald darauf. Der Mann sprach weiter: ›Öffne nun die Pforten der Höhle, vielleicht wird uns Allah helfen, dass wir einmal aus diesem Ort befreit werden.‹ Ich sagte: ›Nun ist alles Böse vorüber. Wir wollen hier ausruhen, uns von diesen Schafen nähren und den Wein trinken.‹ Wir verweilten noch zwei Monate an diesem Ort, aßen von den Schafen und tranken von dem Wein; wir kosteten auch die Früchte, die hier wuchsen, bis wir eines Tages ein großes Schiff in der Ferne sahen. Wir gaben ihm ein Zeichen und riefen laut. Die Schiffsleute aber fürchteten sich vor dem Riesen, den sie als Werwolf auf dieser Insel kannten, und schenkten uns kein Gehör. Wir winkten ihnen immerzu und schrien: ›Der Verruchte ist tot, kommt und nehmt seine Herde und was er sonst besitzt.‹ Endlich näherte sich ein Trupp Matrosen in einem Nachen und stieg an Land. Wir führten sie zu dem Verruchten; sie nahmen, als sie sahen, dass er tot war, alle Kleider und alles Geld, das in der Höhle war, samt den Schafen. Sie sammelten auch Früchte auf lange Zeit. Wir stiegen dann mit ihnen auf das Schiff, und sie brachten uns hierher, wo ich eine gut regierte Stadt fand, die von braven Leuten bewohnt wird; ich ließ mich hier nieder und lebte nun schon seit sieben Jahren als Makler. Gepriesen sei Allah, der ein solches Ende herbeigeführt hat. Mein einziger Kummer war, nicht zu wissen, wo du lebst und was aus dir geworden ist; ich betete zu dem Allmächtigen, er möge mich bis zu unserem Wiedersehen leben lassen. Mein Herz ist nun ganz der Freude offen, seit Allah mich mit dir vereinigt hat.«

Seif Almuluk stand jetzt auf, ging in den Harem zu Dawlet Chatun und sagte zu ihr: »Herrin, wo bleibt das Versprechen, das du mir im festen Schloss gegeben hast? Hast du mir nicht gesagt: ›Wenn ich zu den Meinigen zurückgekehrt sein werde, so will ich mein Möglichstes tun, um dein Verlangen zu stillen?‹« Sie antwortete: »Das habe ich gesagt, und bin auch bereit zu gehorchen.«

Nach diesen Worten stand sie auf, ging zu ihrer Mutter und sprach zu ihr: »O Mutter, komm, wir wollen uns schön putzen und dann Räucherwerk anzünden, damit Badial Djamal mit ihrer Mutter kommt und sich freut, mich wiederzusehen.« Die Mutter sagte: »Tue das, meine Tochter.«

Dawlet Chatuns Mutter ging in den Garten und zündete Räucherwerk an; nach einer guten Weile kamen die Ersehnten alle in den Garten und schlugen da ihre Zelte auf. Dawlet Chatuns Mutter unterhielt sich mit Badial Djamals Mutter und erzählte ihr von der glücklichen Rückkehr ihrer Tochter; diese aber freute sich, ihre Schwester Badial Djamal zu sehen. Sie waren beide glücklich im Wiedersehen; es wurden Tische gedeckt und köstliche Speisen zubereitet. Dawlet Chatun saß allein auf einem Thron mit Badial Djamal; sie aßen und tranken, und ihre Heiterkeit wuchs. Dawlet Chatun aber sprach: »O meine Schwester, wie schlimm ist die Trennung und wie schön das Wiedersehen, ganz wie der Dichter sagt: ›Der Trennungstag hat mein Herz zerschnitten. Allah zerschneide das Herz des Trennungstages; wäre uns die Trennung möglich erschienen, so wären wir ihr nie verfallen!‹«

Dann fuhr sie fort: »Ich war viele Jahre lang allein in einem Schloss und weinte Tag und Nacht, alle meine Gedanken waren bei dir, meiner Mutter, meinem Vater und all den Meinigen; nunmehr seid ihr mir, gelobt sei Allah, alle wieder geschenkt!« Badial Djamal fragte: »Und wie bist du dem gewalttätigen Tyrannen, dem Sohn des blauen Königs, entkommen?«

Hierauf erzählte Dawlet Chatun alles, was ihr mit Seif Almuluk auf der Reise widerfahren war, was er für Schrecken und Gefahren ausgestanden hatte, ehe er in dieses Schloss kam, wie er den Sohn des blauen Königs getötet und die Tore des Schlosses ausgehoben habe, um daraus ein Floß und Ruder zu fertigen, bis sie hier ankamen.

Badial Djamal wunderte sich sehr über Seif Almuluks Taten und sagte: »Bei Allah, das ist ein tüchtiger Mann; doch warum hat er seinen Vater und seine Mutter verlassen, um so viel zu leiden?« Dawlet Chatun antwortete: »Ich will dir den Grund von allem sagen und mich nicht vor dir schämen.« Badial Djamal versetzte: »O meine Schwester, sag mir nur alles und verbirg mir nichts!« Da sagte Dawlet Chatun: »Bei Allah, nur um deinetwillen ist diesem Armen so viel Unglück begegnet.« – »Wieso, meine Schwester?« – »Er hat dein Bild auf einem Gewand gesehen, das dein Vater an Salomon, dem Sohn Davids, geschickt hatte; von dem hat es König Assem, Seif Almuluks Vater, mit anderen Geschenken erhalten und seinem Sohn Seif Almuluk geschenkt. Als dieser das Gewand auseinander legte, um es zu betrachten, sah er dein Bild, verliebte sich in es, ging fort, um dich zu suchen, und erlitt dabei all dieses Übel.« Da sagte Badial Djamal, deren Wangen vor Scham schon rot geworden: »Bei Allah, das kann nicht sein! Ein Mensch kann sich mit keinem Geist vereinigen.« Dawlet Chatun beschrieb ihr dann seine Schönheit, seine Anmut und Gewandtheit und setzte hinzu: »Um Allahs und um meinetwillen, ich will ihn dir zeigen, folge mir!« Badial Djamal antwortete: »Bei Allah, meine Schwester, verschone mich mit diesen Reden! Gib ihm keine Antwort, denn ich mag ihn nicht.« Abermals schilderte ihn Dawlet Chatun als den schönsten Mann auf der Welt, küsste flehend die Füße Badial Djamals und sprach: »Bei der Milch, die uns beide ernährt hat, bei der Schrift, die auf Salomons Siegel ist! Friede sei mit ihm! Du musst mir Gehör schenken, denn ich habe ihm im festen Schloss versprochen und geschworen, dass ich dich ihm zeigen werde. Nun beschwöre ich dich bei Allah! Lass mich um meines Eides willen dich ihm nur einmal zeigen und sieh ihn nur einmal an!« Sie weinte und bat so lange, küsste ihr Hände und Füße, bis Badial Djamal einwilligte und sagte: »Um deinetwillen werde ich ihm erlauben, einen Blick auf mein Gesicht zu werfen.« Dawlet Chatun wurde hierauf ganz munter, küsste ihr Hände und Haupt und ging ins Schloss, wo sie den Dienern befahl, das Gartenschloss herzurichten. Sie setzten einen schönen goldenen Thron hinein und bereiteten den Wein in goldenen Gefäßen. Dawlet Chatun ging zu Said und Seif Almuluk und meldete diesem die Erfüllung seines Wunsches. Sie sagte zu ihm: »Geh mit deinem Bruder in den Garten. Verbergt euch, dass euch niemand sieht, bis Badial Djamal kommen wird!« Diese standen auf und gingen an den Ort, den sie ihnen angewiesen hatte. Seif Almuluk küsste Dawlet Chatuns Stirn und freute sich sehr.

Als sie in den Garten kamen, sahen sie den goldenen Thron aufgerichtet, mit golddurchwirkten Kissen, und dazu goldene Trinkgefäße. Sie fingen an, zu essen und zu trinken. Seif Almuluks Brust war jedoch beengt; er dachte an seine Geliebte, und sein ganzes Herz war erfüllt von Liebe und Sehnsucht. Er verließ das Schloss und sagte zu Said: »Bleib du nur sitzen, und folge mir nicht!« Mit diesen Worten ging er ganz liebestrunken und sehnsuchtsvoll in den Garten und sprach folgende Verse: »O Badial Djamal, ich habe niemanden außer dir. Habe Mitleid mit dem, der in Liebe zu dir glüht; du bist der Gegenstand meines Flehens, meiner Wünsche und meiner Freuden, mein Herz verschmäht jede andere Liebe als die deinige. Ich durchwache die ganze Nacht, und meine Augen weinen. Wüsste ich doch, ob dir meine Tränen nicht verborgen geblieben. Unaufhörlich fließen Tränen über meine Wangen im Grame nieder, ob ich jemals deine Einwilligung erhalten werde. Alsdann wünsche ich, dass der Schlaf meine Augen zudrücke, weil ich hoffe, dich im Traum zu sehen. Allah vermehre deine Freude und deinen Glanz; müsste auch die ganze Welt dein Lösegeld werden. Die Herde der Liebenden ist unter meinem Panier, die der Schönheit unter dem deinigen.«

Er weinte und sprach noch folgende Verse: »O Badial Djamal, du bist mein Leben und das Geheimnis, das mein Herz bewahrt! Wenn ich den Mund öffne, so spreche ich nur von dir, und wenn ich schweige, so bist du mein Gedanke. Ich will von der Welt nur deine Nähe und Einwilligung; bei Allah, nichts anderes kommt mir in den Sinn! In meinem Herzen ist ein Feuer, dessen Flamme immer mehr zunimmt; ich suche meinen Zustand zu verbergen, und mein Gram wächst ständig. Ich sehne mich nach dir und nach keiner anderen; ich wünsche unsere Vereinigung, und schwer lastet die Sehnsucht auf mir. Wirst du nicht bemitleiden den, dessen Körper die Liebe so abgezehrt hat, der ganz entstellt worden ist mit krankem Herzen? O werde zärtlich, mild und freigebig! Nichts kann dich mir ersetzen; ich werde stets nur deiner gedenken!«

»O Badial Djamal! O du vollkommene Schönheit, erbarme dich doch deines Sklaven, der schon so viel um dich geweint hat, der Vater und Mutter verlassen hat, der immer wacht und den der Schlaf flieht; habe Mitleid mit dem, der die Nächte schlaflos und den Tag in Verwirrung zubringt!« Zuletzt sprach er noch im heftigsten Schmerz folgende Verse: »Bei Allah, die Sonne geht für mich weder auf noch unter, weil mein Herz und mein Sinn mit Badial Djamal beschäftigt sind. Ich besuche keine Gesellschaft, ohne mit meinen Genossen von dir zu sprechen. Wenn ich im Durst Wasser trinke, so sehe ich immer dein Bild im Becher!«

Seif Almuluk lief dann lange im Garten umher und ließ sich endlich bei einem Wasserrad unter einem Baum nieder und schlief. Badial Djamal aber hatte sich mit Dawlet Chatun unterhalten, Seif Almuluk gesehen und seine Jugend, Schönheit, Anmut, seinen Wuchs und sein Ebenmaß bewundert; schon als sie ihn hörte, fing sie an, ihn zu lieben, wie der Dichter sagt: »Sehr oft lieben die Ohren vor den Augen.«

Badial Djamal saß in ihrem Zelt mit ihren Sklavinnen und Dienern und sah Seif Almuluk mit Verwunderung zu; sie berauschte sich in Liebe und Sehnsucht, die ihr Herz erfüllten, und sprach: »Bei Allah, ich bin entschlossen, sogleich bei der klaren Nacht zu Seif Almuluk zu gehen, um in der Nähe zu sehen, ob er so ist, wie ihn Dawlet Chatun beschrieben hat; finde ich ihn so, so bleibe ich bei ihm, um mit ihm zu leben, und betrachte ihn als mein Los auf dieser Welt. Ist er nicht so, wie er mir beschrieben wurde, so tilge ich ihn aus meinem Sinn und denke nie mehr an ihn.«

Mit diesen Worten stand sie auf und sagte ihren Sklavinnen, niemand solle ihr folgen und keine von hier weichen, bis sie wiederkehre. Sie trat in den Garten, bis sie zum Wasserrad kam, wo sie Seif Almuluk auf dem Boden liegend fand, berauscht von Wein und Liebe. Sie erkannte ihn nach der Beschreibung Dawlet Chatuns, setzte sich zu ihm, sah ihm ins Gesicht, und ihre Liebe ward immer heftiger; ihre Tränen flossen reichlich, sie seufzte und schluchzte und sprach folgende Verse: »O du, der die Nacht verschläft, Schlaf ist den Liebenden verboten; wer lieben will, muss auch den Schlaf meiden.«

Seif Almuluk schlief immer fort, Badial Djamal aber weinte und jammerte. Da fiel ein Tropfen von ihren Tränen auf Seif Almuluks Wange, der davon erwachte und Badial Djamal neben sich sah; er erkannte sie und sprach weinend folgende Verse: »Meine Tränen mögen mir als Entschuldigung bei dir dienen und dir das Geheimnis meines Herzens entdecken. Die Freude hat es so überströmt, dass ich weinen muss vor übergroßer Wonne. Ich sah einen Mond über den Zweigen eines Baums gehen und verlor aus Liebe Mut und Geduld. Das Innerste meines Herzens tobte vor zurückgedrängter Liebe, welche die Wolken meiner Augen verhüllten. Ihre Augen sind schwarz, wohlduftend ist ihr Mund, ihre Apfelwangen sind wie Anemonen.

Aus Liebe und Sehnsucht rief ich aus: ›Nur sie will ich, nichts kann sie mir aus dem Herzen reißen!‹ Bei Allah, ich beschwöre dich! O du, dem nichts bei mir gleich kommt, du mein Geist und meine Freude! Bei der Anmut deiner Wangen, weiß und rot gemischt, bei dem Zauber und der Farbe deiner Augen, bei den biegsamen Zweigen deines Wuchses, schmähe nicht den Unseligen, den der Liebesschmerz verzehrt, von dessen vergänglichem Körper nur noch ein kleiner Rest übrig geblieben; das ist alles, um was ich nach deinem Lobe bitte, und nun habe ich, soweit meine Kräfte reichen, meine Pflicht erfüllt.«

Er fügte noch folgende Verse hinzu: »Friede sei mit dir und werde dein Führer! Das Edle neigte sich immer zum Edlen hin; möchte ich nie dein Bild vermissen! In meinem Herzen nimmst du einen großen Raum und hohen Rang ein. Mich verzehrt die Eifersucht und der Gedanke an dich; jeder Liebende leidet für seine Geliebte. Höre nicht auf, deinem Freunde hold zu sein, denn er stirbt vor Sehnsucht: Sein Herz ist liebeskrank. Gebeugt schaue ich zu den Sternen der Nacht, und mein Herz ist einer langen Pein hingegeben. Keine Geduld und keine Anstrengung hilft mehr, ich werde immerfort sagen: Der Friede Allahs sei mit dir zu jeder Zeit! Dies ist der Gruß eines schwer belasteten Liebenden.«

Zum Schluss sagte er noch: »Wenn ich je, o Gebieterin, nach einer anderen verlangt habe, so möge ich nie meinen Wunsch nach dir erfüllt sehen! Wer vereint so wie du alles Schöne in sich, dass ich mich außer durch dich wieder erheben könnte? Fern sei von mir, dass ich jemals eine andere liebe, da um deinetwillen mein Herz hingewelkt ist.«

Als Seif Almuluk diese Verse vollendet hatte, weinte er. Badial Djamal aber sprach: »O Prinz, ich fürchte, wenn ich mich dir ganz hingebe, ich könnte keine treue Gegenliebe bei dir finden, denn die Menschen sind selten treu. Es herrscht viel Verrat und Bosheit unter ihnen. Sogar unser Herr Salomon hat Balkis aus Liebe geheiratet und sie dann einer anderen wegen wieder verlassen.«

Seif Almuluk antwortete: »Mein Herz! Mein Auge! Mein Geist! Der Erhabene hat nicht alle Menschen gleich geschaffen. Ich werde, so Allah will, dir immer treu bleiben und zu deinen Füßen sterben; du wirst dich von der Wahrheit dessen überzeugen. Allah bürgt dir für meine Worte, er hört mich.« Da sprach Badial Djamal: »So sitze aufrecht und schwöre nach deinem Glauben mir Treue bei Allah, der den Verräter bestrafen wird.«

Seif Almuluk setzte sich aufrecht, ebenso Badial Djamal; sie gaben sich die Hände und schworen, niemanden sonst, weder von den Menschen noch von den Geistern, zu lieben. Sie hielten sich eine Weile umarmt und küssten sich im höchsten Entzücken.

Nach diesem Schwur stand Seif Almuluk auf und ging weg; Badial Djamal erwartete ihn mit einer Sklavin, die einige Speisen und Wein trug. Als er wiederkam, stand sie auf und grüßte ihn, sie umarmten und küssten sich, aßen und tranken eine Weile. Dann sagte Badial Djamal: »O Prinz, wenn du in den Garten Irem trittst, so wirst du dort ein großes Zelt aus rotem Atlas sehen; geh hinein, du findest darin eine Alte auf einem goldenen Thron, und unter dem Thron steht ein goldener Schemel. Wenn du hineinkommst, so grüße mit Anstand und Würde, nimm ihre Pantoffeln, küsse sie und lege sie zuerst auf deinen Kopf, dann unter deinen rechten Arm und bleibe schweigend vor ihr stehen mit gebeugtem Haupt. Wenn sie dich fragt, wo du herkommst, wer du bist und wie du zu ihr gelangt, wer dich dahin gebracht und warum du dies mit den Pantoffeln tust, so schweige nur; diese Sklavin hier wird mit ihr sprechen und ihr Herz durch ihre Worte zu gewinnen suchen. Vielleicht wird Allah es dir zuneigen, sodass sie dir deinen Willen gewährt.«

Sie rief dann eine ihrer Sklavinnen, die Murdjana hieß, und sagte zu ihr: »Ich beschwöre dich bei unserer Liebe, verrichte heute ohne Säumen ein Geschäft für mich, dann bist du auf immer zum Wohlgefallen Allahs frei; du wirst dann geehrt werden und mir am nächsten stehen. Dir allein will ich mein Geheimnis anvertrauen.« Murdjana sagte: »O meine Gebieterin! Licht meiner Augen! Sage mir nur deine Angelegenheit, ich will sie, bei meinen Augen, besorgen.« Badial Djamal versetzte: »Trage diesen Menschen auf deinen Schultern zum Garten Irem ins Zelt meiner Mutter und grüße sie. Wenn nun dieser Mensch die Pantoffeln nimmt, sich damit ihr dienstbar macht und sie ihn fragt: ›Woher bist du? Wer bist du? Wer hat dich hierher gebracht, und warum tust du das mit diesen Pantoffeln? Was willst du von mir?‹, so geh du schnell hinein, grüße sie und sage: ›Meine Gebieterin, ich habe diesen jungen Mann hierher gebracht; er ist der Sohn des Königs von Ägypten, der in das feste Schloss eingedrungen, den Sohn des blauen Königs umgebracht, Dawlet Chatun befreit und unbeschädigt ihrem Vater zurückgebracht hat; man hat ihn dir geschickt, damit du ihn siehst, die gute Nachricht von ihm hörst und ihm Wohltaten erweist; bei Allah, meine Gebieterin, ist er nicht ein hübscher Junge?‹ Wenn sie das bejaht, dann sage: ›Er besitzt alle guten Eigenschaften, ist sehr tapfer, ist Beherrscher und König von Ägypten und verfügt über alle schönen Tugenden.‹ Wenn sie dann fragt, was er denn wolle, so antworte: ›Meine Gebieterin lässt dich grüßen und dich fragen, wie lange du deine Tochter noch ledig ohne Gemahl lassen willst. Wie lange soll sie noch allein betrübt leben? Warum speicherst du sie wie Korn auf und verheiratest sie nicht, solange du noch lebst, wie es andere Mütter mit ihren Töchtern tun?‹ Hierauf wird sie dir antworten: ›Was soll ich tun? Sobald sie jemanden kennt, den sie liebt, so erkläre ich, dass ich mich ihrem Willen nicht widersetzen werde.‹ Sage dann: ›Meine Gebieterin, du hast deine Tochter mit dem Herrn Salomon verheiraten wollen; er hatte aber keinen Gefallen an ihr und hat das Gewand dem König von Ägypten geschickt, der es seinem Sohn geschenkt hat. Als dieser es öffnete, und ihr Bild sah, liebte er sie so heftig, dass er sein Königreich, seinen Vater, seine Mutter und die ganze Welt verließ mit allem, was darauf ist, und in der Welt herumwanderte, um sie aufzusuchen; er hatte allerlei Gefahr und Schrecknisse ertragen, bis er in das feste Schloss kam, wo er den Sohn des blauen Königs getötet und Dawlet Chatun, die Schwester meiner Gebieterin, ihren Leuten wieder zurückgebracht hat; sie hat dann alles so getan, bis er hierher gekommen ist. Du siehst nun, wie schön und liebenswürdig er ist! Das Herz deiner Tochter hängt an ihm. Wenn du also willst, so gib ihr ihn zum Gemahl. Er ist ja ein sehr hübscher Jüngling und König von Ägypten, und ihr könnt keinen Besseren finden. Wenn ihr sie diesem Jüngling nicht geben wollt, wird sie sich umbringen und nie mehr, weder einen Menschen noch einen Geist, heiraten.‹ Tu nun alles, o meine gute Murdjana, um ihre Einwilligung zu erhalten; und wenn sie einwilligt, so bist du zur Ehre Allahs frei. Sprich zu ihr mit Schonung, vielleicht willfahrt sie meinem Wunsch, dann wird mir niemand teurer sein als du.« Murdjana antwortete: »O meine Gebieterin, bei meinem Haupte und meinen Augen! Ich werde dir dienen und nach deinem Willen handeln.« Mit diesen Worten ergriff sie Seif Almuluk, nahm ihn auf die Schultern und sagte: »O Prinz, schließe deine Augen!« Seif Almuluk schloss seine Augen, und nach einer guten Weile sagte sie zu ihm: »O Prinz, öffne deine Augen!« Er öffnete seine Augen und sah den Garten Irem vor sich. Die Sklavin aber sagte: »Geh in dieses Zelt und fürchte nichts!«

Er ging ins Zelt und erwähnte Allahs Namen, hob die Augen auf und sah die Alte auf dem Thron sitzen, von vielen Sklavinnen umgeben; er küsste sie mit Anstand und Würde, nahm die Pantoffeln, küsste sie, legte sie unter seinen rechten Arm und blieb mit gebeugtem Haupt stehen. Da sagte die Alte: »Wer bist du, und aus welchem Lande kommst du? Wer hat dich hierher gebracht? Warum erweist du dich so dienstbar? Womit kann ich dir nützen?« Als sie dies fragte, trat Murdjana herein, grüßte untertänig und sprach: »O meine Gebieterin, ich habe diesen jungen Mann hierher gebracht. Er ist's, der in das feste Schloss eindrang, den Sohn des blauen Königs umbrachte, die Prinzessin Dawlet Chatun befreite und als Jungfrau unbeschädigt zu ihren Eltern zurückbrachte; er ist ein verehrter König, Sohn des Königs von Ägypten, tapfer, tugendhaft und sehr liebenswürdig. Man schickt ihn dir, damit du ihn siehst.

Bei Allah, meine Gebieterin, ist er nicht ein anmutiger Jüngling mit schönen Manieren und von hübscher Gestalt?« Sie antwortete: »Jawohl, bei Allah!« Nun fing Murdjana an, so zu reden, wie es ihr Badial Djamal aufgetragen hatte. Als die Alte dies hörte, geriet sie in Zorn und schrie: »Wann hat sich je ein Mensch mit einem Dschinni gepaart?«

Als dies Seif Almuluk hörte, sprach er: »Ich will mich mit einem Dschinni vereinigen, ich werde dein Diener sein, an deinen Toren sterben und ihr stete Treue bewahren; du wirst dich einst von der Wahrheit meiner Worte und von meiner Liebe überzeugen, so Allah will.« Die Alte saß in sich gekehrt eine Weile mit gebeugtem Haupt da, endlich hob sie den Kopf und sagte: »O Jüngling, wirst du dein Versprechen halten?« Seif Almuluk sagte: »Ja, bei dem, der die Erde ausgedehnt und die Himmel erhoben hat, ich will meinem Versprechen treu bleiben.« Da sagte die Alte: »Nun, im Namen Allahs, so gewähre ich dir deinen Wunsch, so der Allmächtige will. Geh nun, ruhe dich aus, vergnüge dich im Garten, und iss von den Früchten, dergleichen sich nicht auf der Welt finden! Ich will nach meinem Sohne Schahban schicken und mit ihm reden; er wird mir gewiss nicht ungehorsam sein und sich meinem Willen nicht widersetzen. Du sollst dann, bei meinem und meiner Kinder Leben, meine Zustimmung zu deiner Heirat mit Badial Djamal haben; so Allah will, soll sie deine Gattin werden.«

Seif Almuluk stand auf, küsste voll Dankgefühl der Alten die Hand und ging in den Garten. Sie aber wandte sich zu Murdjana und sagte zu ihr: »Geh und sieh dich einmal um, in welchen Gegenden sich mein Sohn Schahban aufhält, und bring ihn hierher.« Murdjana ging hinaus, um ihn zu suchen, und brachte ihn der Alten. Seif Almuluk hielt sich unterdessen im Garten auf. Da kamen fünf Dschinn von den Leuten des blauen Königs. Als sie ihn sahen, sagten sie: »Wer hat diesen da hierher gebracht? Gewiss hat kein anderer als er den Sohn unseres Herrn erschlagen. Kommt, wir wollen ihn näher betrachten und sehen, ob wir ihn überlisten können.« Sie gingen ganz leise zu der Seite des Gartens, wo Seif Almuluk war, setzten sich zu ihm und sagten: »O schöner Jüngling, du hast das Deinige getan, um den Sohn des blauen Königs zu erschlagen und Dawlet Chatun von diesem bösen Hund zu befreien; ohne dich wäre sie nicht frei geworden, obwohl sie die Tochter des Königs von Serendib ist. Doch wie fingst du es an, ihn zu erschlagen?« Seif Almuluk, der sie für Bewohner des Gartens hielt, antwortete: »Ich habe ihn mit dem Siegelring, der an meinem Finger ist, umgebracht.« Als sie nun ihrer Sache gewiss waren, griffen ihn zwei an den Füßen, zwei am Kopf, und einer hielt ihm den Mund zu, damit er nicht schreien und man ihm zu Hilfe kommen könne.

So flogen sie mit ihm fort zum blauen König, legten ihn vor ihm nieder und sagten: »O König der Zeit, wir haben den Mörder deines Sohnes gefunden.« Er fragte: »Wo ist er?« Sie antworteten: »Dieser hier.« Der blaue König fragte ihn: »Wie hast du meinen Sohn umgebracht? Und warum?« Seif Almuluk antwortete: »Wegen seiner Ungerechtigkeit und Gewalttat, denn er hat Prinzessinnen entführt, sie in ein festes Schloss gebracht, von ihrer Familie getrennt und ihre Keuschheit verletzt; darum habe ich ihn mit dem Siegelring, den ich hier am Finger trage, getötet. Allah möge deswegen seinen Geist in die Hölle sperren und ihm einen schlechten Platz einräumen!«

Als der blaue König gewiss war, dass dieser seinen Sohn umgebracht hatte, ließ er alle Wesire und Großen seines Reiches zusammenkommen und sagte zu ihnen: »Hier ist der Mörder meines Sohnes! Auf welche Weise soll ich ihn nun töten? Sagt mir, welche Pein ihm beschieden werden soll!« Der Großwesir sagte: »Schneide ihm jeden Tag ein Glied ab!« Ein anderer sprach: »Lass ihn jeden Tag tüchtig prügeln!« Ein anderer: »Schneide ihm alle Finger ab und verbrenne sie im Feuer!« Ein anderer: »Hau ihn mitten entzwei!« Ein anderer: »Schlag ihm den Kopf ab!« Jeder sagte seine Meinung.

Nun hatte aber der blaue König einen sehr alten, verständigen Emir, den er in allen Reichsangelegenheiten zu Rate zog; dieser küsste die Erde und fragte: »O König der Zeit! O mein Sohn! Wirst du meine Worte hören, und versprichst du mir Sicherheit, wenn ich dir meine Meinung sage?« Der König antwortete: »Sprich ohne Furcht!« Da sprach der Wesir: »O König, wenn du meinem Rat folgst, so bringst du diesen Mann nicht um; er ist ja in deiner Macht als Gefangener und stets in deinen Händen, wenn du ihn umbringen willst. Da er nämlich in den Garten

Irem gekommen ist, so weiß man dort von ihm, und der König Schahban wird ihn seiner Schwester zuliebe von dir fordern lassen und dich mit seinen Truppen überfallen, denen du nicht widerstehen kannst.«

Was nun die Mutter Badial Djamals betrifft, so hatte sie, als ihr Sohn Schahban gekommen war, die Sklavin zu Seif Almuluk in den Garten geschickt; als diese aber überall suchte und ihn nicht fand, fragte sie die Leute, die im Garten waren, nach ihm; sie hatten ihn aber nicht gesehen. Doch zuletzt sagte einer: »Ich habe einen Menschen unter einem Baum gesehen, als sich fünf Mamelucken des blauen Königs zu ihm herunterließen und sich mit ihm unterhielten; dann trugen sie ihn fort, hielten ihm den Mund zu und flogen mit ihm davon.«

Als die Alte dies hörte, geriet sie in heftigen Zorn und sagte zu ihrem Sohn Schahban: »Du bist König, und doch kommen die Mamelucken des blauen Königs in unseren Garten und gehen unangetastet mit unserem Gast davon?« Er antwortete: »O meine Mutter, er ist ein Mensch, der den Sohn des blauen Königs umbrachte. Nun hat ihn Allah in die Gewalt des Königs gegeben; dieser ist ein Dschinni wie ich auch. Soll ich um eines Menschen willen zu ihm gehen, Krieg mit ihm führen und Zwietracht zwischen uns stiften?«

Die Alte aber sagte: »Bei Allah, du musst ihn bekriegen und unseren Sohn, unseren Gast, von ihm fordern. Lebt er noch, so muss er ihn dir ausliefern, und du bringst ihn hierher; hat er ihn aber umgebracht, so nimm den blauen König mit seinen Söhnen, und bring ihn her, dass ich ihn mit eigener Hand schlachte und seine Wohnung verwüste; tust du das nicht, so bist du der Milch, die dich genährt hat und der Erziehung, die ich dir gab, unwürdig!«

Schahban machte sich aus Ehrfurcht vor seiner Mutter, weil sie es wünschte und weil es von Ewigkeit her so bestimmt war, auf, ließ seine Truppen ausrücken und zog am folgenden Tag zu einer mörderischen Schlacht mit den Truppen des blauen Königs aus, bis Letztere geschlagen und die Übrigen neben dem König und Großen des Reichs gefangen und gefesselt vor den König Schahban gebracht wurden. Er fragte den König: »O sag an, wo ist der Mensch, mein Gast?« Er antwortete: »O Schahban, du bist ein Dschinni wie ich auch. Verfährst du so mit mir wegen eines Menschen, der meinen Sohn erschlagen hat, das Innerste meines Herzens, meinen Geist? Darum übst du solche Feindschaft gegen mich und vergießt das Blut so vieler Dschinn?« Schahban versetzte: »Weißt du nicht, dass in den Augen Allahs ein Mensch besser ist als tausend Dschinn? Lass nun diese Reden! Lebt er noch, so bring ihn her, und ich lasse dich und alle die Deinigen frei ziehen; hast du ihn aber getötet, so werde ich dich schlachten und dein Haus verwüsten!« Der blaue König sagte: »O König, er hat mir Böses getan. Er hat meinen Sohn umgebracht!« Schahban aber erwiderte: »Dein Sohn war ein Tyrann. Er hat Prinzessinnen entführt, sie in ein festes Schloss gebracht und ihre Keuschheit verletzt!« Da sagte der blaue König: »Nun, er ist hier, stifte Frieden zwischen uns!« Schahban versöhnte sie miteinander, und der blaue König beschenkte Seif Almuluk und schrieb ihm einen Freibrief wegen des Mordes an seinem Sohn, und es wurden drei Tage lang große Mahlzeiten gegeben. Da nahm Schahban Seif Almuluk und brachte ihn zu seiner Mutter, die sich sehr darüber freute. Auch Schahban fand Wohlgefallen an ihm, nachdem ihm die Alte seine ganze Geschichte von Anfang bis zu Ende erzählt hatte, und er sagte: »Er gefällt mir. Nimm ihn, geh mit ihm nach Serendib und feiere dort beider Hochzeitsfest, denn sie ist schön, und er ist es auch. Und er hat ihretwillen so viele Gefahren überstanden.« Sie reiste mit ihren Sklavinnen nach Serendib, wo sie in den Garten gingen, der Dawlet Chatuns Mutter gehörte. Als sie Badial Djamal sah, kam sie zu ihnen ins Zelt. Die Alte erzählte alles, was ihm widerfahren war von Anfang bis zu Ende; wie er beinahe als Gefangener des blauen Königs gestorben wäre; alles wie es schon erzählt wurde. Sie waren alle sehr erstaunt darüber. Dann ließ Dawlet Chatuns Vater alle Großen des Reiches zusammenkommen. Zwischen Badial Djamal und Seif Almuluk wurde der Ehekontrakt geschlossen, wozu die Djausch riefen: »Gesegnet, er verdient es!« Sie streuten Gold und Silber auf Seif Almuluks Haupt, machten ihm große Geschenke und brachten das Essen. Seif Almuluk stand auf, küsste die Erde vor Tadj Almuluk und sagte: »O König der Zeit, ich habe nur noch einen Wunsch, versage mir ihn nicht!« Tadj Almuluk sagte: »Bei Allah, forderst du mein Königreich und mein Leben, so verweigere ich sie dir nicht, so viel Gutes hast du mir erwiesen.« Da sagte Seif Almuluk: »Ich wünsche, dass du Dawlet Chatun mit meinem Bruder Said verheiratest. Wir werden so alle zusammen deine Diener sein.« Der König antwortete: »Ich bin bereit zu gehorchen«, ließ die Großen des Reiches kommen und den Ehekontrakt zwischen seiner Tochter und Said schreiben; er ließ auch die Hauptstadt herrlich ausschmücken. Es wurde ein Fest gefeiert, und Seif Almuluk und Said heirateten in derselben Nacht ihre Frauen.

Nachdem Badial Djamal vierzig Tage mit Seif Almuluk im Schloss verweilt hatte, fragte ihn Tadj Almuluk: »O König, bleibt in deinem Herzen noch ein Wunsch übrig?« Er antwortete: »Ich habe alles erlangt, es bleibt mir kein anderer Wunsch als der, meine Eltern in Ägypten wiederzusehen und zu wissen, ob sie wohlauf sind.«

Einige Bewaffnete bekamen hierauf den Auftrag, sie nach Ägypten zu führen. Seif Almuluk kam zu seinem Vater und zu seiner Mutter und ebenso Said, und sie blieben drei Jahre bei ihnen; dann nahm er Abschied und sie gingen wieder nach Serendib zurück. Seif Almuluk und Said lebten mit ihren Frauen höchst glücklich, bis der Zerstörer aller Freuden und der Trenner jeder Vereinigung sie heimsuchte; dann starben sie als Rechtgläubige, gelobt sei Allah, der Herr der Welten!

Padmanaba und der junge Hassan

Einst lebte in der hoch berühmten Stadt Damaskus ein Fikaa-Verkäufer [Getränk aus Gerste]. Er hatte einen Sohn, Hassan genannt, der fünfzehn bis sechzehn Jahre alt war und ein Wunder an Schönheit. Sein Antlitz glich dem Monde, er war schlank wie eine Zypresse, besaß ein frohes Gemüt und war voll schalkhaften Witzes. Wenn er sang, entzückte er alle seine Zuhörer durch seine liebliche Stimme, und wenn er Laute spielte, hätte er einen Toten erwecken können.

Eines Tages, als Hassan sang und Laute spielte zum Ergötzen aller, welche in seiner Bude waren, trat auch der berühmte Brahmane Padmanaba ein, um sich zu erfrischen. Auch er bewunderte den Gesang Hassans, und als er sich mit ihm unterhielt, war er erfreut von seiner verständigen Rede. Er kehrte nicht nur am anderen Morgen wieder in die Bude zurück, sondern verließ selbst seine Geschäfte, um Tag für Tag dorthin gehen zu können.

Schon lange Zeit hatten die Besuche des Brahmanen so fortgedauert, als Hassan einst zu seinem Vater sprach: »Es kommt alle Tage ein Mann hierher, der das Ansehen eines Vornehmen hat. Er spricht so gern mit mir, dass er mich alle Augenblicke ruft, um irgendeine Frage an mich zu richten, und wenn er fortgeht, reicht er mir eine Zechine.« – »Ho, ho!« , rief der Vater, »dahinter ist irgend etwas verborgen! Morgen, wenn du ihn wieder siehst, sage ihm doch, dass ich ihn kennen zu lernen wünsche, führe ihn in mein Gemach, ich will ihn zu ergründen suchen.«

Am anderen Morgen tat Hassan, was sein Vater gewünscht hatte; er bat den Brahmanen, einzutreten in ein Gemach, wo man einen herrlichen Imbiss bereitet hatte. Der Fikai erwies seinem Gast alle nur erdenklichen Höflichkeiten. Dieser nahm sie seinerseits wieder freundlich an und zeigte in seinen Reden viel Weisheit. Nach dem Frühstück fragte der Vater Hassans seinen Gast, aus welchem Land er sei und wo er wohne, und sobald er erfahren hatte, dass jener fremd sei, sprach er zu ihm: »Herr, willst du bei uns wohnen, so werde ich dir gern eine Wohnung in meinem Hause geben.« »Ich nehme dein Anerbieten an«, erwiderte Padmanaba, »weil das wahre Paradies auf dieser Erde ist, bei lieben Freunden zu wohnen.«

Der Brahmane nahm also seine Wohnung bei dem Fikai, dem Vater Hassans; er machte sehr ansehnliche Geschenke und fasste bald eine so tiefe Freundschaft zu Hassan, dass er ihm eines Tages sagte: »O mein Sohn! Ich muss dir mein Herz öffnen. Ich finde, dass dein Geist geeignet ist, die geheimen Wissenschaften zu fassen; es ist wahr, dass dein Gemüt noch etwas zu munter ist, aber ich bin überzeugt, du wirst dich ändern und wirst fortan allen Ernst oder richtiger allen Tiefsinn besitzen, welcher den Weisen geziemt, in deren verborgene Geheimnisse ich dich einführen will. Gern wünsche ich, dich glücklich zu machen, und willst du mich vor die Stadt begleiten, so will ich dir noch heute Schätze zeigen, deren Besitz ich dir einst zu verschaffen wünsche.« – »Herr«, antwortete ihm Hassan, »du weißt, dass ich von meinem Vater abhänge; ohne seine Erlaubnis kann ich nicht mit dir gehen.« Der Brahmane sprach mit Hassans Vater, der ihm im Vertrauen auf Padmanabas Weisheit gestattete, seinen Sohn hinzuführen, wohin er wolle.

Padmanaba ging mit Hassan aus der Stadt Damaskus; sie richteten ihre Schritte nach einem alten, verfallenen Gebäude. Dort fanden sie einen Brunnen, bis an den Rand mit Wasser angefüllt. »Betrachte wohl diesen Brunnen«, sprach der Brahmane, »die Reichtümer, die ich dir bestimme, sind dort unten.« – »Das ist schlimm«, erwiderte lächelnd der Jüngling, »wie soll ich sie aus diesem Abgrund heraufziehen?« – »Mein Sohn«, entgegnete Padmanaba, »ich wundere mich gar nicht, dass dir das wohl schwierig erscheint; nicht alle Menschen besitzen die Gabe, deren ich mich erfreue, sondern nur diejenigen allein, die Allah für würdig befunden hat, an den Wundern seiner Allmacht teilzuhaben, besitzen die Macht, die Elemente zu verkehren und die Ordnung der Natur zu stören.«

Zu gleicher Zeit schrieb der Brahmane auf einen Zettel einige Buchstaben in Sanskrit, der Sprache der Magier in Indien, Siam [Thailand] und China. Dann warf er den Zettel in den Brunnen, und alsbald fiel das Wasser und versiegte so vollständig, dass auch nicht eine Spur mehr davon zu sehen war. Jetzt stiegen sie beide in den Brunnen, in dem sie eine Treppe sahen, die bis auf den Grund hinabführte. Sie fanden eine Tür aus rotem Kupfer, verschlossen mit einem großen Stahlschloss. Der Brahmane schrieb einen Spruch auf, berührte damit das Schloss, und es sprang sogleich auf. Sie stießen die Tür auf und traten in einen Keller, wo sie einen schwarzen Äthiopier erblickten, der aufrecht stand und eine Hand auf einen weißen Marmorstein gestützt hatte. »Wenn wir uns ihm nähern«, sprach der junge Fikai, »wird er uns den Stein an den Kopf schleudern!« Und wirklich, als der Schwarze sah, dass sie sich näherten, hob er den ungeheuren Stein auf, als wolle er damit nach ihnen werfen. Padmanaba sagte rasch einen kurzen Spruch und blies, und der Äthiopier vermochte nicht, der Kraft dieses Spruchs und dieses Blasens zu widerstehen und fiel rücklings zu Boden.

Sie gingen ungehindert durch das Gewölbe und traten in einen sehr weiten Hof, in dessen Mitte ein Dom aus Kristall stand. An seinem Eingang hielten zwei Drachen Wache, die einander gegenüberstanden und aus ihren offenen Rachen Flammenwirbel spien. Hassan erschrak darüber. »Lass uns nicht weitergehen«, schrie er, »diese schrecklichen Drachen werden uns verbrennen!« – »Fürchte nichts, mein Sohn«, sprach der Brahmane, »vertraue mir nur und sei mutig. Die höchste Weisheit, die ich dich lehren will, erfordert Festigkeit. Diese Ungeheuer, die dich erschrecken, werden auf meinen Ruf verschwinden. Ich habe Gewalt, über Geister zu gebieten und jeglichen Zauber zu zerstören.« Er sprach nur einige kabbalistische Worte aus, und die Drachen verkrochen sich in zwei Höhlen. Alsbald öffnete sich die Tür des Domes von selbst. Padmanaba und der junge Fikai traten ein, und Hassans Augen wurden angenehm überrascht, als er in einem anderen Hof einen zweiten Dom, ganz aus Rubinen erbaut, erblickte, auf dessen Spitze ein Karfunkel von sechs Fuß im Durchmesser stand, der durch die bedeutende Helle, die er überallhin verbreitete, diesem unterirdischen Ort als Sonne diente.

Dieser Dom war nicht wie der erste von schrecklichen Ungeheuern bewacht. Nein, sechs schöne Bildsäulen, jede aus einem einzigen Edelstein gehauen, standen am Eingang, sie stellten sechs schöne Mädchen dar, das Tamburin schlagend. Die Tür bestand aus einem einzigen Smaragd; sie stand offen und gewährte Einblick in das prächtige Innere. Hassan wurde nicht müde, alles, was sich seinen Augen darbot, staunend zu betrachten.

Nachdem Hassan die Bildsäulen und das Äußere des Domes lange angeschaut hatte, ließ Padmanaba ihn in den Saal eintreten, dessen Boden aus gediegenem Gold war, während die Decke aus Porphyr bestand, ganz übersät mit Perlen. Der Jüngling verschlang mit gierigen Blicken die mannigfaltigsten Gegenstände, die immer einander an Herrlichkeit übertrafen.

Endlich führte ihn der weise Brahmane in ein großes viereckiges Zimmer. Da lag in einem Winkel ein großer Haufen Gold, in einem anderen ein großer Haufen Rubine von der höchsten Schönheit, in einem dritten ein silberner Krug und in einem vierten ein Haufen schwarzer Erde.

Inmitten des Saales erhob sich ein prächtiger Thron, und darauf stand ein silberner Sarg, in dem ein Fürst ruhte, der auf dem Haupt eine goldene Krone, besetzt mit großen Perlen, trug. Vorn an dem Sarg sah man eine breite Goldplatte, auf der man folgende Worte las in hieroglyphisch-kabbalistischen Schriftzügen: »Die Menschen schlafen, solange sie leben. Nur in ihrer Todesstunde erwachen sie. Was hilft es mir jetzt, Herrscher eines großen Reiches gewesen zu sein und Eigentümer all der Schätze, die hier aufgehäuft sind? Nichts dauert so kurze Zeit wie die Glückseligkeit, und alle menschliche Macht ist nur Schwäche. O törichter Sterblicher, rühme dich nicht prahlerisch deines Glückes, solange du in des Lebens schwankender Wiege bist. Erinnere dich der Zeiten, da die Pharaonen herrschten. Sie sind nicht mehr, und bald wirst auch du aufhören, zu sein wie sie.«

»Welcher Fürst ruht in diesem Sarg?«, fragte Hassan. »Es ist einer der alten ägyptischen Könige«, erwiderte der Brahmane, »er ist der Erbauer dieses unterirdischen Gewölbes und dieses prächtigen Rubinendoms.« – »Was du mir erzählst, lässt mich erstaunen«, sprach der Jüngling. »Und aus welcher Laune heraus hat jener König unter der Erde ein Werk erbauen lassen, auf das alle Schätze der Welt verwendet zu sein scheinen? Alle anderen Herrscher, die der Nachwelt Denkmäler ihrer Größe hinterlassen wollen, stellen sie ans Licht, statt sie dem Anblick der Menschen zu entziehen.«

»Du hast Recht«, entgegnete der Brahmane, »aber dieser König war ein großer Kabbalist, er entzog sich oft seinem ganzen Hofe, um hierher zu kommen und die Geheimnisse der Natur zu enthüllen. Er war im Besitz vieler verborgener Dinge, unter anderem auch des Steins der Weisen, wie man es aus allen Reichtümern, die hier sind, sehen kann. Sie alle sind aus dem Haufen schwarzer Erde hervorgegangen, den du in jenem Winkel siehst.« – »Ist es möglich«, rief der Fikai aus, »dass diese schwarze Erde alles das hervorgebracht hat?« – »Zweifle nicht daran«, antwortete der Brahmane, »und um es dir zu beweisen, will ich dir zwei türkische Verse vorlesen, die das ganze Geheimnis des Steins der Weisen umfassen. Sie lauten: ›Gib zum Gatten der Braut des Abendlandes den Sohn des Königs vom Morgenland, und ihr Kind wird der Sultan der schönen Angesichter sein.‹

Nun will ich dir aber auch den geheimnisvollen Sinn dieses Spruches erklären. Lass durch Feuchtigkeit die trockene adamische Erde, die aus dem Morgenland kommt, sich auflösen. Aus dieser Durchdringung entsteht der philosophische Mercurius, der allmächtig ist in der Natur und der die Sonne und den Mond, das heißt das Gold und das Silber, hervorzubringen vermag. Und wenn er den Thron besteigt, so verwandelt er Kiesel in Diamanten und andere edle Gesteine. Das silberne Gefäß, das in einem Winkel des Gemaches lag, enthielt das Wasser, das heißt die Feuchtigkeit, mit der man die trockene Erde befeuchten muss, um sie in den Zustand zu versetzen, in dem sie hier liegt. Nimmst du von diesem Haufen nur eine Hand voll, so kannst du, wenn du willst, alles unedle Metall in ganz Ägypten in Gold verwandeln oder in Silber und alle Bausteine in Diamanten und Rubine.«

»In der Tat«, sprach Hassan, »das ist eine gar wunderbare Erde. Jetzt wundere ich mich nicht mehr, hier so viele Reichtümer aufgehäuft zu sehen.«

»Diese Erde ist noch weit wunderbarer, als ich dir bis jetzt gesagt habe«, erwiderte der Brahmane. »Sie heilt alle Arten von Krankheiten. Wenn ein Kranker schon auf dem Sterbebett liegt und im Begriff ist, seinen Geist aufzugeben, und nur ein Korn davon einnimmt, so vermag er sich auf der Stelle voll Kraft und Gesundheit zu erheben. Und außerdem besitzt diese Erde eine Kraft, die ich hoch vor jeder anderen schätze. Wer sich mit ihrem Saft die Augen reibt, erblickt die Geister der Luft und besitzt die Macht, ihnen zu gebieten. Nach allem, was ich dich nun gelehrt habe, mein Sohn«, fuhr der Brahmane fort, »wirst du selbst einsehen, welche ungeheuren Schätze dir bestimmt sind.« – »Gewiss, sie sind unzählbar«, antwortete der junge Hassan, »aber darf ich nicht, bis du mir ihren Besitz übergibst, nur einen Teil davon mitnehmen, um meinem Vater zu zeigen, wie glücklich wir sind, dich, edlen Mann, zu unserem Freund zu haben?« – »Du darfst es«, sprach der weise Padmanaba, »nimm alles, was dir gefällt.« Hassan nutzte diese Erlaubnis und belud sich mit Gold und Rubinen und folgte dem Brahmanen, der das Gemach verließ, in dem der König von Ägypten lag.

Sie kehrten zurück durch den herrlichen Saal, durch den Hof und den Keller, wo der Mohr noch auf dem Boden ausgestreckt lag. Sie machten die kupferne Tür hinter sich zu, und alsbald war sie von selbst wieder geschlossen; dann stiegen sie die Treppe wieder hinauf und aus dem Brunnen, und sobald sie ihn verlassen hatten, füllte er sich wieder mit Wasser und war ganz wie zuvor.

Als der Brahmane bemerkte, dass Hassan über die plötzliche Wiederkehr des Wassers sehr erstaunt war, fragte er ihn: »Weshalb zeigst du dich so verwundert? Hast du denn nie von Talismanen reden hören?« – »Nein«, antwortete der Fikai, »niemals, doch ich möchte gern von dir hören, was es damit für eine Bewandtnis hat.« – »Nicht allein davon will ich dich unterrichten«, entgegnete Padmanaba, »sondern ich will dich einst lehren, selbst welche zu verfertigen. Jetzt aber will ich dir erklären, was du zu wissen wünschst. Es gibt zwei Arten von Talismanen: den kabbalistischen und den astrologischen. Der erste, der von der besten Art ist, bringt seine wunderbaren Wirkungen durch die Buchstaben, Wörter oder Gebete hervor; der andere ist mächtig durch die Wechselwirkungen, welche die Planeten mit allen Metallen haben. Ich bediene mich der kabbalistischen Talismane, sie wurden mir einst im Traum durch den großen Gott Wischnu offenbart, der da Herr ist über alle Pagoden auf der Welt.«

»Wisse denn, mein Sohn«, fuhr er fort, »dass die Buchstaben in Beziehung zu den Engeln stehen. Jeder Buchstabe wird von einem Engel beherrscht, und fragst du mich, was ein Engel ist, so antworte ich dir, es ist ein Strahl oder ein Ausfluss der Tugenden der Allmacht und der Eigenschaften Allahs. Die Engel, die in der überirdischen und himmlischen Welt wohnen, beherrschen die, welche auf unserer irdischen weilen. Die Buchstaben bilden die Wörter, die Wörter wiederum die Gebete, und es sind nur die Engel, die, bezeichnet durch die Buchstaben und versammelt in den geschriebenen oder gesprochenen Gebeten, Wunder bewirken, welche die gewöhnlichen Menschen zum Staunen bringen.«

Während Padmanaba so zu dem jungen Hassan redete, kehrten sie in die Stadt zurück. Sie kamen zu dem Fikaa-Verkäufer, der hoch erfreut war, als sein Sohn ihm das Gold und die edlen Steine zeigte. Sie hörten auf, Fikaa feilzubieten und begannen, froh und im Überfluss zu leben.

Aber Hassan hatte eine Stiefmutter von habsüchtigem und eitlem Wesen. Sie fürchtete, es werde ihr einst an Geld fehlen, obgleich ihr Sohn Rubine von unermesslichem Wert mitgebracht hatte, und so sprach sie eines Tages zu ihm: »O mein Sohn, wenn wir unsere Lebensweise so fortführen, werden wir bald zugrunde gerichtet sein.« – »Gräme dich nicht darüber, meine Mutter«, erwiderte er, »die Quelle unseres Reichtums ist nicht versiegt. Hättest du alle Schätze gesehen, die mir der edle Padmanaba bestimmt hat, so würdest du weit entfernt von solcher Furcht sein. Das nächste Mal, wenn er mich wieder in jenen Brunnen führt, werde ich dir eine Hand voll schwarzer Erde mitbringen, und das wird deinen Geist auf lange Zeit beruhigen.« – »Belade dich doch lieber mit Gold und Rubinen«, antwortete seine Stiefmutter, »die liebe ich mehr als alle Erdarten. Aber Hassan, mir kommt ein Gedanke. Wenn dir dann Padmanaba alle diese Schätze schenken will, warum lehrt er dich nicht alle Sprüche, die erforderlich sind, um hinabsteigen zu können zu dem Ort, wo sie sich befinden? Wenn er nun plötzlich stirbt, wären dann nicht alle unsere Hoffnungen zunichte? Übrigens, wie können wir wissen, ob er es nicht überdrüssig wird, bei uns zu wohnen? Vielleicht denkt er schon daran, uns zu verlassen und einen anderen mit seinen Reichtümern zu beglücken. Deshalb, mein Kind, bin ich der Meinung, du solltest Padmanaba inständigst bitten, dich die Gebete zu lehren, und wenn du sie kannst, so wollen wir ihn töten, damit kein anderer das Geheimnis des Brunnens entdecken kann.«

Der junge Fikai erschrak über dieser Rede. »O meine Mutter«, rief er aus, »was wagst du, mir vorzuschlagen? Wie hast du nur einen so verwerflichen Plan ersinnen können! Der Brahmane liebt uns, er überhäuft uns mit Wohltaten, er verspricht mir Schätze, hinlänglich, die Habsucht der mächtigsten Herrscher auf Erden zu stillen. Und zum Lohn für all das Gute, das er uns erweist, willst du ihm das Leben rauben! Nein, sollte ich mich auch zu meiner Beschäftigung wieder erniedrigen müssen, sollte ich mein Leben lang Fikaa verkaufen, so möchte ich doch nicht die Mitschuld tragen an dem Tod eines Mannes, dem ich so hoch verpflichtet bin.«

»Du hast sehr edle Gesinnungen, mein Sohn«, erwiderte seine Stiefmutter, »aber man muss nur auf seinen eigenen Vorteil bedacht sein. Das Glück bietet uns eine Gelegenheit, uns für immer zu bereichern; darum wollen wir sie uns nicht entschlüpfen lassen. Dein Vater besitzt mehr Erfahrung als du. Er stimmt meinem Vorschlag zu, und du musst ihm auch deine Zustimmung geben.«

Hassan hegte noch immer heftigen Widerwillen gegen diesen grausamen Entschluss, doch jung und leichtsinnig, wie er war, ließ er sich durch die vielen Vorspiegelungen seiner Stiefmutter dazu bereden, ihr nachzugeben.

In der Tat ging er alsbald zu ihm und bat ihn so inständig, ihn alles zu lehren, was er zu tun hätte, um in jenes unterirdische Gewölbe zu gelangen, dass der Brahmane, der den Jüngling zärtlich liebte, es ihm nicht abzuschlagen vermochte. Er schrieb jedes Gebet auf einen Zettel und vermerkte genau den Ort, wo man es sprechen musste, sagte ihm alles, was noch sonst zu beobachten sei und gab es dann dem Jüngling.

Sobald dieser die Gebete wusste, benachrichtigte er seinen Vater und seine Stiefmutter davon, die einen Tag festsetzten, an dem sie alle drei zu den Schätzen gehen wollten. »Wenn wir zurückgekehrt sein werden«, sprach die Stiefmutter, »so töten wir Padmanaba.« Als der bestimmte Tag gekommen war, verließen sie ihr Haus, ohne dem Brahmanen zu sagen, wohin sie gingen. Sie nahmen ihren Weg zu dem verfallenen Gebäude. Sobald sie dort angelangt waren, nahm Hassan einen Zettel aus seiner Tasche, auf dem das erste Gebet geschrieben stand. Kaum hatte er ihn in den Brunnen geworfen, als das Wasser verschwand. Nun stiegen sie die Treppe hinab, bis sie an die Tür aus rotem Kupfer kamen. Der Jüngling berührte mit einem anderen Gebet das stählerne Schloss; sogleich öffnete es sich, und sie stießen die Tür auf. Der Mohr, der alsdann erschien, bereit, seinen weißen Marmorstein auf sie zu schleudern, erschreckte den Fikaa-Verkäufer und sein Weib zwar sehr, aber Hassan sprach rasch das dritte Gebet und blies, und der Mohr stürzte zu Boden. Weiter durchschritten sie den Keller und gelangten in den Hof, wo der Kristalldom stand. Die Drachen krochen vor Hassan in ihre Schlupfwinkel zurück. Hassan und seine Eltern gingen weiter in den zweiten Hof, durchschritten den Saal und betraten endlich das Zimmer, in dem die Rubine waren und das Gold und der Wasserkrug und die schwarze Erde. Die Stiefmutter achtete wenig auf den Sarg des Königs von Ägypten und machte sich nicht die Mühe, die beherzigenswerte Inschrift auf der goldenen Tafel zu lesen. Noch weniger würdigte sie den Haufen schwarzer Erde eines Blickes, obwohl ihr Hassan so viel davon erzählt hatte. Gierig fiel sie über die Rubine her und belud sich so sehr mit ihnen, dass sie kaum gehen konnte. Ihr Mann nahm Gold, so viel er nur zu tragen vermochte, und Hassan begnügte sich, seine Taschen mit ein paar Hand voll schwarzer Erde zu füllen, in der Absicht, sie bei seiner Rückkehr zu benutzen.

Darauf verließen alle drei das Gemach des Königs von Ägypten. Fast zusammenbrechend unter der Last der Reichtümer, die sie zusammengerafft hatten, durchschritten sie fröhlich den ersten Hof, als sie drei furchtbare Ungeheuer erscheinen sahen, die auf sie losstürzten. Der Fikaa-Verkäufer und sein Weib, von Todesfurcht ergriffen, riefen ihren Sohn um Hilfe an, doch Hassan hatte keine Gebete mehr und war nicht weniger in Angst als sie. »Gottlose, böse Stiefmutter«, schrie er, »du allein bist schuld an unserem Verderben! Gewiss hat Padmanaba gewusst, dass wir hierher gekommen sind. Vielleicht hat er sogar durch seine Wissenschaft entdeckt, dass wir ihm den Tod geschworen haben, und nun sendet er zur Strafe unseres schnöden Undankes diese Scheusale, die uns verschlingen werden!« Kaum hatte er diese Worte ausgesprochen, als sie in der Luft die Stimme des Brahmanen hörten. Er sprach: »Ihr seid alle drei Elende und meiner Freundschaft gänzlich unwürdig. Ihr würdet mich ermordet haben, hätte nicht der große Gott Wischnu mir eure böse Absicht kundgetan. Ihr sollt meine gerechte Rache erfahren! Du, Weib, weil du in deiner Bosheit den Entschluss hast fassen können, mich zu ermorden, und ihr beiden, weil ihr so schwach gewesen seid, den verabscheuungswürdigen Einflüsterungen Gehör zu geben.« Dann schwieg die Stimme, und die drei Ungeheuer zerrissen den unglücklichen Hassan, seinen Vater und seine schuldige Stiefmutter.

Codadad und seine Brüder

Einst lebte im Königreich Dyarbakir ein sehr reicher und mächtiger König, der in der Stadt Harran herrschte. Er liebte seine Untertanen sehr und wurde auch von ihnen geliebt.

Eine seiner Gemahlinnen, namens Piruza, war vom Hofe verbannt worden und lebte in Samarien bei dem Prinzen Samer, dem Vetter des Königs. Dort gebar sie einen Prinzen, schöner als der Tag. Der Fürst von Samarien schrieb sogleich an den König von Harran, meldete ihm die glückliche Geburt dieses Sohnes und wünschte ihm Glück dazu. Der König hatte große Freude darüber und schrieb dem Prinzen Samer, er möge den Sohn der Piruza aufziehen, ihm den Namen Codadad geben und, wenn er ihn fordere, ihm zuschicken.

Der Fürst von Samarien versäumte nichts, um dem Prinzen eine gute Erziehung zu geben. Er ließ ihm Unterricht im Reiten, im Bogenschießen und allen anderen Dingen, die sich für Königssöhne ziemen, erteilen, sodass Codadad in seinem achtzehnten Jahr als ein wahres Wunder gelten konnte. Dieser junge Prinz besaß einen seiner Abstammung würdigen Mut und sagte eines Tages zu seiner Mutter: »Ich fange an, mich in Samarien zu langweilen. Ich fühle Begierde nach Ruhm in mir, deswegen erlaube, dass ich ausziehe und Gelegenheiten suche, ihn in den Gefahren des Krieges zu erwerben. Der König von Harran, mein Vater, hat Feinde. Einige seiner Nachbarn beabsichtigen, seine Ruhe zu stören. Warum ruft er mich nicht zu Hilfe? Warum lässt er mich so lange Kind sein? Soll ich hier mein Leben im Müßiggang verbringen, während alle meine Brüder das Glück haben, an seiner Seite zu fechten?« – »Mein Sohn«, antwortete Piruza, »ich sehne mich ebenso sehr wie du, deinen Namen berühmt zu sehen. Ich wollte, du hättest dich bereits gegen die Feinde deines Vaters ausgezeichnet; aber du musst warten, bis er dich auffordert.« – »Nein, liebe Mutter«, antwortete Codadad, »ich habe nur zu lange schon gewartet. Ich sterbe vor Verlangen, den König zu sehen, und habe große Lust, hinzugehen und ihm als ein junger Unbekannter meine Dienste anzubieten. Er wird sie ohne Zweifel annehmen, und ich werde mich nicht eher zu erkennen geben, als bis ich tausend ruhmvolle Taten vollbracht habe. Ich will seine Achtung verdienen, ehe er mich anerkennt.« Piruza billigte diesen hochherzigen Entschluss, und um von dem Fürsten Samer keinen Widerspruch zu erfahren, sagte ihm Codadad kein Wort davon, sondern verließ eines Tages Samarien unter dem Vorwand, er wolle auf die Jagd reiten.

Er ritt ein weißes Pferd mit goldenem Zügel und Hufbeschlag; Sattel und Schabracke waren aus blauem Atlas und ganz mit Perlen besät. Der Griff seines Säbels bestand aus einem einzigen Diamanten, die Scheide war aus Sandelholz und ganz mit Smaragden und Rubinen besetzt. Über seine Schultern hingen ein Köcher und ein Bogen. In diesem Aufzug, der seine schöne Gestalt ins glänzendste Licht treten ließ, kam er in der Stadt Harran an. Er fand bald Mittel und Wege, sich dem König vorstellen zu lassen, auf den seine Schönheit und sein stattlicher Wuchs den angenehmsten Eindruck machten. Vielleicht war es aber auch die Macht des Blutes, was sein Herz so zu dem Jüngling hinzog; kurz, er empfing ihn aufs Huldreichste und fragte ihn nach seinem Namen und

Stand. »Großer König«, antwortete Codadad, »ich bin der Sohn eines Emirs von Kairo. Wanderlust hat mich aus meinem Vaterland getrieben, und da ich auf meiner Reise durch deine Staaten erfuhr, dass du mit einigen deiner Nachbarn in Fehde liegst, so bin ich an deinen Hof gekommen, um dir meinen Arm anzubieten.« Der König war ungemein gnädig gegen den Jüngling und gab ihm eine Anstellung in seinem Heer.

Der junge Prinz säumte nicht, seine Tapferkeit an den Tag zu legen. Er erwarb sich die Achtung der Offiziere und die Bewunderung der Soldaten, und da er ebenso viel Geist wie Mut besaß, so gewann ihn der König so lieb, dass er ihn bald zu seinem Günstling machte. Die Minister und anderen Höflinge besuchten Codadad täglich und bewarben sich aufs Angelegentlichste um seine Freundschaft, während sie die übrigen Söhne des Königs vernachlässigten. Die jungen Prinzen konnten dies nicht ohne Ärger geschehen lassen, und ihr Herz entbrannte von heftigem Hass gegen den Fremdling. Der König aber fühlte von Tag zu Tag mehr Liebe für ihn und gab ihm fortwährend neue Beweise seiner Zuneigung. Er wollte ihn stets um sich herum haben und bewunderte seine geistvollen und weisen Reden, und um jedermann zu zeigen, wie hoch er seine Weisheit und Klugheit achte, vertraute er ihm die Aufsicht über die anderen Prinzen an, obschon er mit ihnen in gleichem Alter stand, sodass Codadad der Hofmeister seiner Brüder wurde.

Dies reizte ihren Hass nur umso mehr. »Wie!«, sagten sie, »ist's nicht genug, dass der König einen Fremdling mehr liebt als uns, er macht ihn sogar zu unserem Hofmeister, ohne dessen Erlaubnis wir nichts tun sollen! Nein, das können wir uns nicht gefallen lassen. Wir müssen uns diesen Fremdling vom Hals schaffen.« – »Das Beste ist«, sagte einer von ihnen, »wir fallen alle zusammen über ihn her und schlagen ihn tot.« – »Nein, nein«, sagte ein anderer, »auf diese Art würden wir uns selbst in die Grube stürzen. Sein Tod würde uns dem König verhasst machen, und dieser könnte uns zur Strafe leicht samt und sonders der Thronfolge für unwürdig erklären. Wir müssen dem Fremdling mit List beikommen. Wir wollen ihn um Erlaubnis bitten, auf die Jagd zu reiten, und wenn wir weit genug vom Palast entfernt sind, so reiten wir zu irgendeiner Stadt und halten uns dort eine Zeit lang auf. Der König wird sich über unsere Abwesenheit wundern, und wenn er uns nicht zurückkommen sieht, wird er die Geduld verlieren und den Fremdling vielleicht töten lassen. Jedenfalls wird er ihn von seinem Hofe verbannen, weil er uns erlaubt hat, seinen Palast zu verlassen.«

Dieser Vorschlag fand allgemeinen Beifall. Die Prinzen gingen zu Codadad und baten ihn um Erlaubnis zu einer Jagdpartie, zugleich versprachen sie, noch am gleichen Tag zurückzukommen. Piruzas Sohn ging in die Falle, er gab seinen Brüdern die Erlaubnis. Sie ritten weg und kamen nicht wieder. Schon waren sie drei Tage abwesend, als der König zu Codadad sagte: »Wo sind die Prinzen? Ich habe sie lange nicht gesehen.« – »Herr«, antwortete dieser mit einer tiefen Verbeugung, »sie sind seit drei Tagen auf der Jagd. Sie hatten mir indes versprochen, früher zurückzukommen.« Der König wurde unruhig, und seine Unruhe vermehrte sich, als die Prinzen auch am folgenden Tage noch nicht erschienen. Nun konnte er seinen Zorn nicht mehr zurückhalten. »Unvorsichtiger Fremdling«, sagte er zu Codadad, »wie konntest du meine Söhne wegreiten lassen, ohne sie zu begleiten? Verwaltest du so das Amt, das ich dir anvertraut habe? Geh, suche sie sogleich auf und führe sie zu mir. Wenn nicht, so bist du ein Mann des Todes!«

Diese Worte erfüllten den unglücklichen Sohn Piruzas mit Entsetzen. Er legte seine Rüstung an, schwang sich auf sein Ross und ritt zur Stadt hinaus. Wie ein Hirt, der seine Herde verloren hat, suchte er überall im Gefilde seine Brüder, fragte in allen Dörfern, ob man sie nicht gesehen habe, und da er nichts von ihnen erfahren konnte, überließ er sich dem heftigsten Schmerz. »Ach, meine lieben Brüder!«, rief er aus. »Was ist aus euch geworden? Seid ihr vielleicht unseren Feinden in die Hände gefallen? Sollte ich nur dazu an den Hof von Harran gekommen sein, um dem König ein so grausames Herzeleid zu bereiten?« Er war untröstlich, dass er den Prinzen die Jagd erlaubt oder sie nicht begleitet hatte. Nach mehrtägigen vergeblichen Nachforschungen gelangte er in eine ungeheuer weite Ebene, in deren Mitte ein Palast von schwarzem Marmor stand. Er ritt darauf zu und erblickte an einem Fenster ein wunderschönes Fräulein, auf dessen Angesicht der tiefste Kummer lag. Sobald es den Fremden erblickte und gehört zu werden glaubte, rief es ihm zu: »O Jüngling, entferne dich von diesem unseligen Palast, oder du wirst bald in die Hände des Ungeheuers geraten, das ihn bewohnt. Hier haust ein Schwarzer, der sich nur von Menschenblut nährt. Er ergreift alle Leute, die ihr schlimmes Geschick in diese Ebene führt, und sperrt sie in finstere Kerker ein, aus denen er sie nur hervorzieht, um sie zu verschlingen.«

»Herrin«, antwortete Codadad, »sag mir, wer du bist, und sei wegen des Übrigen unbesorgt.« – »Ich bin aus Kairo gebürtig und aus vornehmem Hause«, antwortete das Fräulein. »Gestern kam ich auf meiner Reise nach Bagdad nahe an diesem Schloss vorbei, wo mir der Schwarze begegnete, alle meine Leute tötete und mich hierher führte. Verweile keinen Augenblick länger! Rette dich, der Schwarze wird bald zurückkommen. Er ist ausgezogen, um einige Reisende zu verfolgen, die er von fern in der Ebene bemerkt hat. Du hast keine Zeit zu verlieren, ja, ich weiß nicht einmal, ob du ihm durch schleunige Flucht wirst entrinnen können.«

Noch hatte es nicht ausgesprochen, als der Schwarze erschien. Er war ein Kerl von ungeheurer Größe und furchtbarem Ansehen. Er ritt ein gewaltiges tatarisches Ross und führte ein breites gewichtiges Schwert, das nur er allein handhaben konnte. Als der Prinz ihn erblickte, wunderte er sich über die ungeheure Gestalt. Er empfahl sich dem Schutze Allahs, zog dann seinen Säbel und erwartete unerschrocken den Schwarzen, der einen so schwachen Feind verachtete und ihn aufforderte, sich ohne Schwertstreich zu ergeben. Codadad aber gab deutlich zu erkennen, dass er entschlossen sei, sein Leben zu verteidigen, denn er ritt auf ihn zu und versetzte ihm einen derben Hieb ins Genick. Als der Schwarze sich verwundet fühlte, stieß er ein entsetzliches Geschrei aus, von dem die ganze Ebene widerhallte. Schäumend vor Wut erhob er sich in den Steigbügeln und wollte Codadad mit seinem furchtbaren Schwert zu Boden schlagen. Der Streich wurde mit solcher Kraft geführt, dass es um den jungen Prinzen geschehen gewesen wäre, wenn er nicht die Gewandtheit gehabt hätte, durch eine Schwenkung seines Rosses auszuweichen. Das Schwert sauste durch die Luft. Ehe nun der

Schwarze Zeit hatte, zu einem zweiten Schlag auszuholen, hieb ihm Codadad mit einem gewaltigen Streich den rechten Arm ab. Das furchtbare Schwert fiel zugleich mit der Hand, die es hielt, zu Boden, und der Schwarze war durch die Gewalt des Schlages so erschüttert, dass er die Bügel verlor und die Erde von seinem Fall erdröhnte. Flugs stieg der Prinz von seinem Ross, warf sich über seinen Feind und hieb ihm den Kopf ab. Das Fräulein, das Zeuge des Kampfes gewesen war und das fortwährend für den jungen Helden, den es bewunderte, heiße Gebete zum Himmel geschickt hatte, tat einen Freudenschrei und sprach dann zu Codadad: »Prinz, der schwere Sieg, den du soeben errungen hast, sowie dein edler Anstand überzeugen mich, dass du nicht aus gemeinem Blut stammst. Vollende jetzt dein Werk: Der Schwarze hat die Schlüssel zum Schloss bei sich. Nimm sie und befreie mich aus diesem Gefängnis.« Der Prinz durchsuchte die Taschen des Elenden, der im Staube dahingestreckt lag, und fand mehrere Schlüssel.

Codadad öffnete die erste Pforte und trat in einen großen Hof, in dem er das Fräulein, das ihm entgegengekommen war, bereits antraf. Es wollte sich ihm zum Zeichen ihrer herzlichen Dankbarkeit zu Füßen werfen, aber er ließ es nicht zu. Es pries seine Tapferkeit und erhob ihn über alle Helden der Welt. Er erwiderte seine Höflichkeiten, und da es ihm in der Nähe noch liebenswürdiger erschien als von fern, so weiß ich nicht, ob es über seine Befreiung aus so schrecklicher Gefahr mehr Freude empfand oder er darüber, dass er einem so schönen Fräulein einen solch wichtigen Dienst geleistet hatte.

Ihr Gespräch wurde durch Geschrei und Gestöhn unterbrochen. »Was höre ich?«, rief Codadad, »woher kommen diese kläglichen Töne, die an mein Ohr schlagen?« – »Herr«, antwortete das Fräulein, indem es mit dem Finger auf eine niedrige Tür innerhalb des Hofes wies, »sie kommen von dorther. Es stecken hier eine Menge Unglücklicher, die ihr böser Stern in die Hände des Schwarzen fallen ließ. Sie sind alle gefesselt, und jeden Tag zog das Ungeheuer einen hervor, um ihn zu fressen.«

»Ich bin sehr erfreut«, versetzte der junge Prinz, »dass ich durch meinen Sieg diesen Unglücklichen das Leben retten kann. Komm, edles Fräulein, und teile mit mir das Vergnügen, sie in Freiheit zu setzen. Du kannst die Freude, die wir ihnen machen werden, an dir selbst ermessen.« So sprechend näherten sie sich der Tür des Gefängnisses, und je näher sie kamen, desto deutlicher hörten sie die Klagen der Gefangenen. Dem Prinzen Codadad ging dies durch Mark und Bein. Um ihren Leiden so schnell wie möglich ein Ende zu machen, stieß er rasch einen Schlüssel in das Schloss. Anfangs fand er nicht den richtigen und nahm dann einen anderen. Bei diesem Geräusch wähnten die Unglücklichen, der Schwarze komme, um ihnen wie gewöhnlich zu essen zu bringen und zugleich einen der Unglücksgefährten zu seinem Fraß zu holen, und ihr Angstgeschrei und Gestöhn wurde immer kläglicher. Es war, als ob aus dem Mittelpunkt der Erde klagende Stimmen heraufttönten.

Schließlich öffnete der Prinz die Tür und fand eine sehr steile Treppe, auf der er in eine tiefe und weite Höhle hinabstieg, die durch ein Luftloch spärlich beleuchtet wurde und worin mehr als hundert Menschen mit gefesselten Händen an Pfähle gebunden waren. »Unglückliche Reisende«, sagte er zu ihnen, »arme Schlachtopfer, die ihr nur den Augenblick eines grausamen Todes erwartet, dankt dem Himmel, der euch heute durch meinen Arm befreite! Ich habe den abscheulichen Schwarzen, dessen Beute ihr werden solltet, getötet, und komme, eure Ketten zu zerbrechen.« Als die Gefangenen diese Worte hörten, stießen sie vor Verwunderung und Freude ein lautes Geschrei aus. Codadad und das Fräulein fingen an, sie loszubinden, und sobald einer von seinen Ketten befreit war, half er auch den anderen aus den ihrigen, sodass binnen kurzer Zeit alle sich ihrer Erlösung erfreuten.

Jetzt warfen sie sich dem Prinzen zu Füßen, dankten ihm für ihre Befreiung und stiegen aus dem Gewölbe heraus. Aber wie erstaunte Codadad, als sie nun im Hof waren und er unter den Gefangenen auch seine Brüder erblickte, die er suchte und die zu finden er bereits alle Hoffnung aufgegeben hatte. »Ach, liebe Prinzen«, rief er aus, »täusche ich mich nicht? Seid ihr es wirklich? Darf ich mir schmeicheln, dass ich euch dem König, eurem Vater, zurückbringen kann, der über euren Verlust untröstlich ist? Haben wir nicht vielleicht einen von euch zu beweinen? Seid ihr alle noch am Leben? Ach, der Tod eines einzigen könnte mir die ganze Freude vergiften, die ich über eure Rettung empfinde!«

Es waren aber alle Prinzen gerettet, und Codadad umarmte einen um den anderen und erzählte ihnen, in welche Unruhe ihre Abwesenheit den König versetzt habe. Sie erteilten ihrem Befreier alle Lobsprüche, die er verdiente, desgleichen auch die anderen Gefangenen, die keine Ausdrücke stark genug fanden, um den Dank, von dem sie durchdrungen waren, an den Tag zu legen. Codadad durchsuchte hierauf mit ihnen das Schloss und fand darin unermessliche Reichtümer, feine Leinwand, Goldbrokate, persische Teppiche, chinesischen Atlas und eine Menge anderer Waren, die der Schwarze den ausgeplünderten Karawanen abgenommen hatte und wovon der größte Teil den von Cadadad befreiten Gefangenen gehörte. Jeder erkannte sein Eigentum und machte seine Ansprüche darauf geltend. Der Prinz ließ sie ihre Ballen nehmen und verteilte auch noch die übrigen Waren unter sie. Hierauf sprach er zu ihnen: »Wie wollt ihr aber eure Waren fortschaffen? Wir sind hier in einer Wüste, wo ihr wahrscheinlich keine Pferde finden werdet.« – »Herr«, antwortete einer der Gefangenen, »der Schwarze hat uns außer unseren Wagen auch unsere Kamele geraubt. Vielleicht stehen sie noch in den Ställen dieses Schlosses.« – »Wohl möglich«, versetzte Codadad, »wir wollen einmal nachforschen.« Sie gingen nun in die Ställe und fanden dort nicht nur die Kamele der Kaufleute, sondern auch die Pferde der Prinzen, worüber alle ungemeine Freude empfanden. In den Ställen waren auch einige schwarze Sklaven, die, als sie die Gefangenen alle befreit sahen, woraus sie auf den Tod ihres Herrn schließen mussten, in Schreck gerieten und auf Nebenwegen, die ihnen bekannt waren, entflohen. Man dachte nicht daran, sie zu verfolgen. Die Kaufleute waren voller Freude, mit ihrer Freiheit auch ihre Kamele und Wagen wieder erhalten zu haben und rüsteten sich zur Heimkehr.

Als sie abgereist waren, wandte sich Codadad an das Fräulein und sprach zu ihm: »Wohin gedenkst du zu reisen, edles Fräulein? Was war dein Plan, als du von dem Schwarzen überfallen wurdest? Ich werde dich zu dem Ort führen, den du zu deinem Aufenthalt ausersehen hast, und ich zweifle nicht, dass diese Prinzen sämtlich ebenso gesonnen sind.« Die Söhne des Königs von Harran beteuerten dem Fräulein, dass sie es nicht eher verlassen würden, bis sie es den Seinigen wiedergegeben hätten.

»Prinz«, sagte sie zu Codadad, »ich bin aus einem zu fernen Land, und es hieße deine Großmut missbrauchen, wenn ich dich einen so weiten Weg machen ließe; übrigens muss ich auch bekennen, dass ich auf immer von meinem Vaterland geschieden bin. Ich habe dir vorhin gesagt, ich sei ein Fräulein aus Kairo, aber nach der Güte, die du mir bewiesen hast, und nach der Verpflichtung, die ich gegen dich habe, Herr, wäre es Undank, wenn ich dir die Wahrheit länger verbergen wollte. Ich bin die Tochter eines Königs. Ein Kronräuber hat sich des Throns meines Vaters bemächtigt, nachdem er ihm das Leben geraubt hat; und um das meinige zu retten, war ich genötigt, die Flucht zu ergreifen.« Nach diesem Geständnis baten Codadad und seine Brüder die Prinzessin, ihnen ihre Geschichte zu erzählen, und sie versicherten ihr, dass sie allen Anteil an ihrem Unglück nähmen und bereit seien, alles aufzubieten, um sie wieder glücklich zu machen. Sie dankte ihnen für diese weitere Versicherung ihrer Dienstwilligkeit und konnte nicht umhin, ihre Neugierde zu befriedigen. Sie begann daher folgendermaßen:

Die Geschichte der Prinzessin von Deryabar

»Auf einer Insel liegt eine große Stadt mit Namen Deryabar. Hier herrschte lange Zeit ein mächtiger, reicher und tugendhafter König, der nur eine Tochter hatte. Diese unglückliche Prinzessin bin ich. Mein Vater ließ mich mit aller erdenklichen Sorgfalt erziehen, und da er keinen Sohn hatte, beschloss er, mich die Regierungskunst zu lehren, damit ich einst nach ihm seinen Thron besteigen könne. Eines Tages, als er sich auf der Jagd belustigte, erblickte er einen wilden Esel. Er verfolgte ihn, kam von seiner Jagdbegleitung ab, und sein Eifer verleitete ihn, ihm bis in die Nacht nachzusetzen, ohne an ein Verirren zu denken. Endlich stieg er vom Pferd und setzte sich am Eingang eines Gehölzes hin, in das der Esel geflüchtet war. Kaum war die Nacht angebrochen, als er zwischen den Bäumen ein Licht bemerkte, woraus er schloss, dass er nicht weit von einem Dorf entfernt sei. Er freute sich darüber in der Hoffnung, die Nacht dort zuzubringen und jemanden zu seinem Gefolge schicken zu können, um zu melden, wo er wäre. Er stand also auf und ging auf das Licht zu, das ihm als Leitstern diente.

Bald erkannte er, dass er sich getäuscht hatte. Das Licht war nichts anderes als ein Feuer, das in einer Hütte brannte. Er näherte sich und sah mit Erstaunen einen großen schwarzen Mann oder vielmehr einen schrecklichen Riesen, der auf einem Sofa saß. Das Ungeheuer hatte einen großen Krug mit Wein vor sich stehen und briet auf den Kohlen einen Ochsen, dem es soeben die Haut abgezogen hatte. Bald nahm es den Krug an den Mund, bald zerstückelte es den Ochsen und fraß davon. Was aber die Aufmerksamkeit des Königs, meines Vaters, am meisten auf sich zog, war eine sehr schöne Frau, die er in der Hütte erblickte. Sie schien in tiefe Traurigkeit versunken, ihre Hände waren gebunden, und zu ihren Füßen lag ein kleines Kind von zwei oder drei Jahren, das ohne Unterlass weinte und die Luft mit seinem Geschrei erfüllte, als ob es das Unglück seiner Mutter mitempfände.

Gerührt von diesem jammervollen Anblick wollte mein Vater anfangs in die Hütte stürzen und den Riesen angreifen, aber der Gedanke, dass der Kampf gar zu ungleich sein würde, hielt ihn zurück, und er beschloss, da er mit offener Gewalt nichts ausrichten konnte, das Ungeheuer durch List zu überwältigen. Inzwischen wandte sich der Riese, nachdem er den Krug geleert und den Ochsen mehr als zur Hälfte aufgefressen hatte, zu der Frau und sagte zu ihr: ›Schöne Prinzessin, warum zwingst du mich durch deine Hartnäckigkeit, dich mit Strenge zu behandeln? Es steht ganz in deiner Hand, glücklich zu werden. Du brauchst dich nur zu entschließen, mich zum Gemahl zu nehmen, und ich werde viel sanfter gegen dich sein.‹ – ›Meineidiger Untertan!‹ antwortete die Frau, ›hoffe nicht, dass die Zeit meinen Abscheu vor dir vermindere; du wirst in meinen Augen immer ein Ungeheuer sein. Du hast dich gegen meinen Vater, deinen Fürsten und Herrn, empört! Nie kann ich die Deine werden! Lieber will ich sterben!‹ Der Riese geriet darüber in den höchsten Zorn. ›Das ist zu viel!‹, rief er wütend. ›Meine verschmähte Liebe verwandelt sich in Wut, und ich wünsche jetzt nur noch deinen Tod! Deine letzte Stunde ist gekommen!‹, so sprechend, zog er seinen Säbel und war eben im Begriff, ihr den Kopf abzuhauen, als der König, mein Vater, einen Pfeil abschoss, der dem Riesen in die Brust fuhr, sodass er taumelte und alsbald tot niederstürzte.

Mein Vater trat nun in die Hütte, band die Frau los und fragte sie, wer sie wäre und infolge welchen Abenteuers sie sich hier befände. ›Herr‹, antwortete sie, ›am Ufer des Meeres wohnen einige sarazenische Stämme, deren Oberhaupt und Fürst mein Gemahl ist. Der Riese, den du soeben getötet hast, war einer seiner vornehmsten Offiziere; wegen eines schweren Vergehens wurde er von meinem Gemahl verbannt. Um sich zu rächen, raubte er mich und mein Kind und flüchtete mit uns in diese Einöde. Dies, mein Herr, ist meine Geschichte. Ich zweifle nicht, dass du mich deines Mitleids würdig finden wirst, um die großmütige Hilfe, die du mir gebracht hast, nicht zu bereuen.‹ – ›Ja, edle Frau‹, sagte mein Vater, ›dein Unglück hat mich gerührt, es geht mir tief zu Herzen. Ich werde jedoch nichts versäumen, um dir ein besseres Los zu bereiten. Morgen, sobald der Tag die Schatten der Nacht zerstreut hat, wollen wir diesen Wald verlassen und den Weg zu der großen Stadt Deryabar suchen, deren Beherrscher ich bin, und wenn es dir so genehm ist, so wirst du in meinem Palast wohnen, bis dein königlicher Gemahl kommt, um dich abzuholen.‹

Die sarazenische Fürstin nahm den Vorschlag an und ging am folgenden Tag mit dem König, meinem Vater, der am Ausgang des Waldes alle seine Leute traf. Sie hatten ihn die ganze Nacht hindurch gesucht und waren sehr in Sorge um ihn. Umso größer war ihre Freude, als sie ihn wiederfanden. Aber sie wunderten sich sehr, da sie ihn in Gesellschaft einer Frau sahen, deren Schönheit sie in Erstaunen setzte. Er erzählte ihnen, auf welche Art er sie gefunden und welcher Gefahr er sich ausgesetzt hatte, indem er sich der Hütte näherte, denn der Riese würde ihn unfehlbar getötet haben, wenn er ihn bemerkt hätte. Einer der Offiziere nahm die Fürstin hinter sich auf sein Pferd, und ein anderer trug das Kind.

So gelangten sie zum Palast des Königs, meines Vaters, welcher der schönen Sarazenin eine Wohnung einräumte und ihr Kind mit viel Sorgfalt erziehen ließ. Anfangs war sie sehr unruhig und ungeduldig darüber, dass ihr Gemahl sie nicht abholte. Nach und nach aber beruhigte sie sich, und sie fing an, sich in dem Schloss einzuleben.

Inzwischen wurde der Sohn der Fürstin groß. Er war sehr wohl gebildet, und da es ihm auch nicht an Geist fehlte, so wurde es ihm leicht, dem König, meinem Vater, zu gefallen, der große Zuneigung zu ihm fasste. Alle Höflinge bemerkten dies und dachten, der Jüngling würde mich heiraten. In dieser Annahme, und da sie ihn bereits als den Kronerben betrachteten, machten sie ihm den Hof, und jeder bemühte sich, sein Vertrauen zu gewinnen. Er durchschaute den Grund ihrer Anhänglichkeit, freute sich darüber, verlor den Abstand zwischen uns gänzlich aus den Augen und schmeichelte sich mit der Hoffnung, mein Vater liebe ihn so sehr, dass er ihn als Schwiegersohn allen Prinzen der Welt vorziehen würde. Er tat noch mehr: Da der König zu lange säumte, ihm meine Hand anzubieten, so hatte er die Kühnheit, ihn darum zu bitten. So sträflich nun auch diese Dreistigkeit war, so begnügte sich mein Vater doch mit der Erklärung, er habe andere Absichten mit mir und achte ihn darum nicht gering. Den jungen Mann aber erbitterte diese abschlägige Antwort. Der Stolze fühlte sich durch diese Verschmähung seiner Bewerbung so beleidigt, als wenn er um ein Mädchen aus dem Volk angehalten hätte oder von gleicher Geburt mit mir gewesen wäre. Er ließ es dabei nicht bewenden, sondern beschloss, sich an dem König zu rächen, und mit einer Undankbarkeit, wovon es wenige Beispiele gibt, zettelte er eine Verschwörung gegen ihn an, ermordete ihn und ließ sich von einer großen Anzahl Missvergnügter, deren Unzufriedenheit er zu benutzen wusste, zum König von Deryabar ausrufen. Als er nun meinen Vater aus dem Wege geräumt hatte, war sein Erstes, dass er an der Spitze eines Teiles seiner Mitverschworenen in mein Zimmer drang. Er wollte mich entweder töten oder mich mit Gewalt zwingen, ihn zu heiraten, aber ich hatte Zeit gehabt, ihm zu entrinnen. Während er meinen

Vater erwürgte, war der Großwesir, ein stets getreuer Diener seines Herrn, gekommen, hatte mich aus dem Palast geführt und bei einem seiner Freunde in Sicherheit gebracht. Dort hielt er mich so lange verborgen, bis ein Schiff, das er heimlich hatte ausrüsten lassen, bereit war, unter Segel zu gehen. Da verließ ich die Insel ohne eine andere Begleitung als die einer Hofmeisterin und dieses edelmütigen Ministers, der lieber der Tochter seines Herrn folgen und ihr Unglück teilen als dem Tyrannen gehorchen wollte.

Der Großwesir beabsichtigte, mich an die Höfe der benachbarten Könige zu führen, sie um Beistand anzuflehen und zur Rache wegen der Ermordung meines Vaters aufzufordern. Aber der Himmel begünstigte einen Vorsatz, der uns so vernünftig schien, nicht. Nachdem wir einige Tage fortgesegelt waren, erhob sich ein so gewaltiger Sturm, dass unser Schiff, trotz der Geschicklichkeit unserer Matrosen, durch die Gewalt der Winde und Wellen an einen Felsen geschleudert wurde und scheiterte. Ich will mich nicht mit der Beschreibung dieses Schiffbruches aufhalten; nur so viel sei gesagt, dass die Hofmeisterin, der Großwesir und die ganze Mannschaft des Schiffes von den Abgründen des Meeres verschlungen wurden. Der Schreck, der sich meiner bemächtigt hatte, erlaubte mir nicht, die ganze Entsetzlichkeit unseres Loses einzusehen. Ich verlor das Bewusstsein, und sei es nun, dass einige Trümmer des Schiffes mich an das Ufer trugen oder dass der Himmel, der mich zu weiterem Unglück aufsparte, ein Wunder tat, um mich zu retten – genug, als ich wieder zur Besinnung kam, befand ich mich am Ufer.

Das Unglück macht uns oft ungerecht. Statt Allah für die besondere Gnade, die er mir angedeihen ließ, zu danken, erhob ich die Augen nur zum Himmel, um ihm Vorwürfe über meine Rettung zu machen. Es fiel mir nicht ein, den Großwesir und meine Hofmeisterin zu beweinen; im Gegenteil beneidete ich ihr Schicksal, und nach und nach wurde meine Vernunft durch die furchtbaren Vorstellungen, die mich beunruhigten, so verwirrt, dass ich den Entschluss fasste, mich ins Meer zu stürzen. Schon war ich im Begriff hineinzuspringen, als ich hinter mir ein großes Getöse von Menschen und Pferden hörte. Ich drehte mich sogleich um, um zu sehen, was es wäre, und erblickte mehrere bewaffnete Reiter, unter denen einer ein arabisches Pferd ritt. Er hatte einen silberbestickten Rock mit einem Gürtel aus Edelsteinen und eine Krone auf dem Haupt. Hätte ich ihn auch nicht an seiner Kleidung als den Herrn der Übrigen erkannt, so hätte ich es aus dem edlen Anstand schließen müssen, den seine ganze Erscheinung hatte. Es war ein ausgezeichnet wohl gebildeter Jüngling und schöner als der Tag. Verwundert, an diesem Ort ein junges Mädchen allein zu finden, schickte er einige seiner Offiziere ab und ließ mich fragen, wer ich wäre. Ich antwortete ihnen nur mit Tränen. Da das Ufer mit den Trümmern unseres Schiffes bedeckt war, so schlossen sie daraus, ein Fahrzeug müsse hier gescheitert sein, und ohne Zweifel hätte ich mich aus dem Schiffbruch gerettet. Diese Vermutung und die tiefe Betrübnis, die ich an den Tag legte, reizten die Neugierde der Offiziere. Sie fingen an, tausend Fragen an mich zu stellen und versicherten mir, ihr König sei ein großmütiger Fürst, an dessen Hof ich gewiss Trost finden würde.

Der König, dem seine Offiziere zu lange ausblieben und der sehr gern auf der Stelle erfahren hätte, wer ich war, ritt nun selbst auf mich zu. Er betrachtete mich mit viel Aufmerksamkeit, und da ich vor lauter Tränen und Jammern denen, die mich fragten, nicht antworten konnte, verbot er ihnen, mich länger mit ihren Fragen zu belästigen, und wandte sich selbst zu mir mit folgenden Worten: ›Schöne Unbekannte, ich beschwöre dich, deine ungemessene Betrübnis zu mäßigen. Wenn dich der Himmel im Zorn seine Hand fühlen lässt, ist dies wohl ein Grund, dich der Verzweiflung hinzugeben? Ich bitte dich, sei standhafter. Das Schicksal, das dich verfolgt, ist wechselnd. Dein Los kann sich bald ändern. Ja, ich versichere dir, wenn du irgendwo Trost in deinem Unglück finden kannst, so ist es in meinen Staaten. Ich biete dir meinen Palast an; dort magst du bei der Königin, meiner Mutter, weilen, die sich bemühen wird, durch freundliche Behandlung deine Leiden zu lindern. Ich weiß noch nicht, wer du bist, aber ich fühle schon, dass ich herzlichen Anteil an dir nehme.‹

Ich dankte dem jungen König für seine Güte, nahm sein Anerbieten an, und um zu zeigen, dass ich desselben nicht unwürdig sei, entdeckte ich ihm meine Herkunft. Ich schilderte ihm die Frechheit des jungen Sarazenen, und die einfache schmucklose Erzählung meiner Unglücksfälle reichte hin, sein und aller seiner Offiziere Mitleid zu erwecken. Als ich mit meinem Bericht zu Ende war, ergriff der Fürst das Wort und versicherte mir aufs Neue, dass er den innigsten Anteil an meinem Unglück nehme; darauf führte er mich in den Palast und stellte mich der Königin, seiner Mutter, vor. Hier musste ich meine Unglücksfälle aufs Neue erzählen, wobei ich einen Strom von Tränen vergoss. Die Königin zeigte sich ebenfalls sehr teilnehmend und gewann mich außerordentlich lieb. Der König, ihr Sohn, bot mir bald seine Krone und Hand an, und unsere Vermählung wurde mit aller erdenklichen Pracht vollzogen.

Während das ganze Volk mit den Vermählungsfeierlichkeiten seines Königs beschäftigt war, landete eines Nachts ein benachbarter feindlicher Fürst mit einem gewaltigen Kriegsheer auf der Insel. Dieser furchtbare Feind war der König von Zanguebar. Er schlug alle Untertanen meines Gemahls mit der Schärfe des Schwerts. Wenig fehlte, so hätte er uns beide gefangen genommen, denn er war schon mit einem Teil seiner Leute in den Palast gedrungen, aber wir waren so glücklich, uns zu retten und das Ufer des Meeres zu erreichen, wo wir uns in eine Fischerbarke warfen, die wir dort zufällig antrafen. Zwei Tage lang segelten wir, ein Spiel der Winde und Wogen, dahin, ohne zu wissen, was aus uns werden sollte. Am dritten erblickten wir ein Schiff, das mit vollen Segeln auf uns zusteuerte. Anfangs freuten wir uns darüber in der Meinung, es sei ein Handelsschiff, das uns aufnehmen könne, aber wer beschreibt unsere Verwunderung, als das Schiff näher kam und wir auf Deck zehn bis zwölf bewaffnete Seeräuber erblickten. Wir wurden gebunden an Bord gebracht. Mein Gemahl wurde ins Meer gestürzt, und mir sagte der Anführer, dass ich in Kairo als Sklavin verkauft werden sollte.

Vor Kummer und Schmerz wurde ich fast wahnsinnig und hätte mich ganz gewiss in die Wellen gestürzt, wenn der Seeräuber mich nicht zurückgehalten hätte. Er sah wohl, dass ich keinen anderen Wunsch mehr hatte; deswegen band er mich mit Stricken an den großen Mast, spannte sodann die Segel auf und fuhr ans Land, wo er ausstieg. Hier band er mich los und führte mich in eine kleine Stadt, wo er

Kamele, Zelte und Sklaven kaufte; dann nahm er seinen Weg nach Kairo, in der Absicht, wie er immer sagte, mich dort als Sklavin zu verkaufen.

Wir waren schon mehrere Tage unterwegs, als wir gestern durch diese Ebene zogen und den Schwarzen erblickten, der das Schloss hier bewohnte. Anfangs hielten wir ihn für einen Turm, und als er schon in unserer Nähe war, konnten wir kaum glauben, dass es ein Mensch sei. Er zog sein breites Schwert und forderte den Seeräuber auf, sich samt allen seinen Sklaven und der Frau, die er mit sich führte, zu ergeben. Der Seeräuber war ein Mann von großem Mut, und mit Hilfe seiner Sklaven, die ihm Treue gelobten, griff er den Schwarzen an. Der Kampf dauerte lange. Endlich erlag der Seeräuber unter den Streichen seines Feindes und ebenso alle seine Sklaven, die lieber sterben als ihn verlassen wollten. Hierauf führte mich der Schwarze in das Schloss, wohin er auch den Leichnam des Seeräubers brachte, den er zu seinem Abendbrot verzehrte. Am Ende dieser grässlichen Mahlzeit schloss er mich in das Gemach ein, aus dem du, o Herr, mich befreit hast. Ich sah meinen Tod vor Augen und hatte alle Hoffnung begraben. Unter heißen Tränen schlief ich ein, nachdem ich Allah um Kraft und Standhaftigkeit gebeten hatte. Das alles geschah gestern Abend. Heute früh kam er an mein Fenster und verkündete mir, dass mein Tod gegen Mittag gewiss sei. Dann brach er auf, nachdem er sorgfältig alle Türen seines Schlosses verriegelt hatte und setzte einigen Reisenden nach, die er in der Ferne bemerkte. Sie scheinen ihm entwischt zu sein, denn er kam allein und ohne Beute zurück, als du ihn angriffst.«

Sobald die Prinzessin die Erzählung ihrer Unglücksfälle beendigt hatte, bezeigte ihr Codadad seine herzlichste Teilnahme. »Aber, meine Herrin«, setzte er hinzu, »es steht ganz in deiner Hand, von nun an ruhig zu leben. Die Söhne des Königs von Harran bieten dir am Hofe ihres Vaters eine Zuflucht an. Ich bitte dich, schlage sie nicht aus. Du wirst dem Fürsten teuer und von aller Welt geehrt sein, und wenn du die Hand deines Befreiers nicht verschmähst, so erlaube, dass ich sie dir vor allen diesen Prinzen anbiete und dich heirate. Sie mögen die Zeugen unserer Verbindung sein.« Die Prinzessin willigte ein, und noch am selben Tage wurde die Hochzeit im Schloss gefeiert, wo sich alle möglichen Vorräte fanden. Es fanden sich hier auch eine Menge Früchte, alle ausgezeichnet in ihrer Art, und um das Maß der Freude voll zu machen, eine Fülle von ausgesuchten Weinen.

Sie setzten sich alle zu Tisch, und nachdem sie gegessen und getrunken hatten, so viel ihnen behagte, nahmen sie die noch übrigen Vorräte mit und verließen das Schloss, um sich an den Hof des Königs von Harran zu begeben. Sie reisten mehrere Tage und lagerten an den angenehmsten Orten, die sie finden konnten. Als sie nur noch eine Tagesreise von Harran entfernt waren, machten sie Halt und tranken den übrigen Wein vollends aus, weil sie nun nicht mehr zu sparen brauchten. Nun ergriff Codadad das Wort und sagte: »Prinzen, die Zeit ist gekommen, dass ich mich euch entdecke. Nicht ein Fremdling ist euer Hofmeister gewesen, nicht ein Unebenbürtiger hat euch aus der Gefangenschaft des grausamen Riesen befreit. Ich will euch nicht länger verbergen, wer ich bin. Ihr erblickt in mir euren leiblichen Bruder Codadad. Ich stamme so gut wie ihr von dem König von Harran ab. Der Fürst von Samarien hat mich erzogen, und Prinzessin Piruza ist meine Mutter.« Die Prinzessin begrüßte nun die Prinzen, ihre Schwager, aufs Herzlichste und dankte Allah von ganzem Herzen für die glückliche Wendung, die ihr Geschick genommen hatte. »Allah hat sich meiner erbarmt«, sagte sie zu dem Prinzen Codadad, »die Zeit meiner Prüfungen ist vorüber, und die Sonne des Glücks ist mir wieder aufgegangen!« Auch die Prinzen wünschten Codadad Glück zu seiner Abkunft und äußerten große Freude darüber. Im Grunde ihres Herzens aber war ihnen die Sache durchaus nicht angenehm, und ihr Hass gegen einen so liebenswürdigen Bruder vermehrte sich nur dadurch. Sie versammelten sich bei Nacht an einem abgelegenen Ort und beschlossen unter sich, ihn meuchlings zu ermorden. »Es bleibt uns nichts anderes übrig«, sagte einer der Bösewichte. »Sobald der Vater erfährt, dass dieser Fremdling, den er so sehr liebt, sein Sohn ist und dass er allein tapfer genug war, einen Riesen zu überwältigen, den wir alle zusammen nicht besiegen konnten, so wird er ihm tausend Lobsprüche erteilen und ihn zum

Thronerben erklären. Wir werden dann gezwungen sein, uns vor unserem Bruder zu Boden zu werfen und ihm zu gehorchen.« Diese und ähnliche Worte machten auf die neidischen Jünglinge einen solchen Eindruck, dass sie allesamt auf der Stelle hingingen und Codadad im Schlaf überfielen. Sie durchbohrten ihn mit tausend Dolchstößen und ließen ihn in seinem Zelt liegen. Sodann setzten sie ihren Weg zur Stadt Harran fort, wo sie am folgenden Tage anlangten.

Der König, ihr Vater, war über ihre Ankunft umso erfreuter, als er bereits die Hoffnung aufgegeben hatte, sie je wiederzusehen. Er fragte sie nach der Ursache ihres langen Ausbleibens, doch sie hüteten sich wohl, die Wahrheit zu gestehen; sie erwähnten weder den Schwarzen noch Codadad und sagten nur, sie hätten der Begierde nicht widerstehen können, das Land zu sehen, und sich zu diesem Zweck in einigen benachbarten Städten aufgehalten.

Indessen lag Codadad im Blute und wie tot unter seinem Zelt, bei ihm die Prinzessin, seine Gemahlin, die nicht minder beklagenswert war als er. Sie erfüllte die Luft mit ihrem Wehgeschrei, riss sich die Haare aus und badete das Gesicht ihres Mannes mit Tränen. »Ach, Codadad!«, rief sie jeden Augenblick, »mein teurer Codadad, muss ich dich ins Grab sinken sehen? Welche grausamen Hände haben dich in diesen Zustand versetzt? Kann ich es glauben, dass es deine eigenen Brüder sind, die dich so mitleidslos zerfleischt haben? Deine Brüder, die dein tapferer Arm gerettet hat! Nein, Teufel haben diese geliebten Züge angenommen und sind hierher gekommen, um dir das Leben zu rauben. Ha, ihr Unmenschen! Wer ihr auch sein mögt, konntet ihr mit so schwarzem Undank den Dienst vergelten, den er euch geleistet hat! Doch warum soll ich deinen Brüdern grollen, unglücklicher Codadad? Ich allein bin an deinem Tode schuld! Du wolltest dein Schicksal an das meine knüpfen, und all das Unheil, das mich verfolgt, seit ich den Palast meines Vaters verlassen habe, hat sich über dich ausgegossen. O Himmel, der du mich zu einem unsteten und unglückseligen Leben verdammt hast; wenn du mir keinen Gatten gönnst, warum lässt du mich einen finden? Dies ist der zweite, den du mir entreißt, nachdem ich gerade angefangen habe, ihn lieb zu gewinnen.« In solchen Wehklagen machte die bejammernswerte Prinzessin von Deryabar ihrem Schmerz Luft, indem sie unaufhörlich den unglücklichen Codadad anblickte, der sie nicht hören konnte. Dennoch war er nicht tot, und als seine Gattin bemerkte, dass er noch atmete, lief sie zu einem großen Ort, den sie in der Ebene bemerkte, um dort einen Wundarzt zu holen. Man wies sie zu einem, der sogleich mit ihr ging. Als sie aber ins Zelt kamen, fanden sie Codadad nicht mehr darin, woraus sie schlossen, irgendein wildes Tier habe ihn weggetragen und gefressen. Die Prinzessin begann von neuem ihre Wehklage auf die jammervollste Weise von der Welt. Der Wundarzt wurde im Innersten gerührt und wollte sie in ihrem schrecklichen Zustand nicht verlassen. Er schlug ihr vor, in den Ort zurückzukehren, und er bot ihr sein Haus und seine Dienste an.

Sie ließ sich bereden und ging mit dem Wundarzt, der sie, ohne zu wissen wer sie war, mit aller erdenklichen Achtung und Ehrfurcht behandelte. Er bemühte sich, ihr Trost zuzusprechen, aber vergeblich bekämpfte er ihren Schmerz. Er reizte ihn nur noch mehr, statt ihn zu lindern. »Herrin«, sagte er eines Tages zu ihr, »ich bitte dich, erzähle mir deine Unglücksfälle. Sage mir, aus welchem Land und von welchem Stand du bist. Vielleicht kann ich dir einen guten Rat geben, wenn ich von allen Umständen deines Missgeschicks unterrichtet bin. Du härmst dich ab und bedenkst nicht, dass es auch gegen die verzweifeltsten Übel noch Mittel gibt.«

Der Wundarzt sprach so eindringlich, dass die Prinzessin sich überreden ließ, ihm ihre ganze Geschichte zu erzählen. Als sie damit zu Ende war, sprach er zu ihr: »Herrin, da sich die Sache so verhält, so erlaube mir, dir zu raten, dass du dich deinem Kummer nicht hingeben sollst. Wappne dich vielmehr mit Standhaftigkeit und tue, was der Name und die Pflicht einer Gattin von dir fordern. Räche deinen Gemahl; ich will, wenn du es wünschst, dein Begleiter sein. Lass uns an den Hof des Königs von Harran gehen, er ist ein guter und sehr gerechter Fürst. Du brauchst ihm nur mit lebhaften Farben die Behandlung schildern, die der Prinz Codadad von seinen Brüdern erfahren hat, und ich bin überzeugt, dass er dir Gerechtigkeit verschaffen wird.« – »Du hast Recht«, antwortete die Prinzessin. »Ja, es ist meine Pflicht, Codadad zu rächen, und da du so gefällig und großmütig bist, mich begleiten zu wollen, so bin ich bereit, mit dir zu gehen.« Sobald sie diesen Entschluss gefasst hatte, ließ der Wundarzt zwei Kamele bereithalten, welche die Prinzessin und er bestiegen, um sich dann zur Stadt Harran zu begeben.

Sie stiegen in der erstbesten Karawanserei ab und fragten den Wirt, was es Neues am Hofe gebe. »Er ist«, antwortete dieser, »gegenwärtig in großer Unruhe. Der König hatte einen Sohn, der sich bei ihm sehr lange als Unbekannter aufgehalten hat, und man weiß nicht, was aus diesem jungen Prinzen geworden ist. Eine der Frauen des Königs mit Namen Piruza ist seine Mutter, und sie hat schon tausend vergebliche Nachforschungen anstellen lassen. Alle Welt bedauert den Verlust dieses Prinzen, denn er war ein vorzüglicher junger Mann. Der König hat noch andere Söhne, aber unter diesen ist kein einziger, der ihn durch seine Tugenden über Codadads Tod zu trösten vermöchte. Ich sage über seinen Tod, denn es ist unmöglich, dass er noch lebt, wenigstens hat man ihn trotz aller Nachforschungen nicht finden können.«

Auf diesen Bericht des Wirtes hin meinte der Wundarzt, die Prinzessin von Deryabar könne nichts Besseres tun, als hinzugehen und sich der Frau Piruza vorzustellen. Dieser Schritt war aber nicht ohne Gefahr und erforderte große Vorsicht. Es war zu fürchten, dass die Söhne des Königs von Harran die Ankunft und Absicht ihrer Schwägerin erfahren und sie beseitigen könnten, bevor sie Gelegenheit hätte, mit Codadads Mutter zu sprechen. Der Wundarzt sann hin und her und bedachte auch seine eigene Gefahr dabei. Er wollte daher behutsam bei der Sache zu Werke gehen und bat die Prinzessin, in der Karawanserei zu bleiben, während er selbst in den Palast ging, um zu erkunden, auf welche Art er sie sicher zu Piruza bringen könnte.

Er ging also in die Stadt und näherte sich dem Palast wie einer, den bloß die Neugier, den Hof zu sehen, dahinzieht, als er eine Frau auf einem reich geschmückten Maultier erblickte. Sie war von mehreren Mägdlein, ebenfalls auf Maultieren, ferner von einer starken Abteilung Soldaten und einer Menge schwarzer Sklaven begleitet.

Alle Leute stellten sich in Reihen, um sie vorbeiziehen zu sehen, und begrüßten sie, mit dem Gesicht auf den Boden fallend. Der Wundarzt begrüßte sie ebenso und fragte einen neben ihm stehenden Kalender, ob dies eine von den Frauen des Königs sei. »Ja, mein Bruder«, antwortete der Kalender, »es ist eine von seinen Frauen, und zwar diejenige, die das Volk am meisten ehrt und liebt, weil sie die Mutter des Prinzen Codadad ist, von dem du gewiss schon gehört hast.«

Mehr wollte der Wundarzt nicht hören. Er folgte der Frau Piruza bis in eine Moschee, die sie betrat, um Almosen zu verteilen und dem öffentlichen Gebet beizuwohnen, das der König für Codadads Rückkehr verrichten ließ. Das Volk, das an dem Schicksal dieses jungen Prinzen außerordentlich viel Anteil nahm, lief scharenweise herbei; die Moschee war voll Menschen. Der Wundarzt bahnte sich einen Weg durchs Gedränge und gelangte bis zu Piruzas Wachen. Er hörte alle Gebete mit an, und als die Prinzessin wieder hinausging, näherte er sich einem Sklaven und flüsterte ihm ins Ohr: »Bruder, ich habe der Prinzessin ein wichtiges Geheimnis zu entdecken. Könnte ich nicht durch deine Vermittlung in ihr Zimmer geführt werden?« – »Wenn dieses Geheimnis«, antwortete der Sklave, »den Prinzen Codadad betrifft, so kann ich dir noch heute die gewünschte Audienz versprechen. Wenn nicht, so hoffst du vergeblich, der Prinzessin vorgestellt zu werden, denn sie ist einzig und allein mit ihrem Sohn beschäftigt und will von nichts anderem hören.« – »Eben nur von diesem geliebten Sohn will ich mit ihr sprechen«, sagte der Wundarzt. »In diesem Falle«, versetzte der Sklave, »brauchst du uns nur zum Palast zu folgen und wirst dort bald mit ihr sprechen können.«

Es war dem wirklich so. Piruza war kaum in ihrem Zimmer zurückgekehrt, als ihr der Sklave meldete, ein unbekannter Mann habe ihr etwas Wichtiges mitzuteilen, was den Prinzen Codadad betreffe. Kaum hatte er diese Worte gesprochen, als Piruza eine lebhafte Ungeduld an den Tag legte, den Unbekannten zu sehen. Der Sklave ließ ihn sogleich ins Gemach der Prinzessin treten, die alle ihre Frauen wegschickte, mit Ausnahme von zweien, vor denen sie kein Geheimnis hatte. Sobald sie den Wundarzt sah, fragte sie ihn hastig, welche Nachricht er ihr von Codadad zu bringen habe. »Herrin«, antwortete dieser, nachdem er sich mit dem Gesicht auf den Boden geworfen hatte, »ich habe dir eine lange

Geschichte zu erzählen und Dinge, worüber du dich ohne Zweifel wundern wirst.« Hierauf erzählte er ihr alles, was zwischen Codadad und seinen Brüdern vorgefallen war. Sie hörte ihn mit gieriger Aufmerksamkeit an, als er aber auf den Meuchelmord zu sprechen kam, fiel die zärtliche Mutter, gleich als würde sie von denselben Stichen durchbohrt wie ihr Sohn, ohnmächtig auf ein Sofa. Die beiden Frauen kamen ihr rasch zu Hilfe und brachten sie wieder zur Besinnung. Der Wundarzt fuhr nun in seinen Bericht fort, und als er geendet hatte, sagte die Prinzessin zu ihm: »Geh schnell zur Prinzessin von Deryabar zurück und verkünde ihr in meinem Namen, dass der König sie alsbald als Schwiegertochter anerkennen wird. Was aber dich betrifft, so sei überzeugt: Deine Dienste werden dir gut belohnt werden.«

Als der Wundarzt sich entfernt hatte, blieb Piruza auf dem Sofa in einem Zustand der Traurigkeit, den man sich wohl denken kann. Durchdrungen von der Erinnerung an Codadad rief sie aus: »O mein Sohn, so bin ich denn auf immer deines Anblicks beraubt! Als ich dich aus Samarien ziehen ließ, damit du an diesen Hof reisen konntest, als du mir Lebewohl sagtest, da ahnte ich nicht, dass ein grauenvoller Tod fern von mir deiner harrte. O unglücklicher Codadad, warum hast du mich verlassen? Du hättest dir freilich nicht so hohen Ruhm erworben, aber du lebtest noch und würdest deiner Mutter nicht so viele Tränen kosten.« Bei diesen Worten weinte sie bitterlich, und ihre beiden Vertrauten, gerührt von ihrem Schmerz, vermischten ihre Tränen mit den Tränen ihrer Gebieterin.

Während sie so alle drei in maßloser Betrübnis dasaßen, trat der König ins Zimmer, und als er sie in diesem Zustand erblickte, fragte er Piruza, ob sie vielleicht traurige Nachrichten von Codadad erhalten habe. »Ach, Herr«, sagte sie, »es ist um ihn geschehen. Mein Sohn ist tot, und um das Maß meines Kummers voll zu machen, kann ich ihm nicht einmal die Ehre des Begräbnisses erweisen, denn allem Anschein nach haben ihn wilde Tiere gefressen.« Hierauf erzählte sie ihm, was sie von dem Wundarzt gehört hatte und ließ sich namentlich über die grausame Art aus, wie Codadad von seinen Brüdern ermordet worden war.

Der König ließ Piruza nicht Zeit, ihre Erzählung zu vollenden; er fühlte sich von Zorn entbrannt und sagte in seiner Entrüstung zu ihr: »Geliebtes Weib, die Schurken, die deine Tränen fließen machen und ihrem Vater einen tödlichen Schmerz bereiten, sollen ihre gerechte Strafe erleiden.« So sprechend begab sich der König mit wutfunkelnden Augen in den Audienzsaal, wo alle seine Höflinge und diejenigen seiner Untertanen, die ihn um etwas bitten wollten, versammelt waren. Alle erstaunten, als sie die Wut auf seinem Gesicht sahen; schon fürchteten sie, er möchte über sein Volk erbost sein, und ihre Herzen erstarrten vor Schreck. Er bestieg den Thron, hieß den Großwesir nahen und sagte zu ihm: »Hassan, ich habe dir einen Befehl zu geben. Geh auf der Stelle hin, nimm tausend Mann von meiner Leibwache und verhafte alle Prinzen, meine Söhne. Sperre sie in den Turm der Meuchelmörder, und vollziehe dies sogleich.« Bei diesem außerordentlichen Befehl erbebten alle Anwesenden. Der Großwesir legte, ohne ein einziges Wort zu sprechen, die Hand auf seinen Kopf, um zu zeigen, dass er bereit sei zu gehorchen, und verließ den Saal, um einen Befehl zu vollziehen, der ihn so sehr überraschte. Inzwischen schickte der König alle Personen, die Audienz bei ihm verlangten, weg und erklärte, er wolle binnen Monatsfrist von keinem Geschäft mehr hören. Er war noch im Saal, als der Großwesir zurückkam. »Nun, Wesir«, sagte er zu ihm, »sind alle meine Söhne im Turm?« – »Ja, Herr«, antwortete der Minister, »dein Befehl ist ausgeführt.« – »Ich habe dir noch einen anderen zu geben«, sagte der König. Mit diesen Worten verließ er den Audienzsaal und kehrte in Piruzas Zimmer zurück, wohin der Großwesir ihm folgte. Er fragte die Fürstin, wo die Witwe Codadads wohne. Piruzas Frauen sagten es ihm, denn der Wundarzt hatte es in seinem Bericht nicht vergessen. Sofort wandte sich der König zu seinem Minister und sprach: »Geh in diese Karawanserei, und führe eine junge Prinzessin, die dort wohnt, hierher. Behandle sie aber mit aller Ehrfurcht, die einer Frau von ihrem Range gebührt.«

Der Großwesir führte auch diesen Befehl sogleich aus. Er stieg samt allen Emiren und den übrigen Hofleuten zu Pferde, begab sich zur Karawanserei, wo die Prinzessin von Deryabar war, eröffnete ihr seinen

Auftrag und ließ ihr auf Befehl des Königs ein schönes weißes Maultier vorführen, dessen Sattel und Zaum aus Gold und mit Rubinen und Smaragden besät waren. Sie bestieg es und ritt mitten unter diesen Herren zum Palast. Der Wundarzt begleitete sie ebenfalls auf einem schönen tatarischen Ross, das der Großwesir ihm hatte geben lassen. Alles Volk stand an den Fenstern oder auf den Gassen, um den prächtigen Zug vorbeikommen zu sehen, und als bekannt wurde, dass die Prinzessin, die man so feierlich nach Hofe geleitete, die Gemahlin Codadads war, so entstand ein allgemeiner Jubel. Die Luft erscholl von tausendfältigem Freudengeschrei, das sich ohne Zweifel in Wehklagen verwandelt hätte, wenn das traurige Schicksal dieses Prinzen bekannt gewesen wäre, so sehr war er bei aller Welt beliebt.

Die Prinzessin von Deryabar traf den König an der Pforte des Palastes, wo er sie erwartete und empfing. Er nahm sie bei der Hand und führte sie in Piruzas Gemach, wo ein höchst rührender Auftritt stattfand. Die Gemahlin Codadads fühlte sich beim Anblick des Vaters und der Mutter ihres Gatten aufs Neue vom ganzen Gewicht ihres Kummers niedergedrückt, so wie der Vater und die Mutter die Gemahlin ihres Sohnes nicht ohne gewaltige innere Bewegung ansehen konnten. Sie warf sich zu Füßen des Königs, badete sie mit ihren Tränen und konnte vor Kummer und Herzeleid kein Wort hervorbringen. Nicht minder beklagenswert war Piruzas Zustand; ihr Unglück schien ihr das Herz abzudrücken, und der König, der diesem rührenden Anblick nicht widerstehen konnte, überließ sich seiner eigenen Trostlosigkeit. So vermischten diese drei Personen ihre Seufzer und Tränen und beobachteten eine Zeit lang das Stillschweigen tiefen Seelenleids. Endlich erholte sich die Prinzessin von Deryabar und erzählte das Abenteuer im Schloss und das Unglück Codadads. Schließlich bat sie um Gerechtigkeit für den Meuchelmord des Prinzen. »Ja, meine Tochter«, sagte der König, »die Undankbaren sollen sterben. Zuvor aber muss ich Codadads Tod öffentlich bekannt machen lassen, damit die Hinrichtung seiner Brüder keinen Aufruhr im Volk erweckt. Übrigens wollen wir, obschon wir den Leichnam meines Sohnes nicht haben, dennoch nicht unterlassen, ihm die letzte Ehre zu erweisen.« Nach diesen Worten wandte er sich an seinen

Wesir und befahl ihm, auf der schönen Ebene, in deren Mitte die Stadt Harran liegt, ein Grabmal mit einer Kuppel aus weißem Marmor erbauen zu lassen. Inzwischen aber wies er der Prinzessin von Deryabar, die er als Schwiegertochter anerkannte, eine prächtige Wohnung in seinem Palast an.

Hassan ließ mit solcher Emsigkeit arbeiten und verwendete so viele Handwerksleute dazu, dass das Kuppelgebäude in wenigen Tagen vollendet war. Unter der Kuppel wurde ein Grabmal errichtet und darauf Codadads Bildsäule gestellt. Sobald das Werk fertig war, befahl der König, öffentliche Gebete zu halten, und setzte einen Tag zur Totenfeier seines Sohnes fest.

Nachdem dieser Tag mit der größten Feierlichkeit begangen war, wurden am anderen Tag in den Moscheen öffentliche Gebete gehalten und dies acht Tage hintereinander fortgesetzt. Am neunten beschloss der König, die Prinzen, seine Söhne, enthaupten zu lassen. Das ganze Volk war empört über die Missetat an Codadad und schien ihrer Hinrichtung mit Ungeduld entgegenzusehen. Da kam plötzlich die Nachricht, dass die benachbarten Fürsten, die den König von Harran schon früher bekriegt hatten, mit zahlreicheren Heeren als das erste Mal heranrückten und nicht mehr weit von der Stadt entfernt wären. Diese Nachricht verbreitete allgemeine Bestürzung und gab neuen Anlass, Codadad zu beklagen, der sich in dem früheren Kriege gegen eben diese Feinde so herrlich hervorgetan hatte. »Ach!«, sagten die Leute, »wenn der hochherzige Codadad noch lebte, so würden wir uns wenig um diese Fürsten bekümmern, die uns überfallen.« Der König aber gab sich nicht feiger Furcht hin. Er hob schleunigst Mannschaften aus, brachte ein ansehnliches Kriegsheer zusammen, und zu mutig, um sich von den Feinden in seinen Mauern aufsuchen zu lassen, zog er ihnen entgegen. Die Feinde ihrerseits, als sie von ihren Kundschaftern vernommen hatten, dass der König von Harran heranrückte, um mit ihnen zu streiten, machten auf einer Ebene Halt und stellten ihr Heer in Schlachtordnung auf.

Sobald der König sie erblickte, ordnete er seine Truppen ebenfalls zum Kampf, ließ zum Angriff blasen und griff mit ungemeiner Tapferkeit die Feinde an. Sie leisteten hartnäckigen Widerstand; auf beiden

Seiten wurde viel Blut vergossen, und der Sieg blieb lange schwankend. Endlich aber wollte er sich schon für die Feinde des Königs von Harran erklären, die an Anzahl überlegen waren und ihn umzingelten, als man plötzlich auf der Ebene eine große Schar Reiter in schönster Ordnung auf das Schlachtfeld dahersprengen sah. Der Anblick dieser neuen Streiter machte beide Seiten stutzig, und sie wussten nicht, was sie davon denken sollten. Doch blieben sie nicht lange in dieser Ungewissheit, denn die Reiter fassten die Feinde des Königs von Harran in der Seite und drangen mit solcher Wucht auf sie ein, dass sie sie bald in Unordnung brachten und in die Flucht schlugen. Damit noch nicht zufrieden, verfolgten sie sie und machten fast alle nieder.

Der König von Harran hatte mit großer Aufmerksamkeit den ganzen Vorgang beobachtet und die Kühnheit dieser Reiter bewundert, deren unverhoffte Hilfe den Sieg zu seinen Gunsten entschied. Ganz besonderes Wohlgefallen hatte er an ihrem Anführer gefunden, den er mit löwenmütiger Tapferkeit fechten sah. Er wünschte sehr, den Namen dieses edlen Helden zu erfahren, und voll Ungeduld, ihn zu sehen und ihm zu danken, ritt er auf ihn zu; dieser aber eilte, ihm zuvorzukommen. Die beiden Fürsten begegneten sich, und der König von Harran erkannte seinen Sohn Codadad in dem tapferen Krieger, der ihm zu Hilfe gekommen oder vielmehr seine Feinde geschlagen hatte. Er blieb lange Zeit sprachlos vor Überraschung und Freude. »Herr«, sagte Codadad, »du bist ohne Zweifel erstaunt, auf einmal wieder einen Menschen erscheinen zu sehen, den du vielleicht tot glaubtest. Ich wäre es auch, wenn mich der Himmel nicht erhalten hätte, um dir gegen deine Feinde zu dienen.« – »Ach, mein Sohn!«, rief der König, »ist's möglich, dass du mir wieder geschenkt bist! Ach, ich hatte schon alle Hoffnung aufgegeben.« So sprechend, streckte er seine Arme gegen den jungen Prinzen aus und drückte ihn voll Zärtlichkeit an seine Brust.

»Ich weiß alles, mein Sohn«, begann der König, nachdem er ihn lange in seinen Armen gehalten hatte. »Ich weiß, wie deine Brüder dir ihre Befreiung aus der Hand des Schwarzen lohnten, aber du sollst morgen gerächt werden. Lass uns jetzt zum Palast gehen! Deine Mutter, die viele Tränen um dich vergossen hat, erwartet mich, um sich mit mir über die Niederlage unserer Feinde zu freuen. Wie groß wird ihr Entzücken sein, wenn sie erfährt, dass mein Sieg dein Werk ist!« – »Herr«, antwortete Codadad, »erlaube mir, dich zu fragen, wie du das Abenteuer im Schloss erfahren konntest. Sollte es vielleicht einer meiner Brüder, durch Gewissensbisse gepeinigt, gestanden haben?« – »Nein«, erwiderte der König, »die Prinzessin von Deryabar hat uns von allem unterrichtet. Sie weilt in meinem Palast, wohin sie gekommen ist, um Rache für den Frevel deiner Brüder zu fordern.« Codadad war außer sich vor Freude, dass die Prinzessin, seine Gemahlin, am Hofe war. Entzückt rief er aus: »Lass uns eilen, Herr, zu meiner Mutter, die uns erwartet. Ich brenne vor Ungeduld, ihre Tränen und die der Prinzessin Deryabar zu trocknen.« Der König kehrte alsbald mit seinem Heer in die Stadt zurück und verabschiedete es. Er zog siegreich in seinen Palast ein unter dem Jauchzen des Volkes, das ihm scharenweise folgte, indem es den Himmel um Verlängerung seiner Jahre anrief und den Namen Codadads bis zu den Sternen erhob. Die beiden Fürsten trafen Piruza und ihre Schwiegertochter beisammen, die den König erwarteten, um ihm Glück zu wünschen. Aber wer vermöchte das freudige Entzücken der beiden Frauen zu beschreiben, als sie den jungen Prinzen an seiner Seite erblickten! Bei diesen Umarmungen flossen ganz andere Tränen, als sie bisher um ihn vergossen hatten. Nachdem die vier Glücklichen sich erholt hatten, fragte man Piruzas Sohn, durch welches Wunder er noch am Leben sei.

Er antwortete, ein Bauer auf einem Maulesel sei zufällig zu dem Zelt gekommen, worin er ohnmächtig gelegen habe, und als er ihn allein, verwundet und von Dolchstichen durchbohrt gesehen, habe er ihn auf sein Tier gelegt und in sein Haus gebracht. Dort habe er ihm gewisse Kräuter auf seine Wunden gelegt, wodurch sie in wenigen Tagen geheilt worden seien. »Als ich mich wiederhergestellt fühlte«, fügte er hinzu, »dankte ich dem Bauern und gab ihm alle Diamanten, die ich bei mir hatte. Hierauf näherte ich mich der Stadt Harran. Da ich aber unterwegs erfuhr, dass einige benachbarte Fürsten Truppen gesammelt hatten, um den König zu überfallen, so gab ich mich in den Dörfern umher zu erkennen und ermunterte den Eifer des Volkes, sich zur Verteidigung zu erheben. Ich bewaffnete eine große Anzahl junger Leute, stellte mich an ihre Spitze und langte in dem Augenblick an, als die beiden Heere miteinander kämpften.«

Als Codadad seine Erzählung beendet hatte, sprach der König: »Lasst uns Allah danken, dass er Codadad erhalten hat. Die Schurken aber, die ihn töten wollten, müssen noch heute sterben.« – »Herr«, entgegnete der edelmütige Sohn Piruzas, »so undankbar und boshaft sie auch sein mögen, so bedenke doch, dass sie auch deine Kinder sind. Und es sind meine Brüder; ich verzeihe ihnen ihr Verbrechen und bitte dich um Gnade für sie.« Diese edle Gesinnung entlockte dem König Tränen. Er ließ sein Volk zusammenrufen und erklärte Codadad zu seinem Thronerben. Hierauf ließ er die gefangenen Prinzen in ihren schweren Ketten vorführen. Piruzas Sohn nahm ihnen ihre Fesseln ab und umarmte sie einen nach dem anderen ebenso herzlich, wie er es im Schlosshof des Schwarzen getan hatte. Das Volk war entzückt über Codadads Edelmut und gab ihm auf tausenderlei Arten seinen Beifall zu erkennen. Schließlich wurde auch der Wundarzt mit Gnadenbezeigungen überschüttet, zur Anerkennung für die Dienste, die er der Prinzessin geleistet hatte.

Der Prinz Zeyn Alasnam und der König der Geister

Ein König von Balsora besaß große Reichtümer. Seine Untertanen liebten ihn, aber er hatte keine Kinder, und das betrübte ihn über die Maßen. Indes veranlasste er alle heiligen Männer in seinen Staaten durch namhafte Geschenke, den Himmel für ihn um einen Sohn zu bitten, und ihre Gebete waren nicht erfolglos: Der König erhielt einen Sohn, der den Namen Zeyn Alasnam [die Zierde der Bildsäulen] erhielt.

Bald nach der Geburt seines Sohnes hatte der König einen seltsamen Traum. Ein ehrwürdiger Greis mit einem großen Stab in der Rechten erschien ihm und befahl ihm, dem Neugeborenen das Horoskop zu stellen. Der König ließ nun alle Sterndeuter seines Reiches zusammenrufen und befahl ihnen, dem Kind das Horoskop zu stellen. Sie entdeckten durch ihre Beobachtungen, dass er lange leben und viel Mut besitzen würde, dass er dieses Mutes aber auch bedürfe, um das vielfache Unglück, das ihn bedrohe, mannhaft zu ertragen. Der König erschrak nicht über diese Weissagung. »Wenn mein Sohn Mut hat«, sagte er, »so ist er nicht zu beklagen. Es ist gut, wenn die Prinzen manchmal in ein Unglück kommen. Widerwärtigkeiten läutern ihre Tugend, sie lernen dadurch nur umso besser regieren.«

Er belohnte die Sterndeuter und entließ sie in ihre Heimat. Seinen Sohn aber ließ er mit aller erdenklichen Sorgfalt erziehen. Er gab ihm Lehrer, sobald er alt genug war. Der gute König wünschte, einen vollendeten Prinzen aus ihm zu machen. Aber auf einmal wurde er von einer Krankheit befallen, die seine Ärzte nicht zu heilen vermochten. Als er nun sein Ende nahen sah, ließ er seinen Sohn rufen und empfahl ihm unter anderem, er solle sich mehr die Liebe als die Furcht seines Volkes zu erwerben suchen, niemals den Schmeichlern sein Ohr leihen und ebenso langsam im Belohnen wie im Strafen sein, denn gar häufig ließen sich die Könige durch falschen Schein verführen, schlechte Leute mit Wohltaten zu überhäufen und die Unschuld zu unterdrücken.

Als der König gestorben war, legte Prinz Zeyn Trauerkleider an und trug sie sieben Tage lang. Am achten bestieg er den Thron, nahm von dem königlichen Schatz das Siegel seines Vaters weg, legte das seinige daran und begann nun, die Süßigkeiten des Herrschens zu kosten. Der Anblick, wie seine Höflinge sich vor ihm beugten und es sich zur Aufgabe ihres Lebens machten, ihren Gehorsam und Eifer an den Tag zu legen, mit einem Wort, die unumschränkte Herrschergewalt, hatte allzu großen Reiz für ihn. Er dachte nur an die Pflichten seiner Untertanen, nicht aber an das, was er ihnen schuldig war, und kümmerte sich wenig um die Regierungsgeschäfte. Er hielt in nichts Maß und Ziel. Seine angeborene Freigebigkeit verwandelte sich in zügellose Verschwendung, und die ganze reiche Schatzkammer, wie er sie von seinem Vater erhalten hatte, war bald erschöpft.

Die Königin, seine Mutter, lebte noch. Sie war eine weise und verständige Fürstin und hatte mehrmals vergeblich dem Strom der Verschwendung Einhalt zu gebieten versucht, indem sie ihn warnte, dass, wenn er seinen Lebenswandel nicht ändere, er nicht nur in kurzem seinen ganzen Reichtum einbüßen, sondern auch seine Völker aufsässig machen und eine Revolution veranlassen werde, die ihm leicht Krone und Leben kosten könne. Wenig fehlte, so wäre ihre Weissagung in Erfüllung gegangen: Die Untertanen fingen an, gegen die Regierung zu murren, und es wäre unfehlbar zur offenen allgemeinen Empörung gekommen, wenn nicht die Königin durch ihre Gewandtheit vorgebeugt hätte. Unterrichtet von dem Stand der Dinge, benachrichtigte sie den König davon, der sich endlich überreden ließ und nun das Ministerium weisen, bejahrten Männern anvertraute, welche die Untertanen in ihrer Pflicht zu erhalten wussten.

Als aber Zeyn alle seine Reichtümer verschwendet sah, bereute er, dass er keinen besseren Gebrauch davon gemacht hatte. Er versank in düstere Schwermut, und nichts vermochte, ihn zu trösten. Eines Nachts sah er im Traum einen ehrwürdigen Greis, der auf ihn zutrat und mit lächelnder Miene zu ihm sagte: »O Zeyn, wisse, dass es kein Leid gibt, dem nicht Freude folgte, kein Unglück, das nicht irgendein Glück nach sich zöge. Willst du deinem Kummer ein Ende bereiten, so steh auf, reise nach Ägypten, und zwar nach Kairo: Dort erwartet dich ein großes Glück.«

Als der Fürst erwachte, machte er sich allerlei Gedanken über diesen Traum. Er erzählte ihn sehr ernsthaft der Königin, seiner Mutter, die nur darüber lachte. »Mein Sohn«, sagte sie, »willst du vielleicht auf diesen schönen Traum hin nach Ägypten reisen?« – »Warum nicht, Mütterchen?«, antwortet Zeyn. »Glaubst du denn, alle Träume seien bloß Hirngespinste? Nein, nein, es gibt welche, in denen tiefe Wahrheit verborgen liegt. Meine Lehrer haben mir tausend Geschichten erzählt, die mich nicht daran zweifeln lassen. Wäre ich übrigens auch nicht davon überzeugt, so könnte ich doch nicht umhin, meinem Traum Beachtung zu schenken. Der Greis, der mir erschienen ist, hat etwas Übernatürliches. Er war keiner von denen, die bloß ihr Alter ehrwürdig macht; etwas Göttliches, das ich nicht näher bezeichnen kann, war über seine ganze Person ausgegossen. Er glich vollkommen dem Bild, das man sich von unserem großen Propheten macht, und um dir alles aufrichtig zu gestehen: Ich glaube, dass er es selbst ist, dass er sich meines Kummers erbarmt und ihn lindern will. Er hat mir ein Vertrauen eingeflößt, auf das ich alle meine Hoffnung setze. Seine Versprechungen klingen mir noch im Ohr, und ich bin entschlossen, seiner Stimme zu folgen.« Vergebens bemühte sich die Königin, ihn davon abzubringen; der Fürst übertrug ihr die Verwaltung des Reiches, verließ eines Nachts ganz heimlich den Palast und begab sich auf den Weg nach Kairo.

Nach vielen Beschwerden und Mühseligkeiten langte er in dieser berühmten Stadt an, die sowohl in Beziehung auf Größe als auch Schönheit kaum ihresgleichen hat. Er stieg an der Pforte einer Moschee ab und legte sich, von Müdigkeit übermannt, dort nieder. Kaum war er eingeschlafen, als ihm derselbe Greis erschien und zu ihm sprach: »O mein Sohn, ich bin zufrieden mit dir, du hast meinen Worten geglaubt und hast dich nicht von der Länge und Beschwerlichkeit des Weges abschrecken lassen, hierher zu kommen. Vernimm jetzt, dass ich dich zu dieser großen Reise nur veranlasst habe, um dich auf die Probe zu stellen. Ich sehe, du hast Mut und Charakterfestigkeit. Du verdienst, dass ich dich zum reichsten und glücklichsten aller Könige der Erde mache. Kehre nach Balsora zurück. Du wirst in deinem Palast unermessliche Reichtümer finden. Nie hat ein König so viele besessen, als dort aufgehäuft liegen.«

Der König war von diesem Traum nicht sonderlich erbaut. ›Ach‹, dachte er, als er erwachte, ›wie sehr habe ich mich getäuscht! Dieser Greis, den ich für unseren großen Propheten hielt, ist ein bloßes Erzeugnis meiner aufgeregten Phantasie. Ich hatte den Kopf so voll davon, dass es kein Wunder ist, wenn ich zum zweiten Mal so geträumt habe. Am besten, ich gehe nach Balsora zurück. Wozu soll ich mich länger hier aufhalten? Nur gut, dass ich den Grund meiner Reise niemandem als meiner Mutter mitgeteilt habe! Wenn meine Untertanen ihn erführen, sie würden mit Fingern auf mich deuten.‹

Er kehrte also in sein Königreich zurück, und als er ankam, fragte ihn die Königin, ob er mit seiner Reise zufrieden sei. Er erzählte ihr alles haarklein und schien über seine allzu große Leichtgläubigkeit so betrübt, dass seine Mutter, statt durch Vorwürfe oder Spöttereien seinen Verdruss zu vermehren, sich Mühe gab, ihn zu trösten. »Beruhige dich, mein Sohn«, sagte sie, »wenn Allah dir Reichtümer bestimmt hat, so wirst du sie ohne Mühe erwerben. Sei deswegen unbekümmert. Alles, was ich dir empfehlen kann, ist, tugendhaft zu sein. Bemühe dich, deine Untertanen glücklich zu machen: Durch ihr Glück sicherst du das deine.«

Der König Zeyn gelobte, fortan allen Ratschlägen seiner Mutter und der weisen Wesire zu folgen, die sie erwählt hatte, um ihm die Last der Regierung tragen zu helfen. Aber gleich in der ersten Nacht, die er wieder in seinem Palast zubrachte, sah er den Geist zum dritten Mal im Traum. »Mutvoller Zeyn«, sprach dieser zu ihm, »endlich ist der Augenblick deines Glücks gekommen! Morgen früh, sobald du aufgestanden bist, nimm eine Hacke und durchsuche das Kabinett des seligen Königs, dort wirst du einen großen Schatz finden.«

Sobald der König erwachte, stand er auf, ging sogleich zu seiner Mutter und erzählte ihr mit großer Lebhaftigkeit seinen neuen Traum. »Wahrhaftig, mein Sohn«, sagte die Königin lächelnd, »der Greis ist sehr beharrlich. Es ist ihm nicht genug, dich zweimal betrogen zu haben. Bist du vielleicht gesonnen, ihm abermals zu trauen?« – »Nein, meine Mutter«, antwortete Zeyn, »ich glaube ihm keineswegs, doch will ich zum Spaß das Kabinett meines Vaters untersuchen.« – »Oh, ich dachte es wohl!«, rief die Königin mit lautem Gelächter. »Geh, mein Sohn, gib dich zufrieden! Mein einziger Trost ist, dass die Sache nicht so ermüdend ist wie die Reise nach Ägypten.«

»Nun ja, liebe Mutter«, versetzte der König, »ich will dir nur gestehen, dieser dritte Traum hat mir wieder Vertrauen eingeflößt. Er steht in genauem Zusammenhang mit den beiden anderen, und wenn wir alle Worte des Greises gehörig erwägen, so hat er mir zuerst aufgegeben, nach Ägypten zu reisen, und dort hat er mir gesagt, er habe mich nur zur Probe auf die Reise geschickt. ›Kehre nach Balsora zurück‹, sagte er hierauf, ›dort sollst du Schätze finden‹. Heute Nacht nun hat er mir den Ort, wo sie sind, genau angegeben. Diese drei Träume hängen, scheint mir's, zusammen. Es gibt nichts daran zu deuteln, die ganze Sache ist klar. Sie können allerdings Einbildungen sein, doch ich will lieber vergebens suchen, als mir mein ganzes Leben lang vorzuwerfen, dass ich vielleicht große Reichtümer verscherzt habe, indem ich zur Unzeit ungläubig war.« So sprechend verließ er das Zimmer der Königin, ließ sich eine Hacke geben und ging allein in das Gemach seines seligen Vaters. Dort fing er an zu hauen und hatte bereits mehr als die Hälfte der viereckigen Platten des Fußbodens entfernt, ohne die mindeste Spur von einem Schatz zu entdecken. Er ruhte aus und sagte zu sich: »Ich fürchte sehr, meine Mutter hat mich mit Recht verspottet!« Gleichwohl ließ er es sich nicht verdrießen und machte sich aufs Neue an die Arbeit. Er hatte das nicht zu bereuen, denn auf einmal entdeckte er einen weißen Stein, den er anhob, und unter diesem fand er eine verschlossene Tür mit einem stählernen Vorlegeschloss. Er zerschlug es, öffnete die Tür und erblickte eine Treppe aus weißem Marmor. Flugs zündete er eine Wachskerze an, stieg diese Treppe hinab und kam in ein mit chinesischem Porzellan gepflastertes Gemach, dessen Wände und Decke aus Kristall waren. Was aber seine Aufmerksamkeit am meisten auf sich zog, waren vier Erhöhungen, auf deren jeder zehn Porphyrurnen standen. Er dachte: ›Sie werden voller Wein sein‹, und sprach zu sich: »Auch gut, dieser Wein ist recht alt, und ohne Zweifel wird er köstlich munden.« So näherte er sich einer der Urnen, nahm den Deckel weg und sah mit großer Überraschung und Freude, dass sie voller Goldstücke war. Nun untersuchte er alle vierzig Urnen und fand sie gefüllt mit Denaren. Er nahm eine Hand voll davon und lief zu seiner Mutter.

Man kann sich das Erstaunen der Königin denken, als sie von ihrem Sohn hörte, was er gesehen hatte. »O mein Sohn«, rief sie, »hüte dich nur, dass du diese Reichtümer nicht auch so töricht verschwendest wie den königlichen Schatz! Du solltest schon deinen Feinden nicht diese Freude gönnen!« – »Nein, meine Mutter«, antwortete Zeyn, »ich werde von nun an so leben, dass du gewiss zufrieden bist.«

Die Königin bat ihren Sohn, sie in das wundervolle Gemach zu führen, das ihr verstorbener Gemahl so heimlich hatte machen lassen, dass sie nie davon hatte reden hören. Zeyn führte sie ins Kabinett, half ihr, die Marmortreppe hinab zu steigen, und zeigte ihr dann das Zimmer, in dem die Urnen standen. Sie betrachtete all diese Sachen mit forschenden Blicken und gewahrte in einem Winkel eine kleine Urne aus demselben Stoff wie die anderen, die der König noch nicht bemerkt hatte. Sie nahm diese, öffnete sie und fand darin einen goldenen Schlüssel. »Mein Sohn«, sagte hierauf die Königin, »dieser Schlüssel verschließt ohne Zweifel noch einen anderen Schatz. Lass uns überall suchen, ob wir nicht entdecken können, zu welchem Gebrauch er bestimmt ist.«

Sie untersuchten das Gemach mit höchster Aufmerksamkeit und fanden endlich mitten in der Wand ein Schloss. Sie dachten, dazu werde der Schlüssel gehören, und der König machte sogleich einen Versuch. Alsbald ging die Tür auf, und sie erblickten ein zweites Gemach, in dessen Mitte sich neun Fußgestelle von gediegenem Gold befanden; ihrer acht trugen eine Bildsäule aus einem einzigen Diamanten, und diese Bildsäulen strahlten solchen Glanz aus, dass das ganze Zimmer davon erleuchtet wurde.

»Guter Gott!«, rief Zeyn ganz erstaunt aus. »Wo hat mein Vater diese schönen Dinge her?« Beim neunten Fußgestell verwunderte er sich noch mehr, denn auf diesem lag ein Stück weißer Atlas, auf dem folgende Worte geschrieben standen: »O mein lieber Sohn, diese acht Bildsäulen haben mich große Mühe gekostet, bis ich sie erworben hatte. Sie sind sehr schön, aber du musst wissen, dass es noch eine neunte auf der Welt gibt, die sie übertrifft. Sie allein ist mehr wert als tausend solche, wie du sie hier siehst. Willst du dich in ihren Besitz bringen, so mache dich auf und gehe in die Stadt Kairo in Ägypten, dort wohnt einer meiner alten Sklaven namens Mobarek. Du wirst ihn ohne Mühe ausfindig machen; die erste Person, der du begegnest, wird dir seine Wohnung sagen. Geh, suche ihn auf und sage ihm, was dir widerfahren ist. Er wird dich als meinen Sohn erkennen und zu dem Ort führen, an dem sich diese wunderbare Bildsäule befindet, deren Besitz dir Heil und Segen bringen wird.«

Als der König diese Worte gelesen hatte, sagte er zu seiner Mutter: »Ich will diese neunte Bildsäule nicht entbehren. Es muss ein sehr seltenes Stück sein, wenn sie mehr wert ist als diese hier alle zusammen. Ich gedenke, sogleich nach Kairo zu reisen; du wirst hoffentlich meinen Entschluss nicht missbilligen?« – »Nein, mein Sohn«, antwortete die Königin, »ich habe nichts dagegen einzuwenden. Du stehst offenbar unter dem Schutz unseres großen Propheten, und er wird dich auf dieser Reise nicht umkommen lassen. Reise ab, sobald du willst. Ich werde mit Hilfe deiner Wesire die Regierungsgeschäfte besorgen.« Der König ließ sogleich alle Vorbereitungen zur Reise treffen und nahm nur eine kleine Anzahl Sklaven mit.

Es begegnete ihm kein Unglück auf der Reise. Er kam in Kairo an und erkundigte sich sogleich nach Mobarek. Man sagte ihm, er sei einer der reichsten Bürger in der Stadt, der wie ein großer Herr lebe, und sein Haus stehe vornehmlich für Fremde immer offen. Zeyn ließ sich dahin führen und klopfte an die Tür; ein Sklave öffnete und sprach: »Was wünscht du, und wer bist du?« – »Ich bin ein Fremder«, antwortete der König, »ich habe von der Großmut des Herrn Mobarek gehört und komme, um bei ihm zu wohnen.« Der Sklave bat ihn, einen Augenblick zu warten, dann ging er hin und meldete es seinem Herrn, der ihm befahl, den Fremden eintreten zu lassen. Der Sklave kam wieder an die Tür und sagte zum König, er sei willkommen.

Zeyn trat ein, ging durch einen großen Hof und gelangte in ein prächtig geschmücktes Zimmer, wo Mobarek ihn erwartete und sehr höflich empfing. Er dankte ihm für die Ehre, die ihm dadurch widerfahre, dass er bei ihm wohnen wolle. Der König erwiderte diese Höflichkeit und sagte dann zu Mobarek: »Ich bin der Sohn des verstorbenen Königs von Balsora und heiße Zeyn Alasmann.« – »Dieser König«, sagte Mobarek, »war früher mein Herr, hatte aber, so viel ich weiß, keinen Sohn. Wie alt bist du?« – »Zwanzig Jahre alt«, antwortete der Fürst.

»Wie lange ist es her, dass du den Hof meines Vaters verlassen hast?« – »Beinahe zweiundzwanzig Jahre«, sagte Mobarek. »Aber wie willst du mich davon überzeugen, dass du sein Sohn bist?« – »Mein Vater«, versetzte Zeyn, »hatte unter seinem Kabinett ein unterirdisches Gemach, in dem ich vierzig Porphyrurnen, alle voll Gold, gefunden habe.« – »Und was noch mehr?«, fragte Mobarek. »Neun Fußgestelle von gediegenem Gold«, sagte der Fürst. »Acht davon tragen diamantene Bildsäulen, auf dem neunten aber liegt ein Stück weißer Atlas, auf das mein Vater geschrieben hat, was ich zu tun habe, um eine neunte Bildsäule zu erlangen, die noch kostbarer sei als die übrigen miteinander. Du weißt den Ort, an dem sich diese Bildsäule befindet, denn auf dem Atlas steht geschrieben, dass du mich dahin führen würdest.«

Er hatte diese Worte noch nicht ausgesprochen, als Mobarek sich zu seinen Füßen warf und ihm zu wiederholten Malen die Hand küsste. »Allah sei gedankt!«, rief er aus, »dass er dich hierher geführt hat! Ich erkenne dich als den Sohn des Königs von Balsora. Wenn du mit mir zu dem Ort gehen willst, an dem sich die wunderbare Bildsäule befindet, so will ich dich dorthin führen. Zuvor aber musst du einige Tage hier ausruhen. Ich gebe heute den Großen von Kairo ein Festmahl, und wir waren eben bei Tisch, als man mir deine Ankunft meldete. Würdest du es wohl verschmähen, Herr, hereinzutreten und dich mit uns zu freuen?« – »Gewiss nicht«, antwortete Zeyn, »ich nehme mit dem größten Vergnügen Anteil an deinem Festmahl.« Bei diesen Worten führte ihn Mobarek in einen Kuppelsaal, wo sich die Gesellschaft befand. Er wies ihm einen Platz an der Tafel an und bediente ihn in eigener Person, kniend. Die Großen von Kairo waren darüber sehr verwundert und sprachen leise untereinander: »Ei, wer mag wohl der Fremdling sein, den Mobarek mit solcher Ehrfurcht bedient?«

Nachdem sie gegessen hatten, ergriff Mobarek das Wort und sprach: »Ihr Großen von Kairo, wundert euch nicht, dass ich diesen jungen Fremdling auf diese Art bedient habe. Wisst, es ist der Sohn des Königs von Balsora, meines ehemaligen Herrn. Sein Vater kaufte mich von seinem eigenen Geld. Er ist gestorben, ohne mir die Freiheit zu schenken. Somit bin ich immer noch Sklave, und folglich gehört all mein Hab und Gut von Rechts wegen diesem jungen Fürsten, seinem einzigen Erben.« Hier unterbrach ihn Zeyn mit den Worten: »O Mobarek, ich erkläre vor all diesen edlen Herren, dass ich dir in diesem Augenblick die Freiheit schenke, und dass ich sowohl dich selbst als alle deine Besitztümer von meinem Eigentum absondere. Überdies sag mir jetzt, womit ich dir einen Dienst erweisen kann.« Mobarek küsste die Erde und bezeigte dem Fürsten großen Dank. Hierauf wurde Wein vorgesetzt und sie tranken den ganzen Tag. Am Abend wurden Geschenke an die Gäste ausgeteilt, ehe sie nach Hause gingen.

Am anderen Morgen sprach Zeyn zu Mobarek: »Ich habe jetzt genug ausgeruht, denn ich bin nicht nach Kairo gekommen, um vergnügt zu leben, sondern um die neunte Bildsäule zu erhalten. Es ist Zeit, dass wir uns auf den Weg machen, um sie zu finden.« – »Herr«, antwortete Mobarek, »ich bin bereit, deinen Wunsch zu willfahren, aber du kennst die vielfachen Gefahren nicht, die mit der Eroberung dieser kostbaren Beute verknüpft sind.« – »Ich fürchte keine Gefahr«, antwortete der Fürst, »und bin entschlossen, das Wagnis zu unternehmen. Ich will entweder mein Ziel erreichen oder umkommen. Alles, was geschieht, kommt von Allah. Begleite mich nur und bleibe ebenso standhaft wie ich.«

Als Mobarek ihn entschlossen sah, rief er seine Dienerschaft und befahl ihr, alle Anstalten zur Abreise zu treffen. Auf ihrer Reise bemerkten sie zahllose seltene und wunderbare Dinge. Sie ritten mehrere Tage, bis sie in ein sehr anmutiges Gefilde kamen, wo sie abstiegen. Hier sprach Mobarek zu seinem Gefolge: »Bleibt an diesem Ort und gebt genau auf unser Reisezeug Acht, bis wir zurückkommen.« Sodann sagte er zu Zeyn: »Komm, mein Herr, und lass uns gehen. Wir sind nahe an dem schrecklichen Ort, an dem die neunte Bildsäule verwahrt ist. Du wirst deines ganzen Mutes bedürfen.«

Bald gelangten sie ans Ufer eines großen Sees; Mobarek setzte sich hier nieder und sprach zu dem Fürsten: »Wir müssen über das Meer.« – »Aber wie?«, fragte Zeyn, »wir haben ja kein Schiff.« – »Du wirst im Augenblick eines erscheinen sehen«, antwortete Mobarek. »Das Zauberschiff des Königs der Geister wird kommen und uns abholen. Vergiss aber ja nicht, was ich dir jetzt sage: Man muss tiefes Stillschweigen bewahren. Sprich kein Wort mit dem Fährmann. Wie seltsam dir auch seine Gestalt vorkommen und was du auch Außerordentliches bemerken magst, sprich keine Silbe; denn ich sage dir, beim ersten Wort, das von deinen Lippen kommt, wenn wir uns einmal eingeschifft haben, versinkt die Barke in den Fluten.« – »Ich werde zu schweigen wissen«, sagte der Fürst. »Du brauchst mir nur zu sagen, was ich zu tun habe. Ich werde allem genau nachkommen.« Während er so sprach, bemerkte er auf einmal auf dem See ein Schiff aus rotem Sandelholz. Es hatte einen Mast von Zedernholz und eine Flagge von blauem Atlas. Darinnen war niemand als der Schiffer, dessen Kopf dem eines Elefanten glich, während sein übriger Leib der eines Tigers war. Als das Fahrzeug sich dem Prinzen und Mobarek genähert hatte, nahm der Fährmann einen um den anderen mit seinem Rüssel und stellte sie in sein Schiff. Sodann führte er sie augenblicklich zur anderen Seite des Sees. Hier nahm er sie wieder mit seinem Rüssel, setzte sie an Land und verschwand alsbald samt seiner Barke.

»Jetzt können wir sprechen«, sagte Mobarek. »Wir sind hier auf der Insel des Königs der Geister; es gibt keine ähnliche auf der ganzen Welt. Sieh dich einmal nach allen Seiten um, mein König; kannst du dir einen reizenderen Aufenthalt denken? Gewiss, dies ist ein wahres Abbild jenes wonnevollen Ortes, den Allah für die gläubigen Beachter unseres Gesetzes bestimmt hat. Du siehst, wie die Gefilde mit Blumen und allen Arten von duftenden Kräutern geschmückt sind. Bewundere diese schönen Bäume, deren Zweige sich unter ihren köstlichen Früchten bis zur Erde herabbeugen. Erfreue dich der harmonischen Gesänge, womit tausend Vögel von unbekannten Gattungen die Luft erfüllen.« Zeyn konnte nicht müde werden, die Schönheit der ihn umgebenden Dinge zu betrachten, und je weiter er sich auf der Insel fortbewegte, desto mehr Wunderbares bemerkte er.

Endlich gelangten sie zu einem Palast von feinen Smaragden, umgeben von einem breiten Graben, auf dessen Rande in abgemessenen Zwischenräumen hohe Bäume standen, die mit ihrem Schatten den ganzen Palast bedeckten. Gegenüber der Tür, die von gediegenem Gold war, befand sich eine Brücke, die aus einer einzigen Fischschuppe bestand, dabei aber wenigstens sechs Klafter lang und drei Klafter breit war. Vorn an der Brücke sah man eine Schar Geister von ungeheurer Größe, die mit dicken Keulen aus chinesischem Stahl den Eingang in das Schloss verteidigten.

»Wir wollen nicht weiter vorrücken«, sagte Mobarek. »Die Geister würden uns totschlagen, und wenn wir sie daran hindern wollen, zu uns zu kommen, so müssen wir sie beschwören.« Mit diesen Worten zog er aus seinem Beutel, den er unter seinem Rock trug, vier Streifen gelben Taft hervor. Mit dem einen umwand er seinen Gürtel und den zweiten heftete er auf seinen Rücken. Die beiden anderen gab er dem König, der denselben Gebrauch davon machte. Danach breitete Mobarek zwei große Tischtücher auf der Erde aus, und auf deren Rand legte er einige Edelsteine mit Moschus und Ambra. Dann setzte er sich auf eines der Tücher und bat Zeyn, sich auf das andere zu setzen. Hierauf sprach Mobarek zu dem König: »Herr, ich werde jetzt den König der Geister beschwören, der diesen Palast hier bewohnt. Allah gebe, dass er ohne Zorn zu uns kommt! Ich gestehe, dass mir wegen des Empfanges bange ist! Wenn ihm unsere Ankunft auf seiner Insel missfällt, so wird er uns in Gestalt eines abscheulichen Ungeheuers erscheinen. Heißt er aber deine Absicht gut, so wird er sich in Gestalt eines freundlichen Mannes zeigen. Sobald er vor uns tritt, musst du aufstehen und ihn begrüßen, ohne von deinem Tuch hinwegzutreten, denn wenn du es verlässt, bist du ein Kind des Todes. Dann sprich zu ihm: ›Gewaltiger Beherrscher der Geister! Mein Vater, der dein Diener war, ist von dem Engel des Todes hinweggeführt worden. Mögest du mich in deinen Schutz nehmen, wie du meinen Vater immer beschützt hast!‹ Wenn dich dann«, fuhr Mobarek fort, »der Geisterkönig fragt, welche Gnade du von ihm erbittest, so antworte: ›Herr, ich bitte dich untertänigst, mir die neunte Bildsäule zu schenken.‹«

Nachdem Mobarek auf diese Weise König Zeyn unterrichtet hatte, fing er seine Beschwörungen an. Alsbald wurden die Augen von einem langen Blitz geblendet, auf den ein Donnerschlag folgte. Die ganze Insel hüllte sich in dichte Finsternis. Es erhob sich ein fürchterlicher

Sturm, und hierauf hörte man einen entsetzlichen Schrei. Die Erde erzitterte, und man verspürte ein Erdbeben, ähnlich dem, das der Engel am Tage des Gerichts erregen wird.

König Zeyn war nicht ganz wohl zumute. Er hielt dieses Getöse für eine sehr schlimme Vorbedeutung, aber Mobarek, der besser wusste, was davon zu halten war, fing an zu lächeln und sagte zu ihm: »Beruhige dich, mein Fürst, es geht alles gut.« Wirklich erschien im selben Augenblick der Geisterkönig in Gestalt eines schönen Mannes. Dennoch hatte er immerhin etwas Wildes in seinem Wesen.

Sobald König Zeyn ihn bemerkte, begrüßte er ihn auf die Art, die Mobarek ihm angegeben hatte. Der Geisterkönig antwortete lächelnd: »Mein Sohn, ich liebte deinen Vater, und sooft er kam, mir seine Ehrfurcht zu bezeigen, schenkte ich ihm eine Bildsäule, die er nach Hause mitnahm. Auch dir bin ich nicht minder gewogen. Ich veranlasste deinen Vater einige Tage vor seinem Tod, das zu schreiben, was du auf dem weißen Atlas gelesen hast. Ich versprach ihm, dich unter meinen Schutz zu nehmen und dir die neunte Bildsäule zu schenken, deren Schönheit die anderen bei weitem überstrahlt. Schon habe ich angefangen, mein Versprechen zu erfüllen, denn ich bin es, den du im Traum in Gestalt eines Greises gesehen hast. Ich habe dich die unterirdischen Gemächer mit den Urnen und Bildsäulen entdecken lassen. Ich habe teil an allem, was dir begegnet ist, oder vielmehr, ich bin die Ursache davon. Ich weiß, was dich hierher geführt hat, und dein Wunsch soll erfüllt werden. Hätte ich auch deinem Vater nicht versprochen, es dir zu schenken, so würde ich es dir selbst gern zu Gefallen tun. Zuvor aber musst du mir bei allem, was einen Eid unverletzlich macht, schwören, dass du wieder auf diese Insel kommen und mir das schönste und tugendhafteste Mädchen, das du finden kannst, bringen willst.«

Zeyn leistete den geforderten Eid. »Aber Herr«, sagte er hierauf, »wenn ich nun auch so glücklich bin, eine solche Jungfrau zu sehen, wie du sie von mir verlangst, woran soll ich erkennen, dass ich sie gefunden habe?« – »Ich gestehe«, antwortete der König der Geister lächelnd, »dass dich der Anschein täuschen könnte. Diese Kenntnis ist den Söhnen Adams nicht gegeben, auch bin ich keineswegs gesonnen, mich hierin ganz dir anzuvertrauen. Ich werde dir einen Spiegel geben, der zuverlässiger ist als dein Urteilsvermögen. Sobald du eine Jungfrau siehst, die du für schön und gut hältst, brauchst du nur in diesen Spiegel zu schauen. Es ist das Mittel, die Wahrheit zu entdecken. Ist deine Vermutung richtig, so wird das Glas rein und klar bleiben, wenn dagegen das Glas sich trübt, so hast du dich geirrt.«

Hierauf gab ihm der Geisterkönig einen Spiegel und sagte: »Mein Sohn, du kannst zu mir kommen, wann es dir beliebt. Hier ist der Spiegel, dessen du dich bedienen musst.« Zeyn und Mobarek verabschiedeten sich und wandelten dem See zu. Der elefantenköpfige Fährmann kam mit der Barke zu ihnen und führte sie auf dieselbe Art wieder hinüber, wie er sie hergebracht hatte. Sie begaben sich wieder zu ihrem Gefolge und kehrten nach Kairo zurück.

König Zeyn Alasnam ruhte einige Tage bei Mobarek aus; danach sprach er zu ihm: »Lass uns nach Bagdad gehen und für den König der Geister ein Mädchen suchen.«

Sie reisten nun nach Bagdad und mieteten dort einen prächtigen Palast in einer der schönsten Gegenden der Stadt. Sie lebten herrlich und in Freuden, hielten offene Tafel, und wenn alle Gäste im Palast genug gegessen hatten, wurde das Übrige den Derwischen gebracht, die sich dabei gute Tage machten.

Nun wohnte in diesem Stadtviertel ein Imam namens Bubekir Muezzin, ein eitler, hochmütiger und neidischer Mensch. Er hasste alle reichen Leute, bloß, weil er arm war. Sein Elend machte ihn bitter gegen wohlhabendere Mitmenschen. Dieser hörte auch von Zeyn Alasnam und dem Überfluss sprechen, der bei ihm herrschte. Mehr brauchte es nicht für ihn, um seinen Hass auf diesen Fürsten zu werfen. Er trieb die Sache so weit, dass er einmal in seiner Moschee und nach dem Abendgebet zu dem Volk sprach: »Liebe Brüder, ich habe gehört, dass ein Fremder sich in unserem Stadtviertel einquartiert hat, der täglich unermessliche Summen verschwendet. Wer weiß, ob dieser Unbekannte nicht vielleicht ein Verbrecher ist, der in seinem Land das viele Geld zusammengestohlen hat und nun in diese große Stadt kommt, um sich gütlich zu tun? Lasst uns auf der Hut sein, liebe Brüder. Wenn der Kalif erfährt, dass ein solcher Mann in unserem Viertel wohnt, so könnte er uns leicht bestrafen, weil wir ihn nicht davon benachrichtigt haben. Ich für meine Person erkläre euch, dass ich meine Hände in Unschuld wasche, und wenn ein Unglück daraus entsteht, so ist es nicht meine Schuld.« Das Volk, das in der Regel leicht beweglicher Natur ist, rief dem Redner einstimmig zu: »Das ist deine Sache, Imam, zeige es der Behörde an!« Hierauf ging der Imam zufrieden nach Hause und schickte sich an, eine Schrift aufzusetzen, die er am anderen Tag dem Kalifen überreichen wollte.

Aber Mobarek, der dem Gebet beigewohnt und wie die anderen die Rede des Imam gehört hatte, band fünfhundert Goldstücke in ein Tuch, packte mehrere Seidenstoffe zusammen und ging damit zu Bubekir. Der Imam fragte ihn in barschem Ton, was sein Begehr sei. »Großer Lehrer«, antwortete ihm Mobarek mit freundlichem Ton, indem er ihm das Gold und die Seidenstoffe in die Hand drückte, »ich bin dein Nachbar und Diener. Der König Zeyn, der in diesem Viertel wohnt, schickt mich zu dir. Er hat gehört, was für ein ausgezeichneter Mann du bist, und mich beauftragt, dir zu sagen, dass er deine Bekanntschaft zu machen wünsche. Einstweilen bittet er dich, dies kleine Geschenk anzunehmen.« Bubekir war außer sich vor Freude und antwortete Mobarek: »Ich ersuche dich, lieber Herr, bitte den König um Verzeihung für mich. Ich bin ganz beschämt, ihn noch nicht besucht zu haben, aber ich will meinen Fehler wiedergutmachen und ihm gleich morgen meine Ehrfurcht bezeigen.«

Am anderen Tage sagte er nach dem Abendgebet zum Volke: »Ihr wisst, liebe Brüder, kein Mensch ist ohne Feinde. Der Neid tastet vornehmlich diejenigen an, die großes Vermögen haben. Der Fremdling, von dem ich euch gestern Abend sagte, ist kein Bösewicht, wie übel wollende Leute mich bereden wollten, sondern ein junger Fürst, der tausend Tugenden besitzt. Hüten wir uns wohl, dem Kalifen einen nachteiligen Bericht über ihn zu hinterbringen.« Nachdem Bubekir durch diese Rede die schlechte Meinung, die er tags zuvor dem Volk Zeyns wegen beigebracht, wieder ausgelöscht hatte, ging er nach Hause, zog seine Festkleider an und besuchte den jungen König, der ihn sehr huldvoll empfing. Nach mehreren Komplimenten von beiden Seiten sagte Bubekir zu dem König: »Herr, gedenkst du lange in Bagdad zu bleiben?« – »Ja«, antwortete Zeyn, »so lange, bis ich das schönste und tugendhafteste Mädchen gefunden habe.« – »Ein solches ist schwer zu finden«, versetzte der Imam, »und ich würde sehr fürchten, dass deine Nachforschungen vergeblich sein würden, wenn ich nicht wüsste, wo ein Mädchen von diesen Eigenschaften zu finden ist. Ihr Vater war ehemals Wesir, aber er hat den Hof verlassen und lebt seit langer Zeit in einem abgelegenen Hause, wo er sich gänzlich der Erziehung seiner Tochter widmet. Wenn du willst, Herr, so gehe ich hin und halte für dich um sie an. Ich zweifle nicht, dass er mit Vergnügen einen Schwiegersohn von deinem Rang annehmen wird.« – »Nicht so rasch«, versetzte der König. »Ich will dieses Mädchen nicht heiraten, bevor ich mich überzeugt habe, dass sie für mich passt. Ich muss sie von Angesicht sehen, mehr verlange ich nicht, um mich zu entschließen.« – »Demnach scheinst du dich gut auf Gesichter zu verstehen?« versetzte, der Imam lächelnd. »Nun gut, geh mit mir zu ihrem Vater; ich will ihn bitten, dass er sie dich in seiner Gegenwart auf einen Augenblick sehen lässt.«

Bubekir führte den König zu dem Wesir, der, sobald er von dem Rang und der Absicht Zeyns gehört hatte, seine Tochter kommen ließ und ihr befahl, den Schleier abzunehmen. Der junge König von Balsora hatte noch nie eine so vollendete und reizende Schönheit gesehen. Er war ganz geblendet, und sobald er die Probe anstellen konnte, zog er seinen Spiegel hervor, und siehe da, das Glas blieb rein und hell.

Als er nun sah, dass er endlich eine Jungfrau gefunden habe, wie er sie wünschte, bat er den Wesir um ihre Hand. Sogleich wurde nach dem Kadi geschickt. Er kam, setzte den Heiratsvertrag auf und verrichtete das Gebet. Nach dieser Zeremonie führte Zeyn den Wesir in sein Haus, wo er ihn prächtig bewirtete und ihm ansehnliche Geschenke machte. Der Braut schickte er durch Mobarek einen reichen Juwelenschmuck, und dieser führte sie in sein Haus, wo die Hochzeit mit aller dem Range Zeyns angemessenen Pracht gefeiert wurde. Als die Gäste sich entfernt hatten, sagte Mobarek zu seinem Gebieter: »Auf Herr, lass uns nicht länger in Bagdad verweilen, sondern nach Kairo zurückkehren. Gedenke des Versprechens, das du dem König der Geister gegeben hast.« – »Allerdings wir wollen abreisen«, antwortete der König, »ich muss mein Wort getreulich erfüllen. Dennoch kann ich nicht leugnen, mein lieber Mobarek, dass es mich sehr schwer ankommt, dem Geisterkönig zu gehorchen. Die Jungfrau, die ich geheiratet habe, ist bezaubernd schön, und ich hätte fast Lust, sie nach Balsora zu führen und auf den Thron zu setzen.« – »Ach, Herr«, antwortete Mobarek, »halte das Wort, das du dem König der Geister gegeben hast; es kostet dich sonst dein Leben.«

Mobarek ließ Anstalten zur Abreise machen. Sie gingen nach Kairo zurück und nahmen von dort den Weg zur Insel des Geisterkönigs. Als sie dort waren, sprach die Jungfrau, die die ganze Reise in der Sänfte gemacht und den König seit dem Hochzeitstag nicht mehr gesehen hatte, zu Mobarek: »Wo sind wir? Werden wir nicht bald im Land meines königlichen Gemahls anlangen?« – »Herrin«, antwortete Mobarek, »es ist Zeit, dass ich dir die Augen öffne. Der König Zeyn hat dich nur geheiratet, um dich aus dem Hause deines Vaters zu bekommen. Nicht um dich zur Beherrscherin von Balsora zu machen, hat er dir seine Hand gegeben, sondern um dich dem König der Geister zu überliefern, der ein Mädchen deiner Art von ihm verlangt hat.« Bei diesen Worten fing sie an, bitterlich zu weinen, sodass der König und Mobarek über die Maßen gerührt waren. »Habt Mitleid mit mir«, sagte sie zu ihnen. »Ich bin eine Fremde, und ihr werdet euren Verrat an mir vor Allah verantworten müssen.«

Vergeblich waren ihre Tränen und Klagen. Sie wurde dem König der Geister vorgestellt, der sie mit forschenden Blicken betrachtete und dann zu Zeyn sprach: »Ich bin mit dir zufrieden, Fürst, dass du so treu dein Wort gehalten hast. Kehre jetzt in dein Land zurück, und wenn du das unterirdische Gemach mit den acht Bildsäulen betrittst, so wirst du darin die neunte finden, die ich dir versprochen habe. Ich werde sie durch meine Geister dahin bringen lassen.«

Zeyn dankte dem König und reiste mit Mobarek nach Kairo zurück, hielt sich aber nicht lange in dieser Stadt auf, denn er brannte vor Ungeduld, die neunte Bildsäule zu sehen. Dabei konnte er nicht umhin, oft an die Jungfrau zu denken, die er geheiratet hatte. Er machte sich Vorwürfe, dass er sie betrogen hatte, und betrachtete sich als die Ursache und das Werkzeug ihres Unglücks. »Ach«, sprach er bei sich, »ich habe sie aus den Armen ihres zärtlichen Vaters gerissen, um sie einem Geist zu opfern. O Schönheit sondergleichen, du hattest ein besseres Schicksal verdient!«

Unter solchen Gedanken kam König Zeyn endlich nach Balsora, wo seine Untertanen die Rückkehr ihres Fürsten mit großen Freudenfesten feierten. Er ging sogleich zur Königin, seiner Mutter, um ihr von seiner Reise Bericht zu erstatten, und sie war sehr erfreut zu vernehmen, dass er die neunte Bildsäule erhalten habe. »Komm, mein Sohn«, sprach sie, »dass wir sie sehen, denn sie ist ohne Zweifel in dem unterirdischen Gemach, da der König der Geister dir gesagt hat, du werdest sie dort antreffen.«

Der junge König und seine Mutter stiegen voll Ungeduld, diese Säule zu sehen, in das unterirdische Gemach hinab und traten in das Zimmer, in dem die Säulen standen. Aber wie groß war ihr Erstaunen, als sie statt der diamantenen Säule auf dem neunten Fußgestell ein Mädchen von großer Schönheit erblickten, die der Prinz sogleich als diejenige erkannte, die er auf die Geisterinsel geführt hatte! »Mein König«, sprach die Jungfrau zu ihm, »du erwartetest etwas Kostbareres zu sehen als mich und bereust jetzt ohne Zweifel, dass du dir so viele Mühe gegeben hast. Du hattest eine schönere Belohnung erhofft!« – »Nein, meine Geliebteste«, antwortete Zeyn, »Allah ist mein Zeuge, dass ich mehr als einmal im Begriff war, das dem Geisterkönig gegebene Wort zu brechen und dich mir zu erhalten. Wie kostbar auch eine diamantene Säule sein mag, so ist sie doch nichts im Vergleich zu dem Glück, dich zu besitzen. Ich liebe dich mehr als alle Diamanten und alle Reichtümer der Welt.«

Während er so sprach, hörte man einen Donner, von dem das unterirdische Gemach erbebte. Zeyns Mutter erschrak, aber nun erschien der Geisterkönig und beruhigte sie. »Herrin«, sprach er zu ihr, »dein Sohn steht unter meinem Schutz; ich liebe ihn. Ich habe sehen wollen, ob er ein Mann ist, der sein Wort hält und eigennützige Wünsche unterdrückt. Er hat die Probe bestanden. Hier ist die neunte Bildsäule, die ich ihm zugedacht habe, sie ist seltener und kostbarer als alle die anderen.« Dann wandte er sich zum König und sagte: »Lebe glücklich mit dieser jungen Frau, und sei ein guter Vater deiner Untertanen! Lebe und herrsche lange Zeit glücklich und beglückt wie dein von mir geliebter Vater!«

Mit diesen Worten verschwand der Geisterkönig, und Zeyn, entzückt über seine Braut, ließ sie noch am selben Tage als Königin von Balsora ausrufen.

Weitere Klassiker in dieser Reihe:

Charles Dickens
Weihnachtserzählungen

648 Seiten
ISBN 978-3-8112-2870-2

Gebrüder Grimm
Kinder- und Hausmärchen

640 Seiten
s/w illustriert
ISBN 978-3-8112-2716-3

Gustav Schwab
Die schönten Sagen des
klassischen Altertums

640 Seiten
s/w illustriert
ISBN 978-3-8112-2804-7